Thomas Godfrey (Hg.)

SCHÖNE BESCHERUNG

Klassische Weihnachtskrimis

BASTEI-LÜBBE-TASCHENBUCH
Band 13 501

Erste Auflage:
November 1993
Zweite Auflage:
Oktober 1994
Dritte Auflage:
Oktober 1997

© Copyright 1982
by The Mysterious Press
All rights reserved
Deutsche Lizenzausgabe 1993
by Bastei-Verlag Gustav H. Lübbe
GmbH & Co., Bergisch Gladbach
Originaltitel: Murder of Christmas
Copyrightvermerk der einzelnen
Geschichten am Ende des
Taschenbuchs
Übersetzernachweise am Ende der
jeweiligen Geschichten
Lektorat: Stefan Bauer
Titelillustration: Arndt Drechsler
Illustrationen von Gahan Wilson
Satz: KCS GmbH,
Buchholz/Hamburg
Druck und Verarbeitung:
Brodard & Taupin, La Flèche,
Frankreich
Printed in France

ISBN 3-404-13501-6

Der Preis dieses Bandes
versteht sich einschließlich der
gesetzlichen Mehrwertsteuer

Inhalt

Für Kathy,
Dem Besten,
was mir je in meinem Leben
widerfahren ist

Vorwort

Hier ist es endlich! Das perfekte Weihnachtsgeschenk für den Menschen, der alles hat und den Sie einmal beerben werden:

Sechsundzwanzig weihnachtliche Anregungen für den ›schwierigen‹ Menschen auf Ihrer Einkaufsliste.

Zum erstenmal wurden in einem Band fünfundzwanzig der herausragendsten, vom wahren Geiste der Weihnachtszeit beseelten Mordgeschichten der größten Meister der schaurigen und spannenden Unterhaltungsliteratur zusammengefaßt.

Lesen Sie weiter, wenn Sie sich trauen, und lassen Sie sich von Agatha Christie, Arthur Conan Doyle und Margery Allingham erlesene literarische Delikatessen servieren, die Sie zum Hauptgesprächsthema in Ihrem Zellenblock machen könnten. Ergötzen Sie sich an der Findigkeit von Ellery Queen und Ngaio Marsh, deren einfallsreiche Weihnachtsgeschichten Sie in Ihrer eigenen Familie für Generationen zur Legende machen könnten. Warum sich nicht in diesem Jahr bei der Geschenkauswahl von Stanley Ellin und Dorothy L. Sayers leiten lassen? Keine Krawatten mehr für den lieben Herrn Papa. Kein edler Tropfen für den Chef. Schenken Sie in diesem Jahr . . .

Aber wir wollen nichts übereilen, denn unsere Kurzgeschichtensammlung wird außerdem Beiträge berühmter Altmeister des Metiers wie Robert Louis Stevenson, Charles Dickens und Baroness Orczy beinhalten. Darüber hinaus finden Sie darin geistige Nahrung von ganz unerwarteten Küchenchefs, von Autoren wie Thomas Hardy, O. Henry und Filmregisseur Woody Allen, sowie einige Leckerbissen moderner Meister — wie Georges Simenon, H. R. F. Keating — und noch einige Überraschungen mehr.

Nehmen Sie an einer einzigartigen Weihnachtsfeier teil. Mischen Sie sich unter illustre Gäste wie Sherlock Holmes, Hercule Poirot, Lord Peter Wimsey und Pater Brown. Stoßen

Sie an mit den Kommissaren Ghote, Maigret, Ellery Queen und Nero Wolf, Roderick Alleyn und Albert Campion, Lady Molly von Scotland Yard und dem faszinierenden Captain Duncan Maclain.

So, und jetzt entspannen Sie sich. Machen Sie es sich in einem Sessel bequem und überfliegen Sie ein paar Seiten. Vergessen Sie den Einkaufsstreß und die vielen Geschenke, die noch eingepackt werden müssen. So ist es gut. Lesen Sie weiter.

Achten Sie nicht auf das ungewohnte Geräusch in Ihrem Kamin, auf den eigenartigen Nachgeschmack Ihres Brandys, auf die seltsame rote Flüssigkeit, die aus den Strümpfen am Kaminsims tropft. Ignorieren Sie das schwere Atmen direkt hinter Ihnen. Lesen und genießen Sie. Und Gott steh uns allen bei.

Thomas F. Godfrey

Ins Deutsche übertragen von Cécile G. Lecaux

A. A. Milne

Der besondere
Geschenke-Ratgeber

Ganz offensichtlich sollte es einen festgelegten Richtwert für
bestimmte Arten von Weihnachtsgeschenken geben. Man mag
ja seiner Familie oder einem engen Freund schenken, was man
will; das ist in Ordnung. Aber bei einer Feier im weiteren
Bekanntenkreis, auf der vor allem aus Höflichkeit geschenkt
wird, sind es das braune Geschenkpapier, die Schleife und die
nette Absicht, die wirklich zählen; das eigentliche Geschenk ist
im Grunde nicht mehr als eine Entschuldigung für dieses
Drumherum. Es ist peinlich für Sie, wenn Jones sich mit hundert Zigarren für sein braunes Papier entschuldigt, während Sie
selbst sich nur mit fünfundzwanzig Zigaretten entschuldigt
haben; noch peinlicher ist es vielleicht, wenn Sie bei dem
Tausch der Verlierer sind. Eine vorherige Absprache, daß die
Geschenke nicht mehr kosten sollen als fünf Shilling, würde
diesen Peinlichkeiten vorbeugen.

Und nun . . . Das erinnert mich an den Einfallsreichtum eines
Freundes von mir. William hatte ohne ein einziges Geschenk im
Gepäck seine Weihnachtsferien bei Bekannten auf dem Lande
angetreten. Er hatte weder geplant, etwas zu schenken, noch
erwartet, etwas geschenkt zu bekommen, mußte jedoch am
Vierundzwanzigsten entsetzt feststellen, daß alle anderen ein
Weihnachtsgeschenk für ihn bereithielten und ganz selbstverständlich davon ausgingen, daß er sich am Heiligabend mit
etwas braunem Geschenkpapier zurückziehen würde, um seine
Präsente für die anderen Gäste einzupacken. Er beschloß, nach
London zu telegraphieren, um sich einige Geschenke bringen zu
lassen, und erkundigte sich bei den anderen Gästen danach,
welche Art von Geschenken wohl angemessen wären.

»Was schenken Sie unserem Gastgeber?« fragte er einen Gast.

»Mary und ich schenken ihm ein Buch«, erwiderte John. Mit Mary meinte er seine ihm angetraute Ehefrau.

William befragte daraufhin den jüngsten Sohn des Hauses und erfuhr, daß er und sein Bruder Dick sich an diesem und jenem Geschenk beteiligt hatten. Schließlich zog sich William auf sein Zimmer zurück und dachte lange nach.

Am Morgen des ersten Weihnachtstages war er als erster zum Frühstück im Eßzimmer. An jedem einzelnen Platz an der großen Tafel türmten sich wahre Berge von Geschenken. Er blickte auf Johns Platz. Auf dem obersten Päckchen stand ›Für John und Mary von Charles.‹ William zog seinen Füller hervor und fügte ein paar Worte hinzu, so daß hinterher auf dem Geschenkpapier stand: ›Für John und Mary von Charles und William‹, was sich in Williams Augen nicht minder wirkungsvoll ausnahm als zuvor. Er trat an den nächsten Geschenkestapel. ›Für Angela von ihrem Vater‹, stand auf dem obersten Päckchen. ›Und William‹, fügte William hinzu. Am Platz der Gastgeberin zögerte er einen Augenblick. Dort stand auf dem obersten Geschenk ›Für Mutter von uns allen‹. Hier erschien ihm ein ›Und William‹ doch etwas unpassend. Aber die Gastgeberin sollte dennoch nicht auf Williams freundliche Aufmerksamkeit verzichten müssen. Zwanzig Sekunden später kündeten die Taschentücher ›Von John und Mary und William‹ von seiner Wertschätzung für die Dame des Hauses. Er trat an den nächsten Platz . . .

Natürlich ist es unmöglich, jedem Beteiligten an einem Gemeinschaftsgeschenk einzeln zu danken; man dankt einfach der ersten Person, deren Blick man zufällig begegnet. Manchmal war es Williams Blick, manchmal wiederum nicht. Aber jedwede Peinlichkeit blieb ihm erspart; und ich kann diese Lösung jedem, der kommende Weihnacht möglicherweise in eine ähnliche Lage gerät, nur wärmstens empfehlen.

Originaltitel: The Murder for Christmas Guide to Gift Giving
Ins Deutsche übertragen von Cécile G. Lecaux

John Collier

Auf Wiedersehen
an Weihnachten!

»Doktor«, sagte Major Sinclair, »Sie müssen einfach Weihnachten mit uns feiern.« Es war Nachmittag, und im Wohnzimmer der Carpenters drängten sich Freunde, die gekommen waren, den Doktor und seine Frau zu verabschieden.

»Er wird bis dahin zurück sein«, sagte Mrs. Carpenter. »Das verspreche ich Ihnen.«

»Das ist noch nicht sicher«, widersprach Dr. Carpenter. »Obwohl ich es mir selbstverständlich wünsche.«

»Nun, immerhin haben Sie sich nur zu einer dreimonatigen Vortragsreihe verpflichtet.«

»Man kann nie wissen, was kommt«, entgegnete Dr. Carpenter.

»Was auch kommen mag«, sagte Mrs. Carpenter strahlend, »er wird zu Weihnachten wieder in England sein. Das können Sie mir glauben.«

Und das taten sie auch. Sogar der Doktor selbst hätte ihr beinahe geglaubt. Seit zehn Jahren versprach sie nun schon in seinem Namen, daß er an Dinnerpartys, Gartenpartys, Wohltätigkeitsveranstaltungen und weiß Gott was sonst noch teilnehmen würde, und auf ihr Wort war immer Verlaß gewesen.

Die Gäste begannen, sich zu verabschieden. Es gab eine wahre Flut von Komplimenten für Hermiones großartige Organisation. Sie und ihr Mann würden noch an diesem Abend nach Southampton fahren und sich dann am nächsten Tag einschiffen. Keine Züge, keine Hektik, keine Verzögerungen in letzter Minute. Der Doktor konnte wirklich dankbar sein für das Organisationstalent seiner Frau. Er würde in Amerika großen Erfolg haben. Nicht zuletzt deshalb, weil sich ja Hermione um alles kümmern würde. Und auch sie würde die Reise genießen. Sie würde die Wolkenkratzer sehen. So etwas gab es in Little Godwearing nicht. Aber sie war allem Anschein nach überzeugt davon, daß sie ihn zurückbringen würde. »Ja, ich werde ihn zurückbringen. Ihr könnt euch darauf verlassen. Ich achte schon darauf, daß er sich zu nichts überreden läßt.« Keine Vertragsverlängerung. Kein Traumposten an einer hypermodernen Klinik in den Staaten. Er wird am hiesigen Krankenhaus gebraucht. Und er muß Weihnachten zurück sein. »Ja«, rief Mrs. Carpenter dem letzten aufbrechenden Gast nach. »Ich sorge dafür, daß er Weihnachten zurück ist.«

Die letzten Vorkehrungen für ihre lange Abwesenheit waren schnell getroffen. Die Dienstmädchen spülten das Tee-Geschirr, kamen anschließend zurück ins Wohnzimmer, um nun ihrerseits dem Doktor und seiner Frau eine schöne Reise zu wünschen, und schafften es noch rechtzeitig zum Nachmittagsbus nach Devizes.

Bis auf einige wenige Kleinigkeiten wie das Absperren der Türen und ein letzter Kontrollgang durch das Haus war nun alles erledigt. »Geh rauf und zieh deinen braunen Tweedanzug an«, sagte Hermione. »Und mach die Taschen leer, bevor du den Anzug, den du jetzt anhast, in den Koffer legst. Ich kümmere mich um alles andere. Du brauchst nichts weiter zu tun, als mir nicht im Weg stehen.«

Der Doktor ging nach oben und legte seinen Anzug ab, aber statt des braunen Tweedanzugs zog er einen alten, schmutzigen Bademantel über, den er aus der hintersten Ecke seines Kleiderschranks hervorkramte. Nachdem er dann noch die eine oder andere kleine Vorbereitung getroffen hatte, lehnte er sich über das Treppengeländer und rief nach seiner Frau. »Hermione! Hast du mal einen Augenblick Zeit?«

»Aber natürlich, Liebling. Ich bin gleich fertig.«

»Komm doch bitte einen Augenblick nach oben. Ich möchte dir etwas wirklich Ungewöhnliches zeigen.«

Hermione kam sofort herauf. »Großer Gott!« rief sie aus, als sie ihren Mann sah. »Was läufst du denn in diesem schmutzigen alten Ding herum? Ich habe dir doch schon vor ewigen Zeiten gesagt, du sollst den Mantel verbrennen.«

»Wer um alles in der Welt könnte ein Goldkettchen in den Abfluß der Badewanne fallen gelassen haben?« fragte der Doktor.

»Natürlich niemand«, entgegnete Hermione. »Niemand hier im Haus trägt so etwas.«

»Wie kommt es dann da hinein?« fragte der Doktor. »Hier, nimm die Taschenlampe. Wenn du dich über den Abfluß beugst, kannst du es weit unten schimmern sehen.«

»Ganz sicher irgend so ein billiger Woolworth-Tand von einem der Mädchen«, sagte Hermione. Dennoch nahm sie die Taschenlampe, beugte sich vor und starrte angestrengt in den Abfluß. Der Doktor hob ein abgesägtes Stück von einem Bleirohr über seinen Kopf, schlug zwei oder dreimal mit großer Kraft und Präzision zu, packte den zusammengesackten Körper seiner Frau bei den Knien und wuchtete ihn in die Wanne.

Er zog den Bademantel aus, wickelte splitternackt eine Ansammlung medizinischer Instrumente aus einem Handtuch und legte sie ins Waschbecken. Dann breitete er mehrere Blatt Zeitungspapier auf dem Boden aus und wandte sich wieder seinem Opfer zu.

Sie war natürlich tot. Es wirkte erschreckend makaber, wie sie so zusammengerollt an einem Ende der Wanne lag, wie jemand, der einen Purzelbaum schlägt. Er betrachtete sie lange Zeit, wobei er an überhaupt nichts dachte. Dann sah er das viele Blut, und sein Verstand begann wieder zu arbeiten.

Er schob und zerrte an ihrem leblosen Körper, bis sie ausgestreckt dalag, und machte sich dann daran, sie zu entkleiden. Keine leichte Sache in einer so schmalen Wanne, aber schließlich hatte er es doch geschafft. Er drehte die Wasserhähne auf. Ein kräftiger Wasserstrahl schoß in die Wanne, wurde dann plötzlich zu einem kümmerlichen Rinnsal und versiegte schließlich ganz. Das wenige Wasser, das sich in der Wanne gesammelt hatte, verschwand gurgelnd im Abfluß.

»Großer Gott!« rief er aus. »Sie hat den Haupthahn abgedreht.«

Er hatte keine andere Wahl als hinunterzugehen und den Haupthahn wieder aufzudrehen. Der Doktor wischte sich hastig die Hände an einem Handtuch ab, öffnete dann die Bade-zimmertür mit einem sauberen Zipfel des Handtuchs, warf es zurück auf den Hocker und lief barfuß und flink wie eine Katze nach unten. Die Kellertür befand sich in einer Ecke der Diele, unter der Treppe. Er wußte genau, wo sich der Haupthahn befand. Kein Wunder: Er hatte einige Zeit dort unten herumge-werkelt und — wie er Hermione gesagt hatte — versucht, einen kleinen Weinkeller auszubauen. Er stieß die Kellertür auf, stieg die steile Treppe hinunter und hatte gerade den Hahn erreicht, als die Tür ins Schloß fiel und der Keller abrupt in undurch-dringliche Schwärze getaucht wurde. Er drehte den Hahn auf und tastete sich dann an der rußbedeckten Wand entlang zurück zur Treppe. Er wollte gerade hinaufgehen, als die Tür-glocke läutete.

Der Doktor nahm das Läuten nur am Rande als Geräusch wahr. Viel eher empfand er es als eine Eisenspitze, die sich lang-sam aufwärts durch seinen Magen bohrte, bis sie schließlich sein Hirn erreichte. Dann zerbrach in seinem Innern etwas. Er warf sich auf den mit Kohlenstaub bedeckten Boden und wim-merte: »Ich bin geliefert. Ich bin geliefert.«

»Sie haben kein Recht herzukommen. Diese Dummköpfe!« stieß er hervor. Dann hörte er sich selbst keuchen. »Es ist vor-bei«, murmelte er. »Es ist vorbei.«

Schließlich kehrten seine Lebensgeister zurück. Er erhob sich, und als es erneut läutete, ging der Laut beinahe schmerzlos durch ihn hindurch. »Laß sie weggehen«, betete er. Dann hörte er, wie die Haustür geöffnet wurde. »Egal«, murmelte er. Seine Schulter hob sich wie die eines Boxers, der sein Gesicht schüt-zen will. »Ich gebe auf«, sagte er resigniert.

Er hörte jemanden rufen. »Herbert!« »Hermione!« Es waren die Wallingfords. »Zum Teufel mit ihnen! Einfach hereinzu-kommen. Und das bei Leuten, die kurz vor der Abreise stehen. Splitternackt! Blut und Kohlenstaub! Ich bin geliefert! Ich bin am Ende! Ich schaffe es nicht.«

»Herbert!«

»Hermione!«

»Wo um alles in der Welt können sie nur stecken?«

»Der Wagen steht noch draußen.«

»Vielleicht sind sie auf einen Sprung rüber zu Mrs. Liddell.«

»Wir müssen sie noch einmal sehen, bevor sie abreisen.«

»Oder vielleicht sind sie auch Besorgungen machen. Vielleicht haben sie etwas vergessen.«

»Nicht Hermione. Augenblick mal. Hörst du das? Klingt, als würde jemand ein Bad nehmen. Soll ich rufen? Oder wie wär's, wenn wir einfach an die Tür trommeln?«

»Psssst! Nicht. Das wäre vielleicht nicht sehr taktvoll.«

»Rufen kann doch aber nicht schaden.«

»Hör zu, Liebling. Laß uns auf dem Rückweg noch einmal vorbeischauen. Hermione hat gesagt, sie würden nicht vor sieben Uhr aufbrechen. Sie essen unterwegs zu Abend, in Salisbury.«

»Also gut, wie du meinst. Aber ich möchte unbedingt noch einen letzten Drink mit dem guten alten Herbert nehmen. Er wäre enttäuscht, wenn ich mich vor seiner Abreise nicht noch einmal würde blicken lassen.«

»Beeilen wir uns, dann sind wir um halb sieben zurück.«

Der Doktor hörte, wie sie hinausgingen und die Haustür leise hinter ihnen ins Schloß fiel. »Halb sieben«, dachte er. »Das kann ich schaffen.«

Er durchquerte die Diele, legte die Sicherheitskette an der Haustür vor, ging nach oben, nahm seine Instrumente aus dem Waschbecken und beendete seine Arbeit. Etwas später kam er, eingehüllt in seinen alten Bademantel, wieder herunter und trug nacheinander fein säuberlich in Handtücher oder Zeitungspapier gewickelte, mit Sicherheitsnadeln verschlossene Bündel in den Keller, die er sorgfältig in das schmale, tiefe Loch legte, das er in einer Ecke des Kellerraumes ausgehoben hatte. Dann schaufelte er Erde darüber und bedeckte das Ganze abschließend mit Kohlenstaub. Als er schließlich mit seinem Werk zufrieden war, ging er wieder nach oben. Er schrubbte gründlich das Badezimmer, anschließend sich selbst und dann noch einmal das Bad, zog sich an und trug die Kleider seiner Frau und seinen Bademantel zum Verbrennungsofen.

Noch ein, zwei kleine Handgriffe, und alles war so ordentlich, wie Hermione es hinterlassen hätte. Es war erst Viertel nach sechs, und die Wallingfords kamen ohnehin immer zu spät; er brauchte nur noch in den Wagen zu steigen und loszufahren. Ein Jammer, daß er nicht bis zum Einbruch der Dunkelheit warten konnte, aber er würde einen Umweg nehmen, um der Hauptstraße auszuweichen, und selbst wenn ihn jemand allein im Wagen sah, würde er sicher denken, Hermione wäre aus irgendeinem Grund vorausgefahren, und es gleich wieder vergessen.

Dennoch war er froh, als er den Ort schließlich unbemerkt hinter sich gelassen hatte und in die Dämmerung hineinfuhr. Er mußte sehr vorsichtig fahren; irgendwie war er nicht in der Lage, Entfernungen abzuschätzen, und seine Reaktionen waren ungewöhnlich langsam, aber das war nur ein unwichtiges Detail. Als es schließlich völlig dunkel war, gönnte er sich eine Pause und parkte den Wagen auf einer Hügelkuppe, um nachzudenken.

Über ihm funkelten unzählige Sterne. Weiter unten im Tal konnte er die Lichter von ein paar Ortschaften sehen. Er war euphorisch. Was jetzt noch vor ihm lag, war ganz einfach. Marion wartete in Chicago auf ihn. Sie glaubte ohnehin schon, daß er Witwer war. Die Vorträge, die zu halten er vereinbart hatte, ließen sich problemlos absagen. Er brauchte nichts weiter zu tun, als sich in einer blühenden, etwas abseits gelegenen amerikanischen Stadt niederzulassen, und er war für immer in Sicherheit. Natürlich waren da noch Hermiones Kleider und ihr Koffer. Er würde sie auf der Überfahrt ins Meer werfen. Gott sei Dank schrieb sie ihre Briefe auf der Schreibmaschine und nicht mit der Hand — eine Kleinigkeit wie diese hätte alles zunichte machen können. »Aber so war sie nun mal«, sagte er, »konsequent modern und tüchtig. Hat alles bis ins kleinste Detail organisiert. Sie hat sich zu Tode organisiert, die alte Hexe!«

»Kein Grund zur Sorge«, dachte er. »Ich werde ein paar Briefe für sie schreiben, die dann nach und nach immer weniger werden. Und ich werde auch selbst schreiben — immer in Erwartung, bald wieder zu Hause zu sein, um dann doch wieder in letzter Minute aufgehalten zu werden. Ich behalte das Haus ein Jahr, dann noch eins und vielleicht noch ein drittes; sie werden sich daran gewöhnen. Vielleicht komme ich ja sogar in ein, zwei Jahren allein zurück, um den Verkauf abzuwickeln. Nichts leichter als das. Aber nicht an Weihnachten!« Er startete den Motor und fuhr los.

In New York fühlte er sich endlich frei, wirklich frei. Er war in Sicherheit. Er konnte freudig zurückblicken – oder zumindest konnte er, wenn er sich nach einer Mahlzeit eine Zigarette ansteckte, mit einem leisen Lächeln an die Minuten zurückdenken, die er im Keller verbracht hatte, in panischem Entsetzen auf das Läuten, die Tür und die Stimmen lauschend. Jetzt konnte er nach vorn blicken, sich auf Marion freuen.

Als er durch die Lobby seines Hotels schlenderte, hielt der Portier lächelnd einige Briefe für ihn in die Höhe. Das war der erste Schwung Post aus England. Aber was machte das schon? Es würde Spaß machen, seitenlange Briefe in Hermiones nüchternem Stil zu tippen und mit ihrem Schnörkel zu unterschreiben. Er würde allen berichten, was für ein großer Erfolg sein erster Vortrag gewesen wäre, wie sehr ihm das Leben in den Staaten gefiele, daß sie aber dafür sorgen würde, daß er bis Weihnachten zurück war. Zweifel konnten sich dann später zwischen die Zeilen mogeln.

Er sah die Briefe durch. Die meisten waren für Hermione. Von den Sinclairs, den Wallingfords, dem Vikar und dann noch ein Geschäftsbrief von einer Baufirma Holt & Söhne.

Er stand mitten in der Lounge, und Menschen streiften ihn im Vorbeigehen. Er öffnete die Briefe mit dem Daumen, überflog die Zeilen und lächelte. Sie alle schienen überzeugt davon zu sein, daß er Weihnachten zurück sein würde. Sie verließen sich voll und ganz auf Hermione. »Und genau da irrt ihr euch gewaltig«, murmelte der Doktor, der bereits den lockeren Umgangston der Amerikaner angenommen hatte. Den Brief des Bauunternehmens öffnete er zuletzt. Vermutlich eine Rechnung. Da stand:

Sehr geehrte Mrs. Carpenter,

wir haben Ihr schriftliches Einverständnis mit dem von uns vorgelegten Kostenvoranschlag in Höhe von eintausendachthundert Pfund für einen Weinkeller dankend erhalten.

Wir fangen noch diese Woche mit den Arbeiten an. Die Ausschachtung des Fundaments unten im Keller dürfte aufgrund des fehlenden Betonuntergrunds keine Schwierigkeiten bereiten, so daß wir eine termingerechte Fertigstellung garantieren und Sie Ihren Ehemann zu Weihnachten damit überraschen können.

Mit freundlichen Grüßen
Paul Holt & Söhne

Originaltitel: Back for Christmas
Ins Deutsche übertragen von Cécile G. Lecaux

Woody Allen

Mr. Big

Ich saß in meinem Büro, reinigte den Lauf meiner .38er und
fragte mich, was mir wohl mein nächster Fall bescheren würde.
Ich bin Privatdetektiv, und zwar aus Leidenschaft. Selbst wenn
man mir manchmal die Zähne mit einem Wagenheber putzt,
der Duft der kleinen grünen Scheinchen macht es allemal wieder wett. Ganz zu schweigen von den Damen, die man in diesem Job kennenlernt und denen ich einen kleinen Teil meiner
Zeit widme — ein wirklich seltenes Vergnügen, das ich mir
wohl nicht häufiger gönne als zum Beispiel das Atmen. Wen
wundert's da, daß meine Speicheldrüsen in den dritten Gang
schalteten, als die Tür zu meinem Büro aufschwang und eine
langhaarige Blondine namens Heather Butkiss hereinkurvte
und mir erklärte, sie sei ein Aktmodell und brauche meine
Hilfe. Sie trug einen kurzen Rock und einen engen Sweater, und
ihre Figur wartete mit ein paar Ellipsen und Parabeln auf, die
selbst bei einem tibetanischen Hochgebirgsrind einen Herzstill-
stand verursacht hätten.

»Was kann ich für Sie tun, Puppe?«

»Ich möchte, daß Sie jemanden für mich finden.«

»Vermißte Person? Schon mal mit 'nem Polizisten versucht?«

»Nicht so richtig, Mr. Lupowitz.«

»Nennen Sie mich Kaiser, Schätzchen. Okay, um was geht's
also?«

»Gott.«

»Gott?«

»Genau, Gott. Der Schöpfer, der Allmächtige, der Weltenlen-
ker, der Ursprung aller Dinge. Ich möchte, daß Sie ihn für mich
finden.«

Sie war nicht meine erste Klientin mit einem Sprung in der

21

Schüssel, aber wenn jemand so gebaut ist, dann hört man zu.

»Warum?«

»Das ist meine Sache, Kaiser. Sie brauchen Ihn nur zu finden.«

»Tut mir leid, Zuckerpüppchen. Da sind Sie bei mir an der falschen Adresse.«

»Aber wieso?«

»Wenn ich nicht alle Fakten kenne . . .«, sagte ich und erhob mich.

»Okay, okay«, sagte sie und biß sich auf die Unterlippe. Sie zog die Naht ihrer Strümpfe gerade, was sie nur mir zuliebe tat, doch im Augenblick blitzte sie damit bei mir ab.

»Zur Sache, Zuckerpuppe.«

»Nun, die Wahrheit ist — ich bin nicht wirklich ein Aktmodell.«

»Nein?«

»Nein. Mein Name ist auch nicht Heather Butkiss. Ich heiße Claire Rosensweig und bin Studentin drüben in Vassar. Hauptfach Philosophie. Geschichte der westlichen Kultur und der ganze Kram. Im Januar muß ich eine Arbeit abgeben. Über westliche Religionen. All die anderen werden irgend etwas Spekulatives abliefern. Über Gott und so. Aber ich möchte *Gewißheit*. Professor Grebanier hat gesagt, wenn da wirklich jemand Beweise anbringt, dann ist der Rest vom Kurs für ihn nur noch ein Kinderspiel. Und mein Dad hat mir einen Mercedes versprochen, wenn ich mit guten Noten abschließe.«

Ich öffnete einen Pack Glimmstengel und ein Päckchen Kaugummi und schob mir von beidem etwas zwischen die Zähne. Ihr Fall begann mich zu interessieren. Verzogene Studentin, hoher IQ und ein Körper, den ich gerne näher kennengelernt hätte.

»Wie sieht Gott aus?«

»Ich habe ihn nie gesehen.«

»Nun, woher wissen Sie dann, daß Er existiert?«

»Das sollen Sie ja herausfinden.«

»Oh, na großartig. Sie wissen also nicht, wie er aussieht? Oder wo ich mit dem Suchen anfangen kann?«

»Nein. Eigentlich nicht. Obwohl ich fast vermute, daß er allgegenwärtig ist. In der Luft, in jeder Blume, in Ihnen, in mir — und in diesem Stuhl.«

»Aha!« Sie war also eine Pantheistin. Ich notierte mir das in Gedanken und sagte ihr, daß ich ihren Fall übernehmen würde — für hundert Scheine am Tag, plus Spesen und einem Dinner mit ihr. Sie lächelte und war einverstanden. Wir fuhren zusammen im Fahrstuhl nach unten. Draußen wurde es bereits dunkel. Möglicherweise existierte Gott tatsächlich, möglicherweise auch nicht, aber sicher war, daß irgendwo in dieser verfluchten Stadt 'ne Menge Leute herumlungerten, die versuchen würden, mich daran zu hindern, es herauszufinden.

Mein erster Weg führte mich zu Rabbi Itzhak Wiseman, einem Geistlichen hier im Viertel, der mir noch einen Gefallen schuldete, weil ich herausgefunden hatte, wer seinen Hut mit Schweinefleisch dekoriert hatte. Ich wußte, daß irgendwas nicht stimmte, als ich mit ihm sprach, denn er schien Angst zu haben. Wirkliche, echte Angst.

»Natürlich gibt es einen Sie-wissen-schon-wer, aber mir ist noch nicht einmal erlaubt, Seinen Namen auszusprechen, oder Er wird mich mit dem Tode strafen, obwohl mir noch nie eingeleuchtet hat, wie jemand so empfindlich sein kann, wenn es darum geht, seinen Namen auszusprechen.«

»Sehen Sie Ihn manchmal?«

»Ich? Machen Sie Witze? Ich bin froh, wenn ich meine Enkel zu sehen bekomme.«

»Woher wissen Sie dann, daß Er existiert?«

»Woher ich das weiß? Was für eine dumme Frage! Wie käme ich wohl an einen Anzug wie diesen hier für nur vierzehn Dollar, wenn da oben niemand wäre? Hier, fassen Sie den Kaftan einmal an — wie können Sie da noch zweifeln?«

»Sonst haben Sie keine Beweise?«

»Heh — und was ist mit dem Alten Testament? Zerbröseltes Matzen, oder was? Wie, glauben Sie, hat Moses die Israeliten aus Ägypten herausgebracht? Mit einem Lächeln und einem kleinen Steptanz? Glauben Sie mir, um das Rote Meer zu teilen, braucht man mehr als nur ein großes Kuchenmesser. Dazu braucht man Macht.«

»Er ist also ein harter Bursche, was?«

»Ja. Sehr hart. Man sollte denken, mit all dem Erfolg, den Er hat, könnte Er etwas umgänglicher sein.«

»Wie kommt es, daß Sie so viel wissen?«

»Weil wir das erwählte Volk sind. Von all Seinen Kindern sind wir diejenigen, um die Er sich am meisten kümmert. Auch etwas, worüber ich mich eines Tages gerne mit Ihm unterhalten möchte.«

»Was zahlen Sie Ihm dafür, erwählt zu sein?«

»Fragen Sie nicht!«

So sah das also aus. Die Juden hingen in der Sache mit Gott ganz schön tief drin. Es war das altbekannte Protektionsspiel. Man hielt eine schützende Hand über sie, solange sie zahlten. Und nach dem Ton von Rabbi Wiseman zu schließen, ließ Er sie kräftig zur Ader. Ich nahm mir ein Taxi und fuhr hinüber zu *Danny's Billiards* in der Tenth Avenue. Der Geschäftsführer dort ist ein schleimiger, kleiner Bursche, den ich nicht ausstehen kann. »Chicago Phil da?«

»Wer will das wissen?«

Ich packte ihn am Kragen. Dabei quetschte ich gleichzeitig ein bißchen seinen Hals.

»Wie bitte, du Ratte?«

»Hinten«, sagte er schon etwas entgegenkommender.

Chicago Phil. Fälscher, Bankräuber, Schläger und erklärter Atheist. »Der Bursche hat niemals existiert, Kaiser. Reine Augenwischerei. Bloße Propaganda. Es gibt keinen Mr. Big. Dahinter steckt ein Syndikat. Hauptsächlich Sizilianer. Aber international. So was wie einen Kopf der Bande gibt's nicht. Außer vielleicht den Papst.«

»Ich will den Papst sehen.«

»Kann arrangiert werden«, meinte er augenzwinkernd.

»Sagt dir der Name Claire Rosensweig etwas?«

»Nein.«

»Heather Butkiss?«

»Heh, Moment mal. Sicher. Das ist doch diese wasserstoffblonde Puppe mit dem tollen Milchgebirge aus Radcliffe.«

»Radcliffe? Sie behauptet aus Vassar.«

»Nun, dann hat sie gelogen. Sie unterrichtet in Radcliffe. Hat 'ne Weile was mit einem Philosophen gehabt.«

»Pantheist?«

»Nein. Empirist, wenn ich mich recht erinnere. Übler Bursche. Lehnte Hegel vollkommen ab, wie überhaupt alles, was irgendwie mit Dialektik zu tun hat.«

»Ach, einer von denen!«

»Yeah. War mal Schlagzeuger in einem Jazz-Trio. Dann ist er dem logischen Positivismus verfallen. Als das fehlschlug, hat er es mit Pragmatismus versucht. Das letzte, was ich über ihn hörte, war, daß er 'ne Menge Mäuse hat mitgehen lassen, um sich einen Kurs über Schopenhauer an der Universität von Columbia zu finanzieren. Die Firma würde ihn gerne finden — oder seine Notizbücher in die Hände bekommen, um sie weiterzuverkaufen.«

»Danke, Phil.«

»Kaiser, hör auf mich! Es gibt da draußen niemanden. Reine Propaganda. Ich könnte doch nicht all die ungedeckten Schecks in Umlauf bringen und weiterhin der ganzen Gesellschaft auf der Tasche liegen, wenn ich auch nur eine Sekunde glauben würde, daß ein solches Wesen tatsächlich existiert. Das Universum ist streng phänomenologisch zu verstehen. Nichts hat ewig Bestand. Nichts ist von Bedeutung.«

»Wer hat das fünfte Rennen in Aqueduct gewonnen?«

»Santa Baby.«

Bei *O'Rourke's* trank ich ein Bier und versuchte die Dinge zu ordnen, aber nichts ergab einen Sinn. Sokrates hatte Selbstmord begangen — so erzählte man sich zumindest. Christus wurde ermordet. Nietzsche wurde völlig meschugge. Wenn es da draußen tatsächlich jemanden gab, dann achtete Er verdammt noch mal sehr gut darauf, daß Er nicht entdeckt wurde. Und warum log Claire Rosensweig? Hatte möglicherweise Descartes doch recht? War das Universum tatsächlich dualistisch? Oder traf Kant vielleicht den Nagel auf den Kopf, wenn er die Existenz Gottes aufgrund moralischer Erwägungen postulierte?

An diesem Abend traf ich mich mit Claire zum Dinner. Zehn Minuten nach der Rechnung lagen wir zusammen in den

Federn, und, Mann o Mann, ich pfeif' euch was auf eure westliche Kultur. Sie legte ein paar gymnastische Übungen auf die Matratze, mit denen sie glatt eine Goldmedaille bei den Olympischen Spielen in Tijuana gewonnen hätte. Danach lag sie neben mir, ihr langes, blondes Haar ergoß sich über die Kissen. Unsere nackten Körper waren noch immer ineinander verschlungen. Ich rauchte eine Zigarette und starrte zur Decke hinauf.

»Claire, was ist, wenn Kierkegaard recht hat?«

»Was meinst du?«

»Wenn du es niemals sicher *wissen* kannst, dann mußt du einfach *glauben*.«

»Das ist absurd.«

»Sei doch nicht so rational.«

»Niemand ist hier rational, Kaiser.« Sie zündete sich eine Zigarette an. »Werd nur nicht ontologisch mit mir. Nicht jetzt. Ich könnte es nicht ertragen, wenn du ontologisch mit mir werden würdest.«

Sie war ganz aus dem Häuschen. Ich lehnte mich zu ihr hinüber und küßte sie, als das Telephon läutete. Sie hob den Hörer ab.

»Es ist für dich.«

Die Stimme am anderen Ende war die von Sergeant Reed vom Morddezernat.

»Noch immer auf der Suche nach Gott?«

»Yeah.«

»Ein allmächtiges Wesen? Herr der Heerscharen? Schöpfer des Universums? Der himmlische Vater?«

»Genau.«

»Jemand, auf den diese Beschreibung paßt, ist gerade im Leichenschauhaus eingeliefert worden. Besser, du kommst gleich mal her.«

Es war Er, und so wie es aussah, war Er von Profis um die Ecke gebracht worden. »Er war bereits tot, als sie Ihn einlieferten.«

»Wo habt ihr Ihn gefunden?«

»In einem Lagerhaus in der Delancey Street.«

26

»Irgendwelche Spuren?«

»Das ist die Arbeit eines Existentialisten. Da sind wir uns sicher.«

»Woher wollt ihr das wissen?«

»Die Tat wurde aufs Geratewohl ausgeführt. Scheint keinem System oder Schema zu folgen. Völlig impulsiv.«

»Ein Verbrechen aus Leidenschaft?«

»Erfaßt. Was bedeutet, daß du ein Verdächtiger bist, Kaiser.«

»Wieso ich?«

»Jeder hier im Hauptquartier weiß, was du von Jaspers hältst.«

»Das macht mich noch nicht zu einem Killer.«

»Noch nicht, aber zu einem Verdächtigen.« Wieder draußen auf der Straße, pumpte ich etwas Luft in meine Lungen und versuchte, einen klaren Kopf zu bekommen. Mit dem Taxi fuhr ich rüber nach Newark, stieg aus und lief einen Block zu Fuß zu Giordinos italienischem Restaurant. An einem weiter hinten stehenden Tisch saß Seine Heiligkeit. Es war tatsächlich der Papst. Neben ihm saßen zwei Typen, wie ich sie schon in einem halben Dutzend Gangsterfilmen gesehen hatte.

»Setz dich, mein Sohn«, sagte er und sah von seinen Fettuccine auf. Er streckte mir einen Ring entgegen. Ich schenkte ihm mein breitestes Lächeln, küßte das Ding aber nicht. Das irritierte ihn, und ich war zufrieden. Ein Punkt für mich.

»Wie wär's mit ein paar Fettuccine?«

»Danke, nein, Heiligkeit. Aber essen Sie ruhig weiter.«

»Gar nichts? Nicht mal einen Salat?«

»Ich habe gerade gegessen.«

»Wie du meinst, mein Sohn, aber sie machen hier ein ganz vorzügliches Roquefort-Dressing. Ganz anders als im Vatikan, wo man einfach keine anständige Mahlzeit serviert bekommt.«

»Ich komm' gleich zur Sache, Papst. Ich bin auf der Suche nach Gott.«

»Da bist du hier an der richtigen Adresse, mein Sohn.«

»Dann gibt es Ihn also?« Ihrem Gelächter nach zu urteilen fanden sie das alle wohl recht amüsant. Der Typ neben mir sagte: »Heh, witzig! Das schlaue Jüngelchen will wissen, ob Er existiert.«

Ich rutschte ein bißchen mit meinem Stuhl herum, wie um es mir bequemer zu machen, und stampfte ihm dabei ganz aus Versehen mit dem Stuhlbein auf den kleinen Zeh. »Oh, 'tschuldigung.« Doch er kochte vor Wut.

»Natürlich existiert Er, Lupowitz, aber ich bin der einzige, der mit Ihm in Verbindung steht. Er spricht durch mich.«

»Wieso gerade Sie, Kamerad?«

»Weil ich das rote Gewand trage.«

»Dieser Aufzug da?«

»Keine Scherze darüber! Jeden Morgen stehe ich auf, ziehe dieses rote Gewand an, und plötzlich bin ich 'ne ganz große Nummer. Das liegt alles nur am Gewand. Ich meine, sehen wir den Tatsachen doch mal ins Gesicht: Wenn ich mit Turnschuhen und Trainingsanzug rumlaufen würde, würde man mir doch keinerlei religiöse Offenbarungen abkaufen.«

»Dann ist es also nur Propaganda. Es gibt keinen Gott.«

»Keine Ahnung. Aber was macht das schon für einen Unterschied. Das Geld ist echt.«

»Haben Sie eigentlich jemals Sorge gehabt, daß die Wäscherei den roten Anzug einmal nicht rechtzeitig abliefern könnte und Sie sich dann in nichts mehr von uns anderen unterscheiden würden?«

»Ich geb' das Ding in eine spezielle Stundenreinigung. Schätze, diese Sicherheitsmaßnahme ist mir die paar Cents mehr wert.«

»Claire Rosensweig, klingeln da bei Ihnen irgendwelche Glocken?«

»Logisch. Sie gehört zum Wissenschaftlichen Institut in Bryn Mawr.«

»Wissenschaft, sagen Sie? Danke.«

»Wofür?«

»Die Antwort, Papst.« Ich enterte ein Taxi und stürmte über die George Washington Bridge. Unterwegs hielt ich an meinem Büro und prüfte schnell ein paar Dinge nach. Auf der Fahrt zu Claires Apartment spielte ich ein wenig Puzzle, und zum ersten Mal paßten alle Teile zusammen. Als ich ankam, steckte sie in einem durchsichtigen Morgenmantel, und etwas schien ihr Sorgen zu bereiten.

»Gott ist tot. Die Polizei war da. Sie suchen nach dir. Sie glauben, daß es ein Existentialist getan hat.«

»Nein, Süße. Du warst es.«

»Was? Mach keine Witze, Kaiser.«

»Du hast es getan.«

»Was sagst du da?«

»Du, Baby. Nicht Heather Butkiss oder Claire Rosensweig, sondern Doktor Ellen Shepherd.«

»Woher weißt du meinen Namen?«

»Professor für Physik in Bryn Mawr. Die jüngste, die dort jemals ein Institut geleitet hat. Mitten im letzten Wintersemester hast du etwas mit einem Jazzmusiker angefangen, der ganz schön tief in der Philosophie drin steckte. Er ist verheiratet, aber das hat dich nicht gestört. Ein paar Nächte im Heu, und man glaubt, es ist Liebe. Aber es hat nicht funktioniert, weil dir jemand dazwischenkam: Gott. Nicht wahr, Puppe, er war gläubig oder wollte es zumindest sein, aber du mit deinem hübschen, kleinen wissenschaftlichen Verstand mußtest unbedingt absolute Sicherheit haben.«

»Nein, Kaiser, ich schwör's.«

»Also hast du vorgegeben, Philosophie zu studieren, weil du damit einige Hindernisse aus dem Weg räumen konntest. Mit Sokrates hast du leichtes Spiel gehabt, aber da war noch Descartes, also hast du Spinoza dazu benutzt, Descartes zu beseitigen. Und als Kant keinen Erfolg hatte, mußtest du ihn auch noch loswerden.«

»Du weißt nicht, was du sagst.«

»Aus Leibnitz hast du Hackfleisch gemacht, aber das war dir nicht sicher genug, denn du wußtest, sobald jemand Pascal Glauben schenken würde, wärest du erledigt, also mußtest du auch ihn um die Ecke bringen. Aber da hast du einen Fehler begangen, denn du hast Martin Buber vertraut. Nur war der leicht zu beeinflussen und glaubte schließlich fest an Gott. Also mußtest du Gott selbst loswerden.«

»Kaiser, du bist verrückt.«

»Nein, Baby. Du hast dich als Pantheistin ausgegeben. Das sollte dir die Wege zu Ihm ebnen — *falls* Er wirklich existierte, und das tat Er. Er ging mit dir auf Shelbys Party, und als Jason gerade nicht hinsah, hast du Ihn getötet.«

»Wer zum Teufel sind Shelby und Jason?«

»Was spielt das für eine Rolle? Das Leben ist jetzt ohnehin sinnlos und absurd geworden.«

»Kaiser«, sagte sie und zitterte plötzlich. »Du würdest mich doch nicht den Bullen ausliefern?«

»Oh, doch, Baby. Wenn der Allmächtige eins über den Schädel kriegt, muß *irgend jemand* die Suppe auslöffeln.«

»Oh, Kaiser, wir könnten zusammen fortgehen. Nur wir beide. Wir könnten die ganze Philosophie vergessen. Uns irgendwo niederlassen und vielleicht auf die Semantik umsatteln.«

»Sorry, Zuckerpüppchen. Das ist kein Geschäft für mich.«

Sie war nun ganz in Tränen aufgelöst. Langsam schob sie sich den Morgenmantel von den Schultern, und plötzlich stand ich einer nackten Venus gegenüber, deren ganzer Körper zu rufen schien: Nimm mich — ich gehöre dir. Eine Venus, deren rechte Hand mein Haar zerzauste, während ihre linke von irgendwoher eine .45er hervorzauberte und sie mir in den Rücken drückte. Ich traf sie mit einer Kugel aus meiner .38er, bevor sie abdrücken konnte. Sie ließ ihre Waffe fallen und krümmte sich zusammen. Ihre Miene drückte Ungläubigkeit aus.

»Wie konntest du nur, Kaiser?«

Ihre Kräfte schwanden rasch, aber ich schaffte es noch, ihr rechtzeitig zu antworten:

»Die Manifestation des Universums als eine komplexe Idee in sich selbst im Gegensatz zu seiner Manifestation inner- oder außerhalb eines existierenden Schöpferwesens ist per se ein konzeptionelles Nichts oder ein Nichts in Relation zu jeder abstrakten Form der Existenz, des Existieren-Werdens oder des permanent Existiert-Habenden und nicht den naturwissenschaftlichen Gesetzen unterworfen, nicht der Veränderlichkeit und nicht den Ideen bezüglich des Nichtsubstantiellen oder des Fehlens eines objektiven Seins oder subjektiven Andersseins.«

Zugegeben, es war ein recht ausgefeiltes Konzept, aber ich glaube, sie verstand es, bevor sie starb.

Was? Das ist gar keine Weihnachtsgeschichte, sagen Sie? Na, dann sehen Sie doch noch einmal nach, wer das fünfte Rennen in Aqueduct gewonnen hat!

Originaltitel: Mr. Big
Ins Deutsche übertragen von Stefan Bauer

»Wie kommen Sie nur darauf, daß der Mörder ein Tanzlehrer ist?«

Sir Arthur Conan Doyle

Der Blaue Karfunkel

Ich hatte am zweiten Morgen nach Weihnachten bei meinem alten Freund Sherlock Holmes vorbeigeschaut, in der Absicht, ihm meine besten Festtagswünsche zu überbringen. Er rekelte sich in einem purpurnen Morgenmantel auf dem Sofa, zu seiner Rechten und in Reichweite ein Pfeifenständer und ebenso griffbereit ein Stapel verknitterter und offensichtlich kürzlich erst gelesener Zeitungen. Neben der Couch stand ein Holzstuhl, an dessen Rückenlehne ein abgewetzter, schäbiger Hut hing, der gleich an mehreren Stellen Risse aufwies. Eine Lupe und eine Pinzette, die auf der Sitzfläche des Stuhles lagen, ließen darauf schließen, daß der Hut zum Zwecke einer eingehenden Untersuchung in dieser Weise aufgehängt worden war.

»Sie arbeiten an einem Fall«, sagte ich, »komme ich vielleicht ungelegen?«

»Ganz und gar nicht. Ich bin froh, einen Freund zu haben, mit dem ich meine Resultate besprechen kann. Es handelt sich um eine völlig simple Angelegenheit« — er zeigte mit dem Daumen auf den alten Hut — »aber es haben sich einige Zusammenhänge ergeben, die recht interessant und sogar lehrreich sind.«

Ich nahm auf einem Sessel Platz und wärmte mir die Hände am prasselnden Kaminfeuer. Es war eisig kalt geworden, und die Fensterscheiben waren dick mit Eiskristallen bedeckt. »Ich nehme an«, bemerkte ich, »daß dieses Ding, so unscheinbar es auch aussehen mag, mit einer brisanten Geschichte in Zusammenhang steht — daß es der Hinweis ist, der Sie zur Lösung eines Rätsels und zur Bestrafung eines Verbrechens führen wird.«

»Nein, nein. Kein Verbrechen«, entgegnete Sherlock Holmes lachend. »Nur einer dieser wunderlichen kleinen Vorfälle, zu denen es immer wieder kommt, wenn vier Millionen Menschen auf einer Fläche von einigen wenigen Quadratmeilen zusammengedrängt sind. In Anbetracht des Prinzips von Ursache und Wirkung innerhalb eines so dichten Menschenschwarms ist jede Art der Verkettung von Umständen möglich, und es mag sich manch kleines Problem stellen, das ungewöhnlich und bizarr ist, ohne jedoch kriminell zu sein. So etwas kommt vor.«

»Sogar so häufig«, bemerkte ich, »daß von den letzten sechs Fällen, die ich meinen Notizen beigefügt habe, ganze drei nicht das geringste mit einem Verbrechen zu tun haben.«

»Exakt. Sie spielen auf meinen Versuch, die Irene-Adler-Papiere wiederzubeschaffen, an, auf den ungewöhnlichen Fall der Miss Mary Sutherland und den Vorfall mit dem Mann mit der Hasenscharte. Nun, ich bezweifle nicht, daß dieser kleine Vorfall hier in dieselbe harmlose Kategorie fallen wird. Sie kennen doch, Peterson, den Portier?«

»Ja.«

»Diese Trophäe gehört ihm.«

»Ist das sein Hut?«

»Nein, nein; er hat ihn gefunden. Der Besitzer ist unbekannt. Ich bitte sie, ihn nicht als schäbige Melone, sondern als intellektuelles Problem zu betrachten. Erst einmal werde ich Ihnen erzählen, wie er hierher gelangt ist. Er ist dem Portier am Weihnachtsmorgen in die Hände gefallen, zusammen mit einer schönen fetten Gans, die zweifellos in eben diesem Augenblick in Petersons Ofen schmort. Die Fakten sind folgende: Gegen vier Uhr am Weihnachtsmorgen machte sich Peterson, der, wie Sie wissen, ein durch und durch ehrlicher Kerl ist, nach einer kleinen Feier die Tottenham Court Road hinunter auf den Heimweg. Vor sich sah er im Licht der Straßenlaterne einen recht großgewachsenen Mann, der leicht schwankte und eine weiße Gans über der Schulter trug. Als er die Ecke Goodge Street erreichte, kam es zwischen diesem Fremden und einigen Schurken zu einer Auseinandersetzung. Einer der letzteren schlug dem Mann den Hut vom Kopf, woraufhin er seinen Stock hob, um sich zu verteidigen. Dabei zerschlug er unbeabsichtigt die Schaufensterscheibe in seinem Rücken. Peterson war losgelaufen, um dem Fremden beizustehen, aber als der Mann, ganz erschrocken darüber, die Fensterscheibe zerbrochen zu haben, jemanden in Uniform auf sich zueilen sah, ließ er die Gans fallen, nahm die Beine in die Hand und verschwand in dem Labyrinth kleiner Gäßchen hinter der Tottenham Court Road. Die Schurken hatten bei Petersons Erscheinen ebenfalls das Weite gesucht, so daß er schließlich mit zwei Siegestrophäen in Form dieses verbeulten Hutes und einer sehr appetitlichen Weihnachtsgans alleine auf dem Schlachtfeld zurückblieb.«

»Die er dem rechtmäßigen Besitzer doch sicher zurückgegeben hat?«

»Genau hier liegt das Problem, lieber Freund. Zwar war am linken Fuß der Gans ein kleines Kärtchen mit der Aufschrift ›für Mrs. Henry Baker‹ befestigt, und auch am Innenrand des Hutes sind die Initialen ›H. B.‹ zu lesen, aber da es einige Hundert Henry Bakers in unserer Stadt gibt, ist es gar nicht so einfach, den richtigen zu ermitteln.«

»Und was hat Peterson nun getan?«

»Er hat Hut und Gans am Weihnachtsmorgen zu mir gebracht, da er weiß, daß ich mich auch für kleinste Rätsel interessiere. Die Gans haben wir bis heute morgen aufbewahrt, aber dann wurde offensichtlich, daß sie trotz des leichten Frostes ohne weitere Verzögerung verzehrt werden sollte. Der Finder hat sie also wieder mitgenommen, um sie dem unabwendbaren Schicksal einer Weihnachtsgans zuzuführen, während ich den Hut des unbekannten Gentlemans zurückbehalten habe, der sein Weihnachtsessen eingebüßt hat.«

»Hat er denn nicht inseriert?«

»Nein.«

»Welche Anhaltspunkte könnten Sie dann in bezug auf seine Identität haben?«

»Nur soviel sich auf logische Weise kombinieren läßt.«

»Anhand seines Hutes?«

»Genau.«

»Das kann doch nicht Ihr Ernst sein. Was könnte man anhand dieser alten, verbeulten Melone schon in Erfahrung bringen?«

»Hier, nehmen Sie meine Lupe. Sie kennen meine Methoden. Was können Sie mir über die Persönlichkeit des Mannes sagen, der diese Kopfbedeckung getragen hat?«

Ich nahm das verbeulte Ding und drehte es ziemlich ratlos in den Händen. Es war eine ganz gewöhnliche schwarze Melone, wenn auch in erbärmlichem Zustand. Das Innenfutter war aus ursprünglich roter, aber inzwischen recht verblaßter Seide. Ein Herstelleretikett war nicht vorhanden, aber auf einer Seite waren, wie Holmes bereits erwähnt hatte, die Initialen ›H. B.‹ auf den Rand gemalt. An der Krempe waren zwei kleine Löcher in den Filz gebohrt, die einmal dazu gedient hatten, einen Huthalter zu befestigen, aber das Gummiband fehlte. Davon abgesehen war der Hut stellenweise gerissen, extrem staubig und außerdem fleckig, wenngleich es aussah, als hätte jemand versucht, die helleren Stellen mittels dunkler Tinte zu überdecken.

»Ich kann nichts sehen«, sagte ich und hängte den Hut wieder an die Stuhllehne.

»Ganz im Gegenteil, Watson, Sie sehen alles. Allerdings versäumen Sie es, aus dem, was Sie sehen, logisch zu folgern. Sie sind zu schüchtern, wenn es darum geht, Ihre eigenen Schlüsse zu ziehen.«

»Dann sagen Sie mir doch bitte, was Sie aus diesem Hut gefolgert haben?«

Er nahm den Hut in die Hand und betrachtete ihn mit der ihm eigenen seltsamen introspektiven Art. »Er verrät vielleicht weniger, als er es hätte tun können«, bemerkte er. »Und doch weist er einige eindeutige Hinweise auf, sowie einige andere, die sich zumindest mit einem hohen Maße an Wahrscheinlichkeit deuten lassen. Daß der Mann hochintelligent ist, liegt auf der Hand, ebenso wie die Tatsache, daß er vor drei Jahren noch recht wohlhabend war, wohingegen er heute in bescheideneren Verhältnissen lebt. Er besaß Weitsicht, die jedoch heute bei ihm weniger ausgeprägt ist, was auf eine moralische Rückentwicklung hindeutet. Das wiederum läßt in Anbetracht seines finanziellen Abstiegs einen schlechten Einfluß vermuten. Wahrscheinlich Alkohol. Das könnte auch die Ursache für die offenkundige Tatsache sein, daß seine Frau ihn nicht mehr liebt.«

»Mein lieber Holmes!«

»Dennoch hat er sich einen gewissen Selbstrespekt bewahrt«, fuhr er fort, meinen Einwand ignorierend. »Er ist ein sehr häuslicher Mensch, geht selten aus, ist keine körperliche Anstrengung gewohnt, mittleren Alters und hat graues Haar, das er sich kürzlich erst hat schneiden lassen, und das er mit Limonencreme pomadiert. Das sind die offensichtlichsten Fakten, die uns dieser Hut verrät. Ach ja, darüber hinaus ist es höchst unwahrscheinlich, daß er über einen Gasanschluß verfügt.«

»Sie machen Witze, Holmes.«

»Ganz und gar nicht. Sollte es denn tatsächlich möglich sein, daß Sie, obwohl ich Ihnen meine Schlußfolgerungen nun mitgeteilt habe, nicht in der Lage sind nachzuvollziehen, wie ich zu ihnen gelangt bin?«

»Ich bin zweifellos sehr dumm, denn ich muß gestehen, daß ich Ihnen nicht folgen kann. Woraus haben Sie zum Beispiel gefolgert, daß der Mann intelligent ist?«

Als Antwort setzte Holmes den Hut auf. Er war ihm viel zu groß und rutschte ihm bis auf den Nasenrücken. »Das ist eine Frage des Kopfumfangs«, sagte er. »Ein Mann mit einem so großen Kopf muß auch etwas darin haben.«

»Und was ist mit den Schlußfolgerungen, die seine Vermögensverhältnisse betreffen?«

»Dieser Hut ist drei Jahre alt. Diese flachen, nur am Rand leicht gewölbten Krempen sind damals in Mode gekommen. Außerdem ist das ein Hut allerbester Qualität. Sehen Sie sich das Band aus gerippter Seide und das hochwertige Futter an. Wenn dieser Mann es sich vor drei Jahren erlauben konnte, einen so teuren Hut zu kaufen, sich jedoch seither keinen neuen mehr hat leisten können, hat er ganz offensichtlich einen gesellschaftlichen Abstieg hinter sich.«

»Nun, das ist sicher einleuchtend. Aber was ist mit der Weitsichtigkeit und der moralischen Rückentwicklung?«

Sherlock Holmes lachte. »Hier ist die Weitsichtigkeit«, sagte er und legte den Finger auf die kleine Öse und Schlaufe des Huthalters. »Hüte werden nie mit dieser Vorrichtung verkauft. Wenn dieser Mann also einen Huthalter hat anbringen lassen, ist das ein Zeichen für ein gewisses Maß an Weitsicht, da er sich die Mühe gemacht hat, für windige Tage vorzusorgen. Da aber das Gummi fehlt und er es nicht ersetzt hat, ist er heute weniger weitsichtig als früher, was ein eindeutiges Zeichen seines schwächer werdenden Charakters ist. Andererseits hat er sich bemüht, einige dieser Flecken auf dem Filz mit Hilfe von Tinte zu verdecken, was wiederum darauf hindeutet, daß er seine Selbstachtung noch nicht ganz verloren hat.«

»Ihre Argumente sind zweifellos plausibel.«

»Die weiteren Einzelheiten — daß er mittleren Alters ist, graues Haar hat, das erst kürzlich geschnitten wurde, und daß er Limonencreme verwendet — lassen sich aus einer genauen Betrachtung des unteren Futterrandes ersehen. Unter der Lupe waren zahlreiche Haarenden zu sehen, sauber abgeschnitten von der Schere eines Barbiers. Sie scheinen am Futter zu kleben, und der Hut riecht eindeutig nach Limonencreme. Und wenn man diesen Staub näher betrachtet, stellt man fest, daß es sich nicht um grobkörnigen grauen Straßenstaub handelt, sondern um feinen bräunlichen Hausstaub, was wiederum darauf hindeutet, daß der Hut die meiste Zeit im Haus gehangen hat. Darüber hinaus sind die Flecken auf dem Futter ein eindeutiger Beweis dafür, daß der Träger stark geschwitzt hat und somit wohl kaum in bester körperlicher Verfassung sein dürfte.«

»Aber seine Frau — Sie sagten, sie würde ihn nicht mehr lieben.«

»Dieser Hut ist seit Wochen nicht mehr gebürstet worden. Wenn ich Sie einmal mit einem Hut antreffen sollte, auf dem sich der Staub einer ganzen Woche angesammelt hat, und Ihre Frau Ihnen trotzdem gestattet, so aus dem Haus zu gehen, werde ich fürchten müssen, daß Sie ebenfalls das Unglück hatten, die Zuneigung Ihrer Gattin einzubüßen.«

»Aber er könnte doch Junggeselle sein.«

»Nein, die Gans war als Friedensangebot für seine Frau gedacht. Denken Sie doch an das Kärtchen am Bein des Vogels.«

»Sie haben wirklich auf alles eine Antwort. Aber wie um

alles in der Welt kommen Sie darauf, daß er keinen Gasanschluß hat?«

»Ein Wachsfleck oder auch zwei könnten Zufall sein; aber wenn ich nicht weniger als fünf entdecke, besteht, denke ich, kaum ein Zweifel daran, daß die betreffende Person häufig mit flüssigem Wachs in Berührung kommt – vermutlich steigt er abends, den Hut in der einen und eine tropfende Kerze in der anderen Hand die Treppe hinauf zu seinem Schlafzimmer. Jedenfalls stammen die Wachsflecken nicht von einem Gasbrenner. Zufrieden?«

»Nun, das alles zeugt von außergewöhnlicher Findigkeit«, entgegnete ich lachend. »Aber da, wie Sie eben selbst gesagt haben, kein Verbrechen begangen wurde und außer dem Verlust einer Gans kein Schaden entstanden ist, scheint mir das alles eine unnötige Energievergeudung zu sein.«

Sherlock Holmes öffnete den Mund, um etwas zu erwidern, als plötzlich die Tür aufflog und Peterson, der Portier, mit geröteten Wangen und dem Gesicht eines Mannes, der ganz benommen ist vor Verblüffung, hereinstürmte.

»Die Gans, Mr. Holmes! Die Gans, Sir!« keuchte er.

»Was ist denn damit? Ist sie wieder zum Leben erwacht und aus dem Küchenfenster geflogen?« Holmes drehte sich auf dem Sofa herum, um das erregte Gesicht des Mannes besser sehen zu können.

»Sehen Sie nur, Sir! Sehen Sie nur, was meine Frau im Kropf gefunden hat!« Er streckte die Hand aus, und wir sahen einen blitzenden blauen Stein. Er war nicht sehr groß, nicht einmal so groß wie eine Bohne, aber von solcher Reinheit und strahlendem Glanz, daß er in der dunklen Höhlung seiner Hand leuchtete wie ein elektrisches Licht. Sherlock Holmes richtete sich mit einem Pfiff auf. »Bei Gott, Peterson!« rief er aus. »Da sind Sie auf einen wahrhaftigen Schatz gestoßen. Ich nehme doch an, daß Sie wissen, was Sie da in der Hand halten?«

»Einen Diamanten, Sir? Einen wertvollen Edelstein. Er schneidet Glas, als wäre es Fensterkitt.«

»Das ist weit mehr als nur ein Edelstein. Das ist *der* Edelstein.«

»Doch nicht etwa der Blaue Karfunkel der Gräfin von Morcar!« rief ich aus.

»Genau der. Ich bin bestens über seine Größe und Form informiert, da ich in letzter Zeit täglich die ihn betreffenden Meldungen in der *Times* gelesen habe. Der Stein ist einzigartig, und sein Wert kann nur geschätzt werden, aber die Belohnung in Höhe von eintausend Pfund, die für die Wiederbeschaffung ausgesetzt wurde, dürfte nicht einmal ein Zwanzigstel seines Marktwertes ausmachen.«

»Eintausend Pfund? Gütiger Gott!« Der Portier ließ sich auf einen Stuhl fallen und starrte von einem zum anderen.

»Das ist der Finderlohn, und ich habe Grund zu der Annahme, daß die Gräfin aus sentimentalen Beweggründen bereit wäre, ihr halbes Vermögen herzugeben, wenn sie dafür nur diesen Stein wiederbekäme.«

»Wenn ich mich recht erinnere, wurde er im Hotel *Cosmopolitan* entwendet«, sagte ich.

»Exakt. Und zwar am zweiundzwanzigsten Dezember, also vor genau fünf Tagen. John Horner, ein Klempner, wurde beschuldigt, ihn aus der Schmuckkassette der Gräfin gestohlen zu haben. Die Beweise gegen ihn waren so vernichtend, daß der Fall an das Schwurgericht übergeben wurde. Ich glaube, ich habe einen Artikel darüber hier.« Er kramte in dem Zeitungsstapel, überflog die Tagesdaten, strich schließlich eine Ausgabe glatt, faltete sie einmal und las uns den folgenden Absatz vor:

»Juwelenraub im Hotel *Cosmopolitan*. John Horner, 26, von Beruf Klempner, wird beschuldigt, am zweiundzwanzigsten dieses Monats den kostbaren Edelstein aus der Schmuckkassette der Gräfin von Morcar entwendet zu haben, der als der Blaue Karfunkel bekannt ist. James Ryder, Angestellter des Hotels, hat ausgesagt, er habe Horner am Tag des Diebstahls in den Ankleideraum der Gräfin geführt, weil sich dort ein Stab des Kamingitters gelockert hatte und wieder festgeschweißt werden mußte. Er sei einige Zeit bei Horner geblieben, dann jedoch weggerufen worden. Als er zurückgekehrt sei, habe er das Zimmer verlassen vorgefunden. Der Sekretär war aufgebrochen worden, und die kleine Lederkassette, in der, wie sich später herausstellte, die Gräfin ihre Juwelen aufbewahrte, lag offen auf der Frisierkommode. Ryder gab sofort Alarm, und Horner wurde noch am selben Abend verhaftet. Der Stein wurde jedoch weder bei ihm noch in seiner Wohnung gefunden. Catherine Cusack, die Zofe der Gräfin, sagte aus, sie habe Ryders Aufschrei gehört, als dieser den Diebstahl entdeckt hatte, und wäre ins Zimmer gelaufen, wo sie alles genauso vorgefunden hätte, wie der erste Zeuge es beschrieben hat. Inspector Bradstreet vom Raubdezernat hat berichtet, Horner hätte sich bei seiner Verhaftung heftig zur Wehr gesetzt und seine Unschuld beteuert. Da der Verhaftete jedoch schon einmal wegen Diebstahls verurteilt worden ist, übergab das erstinstanzliche Gericht den Fall an das Schwurgericht. Horner, der während der Anhörung sehr erregt gewirkt hatte, wurde bei der Verkündung des Richterspruches ohnmächtig und mußte aus dem Saal getragen werden.

»Hm! Soviel zum Thema Gericht«, sagte Holmes nachdenklich und legte die Zeitung beiseite. »Das Problem, das sich uns jetzt stellt, ist herauszufinden, welche Verkettung von Umständen von einer aufgebrochenen Schmuckkassette zum Kropf einer Gans in der Tottenham Court Road geführt haben. Sehen Sie, Watson, unsere harmlosen Schlußfolgerungen erscheinen plötzlich in einem ganz anderen Licht. Hier ist der Stein; der Stein, der im Kropf der Gans gefunden wurde, und diese Gans war im Besitz von Mr. Henry Baker, dem Gentleman mit dem verbeulten Hut und all den anderen Merkmalen, mit denen ich Sie gelangweilt habe. Wir müssen uns also jetzt sehr ernsthaft darum bemühen, diesen Gentleman zu finden. Und wir müssen in Erfahrung bringen, was für eine Rolle er bei diesem kleinen Rätsel gespielt hat. Hierfür müssen wir es erst mit der einfachsten Methode versuchen, und die besteht darin, daß wir in allen Abendzeitungen inserieren. Sollte dies nicht zum Erfolg führen, werde ich auf andere Mittel und Wege zurückgreifen müssen.«

»Wie soll dieses Inserat denn aussehen?«

»Geben Sie mir einen Bleistift und ein Blatt Papier. Also dann:

Habe Ecke Goodge Street eine Gans und eine schwarze Melone gefunden. Beides wird Mr. Henry Baker ausgehändigt, wenn er sich um sechs Uhr dreißig heute abend in der Baker Street Nr. 221 B einfindet.

So, das ist knapp und klar.«

»Sehr. Aber wird er es auch lesen?«

»Nun, er wird ganz sicher die Zeitung studieren, da der Verlust der Gans für einen armen Mann wie ihn recht groß ist. Ganz offensichtlich war er so erschrocken über die zerbrochene Schaufensterscheibe und das plötzliche Auftauchen von Peterson, daß er in diesem Augenblick nur an Flucht gedacht hat, aber inzwischen muß er den Impuls, der ihn bewogen hat, den Vogel fallen zu lassen, bitter bereut haben. Auch wird die Erwähnung seines Namens möglicherweise zum Ziel führen, da jeder, der ihn kennt, ihn auf das Inserat aufmerksam machen wird. Nehmen Sie das, Peterson, laufen Sie runter zur Anzeigenagentur und lassen Sie es in die Abendzeitung setzen.«

»In welche, Sir?«

»Nun, in den *Globe*, den *Star*, die *Pall Mall*, die *St. James's*, den *Evening News Standard*, das *Echo* und alle weiteren, die Ihnen noch einfallen.«

»Wie Sie wünschen, Sir. Und der Stein?«

»Ach ja. Den werde ich an mich nehmen. Danke. Noch etwas, Peterson, kaufen Sie doch bitte auf dem Rückweg eine Gans und bringen Sie sie her, wir müssen diesem Gentleman ja einen Ersatz für die Gans bieten, an der Ihre Familie sich gerade gütlich tut.«

Als der Portier gegangen war, hob Holmes den Stein in die Höhe und hielt ihn gegen das Licht. »Ein wahrhaft prächtiges

Exemplar«, sagte er. »Sehen Sie nur, wie er glitzert und funkelt. Natürlich zieht er auch Verbrechen magisch an. Das tun alle Edelsteine von so großer Schönheit. Sie sind die Lieblingsköder des Teufels. Bei den größeren und älteren Juwelen mag sogar jede einzelne Facette für eine Bluttat stehen. Dieser Stein ist noch nicht einmal zwanzig Jahre alt. Er wurde am Ufer des Amoy-Flusses in Süd-China gefunden und ist insofern außergewöhnlich, als er jedes typische Merkmal eines Karfunkels aufweist, mit Ausnahme der Farbe; er ist blau anstatt rubinrot. Trotz seiner Jugend hat er bereits eine düstere Vergangenheit. Wegen dieses vierzig Gran leichten kristallisierten Stückchens Holzkohle hat es zwei Morde, einen Säureangriff, einen Suizid und mehrere Diebstähle gegeben. Wer würde glauben, daß ein so hübsches Spielzeug an den Galgen oder ins Gefängnis führen kann? Ich werde ihn jetzt in meinen Tresor verschließen und die Gräfin wissen lassen, daß er in unsere Hände gelangt ist.«

»Glauben Sie, daß dieser Horner unschuldig ist?«

»Das weiß ich nicht.«

»Nun, vermuten Sie dann vielleicht, daß dieser andere, Henry Baker, etwas mit der Sache zu tun hat?«

»Ich halte es für viel wahrscheinlicher, daß Henry Baker völlig unschuldig ist und keine Ahnung hatte, daß der Vogel, den er bei sich trug, erheblich mehr wert war als wenn er aus purem Gold gewesen wäre. Das allerdings wird sich anhand eines kleinen Tests herausfinden lassen, sofern sich jemand auf unsere Anzeige hin meldet.«

»Und bis dahin können Sie gar nichts tun?«

»Nein, nichts.«

»In diesem Fall werde ich meine Hausbesuche fortsetzen. Aber ich komme heute abend zur vereinbarten Stunde zurück. Ich würde nämlich gerne bei der Auflösung dieser verworrenen Angelegenheit zugegen sein.«

»Sie sind mir herzlich willkommen. Ich esse um sieben zu Abend. Es gibt Waldschnepfe, wenn ich nicht irre. Vielleicht sollte ich in Anbetracht der aktuellen Vorfälle Mrs. Hudson bitten, den Kropf des Vogels genauer zu betrachten.«

Ich war bei einem meiner Hausbesuche aufgehalten worden,

und so war es bereits halb sieben, als ich erneut in der Baker Street eintraf. Als ich mich dem Haus näherte, sah ich vor der Tür einen großgewachsenen Mann mit einer Schottenmütze und einem bis zum Kinn zugeknöpften Mantel stehen, der im hellen Halbkreis des Oberlichts wartete. Als ich gerade zu ihm trat, wurde die Tür geöffnet, und wir wurden gemeinsam nach oben zu Holmes Zimmer geführt.

»Mr. Henry Baker, nehme ich an«, sagte dieser und erhob sich aus seinem Lehnsessel, um den Besucher mit der spontanen Herzlichkeit zu begrüßen, die er bei Bedarf mühelos an den Tag legen konnte. »Nehmen Sie doch gleich hier am Feuer Platz, Mr. Baker. Es ist kalt heute abend, und mir scheint, Ihr Kreislauf ist dem Sommer besser angepaßt als dem Winter. Ah, Watson, Sie sind gerade zur rechten Zeit eingetroffen. Ist das Ihr Hut, Mr. Baker?«

»Ja, Sir, das ist ganz zweifellos mein Hut.«

Er war ein kräftiger Mann mit gerundeten Schultern, einem schweren Kopf und einem breiten, intelligenten Gesicht, dessen Kinn ein mit grauen Fäden durchzogener brauner Spitzbart zierte. Die leichte Röte, die seine Nase und seine Wangen überzog, und das leise Zittern seiner ausgestreckten Hand erinnerten an Holmes Schlußfolgerungen bezüglich seiner Lebensgewohnheiten. Sein abgetragener schwarzer Mantel war bis oben hin zugeknöpft, der Kragen hochgeschlagen, und an seinen dünnen Handgelenken, die aus den Ärmeln hervorschauten, war keine Spur von einem Hemd oder von Manschetten zu entdecken. Er sprach leise und abgehackt, wählte seine Worte mit Bedacht und vermittelte alles in allem den Eindruck eines gelehrten und gebildeten Mannes, dem das Schicksal übel mitgespielt hatte.

»Wir haben Ihr Eigentum einige Tage aufbewahrt, weil wir dachten, Sie würden ein Inserat mit Ihrer Anschrift aufgeben«, sagte Holmes. »Jetzt würde ich gerne wissen, warum Sie nicht inseriert haben.«

Unser Besucher lachte ziemlich verlegen. »Ich bin dieser Tage nicht mehr so wohlhabend wie ich es früher einmal gewesen bin«, erklärte er. »Außerdem war ich überzeugt, daß die Schurken, die mich angegriffen haben, mit meinem Hut und der Gans auf und davon wären. Ich wollte nicht noch mehr Geld für den vergeblichen Versuch aufwenden, beides wiederzubekommen.«

»Verständlich. Übrigens, was den Vogel betrifft, so waren wir gezwungen, ihn zu essen.«

»Sie haben ihn gegessen!« Unser Besucher erhob sich in seiner Erregung aus dem Sessel.

»Ja. Es hätte niemandem etwas genützt, wenn wir ihn hätten verderben lassen. Aber ich nehme doch an, daß diese andere Gans dort auf der Anrichte, die in etwa gleich schwer ist und darüber hinaus absolut frisch, Ihrem Zweck ebenso dienlich ist?«

»Oh, aber ja, selbstverständlich«, entgegnete Mr. Baker mit einem erleichterten Seufzer.

»Natürlich haben wir Federn, Beine, Kropf und dergleichen von Ihrer eigenen Gans aufbewahrt, wenn Sie also . . .«

Der Mann lachte schallend. »Sie könnten mir als Andenken an mein kleines Abenteuer dienen«, sagte er, »aber davon abgesehen wüßte ich nicht, von welchem Nutzen mir die *disjecta membra* meines inzwischen verspeisten Weihnachtsbratens sein sollten. Nein, Sir, ich denke, mit Ihrer Erlaubnis werde ich mich lieber dem Prachtexemplar widmen, das ich auf der Anrichte liegen sehe.«

Sherlock Holmes warf mir einen bedeutungsvollen Blick zu und zuckte leicht mit den Schultern.

»Nun, hier haben Sie Ihren Hut zurück und Ihre Gans«, sagte er. »Übrigens, wären Sie vielleicht so freundlich, mir zu verraten, wo Sie Ihre Gans her hatten? Ich bin ein Geflügelliebhaber, und ich habe selten eine schmackhaftere Gans gegessen.«

»Aber gern, Sir«, entgegnete Baker, der sich erhoben hatte und sich sein neugewonnenes Eigentum unter den Arm klemmte. »Einige von uns frequentieren den *Alpha Inn*, in der Nähe des Museums — tagsüber halten wir uns selbstverständlich im Museum selbst auf, verstehen Sie. In diesem Jahr hat unser Wirt, Windigate ist sein Name, einen Gänse-Klub ins Leben gerufen. Für ein paar Pence Beitrag jede Woche sollte jeder von uns zu Weihnachten eine Gans bekommen. Ich habe meine Beiträge pünktlich bezahlt; der Rest der Geschichte ist Ihnen ja vertraut. Ich stehe tief in Ihrer Schuld, Sir, denn eine Schottenmütze entspricht weder meinen Jahren noch meiner Würde.« In komisch anmutender pompöser Manier verbeugte er sich feierlich vor uns beiden und ging seines Weges.

»So viel zu Mr. Henry Baker«, sagte Holmes, als dieser die Tür hinter sich geschlossen hatte. »Ganz offensichtlich weiß er nicht das geringste von der Angelegenheit. Sind Sie hungrig, Watson?«

»Nicht sonderlich.«

»Dann schlage ich vor, daß wir das Abendessen verschieben und die Spur verfolgen, so lange sie noch heiß ist.«

»Auf jeden Fall.«

Es war eine bitterkalte Nacht, also zogen wir unsere Ulster-mäntel über und schlangen uns Schals um den Hals. Draußen funkelten die Sterne kalt an einem wolkenlosen Himmel, und der Atem der Passanten bildete weißen Dampf, der an die Rauchwolke nach einem abgefeuerten Schuß erinnerte. Unsere Schritte hallten laut, als wir ins Ärzteviertel einbogen und über die Wimpole Street, die Harley Street und die Wigmore Street zur Oxford Street marschierten. Nach einer knappen Viertel-stunde hatten wir das *Alpha Inn* in Bloomsbury erreicht, ein kleines Pub an der Ecke einer der Straßen, die nach Holborn führen. Holmes öffnete die Tür zur Bar und bestellte bei dem rotbackigen Wirt in weißer Schürze zwei Gläser Bier.

»Ihr Bier müßte hervorragend sein, wenn es so gut ist wie Ihre Gänse«, bemerkte er.

»Meine Gänse?« Der Mann schien überrascht.

»Ja. Ich habe mich erst vor einer halben Stunde mit Mr. Henry Baker unterhalten, der ein Mitglied Ihres Gänse-Klubs war.«

»Ach so! Ja, ich verstehe. Aber, sehen Sie, Sir, das waren nicht *unsere* Gänse.«

»Was Sie nicht sagen! Wessen dann?«

»Nun, ich habe die zwei Dutzend bei einem Händler in Covent Garden gekauft.«

»Tatsächlich? Ich kenne einige der dortigen Geflügelhändler. Welcher war es denn?«

»Breckinridge ist sein Name.«

»Aha! Den kenne ich nicht. Ich trinke auf Ihr Wohl, Herr Wirt, und auf den Erfolg Ihres Hauses. Gute Nacht.«

»Und jetzt zu Mr. Breckinridge«, fuhr er fort und knöpfte seinen Mantel zu, als wir wieder in die frostige Nachtluft hinaustraten. »Denken Sie daran, Watson, daß wenngleich wir es am Ende dieser Kette mit etwas so Simplem wie mit einer Weihnachtsgans zu tun haben, am anderen Ende ein Mann steht, der zweifellos zu sieben Jahren Zwangsarbeit verurteilt wird, wenn wir nicht seine Unschuld nachweisen können. Möglicherweise werden unsere Nachforschungen seine Schuld auch bestätigen; aber, wie dem auch sei, wir folgen einer Spur, die der Polizei entgangen ist und die uns durch eine glückliche Fügung des Schicksals in die Hände gelegt wurde. Folgen wir ihr bis zum bitteren Ende. Auf nach Süden, marsch, marsch!«

Wir überquerten die Holborn Street, gingen die Endell Street hinunter und gelangten durch das Labyrinth der Slums zum Covent Garden Market. An einem der größten Stände prangte ein Schild mit dem Namen Breckinridge, und der Inhaber, ein bulliger Mann mit schlauem Gesicht und gepflegtem Backenbart, half einem Jungen dabei, die Läden anzubringen.

»Guten Abend. Ganz schön kalt heute«, sagte Holmes.

Der Händler nickte und warf meinem Begleiter einen fragenden Blick zu.

»Wie ich sehe, sind Ihre Gänse ausverkauft«, fuhr Holmes fort und zeigte auf die leeren Marmorfliesen der Auslage.

»Morgen früh bekomme ich wieder fünfhundert Stück rein.«

»Das nützt mir leider nichts.«

»Nun, da drüben, an dem Stand mit der Gaslampe, gibt es noch welche.«

»Aber Sie sind mir empfohlen worden.«

»Von wem?«

»Vom Wirt des *Alpha*.«

»Ach ja; ich habe ihm zwei Dutzend geliefert.«

»Das waren wirklich Prachtexemplare. Wo bekommen Sie sie denn her?«

Zu meiner Überraschung reagierte der Händler ungehalten auf diese Frage.

»Also gut, Mister«, sagte er, den Kopf schräg gelegt und die Arme in die Seiten gestemmt. »Worauf wollen Sie hinaus? Kommen Sie zur Sache.«

»Das bin ich doch bereits. Ich wüßte gern, wer Ihnen die Gänse verkauft hat, die Sie an das *Alpha* geliefert haben.«

»Ich habe aber nicht die Absicht, es Ihnen zu verraten, basta!«

»Ach, das ist nicht so wichtig; ich verstehe allerdings nicht, warum Sie sich wegen einer solchen Lappalie so aufregen.«

»Aufregen! Vielleicht würden Sie sich genauso aufregen, wenn man Sie derart belästigen würde wie mich. Wenn ich einen guten Preis für gute Ware gezahlt habe, sollte das Geschäft damit erledigt sein. Aber ständig heißt es ›Wo sind die Gänse?‹ und ›An wen haben Sie die Gänse verkauft?‹ oder ›Was nehmen Sie für die Gänse?‹ Bei dem ganzen Theater, das um die Vögel gemacht wird, könnte man meinen, sie wären die einzigen Gänse auf der Welt.«

»Nun, ich habe nicht das geringste mit irgendwelchen anderen Leuten zu tun, die sich nach den Gänsen erkundigt haben«, entgegnete Holmes ungerührt. »Wenn Sie es uns nicht verraten wollen, ist die Wette damit gelaufen, weiter nichts. Aber wenn es um Geflügel geht, bin ich immer bereit, auf meine Meinung zu wetten, und ich habe einen Fünfer gewettet, daß der Vogel, den ich gegessen habe, vom Land stammt.«

»Dann haben Sie Ihren Fünfer verloren, denn der Vogel kommt aus einer Mästerei hier in der Stadt«, entgegnete der Händler barsch.

»Niemals.«

»Wenn ich es Ihnen doch sage.«

»Das glaube ich nicht.«

»Glauben Sie vielleicht, Sie verstünden mehr davon als ich, der ich schon als Dreikäsehoch im Geflügelhandel gearbeitet habe? Ich sage es noch einmal, alle Gänse, die ich ans *Alpha* geliefert habe, stammen aus einer Mästerei in der Stadt.«

»Davon werden Sie mich nie und nimmer überzeugen.«

»Wollen wir wetten?«

»Sie werden Ihr Geld verlieren, ich weiß nämlich, daß ich recht habe. Aber ich wette um einen Sovereign mit Ihnen, nur um Ihnen Ihren Starrsinn auszutreiben.«

Der Händler lachte grimmig. »Bring mir die Bücher, Bill«, sagte er.

Der kleine Junge brachte ein kleines dünnes Buch und ein großes mit fettigem Einband und legte beide unter die Lampe, die vom Stand baumelte.

»Also dann, Mr. Neunmalklug«, sagte der Händler. »Sie werden gleich sehen, wer von uns beiden recht hat. Sehen Sie dieses kleine Buch?«

»Und?«

»Darin stehen all die Leute, bei denen ich meine Ware kaufe. Sehen Sie? Also, hier auf dieser Seite stehen die Lieferanten vom Lande, und die Nummern hinter den Namen zeigen die Seiten an, auf denen die Abrechnungen mit den jeweiligen Lieferanten zu finden sind. Also dann! Sehen Sie diese zweite Seite, die mit roter Tinte beschriftet ist? Nun, das ist die Liste meiner Lieferanten hier in der Stadt. Und jetzt schauen Sie sich den dritten Namen an und lesen Sie ihn mir laut vor.«

»Mrs. Oakshott, 117 Brixton Road — 249«, las Holmes.

»Exakt. Und jetzt schlagen Sie in dem großen Buch nach.«

Holmes blätterte zu der angegebenen Seite. »Hier steht es, ›Mrs. Oakshott, 117 Brixton Road, Eier- und Geflügellieferant‹.«

»So, und wie lautet die letzte Eintragung?«

»›22. Dezember. Vierundzwanzig Gänse zu sieben Schilling sechs Pence‹ das Stück.«

»Exakt. Da haben Sie's. Und was steht darunter?«

»›Verkauft an Mr. Windigate vom *Alpha* zu zwölf Schilling das Stück‹.«

»Was sagen Sie jetzt?«

Sherlock Holmes machte ein tieftrauriges Gesicht. Er fischte einen Sovereign aus seiner Manteltasche, warf ihn auf die Marmorplatte der Auslage und wandte sich mit der Miene eines

Mannes ab, dessen Abscheu zu tief war, als daß sie sich in Worte fassen ließe. Einige Yards entfernt blieb er unter einer Straßenlaterne stehen und lachte herzlich in der ihm eigenen lautlosen Weise.

»Wenn Sie einem Mann mit einem solchen Backenbart begegnen, dem zudem das Wort ›Besserwisser‹ ins Gesicht geschrieben steht, können Sie sicher sein, daß er nie eine Wette ausschlägt«, sagte er. »Ich würde sogar soweit gehen und behaupten, daß ich nicht so viel von ihm erfahren hätte, wenn ich ihm einhundert Pfund auf den Tisch gelegt hätte, statt ihm die Gelegenheit zu geben, mich bei einer Wette zu schlagen. Nun, Watson, ich würde sagen, wir nähern uns dem Ende unserer Nachforschungen. Der einzige Punkt, den es jetzt noch zu besprechen gibt, ist der, ob wir dieser Mrs. Oakshott noch heute abend einen Besuch abstatten oder bis morgen warten sollen. Dem, was dieser grimmige Geselle gesagt hat, war zu entnehmen, daß wir nicht die einzigen sind, die sich für die Angelegenheit interessieren, und ich würde . . .«

Er wurde abrupt unterbrochen, als an dem Stand, den wir eben erst verlassen hatten, laute Stimmen ertönten. Wir wandten uns um und sahen einen kleinwüchsigen Mann mit spitzem Rattengesicht im Lichtkreis der hin und herschwingenden Lampe stehen, während Breckinridge, der in der Tür zu seinem Verkaufsstand stand, der sich duckenden Gestalt zornig mit erhobener Faust drohte.

»Ich habe genug von euch und euren Gänsen«, schrie er aufgebracht. »Ich wünsche euch alle miteinander dahin, wo der Pfeffer wächst. Wenn du mich noch ein einziges Mal mit deinen blöden Fragen löcherst, hetzte ich den Hund auf dich. Bring Mrs. Oakshott her, und ich werde ihr ihre Fragen beantworten, aber was geht dich das an? Habe ich die Gänse etwa von dir gekauft?«

»Nein, aber eine davon hat trotzdem mir gehört«, jammerte der kleine Mann.

»Dann mußt du Mrs. Oakshott nach ihr fragen.«

»Sie hat mich zu Ihnen geschickt.«

»Meinetwegen kannst du den Kaiser von China fragen. Ich

habe ein für allemal genug. Und jetzt mach, daß du weg-
kommst!« Er trat drohend einen Schritt vor, und der Fragenstel-
ler machte sich eilig davon und verschwand in der Dunkelheit.

»Ha! Das könnte uns den Besuch in der Brixton Road ersparen«, flüsterte Holmes. »Kommen Sie, wir wollen einmal sehen,
was sich aus diesem Mann herausbekommen läßt.« Darauf eilte
mein Begleiter an den kleinen Menschentrauben vorbei, die
sich noch vereinzelt vor den erleuchteten Ständen bildeten,
holte den kleinen Mann ein und legte ihm eine Hand auf die
Schulter. Er fuhr herum, und ich konnte im fahlen Licht der
Gaslampen erkennen, daß er vor Schreck totenblaß geworden
war.

»Wer sind Sie? Was wollen Sie von mir?« fragte er mit beben-
der Stimme.

»Entschuldigen Sie bitte«, sagte Holmes freundlich, »aber ich
konnte nicht anders, als die Fragen mitanzuhören, die Sie eben
gerade dem Händler gestellt haben. Ich glaube, ich könnte
Ihnen behilflich sein.«

»Sie? Wer sind Sie? Wie könnten Sie etwas von der Sache
wissen?«

»Mein Name ist Sherlock Holmes, und es ist mein Beruf,
mehr zu wissen als andere.«

»Aber von dieser Sache können Sie doch sicher nichts wissen, oder?«

»Entschuldigen Sie, aber ich weiß alles darüber. Sie versuchen, bestimmte Gänse zu finden, die von Mrs. Oakshott aus
der Brixton Street an einen Händler namens Breckinridge verkauft wurden und von diesem wiederum an Mr. Windigate
vom *Alpha*; der sie seinerseits seinem Klub verkauft hat, dem
ein gewisser Mr. Henry Baker angehört.«

»Oh, Sir, Sie sind genau die Person, die zu treffen ich gehofft
hatte«, rief der Mann mit ausgestreckten Armen und zitternden
Händen. »Ich kann Ihnen gar nicht sagen, wie wichtig diese
Angelegenheit für mich ist.«

Sherlock Holmes bedeutete dem Kutscher einer vorbeifah-
renden Droschke zu halten. »In diesem Fall sollten wir die
Angelegenheit besser in einem gemütlichen Zimmer als auf

einem windigen Marktplatz besprechen«, sagte er. »Aber bitte verraten Sie mir doch zuerst, wem ich das Vergnügen habe, behilflich zu sein.«

Der Mann zögerte einen Augenblick. »Mein Name ist John Robinson«, entgegnete er dann und wich Holmes' Blick aus.

»Nein, nein; Ihren richtigen Namen«, sagte Holmes freundlich. »Es ist immer unangenehm, mit einem Alias Geschäfte zu machen.«

Die bleichen Wangen des Fremden färbten sich rot. »Also gut«, sagte er, »mein richtiger Name ist James Ryder.«

»Genau. Angestellter des *Hotel Cosmopolitan*. Bitte steigen Sie in die Droschke, und ich werde Ihnen bald all Ihre Fragen beantworten können.«

Der kleine Mann blickte halb ängstlich, halb hoffnungsvoll zwischen Holmes und mir hin und her, wie jemand, der sich nicht schlüssig ist, ob er es mit einem unverhofften Glücksfall zu tun hat oder einer Katastrophe entgegensteuert. Dann stieg er in die Droschke, und eine halbe Stunde später befanden wir uns wieder in Holmes' Wohnzimmer in der Baker Street. Während der Fahrt war kein Wort gesprochen worden, aber der dünne, pfeifende Atem unseres neuen Gefährten und die Art, wie er nervös die Hände verschränkte, verrieten seine innere Anspannung.

»Da sind wir!« sagte Holmes fröhlich, als wir hintereinander den Raum betraten. »Das Feuer ist bei diesem Wetter besonders heimelig. Sie sehen aus, als würden Sie frieren, Mr. Ryder. Nehmen Sie doch bitte auf dem Korbstuhl Platz. Ich ziehe mir nur meine Hausschuhe an, bevor wir uns an die Lösung Ihres kleinen Problems machen. So! Sie möchten also wissen, was aus diesen Gänsen geworden ist?«

»Ja, Sir.«

»Oder vielmehr, wie ich vermute, aus dieser einen Gans. Ich nehme doch an, daß Sie an einem ganz bestimmten Vogel interessiert sind — weiß mit einem schwarzen Streifen quer über den Schwanzfedern.«

Ryder bebte vor Erregung. »Oh, Sir«, rief er aus, »können Sie mir sagen, wo diese Gans hingelangt ist?«

»Sie ist hierher gelangt.«

»Hierher?«

»Ja, und sie hat sich als höchst bemerkenswerter Vogel erwiesen. Es wundert mich nicht, daß Sie solches Interesse an der Gans zeigen. Sie hat, obwohl bereits tot, ein Ei gelegt — das hübscheste, strahlendste kleine blaue Ei, das die Welt je gesehen hat. Ich habe es hier in meinem Tresor.«

Unser Besucher erhob sich schwankend und griff mit der rechten Hand haltsuchend nach dem Kaminsims. Holmes öffnete seinen Tresor und hielt den blauen Karfunkel in die Höhe. Er glitzerte wie ein Stern, mit kaltem, strahlenden Glanz. Ryder starrte wütend und mit angespannten Zügen auf den Stein, unsicher, ob er seine Herausgabe verlangen oder aber so tun sollte, als habe er ihn noch nie zuvor gesehen.

»Das Spiel ist aus, Ryder«, sagte Holmes ruhig. »Vorsicht, sonst fallen Sie noch ins Feuer! Seien Sie doch bitte so freundlich und helfen Sie ihm zurück auf seinen Stuhl, Watson. Er ist nicht kaltblütig genug, um ein Verbrechen zu begehen und sich dann schadlos aus der Affäre zu ziehen. Geben Sie ihm einen Schluck Brandy. So! Jetzt sieht er schon etwas menschlicher aus. Wirklich ein kleiner Fisch!«

Einen Augenblick lang hatte Ryder geschwankt und wäre beinahe gefallen, aber der Brandy zauberte leichte Röte auf seine Wangen, und er setzte sich, mit bangem Blick seinen Ankläger anstarrend.

»Ich habe fast alle Indizien beisammen und auch genügend Beweise, Sie brauchen mir also nicht mehr viel zu erzählen. Und doch können wir dieses Wenige ebensogut aufklären, damit wir den Fall endgültig abschließen können. Sie wußten von diesem blauen Stein der Gräfin von Morcar, Ryder?«

»Catherine Cusack hat mir davon erzählt«, entgegnete er mit brüchiger Stimme.

»Ich verstehe — die Zofe Ihrer gnädigen Frau. Nun, Sie konnten der Versuchung, auf so leichte Art und Weise zu großem Reichtum zu gelangen, nicht widerstehen, ebenso wie schon viele andere vor Ihnen, aber Sie waren in der Wahl Ihrer Mittel äußerst skrupellos. Mir scheint, in Ihnen schlummert die Ver-

anlagung zu einem rücksichtslosen Schurken, Ryder. Sie wußten, daß Horner, der Klempner, bereits einmal wegen Diebstahls mit dem Gesetz in Konflikt geraten war und daß die Tatsache den Verdacht gegen ihn erhärten würde. Und was haben
Sie gemacht? Sie und Ihre Komplizin Cusack haben dafür
gesorgt, daß im Ankleidezimmer der Gräfin ein Klempner
benötigt wurde, und es derart arrangiert, daß Mr. Horner
geschickt wurde. Dann haben Sie, nachdem er gegangen war,
die Schmuckkassette aufgebrochen, Alarm geschlagen und den
armen Mann verhaften lassen. Anschließend haben Sie . . .«

Ryder warf sich plötzlich vor Holmes auf die Knie und
schlang die Arme um seine Beine. »Ich flehe Sie an, haben Sie
Erbarmen!« kreischte er. »Denken Sie an meinen Vater! An
meine arme Mutter. Es würde ihnen das Herz brechen. Ich habe
mir vorher noch nie etwas zuschulden kommen lassen! Das war
das erste und letzte Mal! Das schwöre ich. Ich schwöre es auf
die Bibel. Bringen Sie mich nicht vor Gericht! Ich flehe Sie an,
tun Sie mir das nicht an!«

»Setzen Sie sich wieder auf Ihren Stuhl!« befahl Holmes
streng. »Ihre Reue kommt etwas spät. Immerhin hatten Sie
auch kein Mitleid mit dem armen Horner, der für ein Verbrechen im Gefängnis sitzt, das er nicht begangen hat.«

»Ich werde fliehen, Mr. Holmes. Ich werde das Land verlassen, Sir. Dann wird die Anklage gegen ihn fallen gelassen werden.«

»Hm! Darüber reden wir noch. Jetzt erzählen Sie uns erst einmal den weiteren Verlauf der Geschichte. Wie ist der Stein in
die Gans gelangt und die Gans wiederum auf den Markt? Sagen
Sie uns die Wahrheit, denn das ist Ihre einzige Hoffnung, mit
heiler Haut davonzukommen.«

Ryder fuhr sich mit der Zungenspitze über die trockenen,
spröden Lippen. »Ich werde Ihnen genau erklären, wie es dazu
gekommen ist, Sir«, sagte er. »Nachdem Horner verhaftet worden war, schien es mir das Beste zu sein, sofort mit dem Stein
zu verschwinden, da ich zu diesem Zeitpunkt ja nicht wußte,
ob die Polizei nicht doch auf den Gedanken kommen würde,
mich und mein Zimmer zu durchsuchen. Im ganzen Haus gab

es keinen Ort, an dem der Stein sicher aufgehoben gewesen wäre. Also verließ ich unter einem Vorwand das Hotel und begab mich zu meiner Schwester. Sie hat einen Mann namens Oakshott geheiratet und lebt in der Brixton Road, wo sie Gänse für den Markt mästet. Auf dem Weg dorthin kam es mir so vor, als wäre jeder Mann, der mir begegnete, ein Polizist oder ein Detektiv, und, obwohl es in jener Nacht eisig kalt war, lief mir der Schweiß in Strömen über das Gesicht, als ich schließlich die Brixton Road erreichte. Meine Schwester fragte mich, was los wäre, warum ich denn so blaß wäre, und ich sagte ihr, der Diebstahl im Hotel hätte mich so mitgenommen. Dann ging ich nach hinten in den Garten, um eine Pfeife zu rauchen, und überlegte, was ich am besten tun sollte.

Ich erinnerte mich an einen alten Freund namens Maudsley, der unter die Diebe gegangen ist und sogar einige Zeit im Gefängnis von Pentonville gesessen hat. Er hatte mir einmal von den Tricks seiner Zunft erzählt und wie sie sich ihrer Diebesbeute entledigten. Ich wußte, daß er mich nicht übers Ohr hauen würde, da ich das eine oder andere von ihm wußte, und so beschloß ich, zu ihm nach Kilburn zu gehen und ihn ins Vertrauen zu ziehen. Er würde mir zeigen, wie sich der Stein zu Geld machen ließ. Aber wie sollte ich sicher zu ihm gelangen? Ich dachte an die Ängste, die ich auf dem Weg vom Hotel ausgestanden hatte. Ich konnte jeden Augenblick verhaftet und durchsucht werden, und dann würde man den Stein in meiner Westentasche finden. Ich lehnte an der Mauer und betrachtete die Gänse, die zu meinen Füßen umherwatschelten, und plötzlich kam mir eine Idee, wie ich selbst den besten Detektiv der Welt hereinlegen konnte.

Meine Schwester hatte mir einige Wochen zuvor erzählt, ich dürfte mir als Weihnachtsgeschenk eine ihrer Gänse aussuchen, und ich wußte, daß sie zu ihrem Wort stehen würde. Ich würde mir also meine Gans jetzt schon auswählen, und in ihr würde ich den Stein nach Kilburn bringen. Im Garten befand sich ein kleiner Schuppen, und in den scheuchte ich einen den Vögel — es war ein besonders schönes Exemplar, weiß, mit einem schwarzen Streifen quer über den Schwanzfedern. Ich fing die

55

Gans ein, öffnete ihr den Schnabel und schob ihr den Stein so weit ich konnte in den Hals. Der Vogel schluckte, und ich fühlte, wie der Stein seine Kehle hinunter in seinen Kropf glitt. Aber der Vogel schlug mit den Flügeln, um sich zu befreien, und meine Schwester kam aus dem Haus, um zu sehen, was vor sich ginge. Als ich mich ihr zuwandte, riß die Gans sich los und mischte sich wieder unter die anderen. ›Was hattest du denn mit der Gans vor, Jem?‹ fragte sie mich.

›Nun‹, antwortete ich, ›du hast doch gesagt, du würdest mir zu Weihnachten eine Gans schenken, und ich wollte fühlen, welche am fettesten ist . . .‹

›Oh‹, sagte sie, ›wir haben schon eine für dich ausgesucht – wir nennen sie Jems Vogel. Es ist die große weiße dort drüben. Es sind sechsundzwanzig insgesamt. Eine für dich, eine für uns und zwei Dutzend für den Markt.‹

›Vielen Dank, Maggie‹, antwortete ich, ›aber wenn es dir nichts ausmacht, hätte ich lieber die, die ich gerade in der Hand hatte.‹

›Die andere ist aber gut drei Pfund schwerer‹, entgegnete sie. ›Und wir haben sie extra für dich gemästet.‹

›Ich hätte trotzdem lieber die andere, und ich nehme sie gleich mit‹, erwiderte ich.

›Nun, wie du willst‹, entgegnete sie beleidigt. ›Welche ist es denn?‹

›Die weiße mit dem schwarzen Streifen auf dem Schwanz, dort in der Mitte der Herde.‹

›Wie du willst. Dreh ihr den Hals um und nimm sie mit.‹

Nun, das habe ich getan, Mr. Holmes, und ich habe den Vogel den ganzen Weg bis nach Kilburn getragen. Dort habe ich meinem Kumpel erzählt, was ich getan hatte, weil ich wußte, daß mein Einfall ihm gefallen würde. Er hat gelacht, bis er keine Luft mehr bekam, und dann haben wir mit einem Messer die Gans aufgeschlitzt. Mir wurde ganz flau im Magen, als wir den Stein nicht finden konnten und mir klar wurde, daß ich einen folgenschweren Fehler gemacht hatte. Ich überließ den Vogel meinem Freund, eilte zurück zu meiner Schwester und hastete in den Garten. Es war weit und breit keine Gans zu sehen.

›Wo sind sie denn alle, Maggie?‹ fragte ich entsetzt.

›Der Händler hat sie abgeholt, Jem.‹

›Welcher Händler?‹

›Breckinridge aus Covent Garden.‹

›War denn noch eine mit einem Streifen auf dem Schwanz darunter?‹ fragte ich. ›Eine, die so aussah wie die, die ich mir ausgesucht habe?‹

›Aber ja, Jem. Es waren zwei mit gestreiftem Schwanz; ich konnte sie nie auseinanderhalten.‹ Da war mir natürlich alles klar, und ich bin so schnell mich meine Füße trugen zu diesem Beckinridge gelaufen. Aber er hatte bereits alle vierundzwanzig Stück verkauft und wollte mir partout nicht sagen, an wen. Sie haben ihn ja heute abend selbst gehört. Nun, er hat mir immer auf diese Weise geantwortet. Meine Schwester glaubt, ich würde langsam den Verstand verlieren. Manchmal glaube ich das selbst. Und jetzt — und jetzt bin ich zum Dieb geworden, ohne auch nur einen Cent von dem Reichtum zu sehen zu bekommen, für den ich meine Seele verkauft habe. Gott steh mir bei! Gott steh mir bei!« Er vergrub das Gesicht in den Händen und schluchzte zum Herzerweichen.

Lange Zeit war nichts anderes zu hören als sein Schluchzen und das rhythmische Trommeln von Sherlock Holmes' Fingerspitzen auf der Tischkante. Dann erhob sich mein Freund plötzlich und öffnete die Tür.

»Hinaus!« sagte er.

»Ist das Ihr Ernst, Sir? Gott schütze Sie!«

»Kein Wort mehr. Hinaus!«

Und es waren auch keine weiteren Worte mehr nötig. Ryder stürzte aus dem Zimmer. Dann war nur noch das Klappern seiner Absätze auf der Treppe zu hören, das Knallen einer Tür und das Geräusch sich rasch entfernender Schritte unten auf der Straße.

»Immerhin bin ich nicht von der Polizei beauftragt, die Fehler auszubügeln, die sie macht, mein lieber Watson«, sagte Holmes und griff nach seiner Tonpfeife. »Wenn Horner in Gefahr wäre, wäre das etwas anderes, aber Ryder wird nicht gegen ihn aussagen, und damit wird die Anklage mangels an Beweisen fallen gelassen werden. Ich nehme an, daß ich damit gegen das Gesetz verstoße, aber möglicherweise habe ich auf diesem Wege eine Seele gerettet. Ryder ist der Schreck derart in die Glieder gefahren, daß er sich künftig an die Buchstaben des Gesetzes halten wird. Wenn wir ihn jetzt ins Gefängnis brächten, würden wir ihn für den Rest seines Lebens zum Gauner machen. Außerdem ist die Weihnachtszeit die Zeit der Vergebung. Der Zufall hat uns ein höchst ungewöhnliches Rätsel zugespielt, und seine Lösung ist mir Lohn genug. Wenn Sie die Güte hätten zu läuten, Doktor, werden wir uns jetzt einem anderen Vogel widmen, der vielleicht nicht ganz so kostbar ist wie Mr. Bakers Gans, aber doch hoffentlich nicht weniger köstlich.«

Originaltitel: The Adventure of the Blue Carbuncle
Ins Deutsche übertragen von Cécile G. Lecaux

»Ich habe James soeben über mein Testament informiert.«

Agatha Christie

Das Rätsel
um den Weihnachtspudding

Ich habe eine besondere Schwäche für das Rätsel des Weihnachtspuddings, denn es erinnert mich auf sehr angenehme Weise an die Weihnachtsfeste meiner Jugend. Nach dem Tod meines Vaters verbrachten meine Mutter und ich die Weihnachtstage immer bei der Familie meines Schwagers in Nordengland – was waren das für herrliche Weihnachtsfeste, was für eine wunderbare Erinnerung für ein Kind! Abney Hall hatte alles! Einen Garten mit einem Wasserfall, einem Bach und einem Tunnel unter der Auffahrt! Die Weihnachtsmahlzeiten hatten gigantische Ausmaße. Ich war ein schmächtiges, zerbrechlich wirkendes Kind, aber in Wirklichkeit kerngesund und ständig hungrig! Die Jungen der Familie und ich wetteiferten für gewöhnlich miteinander, wer am Weihnachtstag am meisten essen konnte. Austernsuppe und Steinbutt wurden ohne übertriebene Begeisterung verspeist, aber dann kamen gebratener Truthahn, gekochter Truthahn und enorme Stücke Rinderlende. Von allen dreien nahmen die Jungen und ich zwei Portionen! Dann gab es Plumpudding, süße Pasteten, Trifle und alle möglichen Nachspeisen. Am Nachmittag machten wir uns einmütig über die Pralinen her. Und uns wurde nicht einmal schlecht dabei! Wie wunderbar, elf Jahre alt und gierig zu sein!

Was für ein herrlicher Tag, angefangen von den ›Strümpfen‹ im Bett am Morgen bis hin zur Kirche mit den Weihnachtsliedern, dem Weihnachtsdinner, den Geschenken und endlich dem Anzünden der Kerzen am Weihnachtsbaum!

Und in welch tiefer Dankbarkeit denke ich an die freundliche und großzügige Gastgeberin, die so hart gearbeitet haben muß,

um mir diese Weihnachtstage noch bis in meine alten Tage zu
einer wunderbaren Erinnerung zu machen.

So lassen Sie mich diese Erzählung dem Andenken Abney
Halls widmen − seiner Freundlichkeit und seiner Gastlichkeit.
Und ein fröhliches Weihnachtsfest allen, die (sie) lesen.

Agatha Christie

1

»Ich bedaure außerordentlich . . .«, sagte Monsieur Hercule Poirot.

Er wurde unterbrochen. Die Unterbrechung war nicht etwa grob und unhöflich, sondern verbindlich und geschickt, eher der Versuch einer Überredung als eines Widerspruchs.

»Bitte lehnen Sie nicht so ohne weiteres ab, Monsieur Poirot. Es geht um schwerwiegende Staatsangelegenheiten. Man würde Ihre Kooperation an höchster Stelle zu würdigen wissen.«

»Sie sind zu freundlich.« Hercule Poirot hob eine Hand. »Aber ich kann Ihrer Bitte wirklich nicht nachkommen. Zu dieser Zeit des Jahres . . .«

Wieder unterbrach ihn Mr. Jesmond. »Weihnachten«, sagte er einladend. »Ein altmodisches englisches Weihnachtsfest auf dem Land.«

Hercule Poirot erschauerte. Der Gedanke, zu dieser Jahreszeit aufs Land zu gehen, hatte nichts Verlockendes für ihn.

»Ein schönes, altmodisches Weihnachtsfest!« betonte Mr. Jesmond.

»Ich − ich bin kein Engländer«, sagte Hercule Poirot. »In meinem Land ist Weihnachten etwas für Kinder. Neujahr, das ist es, was wir feiern.«

»Ah«, sagte Mr. Jesmond. »Aber Weihnachten in England ist etwas Großartiges, und ich versichere Ihnen, in Kings Lacey würden Sie es von seiner besten Seite kennenlernen. Kings Lacey ist ein wundervolles altes Haus, wissen Sie. Ein Flügel des Gebäudes stammt noch aus dem vierzehnten Jahrhundert.«

Wieder erschauerte Poirot. Der Gedanke an ein englisches Landgut aus dem vierzehnten Jahrhundert erfüllte ihn mit den schlimmsten Vorahnungen. Zu oft schon hatte er in den historischen Landhäusern Englands gelitten. Anerkennend sah er sich in seiner komfortablen, modernen Wohnung um, mit ihren Heizkörpern und den neuesten, ausgesprochen praktischen Vorrichtungen, die jede Art von Zugluft ausschlossen.

»Im Winter«, sagte er standhaft, »verlasse ich London grundsätzlich nicht.«

»Ich glaube, es ist Ihnen nicht ganz klar, Monsieur Poirot, wie ausgesprochen ernst diese Angelegenheit ist.« Mr. Jesmond sah erst seinen Begleiter an, dann wieder Poirot.

Poirots zweiter Besucher hatte bisher außer einem höflichen und formellen ›Guten Tag‹ nichts gesagt. Jetzt saß er da und blickte mit dem Ausdruck größter Niedergeschlagenheit auf seine blankpolierten Schuhe hinab. Er war ein junger Mann – nicht älter als dreiundzwanzig – und eindeutig in einem absolut jämmerlichen Zustand.

»Ja, ja«, sagte Hercule Poirot. »Natürlich ist die Angelegenheit ernst. Das ist mir sehr wohl bewußt. Seine Hoheit haben mein aufrichtiges Mitleid.«

»Die Situation ist äußerst delikat«, sagte Mr. Jesmond.

Poirot wandte seinen Blick von dem jungen Mann ab, um wieder dessen älteren Begleiter anzusehen. Wenn man Mr. Jesmond mit einem Wort hätte charakterisieren wollen, hätte dieses Wort Diskretion geheißen. Alles an Mr. Jesmond war diskret. Seine gutgeschnittene, aber unauffällige Kleidung, seine angenehme, wohlerzogene Stimme, die sich kaum je aus einer gefälligen Monotonie erhob, sein hellbraunes Haar, das nur an den Schläfen ein wenig dünner wurde, sein blasses, ernstes Gesicht. Es schien Hercule Poirot, als sei ihm im Laufe seines Lebens nicht nur ein einziger Mr. Jesmond, sondern ein ganzes Dutzend Mr. Jesmonds begegnet, die alle früher oder später die gleiche Wendung benutzten: »Eine äußerst delikate Situation.«

»Wissen Sie«, sagte Hercule Poirot, »die Polizei kann sehr diskret sein.«

Mr. Jesmond schüttelte entschieden den Kopf. »Nicht die

Polizei«, sagte er. »Um herauszufinden, was — eh — was wir herausfinden wollen, wird es mehr oder weniger unumgänglich sein, ein Gerichtsverfahren einzuleiten. Und wir wissen zu wenig. Wir *vermuten* zwar etwas, aber wir *wissen* es nicht.«

»Sie haben mein volles Mitleid«, sagte Hercule Poirot wieder.

Falls er glaubte, daß sein Mitleid seinen beiden Besuchern auch nur das Geringste bedeuten würde, so irrte er sich. Sie wollten kein Mitleid, sie wollten praktische Hilfe. Noch einmal kam Mr. Jesmond auf die Freuden eines englischen Weihnachtsfestes zu sprechen.

»Sie stirbt langsam aus«, sagte er, »die echte, altmodische Art, Weihnachten zu feiern. Heutzutage verbringen die Leute die Weihnachtstage im Hotel. Aber ein englisches Weihnachtsfest mit der ganzen Familie, mit den Kindern und ihren Strümpfen, mit Weihnachtsbaum, Truthahn, Plumpudding und Gebäck! Der Schneemann draußen vorm Fenster . . .«

Im Interesse der Genauigkeit griff Hercule Poirot an dieser Stelle ein.

»Um einen Schneemann zu machen, muß man erst einmal Schnee haben«, bemerkte er streng. »Und Schnee gibt es nicht auf Bestellung, nicht einmal für ein englisches Weihnachtsfest.«

»Ich habe erst heute mit einem Freund gesprochen, der beim Wetteramt arbeitet«, erwiderte Mr. Jesmond. »Und er sagt, daß es dieses Jahr zu Weihnachten höchstwahrscheinlich Schnee geben *wird*.«

Damit hatte er genau das Falsche gesagt. Hercule Poirot schauderte überzeugender als je zuvor.

»Schnee auf dem Land!« sagte er. »Das wäre ja noch scheußlicher. Ein großes, kaltes, steinernes Landhaus.«

»Aber mitnichten«, sagte Mr. Jesmond. »Die Dinge haben sich in den letzten zehn Jahren oder so erheblich geändert. Ölzentralheizung.«

»Sie haben eine Ölzentralheizung auf Kings Lacey?« fragte Poirot. Zum ersten Male schien sein Entschluß ins Wanken zu geraten.

Mr. Jesmond ergriff die Gelegenheit. »Ja, in der Tat«, sagte er. »Und eine hervorragende Versorgung mit heißem Wasser. Heizkörper in jedem Schlafzimmer. Ich versichere Ihnen, mein lieber Monsieur Poirot, Kings Lacey ist im Winter der Luxus selbst. Es wäre sogar gut möglich, daß Sie das Haus zu warm finden.«

»Das ist höchst unwahrscheinlich«, sagte Hercule Poirot.

Mit wohlerprobter Gewandtheit gab Mr. Jesmond dem Gespräch eine andere Wendung.

»Sie können sich vorstellen, in was für einem schrecklichen Dilemma wir stecken«, sagte er in einem vertraulichen Tonfall.

Hercule Poirot nickte. Das Ganze war in der Tat nicht besonders erfreulich. Ein angehender junger Potentat, einziger Sohn des Herrschers eines reichen und wichtigen unabhängigen Fürstentums in Indien, war vor ein paar Wochen in London angekommen. Sein Land hatte eine Periode der Ruhelosigkeit und Unzufriedenheit durchgemacht. Während das Volk loyal hinter dem Vater stand, war die öffentliche Meinung in bezug auf die jüngere Generation der Herrscherfamilie etwas unsicher. Die Torheiten des jungen Prinzen waren die Europas und stießen daher auf Mißbilligung.

Kürzlich aber war seine Verlobung bekanntgegeben worden. Er sollte eine Cousine vom selben Geblüt heiraten, eine junge Frau, die trotz ihrer Erziehung in Cambridge vorsichtig genug war, in ihrem eigenen Land keinen westlichen Einfluß durchblicken zu lassen. Man hatte den Hochzeitstag festgelegt, und der junge Prinz war mit einem Teil des berühmten Familienschmucks, der bei Cartier geeignete moderne Fassungen erhalten sollte, nach England gereist. Zu dem Schmuck gehörte auch ein sehr berühmter Rubin, den man aus einem klobigen, altmodischen Halsband entfernt hatte, um ihn von den bekannten Juwelieren umarbeiten zu lassen. So weit, so gut, aber dann fingen die Schwierigkeiten an. Niemand erwartete, daß ein geselliger junger Mann, der noch dazu über großen Reichtum verfügte, sich nicht auch zu einigen Dummheiten der angenehmeren Art hinreißen ließ. Was das betraf, hätte er keinen Tadel zu fürchten gehabt. Man erwartete förmlich, daß junge Prinzen sich auf diese Art und Weise amüsierten. Man hätte es auch für ganz natürlich und passend gehalten, wenn der Prinz seine augenblickliche Freundin auf einem Spaziergang auf der Bond

Street begleitet und ihr ein Smaragdarmband oder eine diamantene Haarspange geschenkt hätte. Das hätte durchaus zu den Cadillacs gepaßt, die sein Vater seiner jeweiligen Lieblingstänzerin zu verehren pflegte.

Aber der Prinz war weit unbesonnener gewesen. Geschmeichelt von dem Interesse jener Dame, hatte er ihr den berühmten Rubin in seiner Fassung gezeigt und war schließlich so unklug gewesen, ihr den Wunsch zu erfüllen, den Schmuck — nur einen Abend lang — zu tragen!

Das Nachspiel war kurz und traurig. Die Dame hatte sich von der Abendtafel zurückgezogen, um sich die Nase zu pudern. Die Zeit verging. Die Dame kam nicht wieder. Sie hatte das Lokal durch eine andere Tür verlassen und war seither wie vom Erdboden verschluckt. Das Entscheidende und Bedrückende daran war, daß der Rubin in seiner neuen Fassung mit ihr verschwunden war. Diese Fakten konnten nicht an die Öffentlichkeit dringen, ohne unweigerlich die schrecklichsten Konsequenzen nach sich zu ziehen. Der Rubin war mehr als nur irgendein Rubin, er war ein historisches Besitztum von großer Bedeutung. Und die Umstände seines Verschwindens waren derart, daß jedwede ungebührliche Publicity zu den ernsthaftesten politischen Konsequenzen führen konnte.

Mr. Jesmond war nicht der Mann, diese Fakten in einfache Worte zu kleiden. Er verpackte sie in einen ganzen Schwall von Worten. Wer genau Mr. Jesmond eigentlich war, wußte Hercule Poirot nicht. Ihm waren jedoch im Laufe seiner Karriere schon andere Mr. Jesmonds begegnet. Man konnte nicht genau sagen, ob er mit dem Innenministerium zu tun hatte oder mit dem Außenminister, oder ob er einer anderen, etwas diskreteren Abteilung des Staatsdienstes angehörte. Er handelte jedenfalls im Interesse des Commonwealth. Der Rubin mußte wiedergefunden werden.

Und Monsieur Poirot, so deutete Mr. Jesmond an, sei genau der richtige Mann dafür.

»Vielleicht — ja«, gab Hercule Poirot zu. »Aber Sie können mir so wenig sagen. Andeutungen — Verdachtsmomente — das sind keine besonders guten Anhaltspunkte.«

»Nun kommen Sie schon, Monsieur Poirot. Die Sache übersteigt doch bestimmt nicht Ihre Fähigkeiten. Ach, nun kommen Sie schon.«

»Ich habe nicht immer Erfolg.«

Aber das war falsche Bescheidenheit. Poirots Ton machte mehr als deutlich, daß die Übernahme einer Mission für ihn beinahe gleichbedeutend mit deren Erfolg war.

»Seine Hoheit ist noch sehr jung«, sagte Mr. Jesmond. »Es wäre traurig, wenn sein ganzes Leben wegen einer einzigen jugendlichen Unbesonnenheit zerstört würde.«

Poirot warf dem niedergeschlagenen jungen Mann einen freundlichen Blick zu. »Es ist die Zeit der Torheiten, wenn man so jung ist«, sagte er ermutigend. »Und normalerweise ist das für einen jungen Mann auch nicht weiter von Bedeutung. Der gute Papa, er zahlt die Schulden; der Rechtsanwalt der Familie, er befreit ihn aus seinen Ungelegenheiten; der junge Mann selbst, er lernt aus seinen Erfahrungen, und alles kommt zu einem guten Ende. In einer Position wie der Ihren, Eure Hoheit, ist es allerdings wirklich schwierig. Die bevorstehende Hochzeit . . .«

»Das ist es. Genau das ist es.« Zum ersten Mal brachte nun auch der junge Mann ein paar Worte über die Lippen. »Sehen Sie, sie ist sehr, sehr ernst. Sie nimmt das Leben sehr ernst. Sie hat sich in Cambridge viele ausgesprochen ernsthafte Vorstellungen zu eigen gemacht. Mein Land braucht ein Bildungswesen, es braucht Schulen. Es braucht so viele Dinge. Alles im Namen des Fortschritts, Sie verstehen, im Namen der Demokratie. Es wird nicht so sein, sagt sie, wie zur Zeit meines Vaters. Sie weiß natürlich, daß es in London gewisse Zerstreuungen für mich geben wird, aber doch keinen Skandal. Nein! Der Skandal ist es, was zählt. Wissen Sie, dieser Rubin ist sehr, sehr berühmt. Er hat einen langen Weg hinter sich, eine Geschichte. Viel Blutvergießen — viele Tote!«

»Tote«, sagte Hercule Poirot nachdenklich. Er sah Mr. Jesmond an. »Wir wollen doch hoffen«, sagte er, »daß es dazu nicht kommen wird.«

Mr. Jesmond gab ein seltsames Geräusch von sich, etwa so

wie eine Henne, die sich erst entschlossen hat, ein Ei zu legen und dann doch Abstand davon nimmt.

»Nein, nein wirklich nicht«, sagte er ziemlich steif. »Ich bin sicher, daß *so etwas* nicht passieren wird.«

»Das kann man nie wissen«, sagte Hercule Poirot. »Wer auch immer den Rubin jetzt hat, es mag andere geben, die ihn in ihren Besitz bringen wollen, Leute, die sich nicht mit Kleinigkeiten abgeben werden, mein Freund.«

»Ich glaube wirklich nicht«, sagte Mr. Jesmond, der jetzt steifer als je zuvor klang, »daß wir uns dieser Art von Spekulationen hingeben müssen. Völlig überflüssig.«

»Was mich betrifft«, sagte Hercule Poirot, der plötzlich sehr fremd und unenglisch wurde, »was mich betrifft, ich erforsche alle möglichen Wege, wie die Politiker.«

Mr. Jesmond sah ihn zweifelnd an. Dann riß er sich zusammen und sagte: »Also, ich kann davon ausgehen, daß diese Angelegenheit geregelt ist, Monsieur Poirot? Sie werden nach Kings Lacey gehen?«

»Und wie soll ich meine Anwesenheit dort erklären?« fragte Hercule Poirot.

Mr. Jesmond lächelte zuversichtlich.

»Das, denke ich, läßt sich sehr leicht arrangieren«, sagte er. »Ich kann Ihnen versichern, daß alles ganz natürlich aussehen wird. Sie werden die Laceys höchst charmant finden. Reizende Leute.«

»Und Sie machen mir nichts vor, was die Ölzentralheizung betrifft?«

»Nein, wirklich nicht.« Mr. Jesmond klang ziemlich gequält. »Ich versichere Ihnen, Sie werden dort jeden Komfort finden.«

»*Tout confort moderne*«, murmelte Poirot, der in Erinnerungen schwelgte, vor sich hin. »*Eh bien*«, sagte er. »Ich nehme an.«

2

Die Temperatur in dem weitläufigen Wohnzimmer auf Kings Lacey betrug komfortable zwanzig Grad, als Hercule Poirot sich vor einem der großen, mit einem Mittelpfosten versehenen Fenster mit Mrs. Lacey unterhielt. Mrs. Lacey war mit einer Handarbeit beschäftigt. Es handelte sich dabei nicht um *petit point*, und sie stickte auch keine Blumen auf irgendeinen Seidenstoff. Statt dessen schien sie sich der prosaischen Aufgabe zu widmen, Geschirrtücher zu säumen. Während sie nähte, sprach sie mit einer sanften, nachdenklichen Stimme, die Poirot sehr charmant fand.

»Ich hoffe, unsere Weihnachtsfeier hier wird Ihnen gefallen, Monsieur Poirot. Wissen Sie, es ist nur die Familie da. Meine Enkelin, ein Enkel und ein Freund von ihm, und Bridget, meine Großnichte, und Diana, eine Cousine, und David Welwyn, ein sehr lieber alter Freund. Nur eine Familienfeier. Aber Edwina Morecombe sagte, genau das sei es, was Sie wollten. Ein altmodisches Weihnachtsfest. Nichts könnte altmodischer sein, als wir es sind! Mein Mann, müssen Sie wissen, lebt ganz in der Vergangenheit. Er möchte, daß alles genauso ist wie zu der Zeit, als er ein zwölfjähriger Junge war und hier seine Ferien verbrachte.« Sie lächelte in sich hinein. »Die gleichen alten Dinge wie früher. Der Weihnachtsbaum und die Strümpfe, die aufgehängt werden, Austernsuppe und Truthahn – zwei Truthähne, der eine gekocht und der andere gebraten –, und dann natürlich der Plumpudding mit dem Ring und dem Junggesellenknopf und allem, was sonst noch hineingehört. Man kann ja heute leider keine Sixpence-Stücke mehr verwenden, weil sie nicht mehr aus reinem Silber sind. Aber all die alten Desserts, die Elvaspflaumen und Carlsbadpflaumen, die Mandeln und Rosinen, die kandierten Früchte und der kandierte Ingwer. Lieber Himmel, ich höre mich an wie ein Katalog von *Tortnum and Mason*!«

»Sie wecken meine Feinschmecker-Säfte, Madame.«

»Ich gehe davon aus, daß wir alle bis morgen abend schreckliche Verdauungsprobleme haben werden«, sagte Mrs. Lacey.

»Man ist heutzutage ja nicht mehr daran gewöhnt, so viel zu essen.«

Sie wurde von lauten Rufen und jauchzendem Gelächter vor dem Fenster unterbrochen. Sie sah hinaus.

»Ich weiß nicht, was die Kinder da draußen anstellen. Sie werden wohl irgend etwas spielen. Wissen Sie, ich habe mir immer solche Sorgen gemacht, daß die jungen Leute unser Weihnachtsfest hier langweilig finden würden. Aber das tun sie nicht. Ganz im Gegenteil. Nehmen Sie dagegen meinen eigenen Sohn und meine Tochter und ihre Freunde — sie hatten dem Weihnachtsfest gegenüber immer ziemliche Vorbehalte. Meinten, es wäre alles Unfug und viel zuviel Theater, und daß es weit besser wäre, irgendwohin in ein Hotel zu gehen und zu tanzen. Aber die ganz junge Generation scheint das alles schrecklich interessant zu finden. Außerdem«, fügte Mrs. Lacey sachdienlich hinzu, »haben Schulkinder immer Hunger, nicht wahr? Ich glaube, sie hungern sie in diesen Schulen regelrecht aus. Aber man weiß schließlich, daß Kinder in dem Alter soviel wie drei starke Männer essen.«

Poirot lachte und sagte: »Es ist äußerst liebenswürdig von Ihnen und Ihrem Mann, Madame, mich auf diese Weise in Ihre Familienfeier einzuschließen.«

»Oh, wir sind beide ganz entzückt darüber, da bin ich mir sicher«, sagte Mrs. Lacey. »Und falls Ihnen Horace ein wenig barsch erscheinen sollte«, fuhr sie fort, »achten Sie einfach nicht darauf. Er ist eben so.«

Was Ihr Mann, Colonel Lacey, wirklich gesagt hatte, war: »Ich weiß gar nicht, warum du einen von diesen verdammten Ausländern unser ganzes Weihnachtsfest durcheinanderbringen läßt. Warum können wir ihn nicht irgendwann später einladen? Ich kann Ausländer nicht leiden! Na schön, na schön. Edwina Morecombe hat ihn uns also auf den Hals geschickt. Was hat *sie* eigentlich damit zu tun? Das wüßte ich doch gerne einmal! Warum lädt *sie* ihn nicht zu Weihnachten ein?«

»Weil sie, wie du genau weißt, immer zu Claridges geht«, hatte Mrs. Lacey geantwortet.

Ihr Mann hatte sie durchdringend angesehen und gefragt: »Du führst doch nicht irgend etwas im Schilde, Em?«

70

»Ob ich etwas im Schilde führe?« sagte Em, wobei sie ihre sehr blauen Augen weit aufriß. »Natürlich nicht. Warum sollte ich auch?«

Der alte Colonel Lacey lachte ein tiefes, grollendes Lachen. »Das würde dir durchaus ähnlich sehen, Em«, sagte er. »Wenn du am unschuldigsten aussiehst, dann führst du *garantiert* etwas im Schilde.«

Während ihr diese Dinge durch den Kopf gingen, fuhr Mrs. Lacey fort: »Edwina sagte, daß sie uns vielleicht helfen könnten ... Ich weiß natürlich nicht so recht, wie, aber sie sagte, daß ein paar Freunde von Ihnen Sie einmal sehr hilfreich gefunden hätten in – in einem Fall wie dem unseren. Ich – nun, vielleicht wissen Sie ja gar nicht, wovon ich spreche?«

Poirot war ihr einen ermutigenden Blick zu. Mrs. Lacey war an die siebzig und saß so gerade, als hätte sie einen Stock verschluckt; sie hatte schneeweißes Haar, rosige Wangen, blaue Augen, eine lächerliche Nase und ein entschlossenes Kinn.

»Wenn es irgend etwas gibt, was ich für Sie tun kann, dann wäre ich nur allzu glücklich darüber«, sagte Poirot. »Es geht, wenn ich recht verstehe, um eine ziemlich bedauerliche Angelegenheit, um die Vernarrtheit eines jungen Mädchens.«

Mrs. Lacey nickte. »Ja. Es scheint schon außerordentlich, daß ich – daß ich überhaupt mit Ihnen darüber reden möchte. Schließlich sind Sie ja *wirklich* ein Fremder für uns...«

»*Und* ein Ausländer«, sagte Poirot verständnisvoll.

»Ja«, sagte Mrs. Lacey. »Aber vielleicht macht es das auch einfacher. Wie dem auch sei, Edwina schien zu glauben, daß Sie – wie soll ich es ausdrücken – vielleicht etwas Nützliches über diesen jungen Desmond Lee-Wortley wüßten.«

Poirot hielt einen Augenblick inne, um Mr. Jesmonds Einfallsreichtum zu bewundern und die Leichtigkeit, mit der er sich zur Verfolgung seiner eigenen Zwecke Lady Morecombes bedient hatte.

»Er hat, wenn ich richtig verstehe, nicht gerade einen guten Ruf, dieser junge Mann?« begann er taktvoll.

»Nein, den hat er wahrlich nicht! Sein Ruf ist ausgesprochen schlecht! Aber das hilft uns bei Sarah nicht weiter. Es hat doch niemals einen Sinn, nicht wahr, jungen Mädchen zu erzählen, daß ein Mann einen schlechten Ruf hat? Es — es spornt sie nur noch an!«

»Wie recht Sie haben«, sagte Poirot.

»Zu meiner Zeit«, fuhr Mrs. Lacey fort, »(o Himmel, das ist schon sehr lange her!) da warnte man uns vor gewissen jungen Männern, und natürlich *hat* es das Interesse an ihnen nur noch gesteigert. Und wenn man es irgendwie schaffen konnte, mit ihnen zu tanzen oder mit ihnen allein in einem dunklen Wintergarten zu sein . . .« Sie lachte. »Das ist auch der Grund, warum ich Horace nicht erlauben wollte, irgend etwas von dem zu tun, was er tun wollte.«

»Erzählen Sie mir«, sagte Poirot, »was genau es ist, das Ihnen solche Sorgen macht.«

»Unser Sohn ist im Krieg umgekommen«, sagte Mrs. Lacey. »Meine Schwiegertochter starb bei Sarahs Geburt, so daß das Kind immer bei uns gewesen ist und wir es aufgezogen haben. Vielleicht war unsere Erziehung unklug — ich weiß nicht. Aber wir dachten, wir sollten ihr immer soviel Freiheit wie möglich lassen.«

»Das ist auch wünschenswert, denke ich«, sagte Poirot. »Man kann nicht gegen den Geist der Zeit angehen.«

»Eben«, sagte Mrs. Lacey. »Genau das haben wir uns auch gedacht. Natürlich tun die Mädchen von heute solche Dinge.«

Poirot sah sie fragend an.

»Ich glaube, man kann es folgendermaßen ausdrücken«, sagte Mrs. Lacey. »Sarah hat sich mit etwas eingelassen, das man das Coffee-Bar-Set nennt. Sie will nicht tanzen gehen, sie will auch nicht, wie sich das gehört, ihr Debüt machen oder irgend etwas in dieser Art. Statt dessen hat sie zwei ziemlich unfreundliche Zimmer in Chelsea, direkt am Fluß und trägt diese komischen Kleider, die heute so beliebt sind, und dazu schwarze Strümpfe oder hellgrüne. Sehr dicke Strümpfe. (Sie müssen furchtbar jucken, denke ich immer!) Und dann läuft sie rum, ohne ihre Haare zu waschen oder zu kämmen.«

»*Ça, c'est tout à fait naturelle*«, sagte Poirot. »Das ist die augenblickliche Mode. Das wächst sich aus.«

»Ja, ich weiß«, sagte Mrs. Lacey. »über *diese* Dinge würde ich mir auch keine Sorgen machen. Sie hat sich mit diesem Desmond Lee-Wortley eingelassen, und er hat wirklich einen *sehr* unangenehmen Ruf. Er lebt mehr oder weniger von wohlhabenden Mädchen. Sie scheinen ziemlich verrückt nach ihm zu sein. Er war nahe daran, die kleine Hope zu heiraten, aber ihre Leute haben sie gerichtlich unter Kuratell stellen lassen oder so etwas. Und das will Horace jetzt natürlich auch tun. Er sagt, er müsse das zu ihrem eigenen Schutz tun. Aber ich glaube nicht, daß das wirklich eine gute Idee ist, Monsieur Poirot. Ich meine, sie laufen dann einfach zusammen weg und gehen nach Schottland oder Irland oder nach Argentinien oder sonstwohin, und dort werden sie dann entweder heiraten oder auch ohne Trauschein zusammenleben. Das mag zwar Mißachtung des Gerichts sein und all das — aber was erreicht man letzten Endes damit? Besonders, wenn ein Kind kommt. Dann muß man natürlich nachgeben und sie heiraten lassen. Und dann gibt es nach einem Jahr oder zweien eine Scheidung. Fast immer, so kommt es mir vor. Und dann kommt das Mädchen wieder nach Hause, und nach ein oder zwei Jahren heiratet sie für gewöhnlich einen Mann, der so nett ist, daß es schon beinahe langweilig ist, und kommt endlich zur Ruhe. Aber es ist ganz besonders traurig, finde ich, wenn ein Kind davon betroffen ist. Denn es ist einfach nicht dasselbe, von einem Stiefvater aufgezogen zu werden, egal wie nett er ist. Nein, ich halte es für viel besser, wenn wir so vorgingen, wie wir das zu meiner Zeit taten. Ich meine, der erste junge Mann, in den man sich verliebte, war *immer* eine wenig wünschenswerte Partie. Ich erinnere mich daran, daß ich damals eine fürchterliche Leidenschaft für einen jungen Mann entwickelt hatte; er hieß — also, wie hieß er denn noch? — wie merkwürdig, ich kann mich überhaupt nicht an seinen Vornamen erinnern! Sein Nachname war Tibbitt. Der junge Tibbitt. Natürlich hat ihm mein Vater mehr oder weniger das Haus verboten, aber wir wurden immer zu denselben Bällen eingeladen, und dort haben wir miteinander getanzt. Und manchmal flohen wir dann aus dem Saal und saßen draußen beieinander, und gelegentlich organisierten unsere Freunde

Picknicks, zu denen wir beide gingen. Natürlich war alles sehr aufregend und verboten, und man hat es ganz enorm genossen. Aber man ging damals nicht — nun, man ging eben nicht *so weit*, wie es die Mädchen heute tun. Und so verblaßten die Mr. Tibbitts nach einer Weile. Und wissen Sie, als ich ihm vier Jahre später noch einmal begegnete, war ich ganz überrascht, wie ich mich *jemals* für ihn hatte interessieren können! Er machte einen so *langweiligen* Eindruck. Aufgeblasen, wissen Sie. Keine interessante Unterhaltung möglich.«

»Man glaubt immer, die eigene Jugend sei die beste Zeit gewesen«, sagte Poirot ein wenig salbungsvoll.

»Ich weiß«, sagte Mrs. Lacey. »Das ist ausgesprochen ermüdend, nicht wahr? Aber diesen Eindruck möchte ich unbedingt vermeiden. Wie dem auch sei, ich *will nicht*, daß Sarah, wirklich ein liebes Mädchen, diesen Desmond Lee-Wortley heiratet. Sie und David Welwyn, der im Augenblick auch hier ist, waren immer so gute Freunde und hatten einander so gern. Wir hatten gehofft, Horace und ich, daß sie eines Tages heiraten würden. Aber natürlich findet sie ihn jetzt furchtbar langweilig, und in Desmond ist sie absolut vernarrt.«

»Ich verstehe nicht ganz, Madame«, sagte Poirot. »Er ist jetzt hier, zu Gast in diesem Haus, dieser Desmond Lee-Wortley?«

»Das ist *mein* Werk«, sagte Mrs. Lacey. »Horace war ganz dafür, ihr den Umgang mit ihm zu verbieten und dergleichen mehr. Zu Horaces Zeit wäre der Vater oder Vormund des Mädchens mit einer Pferdepeitsche bei dem jungen Mann aufgetaucht! Horace war dafür, dem Burschen das Haus zu verbieten und dem Mädchen zu verbieten, sich mit ihm zu treffen. Ich habe ihm gesagt, daß so ein Verhalten genau das Verkehrte wäre. ›Nein‹, habe ich zu ihm gesagt, ›lade ihn zu uns ein. Wir werden ihn mit der Familie zusammen über Weihnachten hier zu Gast haben.‹ Natürlich sagte mein Mann, ich sei verrückt! Aber ich sagte: ›Laß es uns auf jeden Fall *versuchen*. Sie soll ihn in *unserer* Atmosphäre erleben und in *unserem* Haus, und wir werden nett und sehr höflich zu ihm sein. Vielleicht wird er ihr dann weniger interessant erscheinen.‹«

»Ich glaube, Madame, da ist etwas *dran*, wie man so schön

sagt«, bemerkte Poirot. »Ich glaube, Ihre Ansichten sind sehr weise. Weiser als die Ihres Mannes.«

»Nun, ich hoffe es«, sagte Mrs. Lacey zweifelnd. »Bisher scheint es nicht besonders gut zu funktionieren. Aber schließlich ist er erst seit ein paar Tagen hier.« Ein unerwartetes Grübchen zeigte sich auf ihrer faltigen Wange. »Ich werde Ihnen etwas gestehen, Monsieur Poirot. Ich kann mir nicht helfen, aber ich mag ihn. Ich meine, nicht daß ich ihn *wirklich* mag, daß mein *Verstand* davon betroffen wäre, aber ich bin durchaus empfänglich für seinen Charme. O ja, ich verstehe, was Sarah in ihm sieht. Aber ich bin eine alte Frau und habe genug Erfahrung, um zu wissen, daß er absolut nichts taugt. Selbst *wenn* ich seine Gesellschaft genieße. Obwohl ich doch denke«, fügte Mrs. Lacey versonnen hinzu, »daß er auch *einige* gute Seiten hat. Er hat gefragt, ob er seine Schwester mitbringen dürfe. Sie hat eine Operation hinter sich und war im Krankenhaus. Er sagte, es sei so traurig für sie, Weihnachten in einem Pflegeheim zu verbringen und fragte sich, ob es wohl zu viel Aufwand für uns bedeuten würde, wenn er sie mitbrächte. Er versprach, ihr alle Mahlzeiten nach oben zu bringen und so weiter. Nun ja, ich glaube *wirklich*, daß das sehr nett von ihm war. Finden Sie nicht auch, Monsieur Poirot?«

»Es zeigt eine Rücksichtnahme«, sagte Poirot nachdenklich, »die nicht so recht zu seinem sonstigen Charakter zu passen scheint.«

»Oh, ich weiß nicht. Man kann doch familiäre Gefühle haben und gleichzeitig versuchen, Jagd auf ein reiches junges Mädchen zu machen. Sarah wird eines Tages *sehr* reich sein, nicht nur das, was wir ihr hinterlassen – das wird natürlich nicht sehr viel sein, denn das meiste Geld geht zusammen mit dem Anwesen an Colin, meinen Enkel. Aber ihre Mutter war eine sehr reiche Frau, und Sarah wird das ganze Geld erben, wenn sie einundzwanzig ist. Sie ist jetzt erst zwanzig. Nein, ich denke wirklich, daß es nett von Desmond war, für seine Schwester zu sorgen. Und er hat auch nicht so getan, als sei sie etwas ausgesprochen Wunderbares. Sie ist Stenotypistin, soweit ich verstanden habe – arbeitet als Sekretärin in London. Und er hält sein Wort und trägt ihr wirklich die Tabletts nach oben. Nicht immer natürlich, aber doch ziemlich oft. Daher glaube ich, daß er auch nette Seiten haben muß. Aber wie dem auch sei«, sagte Mrs. Lacey mit großer Entschlossenheit, »ich will nicht, daß Sarah ihn heiratet.«

»Nach allem, was ich gehört habe«, sagte Poirot, »wäre das in der Tat ein Desaster.«

»Glauben Sie, es wäre Ihnen möglich, uns irgendwie zu helfen?« fragte Mrs. Lacey.

»Ich glaube, es ist möglich, ja«, sagte Hercule Poirot. »Aber ich möchte nicht zuviel versprechen. Denn die Mr. Desmond Lee-Wortleys dieser Welt sind clever, Madame. Aber verzweifeln Sie nicht. Man kann vielleicht doch ein klein wenig nachhelfen. Ich werde mich jedenfalls nach Kräften bemühen, und sei es nur aus Dankbarkeit für Ihre Freundlichkeit, mich über Weihnachten hierher einzuladen.« Er sah sich um. »Und heutzutage ist es bestimmt nicht so einfach, solche Weihnachtsfeiern auszurichten.«

»Nein, wirklich nicht.« Mrs. Lacey seufzte. Sie beugte sich vor. »Wissen Sie, Monsieur Poirot, wovon ich wirklich träume — was ich schrecklich gern hätte?«

»Sagen Sie es mir doch, Madame.«

»Ich sehne mich einfach nach einem kleinen, modernen Bungalow. Nein, vielleicht nicht direkt nach einem Bungalow, aber nach einem kleinen, modernen, leicht zu führenden Haus irgendwo hier im Park. Und da hätte ich dann gern so eine richtig zeitgemäße Küche und keine langen Gänge zwischen den Zimmern. Alles leicht und einfach.«

»Das ist eine sehr praktische Vorstellung, Madame.«

»Für mich ist sie leider nicht praktisch«, sagte Mrs. Lacey. »Mein Mann *betet* dieses Haus an. Er findet es *herrlich*, hier zu leben. Es stört ihn nicht, daß er es hier ein wenig ungemütlich hat. Ein paar Unannehmlichkeiten machen ihm nichts aus. Und er würde es hassen, wirklich *hassen*, in einem kleinen, modernen Haus im Park zu leben!«

»Also bringen Sie ihm zuliebe ein Opfer?«

Mrs. Lacey richtete sich auf. »Ich betrachte es nicht als

Opfer, Monsieur Poirot«, sagte sie. »Ich habe meinen Mann mit dem Wunsch, ihn glücklich zu machen, geheiratet. Er war mir immer ein guter Ehemann und hat mich in all diesen Jahren sehr glücklich gemacht. Und sein Glück liegt mir eben am Herzen.«

»Also werden Sie auch weiterhin hier wohnen«, sagte Poirot.

»Es ist nicht wirklich ungemütlich«, sagte Mrs. Lacey.

»Nein, nein«, sagte Poirot hastig. »Im Gegenteil. Es ist äußerst komfortabel. Ihre Zentralheizung und das fließende Wasser sind einfach perfekt.«

»Wir haben viel Geld dafür ausgegeben, das Haus komfortabel einzurichten«, sagte Mrs. Lacey. »Wir konnten ein wenig Land verkaufen. Geeignet für die Erschließung, nennt man das wohl. Glücklicherweise kann man es vom Haus aus nicht sehen; es liegt auf der anderen Seite des Parks. Wirklich ein häßliches Stück Land, ohne schönen Ausblick, aber wir haben einen sehr guten Preis dafür bekommen. So daß wir hier alles modernisieren lassen konnten, was sich eben modernisieren ließ.«

»Aber die Dienstboten, Madame?«

»Ach, das ist weniger schwierig, als Sie vielleicht denken. Natürlich kann man nicht erwarten, daß man versorgt und bedient wird, wie das früher einmal war. Es kommen verschiedene Leute aus dem Dorf her. Zwei Frauen morgens, eine andere, die den Lunch zubereitet und hinterher den Abwasch erledigt, und wieder andere am Abend. Es gibt jede Menge Leute, die gerne für ein paar Stunden Arbeit am Tag herkommen. Was die Weihnachtstage betrifft, haben wir natürlich großes Glück. Meine liebe Mrs. Ross kommt jedes Jahr zu Weihnachten zu uns. Sie ist eine wunderbare Köchin, wirklich erstklassig. Sie lebt seit zehn Jahren im Ruhestand, kommt uns aber immer zu Hilfe, wenn Not am Mann ist. Und dann ist da noch der gute Peverell.«

»Ihr Butler?«

»Ja. Er ist pensioniert und wohnt in dem Häuschen neben dem Gartenhaus. Aber er ist uns so ergeben, und er besteht darauf, Weihnachten herzukommen, um uns zu bedienen. Wirklich, Monsieur Poirot, ich habe schreckliche Angst dabei, denn er ist so alt und zittrig; ich bin mir sicher, wenn er mal etwas Schweres zu tragen bekommt, dann wird es ihm herunterfallen. Es ist eine richtige Folter, ihm zuzusehen. Außerdem hat er ein schwaches Herz, und ich habe Angst, wenn er zuviel arbeitet. Aber es würde seine Gefühle schrecklich verletzen, wenn ich ihn nicht herkommen ließe. Er druckst herum und gibt mißbilligende Laute von sich, wenn er sieht, in welchem Zustand sich unser Silber befindet, und nach den drei Tagen, die er hier zugebracht hat, ist alles wieder in schönster Ordnung. Ja. Er ist ein lieber, treuer Freund.« Sie lächelte Poirot an. »Sie sehen also, wir sind alle bereit für ein fröhliches Weihnachtsfest. Ein weißes Weihnachten außerdem«, fügte sie hinzu, als sie aus dem Fenster sah. »Sehen Sie? Es fängt an zu schneien. Ah, da kommen die Kinder. Sie müssen sie kennenlernen, Monsieur Poirot.«

Poirot wurde mit entsprechendem Zeremoniell vorgestellt. Zuerst kamen Colin und Michael an die Reihe, der Enkel und sein Freund, nette, höfliche Schuljungen von fünfzehn Jahren, einer dunkelhaarig, der andere blond. Dann wurde ihm ihre Cousine Bridget vorgestellt, ein schwarzhaariges Mädchen voller Vitalität, etwa im selben Alter wie die Jungen.

»Und das ist meine Enkelin Sarah«, sagte Mrs. Lacey.

Mit einigem Interesse betrachtete Poirot Sarah, ein attraktives Mädchen mit einem Schopf roten Haares; sie machte einen nervösen und auch ein wenig trotzigen Eindruck auf ihn, zeigte aber eine echte Zuneigung für ihre Großmutter.

»Und das ist Mr. Lee-Wortley.«

Mr. Lee-Wortley trug einen Seemannspullover und enge schwarze Jeans; sein Haar war ziemlich lang, und es schien zweifelhaft, ob er sich an diesem Morgen rasiert hatte. Einen ganz anderen Eindruck machte dagegen ein junger Mann, der Poirot als David Welwyn vorgestellt wurde. Er wirkte zuverlässig und ruhig, zeigte ein freundliches Lächeln, und seine Leidenschaft für Wasser und Seife war ziemlich offensichtlich. Außerdem war noch ein hübsches, gefühlvoll aussehendes Mädchen namens Diana Middleton mit von der Partie.

Der Tee wurde hereingebracht: eine herzhafte Mahlzeit mit Scones, Sauerteigfladen, Sandwiches und drei verschiedenen Sorten Kuchen. Die jüngeren Leute waren besonders dankbar dafür. Colonel Lacey kam als letzter und bemerkte ein wenig nichtssagend:

»Was, Tee? O ja, Tee.«

Er nahm seine Teetasse aus der Hand seiner Frau entgegen, versorgte sich mit zwei Scones, warf Desmond Lee-Wortley einen Blick voller Abneigung zu und nahm so weit wie möglich von ihm entfernt Platz. Er war ein großer Mann mit buschigen Augenbrauen und einem roten, wettergegerbten Gesicht. Man hätte ihn eher für einen Bauern gehalten als für den Gutsherrn.

»Hat angefangen zu schneien«, sagte er. »Wir werden tatsächlich weiße Weihnachten bekommen.«

Nach dem Tee zerstreute sich die kleine Gesellschaft.

»Ich nehme an, sie werden jetzt mit ihren Tonbandgeräten herumspielen«, sagte Mrs. Lacey zu Poirot. Sie blickte nachsichtig ihrem Enkel hinterher, der aus dem Zimmer ging. Ihr Ton war der eines Menschen, der sagt: »Die Kinder spielen jetzt mit ihren Spielzeugsoldaten.«

»Die ganze Sache ist natürlich furchtbar technisch«, sagte sie. »Und sie machen ein großes Getue darum.«

Die Jungen und Bridget beschlossen jedoch, zum See zu gehen und nachzuschauen, ob man auf dem Eis schon Schlittschuh laufen konnte.

»*Ich* habe gedacht, wir hätten heute morgen schon darauf laufen können«, sagte Colin. »Aber der alte Hodgkins hat nein gesagt. Er ist immer so schrecklich vorsichtig.«

»Laß uns spazierengehen, David«, sagte Diana Middleton sanft.

David zögerte einen winzigen Augenblick lang, während sein Blick auf Sarahs rotem Schopf ruhte. Sie stand neben Desmond Lee-Wortley, hatte eine Hand auf seinen Arm gelegt und sah zu ihm auf.

»Also gut«, sagte Davin Welwyn. »Ja, laß uns gehen.«

Prompt hakte Diana ihn unter, und die beiden gingen hinaus in den Garten. Sarah sagte:

»Wollen wir nicht auch gehen, Desmond? Es ist furchtbar stickig im Haus.«

»Wer will denn schon laufen?« sagte Desmond. »Ich hole meinen Wagen aus der Garage. Wir fahren zum *Speckled Boar* und nehmen einen Drink.«

Sarah zögerte einen Augenblick, bevor sie sagte:

»Laß uns lieber nach Market Ledbury zum *White Hart* fahren. Da ist mehr los.«

Obwohl sie es um alles in der Welt nicht ausgesprochen hätte, empfand sie einen instinktiven Widerwillen dagegen, mit Desmond in das örtliche Pub zu gehen. Es entsprach irgendwie nicht der Tradition von Kings Lacey. Die Frauen von Kings Lacey waren noch nie in der Bar des *Speckled Boar* zu Gast gewesen. Sie hatte das seltsame Gefühl, daß sie mit einem Besuch dort den alten Colonel Lacey und seine Frau im Stich lassen würde. Und warum nicht? hätte Desmond Lee-Wortley gesagt. Einen verzweifelten Augenblick lang hatte Sarah das Gefühl, daß er eigentlich wissen sollte, warum nicht! Man regte so liebe alte Leute wie Großvater und die gute alte Em nicht auf, es sei denn, es wäre unbedingt nötig. Es war wirklich sehr nett von ihnen gewesen, ihr zu gestatten, ihr eigenes Leben zu führen, obwohl sie nicht im mindesten verstanden, warum sie auf diese Art und Weise in Chelsea leben wollte. Aber die beiden hatten es akzeptiert. Das war natürlich Ems Verdienst. Großvater hätte sicher endlos Krawall geschlagen.

Sarah hegte keine Illusionen, was die Einstellung ihres Großvaters betraf. Es war nicht sein Werk, daß Desmond nach Kings Lacey eingeladen worden war. Dahinter steckte Em, und Em war ein Schatz, war es immer gewesen.

Nachdem Desmond weggegangen war, um den Wagen zu holen, steckte Sarah den Kopf noch einmal kurz zur Tür herein. »Wir fahren kurz rüber nach Market Ledbury«, sagte sie. »Wir dachten, wir könnten da vielleicht im *White Hart* noch etwas trinken.«

In ihrer Stimme schwang ein wenig Trotz mit, aber Mrs. Lacey schien das nicht zu bemerken.

»Nun, mein Liebes«, sagte sie, »ich bin sicher, das wird sehr nett für dich. David und Diana sind spazierengegangen, wie ich sehe. Ich freue mich so darüber. Ich glaube wirklich, es war eine besonders gute Idee von mir, Diana einzuladen. Es ist so traurig; so jung und schon Witwe . . . Sie ist erst zweiundzwanzig . . . Ich hoffe doch, daß sie *bald* wieder heiratet.«

Sarah sah sie scharf an. »Was führst du im Schilde, Em?«

»Ich habe da einen kleinen Plan«, sagte Mrs. Lacey fröhlich. »Ich glaube, sie wäre genau die Richtige für David. Natürlich weiß ich, daß er einmal schrecklich in *dich* verliebt war, Sarah, aber du hattest ja keine Verwendung für ihn, und ich sehe ein, daß er nicht dein Typ ist. Aber ich möchte nicht, daß er weiter unglücklich ist, und ich meine, Diana würde wirklich gut zu ihm passen.«

»Was für eine Kupplerin du doch bist, Em«, sagte Sarah.

»Ich weiß«, sagte Mrs. Lacey. »Das sind alte Frauen immer. Diana ist schon ganz von ihm eingenommen, glaube ich. Meinst du nicht auch, daß sie genau die Richtige für ihn wäre?«

»Das würde ich nicht sagen«, sagte Sarah. »Ich glaube, Diana ist viel zu − nun, zu überspannt, zu ernsthaft. Ich könnte mir vorstellen, daß David eine Ehe mit ihr schrecklich langweilig finden würde.«

»Nun, wir werden ja sehen«, sagte Mrs. Lacey. »*Du* willst ihn jedenfalls nicht, oder, Liebling?«

»Nein, wirklich nicht«, sagte Sarah sehr hastig. Dann fügte sie, plötzlich in Eile, hinzu: »Du magst Desmond doch *wirklich*, nicht wahr, Em?«

»Ich bin sicher, daß er tatsächlich sehr nett ist«, sagte Mrs. Lacey.

»Großvater mag ihn nicht«, sagte Sarah.

»Nun, das konntest du auch kaum von ihm erwarten, oder?« sagte Mrs. Lacey verständig. »Aber ich wage zu behaupten, daß er sich schon wieder beruhigen wird, wenn er sich erst an die Idee gewöhnt hat. Du darfst ihn nicht hetzen, Liebes. Alte Menschen ändern ihre Meinung nur sehr langsam, und dein Großvater *ist* nun einmal sehr halsstarrig.«

»Mir ist es egal, was Großvater denkt oder sagt«, sagte Sarah. »Ich werde Desmond heiraten, wann immer ich möchte!«

»Ich weiß, Liebes, ich weiß. Aber versuch doch, die Sache realistisch zu betrachten. Dein Großvater könnte dir eine Menge Schwierigkeiten machen. Du bist noch nicht volljährig. In einem Jahr kannst du tun, was du willst. Aber ich schätze, daß Horace sich schon lange vorher beruhigt haben wird.«

»Du bist doch auf meiner Seite, nicht wahr?« sagte Sarah. Sie schlang ihre Arme um den Hals ihrer Großmutter und gab ihr einen liebevollen Kuß.

»Ich will, daß du glücklich bist«, sagte Mrs. Lacey. »Ah! Da ist dein junger Mann mit seinem Wagen. Weißt du, ich mag diese ganz engen Hosen, die die jungen Männer heutzutage tragen. Sie sehen so chic aus − nur fällt es natürlich stärker auf, wenn jemand X-Beine hat.« Ja, dachte Sarah, Desmond *hatte* X-Beine, das war ihr noch nie zuvor aufgefallen . . .

»Nun geh schon, Liebes, und viel Spaß«, sagte Mrs. Lacey.

Sie sah ihrer Enkelin nach, die zum Wagen lief, und ging dann, als ihr der ausländische Gast wieder einfiel, hinüber in die Bibliothek. Als sie jedoch einen Blick in das Zimmer warf, sah sie, daß Hercule Poirot ein nettes kleines Nickerchen hielt. Vor sich hinlächelnd ging sie durch den Korridor und in die Küche, um sich mit Mrs. Ross zu besprechen.

»Nun komm schon, meine Schöne«, sagte Desmond. »Deine Leute sind wohl sauer, weil du in ein Pub willst? Die hängen hier Jahre hinterher, was?«

»Sie hatten natürlich nichts dagegen«, sagte Sarah scharf, während sie in den Wagen stieg.

»Weshalb haben sie eigentlich diesen ausländischen Burschen hierher eingeladen? Er ist doch Detektiv, oder? Was gibt es hier für einen Detektiv zu tun?«

»Oh, er ist nicht beruflich hier«, sagte Sarah. »Edwina Morecombe, meine Großmutter, hat uns gebeten, ihn einzuladen. Ich glaube, er hat sich schon vor langer Zeit aus seinem Beruf zurückgezogen.«

»Hört sich nach einem heruntergekommenen, alten Droschkengaul an«, sagte Desmond.

»Er wollte einmal ein altmodisches englisches Weihnachtsfest erleben, glaube ich«, sagte Sarah vage.

Desmond lachte verächtlich. »Absoluter Quatsch, dieser ganze alte Kram«, stellte er fest. »Wie du das aushältst, weiß ich wirklich nicht.«

Sarahs rotes Haar wurde zurückgeworfen, und ihr aggressives Kinn fuhr in die Höhe.

»Ich genieße es!« sagte sie herausfordernd.

»Das kannst du nicht, Baby. Laß uns der ganzen Sache morgen ein Ende machen. Wir gehen rüber nach Scarborough oder sonstwohin.«

»Das kann ich unmöglich tun.«

»Warum nicht?«

»Oh, es würde ihre Gefühle verletzen.«

»Ach, Blödsinn! Du weißt doch selbst ganz genau, daß dir dieser sentimentale Kinderkram nicht gefällt.«

»Nun, vielleicht gefällt er mir wirklich nicht, aber . . .« Sarah brach ab. Mit einem gewissen Schuldgefühl wurde ihr klar, daß sie sich ziemlich auf die Weihnachtsfeier freute. Ihr gefiel die ganze Sache, aber sie schämte sich, das Desmond gegenüber zuzugeben. Es war einfach nicht das Richtige, Weihnachten und das Leben mit der Familie zu genießen. Nur für einen Augenblick wünschte sie, Desmond wäre nicht über Weihnachten gekommen. Um genau zu sein, wünschte sie beinahe, Desmond wäre überhaupt nicht hierher gekommen. In London machte das Zusammensein mit ihm viel mehr Spaß als hier zu Hause.

In der Zwischenzeit kehrten die Jungen und Bridget vom See zurück, wobei sie immer noch ernsthaft über die Probleme des Eislaufens diskutierten. Ein paar Schneeflocken waren bereits gefallen, und wenn man zum Himmel aufsah, konnte man leicht vorhersagen, daß es binnen kurzem heftig schneien würde.

»Es wird wohl die ganze Nacht schneien« sagte Colin. »Ich wette, morgen früh haben wir mindestens einen Meter hoch Schnee.«

Diese Aussicht war durchaus vielversprechend.

»Laß uns einen Schneemann bauen«, sagte Michael.

»Gütiger Himmel«, sagte Colin. »Ich habe keinen Schneemann mehr gebaut, seit – na, seit ich etwa vier Jahre alt war.«

»Ich glaube nicht, daß das so ganz einfach ist«, sagte Bridget. »Ich meine, man muß schon wissen, wie es geht.«

»Wir könnten ja ein Bildnis von Monsieur Poirot entwerfen«, sagte Colin. »Er kriegt einen großen, schwarzen Schnurrbart. Da liegt noch einer bei den Kostümen.«

»Ich kann mir einfach nicht vorstellen«, sagte Michael nachdenklich, »wie Monsieur Poirot jemals als Detektiv gearbeitet haben soll. Ich kann mir nicht vorstellen, wie er sich hätte verkleiden sollen.«

»Ich weiß«, sagte Bridget. »Und man kann sich auch nicht vorstellen, daß er mit einem Mikroskop herumläuft und nach Anhaltspunkten sucht oder Fußspuren ausmißt.«

»Ich habe eine Idee«, sagte Colin. »Laß uns eine Show für ihn abziehen!«

»Was meinst du damit, eine Show?« fragte Bridget.

»Nun, wir könnten einen Mord für ihn inszenieren.«

»Was für eine himmlische Idee«, sagte Bridget. »Du meinst, eine Leiche im Schnee — so etwas in der Art?«

»Ja. Er würde sich dann richtig wie zu Hause fühlen, was?«

Bridget kicherte.

»Ich weiß nicht, ob das nicht etwas zu weit geht.«

»Wenn es schneit«, sagte Colin, »hätten wir ein perfektes Bühnenbild. Eine Leiche und Fußspuren — wir müssen das genau überlegen und uns einen von Großvaters Dolchen schnappen. Und wir müssen natürlich auch etwas Blut machen.«

Sie blieben stehen und traten ungeachtet des starken Schneefalls in eine erregte Debatte ein.

»Im alten Schulzimmer steht noch ein Malkasten. Wir könnten uns ein bißchen Blut zurechtmixen — Karminlack, würde ich vorschlagen.«

»Karminlack ist ein bißchen zu rosa, finde *ich*«, sagte Bridget. »Es sollte schon etwas brauner sein.«

»Wer soll die Leiche spielen?« fragte Michael.

»Ich bin die Leiche«, sagte Bridget schnell.

»Nun komm aber«, sagte Colin. »Das war schließlich *meine* Idee.«

»Ach nein, nein«, sagte Bridget. »Ich muß die Leiche sein. Es muß ein Mädchen sein. Das ist viel aufregender.«

»Ein schönes Mädchen, das leblos im Schnee liegt.«

»Schönes Mädchen! Ha, ha«, sagte Michael spöttisch.

»Außerdem habe ich schwarzes Haar«, sagte Bridget.

»Was hat das denn damit zu tun?«

»Nun, das wird sich so schön vom Schnee abheben, und dann trage ich noch meinen roten Pyjama.«

»Wenn du einen roten Pyjama trägst, sieht man die Blutflecke nicht«, stellte Michael mit einem Auge fürs Praktische fest.

»Aber er hätte eine so gute Wirkung im Schnee«, sagte Bridget. »Und er hat weiße Blenden, auf denen dann das Blut sein könnte. Oh, wird das nicht himmlisch? Glaubt ihr, er fällt wirklich darauf rein?«

»Wenn wir es richtig anstellen, bestimmt«, sagte Michael. »Im Schnee werden nur deine Fußspuren zu sehen sein und die einer anderen Person. Diese Fußspuren führen zur Leiche hin und wieder davon weg — sie gehören natürlich einem Mann. Er wird die Spuren nicht durcheinanderbringen wollen, und darum wird er auch nicht wissen, daß du nicht wirklich tot bist. Ihr denkt doch nicht . . .« Von einer plötzlichen Idee irritiert, hielt Michael inne. Die anderen sahen ihn an. »Ihr glaubt doch nicht, daß er sich darüber *ärgern* wird?«

»Ach, das glaube ich nicht«, sagte Bridget mit oberflächlichem Optimismus. »Ich bin sicher, er wird verstehen, daß wir es nur zu seiner Unterhaltung getan haben. Eine Art Weihnachtspräsent.«

»Ich glaube nicht, daß wir es am ersten Weihnachtstag tun sollten«, grübelte Colin. »Ich schätze, Großvater würde das nicht besonders gut gefallen.«

»Also am zweiten Weihnachtstag«, sagte Bridget.

»Der zweite Weihnachtstag wäre genau richtig«, sagte Michael.

»Außerdem haben wir auf diese Weise mehr Zeit«, setzte Bridget seinen Gedankensprung fort. »Schließlich gibt es noch viel zu erledigen. Gehen wir rein, und schauen wir uns mal die Requisiten an.«

Sie eilten ins Haus.

Am Abend herrschte geschäftiges Treiben. Man hatte große Mengen Stechpalmen und Mistelzweige hineingebracht, und an einem Ende des Wohnzimmers wurde ein Weihnachtsbaum aufgestellt. Alle halfen dabei, ihn zu schmücken, die Stechpalmenzweige hinter Bilder zu klemmen und die Mistelzweige im Flur in eine passende Anordnung zu bringen.

»Ich hatte ja keine Ahnung, daß es so etwas Archaisches noch gibt«, flüsterte Desmond Sarah mit einer spöttischen Grimasse zu.

»Wir haben es immer so gemacht«, verteidigte sich Sarah.

»Was für ein Grund!«

»Ach, hab dich doch nicht so, Desmond. *Mir* macht es Spaß.«

»Sarah, meine Süße, das ist *unmöglich*!«

»Nun, vielleicht — vielleicht nicht wirklich — aber irgendwie wohl doch.«

»Wer will dem Schnee trotzen und in die Christmette gehen?« fragte Mrs. Lacey um zwanzig vor zwölf.

»Ich nicht«, sagte Desmond. »Komm mit, Sarah.«

Er legte ihr eine Hand auf den Arm, führte sie in die Bibliothek und ging zum Plattenschrank hinüber.

»Alles hat seine Grenzen, Liebling«, sagte Desmond. »Christmette!«

»Ja«, sagte Sarah. »Ja, wirklich.«

Mit viel Gelächter und Getrampel wurden im Flur die Mäntel angezogen, und die meisten der anderen machten sich auf den Weg. Die beiden Jungen, Bridget, David und Diana gingen die zehn Minuten zur Kirche durch den fallenden Schnee zu Fuß. Ihr Gelächter verhallte in der Ferne.

»Christmette!« schnaubte Colonel Lacey. »Bin in jungen Jahren auch nie zur Christmette gegangen. *Mette*, wahrhaftig! Papistischer Kram! Oh, ich bitte um Verzeihung, Mr. Poirot.«

Poirot winkte ab. »Es ist schon in Ordnung. Kümmern Sie sich nicht um mich.«

»Die Frühmesse ist für jeden gut genug, würde ich sagen«,

stellte der Colonel fest. »Ein ordentlicher Sonntagmorgen-Gottesdienst. ›*Hark the herald angels sing*‹ und all die guten alten Weihnachtshymnen. Und dann kehrt man heim zum Weihnachtsmahl. So ist es richtig, was, Em?«

»Ja, mein Lieber«, sagte Mrs. Lacey. »So machen *wir* es. Aber die jungen Leute gehen gerne in den Gottesdienst um Mitternacht. Und es ist wirklich schön, daß sie gehen *wollen*.«

»Sarah und dieser Bursche wollen es jedenfalls nicht.«

»Na, mein Lieber, ich glaube, da irrst du dich«, sagte Mrs. Lacey. »Sarah *wollte* gehen, aber sie wollte es nicht sagen.«

»Warum sie sich darum kümmert, was dieser Bursche denkt, ist mir wirklich zu hoch.«

»Sie ist noch sehr jung«, erklärte Mrs. Lacey gelassen. »Gehen Sie zu Bett, Monsieur Poirot? Gute Nacht. Hoffentlich schlafen Sie gut.«

»Und Sie, Madame? Gehen Sie noch nicht zu Bett?«

»Nein, noch nicht sofort«, sagte Mrs. Lacey. »Ich muß noch die Strümpfe füllen, wissen Sie. Oh, ich weiß, sie sind praktisch schon alle erwachsen, aber ihre Strümpfe haben sie doch noch sehr gern. Man steckt ein paar törichte Kleinigkeiten hinein! Irgend etwas. Aber es macht allen großen Spaß.«

»Sie arbeiten hart, um Ihre Familie über Weihnachten glücklich zu machen«, sagte Poirot. »Ich habe große Hochachtung vor Ihnen.«

In höflicher Manier hob er ihre Hand an die Lippen.

»Hm«, grunzte Colonel Lacey, nachdem Poirot gegangen war. »Drückt sich ja ziemlich geschwollen aus, dieser Bursche. Aber immerhin — er weiß dich zu schätzen.« Mit Grübchen in den Wangen sah Mrs. Lacey zu ihm auf. »Ist dir eigentlich aufgefallen, Horace, daß ich unter dem Mistelzweig stehe?« fragte sie mit der Geziertheit eines neunzehnjährigen Mädchens.

Hercule Poirot betrat sein Schlafzimmer. Es war ein geräumiger, reichlich mit Heizkörpern ausgestatteter Raum. Als er zu dem großen Himmelbett hinüberging, bemerkte er einen Briefumschlag auf seinem Kopfkissen. Er öffnete ihn und zog ein Stück Papier heraus. Darauf war in großen zittrigen Druckbuchstaben eine Nachricht gekritzelt.

ESSEN SIE MAN BLOSS NIX VON DEM PLUMPUDDING: EINER, DER ES GUT MIT IHNEN MEINT.

Hercule Poirot starrte den Zettel an. Er hob die Augenbrauen. »Kryptisch«, murmelte er, »und äußerst unerwartet.«

4

Das Weihnachtsessen begann um zwei Uhr mittags und war in der Tat ein Festmahl. Riesige Holzscheite prasselten vergnüglich in dem breiten Kamin, und über ihrem Prasseln erhob sich das Durcheinander vieler Stimmen. Man hatte die Austernsuppe verzehrt, zwei riesige Truthähne waren gekommen und als bloße Skelette ihres früheren Selbst wieder gegangen. Dann der große Augenblick: Der Weihnachtspudding wurde hereingebracht, und zwar mit großem Zeremoniell! Der alte Peverell, dessen Hände und Knie mit der Schwäche seiner achtzig Jahre zitterten, überließ es keinem anderen, ihn hineinzutragen. Mrs. Lacey saß in nervöser Erwartung mit zusammengepreßten Händen da. Sie hatte das sichere Gefühl, daß Peverell irgendwann einmal zu Weihnachten tot umfallen würde. Sie mußte nun entweder das Risiko eingehen, daß er tot umfiele, oder seine Gefühle so sehr verletzen, daß er wahrscheinlich lieber tot als lebendig wäre, und bisher hatte sie sich immer für die erste Alternative entschieden. Auf einer silbernen Platte ruhte der Weihnachtspudding in seiner ganzen Herrlichkeit. Ein riesiger Fußball von einem Pudding, ein Stück von einem Stechpalmenzweig steckte darin wie eine glorreiche Flagge, und um ihn herum erhoben sich blau und rot die herrlichsten Flammen. Dann wurde unter lautem »Ooh« und »Ah« heftig applaudiert.

Eines hatte Mrs. Lacey jedoch getan: Sie hatte Peverell dazu bewogen, den Pudding, statt ihn bei Tisch herumzureichen, vor sie hinzustellen, so daß sie selbst ihn verteilen konnte. Sie stieß einen Seufzer der Erleichterung aus, als der Pudding vor ihr niedergesetzt wurde. Während die Flammen noch immer an den einzelnen Portionen leckten, wurden schnell die Teller herumgereicht.

»Wünschen Sie sich etwas, Monsieur Poirot«, rief Bridget. »Wünschen Sie sich etwas, bevor die Flamme verlöscht. Schnell, Opa, du auch, schnell.«

Mit einem zufriedenen Seufzer lehnte Mrs. Lacey sich zurück. Die Operation Pudding war ein voller Erfolg gewesen. Jeder hatte ein noch immer brennendes Stück vor sich. Einen Augenblick lang herrschte Schweigen überall am Tisch, während sich alle auf ihre Wünsche konzentrierten. Niemand bemerkte den seltsamen Gesichtsausdruck, mit dem Monsieur Poirot den Pudding auf seinem Teller musterte. *»Essen Sie man bloß nix von dem Plumpudding.«* Was um alles in der Welt hatte diese finstere Warnung zu bedeuten? Seine Portion Plumpudding konnte sich in nichts von allen anderen unterscheiden! Seufzend gestand er sich ein, daß er vor einem Rätsel stand — und Hercule Poirot hatte es überhaupt nicht gern, sich so etwas eingestehen zu müssen. Er nahm Löffel und Gabel zur Hand.

»Vanillesauce, Monsieur Poirot?«

Dankbar griff Poirot zu.

»Hast wohl wieder meinen besten Brandy geklaut, was, Em?« ließ sich der Colonel gutgelaunt vom anderen Ende des Tisches hören. Mrs. Lacey zwinkerte ihm zu.

»Mrs. Ross besteht darauf, nur den besten Brandy für den Pudding zu nehmen«, erwiderte sie. »Sie sagt, genau darauf käme es an.«

»Schön, schön«, sagte Colonel Lacey. »Weihnachten ist ja nur einmal im Jahr, und Mrs. Ross ist eine großartige Frau. Eine großartige Frau und eine großartige Köchin.«

»Das ist sie wirklich«, sagte Colin. »Ein umwerfender Plumpudding, das hier. Mmm.« Anerkennend stopfte er sich den Mund voll.

Behutsam, beinahe zimperlich, nahm Hercule Poirot seine Portion Pudding in Angriff. Er aß einen Bissen. Er war köstlich! Er aß noch einen. Irgend etwas klirrte auf seinem Teller. Mit einer Gabel forschte er nach. Bridget, die links von ihm saß, kam ihm zu Hilfe.

»Sie haben etwas gefunden, Monsieur Poirot«, sagte sie. »Was mag das wohl sein?«

Poirot löste einen kleinen, silbernen Gegenstand von den Rosinen, die daran klebten.

»Ooooh«, sagte Bridget. »Es ist der Junggesellenknopf. Monsieur Poirot hat den Junggesellenknopf.«

Hercule Poirot tauchte den kleinen Silberknopf in die mit Wasser gefüllte Fingerschale, die neben seinem Teller stand, und wusch die Puddingkrümel davon ab.

»Er ist sehr hübsch«, bemerkte er.

»Das bedeutet, daß Sie wohl Junggeselle bleiben werden, Monsieur Poirot«, erklärte Colin hilfsbereit.

»Das ist zu erwarten« sagte Poirot feierlich. »Ich habe jetzt so viele lange Jahre als Junggeselle hinter mich gebracht, und es ist unwahrscheinlich, daß ich diesen Status jetzt noch ändere.«

»Oh, man soll nie nie sagen«, sagte Michael. »Ich habe in der Zeitung gelesen, daß neulich ein Fünfundneunzigjähriger ein zweiundzwanzigjähriges Mädchen geheiratet hat.«

»Du machst mir Mut«, erwiderte Hercule Poirot.

Plötzlich stieß Colonel Lacey einen Schrei aus. Sein Gesicht lief purpurn an, und seine Hand fuhr zum Mund.

»Zum Teufel, Emeline«, brüllte er, »warum, um Himmels willen, erlaubst du der Köchin, Glas in den Pudding zu tun?«

»Glas!« rief Mrs. Lacey erstaunt.

Colonel Lacey entfernte den schimpflichen Gegenstand aus seinem Mund. »Hätte mir einen Zahn abbrechen können«, brummte er. »Oder das verdammte Ding runterschlucken und mir eine Blinddarmentzündung holen.«

Er ließ das Stück Glas in die Fingerschale fallen, spülte es ab und hielt es hoch.

»Allmächtiger«, stieß er hervor. »Es ist ein roter Stein aus so einer unechten Brosche.« Er hob ihn in die Höhe.

»Sie gestatten?«

Sehr geschickt beugte Monsieur Poirot sich über den Tisch, nahm den Stein aus Colonel Laceys Fingern und prüfte ihn aufmerksam. Wie der Squire gesagt hatte, handelte es sich um einen roten Stein von der Farbe eines Rubins. Das Licht schimmerte auf seinen Facetten, als er ihn in der Hand bewegte. Irgendwo am Tisch wurde ein Stuhl ruckartig zurückgeschoben und dann wieder herangezogen.

»Puh!« rief Michael. »Was für eine phantastische Sache, wenn der *echt* wäre.«

»Vielleicht ist er ja echt« sagte Bridget hoffnungsvoll.

»Ach, mach dich doch nicht lächerlich, Bridget. Also wirklich, ein Rubin von dieser Größe wäre Tausende und Abertausende von Pfund wert. Habe ich nicht recht, Monsieur Poirot?«

»Ja, das stimmt«, sagte Poirot.

»Aber was *ich* nicht verstehen kann«, wandte Mrs. Lacey ein, »ist, wie er überhaupt in den Pudding hineingekommen ist.«

»Ooooh«, sagte Colin, abgelenkt von seinem letzten Stückchen Pudding. »Ich habe das Schwein. Das ist nicht fair.«

Sofort begann Bridget zu trällern: »Colin hat das Schwein! Colin hat das Schwein! Colin ist das gierige verfressene *Schwein*!«

»Ich habe den Ring«, sagte Diana mit klarer, hoher Stimme.

»Schön für dich, Diana. Dann wirst du als erste von uns allen heiraten.«

»Ich habe den Fingerhut«, jammerte Bridget.

»Bridget wird eine alte Jungfer«, trällerten nun die beiden Jungen. »Ja, Bridget wird eine alte Jungfer.«

»Wer hat das Geld?« fragte David. »Es steckt ein echtes goldenes Zehn-Schilling-Stück im Pudding. Ich weiß es, Mrs. Ross hat es erzählt.«

»Ich glaube, ich bin der Glückliche«, sagte Desmond Lee-Wortley. Die beiden Leute, die rechts und links neben Colonel Lacey saßen, hörten ihn brummen: »Ja, das war wohl zu erwarten.«

»Ich habe *auch* einen Ring«, sagte David. Er blickte hinüber zu Diana. »Ein ganz schöner Zufall, was?« Das Gelächter hielt an. Niemand bemerkte, daß Monsieur Poirot sorglos, als denke er an etwas ganz anderes, den roten Stein in seine Tasche hatte gleiten lassen.

Dem Pudding folgten noch süße Pasteten und das Weihnachtsdessert. Die Älteren zogen sich dann zu einer höchst willkommenen Siesta zurück, um sich vor dem zeremoniellen Anzünden des Weihnachtsbaumes zur Teezeit noch ein wenig auszuruhen. Hercule Poirot jedoch hielt keine Siesta. Statt dessen begab er sich in die riesige, altmodische Küche.

»Ist es gestattet«, fragte er, während er sich strahlend im Raum umsah, »der Köchin zu dieser fabelhaften Mahlzeit zu gratulieren, in deren Genuß ich soeben gekommen bin?«

Es entstand eine kurze Pause, bis Mrs. Ross würdevoll vortrat, um sich vorzustellen. Sie war eine große, stattliche Frau, der die ganze Würde einer Bühnenherzogin zu eigen war. Zwei hagere, grauhaarige Frauen besorgten hinten in der Spülküche den Abwasch, und ein flachsblondes Mädchen lief zwischen Küche und Spüle hin und her. Aber diese Frauen waren offensichtlich bloße Vasallen. Mrs. Ross war die Königin des Küchentrakts.

»Ich freue mich zu hören, daß es Ihnen geschmeckt hat, Sir«, sagte sie huldvoll.

»Daß es mir geschmeckt hat!« rief Hercule Poirot. Mit einer extravaganten, femdländischen Geste hob er die Hand an die Lippen, küßte sie und sandte den Kuß an die Decke. »Sie sind ein Genie, Mrs. Ross! Ein Genie! *Noch nie* habe ich etwas so Wunderbares gegessen. Die Austernsuppe...« Er schnalzte ausdrucksstark mit den Lippen. »...und die Füllung, die Haselnußfüllung im Truthahn, das war meines Wissens nach wirklich einzigartig.«

»Nun, es ist komisch, daß Sie das sagen, Sir«, sagte Mrs. Ross, immer noch huldvoll. »Es ist ein ganz spezielles Rezept, diese Füllung. Ein österreichischer Küchenchef, für den ich vor vielen Jahren gearbeitet habe, hat es mir gegeben. Aber alles andere«, fügte sie hinzu, »ist nichts als gute, einfache englische Küche.«

»Und gibt es irgend etwas Besseres?« fragte Hercule Poirot.

»Nun, es ist nett von Ihnen das zu sagen, Sir. Natürlich hätten Sie als ausländischer Gentleman durchaus die kontinentale Küche vorziehen können. Nicht, daß ich nicht auch mit kontinentalen Gerichten fertig würde.«

»Ich bin sicher, Mrs. Ross, Sie würden mit allem fertig! Aber

Sie müssen wissen, daß die englische Küche — die *gute* englische Küche, nicht das, was man in zweitklassigen Hotels oder Restaurants bekommt — von den *Gourmets* auf dem Kontinent durchaus geschätzt wird. Und ich glaube, ich habe auch recht, wenn ich sage, daß zu Beginn des achtzehnten Jahrhunderts eigens eine Expedition nach London unternommen und ein Bericht zurück nach Frankreich gesandt wurde, der die Wunder der englischen Puddings beschrieb. ›Wir haben nichts Derartiges in Frankreich‹, stand darin zu lesen. ›Eine Reise nach London lohnt sich schon allein, um die Vielfalt und Vorzüglichkeit der englischen Puddings zu kosten.‹ Und über allen Puddings«, fuhr Poirot fort, der mittlerweile geradezu in Ekstase geraten war, »steht der weihnachtliche Plumpudding, so wie wir ihn heute gegessen haben. Das war doch ein selbstgemachter Pudding, kein gekaufter?«

»Ja wirklich, Sir, diesen Pudding habe ich mit eigenen Händen und nach meinem eigenen Rezept gemacht, so wie ich es schon viele Jahre lang getan habe. Als ich herkam, sagte Mrs. Lacey, sie hätte einen Pudding in einem Londoner Geschäft bestellt, um mir die Mühe zu ersparen. ›Aber nein, Madam‹, sagte ich, ›das mag zwar sehr freundlich von Ihnen sein, aber kein gekaufter Pudding aus einem Geschäft kann einem selbstgemachten Weihnachtspudding das Wasser reichen.‹ Und Sie müssen bedenken«, sagte Mrs. Ross, die sich, Künstlerin, die sie war, langsam für das Thema erwärmte — »er ist viel zu spät gemacht worden. Einen guten Weihnachtspudding sollte man ein paar Wochen vorher machen, um ihm ein wenig Wartezeit zu gewähren. Je länger man ihn stehen läßt, natürlich innerhalb vernünftiger Grenzen, um so besser wird er. Ich erinnere mich, daß wir in meiner Kindheit, als wir noch jeden Sonntag zur Kirche gingen, immer auf das Gebet ›Stir up O Lord we beseech thee . . .‹ gewartet haben. Dieses Gebet war nämlich das Signal dafür, daß in der folgenden Woche die Puddings gemacht werden sollten. Und das passierte dann natürlich auch. Am Sonntag kam dieses Gebet in der Kirche, und in der nächsten Woche machte meine Mutter mit Sicherheit die Weihnachtspuddings. Und so hätte es dieses Jahr auch hier sein sollen. Aber der Pudding, den Sie heute gegessen haben, ist erst vor drei Tagen gemacht worden, am Tag vor Ihrer Ankunft, Sir. Wie dem auch sei, ich habe mich an den alten Brauch gehalten. Jeder hier im Haus mußte in die Küche kommen, einmal umrühren und sich etwas wünschen. Das ist ein alter Brauch, Sir, und ich habe immer daran festgehalten.«

»Höchst interessant«, sagte Hercule Poirot. »Höchst interessant. Also kam jeder hier in die Küche?«

»Ja, Sir. Die jungen Herren, Miss Bridget, der Gentleman aus London, der hier zu Besuch ist, seine Schwester, Mr. David und Miss Diana — Mrs. Middleton, müßte ich wohl sagen — alle haben sie einmal umgerührt, jawohl.«

»Wie viele Puddings haben Sie gemacht? Ist dies der einzige gewesen?«

»Nein, Sir, ich habe vier gemacht. Zwei größere und zwei kleinere. Den anderen großen wollte ich eigentlich zu Neujahr servieren, und die kleineren waren für Colonel und Mrs. Lacey vorgesehen, wenn sie dann wieder allein wären und nicht mehr so viele Gäste hätten.«

»Aha, aha«, sagte Poirot.

»Übrigens, Sir«, sagte Mrs. Ross, »es war der falsche Pudding, den Sie heute mittag gegessen haben.«

»Der falsche Pudding?« Poirot runzelte die Stirn. »Wie ist das möglich?«

»Nun, Sir, wir haben eine große Weihnachtsform. Eine Porzellanform mit einem Muster von Stechpalmen und Mistelzweigen darauf, und in dieser Form wird immer der eigentliche Weihnachtspudding zubereitet. Aber es hat einen ausgesprochen unglücklichen Unfall gegeben. Heute morgen, als Annie ihn von dem Regal in der Speisekammer herunterholte, ist sie ausgerutscht. Dabei ist ihr die Form heruntergefallen und zerbrochen. Nun, Sir, die konnte ich natürlich nicht mehr auf den Tisch bringen. Es hätten ja vielleicht Splitter im Pudding sein können. Also mußten wir den anderen nehmen — den für Neujahr, der in einer schlichten Schüssel war. Er ist zwar ganz hübsch, aber doch lange nicht so dekorativ wie der aus der Weihnachtsform. Ich weiß wirklich nicht, wo wir wieder so eine Form herbekommen sollen. Heutzutage werden die Sachen nicht mehr in solchen Größen hergestellt. Gibt nur noch so winzige kleine Dinger. Ha, man kann ja nicht einmal mehr eine Servierplatte fürs Frühstück kaufen, auf der man, wie es sich gehört, acht bis zehn Eier und Schinken unterbringen kann. Ach, die Dinge sind alle nicht mehr das, was sie mal waren.«

»Nein, wirklich nicht«, sagte Poirot. »Aber für den heutigen Tag trifft das nicht zu. Dieser erste Weihnachtstag war wie in früheren Zeiten, habe ich nicht recht?«

Mrs. Ross seufzte. »Ach, ich freue mich, daß Sie das sagen, Sir, aber natürlich habe ich heute auch nicht mehr die *Hilfe*, die ich früher hatte. Keine Fachkräfte, meine ich. Die Mädchen von heute . . .« Sie senkte ihre Stimme ein wenig, ». . . sie meinen es zwar sehr gut und sind auch durchaus willig, aber sie haben eben keine *Ausbildung*, Sir, wenn Sie verstehen, was ich meine.«

»Die Zeiten ändern sich, ja«, sagte Hercule Poirot. »Auch ich finde das manchmal traurig.«

»Dieses Haus, Sir«, sagte Mrs. Ross, »ist zu groß für die Mistress und den Colonel. Und die Mistress weiß das auch. Sie leben ja nur noch in einer Ecke des Hauses, und das ist überhaupt nicht mit früher zu vergleichen. Es wird erst lebendig zur Weihnachtszeit, wenn die ganze Familie herkommt, könnte man sagen.«

»Es ist, glaube ich, das erste Mal, daß Mr. Lee-Wortley und seine Schwester hier zu Gast sind?«

»Ja, Sir.« Eine Spur leiser Reserviertheit schlich sich in Mrs. Ross' Stimme. »Er ein sehr netter Herr, aber — nun ja — unserer Meinung nach scheint er ein merkwürdiger Freund für Miss Sarah zu sein. Aber was will man machen — in London ist eben alles anders! Es ist traurig, daß seine Schwester so schlecht dran ist. Hat eine Operation hinter sich. Am ersten Tag, als sie hier ankam, schien sie ganz in Ordnung zu sein, aber gerade an jenem Tag, nachdem wir die Puddings gerührt hatten, wurde es wieder schlimmer mit ihr, und seitdem liegt sie im Bett. Sie ist wohl nach ihrer Operation zu schnell wieder aufgestanden, nehme ich an. Ach, die Ärzte von heute, sie entlassen einen aus dem Krankenhaus, noch bevor man so halbwegs auf den eigenen Füßen stehen kann. Also, die Frau von meinem eigenen Neffen . . .« Und Mrs. Ross begann eine lange und temperamentvolle Geschichte über die Krankenhausbehandlung, wie sie ihre Verwandten erduldet hatten. Ihrer Meinung nach war nichts davon mit der überreichen Rücksicht zu vergleichen, die die Patienten in früheren Zeiten genossen hatten.

Poirot bemitleidete sie gebührend. »Jetzt«, sagte er, »muß ich mich nur noch für diese exquisite und üppige Mahlzeit bedanken. Sie gestatten eine kleine Anerkennung meiner Wertschätzung?« Eine noch neue Fünf-Pfund-Note wechselte von seiner Hand in die von Mrs. Ross, die mechanisch bemerkte:

»*Das* wäre doch wirklich nicht nötig gewesen, Sir.«

»Ich bestehe darauf. Ich bestehe darauf.«

»Nun, das ist wirklich sehr freundlich von Ihnen, Sir.« Mrs. Ross akzeptierte den Tribut in der festen Überzeugung, daß er ihr zustehe. »Und ich wünsche Ihnen weiterhin fröhliche Weihnachten, Sir, und ein erfolgreiches neues Jahr.«

5

Das Ende des ersten Weihnachtstages war das Ende der meisten ersten Weihnachtstage. Die Kerzen am Baum wurden angezündet, zum Tee gab es einen hervorragenden Weihnachtskuchen, der zwar mit Anerkennung aufgenommen wurde, aber dem man doch nur bescheiden zusprach. Dann folgte ein kaltes Abendessen.

Sowohl Poirot als auch sein Gastgeber und seine Gastgeberin gingen früh zu Bett.

»Gute Nacht, Monsieur Poirot«, sagte Mrs. Lacey. »Ich hoffe, es hat Ihnen gefallen.«

»Es war ein wunderschöner Tag, Madame, wunderschön.«

»Sie sehen sehr nachdenklich aus«, sagte Mrs. Lacey.

»Es ist der englische Pudding, der mir im Kopf herumgeht.«

»Sie fanden ihn vielleicht ein wenig zu schwer?« fragte Mrs. Lacey taktvoll.

»Nein, nein, ich rede nicht von dem gastronomischen Aspekt. Ich denke über seine Bedeutung nach.«

»Es ist natürlich ein traditioneller Pudding«, sagte Mrs. Lacey. »Nun, gute Nacht, Monsieur Poirot, und träumen Sie nicht zuviel von Weihnachtspuddings und gefüllten Pasteten.«

»Ja«, murmelte Poirot bei sich, während er sich entkleidete. »Dieser weihnachtliche Plumpudding stellt gewiß ein Problem dar. Hier ist etwas, das ich absolut nicht verstehe.« Ungehalten schüttelte er den Kopf. »Nun — wir werden sehen.«

Nachdem er gewisse Vorbereitungen getroffen hatte, ging Poirot ins Bett, ohne jedoch einzuschlafen.

Es war etwa zwei Stunden später, als seine Geduld belohnt wurde. Sehr vorsichtig öffnete sich die Tür seines Schlafzimmers. Er lächelte. Genau das hatte er erwartet. Geschwind wanderten seine Gedanken zurück zu der Tasse Kaffee, die Desmond Lee-Wortley ihm so höflich gereicht hatte. Ein wenig später, als Desmond ihm den Rücken zuwandte, hatte er die Tasse für ein paar Augenblicke auf den Tisch gestellt. Dann hatte er sie scheinbar wieder zur Hand genommen, und Desmond hatte die Genugtuung gehabt — falls es eine Genugtuung für ihn war —, zu sehen, wie er den Kaffee bis auf den letzten Tropfen austrank. Aber ein kleines Lächeln hob Poirots Schnurrbart, als er darüber nachdachte, daß heute nacht nicht er, sondern jemand anderes einen guten, festen Schlaf haben würde. »Dieser liebenswerte junge David«, dachte Poirot bei sich, »er ist besorgt, unglücklich. Es wird ihm nicht schaden, einmal eine Nacht so richtig fest zu schlafen. Und jetzt wollen wir doch mal sehen, was passiert.«

Er lag ganz still da, und sein Atem ging gleichmäßig mit einer gelegentlichen Andeutung — einer ganz schwachen Andeutung nur — eines Schnarchens.

Jemand trat an sein Bett und beugte sich über ihn. Dann wandte sich dieser Jemand zufrieden ab und ging zum Toilettentisch. Im Licht einer winzigen Taschenlampe untersuchte der Besucher Poirots Habseligkeiten, die ordentlich auf dem Toilettentisch aufgestellt waren. Fremde Finger erforschten die Brieftasche, zogen vorsichtig die Schubladen des Toilettentisches auf und dehnten die Suche auf die Taschen von Poirots Kleidern aus. Zu guter Letzt näherte sich der Besucher wieder dem Bett und ließ mit größter Vorsicht seine Hand unter das Kissen gleiten. Nachdem er die Hand zurückgezogen hatte, stand er ein oder zwei Augenblicke einfach nur da, als wisse er nicht, was er als nächstes tun solle. Er wanderte im Zimmer umher, betrachtete Zierstücke und ging in das angrenzende Badezimmer, aus dem er sogleich wieder zurückkam. Dann verließ er mit einem leisen, widerwilligen Ausruf das Zimmer.

»Ah«, sagte Poirot im Flüsterton, »da sind Sie enttäuscht. Ja, ja, ernstlich enttäuscht. Bah! Sich auch nur vorzustellen, daß Hercule Poirot etwas verstecken würde, wo Sie es finden könnten!« Dann drehte er sich auf die andere Seite und schlief friedlich ein.

Am nächsten Morgen wurde er von einem leisen, drängenden Klopfen an der Tür geweckt.

»*Qui est là?* Nur herein, herein.«

»Monsieur Poirot, Monsieur Poirot.«

»Ja bitte?« Poirot setzte sich im Bett auf. »Ist es der Morgentee? Aber nein. Du bist es, Colin. Was ist passiert?«

Colin war einen Augenblick lang sprachlos. Er schien von einem starken Gefühl beherrscht zu werden. Um ganz genau zu sein, war es der Anblick der Nachtmütze, die Hercule Poirot trug, der ein paar Sekunden lang seine Sprechwerkzeuge lähmte. Aber schon bald faßte er sich wieder und begann zu sprechen.

»Ich glaube – Monsieur Poirot – könnten Sie uns helfen? Es ist etwas ziemlich Schreckliches passiert.«

»Etwas ist passiert? Aber was denn?«

»Es ist – es ist Bridget. Sie liegt da draußen im Schnee. Ich glaube – sie bewegt sich nicht, und sie sagt auch nichts und – oh, Sie sollten besser mitkommen und es sich selbst ansehen. Ich habe schreckliche Angst – sie könnte vielleicht *tot* sein.«

»Was?« Poirot schleuderte die Bettdecke weg. »Mademoiselle Bridget – tot!«

»Ich glaube – ich glaube, jemand hat sie umgebracht. Da ist – da ist Blut und – oh, kommen Sie doch endlich!«

»Aber gewiß, gewiß. Ich komme auf der Stelle.«

Mit großer Geschicklichkeit steckte Poirot die Füße in seine Straßenschuhe und zog einen pelzgefütterten Mantel über seinen Pyjama.

»Ich komme«, sagte er. »Ich komme augenblicklich. Du hast das ganze Haus geweckt?«

»Nein, Nein, bisher habe ich noch niemandem außer Ihnen etwas gesagt. Ich dachte, das wäre besser so. Großvater und Oma sind noch nicht auf. Unten decken sie den Frühstückstisch, aber auch Peverell habe ich nichts gesagt. Sie — Bridget — sie ist auf der anderen Seite des Hauses, in der Nähe der Terrasse und dem Fenster der Bibliothek.«

»Aha. Geh voran. Ich komme dir nach.«

Colin wandte sich ab, um sein belustigtes Grinsen zu verbergen und ging die Treppe hinunter. Sie gingen durch den Nebeneingang nach draußen. Es war ein klarer Morgen, und die Sonne stand noch nicht weit über dem Horizont. Im Augenblick schneite es nicht, aber über Nacht hatte es heftig geschneit, und um das ganze Haus herum erstreckte sich ein unversehrter, dicker Schneeteppich. Die Welt sah sehr rein und weiß und schön aus.

»Da!« sagte Colin atemlos. »Ich — sie ist — da!« Mit einer dramatischen Geste streckte er die Hand aus.

Die Szene war in der Tat ausgesprochen dramatisch. Ein paar Meter weiter weg lag Bridget im Schnee. Sie trug einen scharlachroten Pyjama und hatte sich einen weißen Wollumhang über die Schultern geworfen. Auf dem weißen Umhang zeichneten sich dunkelrote Flecken ab. Ihr Kopf, der unter der Masse ihres ausgebreiteten schwarzen Haares versteckt war, war zur Seite gedreht. Der eine Arm lag unter ihrem Körper, der andere war ausgestreckt und die Finger zusammengekrampft. In der Mitte des dunkelroten Flecks ragte der Griff eines langen, gebogenen, kurdischen Messers empor, das Colonel Lacey erst am Vorabend seinen Gästen gezeigt hatte.

»*Mon Dieu!*« stieß Monsieur Poirot hervor. »Das ist ja wie auf der Bühne!«

Von Michael war ein schwaches, ersticktes Geräusch zu hören. Schnell sprang Colin in die Bresche.

»Ich weiß«, sagte er. »Es — wirkt irgendwie gar nicht *real*. Sehen Sie diese Fußabdrücke da — ich nehme an, wir dürfen sie nicht durcheinanderbringen?«

»Ach ja, die Fußabdrücke. Nein, wir müssen sehr vorsichtig sein, damit wir sie nicht zerstören.«

»Das haben wir uns auch gedacht«, sagte Colin. »Deshalb wollte ich auch niemanden in ihre Nähe lassen, bevor wir Sie geholt hatten. Ich dachte, Sie würden schon wissen, was zu tun ist.«

»Aber wie dem auch sei«, sagte Hercule Poirot energisch, »zuerst müssen wir doch wohl nachsehen, ob sie noch lebt? Ist das nicht so?«

»Ehm — ja — natürlich«, sagte Michael ein wenig zweifelnd. »Aber wissen Sie, wir dachten — ich meine, wir wollten nicht . . .«

»Ah, ihr seid sehr besonnen! Ihr habt Detektivgeschichten gelesen. Es ist von größter Wichtigkeit, daß nichts berührt wird, und daß niemand etwas an der Leiche verändert. Aber wir können noch gar nicht sicher sein, daß dies eine Leiche *ist*, oder? Immerhin ist Besonnenheit zwar bewunderungswürdig, aber allgemeine Menschlichkeit kommt zuerst. Wir müssen an den Arzt denken, bevor wir an die Polizei denken, stimmt's nicht?«

»O ja. Natürlich«, sagte Colin, der immer noch ein wenig bestürzt war.

»Wir haben nur gedacht — ich meine — wir dachten, wir sollten Sie erst holen, bevor wir irgend etwas unternehmen«, sagte Michael hastig.

»Dann werdet ihr beide hierbleiben«, sagte Poirot. »Ich werde mich ihr von der anderen Seite nähern, so daß ich diese Fußabdrücke nicht verwische. Solch exzellente Fußabdrücke, nicht wahr — so ausgesprochen klar? Die Fußspuren eines Mannes und eines Mädchens, die zusammen dahin gehen, wo sie jetzt liegt. Und dann die Fußspuren eines Mannes, die zurückkommen, aber die des Mädchens tun das nicht.«

»Das müssen die Fußspuren des Mörders sein«, sagte Colin mit angehaltenem Atem.

»Genau. Die Fußspuren des Mörders. Ein langer, schmaler Fuß mit einer ziemlich merkwürdigen Art von Schuh. Sehr interessant. Einfach wiederzuerkennen, denke ich. Ja, die Fußspuren werden noch sehr wichtig sein.« In diesem Augenblick kam Desmond Lee-Wortley mit Sarah aus dem Haus und gesellte sich zu ihnen.

»Was um alles in der Welt tun Sie alle hier?« fragte er ziemlich theatralisch. »Ich habe Sie von meinem Schlafzimmerfenster aus gesehen. Was ist los? Gütiger Himmel, was ist das? Es — es sieht aus wie...«

»Genau«, sagte Hercule Poirot, »es sieht aus wie Mord.«

Sarah keuchte und warf dann einen schnellen, argwöhnischen Blick auf die beiden Jungen.

»Sie meinen, jemand hat das Mädchen umgebracht, diese — wie hieß sie noch gleich — Bridget?« wollte Desmond wissen. »Wer um alles in der Welt sollte sie umbringen wollen? Es ist unglaublich.«

»Es geschehen viele unglaubliche Dinge« sagte Poirot, »besonders vor dem Frühstück, nicht wahr? Das jedenfalls behauptet einer Ihrer Klassiker. Sechs unmögliche Dinge vor dem Frühstück.« Er fügte hinzu: »Bitte warten Sie hier, Sie alle.«

Vorsichtig machte er einen Umweg, um sich Bridget zu nähern und beugte sich dann für einen Augenblick über die Leiche. Colin und Michael zitterten jetzt beide vor lauter unterdrücktem Gelächter. Sarah trat zu ihnen und murmelte: »Was führt ihr beide da im Schilde?«

»Die gute, alte Bridget«, flüsterte Colin, »ist sie nicht wundervoll? Nicht ein einziges Zucken!«

»Ich habe noch nie jemanden gesehen, der so tot wirkte wie Bridget«, flüsterte Michael.

Hercule Poirot richtete sich wieder auf.

»Das ist eine schreckliche Angelegenheit«, sagte er. In seiner Stimme schwang jetzt ein Gefühl mit, das vorher nicht dagewesen war.

Von Heiterkeit überwältigt, wandten sich Michael und Colin beide ab. Mit erstickter Stimme sagte Michael:

»Was — was müssen wir jetzt tun?«

»Es gibt nur eines, was wir jetzt tun können«, sagte Poirot. »Wir müssen die Polizei verständigen. Will einer von Ihnen telefonieren, oder wäre es Ihnen lieber, ich täte das?«

»Ich glaube«, sagte Colin, »ich glaube — was meinst du, Michael?«

»Ja«, sagte Michael, »das Spiel ist aus.« Er trat vor. Zum ersten Mal wirkte er etwas weniger selbstsicher. »Es tut mir schrecklich leid«, sagte er. »Ich hoffe, Sie werden nicht allzu böse sein. Es — ehm — es war eine Art Scherz zu Weihnachten oder so etwas. Wir dachten, wir könnten — nun ja, einen Mord für Sie inszenieren.«

»Ihr dachtet, ihr könntet für mich einen Mord inszenieren? Dann -- dann ist das . . .«

»Es ist nur eine Show, die wir ausgeheckt haben«, erklärte Colin. »Damit — damit Sie sich hier wie zu Hause fühlen.«

»Aha«, sagte Hercule Poirot. »Ich verstehe. Ihr wolltet mich in den April schicken, nicht wahr? Aber heute ist nicht der 1. April, sondern der 26. Dezember.«

»Ich nehme an, wir hätten es eigentlich nicht tun dürfen«, sagte Colin. »Aber — aber — Sie sind doch nicht wirklich böse, oder, Monsieur Poirot? Nun komm schon, Bridget«, rief er. »Steh auf. Du mußt dich schon halb zu Tode gefroren haben.«

Die Gestalt im Schnee rührte sich jedoch nicht.

»Es ist doch merkwürdig«, sagte Hercule Poirot, »sie scheint sie nicht zu hören.« Nachdenklich betrachtete er die beiden Jungen. »Es ist ein Scherz, sagt ihr? Ihr seid sicher, daß dies ein Scherz ist?«

»Aber ja.« Colin klang verlegen. »Wir — wir haben es nicht böse gemeint.«

»Aber warum steht dann Mademoiselle Bridget nicht auf?«

»Keine Ahnung«, sagte Colin.

»Na komm schon, Bridget«, sagte Sarah ungeduldig. »Du brauchst da nicht weiter herumzuliegen und dich lächerlich zu machen.«

»Es tut uns wirklich sehr leid, Monsieur Poirot«, bemerkte Colin ängstlich. »Wir möchten uns bei Ihnen entschuldigen.«

»Ihr braucht euch nicht zu entschuldigen«, sagte Poirot in einem sonderbaren Ton.

»Was meinen Sie damit?« Colin starrte ihn an. Dann drehte er sich wieder herum. »Bridget! Bridget! Was ist denn los? Warum steht sie nicht auf? Warum liegt sie immer noch da hinten?«

Poirot winkte Desmond heran. »*Sie*, Mr. Lee-Wortley. Kommen Sie her . . .«

Desmond trat zu ihm.

»Fühlen Sie ihr den Puls«, forderte Poirot ihn auf.

Desmond Lee-Wortley beugte sich hinab. Er berührte den Arm — das Handgelenk.

»Da ist kein Puls . . .« Er starrte Poirot an. »Ihr Arm ist steif. Gütiger Gott. Sie ist *wirklich* tot!«

Poirot nickte. »Ja, sie ist tot«, sagte er. »Jemand hat eine Komödie in eine Tragödie verwandelt.«

»Jemand — wer?«

»Es gibt da ein paar Fußspuren, die zur Leiche hin und wieder wegführen. Ein paar Fußspuren, die eine starke Ähnlichkeit mit jenen haben, die *Sie* gerade gemacht haben, Mr. Lee-Wortley, als Sie hierhergekommen sind.«

Desmond Lee-Wortley wirbelte herum.

»Was um alles in der Welt — beschuldigen Sie etwa mich? *MICH?* Sie sind übergeschnappt! Warum, um Himmels willen, sollte ich das Mädchen umbringen wollen?«

»Ja — warum? Ich frage mich . . . wir wollen doch mal sehen . . .«

Er beugte sich hinab und drückte die steifen Finger der zusammengeballten Hand des Mädchens ganz sanft auf.

Desmond sog scharf die Luft ein. Ungläubig blickte er hinunter. In der Hand des toten Mädchens lag etwas, das wie ein großer Rubin aussah.

»Es ist dieses verdammte Ding aus dem Pudding!« rief er.

»Ach wirklich?« sagte Poirot. »Sind Sie sicher?«

»Aber natürlich bin ich sicher.«

Mit einer raschen Bewegung beugte Desmond sich hinunter und riß den roten Stein aus Bridgets Hand an sich.

»Das hätten Sie nicht tun sollen« sagte Poirot vorwurfsvoll. »Man darf nichts verändern.«

»An der Leiche habe ich ja auch nichts verändert, oder? Aber dieses Ding hier könnte — könnte vielleicht verlorengehen, und es ist ein Beweisstück. Das Wichtigste ist jetzt, so bald wie möglich die Polizei zu holen. Ich werde sofort anrufen.«

Er fuhr herum und rannte zum Haus. Hastig trat Sarah neben Poirot.

»Ich verstehe es nicht«, flüsterte sie. Ihr Gesicht war totenbleich. »Ich *verstehe* nicht.« Sie griff nach Poirots Arm. »Was meinten Sie mit — mit den Fußspuren?«

»Sehen Sie selbst, Mademoiselle.«

Die Fußspuren, die zur Leiche und wieder zurück führten, waren dieselben wie die, die Poirot gerade auf seinem Weg zu dem toten Mädchen begleitet hatten.

»Sie meinen — daß es Desmond war? Unsinn!«

Plötzlich drang das Geräusch eines Wagens durch die klare Luft. Sie fuhren herum. Überdeutlich sahen sie den Wagen mit rasender Geschwindigkeit die Auffahrt hinunterfahren, und Sarah erkannte das Auto.

»Es ist Desmond«, sagte sie. »Es ist Desmonds Wagen. Er — er ist wohl losgefahren, um die Polizei zu holen, statt sie anzurufen.«

Diana Middleton kam aus dem Haus gerannt und gesellte sich zu ihnen.

»Was ist passiert?« rief sie atemlos. »Desmond ist gerade ins Haus gelaufen. Er sagte etwas davon, daß Bridget getötet worden sei, und dann machte er sich am Telefon zu schaffen, aber das funktioniert nicht. Er bekam keinen Anschluß. Er meinte, jemand hätte die Drähte durchgeschnitten. Also bliebe ihm nichts anderes übrig, als einen Wagen zu nehmen und zur Polizei zu fahren. Warum zur Polizei? . . .«

Poirot machte eine Handbewegung.

»Bridget?« Diana starrte ihn an. »Aber bestimmt ist es — sollte das nicht irgendeine Art von Scherz sein? Ich habe etwas gehört — gestern abend. Ich dachte, sie wollten Ihnen einen Streich spielen, Monsieur Poirot?«

»Ja«, sagte Poirot, »das war ihr Plan — mir einen Streich zu spielen. Aber jetzt kommen Sie bitte ins Haus, Sie alle. Wir werden uns sonst hier draußen noch den Tod holen, und wir können ohnehin nichts tun, bevor Mr. Lee-Wortley mit der Polizei zurückkehrt.«

»Aber hören Sie doch«, sagte Colin. »Wir können — wir können Bridget doch nicht hier allein lassen.«

»Ihr könnt ihr nicht helfen, wenn ihr hier bleibt«, sagte Poirot sanft. »Kommt. Es ist eine traurige, eine sehr traurige Tragödie, aber wir können nichts mehr für Mademoiselle Bridget tun. Laßt uns also hineingehen und uns aufwärmen und vielleicht eine Tasse Tee oder Kaffee trinken.«

Gehorsam folgten sie ihm ins Haus. Peverell war gerade im Begriff, den Gong zu schlagen. Falls er es außergewöhnlich fand, daß der größte Teil der Anwesenden draußen gewesen war und daß Poirot in Pyjama und Mantel erschien, so zeigte er es jedenfalls nicht. Der alte Peverell war immer noch ein perfekter Butler. Er bemerkte nichts, das man ihn nicht zu bemerken aufforderte. Sie gingen ins Wohnzimmer und setzten sich. Als sie alle eine Tasse Kaffee vor sich stehen hatten und daran nippten, begann Poirot zu sprechen.

»Ich muß Ihnen«, sagte er, »eine kleine Geschichte erzählen. Ich kann Ihnen natürlich nicht alle Einzelheiten verraten, nein. Aber ich kann Ihnen sehr wohl das Ganze in groben Zügen schildern. Es betrifft einen jungen Prinzen, der in dieses Land kam. Bei sich hatte er ein berühmtes Juwel, das er für die Dame, die er demnächst heiraten wird, neu fassen lassen wollte. Aber unglücklicherweise freundete er sich zuvor mit einer sehr hübschen, jungen Dame an. Diese hübsche, junge Dame hatte zwar nicht sehr viel für den Mann übrig, aber sehr wohl etwas für sein Juwel — sie hatte so viel dafür übrig, daß sie eines Tages mit dem historischen Stück, das seit Generationen im Besitz der Familie des Prinzen gewesen war, verschwand. Also saß der arme junge Mann in der Klemme. Vor allem mußte er einen Skandal vermeiden. Unmöglich, zur Polizei zu gehen. Daher kommt er also zu mir, zu Hercule Poirot. ›Beschaffen Sie mir‹, sagt er, ›meinen historischen Rubin wieder.‹ *Eh bien.* Diese junge Dame, sie hat einen Freund. Und der Freund, er hat schon verschiedene fragwürdige Transaktionen durchgeführt. Er hatte mit Erpressung zu tun, und er hatte mit dem Verkauf von Juwelen im Ausland zu tun. Immer war er dabei sehr clever. Er wird verdächtigt, ja, aber man kann ihm nichts nachweisen. Es kommt mir zu Ohren, daß dieser sehr clevere Gentleman Weihnachten hier in diesem Haus verbringt. Es ist wichtig, daß die hübsche, junge Dame, sobald sie das Juwel beschafft hat, für eine Weile verschwindet, damit man keinen Druck auf sie ausüben kann, damit man ihr keine Fragen stellen kann. Daher arrangiert man es so, daß sie nach Kings Lacey kommt, als angebliche Schwester des cleveren Gentlemans . . .«

Sarah zog scharf die Luft ein.

»Oh, nein. Oh, nein. Nicht *hier*! Nicht mit mir!«

»Aber so ist es«, sagte Poirot. »Und mit Hilfe einer kleinen Manipulation wurde auch ich über Weihnachten nach Kings Lacey eingeladen. Diese junge Dame ist übrigens angeblich gerade aus dem Krankenhaus gekommen. Es geht ihr viel besser, als sie hier ankommt. Aber dann erfährt man, daß auch ich erwartet werde, ich, ein Detektiv − ein wohlbekannter Detektiv. Auf der Stelle kriegt sie, wie Sie es hier nennen, Bammel. Sie versteckt den Rubin an dem ersten Ort, der ihr einfällt, und dann erleidet sie ganz schnell einen Rückfall und legt sich wieder ins Bett. Sie will nicht, daß ich sie sehe, denn ich habe zweifellos eine Fotografie und werde sie darauf erkennen. Es ist sehr langweilig für sie, ja, aber sie muß in ihrem Zimmer bleiben, und ihr Bruder, er bringt ihr das Essen hinauf.«

»Und der Rubin?« wollte Michael wissen.

»Ich glaube«, sagte Poirot, »daß die junge Dame sich in dem Augenblick, als meine Ankunft hier erwähnt wurde, mit Ihnen allen in der Küche befand. Sie haben gelacht und geredet und die Weihnachtspuddings umgerührt. Die Weihnachtspuddings werden in Schüsseln gegossen, und die junge Dame versteckt den Rubin, indem sie ihn in eine der Puddingschüsseln drückt. Nicht in die, die wir zu Weihnachten serviert bekommen werden. Oh, nein. Sie weiß, daß dieser Pudding in einer speziellen

Schale ist. Sie steckt den Rubin in einen anderen Pudding, in den, der für den Neujahrstag bestimmt ist. Vor diesem Tag wird sie jedoch zur Abreise bereit sein, und wenn sie das Haus verläßt, wird dieser Weihnachtspudding zweifellos mit ihr reisen. Aber sehen Sie, wie das Schicksal eingreift. Am Morgen des ersten Weihnachtstages kommt es zu einem Unfall. Der Weihnachtspudding in der reich verzierten Form fällt auf den Steinfußboden, und die Schale zerspringt in tausend Stücke. Was soll man tun? Die gute Mrs. Ross, sie nimmt den anderen Pudding und läßt ihn servieren.«

»Gütiger Himmel«, sagte Colin. »Wollen Sie damit sagen, daß das, was Großvater gestern in seinem Pudding hatte, ein *echter* Rubin war?«

»Ganz genau«, sagte Poirot. »Und Sie können sich die Gefühle von Mr. Desmond Lee-Wortley vorstellen, als er den Stein sah. *Eh bien.* Was geschieht als nächstes? Der Rubin macht die Runde. Ich untersuche ihn, und es gelingt mir, ihn unauffällig in meine Tasche gleiten zu lassen. Auf eine sorglose Weise, als wäre ich nicht im mindesten daran interessiert. Aber eine Person zumindest beobachtet, was ich getan habe. Als ich im Bett liege, durchsucht diese Person mein Zimmer. Er durchsucht mich. Er findet den Rubin allerdings nicht. Warum?«

»Weil«, sagte Michael atemlos, »Sie ihn Bridget gegeben hatten. Das meinen Sie doch. Und das ist auch der Grund, warum — aber ich verstehe nicht recht — ich meine — also wirklich, was *ist* denn nun passiert?«

Poirot lächelte ihn an.

»Kommen Sie jetzt mit in die Bibliothek«, sagte er. »Schauen Sie aus dem Fenster, und ich werde Ihnen etwas zeigen, was das Geheimnis vielleicht lösen wird.«

Er ging voran, und die anderen folgten ihm. »Bedenken Sie noch einmal«, sagte Poirot, »den Ort des Verbrechens.«

Er zeigte aus dem Fenster. Von den Lippen aller anderen war ein gleichzeitiges Keuchen zu hören. Da lag keine Leiche mehr im Schnee, keine Spur der Tragödie schien übriggeblieben zu sein, bis auf eine Masse zertrampelten Schnees.

»Das war doch nicht alles nur ein Traum, oder?« fragte

Colin schwach. »Ich — hat irgend jemand die Leiche wegge-
bracht?«

»Ah«, sagte Poirot, »verstehst du? Das Geheimnis der verschwundenen Leiche.« Er nickte, und ein freundliches Zwinkern
trat in seine Augen.

»Gütiger Gott«, rief Michael. »Monsieur Poirot, Sie sind —
Sie haben doch nicht — oh, seht mal, er hat uns die ganze Zeit
an der Nase herumgeführt.«

Poirot zwinkerte jetzt stärker als je zuvor.

»Es ist wahr, meine lieben Kinder. Ich habe mir auch einen
kleinen Scherz erlaubt. Ich wußte von eurem kleinen Komplott, und daher habe ich meinen eigenen Gegenplan geschmiedet. Ah, *voilà*, Mademoiselle Bridget. Ich hoffe, dein Ausflug
in den Schnee hatte keine negativen Nachwirkungen? Ich
würde es mir nie verzeihen, wenn du dir *une fluxion de poitrine*
zugezogen hättest.«

Bridget hatte gerade das Zimmer betreten. Sie trug einen
dicken Rock und einen Wollpullover. Sie lachte.

»Ich habe dir eine *tisane* auf dein Zimmer bringen lassen«,
sagte Poirot streng. »Du hast sie getrunken?«

»Ein Schluck war genug!« sagte Bridget. »*Ich* bin ganz in
Ordnung. Habe ich es gut gemacht, Monsieur Poirot? Meine
Güte, mir tut von der Aderpresse, die ich anlegen mußte,
immer noch der Arm weh.«

»Du warst großartig, mein Kind«, sagte Poirot. »Großartig.
Aber siehst du, die anderen tappen immer noch im dunkeln.
Gestern abend bin ich zu Mademoiselle Bridget gegangen. Ich
habe ihr gesagt, daß ich von eurem kleinen *complot* wußte und
sie gefragt, ob sie für mich eine Rolle spielen würde. Und sie hat
es ausgesprochen schlau angestellt. Sie hat die Fußspuren mit
einem Paar von Mr. Lee-Wortleys Schuhen gemacht.«

Sarah fragte schroff:

»Aber was sollte das Ganze, Monsieur Poirot? Welchen Sinn
hatte es, Desmond zur Polizei zu schicken? Sie werden sehr
ärgerlich sein, wenn sie herausfinden, daß es nichts als ein
dummer Streich war.«

Freundlich schüttelte Poirot den Kopf. »Aber ich glaube keinen Augenblick lang, Mademoiselle, daß Mr. Lee-Wortley zur Polizei gefahren ist«, sagte er. »Mord ist eine Sache, mit der Mr. Lee-Wortley nichts zu tun haben will. Er hat ganz einfach die Nerven verloren. Das einzige, was er sehen konnte, war seine Chance, den Rubin an sich zu bringen. Er schnappte sich den Stein, er tat so, als funktioniere das Telefon nicht und machte sich in seinem Wagen davon, angeblich, um die Polizei zu holen. Ich selbst glaube, daß dies für lange Zeit das letzte war, was Sie von ihm gesehen haben. Er hat, soweit ich weiß, seine eigenen Möglichkeiten, von England wegzukommen. Er besitzt ein Flugzeug, nicht wahr, Mademoiselle?«

Sarah nickte. »Ja« sagte sie. »Wir hatten vor, vielleicht . . .« Sie hielt inne.

»Er wollte, daß Sie mit ihm auf diese Weise durchbrannten, stimmt's? *Eh bien*, das ist eine sehr gute Möglichkeit, ein Schmuckstück aus dem Land zu schmuggeln. Wenn man mit einem Mädchen durchbrennt und dieser Umstand publik wird, dann wird man nicht verdächtigt, gleichzeitig ein historisches Juwel außer Landes zu schmuggeln. O ja, das wäre eine hervorragende Tarnung gewesen.«

»Ich glaube es nicht«, sagte Sarah. »Ich glaube kein Wort davon!«

»Dann fragen Sie doch seine Schwester«, sagte Poirot, der freundlich mit dem Kopf über ihre Schulter wies. Hurtig drehte Sarah sich um.

Eine platinblonde Frau stand an der Tür. Sie trug einen Pelzmantel und warf ihnen finstere Blicke zu. Sie war eindeutig maßlos wütend.

»Von wegen Schwester!« sagte sie mit einem kurzen, unangenehmen Lachen. »Dieses Schwein ist keinesfalls mein Bruder! Er hat sich doch aus dem Staub gemacht und mich hiergelassen, damit ich den Kopf für ihn hinhalte, wie? Dabei war das Ganze *seine* Idee! *Er* hat mich darauf gebracht! Meinte, es wäre leichtverdientes Geld. Sie würden nie vor Gericht gehen, wegen des Skandals. Und wenn, dann könnte ich immer noch damit drohen, zu behaupten, Ali habe mir sein historisches Juwel *geschenkt*. Des und ich wollten uns die Beute in Paris teilen —

und jetzt läßt mich das Schwein im Stich! Ich würde ihn am liebsten ermorden!« Abrupt wechselte sie das Thema. »Je eher ich hier wegkomme — kann mir jemand ein Taxi rufen?«

»Am Vordereingang wartet ein Wagen, der Sie zum Bahnhof bringen wird, Mademoiselle«, sagte Poirot.

»Sie denken auch an alles, was?«

»An das meiste«, sagte Poirot selbstgefällig.

Aber so leicht sollte Poirot nicht davonkommen. Als er, nachdem er der falschen Miss Lee-Wortley in den bereitstehenden Wagen geholfen hatte, ins Wohnzimmer zurückkehrte, wartete dort bereits Colin auf ihn.

Ein Stirnrunzeln lag auf seinem jungenhaften Gesicht.

»Aber eines verstehe ich nicht, Monsieur Poirot. *Was ist mit dem Rubin?* Wollen Sie etwa behaupten, daß Sie ihn mit dem Stein haben entkommen lassen?«

Poirot machte ein langes Gesicht. Er zwirbelte seinen Schnurrbart. Er schien sich unbehaglich zu fühlen.

»Ich werde ihn schon wiederfinden«, sagte er schwach. »Es gibt auch andere Möglichkeiten. Ich kann immer noch . . .«

»Also wirklich!« sagte Michael. »Das Schwein mit dem Rubin davonkommen zu lassen!«

Bridget war klüger.

»Er führt uns ja wieder an der Nase herum«, rief sie. »Das tun Sie doch, oder, Monsieur Poirot?«

»Sollen wir einen letzten Zaubertrick vorführen, Mademoiselle? Fassen Sie mal in meine linke Tasche.«

Bridget ließ ihre Hand hineingleiten. Dann zog sie sie mit einem Triumphgeschrei wieder heraus und hielt einen großen, in seiner dunkelroten Pracht glänzenden Rubin empor.

»Du siehst also«, erklärte Poirot, »daß der, den du in deiner Hand hattest, eine Fälschung war. Die habe ich in London gekauft für den Fall, daß sich die Möglichkeit ergeben könnte, einen Austausch vorzunehmen. Du verstehst? Wir wollen keinen Skandal. Monsieur Desmond wird versuchen, den Stein loszuwerden. In Paris oder in Belgien oder wo auch immer er seine Kontakte hat, und dann wird sich herausstellen, daß der Stein nicht echt ist! Was könnte besser sein? Alles kommt zu einem glücklichen Ende. Der Skandal wird vermieden, mein junger Prinz bekommt seinen Rubin zurück, kehrt in sein Land heim und schließt eine solide und wie ich hoffe auch glückliche Ehe. Alles endet gut.«

»Nur für mich nicht«, murmelte Sarah fast tonlos.

Sie sprach so leise, daß niemand außer Poirot sie hörte. Gütig schüttelte er den Kopf.

»Mit dem, was Sie da sagen, Mademoiselle Sarah, befinden Sie sich im Irrtum. Sie haben an Erfahrung gewonnen. Jede Erfahrung ist wertvoll. Vor Ihnen liegt das Glück, das prophezeihe ich Ihnen.«

»Ja, das sagen *Sie*«, erwiderte Sarah.

»Moment mal, Monsieur Poirot.« Colin runzelte die Stirn. »Woher wußten Sie von der kleinen Vorstellung, die wir für Sie geplant hatten?«

»Es ist mein Geschäft, Dinge zu wissen«, sagte Hercule Poirot. Er zwirbelte seinen Schnurrbart.

»Ja, aber ich kann mir nicht vorstellen, wie Ihnen das gelungen ist. Hat jemand geplaudert — ist jemand zu Ihnen gekommen und hat es verraten?«

»Nein, nein, so war es nicht.«

»Aber wie dann? Sagen Sie uns, wie es gewesen ist?«

Jetzt riefen sie alle im Chor: »Ja, sagen Sie uns, wie es gewesen ist.«

»Aber nein«, protestierte Poirot. »Aber nein. Wenn ich euch erzähle, wie ich es herausgefunden habe, würdet ihr nichts mehr davon halten. Es ist so, als zeigte ein Zauberer, wie er seine Kunststücke zuwege bringt!«

»Erzählen Sie es uns, Monsieur Poirot! Na los, erzählen Sie, erzählen Sie!«

»Ihr wollt also wirklich, daß ich für euch auch dieses letzte Rätsel löse?«

»Ja, bitte. Erzählen Sie es uns.«

»Ah, ich glaube nicht, daß ich das kann. Ihr werdet so enttäuscht sein.«

»Ach, nun machen Sie schon, Monsieur Poirot. Verraten Sie es uns. *Woher wußten Sie davon?*«

»Also seht ihr, gestern nach dem Tee saß ich in einem Sessel neben dem Fenster der Bibliothek und ruhte mich ein wenig aus. Ich hatte geschlafen, und als ich erwachte, habt ihr gerade draußen vor dem Fenster, ganz in meiner Nähe, eure Pläne diskutiert, und das Fenster stand oben offen.«

»Das ist alles?« rief Colin empört. »Wie einfach!«

»Ja, nicht wahr?« sagte Hercule Poirot lächelnd. »Na, seht ihr? Ihr *seid* enttäuscht!«

»Na schön«, sagte Michael. »Wenigstens wissen wir jetzt alles.«

»Tun wir das wirklich?« murmelte Hercule Poirot bei sich. »*Ich* tue es jedenfalls nicht. *Ich*, dessen Geschäft es ist, Dinge zu wissen.«

Kopfschüttelnd ging er hinaus in den Flur. Vielleicht zum zwanzigsten Mal zog er aus seiner Tasche ein ziemlich schmutziges Stück Papier hervor.

ESSEN SIE MAN BLOSS NIX VON DEM PLUMPUDDING. EINER, DER ES GUT MIT IHNEN MEINT.

Nachdenklich schüttelte Hercule Poirot den Kopf. Er, der alles erklären konnte, konnte das nicht erklären! Wie demütigend. Wer hatte den Zettel geschrieben? *Warum* war er geschrieben worden? Bevor er das nicht herausgefunden hatte, würde er keine ruhige Minute haben. Ein merkwürdiges Keuchen schreckte ihn plötzlich aus seinen Tagträumen auf. Hurtig blickte er zu Boden. Da saß, mit Kehrschaufel und Bürste beschäftigt, ein flachsblondes Geschöpf in einer geblümten Kittelschürze. Mit großen, runden Augen starrte es auf das Papier in seiner Hand. »Oh, Sir«, sagte diese Erscheinung. »Oh, *Sir. Bitte*, Sir.«

»Und wer wären denn Sie, bitte, *mon enfant*?« erkundigte sich Monsieur Poirot freundlich.

»Annie Bates, Sir. Bitte, Sir. Ich komme hierher, um Mrs. Ross zu helfen. Ich wollte nicht, Sir, ich wollte nichts — nichts Ungehöriges tun. Ich hab's nur gut gemeint, Sir. Gut für Sie, meine ich.«

Poirot hatte eine Erleuchtung. Er hielt ihr das schmutzige Stück Papier hin.

»Haben Sie das geschrieben, Annie?«

»Ich hab's nicht böse gemeint, Sir. Wirklich nicht.«

»Nein, natürlich haben Sie es nicht böse gemeint, Annie.« Er lächelte sie an. »Aber erzählen Sie mir davon. Warum haben Sie diesen Zettel geschrieben?«

»Na ja, es waren diese beiden da, Sir. Mr. Lee-Wortley und seine Schwester. Nicht, daß sie wirklich seine Schwester *war*, da bin ich mir sicher. Keiner von uns hat das geglaubt! Und sie war auch kein bißchen krank. *Das* konnten wir alle sehen. Wir dachten − wir alle dachten − daß da etwas Komisches im Gange war. Ich werde Ihnen die Wahrheit sagen, Sir. Ich war in ihrem Badezimmer, um die sauberen Handtücher zu bringen und habe an der Tür gelauscht. *Er* war in ihrem Zimmer, und sie haben miteinander geredet. Ich habe klar und deutlich gehört, wie sie sagten. ›Dieser Detektiv‹, hat er gesagt. ›Dieser Bursche Poirot kommt hierher. Wir müssen etwas unternehmen. Wir müssen ihn so bald wie möglich aus dem Weg schaffen.‹ Und dann senkt er seine Stimme und sagt zu ihr, und es klingt heimtückisch und finster: ›Wo hast du es hingetan?‹ Und sie antwortet ihm: ›*In den Pudding*‹. Oh, Sir, mein Herz hat so einen Satz getan, daß ich dachte, es würde gleich zu schlagen aufhören. Ich dachte, sie wollten Sie mit dem Weihnachtspudding vergiften. Ich wußte ja nicht, was ich *tun* sollte! Mrs. Ross hört ja gar nicht zu, wenn meinesgleichen redet. Dann kam mir die Idee, daß ich Ihnen eine Warnung schreiben könnte. Und das habe ich auch getan und habe den Zettel auf Ihr Kissen gelegt, wo Sie ihn finden mußten, wenn Sie ins Bett gingen.« Atemlos hielt Annie inne.

Ein paar Sekunden lag betrachtete Poirot sie eingehend.

»Sie sehen zu viele aufregende Filme im Kino, glaube ich, Annie«, sagte er schließlich. »Oder ist es vielleicht das Fernsehen, das solchen Einfluß auf Sie hat? Aber wichtig ist, daß Sie ein gutes Herz haben und ein gewisses Maß an Einfallsreichtum. Wenn ich nach London zurückfahre, werde ich Ihnen ein Geschenk schicken.«

»Oh, danke, Sir. Vielen Dank, Sir.«

»Was für ein Geschenk hätten Sie denn gerne, Annie?«

»Kann ich mir irgend etwas aussuchen, Sir? Kann ich alles haben, was ich möchte?«

»Innerhalb vernünftiger Grenzen« sagte Hercule Poirot vorsichtig, »ja.«

»Oh, Sir, könnte ich ein Kosmetik-Köfferchen haben? Ein richtiges, piekfeines, todschickes Kosmetik-Köfferchen wie das von Mr. Lee-Wortleys Schwester, die gar nicht seine Schwester war?«

»Ja«, sagte Poirot, »ja, ich glaube, das ließe sich machen.«

»Es ist doch interessant«, grübelte er. »Ich war neulich in einem Museum, um mir Antiquitäten aus Babylon oder einem von diesen Orten, die Tausende von Jahren alt sind, anzusehen — und darunter waren Kosmetik-Koffer. Das Frauenherz ändert sich nie.«

»Wie bitte, Sir?« sagte Annie.

»Ach nichts«, sagte Poirot. »Ich denke nur nach. Sie sollen Ihr Kosmetikköfferchen haben, Kind.«

»Oh, danke, Sir. Oh, ich danke Ihnen vielmals, Sir.«

Vor Freude hin- und hergerissen, verschwand Annie. Poirot sah ihr nach und nickte zufrieden.

»Ah«, sagte er zu sich selbst. »Und jetzt — verschwinde ich. Hier gibt es nichts mehr für mich zu tun.«

Unerwartet schlangen sich zwei Arme um seine Schultern.

»Wenn Sie sich nur für einen *Augenblick* unter den Mistelzweig stellen wollten...«, sagte Bridget.

Poirot hat es gefallen. Es hat ihm sehr gut gefallen. Er sagte sich, daß er ein ausgesprochen schönes Weihnachtsfest erlebt hatte.

Originaltitel: The Adventure of the Christmas Pudding
Ins Deutsche übertragen von Michaela Link

Damon Runyon

Dancing Dan
spielt Weihnachtsmann

Bald steht Weihnachten vor der Tür, es ist sogar schon Heiliger Abend, und ich sitze in Good-Time-Charley Bernsteins kleiner Flüsterkneipe in der 47. Straße West, wünsche Charley frohe Weihnachten und trinke einige heiße Tom-und-Jerrys mit ihm.

Früher einmal hat jeder in diesem Land zu Weihnachten heiße Tom-und-Jerrys getrunken, und das Getränk war so beliebt, daß viele Leute glauben, Weihnachten wurde nur erfunden, damit man heiße Tom-und-Jerrys trinken kann. Das stimmt natürlich absolut nicht.

Doch jeder wird Ihnen sagen, daß es kein besseres Mittel als heiße Tom-und-Jerrys gibt, um eine richtig festliche, weihnachtliche Stimmung zu bekommen, und seit in den Vereinigten Staaten die Tom-und-Jerrys aus der Mode kommen, ist diese Stimmung nicht mehr so wie früher.

Nun, während also Good-Time-Charley und ich uns bei heißen Tom-und-Jerrys frohe Weihnachten wünschen, und ich versuche, mich an dieses Gedicht über die Nacht vor Weihnachten zu erinnern, was Charley natürlich keinen Deut interessiert, klopft jemand plötzlich lautstark an die Eingangstür, und als Charley die Tür öffnet, wer kommt da rein mit einem großen Paket unter einem Arm? Ein Bursche namens Dancing Dan.

Dieser Dancing Dan ist ein gutaussehender junger Bursche, immer schick angezogen, und man nennt ihn Dancing Dan, weil er dafür bekannt ist, daß er die ganze Nacht mit den Mädchen in den Nachtclubs das Tanzbein schwingt und überhaupt überall dort auftaucht, wo getanzt wird. Tatsächlich scheint Dan nie etwas anderes zu tun als zu tanzen, obwohl es Gerüchte gibt, daß er sich, wenn er nicht tanzt, mit verschiedenen, höchst illegalen Geschäften die Zeit vertreibt. Aber in dieser Stadt gibt es natürlich immer irgendwelche Gerüchte über alle möglichen Leute, und ich persönlich kann Dancing Dan ganz gut leiden, weil er anscheinend dem Leben immer das Äußerste abzugewinnen versteht.

Jeder in der Stadt wird Ihnen sagen, daß Dancing Dan ganz und gar nicht naiv ist, im Gegenteil, er hat wirklich genauso viel Grips im Hirn wie jeder sonst hier, aber trotzdem möchte ich doch seine Urteilsfähigkeit bezweifeln, weil er so oft mit Miss Muriel O'Neill tanzt, die im Half-Moon-Nachtclub arbeitet. Und der Grund, warum ich in dieser Hinsicht seinen gesunden Menschenverstand bezweifle, ist der, daß jeder weiß, daß Miss Muriel O'Neill die Puppe von Heine Schmitz ist, und Heine Schmitz ist ein Typ, der es überhaupt nicht witzig findet, wenn jemand mehr als anderthalb mal mit seiner Puppe schwoft.

Na, jedenfalls, als Dancing Dan reinkommt, schätzt er die versammelte Gesellschaft mit einem schnellen Blick ab, schleudert sein Bündel in eine Ecke, wo es mit lautem Bums zu Boden geht, als sei etwas Schweres darin, und dann kommt er herüber zur Bar, stellt sich neben Charley und mich, und möchte wissen, was wir trinken.

Natürlich verabreichen wir Dancing Dan einen heißen Tom-und-Jerry, und er sagt, er probiert mal einen, und nach dem ersten Glas möchte Dancing Dan noch einen; er wünscht allen frohe Weihnachten, und erst nach Stunden kommen wir wieder zu uns und probieren immer noch heiße Tom-und-Jerrys mit Dancing Dan, und er sagt, er hat noch nie so etwas Wohltuendes getrunken. Dancing Dan will den Tom-und-Jerry allen empfehlen, die er kennt, nur kennt er niemanden, der gut genug für dieses Getränk wäre, außer vielleicht Miss Muriel O'Neill, aber die trinkt nichts, wo künstlich hergestellter Alkohol drin ist.

Tja, und während wir so unsere Tom-und-Jerrys trinken, klopfen mehrmals Gäste an die Tür von Good-Time-Charleys kleiner Flüsterkneipe, aber Charley bekommt langsam Angst, daß sie auch Tom-und-Jerrys trinken wollen, und er glaubt, daß es dann nicht mehr für uns reicht, also hängt er ein Schild raus

›Wegen Weihnachten geschlossen‹, und der einzige, den er reinläßt, ist ein alter Trunkenbold namens Ooky, der die ganze Woche im Nikolauskostüm rumläuft und mit einem Schild für Moe Lewinskys Klamottenladen in der Sixth Avenue Reklame läuft.

Als Charley ihm die Tür öffnet, trägt dieser Ooky immer noch sein Nikolauskostüm, und Charley läßt einen Typen wie ihn überhaupt nur herein, weil Ooky für Charley ein paar Handlangerarbeiten wie Ausfegen und Gläser waschen und so erledigt, wenn er nicht gerade für Moe Lewinsky den Weihnachtsmann macht.

Nun, als Ooky reinkommt, ist es ungefähr halb zehn, und seine Füße tun ihm weh, und er ist ganz geschafft vom Rumlaufen mit seinem Schild, denn jemand, der für Moe Lewinsky den Weihnachtsmann spielt, muß hart für seine Knete arbeiten. Und Ooky ist so erschöpft, und seine Füße tun ihm so weh, daß Dancing Dan und Good-Time-Charley und ich ihn sehr bemitleiden und ihn zu einigen Bechern heißen Tom-und-Jerry einladen und ihm immer wieder frohe Weihnachten wünschen.

Aber der alte Ooky ist nicht an die Tom-und-Jerrys gewöhnt, und ungefähr nach dem fünften Becher sackt er in seinem Stuhl zusammen und schläft uns was vor. Er trägt ein verdammt gutes Weihnachtsmann-Make-up, mit einem schönen, roten Mantel, der mit weißer Baumwolle besetzt ist, und eine Perücke, eine falsche Nase und einen langen, weißen Bart und einen großen, mit Holzwolle ausgestopften Sack auf seinem Rücken, und wenn ich auch nicht sicher bin, ob der Weihnachtsmann ein Typ ist, der schnarcht, daß die Wände wackeln, so denke ich doch, daß Ooky einen ganz guten Weihnachtsmann abgibt.

Na, wir vergessen Ooky und lassen ihn schlafen und trinken weiter unsere heißen Tom-und-Jerrys, und zwischendurch versuchen wir uns einige neue Lieder auszudenken, die zu Weihnachten passen können, und Dancing Dan gibt schließlich *My Dad's Dinner Pail* mit wunderbarem Bariton zum Besten, während ich mich sehr gut schlage mit *Will You Love Me In December As You Do In May?* Um Mitternacht herum will Dancing

Dan dann wissen, wie er wohl als Weihnachtsmann aussieht.

Also helfen Good-Time-Charley und ich ihm, Ooky das Kostüm auszuziehen und helfen Dancing Dan beim Anziehen; das ist ganz einfach, denn Ooky hat dieses Kostüm über seinen normalen Klamotten an, und er wacht noch nicht einmal auf, als wir ihm die Sachen ausziehen.

Also, ich habe ja schon viele Weihnachtsmänner in meinem Leben gesehen, aber nie sah einer besser aus als Dancing Dan, besonders, nachdem er die Perücke und den Bart richtig befestigt hat und wir ihm ein Sofakissen, das Good-Time-Charley in seinem Laden als Schlafplatz für seine Katze herumliegen hat, in die Hose gesteckt haben, damit Dancing Dan so einen schönen, dicken Bauch kriegt, wie ihn der Weihnachtsmann bestimmt hat.

»Also«, sagt Charley schließlich, »es ist wirklich schade, daß wir nicht wissen, wer seine Socken aufgehängt hat, denn dann könntest du losgehen und in diese Socken was reinstecken, wie das der Weihnachtsmann wohl so macht. Aber ich nehme nicht an, daß hier jemand seine Socken aufgehängt hat, und falls doch, sind sie vermutlich so voller Löcher, daß alles hindurchfallen würde«, sagte Charley, »und selbst, wenn irgendwo Strümpfe hängen, wir hätten ja doch nichts, was wir hineintun könnten«, sagt er, »obwohl ich persönlich gerne einige Glas Scotch stiften würde.«

Nun, ich mache ihn darauf aufmerksam, daß wir kein Rentier haben, und daß der Weihnachtsmann wie ein verdammter Trottel aussehen würde, wenn er so ganz ohne Rentier durch die Gegend läuft, aber Charleys Bemerkungen scheinen Dancing Dan auf eine Idee zu bringen, denn ganz plötzlich meint er:

»Halt, ich weiß, wo ein Strumpf am Kamin hängt. Und zwar bei Miss Muriel O'Neill, hier in der 49. Straße West. Den Strumpf hat keine Geringere als Gammer O'Neill, Miss Muriel O'Neills Oma, aufgehängt«, fügt Dancing Dan hinzu. »Gammer O'Neill ist schon neunzig und ein paar Zerquetschte, und Miss Muriel O'Neill hat mir erzählt, daß sie es nicht mehr lange mit ihr aushält, manchmal ist sie wohl einfach ein wenig kindisch.«

»Und gerade fällt mir ein«, erzählt er weiter, »daß mir Miss Muriel O'Neill neulich abends erzählt hat, daß Gammer O'Neill schon ihr ganzes Leben am Heiligen Abend ihren Strumpf aufhängt, und was mir Miss Muriel O'Neill so erzählt, glaubt das alte Mädchen immer noch, daß eines Tages der Weihnachtsmann kommt und ihren Strumpf mit lauter schönen Sachen füllt. Aber Miss Muriel O'Neill erzählte mir, daß der Weihnachtsmann das noch nie getan hat, obwohl Miss Muriel O'Neill selbst immer einige Geschenke mitbringt und sie in den Strumpf steckt, damit Gammer O'Neill sich freut.

Aber natürlich sind diese Geschenke nicht besonders wertvoll, denn Miss Muriel O'Neill ist sehr arm und stolz und auch gut, und sie nimmt von niemandem auch nur einen roten Heller, und derjenige, der behauptet, sie täte es doch, kann was erleben.

Nun freut sich Gammer O'Neill zwar immer sehr über alles, was sie in ihrem Strumpf findet, aber sie versteht trotzdem nicht, warum der Weihnachtsmann nicht etwas freigebiger ist, und Miss Muriel O'Neill sagt zu mir, sie wünscht sich, daß sie Gammer O'Neill nur ein einziges Mal ein richtiges, großes Weihnachtsgeschenk schenken kann, bevor das alte Mädchen den Löffel abgibt.

Und jetzt kommen wir. Miss Muriel O'Neill und ihre Oma leben ganz allein in dieser Wohnung drüben in der 49. Straße West, und zu dieser Stunde müßte Miss Muriel O'Neill eigentlich arbeiten, und Gammer O'Neill schläft ganz bestimmt; wir laufen schnell rüber, und der Weihnachtsmann füllt ihren Strumpf mit schönen Geschenken.«

Also, ich wende ein, daß ich keine Ahnung habe, wo wir zu dieser nachtschlafenden Zeit Geschenke herkriegen sollen, wo doch alle Geschäfte geschlossen sind, und wir könnten höchstens bei einem Drugstore, der die ganze Nacht geöffnet hat, vorbeigehen und einige Flaschen Parfum und so 'ne blöde Toilettengarnitur kaufen, wie das die Typen immer tun, die ihre liebenden Frauen vergessen und erst nach Geschäftsschluß am

Heiligen Abend an ein Geschenk denken, doch Dancing Dan meint, macht Euch da man keine Gedanken, aber laßt uns zuerst noch einige Tom-und-Jerrys trinken.

Also trinken wir noch einige Tom-und-Jerrys, und dann nimmt Dancing Dan das Paket, das er einfach in die Ecke geworfen hatte, holt fast die ganze Holzwolle aus Ookys Weihnachtsmann-Rucksack und steckt das Paket hinein, und Good-Time-Charley macht alle Lampen bis auf eine aus, dann stellt er noch eine Flasche Scotch als Weihnachtsgeschenk vor Ooky auf den Tisch, und dann gehen wir.

Ich persönlich bedaure sehr, daß wir jetzt keine Tom-und-Jerrys mehr trinken, aber dann macht es mir richtig Spaß, Dancing Dan zu helfen, den Weihnachtsmann zu spielen, und Good-Time-Charley ist überglücklich, denn es ist das erste Mal in seinem Leben, daß er eine so feierliche Stimmung miterlebt.

Während wir den Broadway hinaufgehen, Richtung 49. Straße, treffen Charley und ich viele Bekannte, und es gibt ein großes Begrüßungshallo; wir wünschen ihnen frohe Weihnachten, und einige Leute schütteln dem Weichnachtsmann die Hand, ohne zu wissen, daß es nur Dancing Dan ist; aber später höre ich einigen Klatsch, weil diese Leute meinten, ein Weihnachtsmann, der solch eine Fahne hat wie unser Weihnachtsmann, sei doch wohl ein bißchen daneben.

Und einmal sind wir ziemlich verlegen, als eine Menge kleiner Kinder, die mit ihren Eltern von einer späten Weihnachtsfeier nach Hause gehen, sich um den Weihnachtsmann drängen, vor kindlicher Freude kreischen und einige von ihnen am Bein des Weihnachtsmannes hochklettern wollen. Natürlich wird der Weihnachtsmann ein wenig brummig und schimpft rum, und einer der Eltern kommt näher und will wissen, was er sich eigentlich dabei denkt, als Weihnachtsmann solche Ausdrücke zu benutzen, und der Weihnachtsmann schlägt nach dem Mann, was die kleinen Kinder natürlich alle gehörig erstaunt, denn sie halten den Weihnachtsmann für einen besonders freundlichen, alten Mann. Na, schließlich kommen wir bei dem Haus an, wo Miss Muriel O'Neill mit ihrer Oma wohnt, und es ist nur so ein Mietshaus, nicht weit vom Madison

Square Garden, und außerdem hat es keinen Fahrstuhl; um diese Zeit brennen keine Lichter im Hausflur, außer einer Gaslampe im Eingangsflur, und in diesem Licht suchen wir die Namen auf den Briefkästen, die so aussehen, wie man sie immer in den Fluren dieser Art Häuser findet, und wir stellen fest, daß Miss Muriel O'Neill und ihre Oma in der vierten Etage wohnen.

Das ist das oberste Stockwerk, und ich habe überhaupt keine Lust, fünf Treppen hoch zu laufen, und ich will gerne Dancing Dan und Good-Time-Charley allein gehen lassen, aber Dancing Dan besteht darauf, daß wir alle gehen, und schließlich muß ich ihm zustimmen, denn Charley meint, der einzig richtige Weg für uns ist der Weg auf das Dach, damit wir den Weihnachtsmann durch den Schornstein hinunterlassen können, und er macht so viel Lärm, daß ich fürchte, er weckt noch jemanden auf.

Wir steigen also die Treppen rauf und kommen endlich an eine Tür in der oberen Etage, an der ein kleines Schild den Namen O'Neill trägt; also wissen wir, wir sind am Ziel. Dancing Dan dreht versuchsweise am Knopf, und die Tür öffnet sich sofort, und wir stehen in einer kleinen Wohnung mit zwei oder drei Zimmern, ohne viel Möbel, und die Möbel, die dort stehen, sehen ärmlich aus. Ein einziger Gasofen brennt neben einem Bett im nächsten Zimmer, und im Licht des Ofens sehen wir ein sehr altes Mädchen in dem Bett schlafen, und wir folgern, das kann nur Gammer O'Neill sein.

Auf ihrem Gesicht liegt ein breites Lächeln, so als träume sie etwas Schönes. Am Stuhl, der am Kopfende des Bettes steht, hängt ein langer, schwarzer Strumpf, und er sieht aus, als sei er oft geflickt worden; also ist das, was Miss Muriel O'Neill Dancing Dan über ihre Oma und den Weihnachtsstrumpf erzählt hat, wirklich wahr, obwohl ich bis jetzt so meine Zweifel hatte.

Dancing Dan öffnet schließlich seinen Sack und nimmt sein Paket heraus, und er packt es aus, und ganz plötzlich fällt eine Menge Schmuck heraus: Diamantenarmbänder und Diamantenringe und Diamantenbroschen und Diamantenketten, und ich weiß nicht, was noch alles, und Dancing Dan und ich stopfen diese Diamanten in den Strumpf, und Good-Time-Charley hilft uns dabei.

Es sind genug Diamanten, um den Strumpf bis obenhin zu füllen, und es ist wahrlich kein kurzer Strumpf; ich schätze, daß Gammer O'Neill in ihrer Jugend verdammt schöne Beine gehabt haben muß. Tatsächlich sind es so viele Diamanten, daß wir noch genug übrig haben, um auf dem Stuhl einen schönen, kleinen Haufen davon zu machen, nachdem wir den Strumpf prall gefüllt haben und ein Schmuckstück so herausgucken lassen, daß es Gammer O'Neill hoffentlich gleich beim Aufwachen ins Auge fallen wird.

Und erst als ich wieder an der frischen Luft bin, fallen mir die riesigen Schlagzeilen in den Nachmittagszeitungen ein: über einen bewaffneten Raubüberfall am Nachmittag auf das Büro eines der größten Diamantenhändler in der Maiden Lane, bei dem fünfhundert Riesen erbeutet wurden, und ich erinnere mich auch an die Gerüchte, nach denen Dancing Dan einer der besten allein arbeitenden Räuber der Welt sein soll. Ich frage mich natürlich, ob Dancing Dan der richtige Umgang für mich ist, auch wenn er gerade den Weihnachtsmann spielt. Also lasse ich ihn an der nächsten Ecke mit Good-Time-Charley stehen, wie sie beide darüber streiten, ob sie noch mehr Geschenke besorgen und weitere Strümpfe füllen sollen, eile nach Hause und gehe ins Bett.

Am nächsten Tag habe ich solch eine Birne, daß ich keine Lust habe, auf die Rolle zu gehen, und auch die nächsten paar Wochen habe ich keine Lust dazu.

Dann, eines Abends, komme ich in Good-Time-Charleys kleiner Flüsterkneipe vorbei und frage, was so läuft.

»Oh, es läuft so einiges«, sagt Charley. »Und ich habe mich gewundert, daß du bei Gammer O'Neills Totenwache nicht dabei warst. Sie hat diese schlechte Welt nämlich wenige Wochen nach Weihnachten verlassen«, erzählt Good-Time-Charley weiter, »und Miss Muriel O'Neill sagt, Doc Moggs behauptet, sie hätte eigentlich schon mindestens einen Tag eher sterben müssen, aber die große Freude über ihren Strumpf, den sie am Weihnachtsmorgen mit schönen Geschenken gefüllt vorfand, hat sie noch am Leben erhalten.«

»Miss Muriel O'Neill sagt«, meint Charley, »Gammer O'Neill starb in der Überzeugung, daß es einen Weihnachtsmann gibt, obwohl Miss Muriel O'Neill ihr natürlich nicht gesagt hat, wem die Sachen wirklich gehören, nämlich einem guten Kerl namens Shapiro, der die Sachen gebracht hat, weil Miss Muriel O'Neill ihn gebeten hat, was Nettes zu besorgen.«

»Es sieht so aus«, fährt Charley fort, »als sei dieser Shapiro ein gutherziger Mann, der Gammer O'Neill noch ein wenig bei uns behalten wollte, weil Doc Moggs sagt, ihr die Geschenke zu bringen, würde das schon bewirken.

Es ist also alles in Ordnung, denn die Bullen haben nichts gefunden, außer daß der Halunke, der die Sachen von Shapiro klaut, vielleicht Gewissensbisse bekommt und sie irgendwo liegenläßt, und Miss Muriel O'Neill zehn Riesen bekommt als Finderlohn. Und ich höre, Dancing Dan ist in San Francisco und will sich ändern und Tanzlehrer werden, damit er Miss Muriel O'Neill heiraten kann, und wir hoffen natürlich alle inständig, daß sie nie etwas von seiner Karriere erfährt.«

Nun, am Heiligen Abend ein Jahr später lerne ich zufällig einen Kerl namens Shotgun Sam kennen, der mit Heine Schmitz zusammen in Harlem hops genommen wird, ein wirklich widerlicher Typ.

»Ja, ja, ja«, sagt Shotgun Sam, »das letzte Mal, als ich dich gesehen habe, war auch Heiligabend, und du kamst aus Good-Time-Charleys Lokal und warst ganz schön breit.«

»Na, Shotgun, es tut mir leid, daß du so einen falschen Eindruck von mir bekommen hast, aber die Wahrheit ist, daß mir zu dem Zeitpunkt, von dem du da sprichst, ziemlich schwindelig war.«

»Schon gut, schon gut«, erwidert Shotgun. »Ich wußte aus sicherer Quelle, daß Dancing Dan in der Nacht, als ich dich sah, in Good-Time-Charleys Lokal war, und Mockie Morgan, Gunner Jack und ich haben uns den Laden mal angesehen, weil Heine Schmitz sauer war auf Dan wegen so einer Puppe, obwohl das jetzt natürlich egal ist und Heine längst 'ne neue Puppe hat.

Auf jeden Fall haben wir Dancing Dan nie zu Gesicht bekommen. Wir haben den Laden von halb sieben abends bis zum Weihnachtsmorgen beobachtet, aber niemand ging hinein außer der alte Ooky mit seinem Nikolauskostüm, und niemand kam heraus außer dir und Good-Time-Charley und Ooky.

Tja, da hat Dancing Dan verdammt viel Glück gehabt, daß er an dem Abend nicht zu Good-Time-Charley gegangen ist, denn wir warteten im zweiten Stock gegenüber mit schönen, abgesägten Flinten und Heines Auftrag, bloß nicht daneben zu schießen.«

»Tja, Shotgun, frohe Weihnachten dann«, erwidere ich.

»Alles klar, frohe Weihnachten«, sagt Shotgun.

Originaltitel: Dancing Dan's Christmas
Ins Deutsche übertragen von: Anneli von Könemann

»Da ist es wieder, Henri!«

Marjorie Bowen

Kalte Milch
mit heißem Wasser

Es war eine bizarre Situation; Bevis Holroyds hervorragend
geschulter Verstand war vor allen Dingen überrascht, daß das
Öffnen einer Tür eine Tragödie einleiten konnte.

»Ich fürchte, ich kann nicht bleiben«, sagte er so freundlich
und schonend wie möglich zu dem kranken Mann. Holroyd war
noch zu jung und noch nicht lange genug wirklich erfolgreich,
um sich professionell zu geben, aber sein Verhalten machte ein
gewisses Maß an Verständnis für den Kranken deutlich.

»Viele Leute nehmen meine Zeit in Anspruch«, fügte er hinzu,
»und ich fürchte, es ist mir unmöglich, hierzubleiben. Und es
ist auch absolut nicht notwendig, verstehen Sie? Sie sind völlig
in Ordnung. Wenn Sie es wünschen, sehe ich gleich nach Weihnachten noch einmal nach Ihnen.«

Der Patient öffnete ein Auge; er lag flach auf dem Rücken in
einem tiefen, breiten, mit dicker, dunkler Seide verkleideten
Bett. Im Zimmer war es dunkel. Dicke Seidenvorhänge waren
halb vor die Fenster gezogen und ließen nur einen Bruchteil des
blassen Winterlichtes ins Zimmer. Für seine Untersuchung hatte
Dr. Holroyd die elektrische Lampe auf dem Nachtschränkchen
anknipsen müssen. Er empfand diesen Raum als trostlos und
der Gesundheit nicht eben zuträglich, hatte es aber nicht der
Mühe wert gefunden, das zu erwähnen.

Der Patient öffnete ein Auge; das andere Lid flatterte
schwach über einem unbeweglichen Augapfel.

Mit heiserer, schwacher Stimme sagte er: »Aber, Herr Doktor, ich werde vergiftet.«

Berufliche Neugier, die er hinter milder Ungläubigkeit versteckte, erweckte augenblicklich das Interesse des Arztes.

»Mein Lieber«, lächelte er, »Sie meinen sicher, daß dieser scheußliche Grippeanfall Sie umbringt.«

»Nein«, der Patient schloß ermattet seine ausdruckslosen Augen, »meine Frau.«

»Das ist aber kein netter Gedanke«, erwiderte der Arzt sofort. »Akute Depression − mal sehen, was wir für Sie tun können . . .«

Jetzt öffnete der kranke Mann beide Augen; er hob sogar leicht seinen Kopf, als er würdevoll antwortete: »Dr. Holroyd, ich habe Sie aus London kommen lassen, damit Sie sich völlig unvoreingenommen meiner annehmen können − der hiesige Doktor ist dazu nicht in der Lage, er ist viel zu sehr von meiner Frau geblendet.« Dr. Holroyd machte eine Bewegung, als wolle er protestieren, aber der Patient bedeutete ihm zitternd zu schweigen.

»Bitte, lassen Sie es mich erklären. Sie wird bald hereinkommen, und dann habe ich keine Gelegenheit mehr dazu. Ich habe Sie heimlich holen lassen, sie weiß nichts davon. Man hört nur Gutes über Sie − Sie sollen eine Kapazität auf diesem Gebiet sein. Sie haben sich in dem Pluntre-Mordfall als Zeuge der Krone einen Namen gemacht.«

»Ich bin nicht auf Mord spezialisiert«, antwortete Dr. Holroyd, doch sein scharf geschnittenes, hübsches Gesicht leuchtete erwartungsvoll auf. »Und an solchen Fällen bin ich auch nicht sonderlich interessiert − Sir Harry.«

»Aber Sie haben meinen Fall übernommen«, murmelte der Kranke. »Sie können mich jetzt nicht im Stich lassen.«

»Ich werde Sie in ein Pflegeheim einweisen, dort werden Sie diese dummen Gedanken vergessen.« Der Arzt gab sich fröhlich.

»Und wenn man mich in dem Pflegeheim gesund gepflegt hat, soll ich nach Hause zurückkommen, damit meine Frau wieder von vorne anfängt?«

Dr. Holroyd beugte sich mit einer plötzlichen Bewegung über das abgedunkelte Bett. Flink knipste er mit seiner rechten Hand die Lampe an und neigte den korallenroten, seidenen Schirm so zur Seite, daß das bleiche, kalte Licht voll auf den Patienten in den dicken Kissen fiel.

»Hören Sie, was Sie da sagen, ist eine verdammt ernste Beschuldigung.«

Die beiden Männer starrten sich an. Der Patient musterte den Arzt genauso gründlich, wie der Arzt ihn betrachtete.

Bevis Holroyd war noch jung und schien voller Energie und wacher Intelligenz zu stecken. Seine rein physische, dunkle Schönheit wirkt dazu wie ein Kontrast und hätte manch anderem Mann als Schlüssel zum Erfolg ausgereicht. Doch Entschlossenheit, Würde und ein ganz bestimmter männlicher Zug, gelassen und kraftvoll, kennzeichneten sein Auftreten, das durch Sinn für Humor und ein gutes Urteilsvermögen eine weiche Note bekam.

Der Patient hingegen war ein Mann weit jenseits der mittleren Jahre, hell, schwammig und fett, mit einem schlaffen Blick in seinem großen Gesicht, das durch die Krankheit konturlos und verschwommen wirkte, und dessen teigiger, bleigrauer Farbton sich unschön gegen das graugesprenkelte Rot seines schütteren Haares abhob.

Alles in allem war er ein unangenehmer Mensch, doch verfügte er über ein gewisses Maß an Ruhm und Ansehen, was den aufstrebenden jungen Arzt veranlaßt hatte, sofort zu kommen, als man ihn dringend nach Strangeways Manor gerufen hatte. Der Patient entstammte einer feinen, berühmten Familie; er hatte einen guten Ruf als Wissenschaftler; er war Essayist, der einmal Politiker gewesen war, doch eher über der Politik gestanden hatte; er war ein Mann, der Dr. Holroyd nur unzureichend durch seinen Ruf bekannt war, der ihm jedoch als Inbegriff alles Biederen, Respektablen und aller Sturheit erschien.

Und dieser Mann blinzelte ihn jetzt winselnd an: »Meine Frau vergiftet mich.«

Dr. Holroyd richtete sich wieder auf und schaltete das Licht aus.

»Wie kommen Sie darauf?« fragte er in scharfem Ton.

Die Antwort kam dem Kranken nur schwer über die Lippen. »Um das zu erklären, müßte ich Ihnen meine ganze Geschichte erzählen.«

»Nun, wenn Sie wollen, daß ich mich um diese Angelegenheit kümmere ...«

»Zu diesem Zweck habe ich Sie ja rufen lassen, Herr Doktor.«

»Also: wie, glauben Sie, werden Sie vergiftet?«

»Mit Arsen natürlich.«

»Ach ja!? Und wie verabreicht?«

Wieder sah ihn der Patient mit einem Auge an; er schien zu müde zu sein, auch das andere zu öffnen.

»Kalte Milch mit heißem Wasser«, antwortete er.

Mit leichtem Erstaunen wiederholte Dr. Holroyd interessiert: »Was!«

Dieses Getränk war im Mordfall Pluntre als Mittel verwendet worden, um das Arsen zu verabreichen, und war zu einiger Berühmtheit gelangt; Bevis Holroyd selbst hatte das Arsen entdeckt und die helle Flüssigkeit als Mordwerkzeug entlarvt.

»Höchstwahrscheinlich hat der Mordfall Pluntre sie auf die Idee gebracht«, fuhr Sir Harry fort.

»Um Himmels willen, hören Sie auf«, sagte Dr. Holroyd. In der scheußlichen Affaire war der Mörder eine Frau gewesen; und er hatte ganz und gar keine Lust, noch einmal Zeuge zu werden, wie eine Frau vor Gericht um ihr Leben kämpfte und zum Tode verurteilt wurde.

»Lady Strangeways ist viel jünger als ich«, fuhr der Kranke fort. »Ich überredete sie, mich zu heiraten. Damals fühlte sie sich sehr zu einem Mann ihres Alters hingezogen, doch hatte er keine gute Position; und sie war sehr ehrgeizig.«

Er hielt inne, wischte mit einem seidenen Taschentuch über seine zitternden Lippen und fuhr mit schwacher Stimme fort: »In letzter Zeit war unsere Ehe äußerst unglücklich. Der Mann, den sie damals liebte, ist heute wohlhabend, erfolgreich und unverheiratet — sie will mich loswerden, damit sie ihre erste Wahl heiraten kann.«

»Haben Sie für all das einen Beweis?«

»Ja. Ich weiß, daß sie Arsen kauft. Ich weiß, daß sie Bücher über Gifte liest. Und ich weiß, daß sie sich nach diesem Mann verzehrt.«

130

»Verzeihen Sie mir, Sir Harry«, antwortete der Arzt, »aber haben Sie keinen nahen Freund oder Verwandten, dem sie Ihren — Verdacht anvertrauen könnten?«

»Niemanden.« Der Kranke wurde ungeduldig. »Ich bin erst vor kurzem aus dem Fernen Osten zurückgekehrt und habe hier keinerlei Kontakte mehr. Außerdem will ich einen Arzt, einen Arzt, der sich mit solchen Dingen auskennt. Da dachte ich sofort an den Pluntre-Mordfall und an Sie.«

Bevis Holroyd lehnte sich zurück; genau zu diesem Zeitpunkt begann er, die Situation als äußerst befremdlich zu empfinden. Irgend etwas stimmte nicht an dieser Sache.

»Sind Sie zufällig verheiratet, Doktor?« fragte Sir Harry matt.

»Nein.« Dr. Holroyd lächelte flüchtig. Seine Geschichte ähnelte der des kranken Mannes, jedoch von einem anderen Blickwinkel aus betrachtet. Als er noch arm und unbekannt gewesen war, hatte er ein Mädchen geliebt, das einem reichen Mann den Vorzug gegeben hatte. Vor zehn Jahren war sie nach Indien gegangen, und seitdem hatte er sie nicht mehr gesehen. Er erinnerte sich in aller Deutlichkeit daran, und im selben Augenblick wurde ihm klar, daß er dieses Mädchen immer noch liebte. Es war eine ganz alltägliche Geschichte.

Dann richtete er seine Gedanken wieder auf den ernsten beruflichen Gesichtspunkt des Falles; er hatte geglaubt, sein Patient, ein kränklicher Typ, leide unter einem schlimmen Grippeanfall und der damit verbundenen Depression und Schwäche; an Gift hatte er natürlich nie gedacht, geschweige denn, daß er ihn daraufhin untersucht hatte.

Der Mann könnte wahnsinnig sein oder betrogen werden, er könnte aber auch die Wahrheit sagen; die Tatsache, daß er ein gemeines, unfreundliches Scheusal war, durfte dabei keine Rolle spielen. Vor Dr. Holroyd lagen angenehme Weihnachtstage, und langsam beschlich ihn das Gefühl, daß er seine Ferien besser aufschieben sollte, um hierzubleiben und den Fall zu untersuchen, denn es war offensichtlich, daß der örtliche Arzt hier ziemlich überfordert wäre.

»Sie brauchen eine Krankenschwester«, sagte er und erhob sich.

Aber der Kranke schüttelte den Kopf.

»Ich möchte meine Frau nicht mehr als nötig bloßstellen«, knurrte er. »Können Sie nicht allein mit der Sache fertig werden?«

Dies war das erste Zeichen von Anstand, deshalb vergab ihm Bevis Holroyd sein rüdes und unhöfliches Benehmen.

»Nun, heute nacht bleibe ich auf jeden Fall hier«, gestand er zu.

Und dann, mit dem Öffnen einer Tür, veränderte sich die Situation vom Bizarren zum Tragischen.

Diese Tür wurde am anderen Ende des Raumes geöffnet und ließ einen Schimmer bläulichen Winterlichts durch die hohen vorhanglosen Fenster des Korridors ins Zimmer dringen. Es schien, als sei unsichtbarer Schnee in das schattige, graubraune, enge Zimmer gedrungen.

Vor diesem Hintergrund erschien eine Frau in einem rauchgrauen Kleid, eine Art Spitzenschal über den Schultern, mit hochgekämmtem Haar. Sie trug ein kleines Tablett mit Krügen und einem Kristallglas, in dem sich das kalte Licht brach.

Dr. Holroyd stand in seiner gewohnt aufmerksamen und freundlichen Haltung da, und als der Patient seinen massigen Kopf schwach von dem dicken Kissen erhob und sagte: »Meine Frau . . . Doktor . . .« da erkannte er in Lady Strangeways das Mädchen, mit dem er einst verlobt gewesen war und das er immer noch liebte.

»Das ist Doktor Holroyd«, sagte Sir Harry. »Ist das Milch mit Wasser?«

Sie neigte ihren Kopf dem Fremden am Bett ihres Mannes zu, als habe sie ihn noch nie vorher gesehen. Er verstand das Zeichen und sagte — auch aus vielen anderen Gründen — nichts.

»Ja, das ist deine Milch«, antwortete sie ihrem Mann. »Du möchtest sie doch jetzt trinken, oder? Welchen Eindruck macht Sir Harry auf Sie, Dr. Holroyd?«

Auf dem Tablett standen zwei Krüge: ein Kristallkrug war halb mit kalter Milch gefüllt, ein weißer Porzellankrug enthielt heißes Wasser. Lady Strangeways mischte die Flüssigkeiten zu gleichen Teilen und reichte das Getränk ihrem Ehemann, nachdem sie ihm geholfen hatte, sich im Bett aufzusetzen.

»Ich glaube, Sir Harry hat einen schrecklichen Grippeanfall«, antwortete der Arzt mechanisch. »Er möchte, daß ich hierbleibe, und ich habe ihm versprochen, zumindest bis morgen früh zu bleiben.«

»Es wird uns eine Freude und auch eine Hilfe sein«, sagte Lady Strangeways ernst. »Mein Mann ist schon eine ganze Zeit krank und scheint sich schlechter zu fühlen, als es für eine Grippe üblich ist.«

Der Patient nippte schwach an seinem Milchgetränk und grinste den Doktor schief an.

»Viel schlechter — sehen Sie, Doktor!« brummelte er.

»Es ist sehr freundlich von Ihnen, daß Sie bleiben wollen«, fuhr Lady Strangeways fort. »Ich werde mich gleich um Ihr Zimmer kümmern, Sie sollen es so bequem wie möglich haben.«

Sie ging, wie sie gekommen war: ein Schatten, der sich im kalten Licht auflöste.

Der Kranke erhob sein Glas, als wolle er einen Toast aussprechen.

»Sehen Sie! Milch mit Wasser!«

Bevis Holroyd war in Gedanken versunken: Will sie mich nicht kennen? Weiß er, was wir einander bedeutet haben? Wie kann sie nur mit diesem Mann verheiratet sein? Der Name ihres Mannes war Custiss gewesen. Und diese schreckliche Tatsache erschütterte seine innere Ruhe, die ihm sowohl durch seinen Charakter als auch durch Übung eigen war. Er ging zum Fenster und blickte hinaus auf den kahlen Park. Lockerer Schnee fiel langsam zur Erde und tanzte trostlos über dem gefrorenen Gras und vor den grauen Umrissen, die einer nach dem anderen in der Ferne verblaßten, eingehüllt wurden in farblosen Dunst.

Harry Strangeways dünne Stimme rief ihn ans Bett zurück.

»Möchten Sie sich das einmal ansehen, Doktor?« Er hielt ihm das halbleere Glas mit dem Milch-Wasser-Gemisch hin.

»Ich habe keine Geräte, um einen Test durchzuführen«, sagte

Dr. Holroyd beunruhigt. »Zwar habe ich einige Sachen mitgebracht, aber die helfen hier nicht weiter.«

»Sie sind gar nicht so weit von Harley Street entfernt«, sagte Sir Harry. »Mein Wagen kann bis heute nachmittag alles herbringen, was Sie brauchen – oder vielleicht wollen Sie die Sachen lieber selbst holen?«

»Ja, ich würde lieber selbst fahren«, erwiderte Bevis Holroyd ernst.

Sein wacher Verstand hatte das Problem sofort erfaßt und erkannt, daß es für Lady Strangeways besser wäre, wenn er sich um diesen Fall kümmerte. Er war sich sicher, daß Sir Harry unter einer merkwürdigen, fantastischen Wahnvorstellung litt, aber Lady Strangeways wäre sicher damit gedient, wenn die Angelegenheit in den Händen eines Menschen lag, der ihr wohlgesonnen war. Zwischen seinen übrigen Utensilien fand er eine Medizinflasche, wusch sie schnell aus und füllte sie mit dem Milch-Wasser-Gemisch. Den Rest der Flüssigkeit warf er fort.

»Warum haben Sie davon getrunken?« fragte er schneidend.

»Ich will nicht, daß sie merkt, daß ich etwas ahne«, flüsterte Sir Harry. »Wissen Sie, Doktor, ich habe einige ihrer Liebesbriefe – geschrieben von...« Dr. Holroyd fiel ihm ins Wort.

»Hinter Lady Strangeways' Rücken möchte ich nichts von diesen Dingen hören«, sagte er schnell. »Das ist eine Sache zwischen Ihnen und ihr. Meine Aufgabe ist es, Sie gesund zu machen. Und genau das werde ich tun.«

Mit leichtem Ekel registrierte Holroyd, wie abstoßend dieser Mann doch aussah, wie er so dasaß, mit offenem Mund und Hängebacken, die Tränensäcke in ungesundem Fleisch, alles gekrönt von stacheligem, judasfarbenem Haar.

Eine Frau, die an diesen Mann gekettet war und mit ihm leben mußte, eine Frau, deren Pläne er durchkreuzte, würde vielleicht wirklich darauf verfallen...

Dr. Holroyd erschauerte innerlich, er wollte diesen Gedanken nicht weiterspinnen. Als er das trostlose, düstere Haus verließ, das kalt und unfreundlich auf ihn wirkte und einem Schrein glich, dessen heilige Flammen schon vor langer Zeit erloschen waren, traf er Lady Strangeways.

Sie stand in der weitläufigen Eingangshalle am offenen Feuer, das den düsteren Wintermorgen kaum erhellte und die Schatten in den offenen Dachsparren nicht vertreiben konnte.

Jetzt würde er nicht mehr so tun, als kenne er sie nicht, ob es ihr gefiel oder nicht. Er blieb vor ihr stehen und nahm ihr den letzten Rest von Licht.

»Mollie« sagte er leise. »Ich verstehe nicht ganz − in Indien hast du doch einen Mann namens Custiss geheiratet.«

»Ja. Harry mußte seinen Namen ändern, als er dieses Haus erbte. Wir sind seit drei Jahren wieder hier, aber wir haben so zurückgezogen gelebt, daß ich glaube, noch niemand hat je von uns gehört.«

Sie stand zwischen ihm und dem Licht des Feuers; ihre Gestalt nur ein Schatten im Zwielicht. Sie hatte sich sehr verändert. Sie war dünn und blaß, ihre Augen blickten ruhelos, und ihr Mund zuckte nervös. Holroyd meinte darin ein Zeichen von Unzufriedenheit, vielleicht sogar von Unglück zu entdecken.

»Ich habe nie wieder etwas von dir gehört«, sagte Dr. Holroyd ehrlich. »Ich wollte es auch nicht. Ich wollte mir meinen Traum bewahren.«

Ihr Haar hatte noch immer diesen wunderbaren Ton von Zedernholz, silbern, weich, einfach schön, und ihre Figur zeigte jene fließende Silhouette, die er nur bei ihr gesehen hatte.

»Sag, was ist mit meinem Mann?« fragte sie abrupt. »Seit einem Jahr geht es ihm so schlecht.«

Sein Herz, das sonst immer so ruhig schlug, machte einen häßlichen Sprung, als er sich an das Fläschchen mit Milch und Wasser in seiner Tasche erinnerte.

Er antwortete mit einer Gegenfrage. »Warum gibst du ihm dieses Milchgetränk?«

»Er will es so − er besteht darauf, daß ich es für ihn zubereite.«

»Mollie«, hakte Dr. Holroyd schnell ein, »vor zehn Jahren hast du dich gegen mich entschieden, aber das ist kein Grund, warum wir jetzt nicht Freunde sein sollten. Sei ehrlich: Bist du glücklich mit diesem Mann?«

»Du hast ihn ja gesehen«, antwortete sie langsam. »Vor zehn

Jahren war er anders. Ich fühlte mich ehrlich zu ihm hingezogen; er war gebildet und — es gab da auch noch andere Gründe.«

Bevis Holroyd brauchte nicht weiterzufragen; sie war todunglücklich, gefangen in ihrer Fehlentscheidung wie eine Fliege im Bernstein. Und diese Liebesbriefe? Gab es einen anderen Mann?

Während er sie mit einem dunklen, nachdenklichen Blick ruhig betrachtete, sprach sie weiter: »Du bleibst hier?«

»O ja«, antwortete er. Er würde bleiben, sonst gab es nichts, was er tun konnte.

»Es ist bald Weihnachten«, erinnerte sie ihn wehmütig. »Es wird langweilig für dich werden, vielleicht sogar traurig.«

»Ich glaube trotzdem, daß ich bleiben sollte.«

Sir Harrys Wagen war vorgefahren. Auf seinem Weg über die gefrorenen Straßen nach London beschäftigte sich Bevis Holroyd voll und ganz mit dem Problem, das urplötzlich aus dem Nichts vor ihm aufgetaucht war und ihn aus seinem gleichförmigen Leben gerissen hatte.

Mollies Anblick (er konnte einfach nicht mit dem Namen des kranken Mannes an sie denken) hatte in ihm zärtliche Erinnerungen und übermächtige Gefühle wachgerufen, und die Lage, in der sie sich befand, und seine eigene Position ihr und ihrem Mann gegenüber hatten auf ihn dieselben verheerenden Auswirkungen wie eine Mine, die neben den Füßen eines unvorsichtigen Reisenden in die Luft geht.

Ein schwerer Schneesturm tobte über London, und das Licht, das über die grauen Dächer in den häßlichen Labortrakt hinter seinen Behandlungsräumen drang, wirkte kalt und unfreundlich.

Bevis Holroyd stellte die Flasche mit der Flüssigkeit auf eine Marmorplatte, lehnte sich in seinem Sessel zurück und beobachtete die eintönige Jagd der Schneeflocken über die schmuddelige Fensterscheibe.

Er dachte an vergangene Frühlingszeiten, an längst verblühte Veilchen, an Rosen, die schon vor langer Zeit zu Staub zerfallen waren, an Stunden, die verflossen waren wie goldene Seide, an

136

die Vergangenheit, in der er Mollie geliebt hatte und Mollie ihn zu lieben schien. Dann dachte er wieder an den Mann in dem großen Bett, der behauptet hatte: »Meine Frau vergiftet mich.«

Am späten Nachmittag kehrte Dr. Holroyd mit seinem Gepäck und einem Arztkoffer in Sir Harrys Wagen nach Strangeways Manor zurück. Das Fläschchen mit der Milch hatte er an einen bekannten Experten geschickt, mit dem er befreundet war; er hatte sich einfach nicht imstande gefühlt, diese Aufgabe selbst zu übernehmen. Er war froh, daß er diesen alten Einsiedler hatte für sich gewinnen und ihm das Versprechen abringen können, die Untersuchung noch vor Weihnachten zu erledigen.

Strangeways Manor lag ziemlich weit von der öffentlichen Straße entfernt an einer einsamen Nebenstraße, die von den Wäldern Kents in das Sumpfland von Sussex führte. Als Holroyd beim Haus ankam, verwischte ein Schneesturm die Konturen der Landschaft und ließ das Gebäude noch unwirklicher erscheinen. Das vermittelte ihm ein Gefühl, von dem er zwar schon oft gehört und gelesen, das sein kühler Verstand bislang jedoch immer als Einbildung abgetan hatte.

Er fühlte sich wie in einem bösen Traum gefangen. Wie der Schnee die Landschaft, Entfernungen und Umrisse modellierte, so hatte dieses Zusammentreffen mit Mollie unter gerade diesen Umständen plötzlich das Leben des Bevis Holroyd verändert.

Er hatte diese Frau konsequent und absolut aus seinem Leben und seinen Gedanken verbannt, indem er bewußt keine Nachforschungen über sie angestellt und mit ihrem Brief aus Indien, mit dem sie ihre Hochzeit bekanntgab, einen Schlußstrich unter ihre Beziehung gezogen hatte.

Und nun, nach zehn Jahren, hatte sie seinen Weg auf so schreckliche Weise wieder gekreuzt; eine Frau, die von ihrem Mann des versuchten Mordes beschuldigt wurde.

Die Worte des kranken Mannes über einen früheren Liebhaber verunsicherten Holroyd zutiefst. War er selbst derjenige, um den es ging? Dennoch mußten die Liebesbriefe von jemand anderem sein, denn er hatte Mollie seit ihrer Hochzeit vor zehn Jahren nicht geschrieben.

Er war nie darüber verbittert gewesen, daß Mollie ihn, den armen, um Anerkennung kämpfenden Arzt, verlassen hatte, und er hatte immer an ihren absolut edlen Charakter geglaubt, der sich hinter ihrer Förmlichkeit verbarg. Dennoch war es eine Tatsache, daß sie falsch gespielt hatte — was wäre, wenn da der ›kleine Stein‹ gewesen wäre, der die ganze Lawine ins Rollen gebracht hätte?

Mit einem Gefühl bitterer Niedergeschlagenheit betrat er das düstere, alte Haus; wie sehr unterschied sich doch dies alles hier von den angenehmen, ganz normalen Weihnachten, die er jetzt lieber verleben würde, mit Tanz und Freunden in fröhlicher, heimeliger Atmosphäre!

Als er eben diese Freunde angerufen hatte, um sich für seine Abwesenheit zu entschuldigen, war sein Bedauern echt gewesen, und das herzliche »Pech, mein Lieber!« hatte ein überwältigendes Echo in seinem eigenen Herzen hinterlassen; wirklich schade, Pech . . .

Mollie erwartete ihn in der Halle, die ein blasser, junger Mann mit stacheligen Stechpalmenzweigen schmückte: steif lugten sie hinter den dunklen, schweren Gemälden hervor.

Der junge Mann wurde als Sekretär vorgestellt und sagte düster: »Sir Harry wünscht, daß alles wie gewöhnlich abläuft, obwohl ich fürchte, daß er ernsthaft krank ist.«

Ja, der Patient hatte während Dr. Holroyds Abwesenheit erneut einen starken Krankheitsschub erlitten. Der junge Arzt lief sofort nach oben und fand Sir Harry in tiefem Schlaf, an seinem Bett ein ziemlich nervöser Dorfarzt.

Eine ausführliche Erläuterung des Falles mit diesem Arzt führte zu nichts. Dr. Holroyd beauftragte eine ausgesprochen vernünftig erscheinende Wirtschafterin, Sir Harrys bevorzugte Krankenschwester, mit der Pflege und kehrte besorgt und verwirrt in die Halle zurück, wo Lady Strangeways jetzt allein vor dem großen Kaminfeuer saß.

Sie bot ihm eine späte, aber frische Tasse Tee an.

»Warum bist du gekommen?« fragte sie mit einer Stimme, als erwache sie aus tiefen Träumen.

»Warum? Weil dein Mann nach mir geschickt hat.«

»Er sagt, du hättest dich angeboten, zu kommen. Das hat er allen hier im Haus erzählt.«

»Aber bis heute habe ich nie zuvor von ihm gehört.«

»Du hattest von mir gehört. Er scheint zu glauben, daß du hergekommen bist, um mir zu helfen.«

»Wie kann er so etwas behaupten«, ereiferte sich Holroyd, und er fragte sich, ob Mollie log, ob sie sich das womöglich ausgedacht hatte, um ihn loszuwerden.

»Möchtest du, daß ich hierbleibe?« fragte er sie.

»Ich weiß es nicht«, erwiderte sie bedrückt und bestätigte seinen Verdacht. Vielleicht gab es einen anderen Mann, und sie wollte ihn aus dem Weg haben. Aber er konnte nicht gehen; weil er Mitleid mit ihr hatte, konnte er sie nicht allein lassen.

»Weiß er, daß wir einmal zusammen waren?« fragte er.

»Nein«, antwortete sie leise, »deshalb scheint es mir ein merkwürdiger Zufall, daß er von allen Ärzten ausgerechnet dich holen ließ!«

»Es wäre noch seltsamer«, antwortete er grimmig, »wenn ich gehört hätte, daß du hier mit einem kranken Ehemann lebst, und ich mich euch dann aufgedrängt hätte, um ihn zu behandeln! Strangeways muß verrückt sein, so eine Geschichte zu verbreiten. Und wenn er nicht weiß, daß wir alte Freunde sind, macht es erst recht keinen Sinn!«

»Ich denke oft, daß Harry verrückt ist«, sagte Lady Strangeways matt. Sie nahm einen mit rosa Seide ausgeschlagenen Korb mit hübschem Kleinkram auf ihren Schoß und begann, einen Strang rosafarbener Seide aufzuwickeln. Sie sah so zerbrechlich aus, so traurig, so leblos, daß Bevis Holroyds Herz vor Mitleid fast zersprang.

»Jetzt, wo ich einmal hier bin, möchte ich dir helfen«, sagte er ernst. »Deshalb bleibe ich hier, um dir zu helfen.«

Sie sah mit einem wehmütigen Ausdruck in ihrem hellen Gesicht zu ihm auf.

»Ich mache mir Sorgen«, sagte sie einfach. »Ich habe einige Briefe verloren, die mir sehr viel bedeuten – ich glaube, sie sind gestohlen worden.«

Dr. Holroyd wich zurück. Die Liebesbriefe. Die Briefe, die

der Ehemann gefunden hatte, die all diese häßlichen Verdächtigungen begründeten.

»Meine arme Mollie!« rief er impulsiv aus. »In welche Schwierigkeiten hast du dich da bloß gebracht.«

Als sei diese Mitleidsbekundung unerträglich für sie, sprang Mollie auf, warf den Inhalt des Handarbeitskorbs zu Boden, ließ den Strang Seide fallen und eilte durch die dunkle Halle davon.

Bevis Holroyd bückte sich mechanisch nach den verstreuten Gegenständen und fand darunter ein kleines, weißes, gefaltetes Päckchen, an einer Seite offen. Dieses Päckchen schien aus einem goldseidenen Nadelkissen gefallen zu sein.

Bevis hatte es rasch an sich genommen und eben in seine Tasche gesteckt, als der blasse Sekretär zurückkam, die dünnen Arme höchst unpassenderweise voller Mistelzweige.

»Diese Weihnachten werden langweilig für Sie werden, Dr. Holroyd«, sagte er mit der Miene eines Mannes, der sich zu einem Gespräch zwingen muß. »Sicher hatten Sie doch einige angenehme Pläne — wir sind alle sehr erfreut, daß Lady Strangeways einen Freund eingeladen hat, damit er sich während der Ferien um Sir Harry kümmert.«

»Wer hat Ihnen gesagt, ich sei ein Freund?« fragte Dr. Holroyd brüsk. »Ich kannte Lady Strangeways zwar, vor ihrer Heirat . . .«

Der blasse junge Mann fiel ihm ins Wort. »Oh, Lady Strangeways hat es mir selbst erzählt.«

Bevis Holroyd war verwirrt. Warum erzählte sie dem Sekretär, was sie vor ihrem Ehemann verbarg? Sowohl die Indiskretion als auch die Zurückhaltung erschienen ihm dumm.

Während der bleiche junge Mann, sein Name war Garth Deane, lustlos die Mistelzweige aufhängte, fuhr er fort, ziellos daherzureden.

»Dies ist nicht gerade ein sehr fröhliches Haus, Dr. Holroyd — ich interessiere mich für Sir Harrys Arbeit im Orient, sonst würde ich nicht hierbleiben. So eine unglückliche Ehe! Ich denke oft«, er beachtete nicht, daß sich Bevis Holroyds Blick verdunkelte, »daß es für Lady Strangeways wirklich sehr unangenehm wäre, wenn Sir Harry irgend etwas zustieße.«

»Was meinen Sie damit?« fragte der Doktor ärgerlich.

Der Sekretär ließ sich nicht aus der Fassung bringen. »Nun, man lebt hier im Haus, es gibt nicht viel zu tun – da bekommt man so einiges mit.«

Vielleicht, dachte der junge Arzt gequält, hatte der kranke Mann diesem Menschen etwas erzählt, vielleicht hatte er ja tatsächlich etwas beobachtet.

»Ich gehe hinauf zu meinem Patienten«, sagte Bevis Holroyd kurz angebunden; er wagte es nicht, jemanden zu verärgern, der vielleicht ein wichtiger Zeuge in dieser mysteriösen, bislang so unergründlichen Geschichte sein könnte.

Mr. Deane grinste kraftlos über den hübschen, hellen Blättern und Beeren, die er in der Hand hielt.

»Ich fürchte, es geht ihm sehr schlecht, Doktor.«

Als Bevis Holroyd das Zimmer verließ, traf er auf Lady Strangeways. Ihr Gesicht war verschmiert wie ein verwaschenes Aquarell. Sie hielt die Finger über ihrer Brust verschränkt, über den Schultern trug sie einen silbernen Pelz, der die ätherische Schönheit ihrer blonden, perl- und bernsteinfarbenen Farbtöne noch verstärkte.

»Ich bin zurückgekommen, um meinen Handarbeitskorb zu holen«, erklärte sie. »Gehst du hinauf zu meinem Mann? Es geht ihm wieder schlechter.«

»Hast du ihm irgend etwas gegeben?« fragte Dr. Holroyd so ruhig, wie es ihm nur möglich war.

»Nur etwas Milch mit Wasser. Er hat darauf bestanden.«

»Gib ihm nichts mehr – laß ihn ganz in Ruhe. Ich kümmere mich ab jetzt um ihn, verstehst du?«

Sie starrte ihn mit angsterfüllten Augen an. Sie hatte offensichtlich gerade geweint.

»Warum bist du so unfreundlich zu mir?« Ihre Stimme bebte.

Sie schien kurz vor dem Zusammenbruch, und Holroyd konnte der Versuchung nicht widerstehen, seine Hand schützend auf ihren Arm zu legen und ihren ermatteten Körper zu stützen.

»Habe ich nicht gesagt, daß ich hier bin, um dir zu helfen, Mollie?«

Der Sekretär schlüpfte aus dem Schatten hinter ihnen, die Arme immer noch voll mit Wintergrün.

»Es sind viel zu viele Blätter«, lächelte er, und sein Lächeln deutete an, daß er gesehen und gehört hatte.

Bevis Holroyd ging ärgerlich nach oben. Er fühlte, wie ein unsichtbares Netz immer enger um ihn gezogen wurde, ein Netz, das zuerst ganz fein, dann immer stärker geknüpft war. Die Atmosphäre von Geheimnis und Grauen, der hinterhältige Sekretär, die immer aufmerksamen Bediensteten, der nervöse Dorfarzt, der bereit war, alles zu glauben, die hübsche, beunruhigte Frau, in die er so lange verliebt gewesen war, und der finstere, kranke Mann mit seinen teuflischen Anschuldigungen, ein Mann, den Bevis Holroyd vom ersten Augenblick an nicht gemocht hatte – all diese Menschen in dieser dunklen Umgebung erfüllten ihn mit einem bedrückenden Gefühl von Besorgnis und Angst.

Schon nach wenigen Stunden in dieser Umgebung war er näher daran, seine Nerven zu verlieren als jemals zuvor in seinem Leben. Das mußte an der armen Mollie liegen, die in diesem Alptraum gefangen war.

Draußen erklangen die Glocken über den Schnee. Sie probten schon für den Weihnachtstag. Ihr Klang war für Bevis Holroyd der Lärm der wirklichen Welt, der in die tiefen Träume eines Schlafenden eindringt.

Der Patient saß aufrecht im Bett und streichelte das Glas mit der widerwärtigen Milch-Wasser-Mischung.

»Warum trinken Sie das Zeug?« fragte der Doktor ärgerlich.

»Sie zwingt mich dazu«, flüsterte Sir Harry.

Seit er dieses bedrohliche Haus betreten hatte, das die bedauernswerte Frau gefangen hielt, die er einmal geliebt hatte, bemerkte Bevis Holroyd nicht zum ersten Mal, daß Mann und Frau verschiedene Geschichten erzählten. Und eine Seite ging beim Lügen besonders sorgfältig vor.

»Hat sie – mit Ihnen über die verschwundenen Briefe gesprochen?« fragte der Kranke.

142

Der junge Arzt betrachtete ihn mit unnachgiebigem Blick.

»Warum sollte Lady Strangeways mich zu ihrem Vertrauten machen?« fragte er. »Wußten Sie, daß wir vor zehn Jahren befreundet waren, bevor sie Sie heiratete?«

»Tatsächlich? Wie merkwürdig! Aber Sie haben sich wie Fremde begrüßt.«

»Das Licht hier im Raum ist nicht sehr hell.«

»Nun, egal, ob Sie sie kannten oder nicht...« Sir Harry schnappte plötzlich nach Luft. »Die Frau ist eine Mörderin, und Sie werden mein Zeuge dafür sein — ich habe ihre Briefe, hier unter meinem Kissen — und Garth Deane beobachtet sie.«

»Ach so, ein Spion also! Damit will ich nichts zu tun haben, Sir Harry. Sie werden einen anderen Arzt rufen müssen...«

»Nein, dies ist Ihr Fall, Sie werden das beste daraus machen. Mein Gott, ich sterbe, ich glaube...« Er fiel zurück in die Kissen und krümmte sich unter solch starken Schmerzen, daß Bevis Holroyd alles andere vergaß und ihn ganz mechanisch versorgte. Den Rest des Tages und die ganze Nacht verbrachte der junge Arzt bei seinem Patienten. Der Sekretär und die Haushälterin standen ihm dabei zur Seite.

Als Holroyd im bleichen Morgenlicht des Heiligen Abends nach unten ging, um Lady Strangeways zu suchen, war er sich sicher, daß der Kranke an Arsenvergiftung litt und daß das Päckchen, das er aus Mollies Handarbeitskorb genommen hatte, Arsen enthielt. Als er dann zum Telephon gerufen wurde, überraschte es ihn kaum noch, daß in der Probe der Flüssigkeit eine hohe Dosis des Giftes gefunden worden war.

Er glaubte zwar, daß er den Mann und damit auch die Frau retten konnte, aber er rechnete nicht damit, den Kranken zum Schweigen bringen zu können. Der tödliche Haß Sir Harrys würde ihn ganz sicher dazu verleiten, sie des Mordversuches anzuklagen, da war sich Holroyd ganz sicher, und außerdem war da ja auch noch dieser Deane, der hinter Sir Harry stand.

Holroyd ließ nach Mollie schicken, die die ganze Nacht nicht an der Seite ihres Mannes aufgetaucht war, und als sie erschien, blaß, abwesend und in ihrem weißen Pelz versteckt, sagte er grimmig: »Mollie, ich habe versprochen, dir zu helfen, und dieses Versprechen werde ich auch halten, obwohl es nicht so einfach sein wird, wie ich gedacht hatte; doch du mußt ehrlich zu mir sein.«

»Aber ich habe nichts zu verbergen.«

»Der Name des anderen Mannes...«

»Des anderen Mannes?«

»Des Mannes, der die Briefe geschrieben hat, die dein Mann unter dem Kopfkissen versteckt.«

»Oh, Harry hat sie!« Sie schrie vor Schmerz auf. »Dann hat dieser Deane sie gestohlen! Bevis, es sind deine Briefe von damals. Ich habe sie immer aufbewahrt.«

»Meine Briefe!«

»Ja, denkst du denn, es hat jemals noch einen anderen gegeben?«

»Aber er sagt − Mollie, das ist eine Falle oder ein Trick, irgend jemand lügt hier. Dein Mann wird vergiftet.«

»Vergiftet?«

»Mit Arsen, das ihm mit der Milch verabreicht wird. Und er weiß es. Er beschuldigt dich.«

Sie starrte ihn ungläubig an, dann beugte sie sich auf ihrem Stuhl nach vorne und stützte sich schwer auf die Armlehne.

»O mein Gott«, murmelte sie in Panik. »Er hat mir immer geschworen, daß er sich einmal an mir rächen würde − weil er wußte, daß ich ihn nie geliebt habe...«

Bevis Holroyd schrak zurück; er wagte weder zuzuhören noch ihr zu glauben.

»Ich habe dich gewarnt«, sagte er, »um der alten Tage willen, Mollie.«

Sie hörten Schritte hinter sich und entdeckten den Sekretär, der aus dem dunklen Schatten trat.

»Kalte Weihnachten«, sagte er und rieb seine Hände. »Wirklich kalte Weihnachten, wie es sich für diese Jahreszeit gehört. Wir sind beinahe eingeschneit − und Sir Harry möchte Sie gerne sehen, Dr. Holroyd.«

»Ich bin gerade erst bei ihm gewesen.«

Bevis Holroyd betrachtete die verzweifelte Frau, die sich in ihrem Sessel zusammenkauerte. Er war beunruhigt, überreizt und stand kurz davor, seine Nerven zu verlieren.

»Er besteht darauf, Sie zu sehen.« Der Sekretär zuckte zusammen.

Mollie sah Bevis Holroyd an, und ihre Lippen bewegten sich zweimal vergeblich, bevor sie sagte: »Geh zu ihm.«

Der Arzt ging langsam nach oben, und der Sekretär folgte ihm.

Sir Harry lag auf dem Rücken und starrte die dunklen Vorhänge seines Bettes an.

»Ich sterbe«, sagte er, als sich der Arzt über ihn beugte.

»Unsinn. Das lasse ich nicht zu.«

»Sie können ja noch nicht einmal sich selbst helfen. Ich habe Sie hergeholt, damit Sie mich sterben sehen.«

»Was meinen Sie damit?«

»Ich habe eine Überraschung für Sie. Ein Weihnachtsgeschenk. Diese Briefe hier, diese Briefe meiner Frau — was glauben Sie, wer sie geschrieben hat?«

»Sie sind ja verrückt, Sir Harry.«

»Ganz und gar nicht — kommen Sie näher, Deane — der Name ist Bevis Holroyd.«

»Dann sind die Briefe zehn Jahre alt. Briefe, die ich geschrieben habe, bevor Ihre Frau Sie kennengelernt hat.«

Der kranke Mann grinste unendlich böse.

»Vielleicht. Aber es steht nirgendwo ein Datum darauf, und die Umschläge existieren nicht mehr. Und ich, ein sterbender Mann, werde schwören, daß sie erst kürzlich geschrieben wurden — ich, der ich skrupellos ermordet wurde.«

»Sie phantasieren ja«, sagte Bevis Holroyd. »Ich habe keine Lust, mir das noch länger anzuhören.«

»Sie werden mir zuhören. Darum habe ich Sie schließlich herbringen lassen. Jetzt habe ich Sie. Hier ist mein Testament — Deane hat es bei sich — in dem ich Sie beide beschuldige. Da sind die Briefe. Alle glauben, daß sie Sie damit beauftragt hat, mich zu behandeln, jeder weiß, daß Sie durch den Pluntre-Mordfall alles über Arsen in Milch wissen, und jeder wird erfahren, daß ich an Arsenvergiftung gestorben bin.«

Der Arzt ließ ihn weiterreden; es wäre ihm wohl auch kaum gelungen, diese Aneinanderreihung von Boshaftigkeiten zu durchbrechen.

Die ganze Geschichte war einfach genial, die Erfindung eines leicht wahnsinnigen, eifersüchtigen Einsiedlers, der seine Frau haßte und den Mann, den sie immer geliebt hatte. Bevis Holroyd spürte das Netz, das auf höchst kunstvolle Weise um ihn herum gesponnen worden war, aber das eigentliche Rätsel war noch nicht gelöst: Wer verabreichte das Arsen?

Er sah über das dunkle Bett zu der dunklen Gestalt des Sekretärs hinüber.

»Was ist Ihre Aufgabe in diesem Komplott, Mr. Deane?« fragte er ernst.

»Ich bin Sir Harrys Freund«, sagte Deane mit Nachdruck, »und ich werde jederzeit gegen Lady Strangeways aussagen. Ich habe versucht, das zu verhindern.«

»Einen Moment mal«, rief der Arzt. »Sie glauben, daß Lady Strangeways ihren Mann vergiftet und daß ich ihr Komplize bin?«

Der Kranke, der den beiden Männern mit bitterer Boshaftigkeit zugehört hatte, flüsterte mit heiserer Stimme: »Das glauben Sie doch, Deane, nicht wahr?«

»Zu gegebener Zeit werde ich sagen, was ich glaube«, antwortete der Sekretär starrsinnig.

»Sie werden sicher sehr gut für Ihre Rolle in diesem Spiel bezahlt.«

»Ich habe ihn in meinem Testament bedacht.« Sir Harry lächelte grimmig. »Sie können ihre Differenzen bereinigen, wenn ich tot bin, Dr. Holroyd, vergiftet, ermordet. Das wird eine schöne Geschichte, ein hübscher Skandal, Sie und sie zusammen in diesem Haus, die Briefe, die Milch!«

Seine heftigen Gefühle schienen ihn für einen Augenblick zu übermannen, doch dann bekam er sich wieder in den Griff und sprach in seiner gewohnt verbindlichen und gestelzten Art.

»Sie müssen doch zugeben, Doktor, daß wir alle wirklich frohe Weihnachten verleben werden.«

Bevis Holroyd betrachtete den Sekretär, der auf der anderen

146

Seite des Bettes stand, unterwürfig und dennoch mit der Haltung eines Mannes, der bereit ist zuzuschlagen. Dr. Holroyd fragte sich, ob er der Mörder war.

Um Zeit zu gewinnen, fragte er leise: »Warum haben Sie diesen Plan ausgebrütet, einen Mann zu vernichten, den Sie nie zuvor gesehen haben?«

»Ich habe Sie immer gehaßt«, antwortete der kranke Mann schwach. »Mollie hat Sie nie vergessen, verstehen Sie, und das hat sie mich immer spüren lassen. Und dann fand ich diese Briefe, die sie wie einen Schatz hütete.«

»Sie sind niederträchtig«, sagte der Arzt trocken, »aber Sie werden nicht damit durchkommen, denn ich werde verhindern, daß Sie sterben.«

»Das wird Ihnen nicht gelingen«, erwiderte der Patient. »Ich sterbe, ganz sicher. Am Weihnachtstag werde ich sterben.«

Er wandte sich zu seinem Sekretär und fügte hinzu: »Schicken Sie meine Frau herauf.«

»Nein!« Dr. Holroyd unterbrach ihn heftig. »Sie wird nicht noch einmal in Ihre Nähe kommen.«

Sie Harry Strangeways ignorierte ihn.

»Schicken Sie sie herauf«, wiederholte er.

»Jawohl, Sir.«

Der Sekretär verließ fluchtartig das Zimmer. Bevis Holroyd verharrte unbeweglich und nachdenklich und betrachtete den häßlichen Mann, der jetzt seine Augen geschlossen hatte und wie tot dalag. Er war sicher sehr krank, vielleicht sogar todkrank, und er wurde sicher mit Arsen vergiftet; und sein Tod würde ebenso sicher einen fürchterlichen Skandal und eine große Bedrohung mit sich bringen. Die Briefe waren nicht datiert, die Ehe war bekanntermaßen unglücklich, und er, Bevis Holroyd, wurde von jedermann mit einem Mordfall in Verbindung gebracht, bei dem auf dieselbe Art mit demselben Gift getötet worden war.

Schweißperlen traten auf die Stirn des Arztes. Wenn er selbst sich auch reinwaschen konnte, so würde es für Mollie nicht so einfach werden. Könnte er selbst denn für ihre Unschuld die Hand ins Feuer legen?

Natürlich mußte er Mollie sofort aus dem Haus schaffen und einen weiteren Arzt und eine Krankenschwester hinzuziehen — aber würde er das rechtzeitig bewerkstelligen können? Wenn ihm der Patient unter den Händen starb, brächte er da nicht nur Zeugen zu seinem eigenen Schaden ins Haus? Und die richtigen Leute, seine eigenen Freunde, wären jetzt, an Weihnachten, schwierig aufzutreiben.

Es drängte ihn danach, Mollie zu suchen — zumindest mußte er versuchen, sie fortzubringen, aber wie, ohne Skandal, ohne Verdächtigungen?

Er wollte diese Angelegenheit zu gerne diesem hinterhältigen Sekretär aus den Händen nehmen, aber er wagte es nicht, seinen Patienten allein zu lassen.

Lady Strangeways erschien an der Seite von Garth Deane und setzte sich, stumm, schemenhaft, ihre Augen voller Panik, auf die andere Seite des Bettes.

»Wird er leben?« flüsterte sie dann und betrachtete Bevis Holroyd, der sich weiter um ihren bewußtlosen Mann kümmerte. »Wir müssen eben alles dafür Nötige tun«, antwortete er entschlossen.

Den ganzen Heiligen Abend und die ganze harte Nacht, bis zum frühen Morgen, als die Kirchenglocken in ihre matten Sinne drangen, kümmerten sie sich um den Kranken, der nur manchmal für ein boshaftes Grinsen zu sich kam.

Einmal fragte Bevis Holroyd die bleiche Frau: »Was war in dem weißen Päckchen aus deinem Handarbeitskorb?«

Und sie erwiderte: »Ich habe nie solch ein Päckchen besessen.«

»Ich muß dir das wohl glauben.«

Aber er wagte es nicht, nach einem weiteren Arzt oder einer Schwester zu schicken.

Die Weihnachtsglocken schienen den alten Mann aus seiner tödlichen Ohnmacht zu wecken.

»Sie können mich nicht retten«, sagte er mit unbeschreiblicher Bosheit. »Ich werde sterben und Sie beide vor Gericht bringen.«

Mollie Strangeways sank neben dem Bett nieder und begann

zu weinen, und Garth Deane, der auf ausdrücklichen Wunsch seines Herrn die ganze Nacht im Zimmer aus und ein gegangen war, blieb stehen und sah sie mit einem merkwürdigen Gesichtsausdruck an. Auch Sir Harry betrachtete sie.

»Weine nicht«, keuchte er, »es ist Weihnachten. Wir sollten alle fröhlich sein – bring mir jetzt meine Milch, hörst du?«

Mollie stand mechanisch auf und verließ den Raum, um das Tablett mit der frischen Milch und dem heißen Wasser hereinzubringen, das die Haushälterin auf den Tisch neben der Tür gestellt hatte. Während der ganzen Nachtwache, die allen wie ein Alptraum erschienen war, hatte der Kranke immer wieder nach seiner Milch verlangt.

Als er sich nun im Bett aufsetzte und das geschmacklose und scheußliche Getränk schlürfte, verlor die Frau ihre gemarterten Nerven.

»Ich kann diese Glocken nicht ertragen, ich wünschte, sie würden aufhören zu läuten!« schrie sie und rannte aus dem Zimmer.

Bevis Holroyd lief ihr nach; und so plötzlich wie die Tragödie begonnen hatte, endete sie wieder und verschwand wie eine giftige Wolke aus seinem Leben.

Mollie lehnte am geschlossenen Fenster, ihr Kopf ruhte auf dem Mittelpfosten. Durch das Flügelfenster schien ganz plötzlich das Sonnenlicht, das auf dem reinen Schnee glitzerte, und man konnte den blauen Winterhimmel hinter weißen Bäumen sehen.

»Hör mir zu, Mollie«, sagte der junge Mann entschlossen. »Ich bin sicher, er wird nicht sterben, wenn du vorsichtig bist – verlier nicht den Mut...«

Die Tür des Krankenzimmers öffnete sich, und der Sekretär schlüpfte hinaus.

Er näherte sich nervös den beiden Menschen am Fenster.

»Ich kann das nicht länger ertragen«, sagte er mit trockenem Mund. »Ich wußte nicht, daß er so weit gehen würde. Er nimmt es selbst, müssen Sie wissen. Er hat das Gift in seinem Bett versteckt, er schüttet es selbst in die Milch. Er ist bereit zu sterben, um Sie beide zu vernichten, aber ich kann das nicht länger mit ansehen.«

»Sie haben ihm dabei geholfen!« schrie Holroyd ihn an.

»Nicht geholfen.« Dem Sekretär gelang ein kraftloses Lächeln. »Ich habe nur zur Verfügung gestanden. Ich habe es zufällig herausgefunden, und er zwang mich, den Mund zu halten. Ich hatte sein Testament aufbewahrt, wissen Sie. Ich habe es vernichtet.«

Mit diesen Worten glitt die seltsame Gestalt die Treppe hinunter.

Der Doktor eilte sofort in Sir Harrys Zimmer. Der Kranke saß aufrecht in dem dunklen Bett, und mit einer letzten mühevollen Bewegung schüttete er etwas Pulver in sein Glas.

Mit verblüfftem Entsetzen sah er Bevis Holroyd eintreten, aber da hatte er die Flüssigkeit schon geschluckt. Er fiel zurück in die Kissen und verbarg sein Gesicht, als er sich doch gegen den letzten Schritt seiner teuflischen Rache sträubte.

Als Bevis Holroyd das Zimmer des toten Mannes verließ, stand Mollie immer noch gegen das Fenster gelehnt. Sie war frei, die Sonne schien, und es war Weihnachten.

Originaltitel: Cambric Tea
Ins Deutsche übertragen von Anneli von Könemann

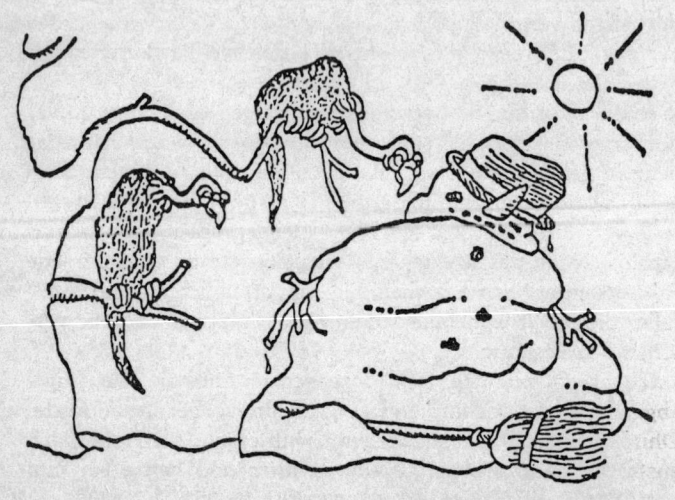

Stanley Ellin

Tod
am Heiligabend

Als ich noch ein Kind war, hatte das Boerum-Haus eine unge-
meine Faszination auf mich ausgeübt. Es war damals noch neu
und prunkvoll, eine gigantische Ansammlung von viktoriani-
schem Zierat, Holzornamenten und farbigen Glasfenstern, die
in solch chaotischer Fülle zusammengewürfelt waren, daß man
sie kaum mit einem Blick erfassen konnte. Als ich jedoch an
diesem Heiligabend vor dem Haus stand, erinnerte mich nichts
mehr an diese Anziehungskraft aus vergangenen Zeiten. Der
Glanz war verschwunden, Holz, Glas und Metall verschmolzen
miteinander zu einem trüben Grau, und die Jalousien hinter
den Fenstern waren vollständig heruntergelassen, so daß das
Haus einem Vorbeigehenden den Eindruck vieler blind starren-
der Augen vermittelte.

Als ich mit meinem Stock heftig gegen die Tür klopfte, öffnete Celia.

»Direkt vor Ihnen ist eine Klingel«, sagte sie. Sie trug immer
noch das altmodische, stark zerknitterte schwarze Kleid, das
dem Schrank ihrer Mutter entstammen mußte, und mehr denn
je sah sie aus wie das Bild der alten Katrin in ihren späten Jahren: der dürre Körper, die zusammengepreßten Lippen, das
farblose Haar, das streng genug zurückgekämmt war, um jede
Falte aus ihrer Stirn zu ziehen. Sie erinnerte mich an eine Stahl-
falle, die bereit war, über jedem zuzuschnappen, der sie versehentlich berührte.

Ich erwiderte: »Ich weiß inzwischen, daß die Türklingel
abgeschaltet ist, Celia«, und ging an ihr vorbei in die Diele.
Ohne meinen Kopf zu drehen, wußte ich, daß sie mich
anstarrte; dann atmete sie einmal kurz und heftig ein und

schlug die Tür zu. Sofort breitete sich trübe Dämmerung um uns aus. Ich tastete nach dem Lichtschalter, aber Celia sagte scharf: »Nein. Dies ist keine Zeit für Lichter.«

Ich wandte mich zu dem verschwommenen weißen Fleck ihres Gesichts, der alles war, was ich von ihr erkennen konnte. »Celia«, sagte ich, »erspare mir dieses dramatische Gehabe.«

»Es hat eine Tote in diesem Haus gegeben. Sie wissen das.«

»Natürlich weiß ich das«, sagte ich, »aber die Vorstellung, die du hier abziehst, kann mich nicht beeindrucken.«

»Sie war die Frau meines eigenen Bruders. Sie hat mir sehr nahegestanden.«

In der Finsternis machte ich einen Schritt auf sie zu und legte meinen Stock auf ihre Schulter.

»Celia«, sagte ich, »als Rechtsanwalt deiner Familie möchte ich dir einen Rat geben. Die gerichtliche Untersuchung ist vorbei, und du bist von jedem Verdacht freigesprochen. Aber niemand hat dir auch nur eines deiner rührseligen Worte abgenommen, und niemand wird es jemals tun. Denke daran, Celia.«

Sie sprang so plötzlich beiseite, daß mir fast der Stock aus der Hand fiel. »Sind Sie gekommen, um mir das zu sagen?« fragte sie.

Ich antwortete: »Ich bin gekommen, weil ich wußte, daß dein Bruder mich heute sprechen wollte. Und wenn du nichts dagegen hast, schlage ich vor, daß du uns allein läßt, während ich mit ihm rede. Ich möchte keine Szenen.«

»Dann lassen Sie ihn doch allein!« schrie sie. »Er war bei der Vernehmung dabei. Er war dabei, als ich freigesprochen wurde. Nicht mehr lange, und er wird vergessen, daß er so schlecht von mir gedacht hat. Lassen Sie ihn in Ruhe, damit er vergessen kann.«

Sie war rasend vor Wut. Um den Bann zu brechen, ging ich – eine Hand vorsichtig an der Balustrade – die dunkle Treppe hinauf. Aber ich hörte, wie sie schnell hinter mir herkam, und auf eine unheimliche Art schien es mir, als ob sie nicht zu mir sprach, sondern auf das Ächzen der Stufen unter unseren Füßen antwortete.

»Wenn er zu mir kommt«, sagte sie, »werde ich ihm vergeben. Zuerst war ich mir nicht sicher, aber jetzt weiß ich es. Ich habe um Hilfe gebetet, und ich habe erfahren, daß das Leben zu kurz ist, um zu hassen. Wenn er also zu mir kommt, werde ich ihm vergeben.«

Als ich das Ende der Treppe erreichte, stolperte ich und fiel beinahe hin. Ich fluchte vor Ärger, als ich mich aufrichtete. »Wenn du schon kein Licht anmachen willst, Celia, so solltest du wenigstens den Weg freihalten. Warum bringst du das Zeug hier nicht hinaus?«

»Ah«, sagte sie, »das gehört alles der armen Jessie. Es tut Charlie weh, noch etwas von ihr zu sehen. Deshalb dachte ich, daß es das beste sei, all ihre Sachen hinauszuwerfen.«

Dann bekam ihre Stimme einen alarmierenden Unterton. »Aber Sie werden es Charlie nicht sagen, nicht wahr? Sie sagen nichts?« bat sie, und sie wiederholte es immer wieder in immer höherem Tonfall, während ich mich von ihr entfernte. Als ich schließlich Charlies Zimmer betrat und die Tür hinter mir schloß, hörte es sich fast an, als ließe ich eine quiekende Fledermaus hinter mir zurück.

So wie im übrigen Haus, waren auch in Charlies Zimmer die Jalousien vollständig heruntergelassen. Eine einzelne Glühlampe in dem Kronleuchter über mir blendete mich jedoch einen Moment lang, und ich mußte zweimal hinsehen, bis ich Charlie sah, der einen Arm über die Augen gedeckt − ausgestreckt auf seinem Bett lag. Dann stand er langsam auf und blickte mich an.

»Sie hat dir auf dem Weg hier herauf kein Licht angemacht, nicht wahr?« sagte er mit einem kurzen Nicken zur Tür hin.

»Nein«, antwortete ich, »aber ich kenne den Weg.«

»Sie ist wie ein Maulwurf«, sagte er. »Sie findet sich im Dunkeln besser zurecht als ich im Licht. Vielleicht ist es ganz gut so. Sonst könnte sie in einen Spiegel blicken und einen Schreck bekommen vor dem, was sie sieht.«

»Ja«, sagte ich, »sie scheint es sehr schwer zu nehmen.«

Er lachte kurz und scharf, es klang wie das Bellen eines Seelöwen. »Das kommt, weil sie immer noch voller Angst ist. Alles was man jetzt von ihr hört, ist, wie sehr sie Jessie geliebt habe und wie leid es ihr täte. Vielleicht denkt sie, wenn sie es nur oft genug sagt, würden die Leute ihr glauben. Aber gib ihr etwas Zeit, und sie wird wieder dieselbe alte Celia sein.«

Ich ließ meinen Hut und den Stock auf das Bett fallen und legte den Mantel daneben. Dann zog ich eine Zigarre hervor und wartete, bis er ein Streichholz gefunden hatte und mir Feuer gab. Seine Hand zitterte so gewaltig, daß es ihm schwerfiel, und er brummte ärgerlich vor sich hin. Ich blies langsam eine Rauchwolke an die Decke und wartete.

Charlie war fünf Jahre jünger als Celia, aber als ich ihn so sah, fiel mir auf, daß er mindestens zehn Jahre älter aussah. Sein Haar war von demselben Hellblond, beinahe farblos, so daß man schwer feststellen konnte, ob er grau wurde oder nicht. Aber seine Wangen trugen feine, silbrige Stoppeln, und unter seinen Augen befanden sich große, blauschwarze Tränensäcke. Und wo Celia sich gegen ein festes, kompromißloses Rückgrat stützte, hing Charlie — im Stehen wie im Sitzen — schlaff herab, als ob er nach vorn zu sacken drohte. Er starrte mich an und drehte unsicher an dem welken Schnurrbart, der sich an seinen Mundwinkeln entlangzog.

»Du weißt, weshalb ich dich sprechen wollte, nicht wahr?« sagte er.

»Ich kann es mir denken«, sagte ich, »aber ich möchte lieber, daß du es mir sagst.«

»Ich will ganz offen zu dir sein«, sagte er. »Es ist Celia. Ich möchte, daß sie bekommt, was sie verdient hat. Kein Gefängnis. Ich will, daß das Gesetz sie holt und tötet, und ich will dabeisein und zuschen.«

Ein großes Stück Asche fiel zu Boden, und ich rieb es mit dem Fuß sorgfältig in den Läufer. Ich sagte: »Du warst bei der Vernehmung, Charlie, du hast mitbekommen, was geschehen ist. Celia wurde freigesprochen, und solange keine weiteren Beweise erbracht werden, bleibt sie frei.«

»Beweise! Mein Gott, was für Beweise braucht man denn noch! Sie standen oben an der Treppe und stritten sich, daß die Fetzen flogen. Celia hat Jessie einfach gepackt und sie hinuntergestoßen. Sie hat sie umgebracht. Das ist doch Mord, oder? Genauso, als ob sie eine Pistole benutzt hätte oder Gift oder irgend etwas anderes, nur war die Treppe einfach praktischer.«

Ich setzte mich erschöpft in den alten Ledersessel und betrachtete die neue Asche, die sich an meiner Zigarre bildete. »Laß es mich dir aus dem Blickwinkel des Gesetzes erklären«, sagte ich, und durch die Monotonie meiner Stimme klang es wie eine auswendig gelernte Formel. »Zunächst gab es keine Zeugen.«

»Ich hörte, wie Jessie schrie, und ich hörte sie fallen«, beharrte er, »und als ich hinausrannte und sie dort fand, hörte ich, wie Celia in eben diesem Moment ihre Tür zuschlug. Sie hat Jessie hinuntergestoßen und sich dann wie eine Ratte davongemacht.«

»Aber du hast nichts *gesehen*. Und Celia behauptet, daß sie nicht dabeigewesen sei. Es gibt keine Zeugen. Celias Wort steht also gegen deines, und da du nicht Augenzeuge warst, kannst du nicht einen Mord aus etwas machen, was genausogut ein Unfall hätte sein können.«

Er schüttelte langsam den Kopf.

»Du selber glaubst es doch auch nicht«, sagte er. »Du glaubst es nicht wirklich. Denn wenn du es tust, dann solltest du jetzt gehen und nie wieder in meine Nähe kommen.«

»Es kommt nicht darauf an, was ich glaube; ich zeige dir nur die rechtlichen Aspekte des Falles. Wie sieht es mit den Motiven aus? Was konnte Celia sich von Jessies Tod erhoffen? Mit Sicherheit ist weder Geld noch Besitz im Spiel; sie ist finanziell genauso unabhängig wie du.«

Charlie setzte sich auf die Kante seines Bettes und beugte sich zu mir herüber, die Hände auf seine Knie gestützt. »Nein«, flüsterte er, »es hat nichts mit Geld oder Besitz zu tun.«

Ich breitete hilflos die Arme aus. »Siehst du?«

»Aber du weißt, um was es ging«, sagte er, »es ging um mich. Zuerst war da die alte Dame, die jedesmal unter Herzbeschwerden litt, sobald ich versuchte, meine Seele mein Eigen zu nennen. Als sie dann starb und ich dachte, ich sei endlich frei, kam

Celia. Jeden Tag, vom Aufstehen bis zum Schlafengehen, verfolgte sie jeden meiner Schritte. Sie hatte nie einen Mann oder ein Kind — aber sie hatte mich!«

Ich sagte leise: »Sie ist deine Schwester, Charlie. Sie liebt dich.« Er lachte wieder, hart und zornig.

»Sie liebt mich, wie Efeu einen Baum liebt. Wenn ich heute zurückdenke, weiß ich immer noch nicht, wie sie es gemacht hat, aber jedesmal, wenn sie mich mit diesem Blick ansah, wich alle Kraft aus mir. Und so war es, bis ich Jessie kennenlernte ... Ich erinnere mich an den Tag, an dem ich Jessie nach Hause brachte und Celia sagte, daß wir geheiratet hätten. Sie schluckte es, aber dieser Blick in ihren Augen muß derselbe gewesen sein wie der, den sie hatte, als sie Jessie die Treppe hinunterstieß.«

Ich sagte: »Aber bei der Vernehmung hast du zugegeben, daß du nie gesehen hast, daß sie Jessie bedroht oder ihr irgend etwas angetan hätte.«

»Natürlich habe ich es nie *gesehen*! Aber wenn es Jessie den ganzen Tag lang schlecht ging und sie kein Wort sagte, oder wenn sie jede Nacht im Bett weinte und mir nicht sagen wollte, warum, dann wußte ich verdammt gut, was los war. Du weißt, wie Jessie war. Sie war nicht sehr schick oder hübsch, aber sie war gutherzig, und sie war verrückt nach mir. Und als nach nur einem Monat all ihre Lebensfreude allmählich aus ihr wich, da wußte ich, weshalb. Ich redete mit ihr, und ich redete mit Celia, und beide schüttelten nur den Kopf. Ich konnte nichts tun, drehte mich immer nur im Kreis, aber als es passierte, als ich Jessie dort liegen sah, überraschte es mich nicht. Das klingt vielleicht verrückt, aber es überraschte mich kein bißchen.«

»Ich glaube, es überraschte niemanden, der Celia kannte«, sagte ich, »aber damit kannst du nicht vor Gericht gehen.«

Er schlug mit der Faust gegen sein Knie und wiegte sich von einer Seite auf die andere. »Was kann ich tun?« fragte er. »Das ist es, wofür ich dich brauche — Du sollst mir sagen, was ich tun kann. Mein ganzes Leben lang habe ich nie etwas tun können, weil sie da war. Und genau darauf zählt sie jetzt, daß ich nichts tun werde und daß sie so davonkommt. Nach einer

Weile werden die Wellen sich geglättet haben, und wir werden genau da sein, wo wir angefangen haben.«

Ich sagte: »Charlie, die ganzen Gedanken führen zu nichts.«

Er stand auf und starrte auf die Tür, dann sah er mich an. »Aber ich kann etwas tun«, flüsterte er. »Und weißt du, was?«

Er wartete mit der freudigen Spannung eines Menschen, der jemandem ein kluges Rätsel aufgegeben hat und weiß, daß der es nicht erraten wird. Ich stellte mich ihm gegenüber und schüttelte langsam den Kopf. »Nein«, sagte ich. »Was auch immer du denken magst, schlag es dir aus dem Kopf.«

»Du kannst es mir nicht ausreden«, sagte er. »Du weißt, daß man mit Mord davonkommt, wenn man es so schlau anstellt wie Celia. Glaubst du nicht, daß ich so schlau bin wie Celia?«

Ich packte seine Schultern. »Um Gottes willen, Charlie«, sagte ich, »hör auf, so zu reden.«

Er entzog sich meinem Griff und taumelte rückwärts gegen die Wand. Seine Augen leuchteten, und zwischen seinen zurückgezogenen Lippen zeigten sich seine Zähne. »Was soll ich denn tun?« schrie er. »Alles vergessen, jetzt, wo Jessie tot und begraben ist? Hier herumsitzen und darauf warten, daß Celia es satt bekommt, sich um mich zu sorgen und mich auch noch umbringt?«

Das kurze Gerangel mit ihm wurde mir durch mein Alter und meinen Leibesumfang erschwert, sowohl Atem als auch Würde wurden mir knapp. »Ich werde dir etwas sagen«, sagte ich. »Du hast seit der Vernehmung dieses Haus nicht mehr verlassen. Es wird höchste Zeit, daß du hinausgehst, selbst wenn du nur durch die Straßen gehst und dich ein wenig umschaust.«

»Damit jeder mich auslacht, der mich dort gehen sieht!«

»Versuch es«, sagte ich, »und warte ab. Al Sharp hat gesagt, einige deiner Freunde wollten heute abend in seiner Kneipe grillen, und er würde sich freuen, dich auch dort zu sehen. Das ist mein Rat — für was auch immer er gut sein mag.«

»Er ist schlecht«, sagte Celia. Die Tür war offen, und dort stand sie, starr, die Augen wegen des Lichts im Zimmer zusammengekniffen. Charlie wandte sich ihr zu, seine Kiefernmuskeln spannten und entspannten sich abwechselnd.

»Celia«, sagte er, »ich habe dir gesagt, du sollst niemals in dieses Zimmer kommen!«

Ihr Gesicht blieb ausdruckslos. »Ich bin nicht *im* Zimmer. Ich wollte dir nur sagen, daß dein Abendessen fertig ist.«

Er machte einen drohenden Schritt auf sie zu. »Hast du lange genug an der Tür gelauscht, um alles zu hören, was ich gesagt habe? Oder soll ich es für dich wiederholen?«

»Ich habe eine gottlose und schmutzige Äußerung gehört«, sagte sie ruhig, »eine Aufforderung, zu trinken und sich herumzutreiben, während dieses Haus in Trauer ist. Ich denke, ich habe das Recht, dies zu mißbilligen.«

Er blickte sie ungläubig an und rang nach Worten. »Celia«, sagte er, »das meinst du doch nicht wirklich! Nur der übelste Heuchler auf Erden oder ein Irrer könnte sagen, was du gerade gesagt hast, und es tatsächlich so meinen.«

Ihre Augen blitzten vor Wut. »Irre!« schrie sie. »*Du* wagst es, dieses Wort zu benutzen? Schließt dich in deinem Zimmer ein, sprichst mit dir selber, denkst Gott weiß was!« Sie wandte sich abrupt mir zu: »Sie haben mit ihm gesprochen. Sie müßten es wissen. Ist es möglich, daß . . .«

»Er ist genauso normal wie du, Celia«, sagte ich fest.

»Dann sollte er wissen, daß man in einer Zeit wie dieser nicht in eine Kneipe geht und trinkt. Wie konnten Sie ihm das vorschlagen?«

Sie schleuderte mir diese Frage mit solch bösartigem Triumph entgegen, daß ich mich völlig vergaß. »Wenn du nicht so versessen darauf wärst, Jessies Habe hinauszuwerfen, Celia, dann würde ich diese Frage ernst nehmen!«

Es war rücksichtslos, das zu sagen, und ich bereute es sofort. Bevor ich mich rühren konnte, war Charlie an mir vorbeigestürmt und hielt Celias Arme mit einem lähmenden Griff fest.

»Du hast es gewagt, in ihr Zimmer zu gehen?« wütete er und schüttelte sie wild hin und her. »Sag es mir!« Und dann, als er aus der Angst in ihrem Gesicht die Antwort ablesen konnte, ließ er ihre Arme fallen, als ob sie glühend heiß seien, und sackte mit gesenktem Kopf in sich zusammen.

Celia streckte ihre Hand besänftigend nach ihm aus. »Charlie«, wimmerte sie, »siehst du das nicht ein? Es schmerzt dich doch, all ihre Sachen hier zu haben. Ich wollte dir nur helfen.«

»Wo sind ihre Sachen?«

»An der Treppe, Charlie. Alles ist dort.«

Er starrte in die Diele, und während er sich mit unsicheren Schritten entfernte, konnte ich fühlen, wie mein Herzschlag auf sein normales Tempo zurücksank. Celia drehte sich herum und sah mich an. In ihrem Blick lag so wütender Haß, daß ich nur noch den verzweifelten Wunsch verspürte, so schnell wie möglich aus diesem Haus zu verschwinden. Ich nahm meine Sachen vom Bett und wollte an ihr vorbeigehen, aber sie versperrte die Tür.

»Sehen Sie jetzt, was Sie getan haben«, flüsterte sie heiser. »Jetzt werde ich alles wieder zusammenpacken müssen. Es kostet Kraft, aber ich werde alles wieder zusammenpacken müssen — nur Ihretwegen.«

»Das liegt voll und ganz bei dir, Celia«, sagte ich kalt.

»Sie«, sagte sie, »Sie alter Dummkopf. Ihnen hätte das gleiche zustoßen sollen wie ihr, wenn ich . . .«

Ich ließ meinen Stock schwer auf ihre Schulter fallen und fühlte, wie sie zusammenzuckte. »Als dein Anwalt, Celia«, sagte ich, »rate ich dir, dein Mundwerk nur im Schlaf zu benutzen, wenn dich niemand für das verantwortlich machen kann, was du sagst.«

Sie sagte nichts mehr, aber ich vergewisserte mich, daß sie in sicherem Abstand von mir blieb, bis ich wieder auf der Straße war.

Vom Boerum-Haus bis zu Al Sharps Kneipe und Grillraum waren es nur wenige Minuten Weg. Ich kam rasch voran und genoß die Schärfe der klaren Winterluft in meinem Gesicht. Al stand alleine hinter der Theke und polierte eifrig Gläser. Als er mich eintreten sah, begrüßte er mich freundlich. »Fröhliche Weihnachten, Herr Rechtsanwalt«, sagte er.

»Wünsche ich Ihnen auch«, sagte ich und sah zu, wie er eine behaglich aussehende Flasche und zwei Gläser auf die Theke stellte.

»Sie sind so pünktlich wie die Jahreszeiten, Herr Rechtsanwalt«, sagte Al und goß zwei starke Drinks ein. »Ich habe Sie genau um diese Zeit erwartet.«

Wir tranken uns zu, und Al lehnte sich vertrauensvoll über die Theke. »Gerade von dort gekommen?«

»Ja«, sagte ich.

»Charlie gesehen?«

»Und Celia«, sagte ich.

»Tja«, sagte Al, »das ist nichts Ungewöhnliches. Ich habe sie auch immer gesehen, wenn sie vorbeikam, um einzukaufen. Rennt da lang, mit gesenktem Kopf und mit diesem schwarzen Schal, als ob sie von etwas gejagt würde. Wahrscheinlich wird sie das auch.«

»Wahrscheinlich«, sagte ich.

»Aber Charlie, er vor allem. Läßt sich nirgendwo blicken. Haben Sie ihm gesagt, ich würde ihn gerne mal hier sehen?«

»Ja«, sagte ich. »Ich hab's ihm gesagt.«

»Was hat er gemeint?«

»Nichts. Celia sagte, es sei schlecht von ihm, herzukommen, so lange er in Trauer ist.«

Al gab einen leisen, aber ausdrucksvollen Pfiff von sich und rieb sich mit dem Zeigefinger an der Stirn. »Sagen Sie«, sagte er, »meinen Sie, es ist gut für die beiden, so alleine zusammenzuleben, wie sie es tun? Ich meine, so wie die Dinge stehen und bei Charlies Verfassung, da könnte es doch noch mal Ärger geben.«

»Es sah heute eine Weile so aus«, sagte ich, »aber es ging vorüber.«

»Bis zum nächsten Mal«, sagte Al.

»Ich werde dort sein«, sagte ich.

Al sah mich an und schüttelte den Kopf. »Nichts ändert sich in dem Haus«, sagte er. »Überhaupt nichts. Deshalb kann man alle Antworten schon im voraus wissen. Deshalb wußte ich, daß Sie genau jetzt hier stehen und mit mir darüber reden würden.«

Ich konnte immer noch den trockenen Mief des Hauses in meiner Nase riechen, und ich wußte, es würde Tage dauern, bis ich ihn aus meinen Kleidern heraus hatte.

»Dies ist ein Tag, den ich gerne für immer aus dem Kalender streichen würde«, sagte ich.

»Und sie mit ihrem Ärger allein lassen. Das würde ihnen ganz recht geschehen.«

»Sie sind nicht allein«, sagte ich. »Jessie ist bei ihnen. Jessie wird immer bei ihnen sein, solange, bis das Haus und alles darin verschwunden ist.«

Al runzelte die Stirn. »Das ist das Merkwürdigste, was je in dieser Stadt passiert ist. Das Haus völlig schwarz; ihr Herumgerenne durch die Straßen, wie gehetzt; er dort in seinem Zimmer, wo er nur die Wände anstarrt, um — wann war das noch mal, als Jessie die Treppe runtergefallen ist, Herr Rechtsanwalt?«

Ich hob den Blick ein wenig und konnte im Spiegel hinter Al mein eigenes Gesicht erkennen: rötlich, mit schlaffen Wangen, ein wenig ungläubig.

»Vor zwanzig Jahren«, hörte ich mich sagen. »Heute genau vor zwanzig Jahren.«

Originaltitel: Death on Christmas Eve
Ins Deutsche übertragen von Renate Kunze

Baroness Orczy

Eine Weihnachtstragödie

1

Es war eine recht fröhliche Weihnachtsfeier, wenngleich das
mürrische Gebaren unseres Gastgebers die festliche Stimmung
ein wenig beeinträchtigte. Doch stellen Sie sich zwei solch wunderschöne junge Damen wie meine eigene teure Lady und Margaret Ceely vor, sowie einen Heiligabendempfang in dem herrlichen Ballsaal von Clevere Hall, und Sie werden verstehen,
daß selbst Major Ceelys berüchtigte Griesgrämigkeit das Vergnügen eines guten altmodischen festlichen Beisammenseins
nicht ganz und gar verderben konnte.

Eine Feier an Heiligabend und eine Reihe von grausig ver-
stümmelten Viehkadavern haben auf den ersten Blick nicht viel
gemeinsam, und doch bin ich gezwungen, diese Vorfälle jetzt zu
erwähnen, denn obwohl sich letztendlich herausstellte, daß sie
mit dem Mord an dem unglücklichen Major in keinerlei
Zusammenhang standen, waren sie nichtsdestotrotz unzweifel-
haft das Mittel, durch das der Schurke sich in die Lage versetzt
sah, die schreckliche Tat zu begehen, und zwar auf eine unfehl-
bare, schnelle Weise und — wie sich hinterher erwies — mit
einer äußerst großen Wahrscheinlichkeit, unerkannt zu bleiben.

Jedermann in der Nachbarschaft hatte sich sehr viele Gedanken über diese feigen Bluttaten an unschuldigen Tieren
gemacht. Sie waren entweder das Werk gemeiner Raufbolde,
die vor nichts zurückschreckten, um ein paar Schillinge zu
erbeuten, oder sie wurden von Verrückten verübt, die eine
unheimliche Neigung zu sinnlosen Gewalttaten verspürten.

Ein- oder zweimal hatte man verdächtige Gestalten in den

Feldern herumschleichen sehen, und bei mehr als einer Gelegenheit hatte man mitten in der Nacht einen Karren gehört, der sich mit rasender Geschwindigkeit entfernte. Wann immer dergleichen vorkam, folgte mit Sicherheit die Entdeckung einer neuen Schandtat, doch bislang hatten die Schufte nicht nur erfolgreich die Polizei genarrt, sondern auch die vielen Landarbeiter, die sich zu einer freiwilligen Wachtruppe zusammengeschlossen hatten und nachdrücklich darauf aus waren, die Viehschlächter vor Gericht zu bringen.

Während des Dinners, das dem Tanz in Clevere Hall vorausgegangen war, hatten wir alle uns über diese sonderbaren Vorfälle unterhalten; später jedoch, als die jungen Leute sich versammelt und die ersten Klänge des ›The Merry Widow‹-Walzers uns mit glühender Vorfreude erfüllt hatten, war das unangenehme Thema voll und ganz vergessen.

Die Gäste gingen früh, und wie gewöhnlich tat Major Ceely nichts, um sie zurückzuhalten; bis Mitternacht waren wir alle, die wir im Haus blieben, zu Bett gegangen. Meine werte Lady und ich teilten uns ein Schlaf- und ein Ankleidezimmer, deren Fenster nach vorn heraus blickten. Wie Sie wissen, liegt Clevere Hall nicht weit von York entfernt, jenseits von Bishopthorpe, und ist eines der schönsten alten Anwesen der Gegend. Der einzige Nachteil besteht darin, daß sich, ungeachtet der ausgedehnten Gärten auf der Rückseite, die Front des Hauses sehr nah an der Straße befindet.

Es war ungefähr zwei Stunden nachdem ich das elektrische Licht ausgeschaltet und meiner teuren Lady eine gute Nacht gewünscht hatte, als irgend etwas mich aus meinem Schlummer riß. Urplötzlich war ich hellwach und setzte mich im Bett auf. Von der Straße — obgleich noch aus beträchtlicher Entfernung — erklang das Geräusch eines Karrens, der sich mit ungewöhnlich hoher Geschwindigkeit fortbewegte.

Offenbar war meine werte Lady ebenfalls wach geworden. Sie sprang aus dem Bett, zog die Vorhänge beiseite und sah aus dem Fenster. Natürlich war uns beiden schon im Moment des Erwachens der gleiche Gedanke in den Sinn gekommen: Auf einmal fielen uns all die Gespräche über die Viehschlächter und ihr Gefährt wieder ein, die wir seit unserer Ankunft in Clevere Hall gehört hatten.

Ich gesellte mich zu Lady Molly ans Fenster, und ich weiß nicht, wie viele Minuten wir dort abwartend ausharrten — vermutlich nicht mehr als zwei —, bis das Geräusch des Karrens auf einer Seitenstraße in der Ferne erstarb. Plötzlich schreckten wir beide auf, denn von der anderen Seite des Hauses erschallte der grausige Schrei: »Mord! Zu Hilfe! Zu Hilfe!«, gefolgt von einer furchtbaren, tödlichen Stille. Ich stand dort neben dem Fenster und zitterte vor Entsetzen, während meine teure Lady bereits das Licht angeschaltet hatte und sich hastig etwas überzog.

Der Schrei hatte natürlich das ganze Haus geweckt, doch meine werte Lady war trotzdem die erste, die die Treppen hinunterlief und die Gartentür im hinteren Teil des Hauses erreichte, von wo der unheimliche und verzweifelte Ausruf fraglos ertönt war.

Die Tür stand weit offen. Von ihr führten zwei Stufen auf die Terrasse, die auf jener Seite das Haus säumt, und auf diesen Stufen lag Major Ceely, mit dem Gesicht nach unten und ausgestreckten Armen. Zwischen seinen Schulterblättern klaffte eine fürchterliche Wunde.

Neben ihm lag ein Gewehr — sein eigenes. Es drängte sich die Mutmaßung auf, daß auch er das Rumpeln der Räder gehört hatte und mit der Waffe in der Hand nach draußen gerannt war, zweifellos in der Absicht, die fliehenden Verbrecher festzunehmen oder zumindest bei ihrer Ergreifung behilflich zu sein. Jemand hatte ihm aufgelauert; das war offensichtlich — jemand, der womöglich schon seit Tagen oder sogar Wochen auf diese besondere Gelegenheit gewartet hatte, um den unglücklichen Mann unversehens abzupassen.

Nun, es wäre sinnlos, all die verschiedenen kleinen Vorkommnisse aufzählen zu wollen, die sich zwischen dem Augenblick ereigneten, in dem Lady Molly und der Butler den leblosen Körper des Majors von den Terrassenstufen hoben, und dem Moment, in dem Miss Ceely dem örtlichen Polizeiinspektor und dem Arzt, die man beide eilend herbeigerufen hatte, mit bemerkenswerter Gefaßtheit und Konzentration so genau wie möglich berichtete, was sie über das schreckliche Geschehen mitteilen konnte.

Diese kleinen Vorkommnisse ereignen sich, mit nur leichten Abweichungen, immer dann, wenn ein Verbrechen begangen worden ist. Doch allein die nackten Tatsachen sind von Bedeutung und von vordringlichstem Interesse.

Major Ceely war tot. Man hatte ihn mit erstaunlicher Treffsicherheit und furchtbarer Gewalt von hinten erstochen. Als Waffe mußte irgendein schweres Klappmesser benutzt worden sein. Der Tote lag jetzt oben in seinem Schlafzimmer, und soeben ertönten die Weihnachtsglocken in jenem kalten, klaren Morgen und erfüllten die reglose Luft mit ihrem fröhlichen Klang.

Wir, wie auch alle anderen Gäste, hatten das Haus natürlich verlassen. Jeder empfand das größtmögliche Mitleid mit dem reizenden jungen Mädchen, das noch vor wenigen Stunden so voller Lebensfreude gewesen war und jetzt im Mittelpunkt einer Tragödie stand, die ihren unheimlichen Schatten auf sie warf, neugierige Vermutungen wachrief und zunehmend geheimnisvoll wirkte. Doch nach einem solchen Vorfall sind alle Fremden, Bekannten und selbst Freunde im Haus nur eine zusätzliche Bürde, die die bereits erdrückende Last der Trauer und Sorgen nur noch verschlimmert.

Wir kehrten im *Black Swan* in York ein. Nachdem der örtliche Superintendent erfahren hatte, daß Lady Molly in der Nacht des Mordes tatsächlich in Clevere Hall zu Gast gewesen war, hatte er sie gebeten, sich zur Verfügung zu halten.

Zweifellos wäre es ihr ein leichtes gewesen, die Zustimmung des Chiefs zu erlangen, der örtlichen Polizei bei der Aufklärung dieses außergewöhnlichen Verbrechens behilflich zu sein. Zu jenem Zeitpunkt hatten sowohl ihr Ansehen als auch ihre bemerkenswerten Fähigkeiten ihren Höhepunkt erreicht, und nicht ein einziger Angehöriger der gesamten Polizei des Königreichs hätte sich angesichts eines scheinbar undurchdringlichen Geheimnisses nicht mit Freuden ihrer Unterstützung versichert.

Daß der Mord an Major Ceely ein ebensolches Geheimnis zu

werden drohte, konnte niemand abstreiten. Bei Fällen dieser Art, wenn das schwerere Verbrechen mit keinerlei Raub einhergegangen ist, ist es die Pflicht der Polizei und auch des Coroners, in erster Linie und vor allem anderen herauszufinden, welches denkbare Motiv hinter solch einem feigen Anschlag stehen könnte; und unter den Motiven rangieren natürlich tödlicher Haß, Rache und Feindseligkeit an erster Stelle.

Hier jedoch sah sich die Polizei auf einmal mit dem gewaltigen Problem konfrontiert, nicht etwa herauszufinden, ob Major Ceely überhaupt einen Feind hatte, sondern vielmehr zu ergründen, wer von all denen, die Groll gegen ihn hegten, ihn derart haßte, daß er es riskierte, gehängt zu werden, nur um ihn aus dem Weg zu räumen.

In der Tat gehörte der unglückselige Major zu den Leuten, die anscheinend ständig mit allem und jedem im Streit liegen. Morgens, mittags und abends hatte er etwas zu nörgeln, und wenn er nicht nörgelte, stritt er sich entweder mit seiner Tochter, seinen Bediensteten oder seinen Nachbarn.

Lady Molly hatte mir oft von ihm und seiner exzentrischen und unangenehmen Art erzählt, denn sie kannte ihn schon seit vielen Jahren. Sie — wie auch alle anderen im County, die den alten Mann ansonsten gemieden hätten — erhielt wegen seiner Tochter den Anschein der Freundschaft aufrecht.

Margaret Ceely war ein ausnehmend hübsches Mädchen, und da der Major angeblich sehr wohlhabend war, führten diese beiden Tatsachen vermutlich dazu, daß der reizbare Gentleman nicht ganz so abgeschieden lebte, wie er es sich vielleicht gewünscht hätte.

Bei Gartenparties, Tanzveranstaltungen und Wohltätigkeitsbasaren wetteiferten die Mütter der heiratsfähigen jungen Männer darum, Miss Ceely möglichst herzlich willkommen zu heißen. Genaugenommen hatte Margaret sich von Bewunderern umgeben gesehen, seit sie die Schule verlassen hatte. Es erübrigt sich zu sagen, daß der mürrische Major diesen Bewerbern um die Hand seiner Tochter nicht nur mit unverhohlener Verachtung entgegentrat, sondern bisweilen sogar mit heftigem Widerstand.

Dessenungeachtet umschwirrten die Motten das Licht, und aus dieser verwegenen Schar stach keiner so sehr hervor wie Mr. Laurence Smethick, Sohn des Unterhausabgeordneten für den Bezirk Pakethorpe. Einige Leute waren fest davon überzeugt, die beiden jungen Leute seien insgeheim verlobt, trotz der Tatsache, daß Margaret oft und gerne flirtete und mehr als einen ihrer Bewunderer offen ermutigte.

Wie dem auch sei, eines war gewiß — nämlich, daß Major Ceely Mr. Smethick genausowenig Wertschätzung entgegenbrachte wie einem der anderen und daß es zwischen dem jungen Mann und seinem vermeintlichen künftigen Schwiegervater mehr als eine Auseinandersetzung gegeben hatte.

An jenem denkwürdigen Weihnachtsabend in Clevere Hall war jedem von uns seine Abwesenheit aufgefallen; Margaret hingegen hatte eine merkliche Vorliebe für die Gesellschaft von Captain Glynne gezeigt, der, nach dem plötzlichen Tod seines Cousins, Vicomte Heslington, dem einzigen Sohn Lord Ulesthorpes (welcher letzten Oktober während der Jagd zu Tode kam, wie Sie sich erinnern werden), die Grafschaft und die damit verbundenen vierzigtausend Pfund pro Jahr geerbt hatte.

Mir persönlich mißfiel Margarets Verhalten am Abend des Festes ganz außerordentlich; im Hinblick auf Mr. Smethick — dessen fortwährende Aufwartungen das Gerücht gerechtfertigt hatten, sie seien verlobt — war ihr Benehmen mehr als herzlos.

An jenem Morgen des 24. Dezember — immerhin an Heiligabend — hatte der junge Mann Clevere Hall einen Besuch abgestattet. Ich weiß noch, daß ich ihn sah, als er im Erdgeschoß gerade in den Salon gebeten wurde. Kurz darauf erklang aus jenem Raum erschreckend deutlich das Geräusch ärgerlicher Stimmen. Wir alle bemühten uns, nicht zu lauschen, konnten jedoch nicht anders, als mitzuhören, wie Major Ceely den Besucher arrogant und grob abfertigte, der lediglich darum gebeten zu haben schien, Miss Ceely zu sprechen, und sich auf einmal völlig unerwartet dem jährzornigen und äußerst unfreundlichen Major gegenübergesehen hatte. Natürlich geriet auch der junge Mann rasch in Wut, und der ganze Zwischenfall endete mit einem sehr unerfreulichen Streit der beiden Männer in der Empfangshalle, in dessen Verlauf der Major Mr. Smethick ausdrücklich verbot, sich je wieder in seinem Haus blicken zu lassen.

In jener Nacht wurde Major Ceely ermordet.

2

Natürlich maß anfangs niemand diesem seltsamen Zwischenfall irgendeine Bedeutung bei. Der bloße Gedanke, einen Mord in Verbindung zu bringen mit der Persönlichkeit eines intelligenten, gutaussehenden jungen Mannes aus Yorkshire, wie Mr. Smethick es war, schien fürwahr grotesk, und wir alle, die wir praktisch Zeugen der Auseinandersetzung zwischen den beiden Männern geworden waren, kamen stillschweigend und einhellig überein, im Verlauf der Untersuchung nichts darüber verlauten zu lassen, außer wir würden unter Eid unvermeidbar dazu gezwungen sein.

Bedenken Sie, angesichts der reizbaren Wesensart des Majors hatte dieser Streit nicht die Bedeutung, die er andernfalls gehabt hätte; und wir alle beglückwünschten uns dazu, daß es uns gut gelungen war, die Fragen des Coroners zu parieren.

Die polizeiliche Untersuchung ging von einem oder mehreren unbekannten Tätern aus; und ich für meine Person war überaus froh, daß im Zusammenhang mit diesem schrecklichen Verbrechen der Name des jungen Smethick nicht genannt worden war.

Zwei Tage später schickte der Superintendent Lady Molly eine dringende telefonische Nachricht aus Bishopthorpe und bat sie, sofort zum Polizeirevier zu kommen. Während unseres Aufenthalts im *Black Swan* stand uns ein Automobil zur Verfügung, und innerhalb von nicht einmal zehn Minuten rollten wir mit Eilgeschwindigkeit in Richtung Bishopthorpe.

Bei unserer Ankunft wurden wir unverzüglich in Superintendent Ettys Privatzimmer geleitet, das hinter seinem Büro lag. Er sprach gerade mit Danvers — der kürzlich aus London hergekommen war. In einer Ecke des Raums saß kerzengerade aufgerichtet auf einem Stuhl mit hoher Lehne eine ziemlich junge

Frau von niederem Stand, die uns bei unserem Eintreten einen schnellen und, wie ich glaubte, mißtrauischen Blick zuwarf.

Sie trug einen Mantel und Rock von schäbig wirkendem Schwarz, und obgleich man ihr Gesicht hätte gutaussehend nennen können – denn sie hatte schöne dunkle Augen –, wirkte ihre gesamte Erscheinung deutlich abstoßend. Sie ließ auf Schlampigkeit schließen; in ihren Schuhen und Strümpfen waren Löcher, der Ärmel ihres Mantels war nur halb angenäht, und die Borte an ihrem Rock legte sich in Schleifen. Sie hatte sehr rote, derb aussehende Hände, und zweifelsohne lag ein verstohlener Ausdruck in ihren Augen, der sich, als sie das Wort ergriff, in Trotzigkeit verwandelte.

Als meine teure Lady ins Zimmer trat, wandte sich Etty sofort voller Eifer an sie. Er sah beunruhigt aus und schien bei ihrem Anblick sehr erleichtert zu sein.

»Sie ist die Frau eines der Gärtner von Clevere Hall«, beeilte er sich, Lady Molly zu erklären, während er in Richtung der jungen Frau nickte, »und sie ist mit solch einer sonderbaren Geschichte hier aufgetaucht, daß ich dachte, Sie würden sie gerne hören.«

»Sie weiß etwas über den Mord?« fragte Lady Molly.

»Nee! Das hab' ich nich' gesagt!« warf die Frau barsch ein. »Also erzählen Sie hier keine Lügen, Master Inspektor. Ich dacht' nur, daß Sie vielleicht gern erfahr'n würd'n, was mein Mann in der Nacht geseh'n hat, in der der Major ermordet wurde, das is' alles; und ich bin hergekommen, um es Ihnen zu erzähl'n.«

»Warum ist Ihr Mann nicht selbst gekommen?« fragte Lady Molly.

»Ach, Haggett geht's nich' besonders gut ... er ist ...« begann sie zu erklären und zuckte gleichgültig die Achseln, »gewissermaßen ...«

»Tatsache ist, hochgeschätzte Lady«, unterbrach Etty, »daß der Ehemann dieser Frau geistig minderbemittelt ist. Ich glaube, er wird nur deshalb noch beschäftigt, weil er sehr stark ist und im Garten beim Umgraben helfen kann. Da man seiner Aussage nur wenig Vertrauen schenken darf, wollte ich Sie um

172

Ihren Rat bitten, wie wir in der Angelegenheit verfahren sollten.«

»Wie lautet denn seine Aussage?«

»Erzählen Sie dieser Lady, was Sie uns gerade erzählt haben,
Mrs. Haggett«, sagte Etty schroff.

Erneut blitzte in den Augen der Frau dieser schnelle mißtrau-
ische Blick auf. Lady Molly nahm den Stuhl, den Danvers ihr
gebracht hatte, setzte sich gegenüber von Mrs. Haggett hin und
nahm sie ernst und ruhig in Augenschein.

»Da gibt's nich' viel zu erzähl'n«, sagte die Frau verdrossen.
»Sicher is' Haggett manchmal ein bißchen komisch im Kopf —
und wenn das passiert, dann geht er mitten in der Nacht auf
Wanderschaft.«

»Ja?« fragte meine Lady, denn Mrs. Haggett hatte eine Weile
innegehalten und schien nicht mehr fortfahren zu wollen.

»Nun«, nahm sie mit plötzlicher Entschlossenheit den Faden
wieder auf, »an Heiligabend hatte er eine seiner seltsamen
Anwandlungen und kam erst lange nach Mitternacht wieder
zurück. Er erzählte mir, er hätt' 'nen jungen Gentleman auf der
Terrassenseite im Garten herumschleichen sehn. Kurz darauf
hörte er die Schreie ›Mord‹ und ›Zu Hilfe‹ und lief nach Hause,
denn er hatte Angst.«

»Nach Hause?« fragte Lady Molly ruhig. »Wo ist das?«

»Das Häuschen, in dem wir wohnen. Direkt hinterm
Küchengarten.«

»Warum haben Sie dem Superintendenten nicht schon vorher
davon erzählt?«

»Weil Haggett 's mir erst gestern abend anvertraut hat, als er
wieder etwas klarer im Kopf war. Er is' sehr schweigsam, wenn
er seine Anwandlungen hat.«

»Wußte er, wer der Gentleman war, den er gesehen hat?«

»Nein, Ma'am . . . ich nehm's nicht an . . . zumindest hat er
nichts gesagt . . . aber . . .«

»Ja? Aber?«

»Er hat das hier gestern im Garten gefunden«, sagte die Frau
und hielt ein zerknülltes Stück Papier hoch, das sie anscheinend
bis jetzt fest umklammert gehalten hatte, »und vielleicht sind

ihm deswegen der Heiligabend und der Mord wieder eingefallen.«

Lady Molly nahm den fleckigen Fetzen Papier entgegen und entfaltete ihn mit ihren zarten Fingern. Im nächsten Augenblick streckte sie Etty einen wunderschönen Ring entgegen, bestehend aus einem vorzüglich geschliffenen Mondstein, der von Diamanten außergewöhnlicher Brillanz umgeben war.

Im Moment waren die Fassung und auch die Edelsteine von klebrigem Schlamm verunziert, der an ihnen haftete; der Ring hatte offenbar auf dem Boden gelegen, vielleicht hatte man einige Tage lang sogar auf ihn getreten, und dann war er nur sehr oberflächlich gereinigt worden.

»Auf jeden Fall können Sie den Eigentümer des Rings feststellen«, sagte meine werte Lady nach einer Weile, währenddessen Etty schweigend abgewartet hatte. »Das kann nicht schaden.«

Dann wandte sie sich wieder an die Frau.

»Ich begleite Sie zu Ihrem Haus, wenn ich darf«, sagte sie entschieden, »und werde mal mit Ihrem Mann plaudern. Ist er daheim?«

Ich dachte mir schon, daß Mrs. Haggett diesen Vorschlag nur sehr widerwillig annehmen würde. Ich konnte mir gut vorstellen, daß ihr Haus, wie man aus ihrer eigenen äußeren Erscheinung schließen konnte, ganz bestimmt nicht in einem Zustand war, der für den Besuch einer Lady angebracht gewesen wäre. Jedoch blieb ihr natürlich nichts anderes übrig, als zu gehorchen, und nach ein paar gemurmelten Worten widerstrebender Einwilligung stand sie von ihrem Stuhl auf und ging steifbeinig zur Tür. Sie überließ es meiner Lady, ob sie ihr folgen wollte oder nicht.

Bevor sie jedoch ging, drehte sie sich um und warf Etty einen wütenden Blick zu.

»Sie werd'n mir den Ring zurückgeb'n, Master Inspektor«, sagte sie in ihrem üblichen Tonfall mürrischen Trotzes. »Sie wissen doch, wer was findet, darf's behalten.«

»Ich fürchte, das werde ich nicht tun«, erwiderte Etty barsch. »Aber da ist immer noch die Belohnung, die Miss Ceely für Informationen ausgesetzt hat, die zur Ergreifung des Mörders ihres Vaters führen. Vielleicht bekommen Sie die ja. Es sind einhundert Pfund.«

»Ja, ich weiß«, gab sie trocken zurück und ging schließlich ohne ein weiteres Wort zur Tür hinaus.

3

Meine teure Lady kam von ihrem Gespräch mit Haggett sehr enttäuscht zurück.

Er schien in der Tat minderbemittelt zu sein — genaugenommen sogar fast vollends debil, mit nur wenigen klaren Momenten, wie es auch an jenem Tag der Fall war. Doch natürlich war seine Aussage praktisch wertlos.

Er wiederholte die Geschichte, die uns seine Frau bereits erzählt hatte, und konnte keine weiteren Einzelheiten hinzufügen. In der Nacht des Mordes hatte er einen jungen Gentleman in der Nähe der Terrasse herumschleichen sehen. Er wußte nicht, wer dieser junge Gentleman gewesen war. Er war auf dem Heimweg, als er den Schrei ›Mord‹ hörte, und lief daraufhin zu seinem Haus, weil er Angst hatte. Gestern fand er den Ring in den Winterrabatten unterhalb der Terrasse und gab ihn seiner Frau. Zwei spärliche Angaben des Schwachsinnigen ließen sich leicht auf ihren Wahrheitsgehalt überprüfen, und meine werte Lady hatte ebendies getan, bevor sie zu mir zurückgekehrt war. Einer der Hilfsgärtner von Clevere Hall sagte, er habe Haggett in den frühen Morgenstunden jenes verhängnisvollen Weihnachtstages nach Hause laufen sehen. Er selbst habe sich in der besagten Nacht wegen der Viehschlächter auf Wache befunden und könne sich noch recht deutlich an diesen kleinen Zwischenfall erinnern. Er fügte hinzu, daß Haggett offensichtlich in Panik gewesen sei.

Dann hatte Newby, einer der anderen Gärtner, gesehen, wie Haggett den Ring im Beet fand, und ihm geraten, das Schmuckstück zur Polizei zu bringen.

In gewisser Weise verursachten diese Neuigkeiten uns allen, die wir an dieser schrecklichen Weihnachtstragödie so großen

Anteil nahmen, ein sonderbares Gefühl der Unruhe. Bis jetzt waren noch keine Namen gefallen, doch wann immer meine teure Lady und ich uns ansahen oder wann immer wir mit Etty oder Danvers sprachen, verspürten wir alle, daß jeder von uns an einen bestimmten Namen, an eine ganz bestimmte Person dachte.

Die beiden Männer schlugen sich natürlich mit keinerlei sentimentalen Skrupeln herum. Sie betrachteten Haggetts Aussage als ein ganz normales Indiz und stellten emsige Nachforschungen in dieser Richtung an, die zu dem Ergebnis führten, daß vierundzwanzig Stunden später Etty in unserem Zimmer im *Black Swan* erschien und uns gelassen davon in Kenntnis setzte, daß er soeben einen Haftbefehl wegen Mordes gegen Mr. Laurence Smethick erlassen habe und sich jetzt auf dem Weg befinde, die Verhaftung vorzunehmen.

»Mr. Smethick hat Major Ceely *nicht* ermordet«, war Lady Mollys knapper und einziger Kommentar, als sie die Neuigkeit erfuhr.

»Nun, meine Dame, das mag wohl sein«, erwiderte Etty in dem Tonfall von Ehrerbietung, den die gesamte Polizei des Königreiches meiner werten Lady immer und überall entgegenbrachte. »Doch wir haben ausreichend Beweise zusammengetragen, so daß eine Festnahme auf jeden Fall gerechtfertigt erscheint, und meiner Meinung nach sogar genug, um einen Mann an den Galgen zu bringen. Mr. Smethick hat den Mondstein- und Diamantring vor etwa einer Woche bei *Nicholson's* in der Coney Street erworben. An Heiligabend haben ihn mehrere Personen in der Nähe der Tore von Clevere Hall gesehen, ungefähr zu der Zeit, als die Gäste nach dem Tanz den Heimweg antraten, und ein weiteres Mal kurz nachdem man den ersten Schrei im Haus vernommen hatte. Sein eigener Diener gibt zu, daß sein Herr in jener Nacht erst lange nach zwei Uhr morgens heimgekehrt ist, und sogar Miss Granard hier wird nicht bestreiten, daß es eine furchtbare Auseinandersetzung zwischen Mr. Smethick und Major Ceely gegeben hat, und zwar weniger als vierundzwanzig Stunden bevor letzterer ermordet wurde.«

Lady Molly äußerte sich nicht zu dieser Ansammlung von Fakten, die Etty so unbarmherzig vor uns aufzählte, doch ich konnte nicht anders als auszurufen:

»Mr. Smethick ist unschuldig, da bin ich sicher.«

»Ich hoffe um seinetwegen, daß Sie recht haben«, entgegnete Etty ernst, »aber irgendwie ist es doch merkwürdig, daß er nicht in der Lage zu sein scheint, uns glaubhaft zu erklären, wo er an jenem Weihnachtsmorgen zwischen Mitternacht und zwei Uhr gewesen ist.«

»Oh!« stieß ich hervor. »Was sagt er denn zu diesem Punkt?«

»Nichts«, erwiderte der Mann trocken, »das ist ja das Problem.«

Nun, natürlich werden Sie, die Sie die Zeitungen lesen, sich zweifellos erinnern, daß Mr. Laurence Smethick, Sohn von Colonel Smethick, Unterhausabgeordneter von Pakethorpe Hall, York, unter der Anschuldigung verhaftet wurde, Major Ceely in der Nacht vom 24. auf den 25. Dezember ermordet zu haben. Nach der üblichen behördlichen Untersuchung wurde er vorschriftsmäßig dem Gericht von York überstellt, wo sein Fall bei der nächsten Sitzung zur Verhandlung kommen sollte.

Ich kann mich noch gut daran erinnern, daß sich der junge Semthick während seiner Vorverhandlung aufführte wie jemand, der alle Hoffnung fahrengelassen hatte, die fürchterliche Anklage entkräften zu können, die man gegen ihn erhob, und ich muß gestehen, daß die beträchtliche Anzahl von Zeugen, die von der Polizei gegen ihn aufgeboten wurde, sein Verhalten mehr als verständlich erscheinen ließ.

Natürlich wurde Haggett nicht aufgerufen, aber wie der Zufall es wollte, gab es jede Menge Leute, die beschworen, Mr. Smethick an den Toren von Clevere Hall herumstehen gesehen zu haben, nachdem die Gäste an Heiligabend gegangen waren. Der Obergärtner, der im Pförtnerhaus wohnt, hatte sogar mit ihm gesprochen, und Captain Glynne hatte man aus dem Fenster seines Wagens ausrufen hören:

»Hallo, Smethick, was machen Sie denn hier zu so später Stunde?«

Und es gab noch weitere Zeugen.

Zu Captain Glynnes Ehre sei an dieser Stelle festgehalten, daß er sich nach allen Kräften abzustreiten bemühte, seinen unglückseligen Freund in der Dunkelheit erkannt zu haben. Unter dem Druck des Richters behauptete er hartnäckig:

»In dem Moment habe ich geglaubt, es wäre Mr. Smethick gewesen, der dort am Haupttor stand, aber nach nochmaligem Nachdenken bin ich mir sicher, mich getäuscht zu haben.«

Andererseits sprach eindeutig gegen den jungen Smethick, daß er den Ring gekauft und daß man ihn in der unmittelbaren Umgebung von Clevere Hall gesehen hatte, und zwar sowohl um Mitternacht als auch ein weiteres Mal gegen zwei Uhr, als einige Männer, die auf Ausschau nach den Viehschlächtern gewesen waren, ihn in eiligem Tempo in Richtung Pakethorpe gehen gesehen hatten. Unerklärlich und sehr schrecklich mitanzusehen war hingegen Mr. Smethicks beharrliches Schweigen in bezug auf sein Tun während jener verhängnisvollen Stunden der fraglichen Nacht. Er widersprach weder denen, die sagten, sie hätten ihn gegen Mitternacht in der Nähe der Tore von Clevere Hall gesehen, noch den Ausführungen seines eigenen Dieners hinsichtlich der Uhrzeit, zu der er nach Hause gekommen war. Alles, was er sagte, war, er könne sich nicht dazu äußern, was er zwischen dem Zeitpunkt, zu dem die Gäste Clevere Hall verließen, und dem Zeitpunkt seiner Rückkehr nach Pakethorpe getan habe. Er wußte um die Gefahr, in der er sich befand. Was ihn dazu veranlaßte, über eine Angelegenheit Stillschweigen zu bewahren, bei der es für ihn um Leben und Tod gehen konnte, ließ sich nicht ohne weiteres mutmaßen.

Den Besitz des Rings konnte er nicht leugnen, und er versuchte es auch nicht. Er habe ihn auf dem Grundstück von Clevere Hall verloren, sagte er. Doch der Juwelier aus der Coney Street schwor, er habe Mr. Smethick den Ring am 18. Dezember verkauft, während es eine allseits bekannte und unbestrittene Tatsache war, daß der junge Mann sich seit mehr als zwei Wochen vor der Tat nicht mehr offen auf dem Gelände von Clevere Hall aufgehalten hatte.

Aufgrund dieser Beweislage wurde die Hauptverhandlung gegen Laurence Smethick angeordnet. Obwohl man die eigentliche Waffe, mit der der unglückliche Major erstochen worden war, weder gefunden noch ihren Eigentümer ermittelt hatte, lag eine solch umfassende Menge von Indizienbeweisen gegen den jungen Mann vor, daß eine Freilassung auf Kaution abgelehnt wurde.

Auf Anraten seines Rechtsbeistandes, Mr. Grayson — eines der fähigsten Anwälte von York —, hatte er sich seine Verteidigung vorbehalten, und an jenem traurigen Nachmittag kurz vor Jahresende verließen wir alle den überfüllten Gerichtssaal mit einem Gefühl furchtbarer Niedergeschlagenheit und Besorgnis.

4

Meine teure Lady und ich gingen schweigend zu unserem Hotel zurück. Unsere Herzen schienen zentnerschwer. Wir empfanden unendliches Mitgefühl mit diesem gutaussehenden jungen Mann, der, davon waren wir überzeugt, unschuldig war und der doch gleichzeitig in ein Netz aus tödlichen Umständen verstrickt zu sein schien, aus dem sich selbst zu befreien er anscheinend kaum in der Lage war.

Uns war nicht danach, die Angelegenheit auf offener Straße zu diskutieren, und wir schwiegen auch, als wir kurze Zeit später in einem Verkehrsstau in der Coney Street Margaret Ceely in ihrem eleganten Einspänner erblickten. Neben ihr saß Captain Glynne und sprach leise und mit großem Ernst zu ihr.

Sie war in voller Trauer und hatte offensichtlich einige Einkäufe erledigt, denn um sie herum lagen lauter Päckchen; also war es vielleicht allzu tadelnd, ihr Vorwürfe zu machen. Und doch kam mir aus irgendeinem Grund in den Sinn, daß genau zu dem Zeitpunkt, in dem Leben und Ehre eines Mannes auf dem Spiel standen, mit dessen Namen der ihre in der Gesellschaft oftmals in Verbindung gebracht worden war, es von mehr als nur Hartherzigkeit und Geringschätzung für sein Wohlergehen zeugte, wenn sie sich zusammen mit einem anderen Mann in der Öffentlichkeit sehen ließ, der seit seiner plötzlichen Erlangung von Wohlstand zweifellos ein Mitbewerber um ihre Gunst geworden war.

Als wir im *Black Swan* eintrafen, wurden wir von der Nachricht überrascht, daß Mr. Grayson darum gebeten hatte, meine werte Lady sprechen zu dürfen, und jetzt oben wartete.

Lady Molly eilte nach oben in unser Wohnzimmer und begrüßte ihn ausgesprochen herzlich. Mr. Grayson ist ein ältlicher, langweilig aussehender Mann, doch er wirkte sichtlich betroffen, und es dauerte eine Weile, bevor er in der Lage zu sein schien, auf den Grund seines Besuches zu sprechen zu kommen. Er rutschte nervös auf seinem Stuhl hin und her und begann, über das Wetter zu reden.

»Wissen Sie, eigentlich bin ich nicht in beruflicher Eigenschaft hier«, sagte Lady Molly schließlich mit einem freundlichen Lächeln und in der Absicht, ihm aus seiner Verlegenheit zu helfen. »Ich fürchte, unsere Polizei überschätzt meine Fähigkeiten ein wenig, und die Männer hier haben mich inoffiziell darum gebeten, in der Gegend zu bleiben und ihnen gegebenenfalls mit meinem Rat zur Seite zu stehen. Unser Chief ist mir gegenüber sehr nachsichtig und hat mir gestattet zu bleiben. Wenn es also etwas gibt, das ich für Sie tun kann...«

»In der Tat, in der Tat gibt es etwas!« rief Mr. Grayson mit plötzlichem Nachdruck aus. »Nach allem, was ich gehört habe, gibt es außer Ihnen niemanden im Königreich, der diesen unschuldigen Mann vor dem Galgen bewahren könnte.«

Meine werte Lady stieß einen leisen Seufzer der Befriedigung aus. Sie hatte die ganze Zeit darauf gewartet, ihren Teil zu diesem Yorkshirepudding beisteuern zu können.

»Mr. Smethick?« fragte sie.

»Ja; mein unglückseliger junger Klient«, erwiderte der Anwalt. »Am besten erzähle ich Ihnen in knappen Worten«, fuhr er nach kurzem Innehalten fort, währenddessen er sich zu sammeln schien, »was an jenem vierundzwanzigsten Dezember und dem darauffolgenden Morgen geschehen ist. Sie werden dann verstehen, in welch ungemein schwieriger Lage sich mein Mandant befindet und wieso es ihm unmöglich ist, sein Tun in jener ereignisreichen Nacht zu erläutern. Außerdem werden Sie begreifen, warum ich gekommen bin, um Ihren Beistand und Rat zu erbitten. Mr. Smethick betrachtete sich als verlobt mit Miss Ceely. Aufgrund Major Ceelys vorhersagbaren Widerstands war die Verlobung nicht öffentlich bekanntgegeben worden, aber die Leute standen sich sehr nah und hatten einander zahllose Briefe geschickt. Am Morgen des 24. sprach Mr. Smethick in Clevere Hall vor, und zwar einzig mit der Absicht, seiner Verlobten den Ring zu überreichen, den Sie bereits kennen. Sie erinnern sich an den unerfreulichen Zwischenfall, der sich dann ereignete: Ich meine den unprovozierten Streit, den Major Ceely mit meinem armen Klienten vom Zaun gebrochen hat, und der damit endete, daß der jähzornige alte Mann Mr. Smethick das Haus verbot.

Mein Mandant verließ Clevere Hall, wie Sie sicher verstehen werden, voller Zorn; genau in diesem Moment traf er vor der Tür auf Miss Margaret und schilderte ihr kurz den Vorfall. Anfangs nahm sie die Sache sehr leicht, wurde schließlich aber ernster und beendete das kurze Gespräch mit der Bitte, er möge, da er nach diesem Zwischenfall der abendlichen Feier nicht beiwohnen würde, doch danach kommen und sich mit ihr treffen, und zwar kurz nach Mitternacht im Garten. Zu jenem Zeitpunkt wollte sie den Ring nicht annehmen, sondern erging sich statt dessen in gefühlvollen Ausführungen über den Weihnachtsmorgen und bat ihn, ihr den Ring in der Nacht zu bringen und zudem die Briefe, die sie ihm geschrieben hatte. Nun – den Rest können Sie sich denken.« Lady Molly nickte nachdenklich.

»Miss Ceely spielt ein doppeltes Spiel«, fuhr Mr. Grayson ernst fort. »Sie war entschlossen, jegliche Beziehung zu Mr. Smethick abzubrechen, denn sie hatte ihr unbeständiges Interesse auf Captain Glynne gerichtet, der kürzlich zum Erben einer Grafschaft sowie eines jährlichen Einkommens von vierzigtausend Pfund geworden war. Unter dem Vorwand sentimentalen Getues brachte sie meinen unglückseligen Klienten dazu, sie mitten in der Nacht auf dem Grundstück von Clevere Hall zu treffen und ihr die Briefe auszuhändigen, die sie in den Augen ihres neuen Günstlings womöglich bloßgestellt hätten. Um zwei

Uhr morgens wurde Major Ceely von einem seiner zahllosen Feinde ermordet; von wem, das wissen weder ich noch Mr. Smethick. Er hatte sich gerade von Miss Ceely verabschiedet, als genau in diesem Moment der Schrei ›Mord‹ Clevere Hall aus dem Schlaf riß. Sie könnte das bestätigen, wenn sie wollte, denn die beiden befanden sich noch immer in Sichtweite voneinander, sie am Tor, er nur ein kurzes Stück den Weg hinunter, Mr. Smethick sah, wie Margaret Ceely eilends zurück zum Haus rannte. Er wartete eine kurze Weile ab, unsicher, was er tun sollte; dann kam er zu dem Schluß, daß seine Anwesenheit für die Frau, die er trotz allem noch immer aufrichtig liebte, zu peinlichen oder gar verfänglichen Fragen führen könnte; und da er wußte, daß sich im Haus und in der näheren Umgebung mehr als genug Männer aufhielten, die jede nötige Unterstützung leisten würden, drehte er sich schließlich um und ging mit gebrochenem Herzen nach Hause, denn sie hatte ihm den Laufpaß gegeben, ihm ihre Briefe weggenommen und den Ring, den er für sie gekauft hatte, verächtlich in den Schmutz geworfen.«

Der Anwalt hielt inne, fuhr sich mit der Hand über die Stirn und blickte mit einer zutiefst freimütigen Ernsthaftigkeit in das wunderschöne, nachdenkliche Gesicht meiner Lady.

»Hat Mr. Smethick seither mit Miss Ceely gesprochen?« fragte Lady Molly nach einer Weile.

»Nein, aber ich«, entgegnete der Anwalt.

»Wie hat sie reagiert?«

»Unerbittlich und voll herzloser Verachtung. Sie leugnet die Geschichte meines unglückseligen Mandanten von Anfang bis Ende. Sie behauptet, ihn nicht mehr gesehen zu haben, seit sie ihm vor der Tür von Clevere Hall nach seinem unerfreulichen Streit mit ihrem Vater einen guten Morgen gewünscht habe. Ja, sogar noch mehr: Sie bezeichnet die ganze Geschichte verächtlich als den feigen Versuch, ein gemeines Verbrechen hinter der noch gemeineren Verleumdung eines schutzlosen Mädchens zu verbergen.«

Wir alle schwiegen, in Gedanken versunken, die keiner von uns in Worte zu fassen gewagt hätte. Daß die Situation wahrhaft hoffnungslos erschien, konnte niemand bestreiten.

Die erdrückende Last der Beweise hatte sich in der Tat aufgrund von gnadenlosen und unaufhaltsamen Umständen gegen den unglücklichen jungen Mann aufgetürmt. Nur Margaret Ceely hätte ihn retten können, doch mit brutaler Gleichgültigkeit opferte sie lieber das Leben und die Ehre eines Unschuldigen als ihre eigenen Aussichten auf eine einträgliche Ehe. Es gibt solche Frauen auf dieser Welt; Gott sei Dank habe ich außer dieser nie eine getroffen!

Und doch stimmt es nicht, wenn ich behaupte, nur sie allein würde den unglückseligen jungen Mann retten können, der sich die ganze Zeit so vollendet galant verhielt und sich weigerte, die Ereignisse jenes Weihnachtsmorgens selbst zu erläutern, bevor sie sich nicht dazu entschloß, die Geschichte selbst zu erzählen. In diesem Augenblick, in dem schäbigen kleinen Zimmer im *Black Swan* war jemand anwesend, der jenes unheimliche Durcheinander von Zufällen entwirren konnte, falls es überhaupt noch irgendeinen Menschen gab, der das zu diesem kritischen Zeitpunkt ohne wundersame Kräfte noch fertiggebracht hätte.

Jetzt sagte sie ruhig:

»Was soll ich in dieser Angelegenheit für Sie unternehmen, Mr. Grayson? Und warum sind Sie zu mir gekommen und nicht zur Polizei gegangen?«

»Wie kann ich mit dieser Geschichte zur Polizei gehen?« stieß er mit deutlicher Verzweiflung hervor. »Würde man es dort nicht auch als die gemeine Verleumdung des Ansehens einer Frau betrachten? Bedenken Sie, wir haben keine Beweise, und Miss Ceely leugnet die Geschichte in jeder Hinsicht. Nein, nein!« rief er mit herrlicher Inbrunst aus. »Ich bin zu Ihnen gekommen, weil ich von Ihner erstaunliche Fähigkeit gehört habe, Ihrem außergewöhnlichen Scharfsinn. Irgend jemand hat Major Ceely ermordet! Der Sohn meines alten Freundes Colonel Smethick ist es nicht gewesen. Also finden Sie den Täter! Ich flehe Sie an, finden Sie heraus, wer es getan hat!«

Er sackte auf seinem Stuhl zusammen, zerrüttet von Gram. Mit unbeschreiblicher Sanftheit ging Lady Molly auf ihn zu und legte ihre wunderschöne weiße Hand auf seine Schulter.

»Ich werde mein Bestes tun, Mr. Grayson«, sagte sie schlicht.

Während dieses Abends blieben wir allein und außergewöhnlich schweigsam. Daß der rege Verstand meiner teuren Lady angestrengt arbeitete, konnte ich aus dem Leuchten ihrer Augen ersehen und aus jener Art von absoluter Ruhe, die sie verströmte und durch die man die Anspannung ihrer zarten Nerven fast körperlich spüren konnte.

Die Geschichte, die ihr der Anwalt erzählt hatte, war ihr außerordentlich nahegegangen. Zwar war sie von vornherein von der Unschuld des jungen Smethick moralisch überzeugt gewesen, doch bedenken Sie, daß die professionelle Frau in ihr unentwegt einen harten Kampf gegen den Gefühlsmenschen ausgefochten hatte, und in diesem Fall hatten die überwältigende Last der Indizienbeweise und der Standpunkt ihrer Vorgesetzten sie dazu gezwungen, die Schuld des jungen Mannes als etwas zu akzeptieren, das außerhalb ihres Einflußbereiches lag.

Auch hatte der junge Mann durch sein Schweigen praktisch ein wortloses Geständnis abgelegt; und wenn ein Mann in unmittelbarer Nähe des Tatortes eines Verbrechens gesehen wird, und zwar sowohl bevor es begangen wurde als auch direkt danach; wenn etwas, das zugegebenermaßen ihm gehört, keine drei Yards von der Stelle entfernt gefunden wird, an der der Mörder gestanden haben muß; wenn er zudem einen erbitterten Streit mit dem Opfer gehabt hat und nicht erklären kann, was er während der fraglichen Zeit getan oder wo er sich aufgehalten hat, wäre es aussichtslos, sich an die optimistische Hoffnung zu klammern, ebendieser Mann sei unschuldig.

Jetzt jedoch stand die Angelegenheit in einem völlig anderen Licht da. Die Geschichte, die Mr. Smethicks Anwalt erzählt hatte, entsprach allem Anschein nach der Wahrheit. Margaret Ceelys Charakter, ihre Gefühllosigkeit an genau jenem Tag, an dem ihr früherer Verlobter auf der Anklagebank saß, die Schnelligkeit, mit der sie ihre Zuneigung dem reicheren Mann schenkte — all das ließ die Schilderung der Ereignisse jener

Weihnachtsnacht, wie Mr. Grayson sie uns dargelegt hatte, äußerst plausibel erscheinen.

Kein Wunder, daß meine werte Lady tief in Gedanken versunken war.

»Ich muß wieder ganz von vorn anfangen, Mary«, sagte sie am nächsten Morgen zu mir, als sie nach dem Frühstück mit ihrem hübschen Mantel und Rock, ihrem Hut und ihren Handschuhen ausgehfertig vor mir stand. »Ich schätze, ich werde mit einem Besuch bei den Haggetts beginnen.«

»Ich darf Sie doch begleiten, oder?« fragte ich bescheiden an.

»Oh, ja!« erwiderte sie fröhlich.

Irgendwie beschlich mich die leise Ahnung, daß ihre Fröhlichkeit nur oberflächlich war. Es war nicht sehr wahrscheinlich, daß sie — meine liebliche, frauliche, überaus weibliche, wunderschöne Lady — eine so ergreifende Angelegenheit einfach beiläufig abhandelte.

Wir fuhren nach Bishopthorpe. Es war bitterkalt, unwirtlich, feucht und nebelig. Der Fahrer hatte einige Probleme, das Haus zu finden, in dem der schwachsinnige Gärtner und seine Frau ›daheim‹ waren.

Der Ort sah nicht gerade besonders heimelig aus. Als Mrs. Haggett nach oftmaligem Klopfen endlich die Tür öffnete, sahen wir vor uns eine der erbärmlichsten, schlampigsten Behausungen, die mir jemals untergekommen sind.

Als Antwort auf Lady Mollys lapidare Nachfrage erwiderte die Frau, Haggett liege im Bett und würde an einer seiner ›Anwandlungen‹ leiden.

»Das tut mir sehr leid«, sagte meine teure Lady, recht unfreundlich, wie mir schien, »aber ich muß sofort mit ihm sprechen.«

»Worum geht's?« fragte die Frau mürrisch. »Ich kann ihm was ausrichten.«

»Ich fürchte, das ist nicht möglich«, entgegnete meine Lady. »Man hat von mir verlangt, mit Haggett persönlich zu sprechen.«

»Ich würd' gern wissen, wer das verlangt«, erwiderte sie mit inzwischen nahezu unverschämtem Tonfall.

»Das glaube ich wohl. Doch Sie verschwenden wertvolle Zeit. Sollten Sie Ihrem Ehemann nicht besser beim Ankleiden helfen? Diese Dame und ich werden im Wohnzimmer warten.«

Nach einigem Zögern fügte sich die Frau schließlich, wenngleich sie sehr verdrießlich dreinschaute.

Wir gingen in das schäbige kleine Zimmer, in dem uns aus allen Ecken nicht nur quälende Armut, sondern auch Unordnung und Schmutz entgegenstarrten. Wir nahmen auf den beiden am saubersten aussehenden Stühlen Platz und warteten, während in dem Raum über unseren Köpfen in gedämpfter Lautstärke ein Gespräch im Gange war.

Die Unterredung, so war mein Eindruck, schien auf der einen Seite aus aufgeregtem Geflüster und auf der anderen aus jammernden Klagen zu bestehen. Bald darauf waren einige dumpfe Schläge und scharrende Schritte zu vernehmen, und dann trat Haggett, gefolgt von seiner Frau ins Wohnzimmer. Er sah ungepflegt aus, schmutzig und zerzaust.

Er schlurfte in seinem dürftigen Schuhwerk auf uns zu und strich sich nervös das Haar aus der Stirn.

»Ah!« sagte meine Lady freundlich. »Ich freue mich, Sie zu sehen, Haggett, obwohl ich fürchte, daß ich keine allzu guten Neuigkeiten für Sie habe.«

»Ja, Miss«, murmelte der Mann, der offenbar nicht ganz verstand, was sie zu ihm sagte.

»Ich spreche im Namen der Fürsorgebehörde«, fuhr Lady Molly fort, »und ich dachte, wir könnten vielleicht heute abend die Formalitäten erledigen, damit Sie und Ihre Frau ins Armenhaus ziehen können.«

»Das Armenhaus?« warf die Frau barsch ein. »Wie meinen Sie das? Wir geh'n nich' ins Armenhaus!«

»Nun, aber da Sie nicht hierbleiben können«, fügte meine Lady sanft hinzu, »wird es Ihnen kaum möglich sein, für Ihren Mann in seinem jetzigen Geisteszustand eine neue Anstellung zu finden.«

»Miss Ceely wird uns nich' auf die Straße setz'n«, entgegnete sie trotzig.

»Sie wird vielleicht die Absicht ihres verstorbenen Vaters in die Tat umsetzen wollen«, sagte Lady Molly scheinbar beiläufig.

»Der Major war ein grausames, streitsüchtiges Scheusal«, rief die Frau mit unerwarteter Wut aus. »Haggett hat ihm zwölf Jahre lang treu gedient, und . . .«

Plötzlich hielt sie inne und warf Lady Molly einen ihrer schnellen, verstohlenen Blicke zu.

Ihr jetziges Schweigen war ebenso bedeutsam wie ihr Zornesausbruch, und es war Lady Molly, die den Satz für sie zu Ende führte.

»Und doch hat er ihn auf einmal entlassen« sagte sie ruhig.

»Wer hat Ihnen das erzählt?« gab die Frau zurück.

»Zweifellos dieselben Leute, die behaupten, daß Sie und Haggett wegen dieser Kündigung Haß auf den Major verspürten.«

»Das is' 'ne Lüge«, versicherte Mrs. Haggett erbittert. »Wir haben die Polizei darüber informiert, daß Mr. Smethick den Major getötet hat, weil . . .«

»Ah«, unterbrach Lady Molly sie schnell, »aber Mr. Smethick hat Major Ceely gar nicht ermordet, und folglich ist Ihre Aussage wertlos!«

»Wer hat denn dann den Major umgebracht? Können Sie mir das vielleicht verraten?«

Ihr Benehmen war arrogant, grob und überaus unfreundlich. Ich frage mich, warum meine Lady es so einfach hinnahm und was in ihrem geschäftigen Verstand gerade vorging. Sie wirkte ziemlich höflich und lächelte, während ich mich wunderte, was, um alles in der Welt, sie mit dieser Geschichte über das Armenhaus und Haggetts Entlassung bezweckte.

»Ach, das weiß keiner von uns«, sagte sie jetzt leichthin. »Ein paar Leute behaupten, es sei Ihr Mann gewesen.«

»Die lügen!« entgegnete sie eilig, während der Schwachsinnige, der offensichtlich nicht verstand, welche Richtung das Gespräch nahm, sich mechanisch über seinen roten Haarschopf strich und sich dabei hilflos umblickte.

»Er war daheim, bevor man im Haus den ersten Schrei hörte«, fuhr Mrs. Haggett fort.

»Woher wissen Sie das?« fragte Lady Molly sofort.

»Woher ich das weiß?«

»Ja; Sie können die Schreie hier nicht gehört haben — wie auch, Ihr Haus liegt schließlich mehr als eine halbe Meile vom Hauptgebäude entfernt.«

»Er war zu Hause, sag' ich«, wiederholte sie mit verbissener Hartnäckigkeit.

»Haben Sie ihn geschickt?«

»Er ist es nich' gewesen . . .«

»Niemand wird Ihnen glauben, erst recht nicht, wenn man das Messer findet.«

»Welches Messer?«

»Sein Klappmesser, mit dem er Major Ceely umgebracht hat«, sagte Lady Molly ruhig. »Sehen Sie nur, er hat es gerade in der Hand.«

Und mit einer plötzlichen, völlig unerwarteten Geste deutete sie auf den Schwachsinnigen, der ziellos durch den Raum gewandert war, während diese zügige Debatte ihren Fortgang genommen hatte. Der Inhalt des Gesprächs mußte irgendwie bis in seinen bescheidenen Verstand vorgedrungen sein. Er war zu der Anrichte gegangen, auf der noch die Überreste des Frühstücks standen, zusammen mit etwas Geschirr und einigen anderen Gegenständen.

Auf die gleiche einfältige und tölpelhafte Weise hatte er eines der Messer in die Hand genommen und streckte es jetzt seiner Frau entgegen, während seine Miene ängstliche Züge annahm.

»Ich kann's nich' tun, Annie, ich kann's nich' . . . besser, du machst's«, sagte er.

In dem kleinen Zimmer herrschte Totenstille. Mrs. Haggett stand da, als sei sie zur Salzsäule erstarrt. Ignorant und abergläubisch wie sie war, war diese Situation, so vermute ich, einfach zuviel für sie, und sie glaubte wahrscheinlich, in jenem Moment würde der Finger des unbarmherzigen Schicksals auf sie weisen.

Der Schwachsinnige schlurfte nach vorn, immer näher und näher auf seine Frau zu. Noch immer hielt er das Messer auf sie gerichtet und murmelte mit gebrochener Stimme:

»Ich kann's nich' tun. Besser, du machst's, Annie ... besser, du ...«

Er stand jetzt direkt vor ihr, und urplötzlich fiel die Starre und Anspannung von ihr ab; sie stieß einen heiseren Schrei aus, riß dem armen Kerl das Messer aus der Hand und stürzte sich mit zum Stoß erhobenem Arm auf ihn.

Lady Molly und ich waren beide jung, flink und kräftig; und meine teure Lady hatte nichts von einer zimperlichen feinen Dame an sich, wenn schnelles Handeln erforderlich war. Doch selbst so bereitete es uns einige Mühe, Annie Haggett von ihrem bedauernswerten Ehemann wegzuzerren. Blind vor Wut, war sie entschlossen, den Mann zu töten, der sie verraten hatte. Schließlich gelang es uns, ihr das Messer zu entwinden.

Lassen Sie sich versichern, daß es nach diesem Vorfall einiges an Mut erforderte, sich wieder ruhig hinzusetzen und im gleichen Raum mit dieser Frau zu bleiben, die bereits ein Verbrechen auf dem Gewissen hatte, und mit dieser unheimlichen, schwachsinnigen Kreatur, die unablässig und in bemitleidenswertem Tonfall murmelte:

»Besser, du machst's, Annie ...«

Nun, Sie haben die Berichte über diesen Fall gelesen, also wissen Sie, was folgte. Lady Molly ging nicht aus diesem Zimmer, bis sie nicht das umfassende Geständnis der Frau gehört hatte. Alles, was sie zu ihrem eigenen Schutz unternahm, war die Anweisung an mich, das Fenster zu öffnen und die Polizeipfeife zu blasen, die sie mir gab. Glücklicherweise lag das Polizeirevier ganz in der Nähe, und in der frostigen Luft war das Signal in weitem Umkreis zu vernehmen.

Später gestand sie mir ein, daß es vielleicht töricht gewesen sei, Etty oder Danvers nicht mitgenommen zu haben, doch sie habe sich so gut es ging darum bemüht, die Frau nicht von vornherein zu beunruhigen, deshalb auch ihre weitschweifigen Ausführungen über das Armenhaus und Haggetts mutmaßliche Entlassung.

Daß die Frau in irgendeiner Weise mit dem Verbrechen in Verbindung stand, hatte Lady Molly mit ihrem ausgeprägten Scharfsinn von Anfang an gespürt; aber da es keine Zeugen für den eigentlichen Mord gab und alle Indizien nur auf den jungen Smethick wiesen, bestand nur eine einzige Möglichkeit, den Fall aufzuklären, und die lag in dem Geständnis der Mörderin selbst.

Wenn Sie noch einmal das Gespräch an sich vorüberziehen lassen, das meine werte Lady an jenem Morgen mit den Haggetts geführt hat, werden Sie erkennen, wie bewundernswert Lady Molly genau auf den unheimlichen Höhepunkt zugesteuert ist. Sie wollte nicht mit der Frau reden, bevor Haggett zugegen war, und sie war sich sicher, daß der Schwachsinnige, sobald unvermittelt der Mord zur Sprache kam, entweder etwas sagen oder tun würde, durch das die Wahrheit ans Tageslicht kam.

Als Major Ceelys Name erwähnt wurde, hatte er mechanisch das Messer in die Hand genommen. Sein armseliger Verstand erinnerte sich jäh wieder an die ganze Szene. Daß der Major ihn kürzlich fristlos entlassen hatte, war eine jener gewagten Vermutungen, wie Lady Molly sie oft anstellte.

Daß Haggett lediglich von seiner Frau angestachelt worden und zu verängstigt gewesen war, die Tat eigenhändig auszuführen, überraschte sie in keinster Weise und mich nur wenig, wohingegen die Tatsache, daß die Frau ihre hitzige Rache an dem unglückseligen Major letztendlich selbst in die Hand genommen hatte, schwer verwunderlich war, wenn man ihr ungehobeltes und einfaches Wesen bedachte.

Eingeschüchtert durch die rasche Folge der Ereignisse und durch das Erscheinen von Danvers und Etty am Ort des Geschehens, legte sie schließlich ein volles Geständnis ab.

Die Grausamkeit des Majors hatte sie rasend gemacht, als dieser ihren Mann plötzlich in harter, gefühlloser Weise auf die Straße gesetzt und sich geweigert hatte, ihm weiterhin Beschäftigung zu geben. Der Schwachsinnige war völlig ihrem Einfluß unterworfen, und sie hatte ihm Haß und Rachegefühle gegen den Major eingeredet. Anfangs hatte es so ausgesehen, als sei er bereit und willens, ihr zu gehorchen. Sie verabredeten, daß er jeden Abend die Terrasse im Auge behalten sollte, bis ein Alarm wegen des erneuten Auftauchens der Viehschlächter den Major allein ins Freie locken würde.

Dies passierte schließlich am Weihnachtsmorgen, doch Haggett war inzwischen so verängstigt und kleinmütig, daß er eher geflohen wäre als die schurkische Tat zu begehen. Annie Haggett hatte vermutlich geargwöhnt, daß er im letzten Moment vor dem Verbrechen zurückschrecken würde, und sich deshalb selbst jeden Abend auf die Lauer gelegt. Stellen Sie sich nur vor – der auserwählte Mörder liegt im Hinterhalt und wird dabei selbst beobachtet! Als Haggett seine Frau bemerkte, forderte er sie auf, die Tat selbst zu begehen.

Ich vermute, daß entweder Furcht vor Entdeckung oder die bloße Gier nach der ausgesetzten Belohnung die Frau veranlaßt hatten, das Verbrechen jemand anderem in die Schuhe zu schieben.

Haggetts Auffinden des Rings war der Auslöser für diese grausame Absicht gewesen, die tatsächlich einen tapferen jungen Mann an den Galgen gebracht hätte, wären da nicht die einzigartigen Fähigkeiten meiner teuren Lady gewesen.

Ah, Sie möchten wissen, ob Margaret Ceely verheiratet ist? Nein! Captain Glynne hat einen Rückzieher gemacht. Ich weiß nicht, welches die Gründe gewesen sind, doch er hat nie um Margarets Hand angehalten, und mittlerweile lebt sie in Australien – bei einer Tante, glaube ich – und hat Clevere Hall verkauft.

Originaltitel: A Christmas Tragedy
Ins Deutsche übertragen von Thomas Haufschild

Baynard Kendrick

›Silent Night‹

Am Freitag, dem 20. Dezember, eine Woche nach dem Tag, an dem der sechs Jahr alte Ronnie Connatser aus der *Miss Murray's School* entführt worden war, führte Arnold Cameron, Special Agent beim FBI und Leiter der Abteilung New York, frühmorgens ein Telefongespräch, um einen Termin mit Captain Duncan Maclain zu vereinbaren. Sie einigten sich auf zehn Uhr in Maclains Penthousebüro, sechsundzwanzig Etagen über der 72nd Street und dem Riverside Drive. Cameron traf pünktlich ein, begleitet von Special Agent Hank Weeks und Alan Connatser, Ronnies Vater. Die Männer waren wortkarg und ernst.

Captain Maclain, ein ehemaliger Offizier des Nachrichtendienstes, der im Ersten Weltkrieg erblindet war, arbeitete mit Unterstützung seines Partners Spud Savage seit fast vierzig Jahren als Privatdetektiv. Für ihn war die Arbeit als lizensierter Privatermittler eine verantwortungsvolle Tätigkeit. Indem er seine verbleibenden vier Sinne — das Gehör, den Tast-, den Geschmacks- und den Geruchssinn — bis zur höchsten Leistungsfähigkeit ausbildete, hoffte er, der Welt bis zu seinem Tod zu beweisen, daß ein Blinder, der ein ausreichendes Maß an Intelligenz besaß, genauso gut, wenn nicht sogar ein bißchen besser sein konnte als Millionen Leute, die über ein intaktes Sehvermögen verfügten.

Während er auf Cameron wartete, empfand der Captain das befriedigende Gefühl, daß er nach all diesen Jahren vielleicht endlich Erfolg gehabt hatte. Duncan Maclain war nicht Superman. Er nannte gewisse besondere Fähigkeiten sein eigen, die sich im Lauf der Jahre für verschiedene Strafverfolgungsbehörden als äußerst nützlich erwiesen hatten, unter ihnen die New Yorker Polizei und einige Male auch das FBI.

Er kannte Arnold Cameron seit langem und hatte schon mit ihm zusammengearbeitet, bevor Cameron Leiter der New Yorker Abteilung geworden war. Der Captain war der erste, der eingestehen würde, daß weder er noch irgendein anderer Privatmittler — ganz gleich, wo er tätig war — ohne die Kooperation der örtlichen Polizei oder des FBI auf einen grünen Zweig kommen konnte.

Cameron hatte nicht gesagt, worum es genau ging, außer daß es mit der Entführung von Connatsers sechsjährigem Sohn in Zusammenhang stand. Der Captain hatte von Alan Connatser gehört, dem Präsidenten und Leiter der Finanzabteilung von *Connatser Products, Inc.*, jener großen Fabrik, die sich am Rand von Long Island City über mehrere Morgen Landes erstreckte. Sie war einer der industriellen Großbetriebe, die seit dem Zweiten Weltkrieg beständig an Bedeutung gewonnen hatten, hauptsächlich aufgrund von Connatsers Persönlichkeit und seiner genialen technischen Begabung. Die Firma war mit vielen höchst geheimen Projekten des Verteidigungsministeriums betraut, aber das FBI war sehr wohl selbst in der Lage, jegliche Verletzung der Sicherheitsbestimmungen zu bewältigen. Entführungsfälle übrigens auch. Warum weiter rätseln? Spekulationen waren immer fruchtlos und eine Zeitverschwendung. Er würde schon bald Näheres erfahren. Wie auch immer die Einzelheiten aussehen würden, er hoffte, helfen zu können. Es schmeichelte ihm, daß Arnold Cameron sich an ihn gewandt hatte.

Um 9 Uhr 55 führte Rena, die Sekretärin des Captains, die drei Männer herein. Camerons Händedruck war freundlich wie immer. Der von Special Agent Hank Weeks war dienstlich, wie es der Vorschrift entsprach, weder kalt noch warm, mit einem Hauch von Zweifel, als beabsichtige er nicht, sich auf etwas festzulegen, bevor man ihn davon überzeugt hatte — nicht einmal auf die Angaben seines Vorgesetzten. Maclain unterdrückte ein Grinsen. Auch er selbst stand Leuten, die behaupteten, daß ihnen nichts entging, skeptisch gegenüber — selbst wenn sie jeden Sehtest glänzend bestanden.

Alan Connatser umklammerte die Hand des Captains mit

einem Griff, der eine verzweifelte Bitte ausdrückte. »Mr. Cameron glaubt, daß Sie uns helfen können, Captain Maclain. Mein Sohn ist jetzt seit einer Woche verschwunden — mehr als eine Ewigkeit für meine Frau Evelyn und mich. Sie hat einen Zusammenbruch erlitten und befindet sich in ärztlicher Behandlung. Es ist keine Frage des Geldes — ich kann eine Million bezahlen, und es tut mir nicht weh. Es geht allein um das Leben meines Sohnes — unseres einzigen Kindes, und wir können kein weiteres haben.«

Ein sehr starker Mann, dieser Alan Connatser, dachte der Captain. Sechs Fuß groß, beherrscht, hart wie biegsamer Stahl und jünger als man meinen würde. Seiner Stimme nach — noch keine vierzig. Und im Augenblick stand er kurz davor, in kleine Stücke zu zerbersten.

Maclain befreite sich wortlos aus dem festen Händedruck und ging zu der Bar, die neben den gläsernen Terrassentüren in die getäfelte Wand eingelassen war. Er goß einen großzügig bemessenen Cognac ein und trug den Schwenker zu dem roten Ledersofa, auf das Connatser sich fallen gelassen hatte.

»Runter damit!« Sein Gesicht verriet tiefe Besorgnis. »Ihre Hand ist so kalt wie ein gefrorener Fisch. Es wird Ihrem Jungen nicht helfen, wenn Sie jetzt zusammenklappen und den Mut verlieren.«

»Danke. Ich schätze, Sie haben recht.« Connatser kippte den scharfen Weinbrand in einem Zug herunter. »Ich fürchte, wir bürden Ihnen hier eine hoffnungslose Aufgabe auf.«

»Die Welt setzt Blindheit mit Hoffnungslosigkeit gleich. Ich bin nicht zu dieser Meinung gelangt.« Der Captain ging zu seinem großen Schreibtisch und setzte sich. »Sie sagen, Ihr Sohn ist seit einer Woche verschwunden?«

»Er wurde am letzten Freitag, dem dreizehnten Dezember, um zehn nach drei entführt«, sagte Arnold Cameron. »Er war zu einer Weihnachtsfeier in seiner Schule gewesen, *Miss Murray's* an der 66th Street und Fifth Avenue. Die Connatsers wohnen in einer Maisonette an der 82nd und Fifth — sechzehn Blocks entfernt. Miss Murray sah Ronnie vor der Schule um drei Uhr zehn in den Chrysler Imperial seines Vaters einsteigen.

Der Wagen wurde von einem angeblichen Aushilfschauffeur gefahren, der sich Jules Rosine nannte.

Rosine hat Leon Gerard, der die Familie schon seit Jahren fährt, in dessen Apartment an der East 82nd Street überfallen — direkt gegenüber der Garage, in der der Chrysler untergebracht ist. Das war ungefähr um elf am Abend zuvor. Rosine trug eine Strumpfmaske. Er zwang Leon mit vorgehaltener Waffe zu einem Telefongespräch. Leon sprach mit Mrs. Murchison, der Haushälterin der Connatsers, und sagte, er sei krank und würde am nächsten Tag einen zuverlässigen Stellvertreter schicken. Niemand wurde mißtrauisch, denn so etwas war schon einige Male vorgekommen. Leon wird auch nicht jünger, und seine Gesundheit ist nicht die beste.«

Cameron hielt inne. Der Captain sagte: »Falls ihr Jungs diese Geschichte glaubt, dann glaube ich sie auch.«

»Wir glauben überhaupt nichts, bevor wir uns nicht davon überzeugt haben, daß es wahr ist«, fuhr Cameron fort. »Weeks befreite Leon in seinem Apartment, nachdem uns die Entführung am Abend des Dreizehnten gemeldet worden war. Der arme alte Kerl war mit Heftpflaster wie eine Weihnachtsgans verschnürt worden. Wie dem auch sei, seit zehn nach drei an jenem Nachmittag vor einer Woche hat niemand mehr Ronnie oder diesen Jules Rosine zu Gesicht bekommen.«

Eine hoffnungslose Aufgabe, hatte Connatser gesagt! Der Captain fuhr sich mit der Hand durch sein dunkles, ergrauendes Haar. Er konnte sich noch viel zu gut an die Einzelheiten der Fälle von Charles A. Lindbergh jr., Bobby Greenlease jr. und dem kleinen, nur wenige Monate alten Peter Weinberger erinnern, die alle von ihren Entführern eiskalt ermordet worden waren. Er wußte wohl, daß Connatsers Ängste alles andere als unbegründet waren.

Er behielt seine beängstigenden Gedanken für sich und versuchte, beruhigend zu klingen: »Ich kenne Arnold Cameron seit vielen Jahren, Mr. Connatser. Weder er noch das FBI halten dies hier für hoffnungslos, oder er hätte Sie nicht hergebracht, um mit mir zu reden.« Seine dunklen, blicklosen Augen wandten sich von Connatser ab und richteten sich auf Cameron. Er beherrschte das so perfekt, daß viele Leute glaubten, er könne sehen. »Sie müssen einen sehr guten Grund für die Annahme haben, daß Ronnie noch am Leben ist, Arnold.«

»Zufällig wissen wir in diesem Fall, daß er am Dienstag oder Mittwoch noch am Leben war — und vermutlich auch noch gestern.«

»Welche Beweise gibt es dafür?«

»Den Klang seiner Stimme, Captain, plus die Antworten auf eine Reihe von Fragen, die Ronnies Mutter ihm gestellt hat — Antworten, die nur Ronnie wissen konnte.«

»Dann müssen Sie telefonischen Kontakt gehabt haben.« Die ausdrucksvollen Augenbrauen des Captains hoben sich um eine Winzigkeit.

»Nein. Sie sind diejenigen, die sich gemeldet haben«, sagte Cameron. »Und zwar auf indirekte Art und Weise, per Audiographaufzeichnungen. Insgesamt drei. Sie haben mir gegenüber oft erwähnt, daß Sie in einer Welt der Geräusche leben. Ich weiß auch, daß kein lebender Mensch so wie Sie in der Lage ist, Stimmen zu identifizieren. Zudem arbeiten Sie ständig mit einem Audiographen und sind mit seinen Nebengeräuschen und kleinen Schwächen vertraut. Entspricht das nicht der Wahrheit?«

Maclain nickte. »Ich habe einen direkt hier in der Schublade meines Schreibtisches.« Er bezog sich dabei auf ein kompaktes, leistungsfähiges Diktiergerät, wie es in unzähligen Büros verwendet wurde. Nicht größer als vier Zoll im Quadrat und fünf Zoll hoch, hielt es diktierte Nachrichten auf einer biegsamen blauen Scheibe fest, die dann über den eingebauten Lautsprecher oder, nachdem man einen Schalter umgelegt hatte, über einen anzuschließenden Kopfhörer wieder abgespielt werden konnten.

»Hier die erste der drei Botschaften. Die erste Nachricht von Ronnies Entführern überhaupt, eingetroffen am Montag. Laß die Familie doch zappeln, laß sie tausend Tode sterben. Das zermürbt sie. Ich könnte . . .«

Er brach abrupt ab, beugte sich vor und legte einen braunen Manila-Umschlag auf den Terminkalender des Captains. Es war eine Standard-Versandtasche für die federleichten Scheiben. Sieben Zoll im Quadrat. Auf der Vorderseite war aufgedruckt: GRAY AUDIOGRAMM FÜR — ein Freiraum für die Adresse — und darunter die Worte BITTE NICHT KNICKEN. Sowohl die Umschläge als auch die Scheiben waren überall im Land bei jedem Audiographenhändler erhältlich.

Einen Augenblick lang starrte der Captain den Umschlag an, als könne er durch reine Willensanstrengung irgendeine übermenschliche Kraft entwickeln, die ihm das Geheimnis des Umschlags enthüllen würde.

»Er wurde an Mrs. Connatsers Privatanschrift adressiert«, erklärte Cameron. »Per Luftpost. Laut Poststempel abgeschickt in Miami, Florida, am 15. Dezember. Das war am letzten Sonntag.«

Maclain berührte den Umschlag behutsam mit dem Zeigefinger. »Ich weiß, daß Sie alles schon auf Herz und Nieren überprüft haben. Ich dachte nur gerade an die Hand- oder Schreibmaschinenschrift, mit der die Adresse verfaßt wurde.«

»Nicht dieser Vogel, Captain! Er hat nicht vergessen, daß wir zwei Millionen Handschriftenproben durchgegangen sind, bis wir LaMarca als Entführer des Weinberger-Babies festnageln konnten. Nicht einmal eine Schreibmaschine hat er benutzt, und natürlich steht auch kein Absender drauf. Mrs. Connatsers Name und Anschrift sind mit einem dieser Kinderstempel aufgestempelt worden, bei denen man die einzelnen Gummilettern auswechseln kann. Man kriegt diese Dinger in jedem Geschäft oder Kramladen.«

Der Captain nahm seinen Audiographen aus der untersten linken Schreibtischschublade. Er stellte ihn auf den Tisch und holte dann ein Handmikrophon hervor, das er in eine sechspolige Buchse auf der linken Seite des Geräts einstöpselte. Durch Drücken eines Schalters im Griff des Mikrophons ließen sich die Aufzeichnungen abspielen. Für eine Dauerwiedergabe ließ sich der Schalter leicht mit dem Daumen arretieren.

Er nahm die Platte aus dem Umschlag, fühlte mit seinem Fingernagel nach der gerillten Seite und legte die Scheibe mit dieser Seite nach oben auf den Apparat. Im Gegensatz zu einer normalen Schallplatte wurde die Scheibe des Audiographen von innen zum Außenrand hin bespielt.

Der Captain legte den Tonarm auf, schaltete das Gerät ein und stellte einen Schalter auf ABSPIELEN. Ein rotes Signal leuchtete auf. Beim Aufzeichnen war das Signal grün. Er arretierte den Schalter am Mikrophon und legte das Mikrophon sanft auf den Terminkalender neben dem Apparat.

Aus dem Nichts erklang plötzlich die kindliche Stimme von Ronnie Connatser. Maclain streckte die Hand aus und drehte die Lautstärke höher, als könne das helfen, den Sechsjährigen seinem Zuhause näher zu bringen.

Mama, Mama, kannst du mich hören? Der Mann sagt, ich soll dir sagen, daß es mir gutgeht, und daß du mich hören kannst, wenn ich hier reinspreche. Er sagt, Daddy kann mich auch hören, und daß der Mann mich nach Hause bringen wird, wenn du tust, was er sagt. Mama, sag Daddy bitte, daß er tun soll, was der Mann sagt. Mir geht es gut, aber ich habe Angst, Mama. Ich will Weihnachten nicht hier verbringen. Mir gefällt es hier nicht, und der Mann sagt, er wird mich nach Hause bringen. Also beeil dich bitte.

Ronnies Stimme brach plötzlich ab. Für eine anscheinend endlose Zeitspanne – in Wirklichkeit nur für ein paar kurze Sekunden – drehte sich die Platte mit mechanischem Schweigen. Cameron zündete sich eine Zigarette an. Rauch stieg dem Captain in die Nase. Leder quietschte, als Connatser auf dem roten Sofa nervös hin und her rutschte. Dann setzte die Stimme eines Mannes dort ein, wo die Stimme des Kindes aufgehört hatte:

Ihr Sohn ist entführt worden, aber ihm fehlt nichts. Zum Beweis habe ich ihn mit Ihnen sprechen lassen. Es wäre besser für Sie, wenn Sie bei dieser Sache sowohl die Polizei als auch das FBI aus dem Spiel lassen würden. Machen Sie mir zuviel Ärger, werden Sie seine Stimme nie wieder hören, geschweige denn, ihn zu Gesicht bekommen. Falls Sie die

Anweisungen genau befolgen, werden Sie ihn schon bald zurückhaben. Falls Sie das nicht tun — denken Sie daran, es war ihr Sohn, der gerade gesprochen hat. Ich werde Ihnen weitere Beweise liefern. Stellen Sie ihm zwei beliebige Fragen — Fragen, die nur er beantworten kann. Geben Sie in der New York Times vom Dienstag, dem 17. Dezember, eine Anzeige in der Rubrik ›Persönliches‹ auf. Unterzeichnen Sie mit ›E.C.‹. Ronnies Antworten werden auf der nächsten Platte sein, die wir Ihnen zuschicken. Das ist für den Augenblick alles. Sie werden mich nie zu Gesicht bekommen. Nennen Sie mich einfach ›Junior‹.

»Ist das alles?« Der Captain saß mit ernstem Gesicht kerzengerade auf seinem Stuhl.

»Ende von Platte eins«, teilte Cameron ihm mit.

Flink stellte Maclain den Tonarm zurück, um die letzten Sätze ein zweites Mal abzuspielen.

Leise, doch deutlich zu erkennen, war während der letzten Worte des Mannes das Geräusch von Glocken erklungen, die die einleitenden Takte von ›Silent Night‹ erschallen ließen. Dann hatte ein Sänger eingesetzt:

> Silent Night,
> Holy Night,
> All is . . .

Das Lied hatte mit dem Klicken des Mikrophons aufgehört, als der Mann ›Junior‹ sagte.

»Das musikalische Zwischenspiel«, sagte Cameron verdrossen, »ist das erste Lied auf Seite eins von Bing Crosbys Decca-Aufnahme DL-8128, Titel ›Merry Christmas‹. Bis heute über zwei Millionen verkaufte Exemplare. Nach letzten Berichten unserer von Blasen an den Füßen geplagten Agenten in Miami hatten sie etwa zweihundert Radio-, Platten- und Musikalienhandlungen ausfindig gemacht, außerdem Supermärkte, Drive-Ins und diverse andere öffentlich zugängliche Geschäfte, einschließlich einiger Gebrauchtwagenhändler, bei denen rund um die Uhr Musik läuft. Seit mindestens einer Woche wird die Allgemeinheit lautstark davon in Kenntnis gesetzt, welche Zeit des Jahres kurz bevorsteht. Und auf Platz eins dieser Hitparade steht Bings kleine Dosis Weihnachtsfreude.« Verbittert drückte er seine Zigarette aus.

»Wir gehen ohnehin nicht davon aus, daß Ronnie in Miami ist. Dieser Jules Rosine − der nachdrücklich versucht, uns davon zu überzeugen, daß dies sein Name sei, indem er sich Junior nach den Initialien J. R. nennt − kommt mir einfach nicht wie der Typ vor, Captain, der einen Brief oder sonst irgendwas in der Stadt aufgeben würde, in der er diesen Jungen versteckt hält. Und tatsächlich springt er im ganzen Land umher wie ein zwölfbeiniger Floh. Die zweite Platte wurde in Kansas City abgeschickt, die dritte in Cleveland.«

Der Captain knetete seine Oberlippe und saß schweigend da.

Cameron legte den zweiten Umschlag auf seinen Tisch. »Hier ist die Sendung, in der Ronnie die Fragen seiner Mutter beantwortet. Aufgegeben am Mittwoch, dem 18. Dezember. Per Luftpost aus Kansas City.«

Die feinfühligen Hände des Captains zitterten leicht, als er die erste Platte vom Apparat nahm und die zweite auflegte.

Mama, der Mann sagt, daß du und Daddy mich hören könnt, wenn ich hier reinspreche, aber ich verstehe nicht, wie ihr mich hören könnt, wenn ich euch nicht sehen kann. Er sagte, ich soll euch erzählen, welchen Film Ted Schuyler und ich mit Mrs. Murchison anschauen wollten und wie ich die Lok von meiner elektrischen Eisenbahn nenne und daß ich nicht nach Hause kommen würde, wenn ich es euch nicht erzähle. Ich dachte, du wüßtest, daß Ted und ich ›Schneewittchen und die sieben Zwerge‹ sehen wollten − nur daß Daddy wollte, ich sollte mich mit ihm in der Fabrik treffen, und dann habe ich die Pepsi-Cola getrunken, die der Chauffeur mir gegeben hat, und wurde so müde. Und du weißt, daß ich meine Lok ›das Kamel‹ nenne, weil sie einen Höcker in der Mitte hat. Ich weiß, du sagst immer, ich soll Sachen nicht wiederholen, aber der Mann sagte, wenn ich es dir

nicht erzähle und wenn Daddy nicht macht, was er sagt,
werde ich nicht zu Weihnachten nach Hause kommen. Ich
will nicht hier bleiben. Hier ist niemand zum Spielen, und ich
will zurück nach Hause.

Ab hier übernahm wieder die Stimme des Mannes:

Das beantwortet die Fragen, die Sie in der Times *gestellt*
haben, und beweist ohne jeden Zweifel, daß Ihr Sohn am
Leben ist. Niemand will Sie quälen. Wenn wir uns das näch-
ste Mal melden, werden Sie sehen, daß wir nicht hinter Geld
her sind. Wir haben davon womöglich sogar noch mehr als
Sie. Die nächste Nachricht wird Ihnen verraten, was wir
wollen. Wir wissen, was Sie wollen, aber glauben Sie nicht,
wir würden nur scherzen. Halten Sie sich von der Polizei und
vom FBI fern, und tun Sie genau, was ich Ihnen sage, oder
Ihr geliebter Sohn wird sterben. Bis dann! Junior.

»Junior scheint sich in zwei Teile gespalten zu haben«, sagte
der Captain, als er die Platte herunternahm. »Aus dem *Mann*
ist ein *wir* geworden. Halten Sie das lediglich für ein Täu-
schungsmanöver, Arnold, oder ist außer diesem Mann tatsächlich noch jemand anders mit im Spiel?«

»Es kann sich um zwei oder um zwei Millionen Täter handeln. Sie sind auf etwas Wertvolleres als Geld aus.« Er legte die
dritte Platte auf den Tisch. »Hören Sie sich die hier an, und Sie
werden verstehen.«

Agent Hank Weeks sagte: »Ich wette, es ist eine Frau dabei.
Einfach nur, weil Ronnie andauernd von *dem Mann* geredet
hat.« Der Captain strich sich einen Augenblick lang über sein
Kinn. »Ich bin geneigt, Ihnen zuzustimmen.« Er legte die letzte
Platte auf.

»Dürfte ich noch einen Brandy haben?« Alan Connatsers
Stimme war angespannt und rauh.

»Nehmen Sie nur«, sagte der Captain. »Ronnie ist nicht mein
Sohn, aber nichtsdestotrotz gehen diese Platten mir gewaltig an
die Nieren.«

Connatser goß sich seinen Drink ein und kehrte zu seinem Platz zurück. »Für Evelyn und mich sind sie in gewisser Weise schlimmer als Lösegeldforderungen. Sie sind sadistisch. Gemein. Ich ertappe mich dabei, wie ich Ronnie antworten, ihn anschreien will: ›Sag mir, wo du bist!‹ — als würde er sich in irgendeiner gespenstischen anderen Welt verstecken. Es ist unerträglich.«

»Es würde banal klingen, wenn ich versuchte, Ihnen meine Anteilnahme auszudrücken.« Eine heftige, kalte Wut brachte die Haut des Captains zum Prickeln und verwandelte ihn in eine unbarmherzige, unmenschliche Maschine. Sein Verstand wurde auf einem Wetzstein aus Rachsucht und Unerbittlichkeit rasiermesserscharf geschliffen. »Das ist die aus Cleveland?«

»Gestern per Luftpost aufgegeben. Donnerstag, der neunzehnte. Sie kam heute morgen um sieben Uhr in New York an. Wir haben die Post angewiesen, auf diese Dinger zu achten. Sie haben uns sofort Bescheid gegeben.«

Der Captain stellte den Schalter auf ABSPIELEN und setzte die Platte in Gang.

Mama, hast du gehört, was ich dir über das Kino gesagt habe? Die sieben Zwerge? Und über meine elektrische Lok, das Kamel? Ich wünschte, daß du und Daddy zu mir kommen würdet oder mir antworten würdet, wenn ihr mich hören könnt, wie der Mann gesagt hat. Er sagt, er wird Daddy jetzt genau sagen, was er tun soll, und wenn Daddy das tut, werde ich zurück nach Hause kommen. Mama, sag ihm, er soll sich bitte beeilen. Beeilt euch und macht alles, denn ich vermisse euch so sehr, und ich möchte doch die Parade bei Macy's sehen und meine Geschenke bekommen.«

Danach wieder unerträgliche Stille, bis der Mann sich zu Wort meldete.

Um sechs Uhr nachmittags — um achtzehn Uhr also — werden Sie und Ihr Pilot, Steven Donegan, in Ihrer Cessna Twin von der Landebahn Ihres Firmengeländes in Long Island auf-

steigen. Sie werden niemandem von diesem Flug erzählen. Mit Ihrer regulären Reisegeschwindigkeit von zweihundertzehn Meilen pro Stunde werden Sie in einer Höhe von achttausend Fuß der regulären Flugroute von New York nach Philadelphia folgen. Von Philadelphia nach Baltimore. Von Baltimore nach Washington. Von Washington nach Richmond. Von Richmond nach Wilmington, North Carolina. Von Wilmington nach Charleston, South Carolina. Von Charleston nach Savannah, Georgia. Von Savannah nach Jacksonville, Florida. Von Jacksonville nach Daytona. Von Daytona nach Vero Beach und von Vero Beach nach Miami.

Seien Sie aufmerksam. Irgendwo zwischen den genannten Orten wird man sich über Funk mit Ihnen in Verbindung setzen. Wenn der Kontakt hergestellt ist und Sie versuchen, eine Warnung zu funken, wird Ihr Sohn getötet werden. Denken Sie daran, daß auch wir Ihren Funkverkehr mithören können. Wir wollen die vollständigen Pläne der SF-800T Rakete. Diese Pläne bestehen aus vierundvierzig Blaupausen und wurden Ihnen vor einem Monat von der Navy geliefert. Sie sind das einzige lebende Wesen, das jederzeit Zugang zu den gesamten Plänen hat. Diese vierzundvierzig Blaupausen sind der Preis für Ihren Sohn. Vor allem die Einzelheiten über den Raketenantrieb.

Sobald wir die Pläne in Händen halten, werden Sie von Ingenieuren überprüft werden, die ebenso sachkundig sind wie Sie. Falls ihre Echtheit nicht bestätigt wird oder wir auch nur den geringsten Täuschungsversuch feststellen, wird Ihr Junge sterben. Je klarer die geforderten Spezifikationen sind, desto schneller bekommen Sie Ihren Sohn. Denken Sie daran, es ist sein Leben, das auf dem Spiel steht.

Stecken Sie die Pläne in einen großen Handkoffer – keinen Aktenkoffer –, und beschweren Sie den Koffer mit ein paar Gewichten. Malen Sie den Koffer mit phosphoreszierender Farbe an, und halten Sie sich bereit, ihn jederzeit abwerfen zu können. Man wird Sie mit den Worten ›Cessna, bitte landen!‹ kontaktieren, und Sie werden sofort auf eine Flughöhe von eintausend Fuß sinken, während Sie jedoch Ihren

Kurs nach wie vor beibehalten. Behalten Sie den Boden im Auge. Eine Minute vor dem Abwurf wird man Sie erneut kontaktieren. Antworten Sie mit ›Roger, Junior!‹, und halten Sie nach einem roten Signallicht Ausschau, das sich auf dem Dach eines Wagens befinden wird. Sobald Sie es sehen, sagen Sie ›Rotalarm!‹ und werfen den Koffer so nah wie möglich neben dem Signallicht ab. Falls Sie einen zweiten Anflug machen müssen, wird man Sie einweisen. Folgen Sie der jeweils direkten Luftlinie zwischen den genannten Punkten, und es wird keine Probleme geben. Eine weitere Platte wird Ihnen verraten, wo Sie Ihren Sohn abholen können. Falls die Wettervorhersage äußerst ungünstig ausfällt, unternehmen Sie keinen Startversuch. Das ist dann Pech für Sie, und Sie werden einen erneuten Versuch unternehmen müssen. Guten Flug! Junior.

»Klingt wie etwas von der anderen Seite des Vorhangs«, sagte Maclain, als er die Platte anhielt. »Ein moderner Alptraum von Tschechow, erdacht in Moskau. Wie groß sind die Aussichten, daß ein solcher Plan gelingt?«

»Mein Pilot, Steve, sagt, sie seien verdammt groß«, sagte Connatser. »Ich bin selbst Pilot mit einiger Flugerfahrung, und ich muß ihm leider beipflichten. Junior weiß, daß wir uns nach Kräften bemühen werden, ihm diesen Leuchtkoffer möglichst direkt auf den Kopf fallen zu lassen. Er weiß auch, daß wir mit der SF-800T einen Trumpf in der Hinterhand haben. Man erwartet also von mir, daß ich das Leben meines Sohnes gegen die Sicherheit meines Landes abwäge.«

Der Captain kaute auf seinem gestutzten Schnurrbart herum. »Wenigstens haben die Sowjets eine Schwäche, die sich nie ändern wird: Wir wissen, daß es unmöglich ist, ihre Denkweise zu ergründen — aber sie sind vollauf davon überzeugt, daß sie die Denkweise jedes anderen Landes dieser Erde kennen. Und jetzt steht das Leben eines Kindes gegen die Leben unzähliger Millionen. Morgen abend! Das ist nicht gerade viel Zeit, um vierundvierzig gefälschte Blaupausen herzustellen. Was glaubt das FBI, Arnold? Was werden Sie tun?«

»Mr. Connatser wird die Pläne wie befohlen abwerfen«, sagte Cameron sofort. »Sie haben recht, was das Denken der Sowjets anbelangt. Seit den Tagen von Klaus Fuchs und Harry Gold haben wir eine Menge gelernt. Heutzutage stellt die Marineabwehr von vornherein zwei Sätze Pläne her, wenn es um etwas so Wichtiges wie die SF-800T geht. Der zweite Satz ist geringfügig verändert. Um die Fehler zu finden, würde eine ganze Horde Wissenschaftler vermutlich ein halbes Jahr brauchen. Das ist der Satz, den wir morgen abend Junior zuspielen werden.«

»Somit bleiben nur drei Leute wie auf glühenden Kohlen sitzen: Ronny, meine Frau und ich!« Connatsers Stimme war leise und ausdruckslos. »Sie werden Ronnie keine sechs Monate am Leben erhalten. Also finden sie vielleicht ein paar der Fehler innerhalb weniger Tage und töten ihn dann. Außerdem besteht immer die Möglichkeit, daß sie, sobald sie die Pläne erst einmal haben, zu dem Schluß kommen könnten, es sei sicherer, ihn auf jeden Fall umzubringen.«

»Also beschäftigen wir uns besser mit dem, was wir haben, Mr. Connatser: Drei Platten, die Stimme des Entführers und den Teil eines Liedes aus einem Lautsprecher.« Maclain schüttelte den Kopf. »Es ist nicht sehr viel, aber wir müssen es irgendwie zu einem Ganzen zusammenfügen. Bevor wir uns mit irgend etwas anderem beschäftigen, müssen wir Ihren Jungen finden. Es gibt keine andere Alternative.«

»Da ich Sie recht gut kenne«, sagte Arnold Cameron, »habe ich das unbestimmte flaue Gefühl, daß Sie vielleicht etwas bemerkt haben, das uns entgangen ist. Gott allein weiß, wie sehr ich das hoffe.«

»Ich habe einige Fragen.« Maclains Stirn hatte sich in Falten gelegt, und sein lebhaftes Gesicht war zu einer Maske der Konzentration erstarrt, als wäre er in Gedanken ganz woanders. »Warum hat dieser Mann sich für Audiographaufzeichnungen entschieden?«

»In unseren Büros in der Firma haben wir fünfzehn Audiographen«, erklärte Connatser. »Auch habe ich einen für Diktate zu Hause.«

»Glauben Sie, er ist ein ehemaliger Angestellter, Arnold?«

»Das ist eine der Möglichkeiten, die wir überprüfen. Wir erstellen Berichte über jeden, der seit dem Krieg bei *Connatser Products* gearbeitet hat. Es ist eine gewaltige Aufgabe, doch es handelt sich um eine Firma im Hochsicherheitsbereich, also sollte es nicht unmöglich sein. Aber es wird sehr viel Zeit in Anspruch nehmen.«

»Von der wir keine haben«, grunzte Connatser. »Ich persönlich halte es für wahrscheinlicher, daß Junior als Handelsvertreter bei uns vorgesprochen und die Geräte gesehen hat. Die Angestellten unserer Firma werden viel zu genau überprüft.«

»Wie konnte er wissen, daß Sie zu Hause einen Audiographen haben?«

»Vielleicht wußte er es nicht, sondern nur, daß ich jederzeit einen nach Hause mitnehmen konnte, und hat deshalb die Umschläge an Evelyn adressiert.«

»Okay«, sagte Maclain kurzangebunden. »Ich frage einfach mal an und tue so, als wüßte ich, wovon ich rede: Es sind immer dieselben Stimmen auf diesen Platten – Ronnies und Juniors. Gehen wir einmal davon aus, daß es sich um denselben Mann handelt, der sich als Jules Rosine ausgegeben, der Ronnie abgeholt und der Sie zur Arbeit gefahren hat. Würden Sie ihn wiedererkennen, falls Sie ihn noch mal zu Gesicht bekommen, Mr. Connatser?« Connatser dachte kurz darüber nach. »Das bezweifle ich. Er hat eine Chauffeursuniform getragen. Er hatte dunkles Haar, glaube ich, wirkte ziemlich sympathisch und war von schmächtiger Statur – soll heißen, er ist mir nicht als besonders groß und stark im Gedächtnis geblieben. Ich habe ihn nicht stehend gesehen, weiß also nicht genau, wie groß er ist. Nach den paar Worten zu urteilen, die er gesagt hat, würde ich meinen, er hat einen französischen Akzent. Auf der Fahrt nach Long Island, nachdem wir Ronnie morgens bei der Schule abgesetzt hatten, las ich auf dem Rücksitz des Wagens die Zeitung und ging danach einige Berechnungen durch. Da ich beschäftigt war, habe ich wirklich nicht allzuviel über ihn nachgedacht.«

»Laut Leon Gerard ist er Franzose«, bestätigte Hank Weeks. »Er sprach fließend Französisch mit Leon, als er ihn in seinem

Apartment mit der Waffe bedrohte und ihn zwang, die Haushälterin anzurufen.«

»Und seine Wortwahl auf den Platten zeigt nicht nur, daß er gebildet ist, sondern auch, daß er offenbar britisches Englisch spricht«, stellte Maclain fest. »Einige Dinge hätten wir völlig anders formuliert als er. Sein Akzent hingegen ist nicht britisch – nur die Worte, die er benutzt. Wahrscheinlich ist er Frankokanadier – Quebec oder Montreal. Stimmen Sie mir zu?«

»Ich schätze, Sie liegen mit dieser Vermutung genau richtig«, sagte Weeks. »Seit Igor Gouzenko 1946 aus der russischen Botschaft in Ottawa floh und daraufhin Klaus Fuchs enttarnte, hat man in Kanada jede Menge Ärger mit gewissen Roten gehabt.«

»Für wie alt halten Sie ihn?« fragte der Captain.

»Zwischen dreißig und vierzig, schätze ich.« Connatser klang ein wenig unsicher.

»Nun, falls zwischenzeitlich nichts passiert, könnte es sich für Sie auszahlen, wenn Sie nachher auch einen Blick auf die Jahrbücher der Absolventen werfen würden, die in den letzten Jahren an der McGill-Universität von Montreal und an der Universität von Toronto das Ingenieurstudium abgeschlossen haben. Vielleicht erkennen Sie den Mann anhand eines der Fotos wieder. Es gibt noch einen weiteren Punkt, den ich gern klarstellen würde: Ronnie wurde mit Sicherheit nicht in Ihrem Auto entführt – ich will damit sagen, die Kidnapper würden es nicht riskieren, ihn allzu weit darin zu transportieren.«

»Nur bis auf die andere Seite der Queensboro Bridge«, sagte Cameron. »Die Polizei hat Mr. Connatsers Imperial um 6 Uhr 20 auf der Long-Island-Seite unter der Auffahrt der Brücke geparkt vorgefunden. Ronnie wollte um vier Uhr mit einem anderen Jungen, Ted Schuyler, ins Kino. Das wissen Sie schon.«

Maclain nickte. »Mich interessiert, wie dieser Rosine es geschafft hat, ihn ohne viel Aufhebens zum Mitkommen zu bewegen und ihn dann in ein anderes Auto zu verfrachten. In New York City ist das nachmittags zwischen drei und vier nicht gerade einfach.«

»Sie wissen soviel wie wir, Captain. Laut Ronnies Angaben auf der Platte hat der Entführer ihm gegenüber behauptet, Mr.

Connatser wollte sich mit Ronnie in der Fabrik treffen. Unterwegs hat er Ronnie eine Flasche Pepsi-Cola gekauft. Die Polizei hat die Flasche im Wagen gefunden und den Rest Cola analysieren lassen. Die Untersuchung ergab, daß Ronnie drei oder vier Gran Seconal getrunken haben muß. Das würde ihn innerhalb von fünfzehn bis dreißig Minuten absolut ruhiggestellt haben, und zwar für acht bis zehn Stunden, vielleicht sogar für noch länger, sagen die Ärzte. Natürlich könnte man ihm unterwegs noch mehr davon verabreicht haben, falls die Fahrt lange dauerte.«

Maclain nahm eine Schachtel Büroklammern aus der mittleren Schreibtischschublade und begann langsam, die Klammern zu einer Kette zusammenzufügen.

»Darauf wollte ich hinaus – wie lange würden sie mit Ronnie unterwegs sein und wie weit würden sie kommen. Sagen wir vierhundert Meilen – zehn Stunden Fahrt. Damit würden sie ungefähr um vier Uhr morgens ihr Ziel erreichen. Ich glaube, Junior wohnt dort und besitzt dort höchstwahrscheinlich ein Haus. Es ist nicht einfach, eine Unterkunft zu mieten, um dort ein Kind zu verstecken. Er muß ziemlich groß sein – der Ort, meine ich, oder die Stadt. Es wäre viel zu riskant, ihn in eine Kleinstadt zu bringen . . .«

»Wie wäre es mit einer abgelegenen Farm?« unterbrach Agent Weeks die laut geäußerten Gedankengänge des Captains.

»Nicht nah genug an einem Postamt oder einem Flughafen.« Der Captain legte die Büroklammern zurück in die Schublade und schloß diese mit einem energischen Ruck. »Schauen wir uns diese Platten etwas genauer an: Es ist offensichtlich, daß niemand mit einem entführten Jungen kreuz und quer durchs Land fliegt. Also ist der Junge die ganze Zeit an einem Ort geblieben – vermutlich bewacht von Juniors Frau oder seiner Geliebten. Jedenfalls können Frauen besser mit Kindern umgehen. Und jetzt hören Sie sich das hier an.« Er nahm die Platte aus Miami, legte sie auf und wies die anderen mit erhobener Hand an zu schweigen, bis er sie abgespielt hatte.

»Diese Platte wurde von Ronnie und dem Mann auf dem gleichen Gerät und zum gleichen Zeitpunkt besprochen. Der Apparat ist möglicherweise alt oder leicht beschädigt, denn im Hintergrund ist die ganze Zeit über ein dumpfes Brummen zu hören. Junior ist es nicht aufgefallen, also muß es sich um ein Geräusch handeln, an das er gewöhnt ist. Der Anfang des Liedes hingegen fiel ihm recht schnell auf, und er schaltete das Gerät ab.«

»Die Platte wurde in Miami abgeschickt, Captain«, erinnerte ihn Cameron.

»Das meine ich ja gerade, Arnold — nahe an einem Flughafen. Die Frau schickt ihm die Platten zu. Ich glaube, daß diese erste Aufnahme am Samstag abend angefertigt wurde, so daß Ronnie genug Zeit hatte, wieder zu sich zu kommen und die Anweisung zu erhalten, was er sagen sollte. Sobald das erledigt war, nahm Junior die Platte mit und stieg in ein Flugzeug nach Miami. In seinem Koffer hatte er einen weiteren Audiographen bei sich. Am Sonntag schickte er die Platte aus Miami ab. Das paßt in den Zeitplan — ihm blieb mehr als genug Zeit, einen Abstecher zu unternehmen, um mit irgendeinem Deputy Sheriff oder Kleinstadtpolizisten eine Absprache wegen der Nacht des Abwurfs zu treffen, und zwar an jedem beliebigen Punkt der Flugroute.«

»Da haben Sie recht«, sagte Cameron niedergeschlagen. »Deputy Sheriffs und Dorfpolizisten gibt es jede Menge, und ein Polizeiwagen ist genau das Richtige — Funkgerät, Signallicht und so weiter. Wir können nicht jeden Punkt zwischen hier und Miami überwachen.«

»Also deutet wieder alles darauf hin, daß es besser wäre, die Frau und den Jungen aufzustöbern«, sagte Maclain. »Ich schätze, sie wird auspacken, falls Junior ihr überhaupt etwas erzählt hat. Wir können sicher sein, daß er seine Vereinbarung nicht in Miami getroffen hat, denn ansonsten hätte er die Platte nicht von dort abgeschickt, erst recht nicht, wenn er Ronnie dort versteckt halten würde. Wie dem auch sei, wir wissen, daß er nach dem Absenden der Platte den erstbesten Flug nach Kansas City genommen hat.«

»Typische Vorgehensweise der Kommunisten, dieses Hin und Her«, warf Hank Weeks ein. »Der Boss schreibt in seinem Buch

Meister der Täuschung, sie würden das ›chemische Reinigung‹ nennen — dreihundert Meilen zu fahren und in Wirklichkeit nur dreißig zurücklegen, so daß niemand weiß, wo sie gewesen sind oder wo sie sich im Moment aufhalten.«

»Fahren Sie fort, Captain!« Cameron klang ungeduldig. »Dieser kanadische Kommunist ist jetzt mit seinem Audiographen in Kansas City. Wohin geht es jetzt — abgesehen von Cleveland?«

Ohne eine Antwort zu geben, legte Maclain die zweite Platte auf und spielte sie in voller Länge ab. »Ich weiß, daß Ronnie seinen Text in dasselbe Gerät wie beim erstenmal gesprochen hat. Während der ganzen Zeit, die Ronnie spricht, können Sie im Hintergrund das gleiche Geräusch wie bei der ersten Aufnahme hören. Sobald Junior sich zu Wort meldet, ist dieses Geräusch verschwunden. Wir müssen davon ausgehen, daß die Frau diese Platte zu Junior nach Kansas City geschickt hat, und er hat dann seinen Teil mit dem Audiographen aufgenommen, den er mit sich führt. Die *New York Times* ist in den meisten Städten am Erscheinungstag oder mit einem Tag Verspätung erhältlich. Die Frau könnte die Anzeigen durchgesehen und Ronnie angewiesen haben, was er sagen sollte, oder Junior könnte es gelesen und sie dann per Ferngespräch informiert haben.«

»Und noch eine chemische Reinigung«, sagte Cameron, »damit wir Beamten uns unser Gehalt verdienen und ordentlich ausgelaugt werden, wie in der Saftpresse die Mandarinen. Lassen Sie uns die Nummer drei anhören.«

Die Platte aus Cleveland trug nur dazu bei, den Captain in seiner Ansicht weiter zu bestärken. Ein Hintergrundgeräusch, wenn Ronnie sprach, während Juniors Worte ohne Störung aufgenommen worden waren.

»Konnte das Geräusch von einem Auto oder Flugzeug stammen?« fragte Connatser. »Ich habe in beiden schon einen Audiographen benutzt, aber beim Abspielen ist mir ein solches Geräusch noch nie aufgefallen. Trotzdem — vielleicht ist es mir auch nur wie Junior ergangen, und ich habe es schlicht überhört.«

»Das paßt einfach nicht zusammen.« Die flinken Finger des Captains vollführten auf der Tischplatte einen Trommelwirbel. »Ich glaube nicht, daß Ronnie und sein Entführer diese erste Aufnahme während einer Autofahrt angefertigt haben. Außerdem ist da noch dieses Lied. Können Sie sich einen Mann vorstellen, der mit einem entführten Jungen in seinem Auto sitzt, eine Platte bespricht und dem Jungen befiehlt, was er zu sagen hat? Und dann hält er vor einem Laden an, vor dem ein plärrender Lautsprecher hängt?«

Hank Weeks sagte: »Zur Hölle, nein! Und ebensowenig kann ich mir ein Kind vorstellen, das in einem Flugzeug durch die Gegend fliegt, um dort auf die Platte zu sprechen.«

Maclain stand unvermittelt auf. »Mal sehen, was uns ein Fachmann dazu sagen kann — ein Tontechniker von *Gray Audiograph*. Lassen wir ihn diese Dinger anhören und uns erzählen, was er dazu meint.«

Innerhalb von nicht einmal einer Stunde waren sie in den Räumen von *Gray Audiograph* in der Fifth Avenue und redeten mit Carl Schantz, dem Cheftontechniker der Firma. Schantz, ein untersetzter, phlegmatischer, hochintelligenter Deutscher, hörte Cameron aufmerksam zu und spielte daraufhin die drei Platten nacheinander ab, ohne ein Wort zu sagen.

Dann setzte er sich auf seinen Bürostuhl und sah seine Besucher einen nach dem anderen durch die Gläser seiner goldgefaßten Brille an. »Die Stimmen des Jungen und des Mannes — soweit es Platte eins betrifft — wurden mit demselben Apparat aufgenommen. Auf den Platten zwei und drei wurde die Stimme des Mannes mit einem anderen Gerät aufgezeichnet. Ich würde sagen, daß beide Apparate alt waren. Vermutlich unser Modell Drei, aber in jedem Fall waren es zwei unterschiedliche Geräte. Dessen bin ich mir sicher.«

»Woran erkennen Sie das?« fragte Cameron. »Die Unterschiede zwischen den Apparaten, meine ich.«

»Schantz' Mund verzog sich zur Andeutung eines Lächelns. »Sie wissen von Ihrer Arbeit beim FBI, daß jede Schreibmaschine anders ist. Nun, zwischen den Nadeln eines jeden Diktiergerätes besteht ein ebensolcher Unterschied. Sie hinterlassen

212

auf den Platten Rillen von ungleicher Tiefe. Der Unterschied dieser Rillen ist nur minimal, aber er läßt sich durch die Aufzeichnungen des elektrischen Mikrometers an unserem Testgerät nachweisen — dem Gerät, auf dem ich die Platten soeben abgespielt habe.« Er reichte Cameron ein großes Stück Millimeterpapier, über das sich in purpurroter Tinte drei parallele Wellenlinien zogen. »Sehen Sie selbst.«

Die gesamte Linie der ersten Platte und die beiden Linien, die Ronnies Stimme auf den Platten zwei und drei hervorgerufen hatte, war erkennbar gleich. Ein Unterschied zeigte sich an den Stellen, an denen Junior auf den Platten aus Kansas City und Cleveland zu sprechen begonnen hatte, doch man konnte immer noch mit bloßem Auge erkennen, daß auch diese beiden Linien sich glichen.

»Heißt das, Sie können die beiden Apparate identifizieren, falls wir sie finden und Ihnen bringen?« fragte Cameron aufgeregt.

»Sie bringen sie mir, und dann wollen wir doch mal sehen!«

»Was ist mit diesem Hintergrundgeräusch?«

Schantz zuckte die breiten Schultern. »Ich fürchte, in dieser Hinsicht kann ich Ihnen nicht helfen. Ehrlich gesagt, ich weiß es nicht.«

»Könnte es von einem in der Nähe stehenden elektrischen Gerät oder einer Hochspannungsleitung herrühren, irgend etwas dieser Art?« fragte der Captain ihn.

Schantz schüttelte den Kopf. »Unsere Audiographen werden in Firmen benutzt, in denen sich außerdem Klimaanlagen, Rechenmaschinen und IBM-Sortiermaschinen befinden, manchmal genau im selben Zimmer, und auf den Aufzeichnungen ist nichts als die Stimme zu hören. Ab und zu, wenn man nicht aufpaßt, kann sich in der sechspoligen Buchse, in die das Mikrophon eingesteckt wird, ein Kontakt lösen. Das wird ein unangenehmes Krachen zur Folge haben — aber sie können den Apparat dann nicht mehr für Aufzeichnungen benutzen.« Er dachte einen Moment lang nach. »Was dem Geräusch am nächsten kommt, das ich gehört habe, war einmal eine Aufzeichnung, die man in einem Auto angefertigt hatte, das mit hoher

213

Geschwindigkeit und offenen Fenstern fuhr. Das Gerät nahm zwar nicht das Motorengeräusch auf, aber dafür das Geräusch des Fahrtwindes. Das Geräusch hier auf Ihren Platten ist ebenso beständig, aber tiefer. Es klingt fast, als hätte der Kerl gesprochen, während in größerer Entfernung ein Hurrikan tobte.« Er seufzte. »Es tut mir wirklich leid, mehr kann ich dazu nicht sagen.«

»Was diese paar Liedzeilen anbetrifft – haben Sie da irgendeine Idee?« fragte der Captain, als Schantz sie zur Tür begleitete.

»Zuerst dachte ich an ein Radio im Nebenzimmer, aber dafür klingt es zu gedämpft. Es kam vermutlich von außerhalb des Hauses, aus einem aufgedrehten Lautsprecher. Falls das so war, dann muß der Lautsprecher unmittelbar vor dem Nachbarhaus gehangen haben oder allerhöchstens direkt auf der anderen Straßenseite. Wie auch immer, es muß ganz in der Nähe gewesen sein.«

Den ganzen Nachmittag über saß der Captain in seinem Penthousebüro und hörte sich die Platten an, die Cameron ihm dagelassen hatte. Er hatte sie über den Lautsprecher des Audiographen abgespielt, hatte sie sich über Kopfhörer angehört und benutzte schließlich einen Adapter, um die Aufzeichnungen mit ohrenbetäubender Lautstärke über den Verstärker seiner Hi-Fi-Anlage laufen zu lassen.

Dieses Hintergrundgeräusch hüllte alles ein. Je länger er es sich anhörte, desto mehr ergriff es von ihm Besitz, bis er fast glaubte, was Schantz über einen entfernten Hurrikan gesagt hatte.

Er dachte an den Ozean. In der ersten Nacht konnte er den Leuten den Schlaf rauben, aber nach ein oder zwei Tagen würde man das Geräusch überhaupt nicht mehr wahrnehmen. Doch der Ozean würde sich auf einer Aufzeichnung nicht so anhören, außer die See wäre vielleicht windgepeitscht gewesen.

Hatten sie den Jungen an Bord eines Schiffes auf See? In einem siebentägigen Sturm? Und schickten sie dabei die Platten per Luftpost an Junior in Kansas City? Das bewies, wie wirr man im Kopf werden konnte, wenn man sich zu hartnäckig mit etwas beschäftigt!

Er kam wieder auf die Idee zurück, daß sich ein elektrisches Gerät in der Nähe des Audiographen befinden mußte. Aber wieso, wenn Schantz doch gesagt hatte, es würde keine Auswirkung haben? Konnte Schantz sich irren? Oder klammerte er, Maclain, dessen Ohren an die Stelle seiner Augen getreten waren, sich hier womöglich an einen Strohhalm und machte viel zuviel Lärm um ein winzig kleines Geräusch? War dieses Geräusch, das er für das Toben von tausend Düsenjägern hielt, bloß das Summen einer Waschmaschine oder eines elektrischen Trockners? Es mußte mehr dahinterstecken.

Kraft! Überwältigende Kraft! Es mußte so sein. Wenn das Leben eines sechsjährigen Jungen auf dem Spiel stand, konnte er sich keinen Irrtum erlauben.

Vielleicht klammerte er sich auch nur zu sehr an eine fixe Idee: Sie hatten den Jungen geschnappt, möglicherweise als Mädchen verkleidet und waren zehn Stunden gefahren. Mindestens vierhundert Meilen. Warum dann nicht nach Kanada? Wenn Junior Kanadier war, trug sein Wagen unter Umständen kanadische Nummernschilder. Für ein Elternpaar mit seiner schlafenden kleinen Tochter würde es einfach sein, mitten in der Nacht die Grenze zu passieren...

Der Captain sprang von dem roten Sofa auf, schaltete den Audiographen aus und nahm seine Braille-Karte des Staates New York aus einer flachen Schrankschublade. Schneller als das Auge folgen konnte, zog er mit den Fingern die Strecke zwischen New York City und Buffalo nach. Nur dreihundertfünfundsiebzig Meilen!

Fünf Minuten später hatte er Arnold Cameron am Telefon. »Ich habe ihn, Arnold. Zwei verschiedene Geräusche, als würde man einen Piratensender zur Strecke bringen. Crosby, der ›Silent Night‹ singt — und das Geräusch der größten Energiequelle der ganzen weiten Welt. Jetzt ist es an Ihnen, den Jungen zu holen!« Noch eine ganze Minute lang stotterte er weiter.

»Erzählen Sie uns nicht, wie wir unsere Arbeit machen sol-

215

len«, unterbrach ihn Cameron. »Gehen Sie aus der Leitung, damit ich die Grenzbeamten der Royal Canadian Mounted Police anrufen kann. Es sollte ihnen doppelt leichtfallen, einen Jungen zu finden, denn schließlich sind sie diejenigen, die jeden Mann erwischen!«*

Direkt außerhalb der Stadtgrenze verläuft zwischen der Stanley Avenue und dem Parkway im rechten Winkel zum Fluß eine kurze Straße, in der acht hübsche, gepflegte Häuser stehen. Fünf auf der einen Seite und drei auf der anderen. Auf der Seite mit den drei Häusern, nicht ganz an der Ecke zum Parkway, befindet sich die *Maple Leaf Tavern*, die stolz ist auf ihre zehn makellosen Gästezimmer in der oberen Etage und auf ein sehr gutes Restaurant sowie eine Bar im Erdgeschoß.

Um neunzehn Uhr am Freitag, dem 20. Dezember, verabschiedete sich Mr. Burns, der das *Maple Leaf* seit vierzig Jahren besaß und führte, von seiner Frau, die in der Küche die Zubereitung des Abendessens überwachte. Er betrat die Bar und legte Bing Crosbys Platte ›Merry Christmas‹ auf den Plattenteller. Kaum waren die ersten Takte von ›Silent Night‹ aus dem Lautsprecher ertönt, der über der Eingangstür des *Maple Leaf* hing, da betrat Detective Sergeant McMurtrie von der Provinzpolizei Ontario die Bar.

Er und Burns waren alte Freunde. McMurtrie, groß und blaß, mit traurigen schwarzen Augen, bildete einen verblüffenden Kontrast zu dem rotblonden Burns, einem Schotten, den das gute Leben im Lauf der Jahre hatte fett werden lassen.

Sie schüttelten sich die Hände, McMurtrie bestellte ein Ale und setzte sich in der leeren Bar an einen Tisch. Einen Augenblick später gesellte sich Burns mit zwei Flaschen und Gläsern zu ihm.

»Ich trink' eins mit, Mac.«

* Anspielung auf einen Werbespruch der kanadischen Mounties
(›We Always Get Our Man!‹).
Anmerkung des Übersetzers

»Aber auf meine Rechnung. Scheint mir so, Kumpel, als hättest du mit diesem Lärm über der Eingangstür deine gesamte Kundschaft vertrieben.«

»Lärm sagt er dazu! Sei nicht blasphemisch, Mac. Das ist eines von Gottes Liedern, und es folgen noch weitere. Während der letzten zehn Tage habe ich diese Platte jeden Abend gespielt, außer am Sonntag. Das Wetter hat die Kundschaft vertrieben, nicht etwa mein Angebot, den Vorübergehenden ein wenig Wärme und Weihnachtsfreude zu bieten.«

»Hmph!« McMurtrie nahm einen großen Schluck Ale, und sein Adamsapfel bewegte sich auf und ab. »Und hast du eine Erlaubnis, Burns, dieses Ding abzuspielen? Es kommt mir so vor, als wären deine Nachbarn ziemlich sauer, daß du ihr Fernsehprogramm und ihren Schlaf störst.«

»Du weißt sehr gut, daß ich eine Erlaubnis habe, McMurtrie. Wer, wenn nicht du, hat denn seine lange Nase bei jeder Gelegenheit hier reingesteckt und alle möglichen Lizenzen und Genehmigungen überprüft, obwohl wir hier außerhalb der Stadtgrenze sind? Und was die Leute in dieser Straße angeht, so sind sie alle gute Kunden und Freunde von mir und freuen sich über ein bißchen Musik.«

»Alle?« Detective McMurtrie zog die buschigen Augenbrauen hoch. »Da war doch so einer, wenn ich mich recht erinnere, den du während des Kriegs hier rausgeschmissen hast, weil er umstürzlerische Reden schwang. Wie hieß er doch gleich?«

»Zwicker«, sagte Burns. »Francois Zwicker.« Burns hielt sein Bierglas hoch und betrachtete die aufsteigende Kohlensäure im Gegenlicht. »Ihm gehört das Haus direkt gegenüber. Nummer 3. Gott sei gedankt, vor einem Jahr hat er seinen Job als Ingenieur beim Elektrizitätswerk verloren und ist weggezogen. Das Haus stand kurze Zeit leer; dann wurde es im Sommer für drei Monate gemietet und stand danach wieder leer, bis genau letzten Samstag.«

»Wieder vermietet?«

»Nein, er und seine bessere Hälfte sind wieder da; aber nicht für lange, glaub mir. Mit seinem losen Mundwerk wird er nirgendwo lange angestellt bleiben. Von mir hat er hier Hausverbot. Und seine Alte ist auch keinen Pfifferling wert. Louise heißt sie, Frankokanadierin, wie er. Aus Quebec oder Three Rivers. Im Moment ist sie gerade allein. Er ist mal wieder unterwegs, auf Jobsuche, würde ich sagen. Nicht, daß er ihn lange behalten würde...«

Eine Gruppe von vier Leuten kam herein. Burns trank sein Ale aus und stand auf, um sie begrüßen.

»Das Bier geht auf mich, Mac. Komm mal wieder vorbei, und frohe Weihnachten wünsche ich!«

Draußen stieg der Detective in ein großes schwarzes Auto ein, in dem vier Männer auf ihn warteten. »Laßt uns den Durchsuchungsbefehl holen«, sagte er. »Der Name ist Zwicker, die Hausnummer ist 3.« Der Wagen fuhr los.

Eine Stunde später, begleitet von Bings Stimme, die ›I'll Be Home for Christmas‹ sang, klingelte McMurtrie an der Tür von Haus Nummer 3. Die Tür wurde schließlich geöffnet von einer blassen Frau mit stechenden dunklen Augen und rabenschwarzem Haar.

»Provinzpolizei, Mrs. Zwicker«, sagte McMurtrie. »Das Haus ist von vier Männern umstellt, und wir haben einen Durchsuchungsbefehl. Lassen Sie mich bitte herein. Wir sind gekommen, um den Jungen zu holen.«

Um sechs Uhr nachmittags, am Samstag, dem 21. Dezember, startete Alan Connatsers Cessna Twin von der Landebahn auf dem Gelände von *Connatser Products* auf Long Island. Mit Steven Donegan und Connatser an den Kontrollen flog die Maschine wie befohlen nach Süden. Anstatt eines mit phosphoreszierender Farbe bemalten Handkoffers war zudem Special Agent Hank Weeks, Angehöriger des FBI, an Bord.

Ronnie war wohlbehalten zu Hause bei seiner Mutter und hatte es noch rechtzeitig zu der Parade bei *Macy's* geschafft.

Der Funkkontakt wurde um zwanzig Uhr zwanzig hergestellt, und fast sofort flammte am Boden ein rotes Signallicht auf, und zwar auf einer weiten, offenen Fläche, ungefähr zwanzig Meilen nördlich von New Bern, North Carolina. Als die Cessna den Punkt direkt über dem Signallicht erreicht hatte, sprach Hank Weeks ins Mikrophon des Funkgerätes:

»Zwicker, hören Sie gut zu! Hier spricht ein Special Agent des FBI zu Ihnen. Ihre Frau wurde verhaftet, wir haben den Jungen. Sie hat uns den Namen von Walter Vollmer verraten, dem Bezirksbeamten, der gerade mit Ihnen im Streifenwagen sitzt. Man hat Sie verfolgt, und wir wissen genau, wo Sie sind — zwischen Vanceboro und Blount Creek. Sie stecken ausweglos in der Falle, denn überall entlang der Staatsstraßen siebzehn und dreiunddreißig sind Wagen postiert, ebenso auf der Landstraße, auf der Sie hergefahren sind. Sie haben diese Nachricht mitgehört und nähern sich Ihnen jetzt. Das ist alles! Jeglicher Fluchtversuch wäre sinnlos.«

Die Cessna begann zu steigen. »Nur eines an dieser Angelegenheit ärgert mich, Hank«, sagte Connatser mißmutig. »Denken Sie nur an all die Umstände, die Sie sich erspart hätten, wenn Sie auf Steves und meinen Vorschlag eingegangen wären — einfach ein Handkoffer mit einer hübschen, kleinen Bombe!«

Viel weiter nördlich, in der *Maple Leaf Tavern*, drehte Mr. Burns die ›Merry Christmas‹-Platte gerade zum drittenmal um und begann abermals mit ›Silent Night‹. Im leeren Haus auf der anderen Straßenseite saßen zwei Angehörige der Provinzpolizei Ontario, für den Fall, daß etwas schiefging und Zwicker zu seinem Haus zurückkehrte, und spielten Rommé.

»Es wäre tatsächlich eine stille Nacht, wenn Burns nur endlich dieses verdammte Ding abschalten würde«, sagte der eine zum anderen und drosch eine Karte auf den Tisch.

»Allerdings«, sagte der andere, »und zwar totenstill, wenn du mich fragst!«

Sie spielten weiter, ohne das Geräusch bewußt wahrzunehmen, das in meilenweitem Umkreis jeden Raum, jeden Winkel, jedes Haus und jede Straße erfüllte. Sie hatten viel zu lange umgeben von seinem dumpfen Widerhall gelebt, um es noch zu bemerken — das phantastische Tosen des Hufeisenfalls von Niagara, der nur einen halben Block entfernt seine endlosen Wassermassen mit ohrenbetäubender Lautstärke achtundvierzig Meter in die Tiefe stürzen ließ.

Originaltitel: Silent Night
Ins Deutsche übertragen von Thomas Haufschild

Gahan Wilson

Lilian de la Torre

Das entwendete
Weihnachtsgeschenk

Das Verschwinden des Weihnachtsgeschenks der kleinen Fanny
Plumbe war nur der Auftakt zu einem größeren und weitaus toll-
kühneren Diebstahl; und er selbst wurde durch gewisse Anzeichen und Vorboten angekündigt. Dazu zählte die seltsame Botschaft in Geheimschrift, die Mrs. Thrale abfing; und ich selbst
fand keinen Seelenfrieden mehr, nachdem ich den alten Seemann
mit dem ganz absonderlichen Holzbein gesehen hatte.

Dr. Sam. Johnson und ich begegneten ihm im Park von
Streatham, als wir uns dem Anwesen der Thrales näherten, um
dort Weihnachten zu verbringen. Er saß auf einem Stein gleich
neben dem Tor, in dem für die Jahreszeit so ungewohnten Son-
nenschein, und schnitzte. Er trug das Halstuch und die weiten
Hosen des Seefahrenden. Er hatte ein windgegerbtes, massiges,
finsteres Gesicht und war von stämmiger, gebückter Gestalt.
Sein Stumpf stak kerzengerade von ihm ab, ein Hosenbein hing
schlaff daran herunter. Der Gegenstand, an dem er schnitzte,
war sein eigenes Holzbein.

Ein ganz absonderliches Holzbein war's. Das obere Ende, das
in einer Art Schale den Stumpf aufnahm, wölbte sich stolz
empor und war wie der Bogen eines Kriegers reich mit Schnitzereien versehen, mit deren Verschönerung er eben beschäftigt
war. In das untere Ende war ein zylindrischer Pfropf getrieben,
etwa halb so dick wie mein Handgelenk, sorgsam gedrechselt
und gefährlich mit Eisen bewehrt.

Während die Kutsche gemächlich an ihm vorbeifuhr, starrte
ich auf ihn hinab. Er streckte uns seinen schmutzstarrenden,
breitkrempigen Hut entgegen, und mein großmütiger Gefährte
warf ein Geldstück hinein.

Im Haus der Thrales trafen wir auf düstere Stimmung, trotz des bevorstehenden Weihachtsfestes. Der große, schweigsame Brauer Thrale begrüßte uns mit seiner gewohnt kalten Höflichkeit, seine winzig kleine, schwatzsüchtige Frau mit ihren gewohnt exaltierten Entzückenslauten. Mit von der Partie waren Thrales Schwester, ein dralles Mannweib, von der Statur und dem Feingefühl eines Grenadiers, geboren, die Weihen einer Bürgermeistersgattin zu empfangen, und im Schlepptau ihres Mannes, des Ratsherrn Plumbe, auf bestem Wege, dieses Ziel zu erreichen. Plumbe übertraf seinen Schwager an Größe und gebot über das Doppelte an Breite. Seine Gestalt war von Fettwülsten geprägt, sein Gemüt war cholerisch. Er beäugte finster seine Kinder, Master Ralph, einen Lümmel von vierzehn, und Miss Fanny, die ein Jahr älter war.

Master Ralph schien sich alle Mühe zu geben, so schnell wie möglich die Größe seiner Eltern zu erreichen, hatte dafür aber wohl Schwierigkeiten, auch nur annähernd an ihren ansehnlichen Körperumfang heranzukommen. Er zog unentwegt die dünne Oberlippe über seine langen Schneidezähne, die sich ebenso unentwegt wieder hervorschoben. Er verbeugte sich und grinste und verdrehte seine Handgelenke zu unseren Ehren.

Miss Fanny absolvierte ihren obligatorischen Knicks mit gesenkten Augen. Sie war groß und wohlgerundet, und zartes Empfinden spielte rot und weiß auf ihrer Wange und, ich gestehe es, auf den empfindsamen Saiten meines Herzens. Ja, ich hätte der Kavalier Miss Fannys sein können, hätte ich nicht in den unteren Gefilden des Hauses die reizvollste kleine Hexe aufgespürt, die schöne Dienstmagd, Sally, die ... aber ich schweife ab.

Durch diese Gesellschaft kreuzte der gelehrte Dr. Thomas, der Schulmeister, der emsig, wie es einem Geistlichen anstand, Öl auf die Wogen goß, die, wie sich bald herausstellte, bedenklich hoch schlugen. Miss Fanny war von tiefem Gram ergriffen (eines abgewiesenen Verehrers wegen, so viel bekam ich mit, Mrs. Plumbe war gänzlich mißgelaunt, und der Ratsherr redete ihr abwechselnd gut zu und schrie sie an.

In einem mißlichen Moment faßte der letztere den unglückseligen Gedanken, die Miss zu bestechen, um sie ihrer trüben Stimmung zu entreißen; und demgemäß holt er das Weihnachtsgeschenk für die junge Dame hervor, vier Tage zu früh, und überreicht es ihr hier und jetzt — ein Schritt, den er noch vor dem Ende der Woche bitter bereuen sollte.

»O Gott!« gellte Mrs. Thrale. »O Gott, das ist ja ein richtiger Weihnachtsstern!«

»Das ist es in der Tat«, sagte Dr. Sam. Johnson, »ein Stern erster Größe.«

Es war in der Tat ein wahrhaft schönes Schmuckstück, wenn auch in meinen Augen wenig geeignet für eine so junge Dame, ein kunstvoll gefertigtes Intaglio, versehen mit einem unnötig großen Diamanten, für die Brosche wie für den kindlichen Busen, den er zieren sollte. »Sicher«, kreischte Mrs. Thrale und offenbarte ihren gewohnt verwegenen Geschmack, »das Ding ist so groß, da kann es doch nicht echt sein. Sagt, ist es kein künstlicher Edelstein?«

»Künstlich!« rief der Ratsherr, und die Röte stieg ihm ins Gesicht. »Ich sage Euch, Ma'am, dies ist ein Edelstein von reinstem Wasser, und jeder Goldschmied in der Stadt gibt Ihnen dafür zweihundert Pfund.«

Ralph Plumbe saugte an einem Vorderzahn und verdrehte seine vorstehenden Augen. Die schöne Dienstmagd Sally, die mit dem Teetablett hereingekommen war, starrte mit offenem Mund auf das Schmuckstück. Der kleine Dr. Thomas legte seine Fingerspitzen aneinander und schien ein frommes Wort an sich selbst zu richten. Der Ratsherr steckte das Schmuckstück an den Busen seiner Tochter, ein Akt, bei dem ich ihm liebend gern assistiert hätte. Sie schenkte ihm ein strahlendes Lächeln, der Sonne gleich, die durch die Wolken bricht.

Ihr launisches Herz war gewonnen. Sie gab sie mit reizender Anmut hin, die Liebesbriefe, um die sie zuvor gekämpft hatte, und der Bediente brachte sie noch am selben Nachmittag dem armen abgewiesenen Jack Rice, während Miss Fanny wie ein Pfau mit ihrem Schmuck durchs Haus stolzierte.

Einen oder zwei Tage später war's, daß ich an einem Spaziergang über das Gelände Streathams teilnahm. Dr. Johnson und

Mrs. Thrale verkürzten uns die Zeit durch einen Diskurs mit dem gelehrten Dr. Thomas über walisische Antiquitäten. Master Ralph, den der Disput langweilte, warf Steine, abwechselnd auf Felsbrocken und auf Belle, die schwarzbraungelbe Spaniel-Hündin.

Als wir den Küchengarten erreicht hatten, fiel uns die wohlgerundete Sally ins Auge, mit ihrem blauen Kleid und ihrer adretten Schürze, wie sie die Mauer entlangeilte. Sie kreuzte unseren Weg unter vollen Segeln, mit der flüchtigen Andeutung eines Knickses. Mrs. Thrale ergriff sie am Ärmel.

»Sag, wohin so schnell?«

»Nur in die Küche, Ma'am.«

Unsere hitzige, kleine Gastgeberin herrschte sie an.

»Was hast du in deiner Hand?«

»Nichts, Ma'am.«

Mrs. Thrale, so klein sie ist, hat eines starken Mannes Kraft in ihrer Hand. Sie zwang des Mädchens dralle Finger auseinander und zog ein gefaltetes Papier hervor.

»Oho, Mädchen. Du beförderst *billets doux*.«

»Nein, Ma'am. Ich hab's gefunden, bitte, Ma'am«, rief das Mädchen mit Nachdruck.

»Ho, ho«, polterte Master Ralph dazwischen, »ist eins von Fan, wette ich.«

»Wir werden sehen«, sprach Mrs. Thrale barsch und entfaltete das Papier.

Ich reckte meinen Hals. Das sonderbarste Schreiben war's (eins ausgenommen), das ich je gesehen habe. Es bestand aus Wortgebilden mit allein zwei Buchstaben.

```
aababababbabbaaabaaba ababbabbabbaaaabaaba
abbaa'abbabbaabaaabaabaaab baabaaabaa
aabbbaaaaaababaababaaabaa ababa'aabaaaaaaabaabb
abbabbaabbabaaa ababa'aaaaabaabbabbaaaabaa
abaaabaaaaaabaa baabaaabaa
aabbaaaaaabaaaaaaabbaaba aabbbaaaaaabaaaabbaaaabaa
aaaaaabaaaababaababaaabaa
aababababaaabaaaaaabaaabbaabaaba
```

226

Der gelehrte Dr. Thomas musterte die seltsamen Zeilen.

»Irgendeine unbekannte, Primordialsprache, da habe ich keinen Zweifel.«

»Das Blöken von Schafen ist das!« rief ich. »*Baabaaabaa!*«

»Nein, Sir; es ist eine Geheimschrift«, sagte Dr. Sam. Johnson.

»Großer Gott!« kreischte Mrs. Thrale, »eine Verschwörung der Franzosen ist's, gewiß, gegen unseren Frieden.«

»Nein, Ma'am«, widersprach ich ihr kühn und halb im Scherz, »es geht um ein edles, gefangenes Fräulein, das auf diesem Weg um Freiheit fleht.«

»Puh«, machte Mrs. Thrale, »immer der leidenschaftliche Romantiker, wie, Mr. Boswell?«

»Zu welchem Ende«, tadelte Dr. Johnson, »stehen wir hier herum und disputieren, wo wir die Botschaft doch entziffern könnten?«

»Mein Mann hat das neue Codebuch«, rief Mrs. Thrale. »Ich will es sofort holen.«

Sie segelte dahin, die schöne Sally hatte sie vergessen. Diese zog mit ihrem Zeigefinger ihr Augenlid nach unten und stand reglos auf dem Pfad, bis sie merkte, daß auch ich Dr. Johnson eifrig mit der Geheimbotschaft folgte, woraufhin sie ungerührt enteilte.

Dr. Johnson steuerte den Salon an, und wir strebten ihm nach. Er nahm am Fenster Platz und spähte auf das seltsame Papier. Dr. Thomas, Ralph Plumbe und ich spähten mit ihm, und Fanny kam vom Spiegel, vor dem wir sie beim Putz überrascht hatten, um gleichfalls zu spähen.

Als Dr. Johnson das Papier glättete, warf ich die Arme hoch.

»Was ist damit zu machen!« rief ich aus. Wir sollen die vierundzwanzig Buchstaben des Alphabets darin entdecken, und in dieser ganzen Botschaft finden wir allein zwei Zeichen.«

»Was der Mensch verschlüsseln kann, kann der Mensch auch entschlüsseln«, zitierte Dr. Johnson, vor allem, wenn der Chiffrierer ein Bewohner Streathams ist und der Chiffreur Sam Johnson heißt. Doch seht, da kommt unsere Gastgeberin.«

Sie kam mit leeren Händen. Das neue Codebuch war nicht aufzufinden.

»Dann«, sagte Dr. Johnson, »müssen wir uns damit begnügen, was wir im Kopf haben. Prüfen wir dieses Papier und sehen wir, was es uns zu sagen hat.«

Wir beugten uns über seine Schulter, Mrs. Thrale, Dr. Thomas, die Plumbe-Kinder und ich. Ralph sog aufgeregt Luft durch seine Zähne, der reizende Busen der kleinen Fanny wogte heftig.

»Nun, Ma'am«, begann Dr. Johnson, an Mrs. Thrale gewandt und nicht ungern seine Gelehrsamkeit demonstrierend, »Ihr müßt wissen, daß Geheimschriften die Aufmerksamkeit der Gelehrten seit jeher in Anspruch genommen haben. Ich nenne nur Polybius, Julius Africanus, Philo Mechanicus, Theodorus Bibliander, Johannes Walchius und unseren eigenen englischen Aristoteles, Francis Bacon —«

»Bei Gott, Sir«, rief die kleine Fanny zappelnd, »wie lautet die Botschaft?«

»Gemach, Miss«, beschied ihr der Philosoph und legte seine Stirn in Falten. »Wir haben hier dreihundertunddreißig Zeichen, alle entweder *a* oder *b*; mit einem Federkiel in sechzehn Gruppen auf die Seite aus einem Notizbuch geschrieben. Bemerkenswert ist, daß der Schreiber seine Buchstaben in Folgen von fünf schrieb, niemals mehr und niemals weniger; Ihr seht wohl nach jeder Gruppe das kleine Tintenpünktchen, wo die Feder ruhte. Laßt uns die Abschnitte kennzeichnen.«

Er nahm seine Feder und machte sich an die Arbeit. Ich sah zu, wie die Zeilen sich formierten:

aabab/abbab/baaaa/baaba ababb/abbab baaaa baaba
abbaa'/abbab/baaba/aabaa/baaab baaba aabaa
aabbb/aaaaa/ababa/ababa/aabaa ...

»Wir sehen jetzt«, sagte Dr. Johnson, als seine Feder über das Blatt schnellte, »daß wir es nicht mit einer Korrespondenz zu tun haben, in der jeder Buchstabe für sich steht, sondern in der wir ganze Buchstabengruppen finden. Kurz gesagt, Mr. Boswell, wir haben hier den berühmten Zwei-Buchstaben-Code des gelehrten Francis Bacon vor uns; wie er ohne Zweifel auch in Thrales unauffindbarem Codebuch abgedruckt ist.«

Mrs. Thrale klatschte in die Hände.

»Jetzt werden wir den Schrieb verstehen. Laßt Euch von mir gesagt sein, 's ist ein Anschlag der Franzosen gegen uns.«

»Doch leider«, sagte Dr. Johnson, »habe ich den Schlüssel nicht im Kopf; ich werde ihn rekonstruieren müssen. Lang ist's her, seit ich Korrektor bei der Presse war, doch der Setzkasten des Druckers ist mir noch so wohl in Erinnerung, daß ich die Häufigkeit der Buchstaben im Englischen ermessen kann.«

»Verlaßt Euch drauf«, murmelte Mrs. Thrale hartnäckig, »dies ist französisch.«

»Es sieht folgendermaßen aus«, fuhr er ruhig fort, »*e* erscheint am häufigsten; es folgen *o*, dann *a* und *i*. Um die Konsonanten zu identifizieren, beachte man gleichfalls deren Häufigkeit; erst kommen *d, h, n, r, s, t*; danach die andern, die Reihenfolge habe ich vergessen; doch mit dem, was ich weiß, kommen wir zurecht.«

Aufgrund dieser Berechnung bestimmte der kluge Professor die Kombination *aabaa* als *e*; und es ergab sich ein sonderbarer Fakt. Von den sechzehn Gruppen, die vielleicht die sechzehn Worte der Botschaft repräsentierten, endeten neun mit dieser Kombination! Dr. Johnson erwog dies in Verbindung mit den kleinen Markierungen, die wie Apostrophe aussahen, und blickte finster auf Mrs. Thrale.

»Ist es am Ende doch Französisch?«

Am Ende war es das tatsächlich; denn teilweise durch Probieren nach dem Versuchs-Irrtum-Prinzip, teilweise aufgrund der Erinnerung an das System des Codes, gelang es schließlich dem kenntnisreichen Philosophen, den Schlüssel zu rekonstruieren, und bald begann die Botschaft sich zu offenbaren:

»*Fort mort n'otes te* —«

»Das ist *poetisch*!« kreischte Mrs. Thrale. »*Grimmiger Tod, er reiße dich nicht fort*! Ha, es ist doch ein *billet doux*, ein *lettre d'amour* an eine verliebte Schöne!«

»Ach ja?«, bemerkte der Philosoph trocken und schrieb den Rest der Botschaft nieder:

»*Fort mort n'otes te halle l'eau oui l'aune ire te garde haine aille firent salle lit.*«

»Das ist kaum poetisch«, murmelte ich, das sonderbare Durcheinander übersetzend:

»Grimmiger Tod, er reiße dich nicht fort — Markt — das Wasser — ja — die Erle — Zorn — zügle den Haß — laß ihn gehen — sie machten Platz — Bett.«

»Oh, Gott, eine verteufelte Botschaft«, rief Fanny.

»Und was ist das mit dem Markt, dem Wasser und dem Erlenbaum?«

»Es gibt einen Erlenbaum«, rief Ralph, der offenbar eine Eingebung hatte, durch seine Zähne, »an der Küchenpumpe!«

Seine Erregung war ansteckend, und so liefen wir alle dorthin. Da war das Wasser, gewiß, in der alten Pumpe am Küchengarten, und darüber hingen Äste, doch nicht die einer Erle, sondern die einer alten weißblättrigen Weide, deren hohler Stamm Generationen von Eulen beherbergt hatte. In der näheren Umgebung gab es allerdings nichts Auffallendes.

Dies sonderbare Abenteuer schenkte uns nicht eben innere Ruhe; zumal, da wir, ruhig auf der Bank neben der Küchentür sitzend, den einbeinigen Seemann antrafen. Er zupfte mißmutig an seinem Stirnhaar, regte sich aber sonst nicht. Sein ganz besonderes Holzbein saß fest an seinem Platz, und der eisenbewehrte Stumpf stak tief im Dreck vor der Tür. Belle schnappte danach und erhielt zum Dank einen Tritt in die Rippen.

Das Abenteuer um die Geheimschrift beunruhigte den Ratsherrn enorm, und er bestand darauf, daß Miss Fannys Brillant sicher in Thrales Tresor zu verwahren sei. Nun wiederholte sich das altbekannte Spektakel, und Fanny schmollte dem Herrn Papa; sie blies Trübsal und ließ sich durch nichts aufheitern. Zuletzt traf man ein Abkommen, das die aufgebrachten Gemüter beschwichtigte. Der Ratsherr durfte das Schmuckstück heute in Verwahrung geben, und Miss Fanny wurde erlaubt, es während der Weihnachtszeit zu tragen, exakt ab der Dämmerung des Weihnachtsabends.

230

Der Weihnachtsabend kam nur allzu langsam, aber endlich kam er. Wir waren alle in Festtagskleidung, ich mit meinen blütenfarbenen Kniehosen, Dr. Thomas mit einer neuen, großen grauen Perücke, Ralph in pfirsichfarbenem Brokat, mit Seidenstrümpfen um seine mageren Beine. Selbst Dr. Samuel Johnson gab sich anläßlich der Gelegenheit die Ehre, in seinem tabakfarbenen Rock und seinen Messingknöpfen zu erscheinen. Seine Perücke war frisch gepudert, wofür Mr. Thrale Sorge getragen hatte.

Die Damen glitzerten. Mrs. Alderman Plumbe wogte in flammendem Satin durch die Räume. Mrs. Thrale trug ein stattliches Gewand im klassischen Stil, mit mächtigen Ärmeln, und Geschmeide im Haar. Miss Fanny trug ein seidenes Gewand von der zarten Tönung, die so treffend ›Jungfernrot‹ genannt wird; tief ausgeschnitten war's, und — ihre Brosche funkelte auf ihrem Busen. Selbst die Spaniel-Hündin Belle war mit einem enormen Band geschmückt, sorgsam von der weißen Hand Miss Fannys geknüpft.

Thrale zeigte sich bemüht, die alten Sitten hochzuhalten und den generösen Landedelmann zu spielen; gleichzeitig legte er die Verachtung des Stutzers für die unteren Klassen an den Tag. Deshalb wurde bestimmt, daß wir unsere Weihnachtsfeier in der unteren Etage zelebrieren sollten, während die Dienstboten im Dienstbotengemach zu feiern hatten, und die herumziehenden Bauern hatten ihre weihnachtlichen Zuwendungen notgedrungen im Freien zu empfangen. Wir verzehrten weihnachtlichen *Furmety*, ein Gericht aus Weizenpfannkuchen, in Milch gebacken und mit aromatischen Kräutern gewürzt. Ich ließ mir die Pfannkuchen munden und ließ gleichfalls den feinen Hackfleischpasteten Gerechtigkeit widerfahren, die man dazu reichte.

Nach der abendlichen Mahlzeit begaben wir uns in die Bibliothek. Dr. Johnson, von einem Armvoll Grünzeug behindert, kam zuletzt. Als er versuchte, die nach allen Seiten abstehenden Zweige durch die Tür zu manövrieren, riß ihm einer der Äste schwungvoll seine frisch gepuderte Weihnachtsperücke vom Kopf, und als er sie erschrocken festhalten wollte, schleuderte er sie in einer weißen Wolke auf den Boden. Ich nahm ihm seine sperrige Last ab, und lachend bückte er sich nach seiner Kopfbedeckung, um sie sich wieder aufzusetzen — allerdings ganz schief.

In der Bibliothek herrschte emsiges Treiben. Meine Aufgabe war es, den Kamin mit Grün zu schmücken. Miss Fanny entzündete die Weihnachtskerzen und erschien in ihrem Glanz um so entzückender; ihre Augen funkelten mit dem Brillanten an ihrer Brust um die Wette. Thrale brachte den mächtigen ›Weihnachtsklotz‹ zum Brennen.

Dr. Johnson war ausgezeichneter Stimmung; er schenkte seiner Gastgeberin unter dem Mistelzweig einen galanten Kuß und erzählte ausführlich von den alten Weihnachtsspielen seiner Knabenzeit.

»Geduld, Dr. Johnson, wir führen sie Euch alle vor«, rief Thrale mit ungewohnter Lebhaftigkeit. Er machte sich emsig an einer enormen Schale zu schaffen. In ihr vermengten sich die Düfte von erhitztem Wein mit denen von Orangenschalen und Gewürzen, während am Feuer gebratene Äpfel darauf warteten, in sie getaucht zu werden. Die altbekannte *Festpunsch*-Schale war's, auch wenn Dr. Johnson, in seinem Lichfield-Akzent, deren Inhalt beharrlich als *Poonsch* bezeichnete.

Hier kommen wir mit frohem Sang,
Unter den Blättern grün,
Hier kommen wir mit frohem Schritt,
O seht, wie stolz wir ziehn...

Der Gesang drang immer deutlicher an unsere Ohren. Er kam aus der Richtung des Parks, und zu Beginn der zweiten Strophe waren die Sänger auf dem Kiespfad vor den Bibliothekfenstern angelangt, welche wir eilends öffneten, um noch besser ihr Lied zu hören:

Wir sind nicht einfach Bettler,
Die ziehn von Tür zu Tor,
Wir sind die Nachbarskinder, ihr saht uns schon zuvor...

Sie waren's ohne jeden Zweifel. Die Dienerschaft hatte sich vollständig an der Haustür in der milden Nacht versammelt, und frohe Wünsche wurden ausgetauscht, wenn man unter den Singenden wohlbekannte Gesichter entdeckte. Sanft rieselte Schnee herab. Das Landvölkchen war reizend mit Bändern geschmückt, und an den Kopfbedeckungen steckten grüne Zweige; man trug Laternen an Stäben und sang zu der etwas eigentümlichen Begleitung eines alten Serpents und einer kleinen Tanzmeistergeige. Im Kreis der lauschenden Gestalten erspähte ich die boshafte Visage des einbeinigen Seemannes. Auch die Spaniel-Hündin Belle entdeckte ihren Feind. Sie entwand sich den Armen von Miss Fanny, entging dem Stallknecht an der Haustür und jagte hinaus in den Morast, um nach seiner Ferse zu schnappen. Sie stolzierte zufrieden zurück, war es ihr doch auch gelungen, ihr Band zu lösen und es im Dreck zu beschmutzen. Miss Fanny tadelte sie und brachte den Schmuck wieder in Ordnung

Da war die Maid, in lilienweißem Kleid so schick,
Sie glitt zur Tür und schob das Schloß zurück,
Sie glitt zur Tür und sperrte sie auf,
Die frohen Sänger traten ein zuhauf.

Diesmal paßten die Worte nicht so recht. Thrale reichte einen Becher aus dem Fenster, die unteren Klassen mußten draußen bleiben. Die Weihnachtssänger wischten ihre Lippen an den Ärmeln ab und ließen vernehmen:

Fröhlich' Treiben, überall zu schaun,
Das Brot ist weiß, das Bier ist braun,
Der Humpen ist aus grünem Ahornholz,
Auf Euch da trinken wir ganz stolz!

Danach marschierten die Vermummten auf. Wie die Weihnachtssänger, hatte man auch sie aus den Burschen der Umgebung rekrutiert. Obwohl jeder Mann fantastisch verkleidet war, entdeckte Belles hündischer Instinkt unfehlbar ihre

Freunde. Den als *Doktor* verkleideten hätte die eigene Mutter nicht erkannt, zeigte er doch der Welt nur eine gewaltige Nase und einen Wald von einem Bart; doch Belle leckte seine Hand, und er entgalt diese Zuwendung, indem er sie am Ohr kraulte und das Band zurechtrückte. Sie schwänzelte um *Sankt Georg* (der Mrs. Thrale die Entdeckung bescherte: »Der Metzgersjunge ist's!«) und hinterließ schmutzige Pfotenspuren auf den Kniehosen des *Alten Mannes*, ehe man von ihren Aufmerksamkeiten genug hatte. Sie kam mit hängender Zunge zurück, ihr Band wieder am Boden schleifend. Entmutigt verzichtete Miss Fanny darauf, es wieder in Ordnung zu bringen. Sie drängte sich mit der übrigen Gesellschaft am Fenster, als die Jungen ihre Fackeln hoben und die Bauern von Streatham auf dem schneebedeckten Rasen das berühmte Mummenschanz-Stück von *Sankt Georg und dem Drachen* spielten.

»Mit Verlauf, Sir, gebt acht«, sagte der entzückte Dr. Johnson, »ist nicht dies ein Relikt aus ferner Vergangenheit, jenes hierarchische Gebaren Eures hexenmeisterlichen *Doktors* dort mit seiner Zauberpille? Mit Verlaub, guter Mann...« letzteres rief er zum Fenster hinaus dem *Doktor* entgegen, »wie versteht Ihr dieses Tun?«

»Ich versteh's nicht, Sir«, entgegnete der Spieler heiser und führte seinen Part unter allgemeinem Gelächter von drinnen fort.

»Und Gott segne diese gute Gesellschaft«, schloß *Sankt Georg* fromm. Er fing die schwere Börse auf, die Thrale ihm zuwarf, wog sie und fügte in normalem Tonfall hinzu: »Gott segne Euch, Sir.«

Die Gäste ließen ihre Gaben folgen. Plumbe schleuderte ein Goldstück; Dr. Johnson und ich warfen Silber; selbst der ärmliche kleine Dr. Thomas mußte eine halbe Krone opfern. Kaum war sie der Mühe wert, die er sich ihretwegen machte. Erst kramte er in seiner geräumigen Tasche nach der fraglichen Münze, dann schlug er sie in ein Blatt seines Notizbuchs und schließlich zielte er damit angestrengt auf die Hände des *Sankt Georgs*. Die Absicht war da, allein seine Zielsicherheit fehlte; sein Wurf ging zu weit und hatte eine kleine Balgerei zur Folge.

»Der Herr segne alle hier«, riefen die Bauernkinder im Chor und entfernten sich mit ihren Fackeln, während wir drinnen die Fenster schlossen und uns ums Feuer scharten. Dann wurde die Schale in Flammen gesetzt, und wir übten uns mit kühnen Fingern und entzückten Rufen im Rosinenfischen.

»Fan, meine Liebe«, sagte der Ratsherr plötzlich, »wo ist dein Weihnachtsgeschenk?«

Alle blickten auf das errötende Mädchen, das mit einer verbrannten Fingerspitze zwischen ihren rosa Lippen wie ein kleines Kind dastand.

»Der Mann«, flüsterte sie fast, »der Mann, Papa, er blickte so seltsam darauf, als die Vermummten spielten, und ich fürchtete mich und brachte es an einen sicheren Ort.«

Sie deutete auf eine wertvolle kleine französische Emaillevase.

»Dort ist's, Papa.«

Der Ratsherrr packte die Vase und drehte sie um. Sie war leer. Miss Fannys Weihnachtsgeschenk war verschwunden.

Der Ratsherr wurde purpurrot.

»Die Dienstboten . . .« röhrte er.

»Gemach, Mr. Plumbe, beruhigt Euch« sagte Dr. Johnson, »wir müssen in diesem Raum nach Miss Fannys Diamanten suchen.«

Er deutete erst auf den Schnee, der jetzt den Boden unterhalb des Fensters in einem dünnen Schleier bedeckte, dann zu der Puderschicht auf der Türschwelle. An beiden Stellen war kein Abdruck eines Stiefels oder Schuhs zu sehen.

Doch obwohl der cholerische Ratsherr das Gemach gründlichst durchwühlte, und obwohl sich alle Anwesenden an dieser Suche beteiligten, obwohl Plumbe sogar die Asche des Weihnachtsklotzes untersuchte, war das Weihnachtsgeschenk der kleinen Fanny nicht zu finden.

»Das ist schlimmer als das mit Jack Rice, tausendmal schlimmer«, kicherte ihr Bruder in mein Ohr.

Und so war's. Die arme, entzückende Fanny fiel in Ungnade.

»Dies ist ein ganz gemeiner Dieb«, rief Dr. Johnson in edler

Entrüstung, »der ein Kind beraubt, und seid gewiß, ich werde ihn entdecken.«

Die arme Fanny konnte nur schluchzen.

Es war genug, um die fröhliche Weihnachtsstimmung restlos zu verderben. Die kleine Fanny hütete ihr Zimmer, unter der Obhut des guten Dr. Thomas. Der Lümmel Ralph tappte ziellos herum, neckte Belle so lange, bis ihn die erzürnte Spaniel-Hündin herzhaft biß, worauf er sich schmollend zurückzog. Der Ratsherr und seine Gattin waren nicht mehr zu sehen. Herr und Herrin des Hauses oblagen die Ehrenpflichten des Tages. Ich war dabei, als sie ihren Weihnachtsbraten an die Türschwelle schafften; die schöne Sally teilte die belegten Brote aus, und dort in der Schar des Landvolks sah ich den einbeinigen Seemann, wie er gleichmütig auf seinem Stück Fleisch kaute. Er schien sich recht wohl zu fühlen.

Dr. Johnson streifte ruhelos von Raum zu Raum.

BOSWELL: »Sagt mir, Sir, was sucht Ihr mit solchem Eifer?«

JOHNSON: »Sir, ein französisches Wörterbuch.«

BOSWELL: »Zu welchem Zweck?«

JOHNSON: »Um jene Geheimbotschaft recht zu lesen; gewiß ist sie der Schlüssel zu des Rätsels Lösung, wohin Fannys Brillant entschwunden ist.«

BOSWELL: »Nun, Sir, die Worte sind klar; was sie bedeuten sollen, das ist es, was wir nicht verstehen.«

JOHNSON: »Nein, Sir die Worte sind *nicht* klar; die Worte sind irgendwie umzustellen. Nun, Sir, fände ich ein französisches Wörterbuch, in *zwei* Spalten gedruckt, es würde nicht leicht sein, doch wir sollten in der *zweiten* Spalte die von uns gesuchten Wörter finden, Seite an Seite mit den Worten ohne Sinn, die wir jetzt vor uns haben.«

Darauf schloß ich mich seiner Suche an; doch in vierundzwanzig Stunden kamen wir dem Ziel nicht näher, die geheime Botschaft zu verstehen.

Am nächsten Tag traf ich Dr. Johnson nach dem Dinner, wie er am Kamin stand, das Papier anstarrte und die Worte murmelte:

»... te halle l'eau oui l'aune ire te garde haine ...«

Ich hörte kaum hin. Ein Gedanke war mir gekommen.

»*Diese hohle Weide dort am Garten* —« begann ich: »*Yonder hollow willow near the garden* —«

»Wie?« rief Dr. Johnson und fuhr auf.

»*The hollow willow near the garden* —«

»Ihr habt es, Bozzy!« rief mein Gefährte erregt. »*The hollow willown ear te gard en.*«

So seltsam waren der Akzent und die Modulation, mit denen mein verehrter Freund die Worte wiederholte, daß ich ihn nur staunend anstarren konnte.

»Lest!« rief er. »Lest laut!«

Er streckte mir die entzifferte Botschaft unter meine Nase. Ich las sie mit meinem besten französischen Akzent, wie ich ihn auf meiner ausgedehnten Frankreichreise erworben hatte.

»Seht Ihr nicht«, rief Dr. Johnson, »wenn Ihr diese Worte sprecht, werden sie englisch! *Te halle l'eau oui l'aune ire te garde haine* — *the hollow willow near the garden* — *die hohle Weide am Garten!* Der Postkasten der Schurken, das ist mir jetzt klar. Seht! Sie hatten Anlaß, der Maid zu mißtrauen, die den Botengang besorgte.«

Er deutete auf die letzten Worte: *aille firent salle lit* — *I fear Sally* — Ich fürchte Sally.

»Wie habt Ihr das gemacht, Bozzy?«

»Ich Sir? Glaubt mir, ich dachte nicht im Traum daran. Mir war in den Sinn gekommen, daß mit der Erle vielleicht die hohle Weide gemeint war . . .«

»Nein, Sir«, entgegnete Dr. Johnson. »Euch kam ein *Bild* der hohlen Weide in den Sinn, denn ihr habt meine Worte gehört, ohne genau auf sie zu achten; und als *Ihr* die Worte spracht, erkannte *ich*, daß Ihr die meinen wiederholtet. Doch kommt, Sir, laßt uns dieses ›Postamt‹ der Diebe erforschen.«

Er rannte regelrecht aus dem Raum.

Als wir mit einigem Tempo um die Ecke des Hauses bogen, überraschten wir den Seemann, der an der Mauer des Küchengartens stand; und ich hätte schwören können, um die Mauerbiegung einen Rock wirbeln zu sehen. Der Einbeinige war eben dabei, etwas in sein Halstuch zu schlagen, und als wir hinzukamen, machte er sich mit erstaunlicher Geschwindigkeit davon. Er stakte hurtig durch den Park, in die Richtung der Schränke auf der anderen Seite.

»Sollen wir ihm nicht nach?« rief ich.

»Das hat Zeit«, entgegnete mein Freund. »Erst müssen wir uns um die Post kümmern.«

Also machten wir uns daran, den hohlen Baum zu untersuchen. Von einigen Raupen und Käfern abgesehen, sowie einer Menge Federn, war er leer.

Mehr Erfolg war uns beschieden, als wir an der Stelle vorbeikamen, an der der Einbeinige an der Mauer gelehnt hatte. Dort lasen wir die zweite dieser seltsamen Botschaften auf, die uns in Streatham unter die Augen kam.

Es war ein Streifen Papier, kaum einen Zoll breit und etwa zwölf Zoll lang. An beiden Rändern hatte jemand mit der Feder Zeichen wie von Hühnerzehen hinterlassen. Ein Ende war unsauber abgerissen. Sosehr wir auch suchten, das fehlende Fragment war nicht zu finden. Schließlich kehrten wir ins Haus zurück.

In der Bibliothek trafen wir auf Mrs. Thrale, die in einen philosophischen Diskurs mit Dr. Thomas vertieft war. Sie blickte auf das sonderbare Stück Papier und gab einen Schrei von sich.

»Das ist *Ogam*!«

»*Ogam?*«

»Ich kenne sie gut, die altirische Schrift«, erklärte Dr. Thomas, das Papier mit Interesse prüfend. »Ihr müßt verstehen, Sir, daß die unkultivierten Wilden Irlands nicht mit Feder und Papier vertraut waren, und sie mußten daher eine andere Methode ersinnen, ihre Zeichen in Holz, Stein, Horn und dergleichen zu ritzen. Sie fanden ein System, Linien an die Ränder solcher Objekte zu kratzen, senkrecht oder schief, und zu verschiedenen Buchstaben gruppiert. So hieß es von gar manchem gefallenen irischen Helden: ›Sie gruben das Grab, und sie setzten den Stein, und sie kerbten den Namen in *Ogam*:«

»Nun, da haben wir ja einen gebildeten Juwelendieb. Ich bitte Euch, Dr. Thomas, übersetzt uns diese Häkchen und Punkte.«

»Ach, Sir, ich kann das nicht aus dem Stegreif. Ich brauche dazu meine Bücher.«

»*Ihr*, Ma'am«, sprach Dr. Johnson zu der zappligen Matrone, »*Ihr* seid doch wohl vertraut mit *Ogam*; bitte lest uns vor.«

»Oh, Herr, Sir, ich nicht. Ich gehöre nicht zu den gelehrten Historikern.«

»Nun denn. Dann muß ich die Bedeutung selbst ergründen. Wird nicht schwerer werden als beim Zwei-Buchstaben-Code.«

Doch sosehr er sich bemühte, die sonderbaren Zeichen an den Rändern des Papiers fügten sich nicht der Theorie des Setzkastens. Endlich lehnte er sich zurück.

»Laßt uns von neuem beginnen.«

»Nein, Sir«, bat ich dringend, »laßt uns den Tee nehmen. Ich bin kein Spartaner und plage mich nicht, solange mein Magen wie der eines heißhungrigen Wolfes knurrt.«

»Spartaner!« rief mein Gefährte. »Ihr habt euch Euren Tee verdient, Mr. Boswell. Doch antwortet mir zuerst auf eine Frage — wir wollen aufs neue beginnen und, ich denke, wir werden diesmal zum Ziel kommen. Sagt, von welcher Form ist dieses Papier?«

»Sir, es ist lang und schmal.«

Dr. Johnson ließ es an einem Ende baumeln.

»Nein, Sir, es ist spiralförmig.« Tatsächlich, so hochgehalten, kringelte es sich zu einer Spirale.

»Bringen wir es wieder in seine eigentliche Form«, sagte Dr. Johnson. »Ich bitte Euch, Mr. Boswell, holt mir einen Besen.«

Ich blickte ihn fragend an, doch mein scharfsinniger Freund sagte nichts weiter, und ich machte mich auf die Suche nach dem hübschen Hausmädchen und seinem Besen. Nach einem kurzen Zwischenspiel als Kavalier, das mich etwas über Frauen lehrte, doch nicht das geringste über unser Rätsel, kehrte ich mit allen Besen zurück, die das Haus zu bieten hatte.

Ich fand meinen gelehrten Freund umgeben von Stöcken und

Stangen, dick und dünn, lang und kurz. Nacheinander wand er um sie das seltsame Papier, wie ein Friseur Haare um den Finger kräuselt. Doch befriedigten ihn die Resultate nicht.

»Könnte ich mich nur daran erinnern«, murmelte er, »da fehlt etwas, das elementar zu diesem Rätsel gehört; allein, es ist meinem Gedächtnis entschwunden.«

»Nun, Sir«, sagte ich, »wir sollten den einbeinigen Seemann befragen.«

»Gut, daß Ihr mich daran erinnert, Mr. Boswell.« Er stopfte das geringelte Papier in seine geräumige Tasche. »Kommt, gehen wir.«

Ich sagte dem Tee Lebewohl und folgte ihm. Wir fanden das *Three Crowns* fast leer. Nur der müßige Wirt und zwei Männer, die ihr Bier am Kamin tranken, hielten sich darin auf: doch einer von diesen war der Mann, den wir suchten. Sein Gefährte war ein gutaussehender junger Mensch mit mächtigem Nasenbein, der ihm mit schäumendem Ale zutrank.

»Guten Tag, mein Freund«, wandte sich Dr. Johnson freundlich an den versehrten Seemann.

Der junge Mensch mit dem frischen Gesicht erhob sich still, grüßte, indem er sich respektvoll an einer Stirnlocke zupfte und entfernte sich. Dr. Johnson blickte auf den Humpen des Seemanns, der jetzt leer war, und machte dem Wirt ein Zeichen.

Nicht, daß es nötig gewesen wäre, die Zunge des Seemanns zu lösen. Vorausgegangenes Zechen hatte dieses Geschäft bereits besorgt. Er war nur allzu bereit, sein Garn zu spinnen.

»Neun Seeschlachten habe ich mitgemacht«, rief er, »und schließlich verlor ich mein Bein, *mort dieu*, in der Quiberon Bay.«

Er gab seinem hölzernen Bein einen mächtigen Stoß mit dem erneut geleerten Humpen. Mein ehrenwehrter Freund, stets bereit, das Los des Leidenden zu lindern, gab dem Wirt erneut ein Zeichen. Während sich die Kanne füllte, beklagte er das Elend des Lebens auf See.

»Ich denke, daß jeder ein Seemann sein kann, der das Geschick besitzt, sich ins Gefängnis zu bringen; denn ein Schiff ist ein Gefängnis mit der Gefahr des Ertrinkens.«

»Ah«, sagte der holzbeinige Seemann düster und versenkte seine Nase in dem Krug.

Mein Freund drängte ihm eine Geldsumme auf, in Anerkennung der von ihm erlittenen Gefahren. Der Seemann akzeptierte sie mit Dankbarkeitsbeteuerungen.

»Das ist nichts, Sir«, gab mein großherziger Freund zurück. »Wenn Ihr nur meiner Laune nachkommt, will ich es Euch überreich vergelten.«

»Wie, Laune?« meinte der Seemann.

»Nun, ich würde gerne«, sagte Johnson, »Euer Holzbein für etwa eine halbe Stunde ausborgen.«

Ich starrte ihn mit offenem Mund an, doch der Seemann zeigte keine Spur von Erstaunen. Er entfernte das Gebilde unverzüglich und gab es meinem Freund in die Hand.

»Ich bitte Euch, Bozzy«, sagte Dr. Johnson, »seht zu, daß es unserm werten Freund hier an nichts mangelt, bis ich wiederkomme.«

Ehe ich eine Frage herausbringen konnte, hatte er sich entfernt, den abgeschnallten Holzpflock in der Hand. Ich blieb zurück in der Gesellschaft des Wirts und des redseligen Seemanns. Er bestand darauf, mir zu erzählen, wie er sein Holzbein selbst verfertigt hatte und wie oft seine kunstreiche Art bewundert worden war.

»Da ist jetzt dieser junge Bursche«, schwatzte er weiter, und deutete vage in Richtung Park hinüber, »er denkt, es ist eine Rarität, und erst heute morgen hatte er's für eine Stunde von mir.«

Diese Erklärung verdoppelte noch meine Verblüffung. Was in aller Welt konnte ein Mann mit zwei Beinen mit einem Holzbein wollen. Sicher hegte mein gelehrter Freund doch nicht die Absicht, den Seemann zu imitieren? Hatte der Jüngling mit der hervorstehenden Nase dies getan? Ich bemühte mich, mir das Bild ins Gedächtnis zu rufen, das mir der einbeinige Bettler im Küchengarten für einen Moment geboten hatte.

Als Dr. Johnson wiederkehrte, tat er dies in seiner üblichen Aufmachung. Wir verließen den Seemann, der jetzt nur noch bierselig in einer Ecke am Kamin röchelte, und gingen durch den Park zurück zum Haus.

»Sagt, Sir, was habt Ihr erreicht? Habt Ihr den Diamanten gefunden?«

»Diamanten? Nein, Sir, ich habe den Diamanten nicht gefunden; aber ich weiß, wo er ist, und ich weiß, wie man des Diebes habhaft werden kann.«

Er zog den seltsamen Streifen aus seiner Tasche. Zwischen die *Ogam*-Zeillen hatte er geschrieben:

»£ 140 tonight 12 a clock ye oak nighest ye 3 crowns«

Einhundertvierzig Pfund heute nacht zwölf Uhr... Eiche nahe... — Three Crowns?

»Was soll dies bedeuten?«

»Nicht doch, Bozzy, das ist doch klar. Aber hier kommt unser guter Dr. Thomas. Bitte, kein Wort weiter.«

Ich platzte fast vor Neugier; als wir abends um die üppige Tafel der Thrales versammelt waren. Ganz automatisch kamen wir auf die seltsame Weise zu sprechen, auf die der Weihnachtsschmuck aus der Bibliothek verschwunden war. Dr. Johnson gestand uns, daß er es sich nicht erklären konnte. Er war in eine Depression gesunken, aus der ihn nicht einmal das schmeichlerische Treiben der Spaniel-Hündin reißen konnte, die vom Hunger getrieben, eifrig um ein paar Häppchen bettelte; erst ein weiterer Diebstahl, an ihm selbst begangen, stellte seinen guten Humor wieder her.

Man muß wissen, daß Dr. Sam. Johnson sich bei Tisch kaum zurückhält. Er ist ein wirklich starker Esser und verkonsumiert große Mengen der von ihm geschätzten Speisen.

»Ma'am«, sagte er bei dieser Gelegenheit, den mittleren Knopf seiner weiten Weste öffnend und ein Kapaunenbein ergreifend, »Ma'am, wo es mit dem Essen nicht seine Ordnung hat, liegt irgendwie mit der Familie etwas im Argen; da ist Armut, Ma'am oder Stupidität; denn ein Mann denkt selten ernsthafter an etwas als an sein Essen, und kann er sich schon nicht geziemend darum kümmern, kann man ihm auch Nachlässigkeit in anderen Dingen unterstellen.«

»Oh«, sagte Mrs. Thrale, die nicht wußte, wie sie dies aufnehmen sollte, doch willens, es nicht auf sich sitzen zu lassen, »habt Ihr denn nie, Sir, Eure Frau des Bratens wegen gerügt?«

»Doch, gewiß«, entgegnete er ihr, ein zweites Kapaunenbein zwischen die Finger nehmend, »aber dann schalt sie noch schlimmer; eines Tages, als ich das Tischgebet sprechen wollte, sagte sie: ›Halt ein und versage dir die Farce, GOTT für ein Mahl zu danken, das du alsbald als ungenießbar schmähen wirst.‹«

Das rief allgemeines Gelächter hervor; die Spaniel-Hündin Belle nutzte ihre Chance, sprang von der Gier übermannt, hoch, entriß das Kapaunenbein den Fingern des Philosophen und rannte damit zur Tür hinaus.

»Pfui, Belle«, rief Mrs. Thrale empört, »damit hast du unser Vertrauen schändlich mißbraucht!«

»Gewiß«, entgegnete der Doktor mit seinem machtvollen olympischen Gelächter, »doch gab man ihr hier erst kürzlich ein *schlechtes Beispiel*!«

Nicht ein weiteres Wort wollte er sagen und widmete sich statt dessen einer mächtigen Kalbfleischpastete mit Pflaumen und Zucker.

Doch als wir uns von der Tafel erhoben hatten, suchte er nach der schuldigen Belle und versorgte sie mit kleinen Leckerbissen.

»Dies ist ein schätzenswertes Hündchen, Bozzy«, rief er mir zu, »denn es verriet mir nicht allein, *wie* Miss Fannys Diamant aus der Bibliothek verschwand, sondern auch, nach wessen Plan. Die gute Belle und jenes seltsame *Ogam*-Papier — ich weiß jetzt, *wo* sich die Verschwörer treffen werden und *wann*, und *wer* sie sind, und *was* ihr Ziel ist; um ihren Plan zu verhindern, will ich Teilnehmer an ihrem Treffen werden. Schließt Euch mir nur an, und Ihr werdet sehen, wie sich alles auflöst.«

Nichts in der Welt hätte mich davon abhalten können, dies zu tun. Mit Überziehern angetan, durchmaßen wir den Park und bezogen Posten unter der großen Eiche, einen Steinwurf von dem *Three Crowns* entfernt. Als der Wind an den trockenen Zweigen über unsern Köpfen rüttelte, kamen mir andere nächtliche Streifzüge in den Sinn, die wir gemeinsam unternommen hatten, und andere Übeltäter, die wir dingfest gemacht hatten.

Es herrschte eine fast undurchdringliche Dunkelheit. Über den Park hinweg sahen wir, wie sich im Haus der Thrales Fenster um Fenster verdunkelte, als die Insassen die Kerzen löschten. Dann wurde ich einer Bewegung in der schwarzen Nacht gewahr und sah, wie sich uns eine verhüllte Gestalt näherte. Sie schlich über den Pfad, vollkommen lautlos, einem Nachtgespenst gleich. Einen Augenblick standen wir starr, ohne zu atmen; dann trat Dr. Johnson vor und packte die vorbeihuschende Gestalt am Kragen. Sie gab ein erschrecktes Quieken von sich und verstummte. Dr. Johnson zog ihr den Hut aus der Stirn. Im Sternenlicht starrte ich auf das in dieser Weise enthüllte Gesicht.

Es war Dr. Thomas! Ich war vor Schrecken starr, während sich Verwirrung seiner bemächtigte, weil er entdeckt worden war.

»Gott steh mir bei, Dr. Johnson, ich allein bin der Schuldige! Doch sagt, was hat mich verraten?«

»*Ogam*«, sagte Dr. Johnson, säuerlich auf den Geistlichen blickend. »Ich bin sicher, Ihr wußtet, daß dies kein *Ogam* war. *Ogam* wird eingeritzt und zwar auf *beiden* Seiten eines rechten Winkels. Es wird nicht auf Papier gekritzelt.«

»So ist es, Sir. Ihr wart zu scharfsinnig für mich. Ich will alles gestehen. Meine fatale Leidenschaft für walisische Antiquitäten war's. Ich habe gar meine geistlichen Gewänder verpfändet, um sie zu erlangen. Ich nahm Miss Fannys Schmuckstück, ich gesteh's, und schleuderte es aus dem Fenster, gehüllt in ein Blatt meines Notizbuchs.«

»Ha, so war's!« rief ich aus. »Es wurde auf gut Glück geworfen, und der einbeinige Seemann trug es fort, verborgen in der Höhlung seines Holzbeins.«

»Nichts dergleichen geschah«, sagte Dr. Johnson. »Der Part des Seemanns und seines Holzbeins war ein ganz anderer. Aber sagt, der Schmuck — wieviel habt ihr dafür bekommen?«

»Zweihundert Pfund«, erwiderte der gefallene Geistliche. »Zweihundert Pfund! Der Preis für meine Ehre! O Gott«, rief er in einem Anfall von Gewissensbissen, sank auf seine Knie und hob die Hände zum Himmel, »wäre ich, als ich an jenen Scheideweg gekommen, nur eine andere Straße gegangen, wäre ich nur der Stimme in mir gefolgt, die mir zurief: *Wende dich ab, wende dich ab, damit du nicht fällst in deines Feindes Hände*, wäre ich nur flugs auf den rechten Weg gegangen, dann hätten wir uns hernach begegnen können, in jener nächsten Welt, wenn unsere Zeit im Grabe endet. O Grabes Ende . . .«

Dr Johnson hörte dieses klägliche Bekenntnis ungerührt, ich hingegen nicht. Ein ergreifender Anblick war's, wie der Unglückselige die Hände rang und in Seelenqual aufschrie, die Augen gen Himmel gewandt. Plötzlich jedoch heftete er den Blick auf das verdunkelte Schankhaus. Im gleichen Augenblick fuhr Dr. Johnson zusammen, und er rannte, geschwind trotz seiner Masse, dorthin, wo sich eine leichte Kutsche eben in Bewegung setzte. Ich hörte Geschirr klirren und dann das erschreckte Schnauben eines Pferds, als mein furchtloser Freund das nächste Tier am Zaum ergriff und zum Halt zwang.

»So«, rief er zornig, »*Grab! Ende!* Ihr trefft Euch hiernach in *Gravesend*! Nie und nimmer! Herunter, Sir! Herunter Miss!«

Für einen Moment war nur das Klirren des Geschirrs zu hören, während die Pferde nervös tänzelten. Dann sprang eine Gestalt auf den Boden, ein langer junger Mann, bis zu seiner hervorstehenden Nase in ein schweres Cape gehüllt. Er griff hinter sich und half einer verhüllten Gestalt von der Kutsche. Es war —

Miss Fanny Plumbe!

»Sagt, Dr. Johnson«, sprach sie würdevoll, »weshalb haltet Ihr uns auf? Was haben wir getan?«

»Ihr habt Euren Vater beschwindelt und auch uns alle«, erwiderte mein Gefährte streng. »Ihr habt Bacons Code an Jack Rice geschickt, zusammen mit jenen Liebesbriefen, denen Ihr so demütig entsagtet — allerdings erst, als dieser Diamant Euer war, den Ihr in Reisegeld zu verwandeln hofftet.«

Die Fassung des Mädchens war wundervoll.

»Nun, Sir«, gestand es mit einem Lächeln, »Ihr habt mir einen Schrecken eingejagt, als es Euch gelang, meine letzte Botschaft zu entziffern, die ich Sally anvertraute, der ich in der Tat« — sie wandte sich an mich — »nicht länger zu trauen wagte, Mr. Boswell, als sie Euch so nahe rückte. Doch gesteht, Dr. Johnson, mein Französisch hielt Euch immerhin so lange auf, bis ich eine neue Geheimbotschaft an Jack befördern konnte, diesmal durch die Hand des Seemanns.«

»Und Dr. Thomas war Euer Komplice dabei, den Schmuck zu entfernen?« rief ich, da ich meine Neugierde nicht mehr zügeln konnte.

»Seid nicht so einfältig, Bozzy«, rief mein Gefährte ungeduldig, »glaubt mir, Dr. Thomas wußte kein Wort von der Sache, bis die Miss hier sich ihm offenbarte, in ihrem vertrauten Gespräch am Weihnachtstag. Die Kecke selbst war's, die den Diamanten ihrem Liebsten zuspielte, damit er ihn zu Geld für ihre Flucht machen konnte.«

»Doch wie bloß? Sie hat doch nie den Raum verlassen.«

»Aber *Belle* hat dies getan — und sie trug den Diamanten mit sich, an ihrem Band befestigt, von niemand anderem als Miss Fanny selbst. Hinaus jagt die Hündin, um ihren Freund, den Nachbarsburschen, zu begrüßen, unkenntlich in seiner Vermummung; dieser, in die Sache eingeweiht, krault seine kleine Freundin und entfernt bei diesem Tun den Brillanten.«

»So war's, Sir«, sagte Jack Rice.

»Gewiß«, sagte Miss Fanny, »gewiß tat ich kein Unrecht, wenn ich mein Juwel dem Mann zukommen ließ, dem ich mich ehelich verbinden will.«

»Sei dem, wie es sei«, sagte mein Freund ungerührt, »Ihr werdet uns jetzt zum Haus zurückbegleiten, denn in dieser Nacht wird keine Flucht stattfinden.«

»Ich bitt' Euch, Sir«, sagte Dr. Thomas ernst, »laßt Euch besänftigen. Der Bursche da ist ein anständiger Junge, und er wird gut gestellt sein, wenn er einundzwanzig ist; und ich habe mich bereit erklärt, ihnen bei ihrer Flucht zu helfen, und ihre Vereinigung zu segnen, der sich der harte Ratsherr aus schierer Bosheit widersetzt.«

»Zu dieser Sache kann ich nicht meine Einwilligung geben«, begann mein unbeugsamer Freund. Der kleine Geistliche kramte in seiner Tasche. Er zog hervor — nicht eine Waffe, sondern ein Gebetbuch.

»Willst du, John, diese Frau . . .« begann er plötzlich.

»Halt, halt!« rief Johnson.

»Ich will«, rief der Bursche mit schallender Stimme.

»Und willst du, Fanny . . .«

Jack Rice zog einen Siegelring von seinem Finger.

»Ich will.«

»Dann erkläre ich euch zu Mann und Frau.«

Der Ring saß locker an dem schlanken Finger des Mädchens, doch er glitt nicht von ihm ab.

»Ihr seid Zeugen, Dr. Johnson, Mr. Boswell«, rief der kleine Geistliche. »Wollt Ihr nicht die Braut beglückwünschen?«

Resigniert hob Dr. Johnson seine mächtigen Schultern.

»Ich wünsche Euch Glück, meine Liebe.«

Und schließlich verschwand die Kutsche mit dem Trio dieser seltsamen Hochzeitsgesellschaft in der Ferne.

»Ich bitt' Euch, Dr. Johnson«, sagte ich da, »enthüllt mir eine Sache. Wenn die seltsame Botschaft nicht *Ogam* war, was war sie dann?«

JOHNSON: »Simples Englisch.«

BOSWELL: »Wie kann das sein?«

JOHNSON: »Die Winkel und Kratzer an den Rändern jenes Papiers waren halbierte Schriftzeilen und mußten nur zusammengelegt werden, damit man sie lesen konnte.«

BOSWELL: »Doch wie sind das Oben und das Unten eines einzigen Streifens Papier zusammenzulegen?«

JOHNSON: »Die Spartaner, an die Ihr mich selbst erinnert habt, taten dies mit einem Stab, um den man den Streifen windet, Rand an Rand, zum Schreiben wie zum Lesen.«

BOSWELL: »Daher Eure Suche nach einem Stab oder Besenstiel.«

JOHNSON: »Ja, Sir. Nun kam es mir in den Sinn, daß jener einbeinige Mann ein sonderbares Holzbein hat, welches sich nicht verjüngt, wie sie dies gewöhnlich tun, sondern gleichförmig verläuft wie ein Pfosten. War er vielleicht beides, der Bote und der Schlüssel? Für den Preis einer halben Krone bekam ich's von ihm — brachte es ihm aus den Augen, damit er über mein Vorgehen nicht schwatzen konnte — und las die Mitteilung mit Leichtigkeit.«

BOSWELL: »Dies ist höchst bemerkenswert, Sir. Ich werde sehen, daß ich es noch in dieser Nacht aufzeichnen werde.«

JOHNSON: »Ich bitt' Euch, Mr. Boswell, erspart mir das. Denn gewiß täuschten mich nicht die Schwindeleien des Geistlichen mit seinen zweihundert Pfund und seinen walisischen Antiquitäten; doch die blanke Wahrheit ist's, daß ein Junge, der noch grün hinter den Ohren ist, und ein Schulmädchen schlau unter meiner Nase ein Komplott geschmiedet haben, zuerst den Diamanten und dann das Mädchen selbst zu stehlen. Laßt uns also kein Wort mehr darüber verlieren.«

Originaltitel: The Stolen Christmas Box
Ins Deutsche übertragen von Reinhard Wagner

»Dann kam Mrs. Cratchit mit dem Weihnachtspudding herein. Sie lächelte stolz. Und, ach, was das doch für ein herrlicher Weihnachtspudding war! Er hatte die Form einer Kanonenkugel, und kleine Flämmchen loderten um ihn herum, denn man hatte ihn mit Brandy flambiert. Oben auf ihm drauf steckten ein paar Stechpalmenzweige, und er war mit den köstlichsten Pflaumen und dem feinsten Zuckerwerk gefüllt, und mit Natriumdiazetat und Monoglyceriden und bromsaurem Kalium und Aluminiumphosphat und monobasigem Kalziumphosphat und Nitriumcyclamat und Natrium-hydrogencarbonat und Emulgatoren und...«

O. Henry

Frio Kids
Weihnachtsgeschenk

Der ursprüngliche Anlaß dieser leidigen Geschichte brauchte etwa zwanzig Jahre, um sich zu entwickeln. Nach dieser Zeit war es ein äußerst ansehnlicher Anlaß.

Hätten Sie irgendwo in einem Umkreis von fünfzig Meilen von der Sundown Ranch gelebt, hätten Sie von ihm gehört. Er verfügte über eine Fülle von pechschwarzen Haaren, ein Paar immens klarer, dunkelbrauner Augen und ein Lachen, das durch die Prärie perlte wie ein verborgener Bach. Sein Name war Rosita McMullen; und Rosita war die Tochter des alten McMullen von der Sundown Schafs-Ranch.

Da kamen geritten auf roten Rossen — genauer gesagt: auf einem Schecken und auf einem Rotfuchs — zwei Freier. Der eine war Madison Lane, und der andere war der Frio Kid. Doch zu der Zeit nannten sie ihn nicht den Frio Kid, da er sich noch keinen Ehrennamen verdient hatte. Er hieß einfach Johnny McRoy.

Man darf nicht meinen, daß diese beiden die gesamte Schar der akzeptablen Verehrer Rositas bildeten. Die Broncos von einem Dutzend anderer kauten an der langen Raufe der Sundown Ranch an ihren Zügeln, und zahlreich waren die Schafs-blicke auf den Savannen, die nicht von den Herden Dan McMullens kamen. Aber all den andern Kavalieren galoppier-ten Madison Lane und Jonny McRoy weit voraus; so soll über sie berichtet werden.

Madison Lane, ein junger Viehzüchter aus dem Nueces Country, gewann das Rennen. Er und Rosita heirateten an Weihnachten. In vollem Staat und ausgelassen, lärmend und mit weitem Herzen vereinten sich Viehzüchter und Schafzüchter, ihre traditionelle Feindschaft vergessend, um das Fest zu feiern.

Die Sundown Ranch dröhnte von Gelächter und sechsschüssigen Revolvern, glänzte von Schnallen und strahlenden Augen, tönte von überschwenglicher Gratulation der Hüter der Kühe.

Doch als das Hochzeitsfest am lebhaftesten wogte, gab sich Johnny McRoy die Ehre, von Eifersucht befallen, einem Besessenen gleich.

»Ich geb' euch ein Weihnachtsgeschenk!« schrie er schrill an der Tür, seine .45er in der Hand. Selbst damals hatte er bereits einen gewissen Ruf als kaltblütiger Schütze.

Seine erste Kugel trennte einen satten Fetzen vom rechten Ohr Madison Lanes. Der Lauf seiner Kanone bewegte sich einen Zoll. Der nächste Schuß hätte die Braut getroffen, hätte nicht Carson, einer der Schafzüchter, blitzschnell reagiert. Die Kanonen der Hochzeitsgäste hatte man, ehe man sich zu Tisch setzte, an ihren Gurten an Nägel in der Wand gehängt, ganz wie es der gute Ton gebot. Aber Carson schleuderte, ohne eine Sekunde zu zögern, seinen Teller mit Wildbret und Bohnen auf McRoy und lenkte ihn damit von seinem Ziel ab. Die zweite Kugel zerfetzte demzufolge nur die weißen Blätter der Palmlilie zwei Fuß über Rositas Kopf.

Die Gäste stießen ihre Stühle weg und sprangen nach ihren Waffen. Es galt als ungehörig, auf die Braut und den Bräutigam während der Hochzeit zu schießen. In ungefähr sechs Sekunden würden etwa zwanzig Kugeln in die Richtung Mr. McRoys zischen.

»Das nächste Mal schieße ich besser!« brüllte Johnny. »Und es wird ein nächstes Mal geben.« Er verschwand schnell durch die Tür.

Carson, der Schafzüchter, durch den Erfolg seines Tellerwerfens zu weiteren Taten angespornt, war der erste an der Tür. McRoys Kugel fällte ihn aus der Dunkelheit.

Da fegten die Rinderzüchter hinter ihm her nach draußen und schrien nach Rache, denn fand auch die Beseitigung eines Schafzüchters sonst mitunter Milde, erachtete man sie in diesem Fall entschieden als ungehörig. Carson war unschuldig; er hatte mit dem ganzen Hochzeitstheater nichts zu tun; auch hatte niemand von ihm den Spruch gehört: »Weihnachten kommt nur einmal im Jahr.«

Doch die Rache blieb den Verfolgern versagt. McRoy hatte sich bereits auf sein Pferd geschwungen und galoppierte, Flüche und Drohungen ausstoßend, in das schützende Chaparral hinein.

Diese Nacht war die Geburtsnacht des Frio Kid. Er wurde in diesem Teil des Staates der ›große Bösewicht‹. Die Zurückweisung seiner Werbung durch Miss McMullen machte ihn zu einem gefährlichen Mann. Als Gesetzeshüter ihn wegen der Ermordung Carsons verfolgten, tötete er zwei von ihnen und begann das Leben eines Banditen. Er wurde mit beiden Händen ein phänomenaler Schütze. Er machte es sich zur Gewohnheit, in Städten und Siedlungen aufzutauchen, beim kleinsten Anlaß einen Streit vom Zaun zu brechen, seinen Mann zu erledigen und die Gesetzeshüter zu verlachen. Er war so kaltblütig, so mörderisch, so schnell, so unmenschlich blutrünstig, daß nie mehr als schwache Versuche unternommen wurden, ihn zu fassen. Und als Frio Kid schließlich selbst tödlich getroffen wurde — von einem kleinen einarmigen Mexikaner, der selbst vor Angst fast starb — hatte er den Tod von achtzehn Männern auf seinem Gewissen. Etwa die Hälfte davon starb nach fairem Kampf, wobei die Schnelligkeit mit der Waffe entschied. Die anderen waren Männer, die er allein aus Mutwillen und Grausamkeit meuchelte.

Entlang der Grenze erzählt man sich viel über seinen ungeheuerlichen Wagemut. Doch zählte er nicht zu jener Sorte Desperados, die Zeiten der Großzügigkeit oder gar Milde kennen. Es heißt, er hätte niemals Gnade gegen das Objekt seines Zorns geübt. Doch sollte man zu dieser wie zu jeder Weihnachtszeit versuchen, in jedem Menschen etwas Gutes zu entdecken, und sei es nur ein kleiner Funke, der irgendwann in ihm geglommen hat. Falls der Frio Kid je eine gute Tat beging oder den Keim von Großherzigkeit verspürte, dann geschah dies einmal zu einer solchen Jahreszeit und einem solchen Anlaß, und auf folgende Weise.

Jemand, dem die Liebe Leid beschert hat, sollte nie den Duft der Blüten des Ratama-Baumes atmen. Er wühlt die Erinnerung gefährlich auf.

Einmal stand im Frio Country ein Ratama-Baum im Dezember in voller Blüte, denn der Winter war so warm gewesen wie ein Frühling. Und dort vorbei ritt der Frio Kid mit seinem Vasallen und Mordgehilfen, Mexican Frank. Der Kid zügelte seinen Mustang und setzte sich im Sattel auf, gedankenschwer und grimmig, die Augen zu gefährlichen Schlitzen verengt. Der reiche, süße Duft drang ihm durch Mark und Bein.

»Ich weiß nicht, was die ganze Zeit in meinem Kopf los war, Mex«, sagte er in seiner gewohnt schleppenden Art, »daß ich ein Weihnachtsgeschenk ganz vergessen habe, das ich noch schuldig bin. Ich werde morgen abend hinüberreiten und Madison Lane in seinem eigenen Haus erschießen. Er hat mein Mädchen bekommen — Rosita hätte mich genommen, hätte er sich nicht eingemischt. Ich frage mich, weshalb ich mich daran bis heute nicht erinnert habe.«

»Ach, Blödsinn, Kid«, sagte Mexican, »red nicht so dummes Zeug. Du weißt, du kommst morgen abend keine Meile an das Haus Mad Lanes heran. Ich hab' vorgestern den alten Allen gesehen, und er sagt, Mad wird in seinem Haus Weihnachten feiern. Du erinnerst dich an deine Ballerei auf Mads Hochzeitsfeier und an deine Drohungen? Glaubst du nicht, daß Mad Lane ziemlich wachsam sein wird wegen eines gewissen Mr. Kid? Du ödest mich schrecklich an mit solchem Gerede, Kid.«

»Ich gehe«, wiederholte der Frio Kid ganz ruhig. »Ich gehe zu Madison Lanes Weihnachtsfeier und töte ihn. Ich hätte das bereits vor langer Zeit tun sollen. Also, Mex, eben vor zwei Wochen träumte ich, ich und Rosita wären verheiratet und nicht sie und er; und wir wohnten in einem Haus, und ich sah, wie sie mich anlächelte, und — oh! Ha, Mex, er hat sie gekriegt; und ich kriege ihn — ja, Mann, am Weihnachtsabend hat er sie gekriegt, und das ist der Tag, an dem ich ihn kriegen werde.«

»Es gibt andere Arten, Selbstmord zu begehen«, schlug Mexican vor. »Warum gehst du nicht zum Sheriff und ergibst dich?«

»Ich werde ihn kriegen«, sagte der Kid.

Am Weihnachtsabend war es mild wie im April. Möglicherweise lag ein Hauch von fernem Frost in der Luft, doch sie prickelte wie Selterswasser und duftete schwach nach späten Prärieblüten und Moskitogras.

Als der Abend kam, waren die fünf oder sechs Zimmer der Ranch hell erleuchtet. In einem Zimmer stand ein Weihnachtsbaum, denn die Lanes hatten einen Jungen von drei Jahren, und ein Dutzend oder noch mehr Gäste wurden von den näher gelegenen Ranches erwartet. Als die Nacht hereinbrach, rief Madison Lane Jim Belcher und drei andere Cowboys von seiner Ranch zur Seite.

»Nun, Jungs«, sagte Lane, »haltet eure Augen offen. Geht ums Haus und achtet genau auf die Straße. Ihr alle kennt den ›Frio Kid‹, wie sie ihn jetzt nennen, und wenn ihr ihn seht, eröffnet das Feuer auf ihn, ohne irgendwas zu fragen. Ich glaube nicht, daß er sich blicken lassen wird, aber Rosita hat Angst. Sie fürchtet an jedem Weihnachten seit unserer Hochzeit, er würde auftauchen.«

Die Gäste waren eingetroffen, in leichten Wagen oder auf dem Rücken eines Pferds, und machten es sich im Haus bequem.

Der Abend verlief angenehm. Die Gäste genossen und priesen Rositas hervorragendes Essen, und danach verteilten sich die Männer in den Zimmern oder auf der breiten ›Galerie‹, um zu rauchen und zu plaudern.

Der Weihnachtsbaum entzückte natürlich die Kleinen, und vor allem waren sie begeistert, als der Weihnachtsmann selbst mit prächtigem weißem Bart und Pelz erschien und begann, die Geschenke zu verteilen.

»Es ist mein Papa«, verkündete Billy Sampson, sechs Jahre alt. »Ich hab ihn schon mal so verkleidet gesehen.«

Berkly, ein Schafzüchter und ein alter Freund von Lane, sprach Rosita an, als sie ihm auf der Galerie begegnete, wo er saß und rauchte.

»Also, Mrs. Lane«, sagte er, »ich denke, diese Weihnachten sind Sie darüber weg, Angst vor diesem Kerl McRoy zu haben, oder? Madison und ich sprachen darüber, wissen Sie.«

»Beinahe«, sagte Rosita lächelnd, »aber manchmal bin ich immer noch nervös. Ich werde nie diesen schrecklichen Augenblick vergessen, als er so nahe dran war, uns zu töten.«

»Er ist der kaltherzigste Schurke auf der Welt«, sagte Berkly. »Die Bürger von der ganzen Grenze sollten losziehen und ihn jagen wie einen Wolf.«

»Er hat schreckliche Verbrechen begangen«, sagte Rosita, »aber — ich — weiß nicht. Ich denke, in jedem steckt irgendwo etwas Gutes. Er war nicht immer schlecht — das weiß ich.«

Rosita drehte sich um und betrat den Gang zwischen den Zimmern. Der Weihnachtsmann, eingehüllt in Bart und Pelz, kam ihr entgegen.

»Ich hörte durchs Fenster, was Sie sagten, Mrs. Lane«, sagte er. »Ich suchte eben in meiner Tasche ein Weihnachtsgeschenk für Ihren Mann. Aber statt dessen habe ich noch eins für Sie. Es ist in dem Zimmer zu Ihrer Rechten.«

»Oh, danke, lieber Weihnachtsmann«, sagte Rosita fröhlich.

Rosita ging in das Zimmer, während der Weihnachtsmann der kühleren Luft des Hofes entgegenstrebte.

Sie fand niemanden im Zimmer außer Madison.

»Wo ist mein Geschenk, von dem der Weihnachtsmann gesagt hat, daß er es hier drin für mich zurückgelassen hat?« fragte sie.

»So etwas wie ein Geschenk habe ich nicht gesehen«, sagte ihr Mann lachend, »könnte nur sein, er hat mich gemeint.«

Am nächsten Tag kam Gabriel Radd, der Aufseher der XO Ranch, in das Postamt von Loma Alta.

»Also, der Frio Kid hat endlich seine Ladung Blei bekommen«, ließ er den Postmeister wissen.

»Tatsächlich? Wie ist es passiert?«

»Einer von den mexikanischen Schafhirten des alten Sanchez war's — denk dir! Der Frio Kid von einem Schafhirten getötet! Der Kerl sah ihn an seinem Camp vorbeireiten, so etwa um zwölf gestern nacht, und hatte solchen Schiß, daß er sich eine Winchester schnappte und es ihm besorgte. Das Komischste an der ganzen Sache war, daß der Kid einen weißen Bart aus

Angorawolle hatte und einen richtigen Weihnachtsmann-Auf-
zug, von Kopf bis Fuß. Stell dir vor — der Kid als guter Weihnachtsmann!«

Originaltitel: A Chaparral Christmas Gift
Ins Deutsche übertragen von Reinhard Wagner

»Nun erzählen Sie mir mal. Zu welcher Zeit genau fragte Professor Pohlman Sie am Abend des 24. Dezembers nach der effektivsten Methode, Miss Burkhardt umzubringen?«

Ngaio Marsh

Tod durch den Äther

Am fünfundzwanzigsten Dezember um sieben Uhr dreißig morgens wurde Mister Septimus Tonks tot neben seinem Radioapparat gefunden.

Es war Emily Parks, eine einfache Hausangestellte, die ihn entdeckte. Sie stieß die Tür auf und kam herein, mit Mop, Staubtuch und Teppichkehrer. Im gleichen Augenblick erschrak sie heftig. Aus der Dunkelheit ertönte eine Stimme.

»Guten Morgen, allerseits«, säuselte die Stimme in superb modulierten Silben, »und frohe Weihnachten!«

Emily schrie auf, aber nicht sehr laut, da sie sofort erkannte, was passiert war. Mister Tonks hatte versäumt, sein Rundfunkgerät abzustellen, ehe er ins Bett gegangen war. Sie zog die Vorhänge zurück. Draußen zog ein neblig-trüber Morgen auf, ein typischer Londoner Weihnachtsmorgen. Sie schaltete das Licht an und sah Septimus.

Er saß vor dem Radio. Es war ein kleiner, aber teurer Apparat, der speziell für ihn gebaut worden war. Septimus saß in einem Lehnstuhl, mit dem Rücken zu Emily, sein Körper zum Radio hin gebeugt.

Seine Hände lagen auf dem Rand des Kastens unter den Knöpfen für Senderwahl und Lautstärke. Seine Finger waren seltsam gekrümmt. Seine Brust ruhte auf dem Regal, auf dem das Radio stand, und sein Kopf lehnte an der Frontseite des Geräts.

Es sah aus, als lauschte er intensiv den Geheimnissen, die sich im Innern des Radios verbargen. Sein Kopf war nach vorne gebeugt, so daß Emily seine kahle Stelle sehen konnte, über die er sich ein paar Strähnen öliger Haare gekämmt hatte. Er regte sich nicht.

»'tschuldigung, Sir«, keuchte Emily. Wieder war sie mächtig erschrocken. Mister Tonks' Radio-Enthusiasmus hatte ihn bisher noch nie zuvor verleitet, das Gerät bereits um halb acht am Morgen einzuschalten.

»Spezieller Weihnachts-Service«, sagte jetzt die kultivierte Stimme. Mister Tonks saß sehr still. Emily, wie auch das andere Personal, hatte schreckliche Furcht vor dem Hausherrn. Sie wußte nicht, ob sie gehen oder bleiben sollte. Sie starrte unsicher auf Septimus und merkte erst jetzt, daß er einen Smoking trug. Der Raum war erfüllt von Glockenläuten.

Emily riß ihren Mund auf, so weit es ging, und schrie und schrie und schrie . . .

Chase, der Butler, kam als erster. Er war ein blasser, schlaff wirkender Mann, doch von herrischem Gehabe. Er sagte: »Was soll dieser fürchterliche Lärm?« und dann sah er Septimus. Er ging zu dem Lehnstuhl, beugte sich hinab und blickte in das Gesicht seines Herrn.

Er verlor nicht den Kopf, sondern sagte mit lauter Stimme: »O Gott!« Und dann zu Emily: »Klappe zu.« Dieser vulgäre Ausspruch verriet seine Erregung. Er packte Emily an den Schultern und schob sie rüde zur Tür, wo sie auf Mister Hislop trafen, den Sekretär, der ihnen im Schlafrock entgegenkam. Mister Hislop sagte: »Himmel, Chase, was soll . . .« und dann wurde auch seine Stimme übertönt vom Lärm der Glocken und erneuter Schreie.

Chases fette, weiße Hand verschloß Emilys Mund.

»Im Arbeitszimmer, bitte, Sir. Ein Unfall. Gehen Sie in Ihr Zimmer, ja, und hören Sie auf mit diesem Lärm, oder ich stopfe Ihnen den Mund.« Letzteres galt Emily, die den Gang hinunter hastete und hinten von dem Rest des Personals empfangen wurde, das sich dort versammelt hatte.

Chase kehrte mit Mister Hislop ins Arbeitszimmer zurück und verschloß die Tür. Beide blickten sie hinab auf die Leiche von Septimus Tonks. Der Sekretär sprach als erster.

»Aber . . . aber . . . er ist tot«, sagte der kleine Mister Hislop.

»Ich denke, daran besteht kein Zweifel«, flüsterte Chase.

»Sehen Sie, das Gesicht. Kein Zweifel! Mein Gott!«

Mister Hislop streckte eine zarte Hand in Richtung des nach vorne gebeugten Kopfes, zog sie dann aber zurück. Chase, weniger zimperlich, berührte eins der harten Handgelenke, ergriff es und hob es hoch. Der Körper kippte sofort zurück, als wäre er aus Holz. Eine Hand schlug dem Butler ins Gesicht. Er sprang mit einem Fluch auf den Lippen zurück.

Da lag Septimus, seine Knie und seine Hände in die Luft gereckt, sein häßliches Gesicht dem Licht abgewandt. Chase deutete auf die rechte Hand. Zwei Finger und der Daumen waren leicht geschwärzt.

Ding, dong, dang, ding.

»Bei Gott, stellen Sie diese Glocken ab!« schrie Mister Hislop.

Chase ging zum Wandschalter und schaltete das Radio aus. In der plötzlichen Stille konnte man hören, wie jemand kräftig am Türgriff ratterte. Gleichzeitig ertönte Guy Tonks Stimme.

»Hislop! Mister Hislop! Chase! Was ist los?«

»Nur einen Moment, Mister Guy.« Chase blickte auf den Sekretär. »Sie gehen, Sir.«

So wurde es Mister Hislop überlassen, die Familie zu informieren. Man hörte seine gestammelte Nachricht mit bestürztem Schweigen. Erst als Guy, der älteste von den drei Kindern, im Arbeitszimmer stand, fand er seine Sprache wieder.

»Was hat ihn getötet?« fragte Guy.

»Es ist unfaßlich«, murmelte Hislop. »Unfaßlich. Er sieht aus wie . . .«

»Galvanisiert«, sagte Guy.

»Wir sollten nach einem Arzt schicken«, schlug Hislop ängstlich vor.

»Natürlich. Könnten Sie das erledigen, Mister Hislop? Dr. Meadows.«

Hislop ging zum Telefon, und Guy kehrte zu seiner Familie zurück. Dr. Meadows wohnte auf der anderen Seite des Platzes und war nach fünf Minuten da. Er untersuchte die Leiche, ohne sie zu bewegen. Er befragte Chase und Hislop. Chase machte viel Aufhebens um die Verbrennungen der Hand. Er sprach immer wieder von ›Tod durch einen elektrischen Stromschlag‹.

»Ich hatte einen Vetter, Sir, der vom Blitz getroffen wurde. Sobald ich die Hand sah...«

»Ja, ja«, sagte Dr. Meadows. »Wie Sie sagten. Ich sehe die Verbrennungen selbst.«

»Tod durch Stromschlag«, wiederholte Chase. »Es wird eine Obduktion geben müssen.«

Dr. Meadows schob ihn unwirsch zur Seite, zitierte Emily herbei und suchte dann den Rest der Familie auf – Guy, Arthur, Phillipa und ihre Mutter. Sie drängten sich um einen kalten Kamin im Wohnzimmer. Phillipa war auf den Knien und bemühte sich, ein Feuer anzufachen.

»Was war's?« fragte Arthur, sobald der Arzt hereinkam.

»Sieht nach einem elektrischen Schlag aus. Guy, kann ich dich mal kurz sprechen? Phillipa, kümmere dich um deine Mutter, sei ein braves Kind. Kaffee mit einem Schuß Brandy. Wo sind diese verdammten Mädchen? Komm, Guy!«

Als er mit Guy alleine war, sagte er, sie müßten nach der Polizei schicken.

»Polizei!« Guys dunkles Gesicht wurde sehr blaß. »Warum? Was hat sie damit zu schaffen?«

»Nichts, höchstwahrscheinlich, doch sie muß informiert werden. So, wie die Dinge stehen, kann ich keinen Totenschein ausstellen. Wenn ein Stromschlag ihn getötet hat, wie kam es dazu?«

»Aber die Polizei!« sagte Guy. »Das ist einfach gräßlich. Dr. Meadows, um Gottes willen, könnten Sie nicht...«

»Nein«, sagte Dr. Meadows, »ich könnte nicht. Tut mir leid, Guy, aber so ist es eben.«

»Aber können wir nicht noch ein wenig warten? Sehen Sie sich ihn noch einmal an. Sie haben ihn noch nicht genau untersucht.«

»Ich möchte ihn nicht bewegen, deshalb. Reiß dich zusammen. Junge. Hör zu. Ich hab' einen guten Bekannten beim C.I.D. – Alleyn heißt er. Er ist ein echter Gentleman und so weiter. Er wird mich wild verfluchen, doch er wird kommen, wenn er in London ist, und er wird die Sache leichter für euch machen. Geh zu deiner Mutter zurück. Ich rufe Alleyn an.«

Und so kam es, daß Chief Detective-Inspector Roderick Alleyn seinen Weihnachtstag mit der Arbeit an diesem Fall verbrachte. Er hatte allerdings ohnehin Dienst, und wie er Dr. Meadows wissen ließ, hätte er sich auf jeden Fall aufraffen und dessen ›elenden Tonks‹ besuchen müssen. Als er kam, zeigte er wie gewöhnlich distanzierte Höflichkeit. Begleitet wurde er von einem großen, rundlichen Beamten — Inspector Fox — und dem Polizeiarzt des Bezirks. Dr. Meadows führte sie ins Arbeitszimmer. Und nun blickte Alleyn auf das, was einmal Septimus gewesen war.

»Lag er so da, als er gefunden wurde?«

»Nein. Wenn ich richtig verstanden habe, lehnte er nach vorne, mit den Händen an der Kante des Radios. Er muß nach vorn gesackt und von den Stuhllehnen und dem Gerät aufgehalten worden sein.«

»Wer hat ihn bewegt?«

»Chase, der Butler. Er sagte, er wollte nur den Arm heben. Die Totenstarre ist bereits weit fortgeschritten.«

Alleyn brachte seine Hand hinter den starren Nacken und drückte dagegen. Der Körper glitt nach vorn in seine ursprüngliche Position.

»Hier, Curtis«, sagte Alleyn zu dem Bezirksarzt. Er wandte sich an Fox. »Holen Sie den Fotografen, ja, Fox?«

Der Fotograf machte vier Aufnahmen, bevor er wieder verschwand. Alleyn markierte die Positionen der Hände und Füße mit Kreide, machte sorgfältig einen Plan des Zimmers und wandte sich dann an die Ärzte.

»Sie glauben, er starb durch einen Stromschlag?«

»Sieht so aus«, sagte Curtis. »Natürlich wird eine Leichenschau . . .«

»Natürlich. Aber sehen Sie, die Hände. Verbrennungen. Daumen und zwei Finger gekrümmt und genau so weit auseinander wie die beiden Knöpfe am Gerät. Er hat seinen Leierkasten gestimmt.«

»Oho«, sagte Inspector Fox und ergriff zum ersten Mal das Wort.

»Meinen Sie, er bekam einen tödlichen Schlag durch sein Radio?« fragte Dr. Meadows.

»Ich weiß nicht. Meine Schlußfolgerung war nur, daß er die Hand an den Knöpfen hatte, als er starb.«

»Das Gerät war noch eingeschaltet, als ihn die Hausangestellte fand. Chase machte es aus und bekam keinen Schlag.«

»Jetzt sind Sie an der Reihe, Partner«, sagte Alleyn und wandte sich an Fox. Fox beugte sich zu dem Schalter herunter.

»Vorsicht«, sagte Alleyn.

»Ich habe Gummisohlen«, sagte Fox und schaltete das Gerät ein. Das Radio summte, wurde lauter und plärrte dann los:

»N-oel, No-o-el.« Fox schaltete es ab und zog das Kabel aus dem Wandstecker. »Ich würde gerne einen Blick in dieses Gerät werfen«, sagte er.

»Sollen Sie, alter Junge, sollen Sie«, verhieß ihm Alleyn. »Ehe Sie beginnen, denke ich, schaffen wir besser die Leiche weg. Sorgen Sie dafür, Meadows? Fox, holen Sie Bailey, ja? Er ist draußen im Wagen.«

Curtis, Hislop und Meadows trugen Septimus Tonks in ein freies Zimmer im Erdgeschoß. Es war eine schwere und schreckliche Aufgabe mit diesem verkrümmten Körper. Dr. Meadows kam allein zurück, wischte sich den Schweiß von der Stirn und beobachtete Detective-Sergeant Bailey, einen Fingerabdruckexperten, bei der Arbeit an dem Radio.

»Was hat das zu bedeuten?« fragte Dr. Meadows. »Wollen Sie herausfinden, ob er im Inneren herumgestochert hat?«

»Er«, sagte Alleyn, »oder . . . jemand anderes.«

»Ha!« Dr. Meadows sah den Inspector an. »Sie stimmen mir also zu. Haben Sie den Verdacht . . .?«

»Verdacht? Ich habe überhaupt keinen Verdacht. Ich bin nicht mißtrauisch, nur gründlich. Also, Bailey?«

»Ich habe einen guten an der Stuhllehne. Sicher vom Verstorbenen, ja, Sir?«

»Zweifellos. Wir prüfen später nach. Was ist mit dem Radio?«

Fox hatte sich einen Handschuh angezogen und zog nun den Lautstärkeknopf ab. »Scheint okay«, sagte Bailey. Feine Sache, das. Wirklich nicht schlecht, Sir.« Er leuchtete mit der Taschenlampe hinten in das Radio, löste ein paar Schrauben und holte das Innere heraus.

»Wozu ist das kleine Loch?« fragte Alleyn.

»Wie, Sir?«

»Durch die Leiste über dem Lautstärkeknopf ist ein Loch gebohrt. Etwa ein Drittel Zentimeter Durchmesser. Der Rand des Knopfs verbirgt es. Man könnte es leicht übersehen. Leuchten Sie mit Ihrer Taschenlampe hin, Bailey. Ja. Da, sehen Sie?«

Fox beugte sich hinunter und ließ ein tiefes Knurren vernehmen. Ein nadelfeiner Lichtstrahl kam durch die Amaturenleiste des Radios.

»Das ist eigenartig, Sir«, sagte Bailey von der anderen Seite. »Ich verstehe das überhaupt nicht.«

Alleyn zog den Knopf für Senderwahl heraus.

»Da ist noch eins«, murmelte er. »Ja. Nette saubere kleine Löcher. Frisch gebohrt. Ungewöhnlich, nehme ich an?«

»Ungewöhnlich ist genau das richtige Wort, Sir«, sagte Fox.

»Ab mit Ihnen, Meadows«, sagte Alleyn.

»Und warum, zum Teufel?« fragte Dr. Meadows entrüstet. »Was haben Sie vor? Warum darf ich nicht hier bleiben?«

»Ihr Platz ist an der Seite der trauernden Verwandten. Wo bleibt Ihr Beistand für die Leidgeprüften?«

»Ich habe sie beruhigt. Was haben Sie vor?«

»Wer ist denn jetzt mißtrauisch?« fragte Alleyn sanft. »Sie können noch einen Augenblick bleiben. Erzählen Sie mir etwas über die Tonks'. Wer sind sie? Was sind sie? Was war dieser Septimus für ein Mensch?«

»Wenn Sie es unbedingt wissen wollen — er war ein verdammt unangenehmer Mensch.«

»Erzählen Sie mir mehr über ihn.«

Dr. Meadows setzte sich und zündete sich eine Zigarette an.

»Er war ein Selfmade-Bursche«, sagte er, »hart wie Stahl und... also, eher grob als vulgär.«

»Wie Dr. Johnson vielleicht?«

»Nicht im geringsten. Unterbrechen Sie mich nicht. Ich kannte ihn fünfundzwanzig Jahre lang. Seine Frau war eine Nachbarin von uns in Dorset. Isabel Foreston. Ich habe geholfen, die Kinder in dieses Jammertal zu bringen, und, bei Gott, genau das war's für sie in vieler Hinsicht. Es ist ein außergewöhnlicher Haushalt. In den letzten zehn Jahren war Isabel in einer Verfassung, die diese Psycho-Clowns vor Wonne jauchzen lassen würde. Ich bin nur ein ganz altmodischer praktischer Arzt, aber ich würde sagen, sie ist in einem fortgeschrittenen Stadium hysterischer Neurose. Sie litt unter Angstzuständen, ausgelöst von ihrem Mann.«

»Ich weiß nicht, was diese Löcher sollen«, brummte Fox, zu Bailey gewandt. »Weiter, Meadows«, sagte Alleyn.

»Ihretwegen nahm ich mir Sep vor eineinhalb Jahren vor. Sagte ihm, ihre Psyche sei schwer mitgenommen. Er musterte mich mit einer Art Grinsen und meinte: ›Ich bin überrascht zu hören, daß meine Frau überhaupt ein Seelenleben ...‹ Aber hören Sie mal, Alleyn, ich kann nicht so über meine Patienten reden. Wie zum Teufel käme ich dazu?«

»Sie wissen genau, daß niemand sonst davon erfährt, falls es nicht ...«

»Falls es nicht?«

»Falls es nicht sein muß. Sprechen Sie weiter.«

Doch Dr. Meadows verschanzte sich hastig hinter seinem Berufsethos und verriet nur noch, daß Mister Tonks an hohem Blutdruck und an Herzschwäche gelitten hatte, daß Guy im Stadtbüro seines Vaters tätig war, daß Arthur eigentlich Kunst studieren wollte, sich auf Befehl seines Vaters aber in Jura hatte einschreiben müssen, und daß Phillipa zur Bühne wollte, aber gesagt bekommen hatte, sie sollte nichts dergleichen tun.

»Tyrannisierte seine Kinder«, kommentierte Alleyn.

»Finden Sie das selbst heraus. Ich verschwinde.« Dr. Meadows kam nur bis zur Tür, dann kehrte er um.

»Hören Sie zu«, sagte er, »ich erzähl Ihnen noch etwas. Es gab hier einen Streit gestern nacht. Ich hatte Hislop gebeten — er ist ein vernünftiges Kerlchen — mich wissen zu lassen, wenn irgendwas passierte, was Mrs. Sep vielleicht aufregen konnte. Wirklich schlimm aufregen konnte, wissen Sie. Um noch mal indiskret zu sein — ich sagte, es wäre besser, wenn er mich wissen lassen würde, wenn Sep wieder wild wurde, weil Isabel und die Kinder so ziemlich an der Grenze ihrer Belastbarkeit angekommen waren. Er trank zu viel. Hislop rief mich gestern nacht um zwanzig nach zehn an und sagte, es hätte einen höllischen Streit gegeben; er hätte Phips – Phillipa, wissen Sie; ich nenn' sie immer Phips – in ihrem Zimmer eine Standpauke gehalten. Er sagte, Isabel – Mrs. Sep – wäre ins Bett gegangen. Ich hatte einen schweren Tag hinter mir und wollte nicht weg. Ich sagte ihm, er solle mich in einer halben Stunde wieder anrufen, wenn sich die Sache bis dahin nicht von selbst erledigt hätte. Ich sagte ihm, er solle sich von Sep fernhalten und in seinem Zimmer bleiben, das neben dem von Phips liegt, und nachsehen, ob mit ihr alles in Ordnung sei, sobald sich Sep verzogen hätte. Es ging um Hislop, mehr möchte ich dazu nicht sagen. Die Dienstboten waren alle weg. Ich sagte, wenn ich in einer halben Stunde nichts von ihm hören würde, würde ich wieder anrufen, und wenn sich niemand melden würde, wüßte ich, es ist alles in Ordnung, und sie sind alle im Bett. Ich rief an, niemand hob ab, und dann ging ich selbst ins Bett. Das ist alles. Ich verschwinde. Curtis weiß, wo ich zu finden bin. Sie werden mich bei der Obduktion brauchen, nehme ich an. Wiederseh'n.«

Als er gegangen war, startete Alleyn eine systematische Durchsuchung des Raumes. Fox und Bailey waren immer noch eingehend mit dem Radio beschäftigt.

»Verstehe nicht, wie der Gentleman von dem Gerät einen Schlag hätte bekommen können«, brummte Fox. »Diese Knöpfe sind ganz in Ordnung. Alles, wie es sein soll. Hier, Sir.« Er drehte am Wandschalter, das Gerät begann zu rauschen.

». . . beschließt das Programm mit Weihnachtsliedern«, sagte das Radio schließlich.

»Sehr schöner Klang«, sagte Fox anerkennend.

»Hier ist was, Sir«, verkündete Bailey plötzlich.

»Sägemehl gefunden?« fragte Alleyn.

»Unter einem«, sagte der perplexe Bailey.

Alleyn leuchtete mit der Taschenlampe und spähte in das Gerät. Er schob zwei winzige Sägemehlhäufchen unter den Löchern hervor.

»Eins zu null für uns«, sagte Alleyn. Er beugte sich zu dem

Wandstecker. »Hallo! Einer dieser Doppelstecker — für das Radio und die Heizung. Dachte, die Dinger wären illegal. Das ist eine dubiose Sache. Sehen wir uns noch mal diese Knöpfe an.«

Und das tat er. Es waren die üblichen Anfertigungen speziell fürs Radio, Bakelitknöpfe, die exakt auf die Stahlstifte paßten, die aus der Frontleiste ragten.

»Wie Sie sagen«, murmelte er, »alles in Ordnung. Augenblick.« Er zog eine Taschenlupe heraus und beäugte einen der Stifte. »Hm-ja. Wickelt man jemals Löschpapier um diese Dinger, Fox?«

»Löschpapier!« stieß Fox hervor. »Ganz sicher nicht.«

Alleyn kratzte an beiden Stiften mit dem Taschenmesser und hielt einen Umschlag darunter. Er kam stöhnend hoch und ging zum Schreibtisch hinüber. »Ein Stück Löschpapier, unten von der Ecke abgerissen«, sagte er dann. »Keine Abdrücke auf dem Radio, sagten Sie, Bailey?«

»Das ist richtig«, bestätigte Bailey verdrossen.

»Es wird keinen, oder zu viele, auf dem Löschpapier geben, aber machen Sie sich dran, Bailey, machen Sie sich dran«, sagte Alleyn. Er marschierte durch den Raum, hielt den Blick auf den Boden gesenkt, kam zum Fenster und blieb stehen.

»Fox!« sagte er. »Ein Indiz. Ein ganz klares Indiz.«

»Was?« fragte Fox.

»Der komische kleine Fetzen Löschpapier, genau der.« Alleyns Blick wanderte den Fenstervorhang hoch. »Aber was sehe ich denn da?«

Er holte einen Stuhl, stieg hinauf und zog mit seiner behandschuhten Hand die Knöpfe von den Enden der Vorhangstange.

»Seh'n Sie sich das an.« Er wandte sich zum Radio, zog die Knöpfe heraus und legte sie neben die beiden, die er von der Vorhangstange entfernt hatte.

Zehn Minuten später klopfte Inspector Fox an die Wohnzimmertür und wurde von Guy Tonks hereingelassen. Phillipa hatte das Feuer in Gang gebracht, und die Familie war darum

268

versammelt. Sie erweckten den Eindruck, als hätten sie sich lange nicht bewegt und lange nichts miteinander gesprochen.

Es war Phillipa, die als erste das Wort ergriff. »Wollen Sie, daß jemand von uns...«

»Ja, bitte, Miss«, sagte Fox. »Inspector Alleyn würde gerne Mister Tonks einen Augenblick sprechen, wenn es möglich ist.«

»Ich komme«, sagte Guy und ging voraus zum Arbeitszimmer. An der Tür blieb er stehen. »Ist er — mein Vater — noch...?«

»Nein, nein, Sir«, sagte Fox beruhigend. »Alles wieder in Ordnung da drin.«

Guy streckte sein Kinn vor, öffnete die Tür und ging hinein, dicht gefolgt von Fox. Alleyn war allein. Er saß am Schreibtisch und stand auf, als die beiden eintraten.

»Sie wollen mich sprechen?« fragte Guy.

»Ja, wenn ich darf. Das alles war ein großer Schock für Sie, natürlich. Möchten Sie sich nicht setzen?«

Guy setzte sich auf den Stuhl, der am weitesten vom Radio entfernt stand.

»Was hat meinen Vater getötet? War es ein Schlag?«

»Die Ärzte sind sich nicht ganz sicher. Es wird eine Leichenschau geben.«

»Großer Gott! Und eine richtige Obduktion?«

»Ich fürchte, ja.«

»Schrecklich!« stieß Guy hervor. »Was glauben Sie, ist geschehen? Warum, zum Teufel, tun diese verdammten Ärzte so geheimnisvoll? Was hat ihn umgebracht?«

»Sie glauben, ein elektrischer Schlag.«

»Wie ist es passiert?«

»Wir wissen es nicht. Sieht aus, als hätte er ihn vom Radio bekommen.«

»Das ist doch unmöglich. Ich dachte, die Dinger wären narrensicher.«

»Ich glaube, das sind sie, wenn man nichts mit ihnen anstellt.«

Eine Sekunde lang war Guy offensichtlich bestürzt. Dann sah er erleichtert auf. Er schien sich völlig zu entspannen.

»Natürlich«, sagte er, »er hat immer daran herumgefummelt. Was hat er gemacht?«

»Nichts.«

»Aber Sie sagten doch — wenn es ihn umgebracht hat, muß er etwas damit angestellt haben.«

»Falls irgendwer etwas an dem Gerät veränderte, dann wurde das danach wieder in Ordnung gebracht.«

Guys Lippen teilten sich, aber er sagte nichts. Er war ganz weiß geworden.

»Damit dürfte Ihnen klar sein«, sagte Alleyn, »daß Ihr Vater nichts gemacht haben konnte.«

»Dann war es nicht das Radio, das ihn getötet hat.«

»Das, hoffen wir, wird die Leichenschau klären.«

»Ich weiß überhaupt nichts von Radios«, sagte Guy plötzlich. »Ich verstehe das Ganze nicht. Das scheint mir alles keinen Sinn zu machen. Niemand durfte das Ding jemals anrühren, außer meinem Vater. Was das anging, war er sehr eigen. Niemand wagte sich nahe an das Radio heran.«

»Verstehe. Das Radio war seine Leidenschaft?«

»Ja, es war seine einzige Leidenschaft, außer . . . außer seinem Geschäft.«

»Einer meiner Leute hat ein wenig Ahnung von der Sache«, sagte Alleyn. »Er sagt, es ist ein bemerkenswert guter Apparat. Sie sind kein Experte, sagen Sie. Ist irgend jemand im Haus Experte?«

»Mein jüngerer Bruder war zeitweise sehr interessiert. Er hat es allerdings aufgegeben. Mein Vater hätte kein anderes Radio im Haus geduldet.«

»Vielleicht kann er uns weiterhelfen.«

»Aber wenn das Ding jetzt in Ordnung ist . . .«

»Wir müssen jeder Möglichkeit nachgehen.«

»Sie reden, als ob . . . als . . . ob . . .«

»Ich rede, wie ich zu reden habe, ehe es eine Obduktion gegeben hat«, sagte Alleyn. »Hatte jemand etwas gegen Ihren Vater, Mister Tonks?«

Guy streckte erneut das Kinn nach vorne. Er sah Alleyn direkt in die Augen.

»Fast jeder, der ihn kannte«, sagte Guy.

»Ist das eine Übertreibung?«

»Nein. Sie glauben, er wurde ermordet, ja?«

Alleyn deutete plötzlich auf den Schreibtisch neben ihm.

»Haben Sie die da je zuvor gesehen?« fragte er unvermittelt. Guy starrte auf die beiden schwarzen Knöpfe, die nebeneinander in einem Aschenbecher lagen.

»Die?« fragte er. »Nein. Was ist das?«

»Ich glaube, diese Dinger sind schuld am Tod Ihres Vaters.«

Die Tür des Arbeitszimmers öffnete sich, und Arthur Tonks kam herein.

»Guy«, sagte er, »was ist los? Wir können nicht den ganzen Tag eingesperrt bleiben. Ich halte das nicht aus. Bei Gott, was ist mit ihm passiert?«

»Sie glauben, diese Dinger haben ihn getötet«, sagte Guy.

»Die?« Arthurs Blick wanderte für einen winzigen Moment zur Vorhangstange. Dann sah er mit einem eigentümlichen Zucken seiner Augenlider wieder weg.

»Was meinen Sie?« fragte er Alleyn.

»Würden Sie bitte versuchen, einen dieser Knöpfe auf den Stift für den Lautstärkeknopf zu stecken?«

»Aber«, sagte Arthur, »sie sind aus Metall.«

»Das Gerät ist nicht angeschlossen«, sagte Alleyn.

Arthur hob einen der Knöpfe aus dem Aschenbecher, ging zum Radio und steckte den Knopf auf einen der herausragenden Stifte.

»Zu locker«, sagte er rasch, »er würde abfallen.«

»Nicht, wenn der Stift umwickelt wäre — mit Löschpapier zum Beispiel.«

»Wo haben Sie diese Dinger her?« fragte Arthur.

»Ich denke, Sie haben sie erkannt, oder? Ich sah, wie Sie zur Vorhangstange blickten.«

»Natürlich erkannte ich sie. Ich habe vor diesem Vorhang ein Porträt von Phillipa gemalt, als *er* letztes Jahr weg war. Ich habe die verdammten Dinger gemalt.«

»Hören Sie«, unterbrach Guy, »worauf genau wollen Sie hinaus, Mister Alleyn? Wenn Sie darauf spekulieren, daß mein Bruder . . .«

»Ich!« rief Arthur. »Was hat das mit mir zu tun? Warum sollten Sie annehmen . . .«

»Ich fand kleine Schnipsel Löschpapier an den Stiften und den Metallknöpfen«, sagte Alleyn. »Das läßt vermuten, daß die Bakelitknöpfe durch die Metallknöpfe ersetzt wurden. Bemerkenswert, daß sie sich so ähnlich sehen, finden Sie nicht auch? Wenn man sie ganz genau ansieht, entdeckt man natürlich, daß sie nicht identisch sind. Doch der Unterschied ist sehr schwer zu erkennen.«

Arthur sagte nichts dazu. Er blickte immer noch auf das Radio.

»Ich wollte mir diesen Apparat schon immer einmal ganz genau ansehen«, sagte er überraschend.

»Das steht Ihnen jetzt völlig frei«, sagte Alleyn entgegenkommend. »Wir sind vorläufig mit ihm fertig.«

»Hören Sie«, sagte Arthur plötzlich, »selbst wenn Bakelitknöpfe durch Metallknöpfe ersetzt wurden, hätte ihn das nicht töten dürfen. Er hätte noch nicht einmal einen Schlag bekommen. Beide Bedienungsknöpfe sind geerdet.«

»Haben Sie diese ganz kleinen Löcher bemerkt, die hier vorne gebohrt wurden?« fragte Alleyn. »Haben die da was zu suchen? Was meinen Sie?«

Arthur blickte intensiv auf die kleinen Stahlstifte. »Bei Gott, er hat recht, Guy«, sagte er. »So wurde es gemacht.«

»Inspector Fox meint, daß diese Löcher vielleicht dazu benutzt wurden, um Drähte hindurchzuführen und einen Kontakt herzustellen vom — vom Transformator, richtig? — zu einem der Knöpfe«, sagte Alleyn.

»Und den anderen Draht hat man geerdet«, sagte Fox. »Ein Job für einen Experten. Er konnte so gut dreihundert Volt bekommen.«

»Das reicht nicht«, sagte Arthur rasch. »Es würde nicht genügend Strom geben, um Schaden anzurichten — nur ein paar Hundertstel eines Ampere.«

»Ich bin kein Experte«, sagte Alleyn. »Aber ich bin sicher, Sie haben recht. Warum wurden also die Löcher gebohrt? Können Sie sich vorstellen, daß jemand Ihrem Vater einen Streich spielen wollte?«

»Einen Streich? *Ihm?*« Arthur lachte kläglich auf. »Hast du das gehört, Guy?«

»Laß das«, sagte Guy. »Immerhin ist er tot.«

»Fast zu schön, um wahr zu sein, wie?«

»Sei kein verdammter Idiot, Arthur. Reiß dich zusammen. Siehst du nicht, was das alles hier bedeutet? Sie denken, er wurde ermordet.«

»Ermordet! Sie irren sich. Niemand von uns hatte den Nerv dazu, Mister Inspector. Sehen Sie mich an. Meine Hände zittern so, daß man mir sagte, ich könnte nie mit ihnen malen. Das kommt von damals, als ich noch ein Kind war und er mich die ganze Nacht im Keller eingeschlossen hat. Sehen Sie mich an. Sehen Sie Guy an. Er ist nicht so verletzlich, aber er hat ebenfalls resigniert, genau wie wir anderen. Wir wurden darauf trainiert, aufzugeben. Wissen Sie . . .«

»Warten Sie einen Moment«, sagte Alleyn ruhig. »Ihr Bruder hat ganz recht, wissen Sie. Denken Sie besser nach, ehe Sie reden. Dies könnte ein Mordfall sein.«

»Danke, Sir«, sagte Guy rasch. »Das ist enorm anständig von Ihnen. Arthur ist ein bißchen außer sich. Der Schock.«

»Erleichterung, meinst du«, sagte Arthur. »Sei kein solcher Schwachkopf. Ich hab' ihn nicht umgebracht, und das werden sie bald genug herausfinden. Niemand hat ihn umgebracht. Es muß eine andere Erklärung geben.«

»Ich schlage vor, Sie hören mir zu«, sagte Alleyn. »Ich werde mehrere Fragen an Sie beide richten. Sie brauchen nicht darauf zu antworten, aber es wird vernünftiger sein, wenn Sie es tun. Man hat mich informiert, daß niemand außer Ihrem Vater dieses Radio berühren durfte. Kam irgend jemand von Ihnen jemals in dieses Zimmer, während er es laufen hatte?«

»Nur, wenn man es riskieren wollte, daß das Programm durch einen kleinen Wutausbruch ergänzt wurde«, sagte Arthur.

Alleyn wandte sich an Guy, der seinen Bruder anstarrte.

»Ich möchte genau wissen, was gestern nacht in diesem Haus passiert ist. Soweit uns die Ärzte sagen können, fand Ihr Vater nicht weniger als drei und nicht mehr als acht Stunden, bevor er gefunden wurde, den Tod. Wir müssen versuchen, den Todeszeitpunkt so genau wie möglich zu bestimmen.«

»Ich sah ihn etwa Viertel vor neun«, begann Guy langsam. »Ich ging zu einem Essen im Savoy und war gerade heruntergekommen, als er durch den Flur vom Wohnzimmer zu seinem Zimmer ging.«

»Sahen Sie ihn nach Viertel vor neun, Mister Arthur?«

»Nein. Ich hörte ihn aber. Er arbeitete hier drin mit Hislop zusammen. Hislop hatte darum gebeten, an Weihnachten frei zu bekommen. Nun ja, mein Vater entdeckte daraufhin irgendeine ganz dringende Korrespondenz. Wirklich Guy, du mußt wissen, das war bei ihm schon krankhaft. Ich bin mir jedenfalls sicher, daß Dr. Meadows das glaubt.«

»Wann haben Sie ihn gehört?« fragte Alleyn.

»Einige Zeit nachdem Guy gegangen war. Ich arbeitete an einer Zeichnung in meinem Zimmer oben. Es liegt über seinem. Ich hörte, wie er den kleinen Hislop anbrüllte. Es muß vor zehn Uhr gewesen sein, weil ich um zehn zu einer Atelier-Party ging. Ich hörte ihn brüllen, als ich durch den Flur kam.«

»Und wann«, fragte Alleyn, »kehrten Sie beide zurück?«

»Ich kam etwa um zwanzig nach zwölf nach Hause«, sagte Guy sofort. »Ich kann die Zeit so genau angeben, weil wir nach dem Savoy zu *Chez Carlo* gegangen sind, und sie hatten dort eine spezielle Mitternachtsnummer. Wir sind sofort danach aufgebrochen. Ich kam im Taxi nach Hause. Das Radio war voll aufgedreht.«

»Sie hörten keine Stimmen?«

»Nein. Nur das Radio.«

»Und Sie, Mister Arthur?«

»Weiß Gott, wann ich zurück kam. Nach eins. Das Haus lag in Dunkelheit. Kein Laut zu hören.«

»Sie hatten Ihren eigenen Schlüssel?«

»Ja«, sagte Guy. »Jeder von uns hat einen. Wir lassen sie

immer an einem Haken im Vestibül. Als ich kam, bemerkte ich, daß der von Arthur fehlte.«

»Was ist mit den anderen? Woher wußten Sie, daß es sein Schlüssel war?«

»Mutter hat keinen, und Phips hat ihren vor Wochen verloren. Außerdem wußte ich, daß die beiden hier waren, und daß es Arthur sein mußte, der weg war.«

»Danke«, sagte Arthur ironisch.

»Sie sahen nicht ins Arbeitszimmer, als Sie zurückkamen?« fragte ihn Alleyn.

»Großer Gott, nein«, sagte Arthur, als wäre das eine wahnwitzige Vorstellung. »Also«, sagte er plötzlich, »ich nehme an, er hockte hier − tot. Komischer Gedanke.« Er lachte nervös. »Hockte einfach da, hinter der Tür im Dunkeln.«

»Woher wissen Sie, daß es im Dunkeln war?«

»Wieso fragen Sie? Natürlich war es dunkel. Es war kein Licht unter der Tür.«

»So. Würden Sie beide bitte jetzt zu Ihrer Mutter zurückgehen? Vielleicht wäre Ihre Schwester so freundlich, einen Augenblick hierherzukommen. Fox, fragen Sie, ja?«

Fox kam mit Guy und Arthur ins Wohnzimmer zurück und blieb dort. Er ignorierte standhaft jede Peinlichkeit, die seine Gegenwart hervorrufen mochte. Bailey war bereits da und schien die elektrischen Anschlüsse zu prüfen.

Phillipa ging sofort ins Arbeitszimmer. Ihre erste Bemerkung war charakteristisch für sie. »Kann ich irgendwie helfen?« fragte sie.

»Äußerst freundlich von Ihnen, es so auszudrücken«, sagte Alleyn. »Ich möchte Sie nicht lange belästigen. Ich bin sicher, diese Entdeckung war ein Schock für Sie.«

»Eine Art Schock vielleicht«, sagte Phillipa. Alleyn blickte sie rasch an. »Ich meine«, erklärte sie, »ich denke, ich müßte schockiert sein, aber ich spüre kaum etwas. Ich möchte nur alles so bald wie möglich hinter mich bringen. Und dann weitersehen. Bitte erzählen Sie mir, was passiert ist.«

Alleyn erzählte ihr, daß sie glaubten, ihr Vater wäre durch einen Stromschlag getötet worden, und daß die Umstände ungewöhnlich und verwirrend erschienen. Er sagte nichts, was sie hätte auf die Idee bringen können, daß die Polizei einen Mord vermutete.

»Ich glaube nicht, daß ich da viel helfen kann«, sagte Phillipa, »aber reden Sie weiter.«

»Ich versuche, herauszufinden, wer die letzte Person war, die Ihren Vater gesehen oder mit ihm gesprochen hat.«

»Nun, ich glaube, das war sehr wahrscheinlich ich«, sagte Phillipa ruhig. »Ich hatte Streit mit ihm, ehe ich ins Bett ging.«

»Worüber?«

»Ich sehe nicht, was das in diesem Zusammenhang für eine Rolle spielt.«

Alleyn dachte darüber nach. Als er wieder sprach, tat er es mit Überlegung.

»Hören Sie«, sagte er, »ich denke, es läßt sich kaum bezweifeln, daß Ihr Vater durch einen elektrischen Schlag von diesem Rundfunkgerät getötet wurde. Soweit ich weiß, sind die Umstände einzigartig. Radios können gewöhnlich niemandem einen tödlichen Schlag beibringen. Wir haben den Kasten untersucht und neigen zu der Ansicht, daß sein Inneres gestern nacht beschädigt wurde. Sehr stark beschädigt wurde. Vielleicht hat Ihr Vater damit herumexperimentiert. Falls ihn irgend etwas störte oder aufbrachte, erscheint es möglich, daß er in der Aufregung des Augenblicks etwas Gefährliches tat, während er es reparierte.«

»Das glauben Sie doch nicht wirklich, oder?« fragte Phillipa ruhig.

»Wenn Sie mich so fragen«, sagte Alleyn, »nein.«

»Ich verstehe«, sagte Phillipa. »Sie glauben also, er wurde ermordet, aber Sie sind sich nicht sicher.« Sie war sehr weiß geworden, aber sie sprach klar und deutlich. »Natürlich wollen Sie wissen, wie das war mit meinem Streit.«

»Wir wollen alles wissen, was gestern abend passierte«, ergänzte Alleyn.

»Was passierte, war folgendes«, sagte Phillipa. »Irgendwann nach zehn kam ich in die Halle. Ich hatte Arthur weggehen hören und um fünf nach zehn auf die Uhr geschaut. Ich traf auf

276

den Sekretär meines Vaters, Richard Hislop. Er wandte sich ab, aber ich sah noch, daß... Er war nicht schnell genug. Ich platzte heraus: ›Sie weinen ja.‹ Wir sahen uns an. Ich fragte ihn, warum er das alles über sich ergehen ließ. Keiner der anderen Sekretäre tat es. Er sagte, er hätte keine Wahl. Er ist Witwer, mit zwei Kindern. Es gibt Arztrechnungen und so weiter. Ich brauche Ihnen nichts zu erzählen von... von der schrecklichen Sklaverei, in der ihn mein Vater hielt, und von den raffinierten Grausamkeiten, mit denen Hislop es aufzunehmen hatte. Ich glaube, mein Vater war verrückt, wirklich verrückt, meine ich. Richard erzählte mir das alles. Er war ganz durcheinander, und er flüsterte, so als hätte er Angst. Er ist seit zwei Jahren hier, doch ich hatte bis zu diesem Augenblick noch nicht erkannt, daß wir... daß...« Eine schwache Röte trat auf ihre Wangen. »Er ist ein so komischer kleiner Mann. Überhaupt nicht der Typ, an den ich immer dachte... nicht gutaussehend oder aufregend oder irgendwas in der Art.«

Sie brach ab, wirkte verwirrt.

»Ja?« sagte Alleyn.

»Also, sehen Sie − plötzlich erkannte ich, daß ich ihn liebte. Er merkte es auch. Er sagte: ›Natürlich ist es ganz hoffnungslos, das wissen Sie. Das mit uns, meine ich. Beinahe lächerlich.‹ Da legte ich meine Arme um seinen Hals und küßte ihn. Es war ein eigenartiges Gefühl aber es schien trotzdem ganz natürlich. Schlimm war nur, daß mein Vater aus seinem Zimmer in die Halle kam und uns sah.«

»Das war Pech«, sagte Alleyn.

»Ja, das war's. Mein Vater schien tatsächlich entzückt zu sein. Er leckte sich fast die Lippen. Richards Tüchtigkeit hatte meinen Vater lange Zeit irritiert. Er fand selten Anlässe, gemein zu ihm zu sein. Jetzt natürlich... Er beorderte Richard ins Arbeitszimmer und befahl mir, in mein Zimmer zu gehen. Er folgte mir nach oben. Richard wollte auch nachkommen, aber ich bat ihn, das nicht zu tun. Mein Vater... ich brauche Ihnen nicht zu erzählen, was er alles sagte. Er gab den schlimmsten Kommentar zu dem, was er gesehen hatte. Er war absolut widerlich, schrie mich an wie ein Verrückter. Er war wahnsinnig. Vielleicht war er im Delirium tremens. Er trank schrecklich viel, wissen Sie. Ich denke wirklich, es ist sehr dumm von mir, Ihnen all das zu erzählen.«

»Nein«, sagte Alleyn.

»Ich kann überhaupt nichts spüren. Nicht einmal Erleichterung. Die Jungs sind wirklich erleichtert. Ich kann auch keine Angst spüren.« Sie blickte nachdenklich zu Alleyn hinüber. »Unschuldige brauchen keine Angst zu haben, oder?«

»Ein Grundsatz der Polizeiarbeit«, sagte Alleyn und fragte sich, ob sie wirklich unschuldig war.

»Es *kann* einfach nicht Mord sein«, sagte Phillipa. »Wir hatten alle viel zu viel Angst, um ihn zu töten. Ich glaube, gegen ihn hätte man den kürzeren gezogen, selbst wenn man ihn ermordet hätte. Er würde es irgendwie fertigbringen zurückzuschlagen.« Sie hielt sich die Hände vor die Augen. »Ich bin ganz durcheinander.«

»Ich denke, die Sache geht Ihnen näher, als Ihnen klar ist. Ich will es so kurz machen, wie ich kann. Ihr Vater machte ihnen diese Szene in Ihrem Zimmer. Sie sagen, er brüllte. Hat irgend jemand ihn gehört?«

»Ja. Mummy. Sie kam herein.«

»Und dann?«

»Ich sagte: ›Geh, Darling, alles okay.‹ Ich wollte nicht, daß sie mit hineingezogen würde. Er brachte sie fast um mit all diesen Sachen, die er machte. Manchmal, da . . . wir wußten nie genau, was zwischen ihnen vorfiel. Es war alles geheim und spielte sich hinter verschlossenen Türen ab.«

»Ist sie gegangen?«

»Nicht sofort. Er sagte ihr, er hätte entdeckt, daß Richard und ich etwas miteinander hätten. Er sagte . . . egal. Ich will es nicht wiederholen. Sie war entsetzt. Er quälte sie auf eine Weise, die ich nicht verstehen konnte. Dann, ganz plötzlich, befahl er ihr, in ihr Zimmer zu gehen. Sie ging sofort, und er ging ihr nach. Er schloß mich ein. Das war das letzte Mal, daß ich ihn sah, aber ich hörte ihn später nach unten gehen.«

»Waren Sie die ganze Nacht eingeschlossen?«

»Nein. Richard Hislops Zimmer liegt neben meinem. Er kam

hoch und sprach durch die Wand mit mir. Er wollte die Tür aufschließen, doch ich sagte, besser nicht, falls *er* zurückkäme. Dann, viel später, kam Guy nach Hause. Als er an meiner Tür vorbeiging, klopfte ich daran. Der Schlüssel steckte im Schloß, und er machte auf.«

»Erzählten Sie ihm, was passiert war?«

»Nur, daß es einen Streit gegeben hatte. Er blieb nur einen Augenblick.«

»Können Sie das Radio aus Ihrem Zimmer hören?«

Sie schien überrascht.

»Den Radioapparat? Nun, ja. Schwach.«

»Haben Sie ihn gehört, als Ihr Vater zurück im Arbeitszimmer war?«

»Ich weiß nicht mehr.«

»Denken Sie nach. Während Sie diese ganze lange Zeit wach lagen, bis Ihr Bruder nach Hause kam?«

»Ich versuche es. Als er rauskam und Richard und mich entdeckte, war das Radio nicht an. Sie hatten gearbeitet, wissen Sie. Nein. ich kann mich nicht erinnern, es überhaupt gehört zu haben, das heißt . . . Augenblick. Ja. Als er aus Mutters Zimmer wieder ins Arbeitszimmer gegangen war, fällt mir jetzt ein, da gab es einen lauten Knall. Einen sehr lauten Knall. Dann war es einige Zeit ruhig, glaube ich. Mir ist, als hätte ich später wieder etwas gehört. Oh, mir fällt noch etwas anderes ein. Nach dem Knall ging der Heizkörper neben meinem Bett aus. Ich denke, mit dem Strom war etwas nicht in Ordnung. Das würde beides erklären, oder? Der Heizkörper ging etwa zehn Minuten später wieder an.«

»Und ging das Radio auch wieder an, können Sie das sagen?«

»Ich weiß nicht. Ich bin mir da sehr unsicher. Es ging wieder an, irgendwann, ehe ich einschlief.«

»Haben Sie vielen Dank. Ich will Sie nicht länger stören.«

»Gut«, sagte Phillipa ruhig und ging.

Alleyn schickte nach Chase und befragte ihn nach dem übrigen Personal und nach der Entdeckung der Leiche. Emily wurde gerufen und angehört. Als sie gegangen war, ehrfürchtig, doch mit sich zufrieden, wandte sich Alleyn an den Butler.

»Chase«, sagte er, »hatte Ihr Herr bestimmte eigentümliche Gewohnheiten?«

»Ja, Sir.«

»Bezüglich des Rundfunkgeräts?«

»Ich bitte um Verzeihung, Sir. Ich dachte, Sie meinten im allgemeinen.«

»Nun, dann im allgemeinen.«

»Wenn ich so sagen darf, Sir, eine ganze Menge.«

»Wie lange waren Sie bei ihm?«

»Zwei Monate, Sir, und ich wollte nur bis Ende dieser Woche bleiben.«

»Oh! Warum wollten Sie gehen?«

Chase gab in solchen Fällen die klassische Antwort. »Es gibt gewisse Dinge«, sagte er, »die das Maß überschreiten, das ein Mensch zu ertragen vermag. Eines davon ist, wenn so mit einem gesprochen wird, wie Mister Tonks mit seinem Personal sprach.«

»Ah, seine eigentümlichen Gewohnheiten, ja?«

»Ich bin der festen Überzeugung, Sir, daß er wahnsinnig war. Total wahnsinnig.«

»Zurück zum Radio. Tüftelte er daran herum?«

»Ich kann nicht sagen, daß mir so etwas je aufgefallen wäre, Sir. Ich glaube, er wußte recht viel über den Rundfunk.«

»Wenn er das Ding einstellte, hatte er da eine besondere Methode? Eine charakteristische Haltung oder Geste?«

»Ich glaube nicht, Sir. Ich habe nie etwas bemerkt, obwohl ich oft ins Zimmer kam, wenn er dabei war, es anzuschalten. Mir ist, als würde ich ihn jetzt vor mir sehen, Sir.«

»Ja, genau«, sagte Alleyn schnell. »Das ist es, was wir wollen. Ein klares Bild vor Augen. Also, wie war's? So?«

Rasch ging er durchs Zimmer und setzte sich auf Septimus' Stuhl. Er schwenkte zu dem Kasten und brachte seine rechte Hand an den Knopf für die Senderwahl.

»So?«

»Nein, Sir«, sagte Chase sofort, »das ist er überhaupt nicht. Beide Hände sollten es sein.«

»Ah.« Alleyns linke Hand schnellte zum Lautstärkeregler. »Eher so?«

»Ja, Sir«, sagte Chase langsam. »Doch da ist noch etwas anderes, und ich kann mich nicht erinnern, was es war. Etwas, was er immer tat. Es ist in meinem Hinterkopf. Sie wissen schon, Sir. Man könnte sagen, es liegt mir auf der Zunge.«

»Ich verstehe.«

»Es ist eine Art . . . etwas . . . nun, das mit Verärgerung zu tun hat«, sagte Chase langsam.

»Verärgerung? Seine?«

»Nein. Es geht nicht, Sir. Ich komme nicht darauf.«

»Vielleicht später. Nun sagen Sie, Chase, wo waren Sie alle gestern abend? Das Personal, meine ich.«

»Wir waren alle weg, Sir. War ja Heiliger Abend. Die gnädige Frau schickte gestern morgen nach mir. Sie sagte, wir könnten den Abend freinehmen, sobald ich Mister Tonks' Grog-Tablett um neun Uhr hereingebracht hätte. Also gingen wir«, endete Chase schlicht.

»Wann?«

»Der Rest des Personals kam etwa um neun Uhr aus dem Haus. Ich ging etwa zehn Minuten später, Sir, und kam gegen zwanzig nach elf wieder zurück. Die anderen waren bereits da und lagen alle im Bett, wo auch ich mich sofort hinbegab, Sir.«

»Sie kamen durch eine Hintertür herein, vermute ich?«

»Ja, Sir. Wir haben es bereits durchgesprochen. Niemand von uns bemerkte irgend etwas Ungewöhnliches.«

»Können Sie das Radio in Ihrem Teil des Hauses hören?«

»Nein, Sir.«

»Nun«, sagte Alleyn und blickte von seinen Notizen hoch, »das wird genügen, danke.«

Ehe Chase die Tür erreichte, stürmte Fox herein.

»Verzeihung, Sir«, sagte Fox, »ich will nur einen Blick auf die *Radio Times* werfen, da auf dem Schreibtisch.«

Er beugte sich über die Zeitschrift, befeuchtete einen seiner gewaltigen Daumen und blätterte eine Seite um.

»Das ist es, Sir«, rief Chase plötzlich. »Daran versuchte ich mich zu erinnern. Das hat er immer gemacht.«

»Was denn?«

»Seine Finger geleckt, Sir. Es war eine Gewohnheit«, sagte

Chase. »Das ist es, was er immer tat, wenn er sich ans Radio setzte. Ich hörte, wie Mister Hislop zum Doktor sagte, es würde ihn fast wahnsinnig machen, daß der Herr nichts anrühren könnte, ohne sich erst die Finger zu lecken.«

»Aha«, sagte Alleyn. »Fragen Sie Mister Hislop bitte in zehn Minuten, ob er so gut sein könnte, einen Augenblick zu kommen. Das wäre alles, danke, Chase.«

»Nun, Sir«, bemerkte Fox, als Chase gegangen war, »wenn das der Fall ist und wenn es stimmt, was ich denke, macht es die Sache ganz bestimmt schlimmer.«

»Meine Güte, Fox, was für eine komplizierte Bemerkung. Was wollen Sie damit sagen?«

»Wenn man Bakelitknöpfe durch Metallknöpfe ersetzt und feine Drähte durch diese Löcher da führt, um Kontakt herzustellen, dann bekommt man einen stärkeren Schlag, wenn man mit *feuchten* Fingern rangeht.«

»Ja. Und er nahm immer beide Hände. Fox!«

»Sir.«

»Gehen Sie wieder zu den Tonks. Sie haben Sie natürlich nicht allein gelassen?«

»Bailey ist dort drin und tut, als würde er sich für die Lichtschalter interessieren. Er fand den Hauptschalter unter der Treppe. Es gibt Anzeichen, daß man vor kurzem eine geplatzte Sicherung ausgewechselt hat. In einem Schrank darunter ist etliche Meter Litzendraht und ähnliches verlegt. Gleiches Fabrikat wie am Radio und am Heizgerät.«

»Ah, ja. Könnte die Schnur vom Stecker zum Heizkörper in diesem Fall eine Rolle spielen?«

»Beim Teufel«, sagte Fox. »Sie haben recht! So wurde es gemacht, Chef. Die Litze, auf der mehr Spannung ist, wurde von dem Heizkörper getrennt und hier durchgeschoben. Es brannte ja ein Feuer, also würde er den Heizkörper nicht brauchen und nichts bemerken.«

»So könnte es passiert sein, sicher, aber es wird schwer sein, das zu beweisen. Kehren Sie zurück zu den leidgeprüften Tonks, guter Fox, und fragen Sie höflich, ob sich jemand von ihnen an Septimus' Eigenheiten beim Einstellen seines Radios erinnert.«

Fox traf den kleinen Mister Hislop an der Tür und ließ ihn mit Alleyn allein. Phillipa hatte recht gehabt, sagte sich Alleyn, mit ihrer Erklärung, Richard Hislop wäre kein bemerkenswerter Mann. Er hatte keinerlei markante Züge. Graue Augen, fahles Haar; ziemlich blaß, ziemlich kurz, ziemlich unbeeindruckend; und doch war diesen beiden gestern nacht klargeworden, daß sie sich liebten. Romantisch, aber seltsam, dachte Alleyn.

»Bitte setzen Sie sich«, sagte er. »Ich möchte, daß Sie mir erzählen, wenn es Ihnen recht ist, was gestern abend zwischen Ihnen und Mister Tonks vorgefallen ist.«

»Was vorgefallen ist?«

»Ja. Sie haben alle um acht zu Abend gegessen, so weit ich weiß. Dann kamen Sie und Mister Tonks hierher?«

»Ja.«

»Was taten Sie?«

»Er diktierte mehrere Briefe.«

»Passierte irgend etwas Ungewöhnliches?«

»O nein.«

»Weshalb haben Sie sich gestritten?«

»Gestritten!« Die leise Stimme wurde ein wenig lauter. »Wir haben nicht gestritten, Mister Alleyn.«

»Vielleicht war das das falsche Wort. Was hat Sie bewegt?«

»Phillipa hat es Ihnen erzählt?«

»Ja. Und sie hat gut daran getan. Was war los, Mister Hislop?«

»Abgesehen von . . . von dem, was sie Ihnen sagte . . . Mister Tonks war schwer zufriedenzustellen. Ich habe ihn oft verärgert. Auch gestern abend.«

»In welcher Weise?«

»In fast jeder erdenklichen Weise. Er schrie mich an. Ich war erschrocken und nervös, kam mit Papieren nicht zurecht und machte Fehler. Mir war nicht gut. Ich versagte völlig, und dann . . . ich . . . ich brach zusammen. Ich habe ihn immer verärgert. Allein meine Eigenheiten . . .«

»Hatte er nicht selbst Eigenheiten, die einen in Rage brachten?«

»Er? Mein Gott!«

»Welche waren es?«

»Mir fällt nichts Bestimmtes ein. Es ist doch nicht von Bedeutung, oder?«

»Irgend etwas, was mit dem Radio zu tun hat, beispielsweise?«

Kurzes Schweigen.

»Nein«, sagte Hislop.

»War das Radio gestern abend nach dem Essen angeschaltet?«

»Für eine kurze Zeit, ja. Nicht nach . . . nach dem Vorfall in der Halle. Ich glaube wenigstens nicht. Ich bin mir nicht sicher.«

»Was taten Sie, nachdem Miss Phillipa und ihr Vater nach oben gegangen waren?«

»Ich ging ihnen nach und lauschte einen Moment an der Tür.« Er war ganz weiß geworden und hatte sich vom Schreibtisch fortbewegt.

»Und dann?«

»Ich hörte jemanden kommen. Ich erinnerte mich daran, daß Dr. Meadows mir gesagt hatte, ich solle ihn anrufen, wenn es wieder eine dieser Szenen gab. Ich kam hierher zurück und rief ihn an. Er sagte, ich solle in mein Zimmer gehen und lauschen. Wenn es irgendwie noch schlimmer werden würde, solle ich noch einmal telefonieren. Ansonsten solle ich in meinem Zimmer bleiben. Es liegt direkt neben ihrem.«

»Und Sie taten das?«

Er nickte.

»Konnten Sie hören, was Mister Tonks zu ihr sagte?«

»Ziemlich . . . ziemlich viel davon.«

»Was haben Sie gehört?«

»Er beschimpfte sie. Mrs. Tonks war auch da. Ich dachte eben daran, Dr. Meadows wieder anzurufen, als sie und Mister Tonks herauskamen und durch den Flur gingen. Ich blieb in meinem Zimmer.«

»Sie haben nicht versucht, mit Miss Phillipa zu sprechen?«

»Wir sprachen durch die Wand miteinander. Sie bat mich, Dr. Meadows nicht anzurufen und in meinem Zimmer zu bleiben. Nach kurzer Zeit, vielleicht zwanzig Minuten später, ich weiß es wirklich nicht genau, hörte ich Mister Tonks zurückkommen und nach unten gehen. Ich sprach wieder mit Phillipa. Sie beschwor mich, nichts zu tun, und sagte, sie würde am Morgen selbst mit Dr. Meadows sprechen. Also wartete ich noch eine Weile und ging dann ins Bett.«

»Und schliefen Sie auch ein?«

»Mein Gott, nein!«

»Hörten Sie das Radio wieder?«

»Ja. Jedenfalls hörte ich den Knall.«

»Kennen Sie sich mit Radios aus?«

»Nein. Ich weiß nur, was jeder weiß. Nicht viel.«

»Wie kamen Sie zu dieser Stellung, Mister Hislop?«

»Ich antwortete auf eine Annonce.«

»Sie sind sicher, daß Sie sich an keine besondere Eigenheit von Mister Tonks erinnern, die mit dem Radio zu tun hat?«

»Ich wüßte nicht.«

»Und Sie können mir nicht mehr über Ihre Unterredung im Arbeitszimmer erzählen, die zu der Szene in der Halle führte?«

»Nein.«

»Wollen Sie bitte Mrs. Tonks fragen, ob sie so freundlich wäre, einen Augenblick mit mir zu sprechen?«

»Gewiß«, sagte Hislop und ging.

Als Septimus' Frau das Zimmer betrat, war sie totenblaß. Alleyn ließ sie sich setzen und fragte sie, was sie am vergangenen Abend gemacht hatte. Sie sagte, sie hätte sich nicht wohl gefühlt und in ihrem Zimmer gegessen. Danach sei sie sofort ins Bett. Später hörte sie dann, wie Septimus Phillipa anschrie und ging in das Zimmer ihrer Tochter. Septimus hätte Mister Hislop und ihrer Tochter ›schreckliche Dinge‹ vorgeworfen. Weiter kam sie nicht in ihrem Bericht und brach still in sich zusammen. Alleyn sprach sehr sanft zu ihr. Nach einer Weile erfuhr er, daß Septimus mit ihr in ihr Zimmer gegangen war und weiter von ›schrecklichen Dingen‹ geredet hatte.

»Was waren das für Dinge?« fragte Alleyn.

»Er war nicht er selbst«, sagte Isabel. »Er wußte nicht, was er sagte. Ich denke, er hatte etwas getrunken.«

Sie schätzte, daß er vielleicht eine Viertelstunde bei ihr gewesen war. Möglicherweise etwas länger. Er verließ sie dann abrupt, und sie hörte ihn durch den Flur gehen, an Phillipas Tür vorbei, und wahrscheinlich nach unten. Sie war lange Zeit wach geblieben. Das Radio konnte man von ihrem Zimmer aus nicht hören. Alleyn zeigte ihr die Knöpfe des Vorhangs, doch sie schien gar nicht zu verstehen, was sie bedeuteten. Er ließ sie gehen, rief Fox zu sich und resümierte den ganzen Fall.

»Wie sehen Sie die Geschichte?« fragte er schließlich.

»Nun, Sir«, sagte Fox mit seiner stoischen Gelassenheit, »sieht erst mal so aus, als hätten die jungen Herren Alibis. Wir müssen sie natürlich überprüfen, und ich sehe nicht, daß wir viel weiter kommen, ehe wir das getan haben.«

»Nehmen wir für den Augenblick an«, sagte Alleyn, »die Herren Guy und Arthur hätten ein hieb- und stichfestes Alibi. Was dann?«

»Dann haben wir die junge Dame, die alte Dame, den Sekretär und die Dienstboten.«

»Sehen wir sie uns genauer an. Aber gehen wir erst die Sache mit dem Radio durch. Geben Sie acht, was ich sage. Ich denke, es gab nur eine Möglichkeit, das Radio zu präparieren, um Mister Tonks den Garaus zu machen: Die Knöpfe wurden entfernt. Man bohrte mit einem feinen Bohrer Löcher in die Frontleiste. Dann wurden Metallknöpfe eingesetzt und Löschpapier dazu benutzt, um sie von den Metallstiften zu isolieren und damit sie gut saßen. Die schwerere Litze vom Stecker zum Heizkörper wurde durchgetrennt und die Enden der Drähte durch die gebohrten Löcher geschoben, um Kontakt zu den neuen Knöpfen herzustellen. So haben wir einen positiven und einen negativen Pol. Mister Tonks stellt die Verbindung zwischen beiden her und bekommt einen mächtigen Schlag, als der Strom durch ihn zur Erde jagt. Die Sicherung am Brett platzt fast sofort. All das wurde vom Mörder bewerkstelligt, während Sep oben war und Frau und Tochter eine Szene machte. Etwas später als zwanzig nach zehn begibt sich Sep dann wieder in das Arbeitszimmer. Die ganze Sache wurde also erledigt zwischen zehn, als Arthur ging, und der Zeit, als Sep zurückkam . . .

sagen wir etwa Viertel vor elf. Dann tauchte der Mörder wieder auf, verband den Heizkörper wieder mit der Litze, entfernte die Drähte, tauschte die Knöpfe aus und ließ das Radio angeschaltet. Ich gehe davon aus, daß der Knall, von dem Phillipa und Hislop sprachen, von dem Kurzschluß kam, der unseren Septimus tötete, oder?«

»Das ist richtig.«

»Diese Sache wirkte sich auch auf die Heizgeräte im Haus aus. Siehe Miss Tonks' Heizkörper. Der Mörder brachte das alles wieder in Ordnung. War einfach genug für jeden, der wußte, wie. Er mußte nur die Sicherung am Hauptschalter auswechseln. Wie lange, meinen Sie, würde es dauern, das Ganze wieder . . . nun ja . . . instandzusetzen?«

»Hm«, brummte Fox. »Ich schätze mal fünfzehn Minuten, Sir. Er müßte sehr fix sein.«

»Ja«, stimmte Alleyn zu. »Er oder sie.«

»Ich sehe nicht, wie eine Frau so etwas zustande bringen könnte«, knurrte Fox. »Hören Sie, Chef, Sie wissen, was ich denke. Warum hat Mister Hislop gelogen, als Sie ihn nach der Gewohnheit des Verstorbenen, seine Daumen zu lecken, gefragt haben? Sie sagen, Hislop hat Ihnen erzählt, daß er sich an nichts erinnert, und Chase sagt, er habe ihn sagen gehört, der Tick würde ihn fast wahnsinnig machen.«

»Genau«, sagte Alleyn. Dann schwieg er so lange, daß Fox sich zu einem diskreten Hüsteln gedrängt sah.

»Äh?« sagte Alleyn. »Ja, Fox, ja. Es muß sein.« Er sah im Telefonbuch nach und wählte eine Nummer.

»Kann ich mit Dr. Meadows sprechen? Oh, Sie sind es, ja? Erinnern Sie sich, daß Ihnen Mister Hislop sagte, Septimus Tonks' Tick, sich die Finger zu befeuchten, würde Hislop fast verrückt machen? Hören Sie? Nicht? Sicher? Okay, okay. Hislop rief zwanzig nach zehn an, sagten Sie? Und Sie haben mit ihm telefoniert, um elf. Sicher mit den Zeiten? Aha. Würde mich freuen, wenn Sie herkommen könnten. Können Sie? Also, kommen Sie, wenn es geht.«

Er legte den Hörer auf.

»Holen Sie Chase noch mal herein, ja, Fox?«

Der zurückzitierte Chase beharrte fest darauf, daß Mister Hislop mit Dr. Meadows über diese Angewohnheit gesprochen hätte.

»Es war, als Mister Hislop Grippe hatte, Sir. Ich ging mit dem Doktor nach oben. Mister Hislop hatte starkes Fieber und sprach sehr aufgeregt. Er redete immer weiter, sagte, der Herr hätte bemerkt, daß ihn seine Art verrückt mache, und der Herr würde absichtlich weitermachen, um ihn noch mehr zu quälen. Er sagte, wenn das noch lange weiterginge, würde er... er wußte nicht, was er sagte, Sir, wirklich.«

»Was sagte er, was er tun würde?«

»Nun, Sir, er sagte, er würde... er würde dem Herrn etwas Schlimmes antun. Aber da redete er nur irre, Sir, im Fieber. Ich würde sagen, daß er sich danach an nichts mehr erinnert hat.«

»Sicher«, sagte Alleyn, »das würde ich auch sagen.« Als Chase gegangen war, sagte er zu Fox: »Los, klären Sie das mit den Jungs und ihren Alibis. Sehen Sie zu, daß Sie damit rasch fertig werden. Reden Sie mit dem jungen Guy, und finden Sie heraus, ob er Miss Phillipas Erklärung bestätigen kann, daß sie in ihrem Zimmer eingeschlossen war.«

Fox war schon eine Weile fort, und Alleyn beschäftigte sich immer noch mit seinen Notizen, als die Tür des Arbeitszimmers aufsprang und Dr. Meadows hereinstürmte.

»Hören Sie zu, Sie alberner Spürhund«, tönte er, »was soll das alles mit Hislop? Wer sagt, er hatte was gegen Seps widerwärtige Gewohnheiten?«

»Chase sagt das. Und fauchen Sie mich nicht an! Ich mache mir Sorgen.«

»Ich auch, zum Teufel mit Ihnen. Worauf wollen Sie hinaus? Sie können doch nicht wirklich annehmen, daß... daß diese arme, kleine, gebrochene Schreiberseele in der Lage ist, irgend jemanden mit einem Stromschlag zu töten, geschweige denn Sep?«

»Ich nehme gar nichts an«, sagte Alleyn matt.

»Bei Gott, ich wünschte, ich hätte mich nicht an Sie gewandt. Wenn das Radio ihn getötet hat, dann deshalb, weil Sep daran herumgefummelt hat.«

»Und er brachte es wieder in Ordnung, nachdem es ihn getötet hat?«

Dr. Meadows starrte Alleyn schweigend an.

»Jetzt«, sagte Alleyn, »müssen Sie mir eine klare Antwort geben, Meadows. Sagte Hislop, als er halb im Fieberwahn war, daß diese spezielle Gewohnheit von Tonks ihn so weit reizen würde, ihn zu töten?«

»Ich hatte vergessen, daß Chase dabei war.«

»Ja, das hatten Sie vergessen.«

»Aber selbst, wenn er wildes Zeug redete, Alleyn, was hat das schon zu sagen? Verdammt, Sie können keinen Mann verhaften, weil er etwas im Fieberwahn gefaselt hat.«

»Das habe ich auch nicht vor. Ein weiteres Motiv ist aufgetaucht.«

»Sie meinen − *Phips* − gestern nacht?«

»Hat er Ihnen davon erzählt?«

»Sie flüsterte mir heute morgen etwas zu. Ich mag Phips sehr. Mein Gott, sind Sie Ihrer Sache sicher?«

»Ja«, sagte Alleyn. »Tut mir leid. Ich denke, Sie gehen jetzt besser, Meadows.«

»Werden Sie ihn verhaften?«

»Ich muß meine Arbeit tun.«

Sie schwiegen beide lange.

»Ja«, sagte Dr. Meadows endlich. »Sie müssen Ihre Arbeit tun. Leben Sie wohl, Alleyn.«

Fox kam zurück, um zu berichten, daß Guy und Arthur den ganzen Abend über ihre Parties nicht verlassen hatten. Er hatte zwei ihrer Freunde aufgespürt. Guy und Mrs. Tonks bestätigten die Geschichte von der verschlossenen Tür.

»Es ist ein Prozeß der Eliminierung«, sagte Fox. »Es bleibt nur einer übrig. Es muß der Sekretär gewesen sein. Er präparierte das Radio, während sein Opfer oben war. Er muß zurückgeschlichen sein, um durch die Tür mit Miss Tonks zu flüstern. Ich nehme an, er hat irgendwo hier unten gewartet, bis er hörte, daß sein Chef sich selbst mit einem lauten Knall ins Jenseits beförderte. Dann brachte er alles wieder in Ordnung, wobei er das Radio angeschaltet ließ.«

Alleyn sagte nichts.

»Was machen wir jetzt, Sir?« fragte Fox.

»Ich will den Haken an der Haustür sehen, an den sie ihre Schlüssel hängen.«

Fox blickte verwirrt und folgte seinem Vorgesetzten in die kleine Eingangshalle.

»Ja, da sind sie«, sagte Alleyn. Er deutete auf einen Haken, an dem zwei Hausschlüssel hingen. »Kaum zu übersehen. Kommen Sie, Fox.«

Hinten im Arbeitszimmer fanden Sie Hislop. Bailey war bei ihm.

Hislop blickte von einem Scotland-Yard-Mann zum anderen.

»Ich will wissen, ob es Mord war.«

»Wir nehmen es an«, sagte Alleyn.

»Ich möchte betonen, daß Phillipa, Miss Tonks, gestern nacht die ganze Zeit in ihrem Zimmer eingeschlossen war.«

»Bis ihr Bruder nach Hause kam und die Tür aufschloß«, sagte Alleyn.

»Das war später. Da war er schon tot.«

»Woher wissen Sie, wann er starb?«

»Es muß passiert sein, als es diesen Knall gab.«

»Mister Hislop«, sagte Alleyn, »warum wollten Sie mir nicht erzählen, wie sehr Sie sein Tick mit dem Fingerlecken aufregte?«

»Aber ... woher wissen Sie? Ich habe das nie jemandem erzählt.«

»Sie sagten es Dr. Meadows, als sie krank waren.«

»Ich erinnere mich nicht.« Er brach ab. Seine Lippen zitterten. Dann begann er plötzlich wieder zu sprechen.

»Also ja. Es stimmt. Zwei Jahre lang hat er mich gequält. Sehen Sie, er wußte etwas über mich. Vor zwei Jahren, zu der Zeit, als meine Frau starb, nahm ich Geld aus der Kasse in diesem Schreibtisch. Ich zahlte es zurück und dachte, er hätte es nicht bemerkt. Aber er wußte es wohl die ganze Zeit. Von da an hatte er mich dort, wo er mich haben wollte. Er hockte immer da wie eine Spinne. Ich gab ihm ein Papier. Er befeuchtete seine Daumen, mit einem Schnalzen und einer Art selbstgefälliger Grimasse. Schlapp, schlapp. Dann Daumen gegen das Papier. Er wußte, daß es mich wahnsinnig machte. Er sah mich an und dann... schlapp, schlapp. Und dann sagte er etwas über das Geld. Er hat mich nie ganz offen beschuldigt, machte immer nur Andeutungen. Und ich war machtlos. Sie denken, ich bin verrückt. Bin ich nicht. Ich hätte ihn ermorden können. Immer wieder habe ich überlegt, wie ich es anstellen würde. Jetzt glauben Sie sicher, ich hätte es tatsächlich getan. Aber ich war es nicht. Das ist der Witz. Ich hatte nicht den Mut dazu. Und gestern nacht, als mir Phillipa ihre Zuneigung zeigte, fühlte ich mich wie im Siebten Himmel... unglaublich. Zum ersten Mal, seit ich hier war, war mir nicht mehr danach, ihn zu töten. Und prompt *tat* es letzte Nacht jemand anderes.«

Zitternd und bebend stand er da. Fox und Bailey, die ihn verwirrt und betroffen beobachtet hatten, blickten zu Alleyn hinüber. Er wollte gerade etwas sagen, als Chase hereinkam. »Eine Nachricht für Sie«, sagte er zu Alleyn. »Sie kam durch einen Boten.«

Alleyn öffnete sie und las die ersten Worte. Er sah hoch.

»Sie können gehen, Mister Hislop. Jetzt habe ich das, worauf ich gewartet habe... das, worauf ich aus war.«

Als Hislop gegangen war, lasen sie den Brief.

Lieber Alleyn,
verhaften Sie Hislop nicht. Ich war es. Lassen Sie ihn sofort frei, falls er schon verhaftet ist, und sagen Sie Phips nicht, daß Sie ihn verdächtigt haben. Ich liebte Isabel schon lange bevor sie Sep traf. Ich habe versucht, sie zu bewegen, sich von ihm scheiden zu lassen, aber sie wollte nicht – wegen der Kinder. Verdammter Unsinn, aber jetzt habe ich keine Zeit mehr, das zu diskutieren. Ich muß mich beeilen. Er verdächtigte uns. Er machte sie zu einem seelischen Wrack. Ich hatte Angst, sie würde völlig zusammenbrechen. Ich legte mir einen Plan zurecht. Vor ein paar Wochen nahm ich Phips Schlüssel von dem Haken an der Haustür. Werkzeuge, Litze, Draht, alles hatte ich bereit. Ich wußte, wo der Hauptschalter und wo der Schrank war. Ich hatte vor, bis zum Neujahrs-

tag zu warten, wenn sie alle aus dem Haus wären, doch gestern nacht, als Hislop mich anrief, entschloß ich mich, sofort zu handeln. Er sagte, die Jungs und die Dienstboten wären weg, und Phips wäre in ihr Zimmer eingeschlossen. Ich sagte ihm, er solle in seinem Zimmer bleiben und mich in einer halben Stunde anrufen, falls sich die Lage bis dahin nicht beruhigt hätte. Er rief nicht an. Ich rief an. Niemand meldete sich. Und so wußte ich, daß Sep nicht in seinem Arbeitszimmer war.

Ich kam hin, ließ mich selbst herein und lauschte. Alles war ruhig oben, doch im Arbeitszimmer brannte noch Licht, also wußte ich, er würde wieder herunter kommen. Er hatte gesagt, er wolle irgendeine Mitternachtssendung hören.

Ich schloß mich ein und machte mich an die Arbeit. Als Sep letztes Jahr weg war, malte Arthur eine seiner modernen Monstrositäten im Arbeitszimmer. Er sprach davon, daß die Stöpsel auf den Gardinenstangen sich auf dem Bild ganz gut machten. Ich bemerkte, daß sie denen des Radios sehr ähnlich waren, und später probierte ich es und tauschte einen aus. Ich stellte fest, er würde passen, wenn ich ihn ein bißchen einwickeln würde. Nun, ich machte es genau so wie Sie vermutet haben, und ich brauchte dazu nur zwölf Minuten. Dann ging ich ins Wohnzimmer und wartete.

Er kam aus Isabels Zimmer herunter und ging offenbar direkt ans Radio. Ich hatte nicht gedacht, daß es einen solchen Krach machen würde, und rechnete fast damit, jemand würde herunterkommen. Aber niemand kam. Ich ging zurück, schaltete das Radio aus, nahm meine Taschenlampe und erledigte das mit der Sicherung am Hauptschalter. Dann brachte ich im Arbeitszimmer alles in Ordnung.

Ich brauchte mich nicht besonders zu beeilen. Niemand würde kommen, solange man annahm, daß er da war, und ich schaltete das Radio so bald wie möglich an, damit man glauben sollte, er beschäftigte sich damit. Ich wußte, daß man mich rufen würde, sobald man ihn finden würde. Ich hatte vor, ihnen zu sagen, er wäre an einem Schlaganfall gestorben. Ich hatte Isabel gewarnt, das könnte jederzeit passieren. Als ich die verbrannte Hand sah, wußte ich, so läuft der Hase nicht. Ich hätte dennoch versucht, damit durchzukommen, wenn Chase nicht dauernd von ›Tod durch Stromschlag‹ und verbrannten Fingern geschwatzt hätte. Hislop sah die Hand. Ich wagte es nicht, etwas anderes zu tun, als den Fall der Polizei zu melden, doch ich hätte nie gedacht, daß Sie das mit den Knöpfen herausbekommen. Alle Achtung.

Ich hätte mich vielleicht irgendwie durchgemogelt, wenn Sie Hislop nicht verdächtigt hätten. Kann es nicht zulassen, daß Sie den armen Kerl an den Galgen bringen. Ich lege ein paar Zeilen an Isabel bei, die mir nicht vergeben wird, und für Sie eine offizielle Aussage. Sie werden mich in meinem Schlafzimmer finden. Ich nehme Zyankali. Es wirkt schnell.

Tut mir leid, Alleyn. Ich denke, Sie wußten Bescheid, oder? Ich habe die ganze Sache versiebt, doch das kommt davon, wenn einer superschlau sein will... Leben Sie wohl.

Henry Meadows

Originaltitel: Death on the Air
Ins Deutsche übertragen von Reinhard Wagner

H. R. F. Keating

Inspector Ghote
und das Wunderbaby

Was hat der Weihnachtsmann wohl für mich vorgesehen, fragte
sich Inspector Ghote trübselig und wiederholte damit in Gedanken die fröhlichen Anzeigen, die zur Zeit die Bombayer Tages-
zeitungen füllten, während er darauf wartete, an diesem Morgen des fünfundzwanzigsten Dezember zum Büro des Assistant
Comissioner Naik vorgelassen zu werden.

Was auch immer der A. C. für ihn in petto haben mochte,
Ghote wußte jetzt schon, daß es etwas Unangenehmes sein
würde. Seitdem er es kürzlich abgelehnt hatte, ›freiwillig‹ zum
Hockey anzutreten, betrachtete A. C. Naik ihn mit trübäugiger
Mißbilligung. Doch auf welche Art genau würde er dieser Miß-
billigung wohl Ausdruck verleihen?

Wahrscheinlich hatte es irgend etwas mit der großen ›Woche
der Navy-Parade‹ heute nachmittag zu tun, der augenblick-
lichen Lieblingsbeschäftigung der meisten der jederzeit begei-
sterungsfähigen und an dramatischen Ereignissen interessierten
Bewohner Bombays. Vermutlich mußte er sich bei der ›Feuer-
kraft-Demonstration‹ in der Bucht unters Volk mischen, mit
dem Befehl, nicht ohne eine gehörige Zahl von verhafteten
Taschendieben zurückzukommen.

»Herein!« bellte die Stimme des A. C.

Ghote trat ein, straffte seine knochigen Schultern und nahm
vor dem papierübersäten Schreibtisch Haltung an.

»Ah, Ghote, ja. Tulsi Pipe Road für Sie. Oben am Nordende.
Wird 'ne Menge Ärger dort geben. Aufruhr. Sogar Ausschrei-
tungen zwischen den einzelnen Gemeinschaften.«

Ghotes Herz sank tiefer, als er befürchtet hatte. Tulsi Pipe
Road war eine zwei Kilometer lange Durchgangsstraße, die

vom Rennplatz direkt ins Herz eines dichtbesiedelten Industriebezirks führte, wo schlecht bezahlte Hindus, Moslems zu Hunderten und Goaner zu Tausenden hausten, dicht gedrängt, entweder in Gebieten mit heruntergekommenen Hütten oder in hohen, schäbigen Wohnhäusern. Probleme zwischen den einzelnen religiösen Gemeinschaften bedeuteten in dieser Gegend die Hölle, nicht weniger.

»Ja, A. C.?« sagte er und bemühte sich, nicht allzu entsetzt zu klingen.

»Wir haben es mit einer jungfräulichen Geburt zu tun, Inspector.«

»Jungfräuliche Geburt, Sahib?«

»Kommen Sie schon, Mann, mit so was müssen Sie doch schon zu tun gehabt haben.«

»Tut mir leid, A. C.«, sagte Ghote, der sich verpflichtet fühlte, schwer erarbeitete wissenschaftliche Prinzipien hochzuhalten. »An jungfräuliche Geburt kann ich einfach nicht glauben.«

Augenblicklich stieg dem A. C. die Zornesröte in das rundliche Gesicht.

»Selbstverständlich verlange ich nicht, daß Sie an jungfräuliche Geburt glauben, Mann! Es geht hier nicht um Sie, und ob Sie irgend etwas glauben oder nicht: Es sind all diese Christen in der Goaner-Gemeinde, die glauben, vor zwei Tagen sei auf diese Weise ein Baby geboren worden. Das ist jetzt natürlich die richtige Jahreszeit für so was. Solche Sachen passieren immer um Weihnachten. Zu meiner Zeit habe ich mit einem halben Dutzend davon zu tun gehabt.«

»Ja, A. C.«, sagte Ghote und versuchte, seiner Stimme die nötige Bewunderung zu verleihen.

»Ja, und es gibt nur eine Art, wie man damit fertig wird. Schnappen Sie sich das Mädchen und finden Sie den Namen des Vaters heraus. Machen Sie das verdammt rasch, dann versickert die ganze Sache in Vergessenheit, wie Monsunregen im Boden.«

»Ja, A. C.«

»Und? Worauf warten Sie noch, Mann? Jetzt mal hoppla!«

»Name und Anschrift des betreffenden Mädchens, A. C. Sahib.«

Das Gesicht des A. C. wurde wieder rot. Wütend fuhren seine Hände durch die Papierberge auf seinem Schreibtisch. Schließlich fand er einen Fetzen Papier.

»Hier, nehmen Sie das, Mann. Darauf steht auch der Name des Head Constable, der die Angelegenheit zuerst gemeldet hat. Gehen Sie sofort zu ihm. Sie haben einen guten Mann da, aktiv, flott zu Fuß, hart durchgreifend. Wenn der das Mädchen nicht zum Reden bringen konnte, dann haben Sie einen verdammt harten Job vor sich, Inspector.«

Ghote erwischte Head Constable Mudholkar eine Stunde später in der örtlichen Polizeistation. Der Head Constable bestätigte augenblicklich die Abneigung, die Ghote gegen ihn gefaßt hatte, als der A. C. ihn als harten Burschen gelobt hatte. Aber, was noch schlimmer war, es stellte sich heraus, daß der Kerl dem A. C. im Aussehen sehr ähnlich war. Er hatte die gleiche rundliche Gesichtsform, die gleichen aufgedunsenen Lippen, sogar einen ähnlichen blauschwarzen Schnurrbart. Doch das Erscheinungsbild des Head Constable war nichtsdestoweniger nicht mehr als eine Karikatur des A. C. Einfach ausgedrückt, sein Gesicht war schief. Als Ghotes voreingenommene Augen ihn zum ersten Mal sahen, kam es ihm so vor, als seien die Gesichtszüge des Mannes grotesk verzerrt worden, so als ob in ferner Vorzeit irgendein Gott den Kopf eines der Vorfahren des Head Constable gepackt und das ganze Gebilde mit seinen allmächtigen Händen seitwärts verschoben hätte.

Aber als der Bursche ihm die Einzelheiten des Falles zu berichten begann, zwang Ghote sich dazu, ihm ohne Vorurteile zuzuhören, und dann mußte er zugeben, daß die Entstellung, die ihm zu Beginn so extrem erschienen war, in Wirklichkeit nicht mehr war als ein heruntergezogener Mundwinkel und ein Ohr, das komischerweise länger war als das andere.

Ghote mußte ferner zugeben, daß der Bursche auf Draht war. Er hatte sämtliche Einzelheiten der Angelegenheit präsent. Das Mädchen namens D'Mello, das sich zur Zeit aus Sicherheitsgründen in einem Krankenhaus befand, war sowohl vor als auch nach der Geburt intensiv befragt worden, aber sie hatte sich nicht beirren lassen und hartnäckig abgestritten, daß sie jemals irgend etwas mit irgendeinem Mann gehabt hatte. Sie war in der Tat auch nicht diese Art von Mädchen. Sie war die einzige Tochter eines goanischen Speisewagenkellners, der auf dem Madras-Express arbeitete, ein stilles Mädchen, gut erzogen, obwohl ihre Eltern ziemlich arm waren; sie ging regelmäßig mit ihrer Mutter in die Messe, und die ganze Familie kümmerte sich nur um ihre eigenen Angelegenheiten.

»Aber mit diesen Christen kann man nie wissen«, schloß Head Constable Mudholkar seine Ausführungen.

Ghote neigte dazu, dem zuzustimmen. Glühende Religiosität hatte ihn stets abgeschreckt, ob es sich nun um einen heiligen Hindu-Mann handelte, der seit zwanzig Jahren schweigend aufrecht stand, oder ob es um die Katholiken ging, die in ihren Kirchen immerzu leblose Statuen streicheln mußten, bis man gezwungen war, gläserne Schutzgehäuse um sie zu errichten, und selbst dann strichen sie immer noch über die dicken Scheiben. Jede dieser Ausdrucksformen war ihm unheimlich.

Und das war auch der eigentliche Grund dafür, so gestand er sich ein, daß er Miss D'Mello im Krankenhaus gar nicht erst besuchen wollte, wo sie von Nonnen umgeben sein würde, umgeben von all den Insignien einer ihm fremden Religion und dem Schmuck einer neu entdeckten Göttin.

Dennoch führte kein Weg daran vorbei – er mußte mit dem Mädchen sprechen.

Doch zunächst gestattete er sich, alle anderen Dinge zu erledigen, die möglicherweise für diesen Fall von Bedeutung waren. Er besuchte Mrs. D'Mello, und mit Hilfe geduldiger Schmeichelei und ein wenig erzwungener Härte ließ er sich von ihr die Namen der beiden Männer bestätigen, die Head Constable Mudholkar – übrigens ein geradezu intimer Kenner des Wohnblocks, in dem die D'Mellos wohnten – ihm als die einzig möglichen Väter genannt hatte. Beide waren junge Männer, ein Goaner namens Charlie Lobo und Kuldip Singh, ein Sikh.

Die Familie Lobo lebte eine Etage unter den D'Mellos. Doch dieses eine Stockwerk, das er über eine total verdreckte Treppe erreichte, die ihm den Innenhof des halbschiefen Wohnhauses ein wenig näherbrachte, bedeutete eine ganze Stufe höher auf der sozialen Leiter. Und Mrs. Lobo, eine gewaltige, fette Frau in einem grell gemusterten europäischen Kleid, hatte durchaus ihre eigene, ganz bestimmte Meinung zu dem unerwarteten Ruhm, der auf die Leute eine Treppe höher gefallen war.

»Ob mein Charlie mit diesem Mädchen gegangen ist?« wiederholte sie die Frage, nachdem Ghote sie, in angemessener Form, dem Jungen gestellt hatte. »Nein, das ist er nicht. Charlie, sag dem Mann, daß du solches Gesindel verachtest und verabscheust.«

»O Mama«, sagte Charlie, ein Teenager, dünn wie eine Bohnenstange. Er stand neben seiner ballonartig aufgeblähten Mutter. Seine Krawatte war so gut gebunden, daß er fast erstickte.

»Sag's dem Mann, Charlie.«

Gehorsam murmelte Charlie irgend etwas, das seine leidenschaftliche Mutter zufriedenstellte. Der Form halber stellte Ghote noch ein paar Fragen, aber es war ihm klar, daß er den jungen Burschen alleine sprechen mußte, um ein paar vernünftige Antworten von ihm zu bekommen. Es zeigte sich jedoch, daß er dazu keine Tricks anzuwenden brauchte. Charlie bewies, daß er eine gewisse scharfsinnige Raffinesse besaß, denn kaum hatte Ghote die Treppe zur Etage über den D'Mellos betreten, wo Kuldip Singh wohnte, da hörte er aus der schattigen Dunkelheit unten einen leisen Ruf.

»Mama hat am Herd zu tun«, sagte Charlie. »Sie hat keine Ahnung, daß ich rausgehuscht bin.«

»Gibt es etwas, das du mir sagen möchtest?« fragte Ghote und schlüpfte in die Rolle des nachsichtigen Onkels. »Du steckst in Schwierigkeiten, nicht wahr, oder?«

»Meine einzige Schwierigkeit ist meine Mutter«, sagte der Junge. »Hören Sie, Mister, ich muß Ihnen was sagen. Ich liebe Miss D'Mello . . . jawohl, ich liebe sie. Sie ist das wunderbarste Mädchen, das es jemals gegeben hat.«

»Und jetzt willst du sie heiraten, und weil du zu früh zu weit gegangen bist . . .«

»Nein, nein, nein. Sie ist ganz entschieden zu gut für mich,

Mister. In den zwei Jahren, in denen wir hier wohnen, hab' ich nicht mal ›Guten Morgen‹ zu ihr gesagt. Aber ich liebe sie, Mister, und ich werd' nicht zulassen, daß meine Mutter mich zwingt, was anderes zu sagen.«

Ghote beobachtete, wie der Junge vorsichtig zurück schlich, machte sich in Gedanken ein paar Notizen und wandte sich dann Kuldip Singh, seiner letzten, vergleichsweise einfachen Aufgabe zu, bevor er sich zu dem noch ausstehenden Interview in das von Nonnen infizierte Krankenhaus begeben würde.

Kuldip Singh, das hatte Ghore von Head Constable Mudholkar erfahren, war anders als seine Nachbarn. Er lebte freiwillig in diesem Ameisenhaufen, nicht weil er es mußte. Offiziell galt er als Student, verbrachte jedoch seine ganze Zeit mit einer Reihe von gesellschaftsfeindlichen Aktivitäten wie Protestieren, das Verfassen von Manifesten und mit Saufgelagen. Er schien der ideale Kandidat für den unbekannten und flüchtigen Vater zu sein.

Ghotes Mißtrauen verstärkte sich, sobald der junge Sikh die Tür öffnete. Obwohl der Junge alt genug war, um einen Bart zu tragen, fehlte ihm dieses Statussymbol. Gleichermaßen hatte er auf den obligatorischen Turban seiner Religion verzichtet. Aber die ganze Aufschneiderei der Sikhs war da, wie Ghote feststellen mußte, nachdem er sich vorgestellt hatte.

»Polizeimann, wie? Dann will ich mit Ihnen nichts zu tun haben. Ich und die Polizei, wir sind Feinde, Mann. Natürliche Feinde.«

»Ganz unabhängig von derartigen Vorstellungen«, sagte Ghote zugeknöpft, »ist es meine Pflicht, Ihnen einige Fragen bezüglich einer gewissen Miss D'Mello zu stellen.«

Der junge Sikh brach in brüllendes Gelächter aus.

»Das Wunder-Mädchen, nicht wahr?« sagte er. »Das gibt jede Menge Probleme für die Polizei hier, kann ich Ihnen versprechen. Der Bursche, der das Kind gezeugt hat, hat uns viel Gutes getan.«

Ghote mühte sich noch eine Weile mit ihm ab — die Krankenhaus-Nonnen warteten — erfuhr aber nicht mehr als das, was er ganz zu Anfang schon herausgefunden hatte. Und zum

Schluß mußte er trotzdem gehen und sich seinem Schicksal stellen.

Er hatte sich keine genaue Vorstellung von dem gemacht, was ihn im Krankenhaus erwartete. Was er dort allerdings vorfand, war fast das genaue Gegenteil seiner Befürchtungen. Ruhe beherrschte die Szene. Weißgekleidete Nonnen, zum größten Teil Inderinnen, unter ihnen aber auch ein paar Europäerinnen, schwebten geräuschlos hin und her oder sprachen leise mit den Patienten, die, wie Ghote sehen konnte, auf ihren Betten in großen Hallen lagen. Über ihnen hingen zarte, bunte Papierfähnchen zu Ehren des Festtages, und das war auch schon alles, was es an Aufregung gab.

Die kleine, abgetrennte Krankenstube, in der Miss D'Mello allein in einem breiten Bett lag, war keinen Deut anders. Außer der Tatsache, daß das Mädchen isoliert war, schien man sie genauso zu behandeln wie die anderen jungen Mütter in dem großen Saal, durch den man Ghote geführt hatte. Angesichts solcher Sachlichkeit, fühlte er sich irgendwie betrogen.

Und plötzlich, zu seiner eigenen Überraschung, und nachdem er in die großen Augen des Mädchens geblickt hatte, die die Ruhe nach dem Sturm signalisierten, da wünschte er sich, daß die Geschichte, die sie ihm jetzt erzählte, wahr wäre. Ein Teil von ihm wußte, falls das so wäre oder falls allgemein geglaubt würde, es wäre so, dann würde sich die fieberhafte religiöse Aufregung von Tag zu Tag steigern und zu den übelsten Unruhen führen. Aber ein anderer Teil in ihm wünschte sich ganz einfach, es wäre tatsächlich ein Wunder geschehen.

Ruhig und fast schüchtern begann er seine Fragen zu stellen. Miss D'Mello gab so gut wie überhaupt keine Antwort, aber die wenigen Worte, die sie flüsterte, waren gänzlich ungeeignet, irgend jemanden als den Vater ihres Kindes zu benennen. Nach einer Weile brachte Ghote sich mit erheblicher Willensanstrengung dazu, eine andere Taktik einzuschlagen. Er fuhr jetzt die harte Tour. Daraufhin verstummte Miss D'Mello einfach vollständig.

Dann, mit unerwarteter Plötzlichkeit, ließ Ghote den Namen Charlie Lobo fallen. Er bekam nur ein kleines, fragendes Lächeln als Antwort.

Um sicher zu sein, daß ihr Schweigen nicht ein Schweigen aus Angst war, brachte er mit ähnlicher Plötzlichkeit Kuldip Singh ins Gespräch. Falls dieser leichtfüßige junge Sikh das schüchterne Wesen hier vor ihm überrumpelt hatte, war das vielleicht ein Weg, ein Geständnis zu erhalten. Statt dessen kam etwas, das wie Gelächter klang.

»Dieser Kuldip ist ein komischer Bursche«, sagte das Mädchen mit völlig unpassender und unerwarteter Beiläufigkeit.

Ghote war nahe dran, aufzugeben. Doch in diesem Moment erschien eine Nonne, die ein kleines, langes, weiß eingewickeltes, leise weinendes Bündel auf dem Arm trug – das Baby.

Während die Nonne das hungrige Kind seiner Mutter übergab, stand Ghote stumm da und sah zu. Vielleicht würde sie, wenn sie das Kind im Arm hielt...?

Er betrachtete die Szene auf dem breiten Bett und wartete auf seine Chance. Das Mädchen hielt das winzige, zappelige Ding fest an seine Brust gepreßt, und nach ein, zwei Momenten trat bereits Ruhe ein, während sich der winzige Kopf der lebensspendenden Brustwarze zuwandte. Wie erwachsen das Kind schon wirkte, dachte Ghote. Wie männlich schon, nach nur zwei Tagen. Der runde Schädel, fast völlig kahl, wie er es am Ende seiner Jahre wieder sein würde. Die gerunzelte Stirn, die ein Leben lang so bleiben würde, die kleinen, perfekt geformten, eindeutig asymmetrischen Ohren...

Und da wußte Ghote, daß es doch kein Wunder gegeben hatte. Es war, wie er vermutet hatte, doch waren die Umstände ganz anders. Miss D'Mello hatte in der Tat Angst, davon zu sprechen. Das war auch kein Wunder, war doch der örtliche Polizeiboß, Head Constable Mudholkar mit seinem verschobenen Kopf und seinem Ohr, das auf so charakteristische Weise länger war als das andere, der Mann, der sie geschwängert hatte.

Ein tiefes Gefühl der Enttäuschung durchdrang Ghote. Dann war es also doch kein Wunder gewesen. Nur ein weiterer trauriger Fall, dessen Bereinigung viel Leid bringen würde. Er starrte auf das Bett hinunter.

Der kleine Junge saugte energisch. Mit einem Male durchlief Ghote ein warmes Gefühl von Kopf bis zu den Zehenspitzen, und er erkannte, daß es trotzdem ein Wunder gegeben hatte. Das tägliche, stündliche, allminütliche Wunder eines neuen Lebens, einer neuen Hoffnung in einer müden Welt.

Originaltitel: Inspector Ghote and the Miracle Baby
Ins Deutsche übertragen von Benno F. Schnitzler

Georges Simenon

Weihnachten
bei Maigret

1

Jedesmal war es das gleiche Ritual. Bestimmt hatte er beim Zubettgehen seufzend gesagt:

»Morgen werde ich mich mal richtig ausschlafen.«

Und Madame Maigret hatte das wörtlich genommen, als hätte sie in all den Jahren nichts hinzugelernt, als ob sie nicht gewußt hätte, daß man derartigen, von ihm leichterhand hingeworfenen Bemerkungen keinerlei Bedeutung beimessen durfte. Sie hätte sich auch ausschlafen können, es gab überhaupt keinen Grund, weshalb sie früh aufstehen sollte.

Trotzdem war es noch nicht mal ganz hell gewesen, als er gehört hatte, wie sie sich vorsichtig zwischen den Laken bewegte. Er hatte sich nichts anmerken lassen und sich schlafend gestellt, regelmäßig und tief atmend. Das Ganze hatte etwas von einem Spiel. Es war rührend zu verfolgen, wie sie mit der Behutsamkeit eines Tieres auf die Bettkante zukroch, nach jeder Bewegung innehaltend, um sich zu vergewissern, daß er nicht aufgewacht war. Dabei gab es einen Moment, den er immer mit Spannung erwartete: wenn sich die Sprungfedern des von der Last seiner Frau befreiten Bettes mit einem leisen Geräusch dehnten, das einem Seufzer glich.

Dann nahm sie ihre Kleider vom Stuhl und brauchte eine halbe Ewigkeit, bis sie den Knauf der Badezimmertür gedreht hatte. Erst in der sicheren Entfernung der Küche bewegte sie sich wie gewohnt.

Er war wieder eingeschlafen. Nicht sehr tief, nicht besonders lang. Aber doch lange genug für einen wirren und aufwühlenden Traum. Hinterher konnte er sich nicht genau daran erinnern, aber er wußte, daß ihm der Traum nahe gegangen war, und er fühlte sich etwas mitgenommen.

Die ersten Strahlen fahlen und zugleich grellen Lichts drangen durch die Vorhänge, die sich nie völlig zuziehen ließen. Mit offenen Augen blieb er noch eine Weile auf dem Rücken liegen. Der Duft frischen Kaffees stieg ihm in die Nase, und als er hörte, wie die Wohnungstür geöffnet und wieder geschlossen wurde, wußte er, daß Madame Maigret in aller Eile hinuntergegangen war, um warme Croissants für ihn zu holen.

Er aß morgens nie etwas, schwarzer Kaffee genügte ihm. Aber auch das gehörte zu dem Ritual, eine Idee seiner Frau: An Sonn- und Feiertagen sollte er nach ihrem Willen den halben Vormittag im Bett liegen bleiben, während sie für ihn an der Ecke der Rue Amelot Croissants holte.

Er stand auf, zog seine Pantoffeln an, schlüpfte in seinen Morgenrock und öffnete die Vorhänge. Er wußte, daß er das nicht tun sollte; sie würde enttäuscht sein. Er wäre zu großen Opfern bereit gewesen, nur um ihr eine Freude zu machen, aber im Bett bleiben, obwohl er keine Lust mehr dazu hatte, das war zuviel verlangt.

Es schneite nicht. Es war lächerlich: Ein Mann jenseits der Fünfzig und immer noch enttäuscht, weil an einem Weihnachtsmorgen kein Schnee gefallen war. Aber die Alten sind selten so vernünftig, wie die jungen Leute meinen.

Der dicht bewölkte, schmutzig-weiße Himmel schien über den Dächern wie eine Last zu hängen. Der Boulevard Richard-Lenoir war völlig menschenleer, und über der großen Toreinfahrt auf der anderen Straßenseite schienen die Buchstaben der Aufschrift *Entrepôts Legal, Fils & Cie* pechschwarz. Das E sah traurig aus, weiß der Himmel warum.

Er hörte seine Frau wieder in der Küche hin und her gehen, sich auf Zehenspitzen ins Eßzimmer schleichen, weiterhin darauf bedacht, ihn nur ja nicht zu wecken, ohne zu ahnen, daß er bereits am Fenster stand. Er sah auf die Uhr auf seinem Nachtkästchen und stellte fest, daß es erst zehn nach acht war.

Am Abend zuvor waren sie im Theater gewesen. Sie wären

gerne wie alle anderen hinterher in ein Restaurant gegangen, eine Kleinigkeit essen, aber überall waren die Tische für das Festmenü an Heiligabend vorbestellt gewesen, also waren sie, Arm in Arm, wieder nach Hause marschiert. So war es kurz vor Mitternacht gewesen, als sie zu Hause ankamen, und sie hatten sich nicht lange gedulden müssen, bis sie mit der Bescherung anfangen konnten.

Für ihn eine Pfeife, wie immer. Für sie das neueste Modell einer elektrischen Kaffeemaschine, die sie sich gewünscht hatte, dazu traditionsgemäß ein Dutzend fein gestickter Taschentücher.

Mechanisch stopfte er seine neue Pfeife. Einige Häuser auf der anderen Seite des Boulevards hatten Jalousien vor den Fenstern, andere auch nicht. Nur wenige Menschen waren schon auf den Beinen. Da und dort brannte noch immer Licht, wahrscheinlich weil einige Kinder in aller Frühe aufgestanden waren, um gleich zum Weihnachtsbaum und zu ihren Spielsachen zu stürzen.

Sie würden zusammen in ihrer ruhigen Wohnung einen gemütlichen Vormittag verbringen. Maigret würde aufs Rasieren verzichten, lange im Morgenmantel herumtrödeln und in der Küche mit seiner Frau plaudern, während sie das Mittagessen zubereitete.

Er war nicht traurig gestimmt, doch der Traum — an den er sich immer noch nicht recht erinnern konnte — hatte ihn in einen Zustand leichter Überempfindlichkeit versetzt. Aber vielleicht lag dies gar nicht an dem Traum, sondern daran, daß Weihnachten war. An diesem Tag mußte man seine Worte genau abwägen und vorsichtig sein, so wie Madame Maigret sich behutsam vorgetastet hatte, als sie aus dem Bett gestiegen war. Denn auch sie war heute viel eher als sonst zur Rührseligkeit geneigt.

Was soll's! Einfach nicht mehr daran denken. Nichts sagen, was daran erinnern könnte. Nicht zu oft auf die Straße schauen, nachher, wenn die Kinder draußen anfingen, ihr neues Spielzeug vorzuzeigen.

In den meisten, wenn nicht sogar in allen Häusern, lebten

Familien mit Kindern. Es würde also schrille Trompetenstöße, Getrommel und Pistolenkrach zu hören geben. Kleine Mädchen wiegten bereits ihre Puppen in den Armen.

Einmal, es war schon einige Jahre her, hatte er ziemlich leichthin gesagt: »Wir könnten doch eigentlich mal über Weihnachten verreisen.«

»Wohin denn?« hatte seine Frau mit ihrem unanfechtbaren gesunden Menschenverstand geantwortet.

Zu wem hätten sie denn fahren sollen? Sie hatten ja nicht mal Angehörige, die sie hätten besuchen können, von ihrer Schwester abgesehen, die aber zu weit weg wohnte. In einer fremden Stadt in einem Hotel absteigen oder in einem Gasthof irgendwo auf dem flachen Land?

Ach was! Zeit, daß er seinen Kaffee trank; danach würde er sich gleich besser fühlen. Er war nie besonders guter Stimmung, bevor er seine erste Tasse Kaffee getrunken und seine erste Pfeife geraucht hatte.

Just in dem Moment, als er seine Hand nach dem Türgriff ausstrecken wollte, ging die Tür geräuschlos auf, und Madame Maigret erschien mit einem Tablett, sah auf das verlassene Bett, dann enttäuscht auf ihren Mann, als wollte sie gleich losweinen.

»Du bist aufgestanden!«

Sie war bereits gewaschen und frisiert, außerdem hatte sie sich eine saubere Schürze umgebunden.

»Dabei hatte ich mich so darauf gefreut, dir dein Frühstück ans Bett zu bringen!«

Schon hundertmal hatte er versucht, ihr taktvoll klarzumachen, daß das kein Vergnügen für ihn war, sondern daß es ihm im Gegenteil ein komisches Gefühl gab, als ob er krank oder invalid sei. Nichts zu machen, für seine Frau war und blieb das Frühstück im Bett der Inbegriff eines Sonn- oder Feiertags.

»Willst du dich nicht wieder hinlegen?«

Nein! Das brachte er nicht fertig.

»Na schön, dann . . . Fröhliche Weihnachten!«

»Fröhliche Weihnachten! . . . Bist du mir böse?«

Sie befanden sich im Eßzimmer, das Silbertablett stand auf

einer Tischkante, der Kaffee dampfte aus der Tasse, die gold-
braun gebackenen Croissants waren in eine Serviette gewickelt
und dufteten.

Er legte seine Pfeife zur Seite und aß ihr zuliebe ein Crois-
sant, das Ganze jedoch im Stehen; und während er aus dem
Fenster sah, bemerkte er: »Es schneit ein wenig.«

Es war kein richtiger Schnee, eher feiner, weißer Staub, der
vom Himmel fiel und ihn daran erinnerte, wie er als kleiner
Junge immer die Zunge herausgestreckt hatte, um ein paar dieser Staubflocken aufzufangen.

Sein Blick blieb auf der Tür des Hauses gegenüber haften,
links neben den Lagerhallen. Zwei Frauen ohne Hut verließen
gerade das Haus. Die eine der beiden, eine etwa dreißigjährige
Blondine, hatte sich ihren Mantel auf die Schultern gelegt, ohne
in die Ärmel zu schlüpfen, während die andere, etwas älter, in
ein Umhangtuch gehüllt war.

Die Blondine schien zu zögern und nahe daran, wieder
umzukehren. Die Dunkelhaarige, die sehr klein und mager war,
drängte sie vorwärts, und Maigret hatte den Eindruck, als deutete sie auf die Fenster seiner Wohnung. Im Türrahmen hinter
den beiden Frauen erschien die Concierge, als ob sie der Mageren zu Hilfe kommen wollte. Dann entschloß sich die junge
Frau, über die Straße zu gehen, nicht ohne sich noch einmal
unsicher umzudrehen.

»Was ist da draußen?«

»Nichts . . . Da sind Frauen . . .«

»Was machen sie?«

»Sieht so aus, als kämen sie rüber zu uns.«

Beide hatten nämlich die Mitte des Boulevards erreicht und
sahen nun zu ihm herauf.

»Und das auch noch an Weihnachten. Hoffentlich verderben
sie dir nicht den Tag. Ich bin nicht mal mit dem Haushalt fertig.«

Das wäre niemandem aufgefallen, denn außer dem Tablett
stand nichts herum, und auf den polierten Möbeln lag nicht die
Spur von Staub.

»Bist du sicher, daß sie hierher kommen?«

»Wird sich gleich zeigen.«

Er zog es vor, sich für alle Fälle mit dem Kamm durchs Haar zu fahren, die Zähne zu putzen und auf die Schnelle das Gesicht zu waschen. Er stand noch im Badezimmer und zündete sich gerade wieder seine Pfeife an, als es an der Tür klingelte. Madame Maigret blieb wohl ganz schön hartnäckig, denn es dauerte eine geraume Weile, bis sie wieder zurückkam.

»Sie wollen dich unbedingt sprechen«, flüsterte sie. »Sie sagen, es sei vielleicht wichtig, und sie brauchten einen Rat. Eine der beiden kenne ich.«

»Welche?«

»Die kleine Dünne, Mademoiselle Doncœur. Sie wohnt im Haus gegenüber, auf der gleichen Etage wie wir, arbeitet den ganzen Tag am Fenster. Ist eine sehr anständige Person, macht feine Stickereien für ein Modehaus am Faubourg Saint-Honoré. Ich habe mir schon öfter gedacht, daß sie vielleicht in dich verliebt ist.«

»Wieso?«

»Es kommt ziemlich oft vor, daß sie aufsteht und dir nachschaut, wenn du weggehst.«

»Wie alt ist sie?«

»Fünfundvierzig bis fünfzig etwa. Ziehst du dir keinen Anzug an?«

Weshalb sollte es ihm nicht zustehen, sich im Morgenmantel zu zeigen, wenn er schon um halb neun belästigt wurde, noch dazu am Weihnachtsmorgen? Trotzdem zog er darunter eine Hose an und öffnete dann die Tür zum Eßzimmer, wo die beiden Frauen auf ihn warteten.

»Entschuldigen Sie bitte, meine Damen . . .«

Vielleicht hatte Madame Maigret ja tatsächlich recht. Mademoiselle Doncœur wurde nämlich nicht rot, sondern blaß, dann lächelte sie, blickte gleich wieder ernst, lächelte erneut, öffnete den Mund, brachte aber zunächst nichts heraus.

Die Blondine dagegen hatte sich unter Kontrolle und gab nicht besonders freundlich zu verstehen: »Ich wollte ja gar nicht mitkommen.«

»Möchten Sie nicht Platz nehmen?«

310

Ihm fiel auf, daß die blonde Frau unter ihrem Mantel nur ein Hauskleid und keine Strümpfe anhatte, während Mademoiselle Doncœur angezogen war, als wollte sie in die Kirche gehen.

»Sie fragen sich vielleicht, woher wir die Kühnheit nehmen, uns an Sie zu wenden«, begann Mademoiselle Doncœur, wobei sie nach jedem einzelnen Wort suchte. »Wie jeder hier im Viertel wissen wir natürlich, mit wem als Nachbarn wir die Ehre haben . . .«

Dieses Mal errötete sie leicht und starrte auf das Tablett.

»Jetzt können Sie wegen uns nicht zu Ende frühstücken.«

»Ich war schon fertig. Worum geht es?«

»Heute morgen, besser gesagt, heute nacht, ist in unserem Haus etwas derart Merkwürdiges vorgefallen, daß ich es für unsere Pflicht hielt, mit Ihnen darüber zu sprechen. Madame Martin wollte Sie nicht stören, aber ich sagte zu ihr . . .«

»Sie wohnen auch gegenüber, Madame Martin?«

»Ja, Monsieur.«

Man konnte es ihr ansehen, daß es ihr nicht recht war, daß sie sich hatte mitziehen lassen. Mademoiselle Doncœur dagegen war mittlerweile in Fahrt gekommen.

»Wir wohnen auf demselben Stock, genau hier gegenüber.« Sie wurde wieder rot, als hätte sie ein Geständnis abgelegt. »Monsieur Martin ist oft geschäftlich unterwegs, er ist nämlich Vertreter. Die kleine Tochter der Martins muß seit zwei Monaten das Bett hüten, wegen eines dummen Unfalls.«

Höflich wandte sich Maigret der Blondine zu. »Sie haben eine Tochter, Madame Martin?«

»Eigentlich ist sie nicht unsere Tochter, sondern unsere Nichte. Ihre Mutter ist vor gut zwei Jahren gestorben, seitdem lebt das Kind bei uns. Sie hat sich auf der Treppe das Bein gebrochen, eigentlich hätte sie nach sechs Wochen wieder gesund sein müssen, wenn es keine Komplikationen gegeben hätte.«

»Ihr Mann ist zur Zeit nicht in der Stadt?«

»Er müßte in der Dordogne sein.«

»Erzählen Sie weiter«, bat Maigret dann Mademoiselle Doncœur.

Madame Maigret war durch das Badezimmer wieder in die Küche gegangen, wo man sie nun mit Kochtöpfen hantieren hörte.

Ab und zu blickte Maigret in den grauen Himmel.

»Heute morgen bin ich wie gewöhnlich früh aufgestanden, um in die Frühmesse zu gehen.«

»Sind Sie hingegangen?«

»Ja. Ich bin erst gegen halb acht wieder nach Hause gekommen, weil ich an drei Gottesdiensten teilgenommen habe. Dann habe ich mir mein Frühstück gemacht. Vielleicht haben Sie Licht bei mir brennen sehen.«

Er gab ihr zu verstehen, daß er nicht darauf geachtet hatte.

»Dann wollte ich Colette ein paar Süßigkeiten bringen, weil es für die Kleine doch traurige Weihnachten sind. Colette ist die Nichte von Madame Martin.«

»Wie alt ist sie?«

»Sieben. Oder, Madame Martin?«

»Im Januar wird sie sieben.«

»Um acht habe ich an der Wohnung geklopft.«

»Ich war noch nicht auf«, sagte die Blondine. »Manchmal bleibe ich lange im Bett.«

»Ich habe also geklopft, Madame Martin hat mich einen Augenblick warten lassen, um sich einen Morgenrock überzuziehen. Ich hatte beide Hände voll und fragte sie, ob ich Colette meine Geschenke geben könne.«

Maigret merkte, daß sich die Blondine in der Zwischenzeit genau im Raum umgesehen hatte, wobei sie ihm ab und zu einen scharfen, mißtrauischen Blick zugeworfen hatte.

»Wir haben zusammen die Tür zu ihrem Zimmer geöffnet.«

»Hat die Kleine ein eigenes Zimmer?«

»Ja. Die Wohnung besteht aus zwei Schlafzimmern, einem Eßzimmer, Küche und Toilette. Aber dazu muß ich Ihnen sagen . . . Nein! Das hat Zeit bis später. Wo war ich gleich? Ja, wir hatten also die Tür geöffnet. Da es in dem Zimmer dunkel war, hat Madame Martin das Licht angeknipst.«

»War Colette schon wach?«

»Ja. Man konnte gleich sehen, daß sie schon länger wach lag

und wartete. Sie wissen ja, wie Kinder am Weihnachtsmorgen sind. Wenn sie hätte laufen können, wäre sie sicher aufgestanden, um nachzusehen, was ihr der Weihnachtsmann gebracht hatte. Ein anderes Kind hätte vielleicht gerufen, aber sie ist bereits wie eine junge Dame. Man merkt, daß sie viel nachdenkt, daß sie ziemlich weit ist für ihr Alter.«

Madame Martin sah jetzt auch zum Fenster hinaus, und Maigret versuchte herauszufinden, wo wohl ihre Wohnung lag. Es mußte die rechts am Ende des Gebäudes sein, wo aus zwei Fenstern Licht drang.

Mademoiselle Doncœur fuhr fort: »Ich habe ihr ein frohes Weihnachtsfest gewünscht. Ich habe wörtlich zu ihr gesagt: ›Schau her, mein Liebling, was der Weihnachtsmann bei mir für dich abgegeben hat.‹«

Madame Martins Hände fingen an zu zittern, ihre Finger verkrampften sich.

»Und wissen Sie, was sie mir geantwortet hat, ohne die Geschenke, es waren übrigens nur ein paar Kleinigkeiten, eines Blickes zu würdigen?

›Ich habe ihn gesehen.‹

›Wen hast du gesehen?‹

›Den Weihnachtsmann.‹

›Wann hast du ihn gesehen? Wo?‹

›Hier, heute nacht. Er ist in mein Zimmer gekommen.‹

Genau das hat sie zu uns gesagt, nicht wahr, Madame Martin? Bei einem anderen Kind hätte man bloß gelächelt, aber ich habe Ihnen ja gesagt, daß Colette schon eine junge Dame ist. Sie machte keinen Scherz.

›Wie konntest du den Weihnachtsmann sehen? Es war doch dunkel!‹

›Er hatte eine Lampe.‹

›Hat er Licht gemacht?‹

›Nein, er hatte eine Taschenlampe. Da, schau, Mama Loraine . . .‹

Ich muß dazu sagen, daß die Kleine Madame Martin Mama nennt; was ganz natürlich ist, da sie keine Mutter mehr hat und Madame Martin ihre Mutter ersetzt . . .«

Maigret hatte allmählich den Eindruck, daß die ganze Geschichte nur noch aus konfusem Gequassel bestand. Er hatte seine zweite Tasse Kaffee noch nicht getrunken. Und gerade war seine Pfeife ausgegangen.

»Hat sie tatsächlich jemanden gesehen?« fragte er ohne echte Neugier.

»Ja, Herr Kommissar. Und deshalb habe ich auch darauf bestanden, daß Madame Martin herkommt und mit Ihnen spricht. Wir haben nämlich einen Beweis. Die Kleine hat nämlich hämisch gegrinst, die Bettdecke zurückgeschlagen und uns eine wunderschöne Puppe gezeigt, die sie in der Hand hielt und die sich gestern abend noch nicht im Haus befand.«

»Sie haben ihr keine Puppe geschenkt, Madame Martin?«

»Ich wollte ihr eine schenken, sie war aber nicht so schön, ich habe sie gestern in den *Galeries* gekauft. Ich hatte sie hinter meinem Rücken versteckt gehalten, als wir das Zimmer betraten.«

»Das heißt also, daß heute nacht irgend jemand in Ihre Wohnung eingedrungen ist?«

»Das ist noch nicht alles«, warf Mademoiselle Donc œur eilends ein, die jetzt nicht mehr zu bremsen war. »Colette gehört nicht zu den Kindern, die lügen oder sich täuschen lassen. Wir haben sie genau ausgefragt, ihre Mutter und ich. Sie ist sich sicher, daß sie jemanden gesehen hat, der wie der Weihnachtsmann angezogen war, mit einem weißen Bart und einem weiten roten Mantel.«

»Wann genau ist sie aufgewacht?«

»Das weiß sie nicht. Irgendwann in der Nacht. Sie hat die Augen geöffnet, weil sie glaubte, da war ein Licht zu sehen. Tatsächlich war Licht im Zimmer, es fiel auf einen Teil des Bodens, gegenüber dem Kamin.«

»Ich kann mir keinen Reim darauf machen«, seufzte Madame Martin. »Vielleicht weiß mein Mann mehr als ich . . .«

Mademoiselle Donc œur riß das Gespräch wieder an sich. Es wurde deutlich, daß sie es war, die das Kind ausgefragt hatte, haarklein bis ins kleinste Detail, und daß sie es auch gewesen war, die an die Einschaltung Maigrets gedacht hatte.

»Colette hat gesagt, der Weihnachtsmann sei in die Hocke gegangen und habe sich auf dem Boden an irgend etwas zu schaffen gemacht.«

»Hat sie keine Angst gehabt?«

»Nein. Sie hat ihn beobachtet, und heute morgen sagte sie zu uns, er habe versucht, ein Loch in den Fußboden zu bohren. Sie hat geglaubt, er wollte durch dieses Loch zu den Leuten, die unter uns wohnen, den Delormes. Sie haben einen Jungen, drei Jahre alt. Sie hat noch gesagt, der Kamin sei bestimmt zu eng für den Abstieg.«

»Der Mann muß sich beobachtet gefühlt haben. Anscheinend ist er aufgestanden und ans Bett gekommen, hat die große Puppe hingesetzt und dabei den Finger auf den Mund gelegt.«

»Hat sie ihn hinausgehen sehen?«

»Ja.«

»Durch den Fußboden?«

»Nein, durch die Tür.«

»In welches Zimmer führt die Tür?«

»Sie geht direkt auf den Flur. Das Zimmer ist früher untervermietet worden. Es ist sowohl mit der Wohnung als auch mit dem Hausflur verbunden.«

»War es nicht abgeschlossen?«

»Doch, sicher«, schaltete sich Madame Martin ein. »Ich würde das Kind nie in einem unverschlossenen Zimmer schlafen lassen.«

»Ist die Tür aufgebrochen worden?«

»Wahrscheinlich. Ich weiß es nicht. Mademoiselle Doncœur hat sofort vorgeschlagen, daß wir zu Ihnen gehen.«

»Haben Sie im Boden ein Loch entdeckt?«

Madame Martin zuckte mit den Achseln, als sei sie mit ihrem Latein am Ende, aber das ältere Fräulein antwortete für sie: »Kein Loch im eigentlichen Sinne, aber man sieht ganz genau, daß die Dielen angehoben worden sind.«

»Sagen Sie, Madame Martin, haben Sie eine Ahnung, was sich unter den Dielen befinden könnte?«

»Nein, Monsieur.«

»Wie lange wohnen Sie schon in der Wohnung?«

»Seit meiner Heirat vor fünf Jahren.«

»Hat das Zimmer da schon zu der Wohnung gehört?«

»Ja.«

»Wissen Sie, wer vor Ihnen darin gewohnt hat?«

»Mein Mann. Er ist achtunddreißig. Als ich ihn heiratete, war er bereits dreiunddreißig und hatte seinen eigenen Hausstand; wenn er von seinen Reisen nach Paris zurückkam, wollte er in den eigenen vier Wänden wohnen, mit eigenen Möbeln.«

»Meinen Sie nicht, daß er Colette vielleicht überraschen wollte?«

»Er ist sechs- oder siebenhundert Kilometer von hier weg.«

»Wissen Sie, wo genau?«

»Höchstwahrscheinlich in Bergerac. Seine Reisen sind immer genau vorgeplant, es kommt selten vor, daß er von der Route abweicht.«

»In welcher Branche arbeitet er?«

»Er ist Gebietsvertreter für Zenith-Uhren in Zentral- und Südwestfrankreich. Das ist ein sehr großes Unternehmen, das wissen Sie sicher, und er hat eine ausgezeichnete Stellung da.«

»Er ist der beste Mann der Welt!« rief Mademoiselle Doncœur und verbesserte sich dann mit rotem Kopf: »Nach Ihnen!«

»Also, wenn ich die Sache richtig verstehe, dann ist heute nacht jemand bei Ihnen eingedrungen, als Weihnachtsmann verkleidet!«

»Das behauptet jedenfalls die Kleine.«

»Und Sie, haben Sie nichts gehört? Liegen Ihr Zimmer und das Kinderzimmer weit auseinander?«

»Dazwischen liegt das Eßzimmer.«

»Lassen Sie die Verbindungstür nachts nicht auf?«

»Das ist nicht nötig. Colette ist nicht ängstlich, und normalerweise macht sie nachts nicht auf. Wenn sie mich braucht, kann sie mich mit einer kleinen Kupferglocke rufen, die auf ihrem Nachttisch liegt.«

»Sind Sie gestern abend ausgegangen?«

»Nein, Herr Kommissar«, sagte sie kurz angebunden, beinahe beleidigt.

»Sie hatten auch keinen Besuch?«

»Gewöhnlich empfange ich keine Besuche, wenn mein Mann unterwegs ist.«

Maigret warf Mademoiselle Doncœur einen Blick zu. Sie zeigte keine Reaktion, was darauf schließen ließ, daß die Auskunft wohl der Wahrheit entsprach.

»Sind Sie spät schlafen gegangen?«

»Gleich nachdem im Radio die Christmette gelaufen war. Bis dahin hatte ich gelesen.«

»Haben Sie nichts Ungewöhnliches gehört?«

»Nein.«

»Haben Sie die Concierge gefragt, ob sie vielleicht die Klingelschnur gezogen hat, um einen Fremden hereinzulassen?«

Mademoiselle Doncœur sprang sofort wieder in die Bresche: »Ich habe mit ihr gesprochen. Sie behauptet, nein.«

»Und heute morgen, hat da nichts bei Ihnen gefehlt, Madame Martin? Sie haben nicht das Gefühl, daß jemand das Eßzimmer betreten hat?«

»Nein.«

»Wer ist jetzt im Moment bei dem Kind?«

»Niemand. Sie ist es gewohnt, allein zu sein. Ich kann nicht den ganzen Tag über im Haus sein. Ich muß meine Einkäufe machen, auf den Markt gehen...«

»Ich verstehe. Colette ist Waise, haben Sie gesagt?«

»Halbwaise, ihre Mutter ist tot.«

»Der Vater lebt also noch? Wo ist er? Wie heißt er?«

»Er ist der Bruder meines Mannes, Paul Martin. Wo er ist, das allerdings...«

Sie machte eine vage Handbewegung.

»Wann haben Sie ihn das letzte Mal gesehen?«

»Das ist mindestens einen Monat her. Noch länger. Es war so an Allerheiligen herum. Er beendete gerade eine mehrtägige Klausur.«

»Wie bitte?«

Ihre Antwort klang etwas ungehalten: »Am besten sage ich's Ihnen gleich, wenn wir schon dabei sind, in der Familiengeschichte herumzuwühlen.«

Es war zu spüren, daß sie auf Mademoiselle Doncœur böse

war und daß sie sie für die Situation verantwortlich machte.

»Mein Schwager, besonders seit er seine Frau verloren hat, na ja, sein Lebenswandel ist nicht mehr ganz so, wie es sich gehört.«

»Was wollen Sie damit sagen?«

»Er trinkt. Er hat schon vorher getrunken, aber nicht übermäßig viel und nicht so, daß er deswegen Dummheiten gemacht hat. Er ging regelmäßig zur Arbeit, hatte sogar eine ziemlich gute Stellung in einem Möbelgeschäft am Faubourg Saint-Antoine. Seit dem Unfall . . .«

»Dem Unfall der Tochter?«

»Nein, ich meine den Unfall, bei dem seine Frau umgekommen ist. Es war an einem Sonntag, er hatte es sich in den Kopf gesetzt, sich von einem Kollegen das Auto zu leihen, um mit seiner Frau und dem Kind einen Ausflug aufs Land zu machen. Colette war noch ganz klein.«

»Wann genau war das?«

»Vor ungefähr drei Jahren. Sie fuhren zum Essen in ein Ausflugslokal bei Mantes-la-Jolie. Paul konnte es nicht lassen, er hat Weißwein getrunken, und der ist ihm zu Kopf gestiegen. Auf der Rückfahrt nach Paris hat er aus voller Kehle gesungen, dann ist der Unfall passiert, in der Nähe der Brücke von Bougival. Seine Frau war sofort tot. Er selbst hatte einen Schädelbasisbruch, es ist ein Wunder, daß er überhaupt durchgekommen ist. Colette blieb unverletzt. Seit damals ist er ein anderer, kennt sich selber nicht mehr. Wir haben die Kleine zu uns genommen, haben sie praktisch adoptiert. Ab und zu kommt er sie besuchen, aber bloß, wenn er einigermaßen nüchtern ist. Dann fängt er gleich wieder mit dem Trinken an . . .«

»Wissen Sie, wo er wohnt?«

Eine vage Geste.

»Überall und nirgends. Einmal haben wir ihn an der Bastille gesehen, ist herumgehumpelt wie ein Bettler. Manchmal verkauft er auch Zeitungen auf der Straße. Ich erzähle das vor Mademoiselle Donccœur, denn leider weiß es sowieso das ganze Haus.«

»Denken Sie nicht, daß es ihm in den Sinn gekommen sein könnte, sich als Weihnachtsmann zu verkleiden, um seine Tochter zu besuchen?«

»Das habe ich auch gleich zu Mademoiselle Doncœur gesagt. Aber sie hat darauf bestanden, daß wir mit Ihnen darüber reden.«

»Weil er keinen Grund gehabt hätte, die Fußbodendielen hochzuheben«, gab diese leicht pikiert zurück.

»Vielleicht ist Ihr Mann ja etwas früher nach Paris zurückgekommen und hat...«

»Das wird's wohl sein. Ich mache mir auch keine Sorgen. Bloß, wenn Mademoiselle Doncœur nicht...«

Aha! Jetzt steht fest, die ist nicht freiwillig zu mir herübergekommen!

»Können Sie mir sagen, in welchem Hotel Ihr Mann vermutlich abgestiegen ist?«

»Im *Hôtel de Bordeaux* in Bergerac.«

»Haben Sie nicht daran gedacht, ihn anzurufen?«

»In unserem Haus gibt's kein Telefon; nur die Leute im ersten Stock haben eins, aber die lassen sich nicht gerne stören.«

»Hätten Sie etwas dagegen, wen ich mal im *Hôtel de Bordeaux* anrufe?«

Zunächst war sie einverstanden, dann zögerte sie aber doch: »Er wird sich fragen, was hier passiert ist.«

»Sie können ja auch mit ihm reden.«

»Normalerweise rufe ich ihn nicht an.«

»Wollen Sie nicht wissen, was eigentlich los ist?«

»Doch. Wie Sie möchten. Ich werde mit ihm sprechen.«

Er nahm den Hörer von der Gabel und meldete das Ferngespräch an. Zehn Minuten später hatte er die Verbindung mit dem *Hôtel de Bordeaux* und reichte Madame Martin den Hörer.

»Hallo! Ich hätte gerne Monsieur Martin gesprochen... Monsieur Jean Martin, richtig... Das macht nichts... Wecken Sie ihn...«

Die Hand auf der Hörmuschel, erklärte sie: »Er schläft noch. Man geht ihn rufen.«

Man sah ihr an, wie sie überlegte, was sie sagen sollte.

»Hallo? Bist du's?... Was?... Ja, fröhliche Weihnachten!... Alles in Ordnung, ja... Colette geht's prima... Nein, deshalb rufe ich dich nicht an, da ist noch etwas... überhaupt nicht, nichts Schlimmes, du kannst unbesorgt sein...«

Jede einzelne Silbe betonend, wiederholte sie: »*Ich sagte dir doch, du kannst unbesorgt sein*... Bloß, heute nacht ist etwas Komisches passiert... Jemand ist in Colettes Zimmer gewesen, als Weihnachtsmann verkleidet... Nein, nein, er hat ihr nichts getan... Er hat ihr eine große Puppe geschenkt... Ja, eine *Puppe*... Und er hat irgendwas am Boden gemacht... zwei Dielen hochgehoben, dann hat er sie gleich wieder eingefügt... Mademoiselle Doncœur hat gemeint, ich soll mit dem Kommissar reden, der gegenüber wohnt... Ich rufe aus seiner Wohnung an... Du verstehst nicht, was das... Ich auch nicht... Willst du mit ihm sprechen?... Ich frag' ihn mal...«

An Maigret gewandt, sagte sie: »Er will mit Ihnen reden.«

Maigret nahm den Hörer. Am anderen Ende der Leitung eine angenehme Stimme, offenbar ein besorgter Mann, der nicht wußte, was er von der Sache halten sollte.

»Sind Sie sicher, daß meiner Frau und der Kleinen nichts geschehen ist?... Das ist alles so verrückt!... Wenn es bloß die Puppe wäre, dann würde ich sagen, daß es mein Bruder ist... Loraine wird Ihnen das erklären... Fragen Sie sie nach den Einzelheiten... Sie ist meine Frau... Aber die Fußbodendielen hochheben..., das hätte er nicht gemacht... Meinen Sie nicht, daß ich besser nach Paris zurückkomme? Heute nachmittag gegen drei fährt ein Zug... Wie bitte?... Kann ich mich darauf verlassen, daß Sie auf sie aufpassen?«

Loraine ging wieder an den Apparat.

»Siehst du, der Kommissar ist ganz optimistisch. Er sagt, daß keinerlei Gefahr besteht. Ist nicht nötig, daß du deine Reise abbrichst, gerade jetzt, wo du gute Chancen hast, nach Paris versetzt zu werden...«

Mademoiselle Doncœur sah sie unverwandt an, und in ihrem Blick lag nicht viel Freundlichkeit.

»Ich verspreche dir, daß ich dich anrufe oder dir ein Telegramm schicke, falls es was Neues gibt. Sie ist ganz ruhig und spielt mit ihrer Puppe. Ich bin noch nicht dazugekommen, ihr das Geschenk zu geben, das du ihr geschickt hast. Das mache ich gleich nachher . . .«

Sie legte auf und sagte: »Sehen Sie?«

Und dann nach kurzem Schweigen: »Bitte entschuldigen Sie, daß wir Sie gestört haben. Es ist nicht meine Schuld. Ich bin sicher, daß es sich um einen üblen Scherz handelt oder um einen Einfall meines Schwagers. Das sähe ihm gleich, wenn er getrunken hat, weiß man nie genau, auf welche Ideen er kommt.«

»Meinen Sie, Sie sehen ihn heute noch? Vielleicht will er seine Tochter besuchen?«

»Das kommt darauf an. Wenn er getrunken hat, nein. Er achtet darauf, sich in diesem Zustand nicht vor ihr zu zeigen. Er sieht zu, daß er nur zu Besuch kommt, wenn er halbwegs nüchtern und einigermaßen gepflegt ist.«

»Dürfte ich Sie um die Erlaubnis bitten, nachher ein wenig mit Colette zu plaudern?«

»Es gibt keinen Grund, es Ihnen zu verbieten. Wenn Sie meinen, daß es etwas nützt . . .«

»Haben Sie besten Dank, Monsieur Maigret«, rief Mademoiselle Doncœur mit einem ebenso vertraulichen wie dankbaren Blick. »Dieses Kind ist dermaßen interessant! Sie werden sehen!«

Rückwärts gehend erreichten sie die Tür. Einige Augenblicke später sah Maigret, wie die beiden nacheinander den Boulevard überquerten, wobei Mademoiselle Doncœur dicht hinter Madame Martin blieb und sich umdrehte, um zur Wohnung Maigrets hinaufzusehen.

Aus der Küche drang der Duft von gebratenen Zwiebeln und die Stimme von Madame Maigret, die sanft sagte: »Und, bist du zufrieden?«

Jetzt nur ja nicht so tun, als ob er sie verstehen würde. An diesem Weihnachtsmorgen blieb ihm keine Zeit, daran zu denken, daß sie ein altes Ehepaar waren, das niemanden hatte, den es mit Geschenken verwöhnen konnte.

Es war Zeit, sich zu rasieren und sich für den Besuch bei Colette fertig zu machen.

2

Während der Morgentoilette, als er gerade dabei gewesen war, seinen Rasierpinsel einzuseifen, hatte er beschlossen, ein Telefonat zu führen. Er hatte sich nicht die Mühe gemacht, den Morgenmantel anzulegen. Im Schlafanzug saß er in dem Sessel des Eßzimmers, in seinem Sessel nahe am Fenster, und wartete auf die Verbindung, während er beobachtete, wie aus den Schornsteinen der Umgebung langsam der Rauch emporstieg.

Wenn er das Klingelzeichen, das ihn von dort unten am Quai des Orfèvres erreichte, hörte, dann klang es für ihn nicht wie das Zeichen anderer Telefone. Denn während es läutete, glaubte er die langen, leeren Korridore und die offenen Türen der verlassenen Büros und den Telefonisten zu sehen, wie er nach Lucas rief und sagte: »Der Chef!«

Er kam sich ein wenig vor wie eine der Freundinnen seiner Frau, für die das höchste der Gefühle — das sie sich fast täglich gönnte — darin lag, den ganzen Vormittag bei geschlossenen Fenstern und Vorhängen und nur im milden Schein einer Nachttischlampe im Bett zu verbringen und nach Lust und Laune irgendeine ihrer Freundinnen anzurufen.

›Wie, es ist zehn Uhr? Was das Wetter macht? Es regnet? Und Sie waren schon unterwegs? Auf dem Markt?‹

Auf diese Art und Weise versuchte sie am Telefon mitzubekommen, was draußen vor sich ging, während sie sich immer genüßlicher in ihrem feuchtwarmen Bett räkelte.

»Sind Sie's, Chef?«

Maigret hatte ebenfalls große Lust, Lucas zu fragen, wer mit ihm zusammen Bereitschaftsdienst hatte, was sie so trieben und was heute morgen los war.

»Was gibt's Neues? Nicht zuviel Arbeit?«

»Tote Hose. Das Übliche eben . . .«

»Ich möchte, daß du mir ein paar Informationen besorgst. Ich denke, du kannst das telefonisch machen. Zuerst besorgst du dir die Liste mit allen Häftlingen, die in den letzten zwei Monaten, oder sagen wir besser drei, rausgekommen sind.«

»Aus welchem Gefängnis?«

»Allesamt. Nimm nur die Kunden, die mindestens fünf Jahre abgesessen haben. Versuche herauszukriegen, ob einer darunter ist, der irgendwann früher mal am Boulevard Richard-Lenoir gewohnt hat. Hast du verstanden?«

»Ist notiert.« Lucas war bestimmt stinksauer, ließ sich aber nichts anmerken.

»Noch etwas: Wir müssen einen gewissen Paul Martin ausfindig machen, ein Säufer ohne festen Wohnsitz; treibt sich ziemlich oft im Bastille-Viertel herum. Aber nicht festnehmen, halte dich im Hintergrund. Finde heraus, wo er Heiligabend verbracht hat. Die anderen Kommissariate können dir sicher behilflich sein.«

Im Gegensatz zu der Freundin mit dem Telefonfimmel war es ihm eigentlich unangenehm, zu Hause im Sessel zu sitzen, unrasiert und im Pyjama, mit der vertrauten, immer gleichen Aussicht auf rauchende Schornsteine, während am anderen Ende der Leitung der gute Lucas seit sechs Uhr Dienst tat und bestimmt schon die Butterbrote ausgepackt hatte.

»Das ist noch nicht alles, mein Alter. Ruf in Bergerac an, *Hôtel de Bordeaux*. Da wohnt ein Vertreter namens Jean Martin. Nein! Jean! Ist nicht derselbe, das ist sein Bruder. Ich möchte wissen, ob er gestern oder heute nacht einen Anruf aus Paris bekommen hat. Oder ein Telegramm. Und wenn du schon dabei bist, bring in Erfahrung, wo er den letzten Abend verbracht hat. Das wär's dann, glaube ich.«

»Soll ich zurückrufen?«

»Nicht gleich. Ich muß weg. Ich rufe dich wieder an.«

»Ist in Ihrem Viertel was passiert?«

»Ich weiß noch nicht. Kann sein.«

Madame Maigret kam ins Badezimmer, um mit ihm zu sprechen, als er gerade seine Toilette beendete. In Anbetracht der kräftig rauchenden Kamine zog er sich keinen Mantel über. Denn wenn man die Schornsteine mit dem aufsteigenden, sich nur allmählich im Himmel auflösenden Rauch betrachtete, konnte man sich lebhaft vorstellen, wie überheizt die Räume in den Wohnungen sein mußten. Er würde geraume Zeit in engen Wohnungen verbringen müssen, wo man ihn nicht auffordern würde, abzulegen und es sich bequem zu machen. Er zog es vor, lediglich den Hut aufzusetzen und nach gegenüber zu gehen wie ein Nachbar, der auf einen Sprung vorbeikommt.

Wie das Haus, in dem er wohnte, war auch das Gebäude gegenüber alt, aber gut instand gehalten, trotzdem ein wenig düster, insbesondere an diesem trüben Dezembermorgen. Er vermied es, sich bei der Concierge aufzuhalten, die ihm etwas ungehalten nachsah. Während er die Treppen hochging, wurden hinter ihm einige Türen leise einen Spaltbreit geöffnet; er hörte gedämpfte Schritte und Flüstern.

Im dritten Stock wurde er von Mademoiselle Doncœur, die ihn vom Fenster aus beobachtet haben mußte, im Flur erwartet. Sie schien verschüchtert und über die Maßen aufgeregt zugleich, als handele es sich um ein Schäferstündchen.

»Hier lang, Monsieur Maigret. Sie ist schon eine ganze Weile weg.«

Er runzelte die Stirn, was sie sofort registrierte.

»Ich habe ihr gesagt, sie sollte nicht weggehen, weil Sie doch kommen würden; daß sie besser zu Hause bleiben sollte. Sie hat mir gesagt, daß sie gestern nicht zum Einkaufen gekommen sei und daher nichts im Hause habe. Später wären alle Geschäfte schon zu. Kommen Sie herein.«

Sie stand vor der Tür am Flurende, die in ein ziemlich kleines Eßzimmer führte, das recht dunkel schien, in dem aber Sauberkeit und Ordnung herrschten.

»Ich passe auf die Kleine auf, solange sie weg ist. Colette freut sich darauf, Sie zu sehen. Ich habe ihr nämlich von Ihnen erzählt. Sie hat nur Angst, Sie könnten ihr die Puppe wegnehmen.«

»Wann hat sich Madame Martin entschlossen, einkaufen zu gehen?«

»Gleich nachdem wir von Ihnen zurückgekommen sind. Sie hat sich sofort angezogen.«

»Hat sie sich richtig zurechtgemacht?«

»Ich verstehe nicht, was Sie meinen.«

»Na ja, ich denke, um hier im Viertel einzukaufen, zieht sie sich anders an als zum Ausgehen in die Stadt.«

»Sie hat sich feingemacht, trägt Hut und Handschuhe. Die Einkaufstasche hat sie auch mitgenommen.«

Bevor Maigret sich um Colette kümmerte, ging er in die Küche, wo die Überreste vom Frühstück herumstanden.

»Hatte sie gefrühstückt, bevor Sie zu mir rüberkamen?«

»Nein. Dazu habe ich ihr keine Zeit gelassen.«

»Hat sie danach gegessen?«

»Auch nicht. Sie hat nur eine Tasse Kaffee getrunken, schwarz. Ich habe dann Colette das Frühstück gebracht, während sich Madame Martin hergerichtet hat.«

Auf der Brüstung des Fensters, das auf den Hof hinausging, stand ein kleiner Vorratsschrank, den Maigret sorgfältig in Augenschein nahm. Er fand darin kalten Braten, Butter, Eier und Gemüse. Im Küchenbüffet entdeckte er zwei frische, noch nicht angeschnittene Brote. Colette hatte Schokolade und Croissants zum Frühstück bekommen.

»Kennen Sie Madame Martin gut?«

»Wie's unter Nachbarn so ist. Seit Colette das Bett hüten muß, sehen wir uns häufiger, weil sie mich oft bittet, auf die Kleine aufzupassen, wenn sie weggeht.«

»Geht sie viel weg?«

»Ziemlich selten. Nur zum Einkaufen.«

Als er hereingekommen war, war ihm etwas aufgefallen, das er jetzt näher zu bestimmen suchte; irgend etwas im Raum war es gewesen, die Anordnung des Mobiliars, die hier herrschende Ordnung oder gar der Geruch. Als sein Blick auf Mademoiselle Doncœur fiel, wußte er, was es war, oder glaubte wenigstens, es zu wissen.

Vorhin hatte man ihm gesagt, daß Martin schon vor der Heirat hier gewohnt hatte. Es war jedoch, und dies obwohl Madame Martin nun schon seit fünf Jahren hier wohnte, eine typische Junggesellenwohnung geblieben. So hingen zum Beispiel im Eßzimmer zu beiden Seiten des Kamins zwei Vergrößerungen von Porträtfotos. Er fragte: »Wer ist das?«

»Der Vater und die Mutter von Monsieur Martin.«

»Gibt es keine Fotografien von den Eltern Madame Martins?«

»Von denen habe ich noch nie gehört. Ich glaube, sie ist Waise.«

Sogar dem Schlafzimmer fehlte ein gewisser Charme, die weibliche Note. Er öffnete einen Kleiderschrank. Neben sorgfältig eingeräumter Herrenkleidung enthielt er auch Damenkleidung, in der Hauptsache geschneiderte Kostüme und sehr schlichte Kleider. Er wagte es nicht, die Schubladen zu öffnen, aber er war sich sicher, daß sie nicht den üblichen Flitterkram enthielten oder den wertlosen Krimskrams, den die Frauen gewöhnlich ansammeln.

»Mademoiselle Doncœur!« rief eine ruhige Kinderstimme.

»Gehen wir also zu Colette«, entschied er.

Auch das Zimmer des Kindes wirkte ziemlich nüchtern, fast kahl. In einem vergleichsweise viel zu großen Bett lag ein kleines Mädchen mit ernstem Gesicht und fragenden, aber vertrauensvollen Augen.

»Sind Sie der Kommissar, Monsieur?«

»Ja, der bin ich, mein Kind. Hab keine Angst.«

»Ich habe keine Angst. Ist Mama Loraine noch nicht zurück?«

Der Ausdruck überraschte ihn. Hatten die Martins ihre Nichte nicht so gut wie adoptiert?

Aber das Kind sagte nicht einfach *Mama*, sondern *Mama Loraine*.

»Was glauben Sie? War es der Weihnachtsmann, der mich heute nacht besucht hat?«

»Davon bin ich überzeugt.«

»Mama Loraine glaubt das nicht. Sie glaubt mir nie was.«

Sie hatte ein müdes Gesicht, aber sehr lebhafte Augen und einen durchdringenden Blick. Der Gips, der das eine Bein bis zum Oberschenkel bedeckte, zeichnete sich als kleiner Hügel unter der Bettdecke ab.

Mademoiselle Doncœur blieb im Türrahmen stehen und kündigte taktvoll an, sie werde die beiden jetzt allein lassen: »Ich gehe mal schnell bei mir nachsehen, ob nichts angebrannt ist.«

Maigret, der sich ans Bett gesetzt hatte, wußte nicht recht, wie er anfangen sollte. Tatsächlich wußte er nicht, welche Frage er stellen sollte.«

»Hast du Mama Loraine sehr gern?«

»Ja, Monsieur.«

Sie antwortete eher zurückhaltend, nicht gerade überschwenglich, aber ohne zu zögern.

»Und deinen Papa?«

»Welchen? Weil, ich habe nämlich zwei Papas, Papa Paul und Papa Jean.«

»Wie lange hast du Papa Paul nicht mehr gesehen?«

»Ich weiß nicht. Vielleicht ein paar Wochen. Er hat mir versprochen, mir zu Weihnachten Spielzeug zu bringen, aber er ist noch nicht gekommen. Bestimmt ist er krank.«

»Ist er oft krank?«

»Ja, oft. Wenn er krank ist, kommt er mich nicht besuchen.«

»Und dein Papa Jean?«

»Er ist auf Reisen, kommt aber an Neujahr zurück. Vielleicht wird er dann nach Paris versetzt und muß nicht mehr verreisen. Da wird er froh sein, und ich auch.«

»Kommen dich viele Freunde besuchen, seit du das Bett hüten mußt?«

»Welche Freunde? Die kleinen Mädchen aus der Schule wissen nicht, wo ich wohne. Und wenn sie es wissen, dann dürfen sie nicht allein herkommen.«

»Und Freunde von Mama Loraine oder von deinem Papa?«

»Da kommt nie jemand.«

»Nie? Bist du sicher?«

»Bloß der Gasmann oder der vom E-Werk. Ich kann sie hören, weil die Tür fast immer offen ist. Bloß zweimal ist jemand anders dagewesen.«

»Ist das lange her?«

»Das erste Mal war es am Tag nach meinem Unfall. Ich kann mich daran erinnern, weil der Doktor gerade gegangen war.«

»Wer war es?«

»Ich habe ihn nicht gesehen. Ich habe gehört, wie er an der anderen Tür geklopft und was gesagt hat, dann hat Mama Loraine gleich die Tür zu meinem Zimmer zugemacht. Sie haben ziemlich lange miteinander geredet, ganz leise. Nachher hat sie mir gesagt, der sei aufdringlich gewesen wegen irgend-einer Versicherung. Ich weiß nicht, um was es genau ging.«

»Und, ist er wiedergekommen?«

»Vor fünf oder sechs Tagen. Diesmal am Abend, in meinem Zimmer war das Licht schon aus. Ich habe aber noch nicht geschlafen. Ich habe gehört, wie es geklopft hat, dann das Flü-stern, wie beim ersten Mal. Ich war mir ganz sicher, daß es nicht Mademoiselle Doncœur war. Die kommt manchmal abends, um Mama Loraine Gesellschaft zu leisten. Später hatte ich das Gefühl, daß sie Streit gehabt haben. Weil ich Angst hatte, habe ich gerufen, da kam Mama Loraine und hat gesagt, daß es wieder wegen der Versicherung sei und daß ich schlafen soll.«

»Ist er lange geblieben?«

»Ich weiß es nicht. Ich glaube, daß ich eingeschlafen bin.«

»Du hast ihn beide Male nicht gesehen?«

»Nein. Aber seine Stimme würde ich wiedererkennen.«

»Auch wenn er leise spricht?«

»Ja. Erst recht, wenn er leise spricht, denn seine Stimme hört sich an wie eine dicke Hummel. Die Puppe kann ich doch behalten, oder? Mama Loraine hat mir zwei Packungen Bon-bons und ein Nähkästchen gekauft. Sie hatte mir auch eine Puppe gekauft, aber viel kleiner als die vom Weihnachtsmann, sie ist nämlich nicht so reich. Sie hat sie mir heute morgen gezeigt, bevor sie weggegangen ist. Dann hat sie sie wieder in die Schachtel getan, weil ich sie nicht mehr brauche. Ich habe ja diese hier. Das Geschäft wird sie zurücknehmen.«

Die Wohnung war überheizt, die Zimmer eng und stickig, aber Maigret überkam ein Kältegefühl. Das Haus sah von außen genau so aus wie das, in dem er wohnte. Weshalb kam ihm die Welt hier kleiner und schäbiger vor?

Er bückte sich nieder, zu der Stelle, an der die beiden Dielen hochgehoben worden waren, sah aber nichts weiter als einen staubigen, leicht feuchten Hohlraum, wie er sich unter allen Dielen befand. Einige Kratzer im Holz deuteten darauf hin, daß man einen Meißel oder ein ähnliches Werkzeug benutzt haben mußte.

Er ging die Tür untersuchen und fand dort ebenfalls Spuren, einige Druckstellen, die darauf hinwiesen, daß es ein Anfänger gewesen sein mußte. Zum Glück für den Eindringling war es ein Kinderspiel gewesen.

»Ist der Weihnachtsmann nicht böse geworden, als er gesehen hat, daß du zuschaust?«

»Nein, Monsieur. Er war damit beschäftigt, ein Loch in den Boden zu machen, damit er zu dem Jungen im zweiten Stock hinuntersteigen konnte.«

»Hat er nichts zu dir gesagt?«

»Ich glaube, er hat gelächelt. Ich bin mir nicht sicher, wegen seinem Bart. Es war auch ziemlich dunkel. Ich weiß genau, daß er einen Finger auf den Mund gelegt hat, damit ich nicht rufe, weil die Großen ihn doch nicht sehen dürfen. Haben Sie ihn schon mal gesehen?«

»Das ist schon lange her.«

»Als Sie noch klein waren?«

Er hörte Schritte auf dem Flur. Die Tür ging auf. Es war Madame Martin, in einem grauen Kostüm, mit einer Einkaufstasche in der Hand und einem kleinen beigen Hut auf dem Kopf. Offensichtlich war ihr kalt. Ihre Gesichtshaut war gespannt und sehr weiß, aber sie mußte sich beeilt haben und die Treppe hochgerannt sein, denn auf ihren Wangen erschienen zwei kleine rote Flecken, und sie war außer Atem.

Sie lächelte nicht und fragt Maigret: »Ist sie brav gewesen?«

Und dann, während sie ihre Jacke auszog: »Entschuldigen Sie, daß ich Sie habe warten lassen. Ich mußte noch einmal weg und einige Sachen einkaufen, später wären die Läden geschlossen gewesen.«

»Haben Sie niemanden getroffen?«

»Was wollen Sie damit sagen?«

»Nichts Bestimmtes. Ich dachte nur, jemand hat vielleicht versucht, mit Ihnen zu reden.«

Sie hatte Zeit genug gehabt, um weiter als bis zur Rue Amelot oder zur Rue du Chemin-Vert zu gehen, wo sich die meisten Geschäfte des Viertels befanden. Sie hätte sogar ein Taxi oder die Metro nehmen und so an jedem beliebigen Punkt in Paris gewesen sein können.

Im ganzen Haus mußten die Mieter wohl auf der Lauer liegen, und Mademoiselle Doncœur kam fragen, ob sie gebraucht würde. Madame Martin würde sicherlich verneinen, daher beeilte sich Maigret zu sagen: »Es wäre mir lieb, wenn Sie bei Colette blieben, während ich nach nebenan gehe.«

Sie begriff, daß sie das Kind ablenken sollte, während er sich mit Madame Martin unterhielt. Dieser mußte das ebenfalls klar sein, sie ließ sich aber nichts anmerken.

»Bitte, kommen Sie doch herein. Gestatten Sie, daß ich die Sachen abstelle?«

Sie trug ihre Einkäufe in die Küche, setzte dann ihren Hut ab und brachte ihre mattblonden Haare in Ordnung. Als sie die Zimmertür wieder geschlossen hatte, begann sie:

»Mademoiselle Doncœur ist völlig aus dem Häuschen. Ein gefundenes Fressen für eine alte Jungfer, nicht wahr? Besonders für eine alte Jungfer, die sämtliche Zeitungsartikel über einen gewissen Kommissar sammelt, den sie nun endlich auch noch in ihrem eigenen Haus hat! Sie gestatten?«

Sie nahm sich eine Zigarette aus einem silbernen Etui, klopfte leicht mit deren Ende dagegen und zündete sie mit einem Feuerzeug an. Vielleicht war es diese Geste, die Maigret veranlaßte, ihr eine Frage zu stellen: »Sie arbeiten nicht, Madame Martin?«

»Es wäre nicht einfach für mich, zur Arbeit zu gehen, mich um den Haushalt und auch noch um die Kleine zu kümmern, auch wenn sie zur Schule ginge. Außerdem, mein Mann erlaubt es nicht, daß ich arbeiten gehe.«

»Aber Sie haben gearbeitet, bevor Sie ihn kennenlernten?«

»Natürlich. Ich mußte mir meinen Lebensunterhalt verdienen. Möchten Sie nicht Platz nehmen?«

Er setzte sich in einen rustikalen Korbsessel, während sie sich mit einem Bein an den Tisch lehnte.

»Waren Sie Stenotypistin?«

»Ja, früher.«

»Wie lange?«

»Ziemlich lange.«

»Auch noch zu der Zeit, als Sie Martin kennenlernten? Entschuldigen Sie, daß ich Ihnen diese Fragen stelle.«

»Das ist ja Ihr Beruf.«

»Sie haben vor fünf Jahren geheiratet. Wo haben Sie damals gearbeitet? Einen Augenblick . . ., darf ich Sie nach Ihrem Alter fragen?«

»Dreiunddreißig. Ich war damals achtundzwanzig und habe bei Monsieur Lorilleux am Palais-Royal gearbeitet.«

»Als Sekretärin?«

»Monsieur Lorilleux hatte ein Schmuckgeschäft, genauer gesagt, er handelte mit Andenken und alten Münzen. Sie kennen doch diese alten Läden am Palais-Royal. Ich war Verkäuferin, Sekretärin und Buchhalterin, alles zugleich. Ich habe das Geschäft geführt, wenn er nicht da war.«

»War er verheiratet?«

»Ja, und Vater von drei Kindern.«

»Sind Sie dort weggegangen, um Monsieur Martin zu heiraten?«

»Nicht ganz so. Jean wollte nicht, daß ich weiterhin arbeiten gehe, aber er verdiente damals nicht besonders viel, und ich hatte eine gute Stellung. Die ersten Monate habe ich weiter gearbeitet.«

»Und dann?«

»Dann passierte etwas ebenso Simples wie Unerwartetes. Eines Morgens bin ich wie gewöhnlich um neun vor dem Geschäft erschienen, aber die Tür war verschlossen. Ich habe gewartet, weil ich dachte, Monsieur Lorilleux habe sich verspätet.«

»Wohnte er nicht in dem Haus?«

»Er wohnte mit seiner Familie in der Rue Mazarine. Um halb zehn bin ich unruhig geworden.«

»War er tot?«

»Nein. Ich habe seine Frau angerufen, die mir gesagt hat, daß er die Wohnung wie immer um acht Uhr verlassen hat.«

»Von wo haben Sie angerufen?«

»Von dem Handschuhgeschäft nebenan. Ich habe den ganzen Vormittag gewartet. Dann ist seine Frau gekommen. Wir sind zusammen aufs Polizeirevier gegangen, wo man, nebenbei gesagt, die Sache nicht besonders tragisch genommen hat. Man hat seine Frau lediglich gefragt, ob er herzkrank sei, ob er eine Geliebte habe und so weiter. Er ist nie wieder aufgetaucht und hat auch nichts mehr von sich hören lassen. Das Geschäft ist an einen Polen verkauft worden, und mein Mann bestand darauf, daß ich nicht mehr arbeitete.«

»Wie lange nach Ihrer Heirat ist das gewesen?«

»Vier Monate.«

»Gingen die Geschäftsreisen Ihres Mannes da schon in den Südwesten?«

»Er hatte dasselbe Gebiet wie heute.«

»Hat er sich in Paris aufgehalten, als Ihr Chef verschwand?«

»Nein, ich glaube nicht.«

»Hat die Polizei die Geschäftsräume untersucht?«

»Alles war in Ordnung, genau wie am Abend zuvor. Nichts war verschwunden.«

»Wissen Sie, was aus Madame Lorilleux geworden ist?«

»Eine Zeitlang hat sie von dem Verkauf des Ladens gelebt. Ihre Kinder müssen inzwischen erwachsen sein, sind bestimmt verheiratet. Sie hat ein kleines Kurzwarengeschäft nicht weit von hier, in der Rue du Pas-de-la-Mule.«

»Hatten Sie weiterhin Kontakt mit ihr?«

»Ab und zu bin ich in ihr Geschäft gegangen. Auf die Art und Weise habe ich überhaupt erst erfahren, daß sie den Laden aufgemacht hat. Das erste Mal habe ich sie zunächst gar nicht wiedererkannt.«

»Wie lange ist das jetzt her?«

»Ich weiß nicht, vielleicht ein halbes Jahr.«

»Hat sie Telefon?«

»Ich weiß nicht. Weshalb?«

»Was für ein Mann war Lorilleux?«

»Sie meinen äußerlich?«

»Ja, zunächst mal dem Aussehen nach.«

»Er war groß, größer als Sie, und hatte noch breitere Schultern. Er war dick, so einer von der schwabbeligen Sorte, Sie wissen, was ich meine. Er sah nicht sonderlich gepflegt aus.«

»Wie alt?«

»Um die fünfzig. Ich weiß es nicht genau. Er trug einen dünnen, grauschwarzen Schnurrbart, und seine Anzüge waren ihm immer zu weit.«

»Kannten Sie seine Gewohnheiten?«

»Jeden Morgen kam er zu Fuß ins Geschäft, war ungefähr eine halbe Stunde vor mir da, so daß er bereits die Post durchgesehen hatte, als ich ankam. Er redete nicht viel. War ein Melancholiker. Die meiste Zeit verbrachte er hinten im Laden in dem kleinen Büro.«

»Keine Frauengeschichten?«

»Nicht daß ich wüßte.«

»Hat er Ihnen nicht den Hof gemacht?«

Sie gab trocken zurück: »Nein!«

»Hat er Sie sehr gebraucht?«

»Ich glaube, ich war ihm eine wertvolle Hilfe.«

»Hat Ihr Mann ihn gekannt?«

»Sie haben nie miteinander gesprochen. Jean wartete manchmal vor dem Laden auf mich, aber er hielt sich immer in einiger Entfernung. Ist das alles, was Sie wissen möchten?«

In ihrer Stimme lag eine Spur Ungeduld, vielleicht schwang auch Zorn mit.

»Ich darf Sie daran erinnern, Madame Martin, daß Sie es waren, die zu mir gekommen ist.«

»Weil diese alte Närrin die Gelegenheit beim Schopf ergriffen hat, Sie aus der Nähe zu sehen, und mich fast gewaltsam mitgezogen hat.«

»Mögen Sie Mademoiselle Doncœur nicht?«

»Ich mag keine Leute, die sich in fremde Angelegenheiten mischen.«

»Tut sie das?«

»Wir haben das Kind meines Schwagers bei uns aufgenommen, wie Sie wissen. Ob Sie mir's glauben oder nicht, aber ich tu für sie, was ich kann; ich behandele sie, wie ich meine eigene Tochter behandeln würde . . .«

Da war noch so ein intuitives Gefühl, ein vager, unbestimmter Eindruck: Maigret konnte die Frau, die ihm gegenüber stand und sich gerade eine neue Zigarette angezündet hatte, noch so aufmerksam betrachten, es wollte ihm einfach nicht gelingen, sie sich als Mutter vorzustellen.

»Unter dem Vorwand, mir unter die Arme greifen zu wollen, steckt sie dauernd ihre Nase in meine Angelegenheiten. Wenn ich für ein paar Minuten weggehe, steht sie schon im Hausgang und sagt mit zuckersüßer Miene: ›Sie werden doch Colette nicht ganz allein lassen, Madame Martin? Ich kann ihr gerne Gesellschaft leisten und auf sie aufpassen.‹ Ich würde mich nicht wundern, wenn sie meine Abwesenheit dazu benutzt, in aller Seelenruhe in meinen Schubladen herumzuschnüffeln.«

»Aber Sie lassen sich's gefallen.«

»Bleibt mir ja nichts anderes übrig. Colette verlangt nach ihr, vor allem, seit sie im Bett liegen muß. Mein Mann mag sie auch recht gern, weil er mal eine Rippenfellentzündung hatte, als er noch Junggeselle gewesen ist; da hat sie ihn umsorgt und gepflegt.«

»Haben Sie die Puppe, die Sie Colette zu Weihnachten gekauft haben, wieder zurückgebracht?«

Sie hob die Augenbrauen und sah zur Verbindungstür. »Sie haben sie also ausgefragt. Nein, ich habe sie nicht zurückgegeben, aus dem einfachen Grund, weil ich sie in einem großen Kaufhaus gekauft habe und weil die Kaufhäuser heute geschlossen sind. Möchten Sie die Puppe sehen?«

Sie sagte das herausfordernd; und gegen ihre Erwartung ließ er sich die Puppe zeigen. Er untersuchte die Verpackung, auf der noch der Preis stand, der sehr gering war.

»Darf ich Sie fragen, wo Sie heute morgen waren?«

»Einkaufen.«

»In der Rue du Chemin-Vert? Und in der Rue Amelot?«

»So ist es, in beiden.«

»Ich will nicht neugierig sein, aber was haben Sie gekauft?«

Wütend ging sie in die Küche, holte die Einkaufstasche und knallte sie regelrecht auf den Tisch im Eßzimmer.

»Sehen Sie doch selber nach!«

Es waren drei Dosen Sardinen, Schinken, Butter, Kartoffeln und ein Kopfsalat.

Sie sah ihn mit strenger, unbewegter Miene an, aber ohne zu zittern. In ihrem Blick lag eher Boshaftigkeit als Furcht. »Haben Sie noch weitere Fragen?«

»Ich wüßte gern den Namen Ihres Versicherungsvertreters.«

Offensichtlich begriff sie nicht sofort. Sie strengte ihr Gedächtnis an.

»Mein Vertreter . . .«

»Von der Versicherung, ja. Der Sie besuchen gekommen ist.«

»Ach so, Verzeihung! Das hatte ich vergessen. Sie haben nämlich von *meinem* Versicherungsvertreter gesprochen, als ob ich tatsächlich geschäftlich mit ihm zu tun hätte. Das hat Colette Ihnen also auch erzählt. Stimmt, da ist jemand dagewesen, zweimal. Einer von den aufdringlichen Klinkenputzern, die man kaum wieder los wird. Zuerst habe ich gedacht, er verkauft elektrische Staubsauger. Es ging aber um Lebensversicherungen.«

»Ist er lange dageblieben?«

»So lange, wie ich brauchte, ihn abzufertigen und ihm klarzumachen, daß ich keinerlei Lust hatte, eine Versicherung für mich oder meinen Mann zu unterschreiben.«

»Von welcher Gesellschaft war er?«

»Er hat's mir gesagt, aber ich habe es vergessen. Irgendwas mit ›Mutuel‹ . . .«

»Er hat's später noch mal probiert?«

»Stimmt.«

»Um wieviel Uhr muß Colette im Bett sein?«

»Um halb acht mache ich das Licht aus, aber es kommt vor, daß sie sich selber noch eine ganze Weile Geschichten erzählt.«

»Das zweite Mal ist der Versicherungsmensch also abends nach halb acht gekommen?«

Sie hatte die Falle schon bemerkt.

»Das ist möglich. Denn ich war gerade dabei, das Geschirr zu spülen.«

»Haben Sie ihn hereingelassen?«

»Er hatte den Fuß zwischen die Angeln gestellt.«

»Hat er auch bei anderen Mietern im Haus geklingelt?«

»Das weiß ich nicht. Ich nehme an, daß Sie sich erkundigen

werden. Weil ein kleines Mädchen den Weihnachtsmann gesehen hat oder glaubt, ihn gesehen zu haben, verhören Sie mich jetzt schon eine halbe Stunde lang, als ob ich ein Verbrechen begangen hätte. Wenn mein Mann da wäre . . .«

»Apropos, hat Ihr Mann eigentlich eine Lebensversicherung abgeschlossen?«

»Ich denke schon. Bestimmt.«

Als er seinen Hut genommen hatte und zur Tür ging, rief sie überrascht:

»Ist das alles?«

»Ja, das wär's. Für den Fall, daß Ihr Schwager Sie besuchen kommt, wie er es seiner Tochter offenbar versprochen hat, wäre ich Ihnen dankbar, wenn Sie mir Bescheid geben oder ihn zu mir rüberschicken würden. Jetzt würde ich gerne ein paar Worte mit Mademoiselle Doncœur wechseln.«

Letztere folgte ihm auf den Hausflur und ging dann voraus, um die Tür zu ihrer Wohnung zu öffnen, in der ein Geruch wie in einem Nonnenkloster herrschte.

»Treten Sie ein, Herr Kommissar. Ich hoffe, hier ist nicht allzuviel Unordnung.«

Es gab keine Katze zu sehen, keinen kleinen Hund, keine Deckchen auf den Möbeln, keinen Krimskrams auf dem Kamin.

»Wohnen Sie schon lange in dem Haus, Mademoiselle Doncœur?«

»Fünfundzwanzig Jahre, Herr Kommissar. Ich gehöre zu den ältesten Mietern hier, und ich kann mich erinnern, als ich hier eingezogen bin, da haben Sie schon gegenüber gewohnt. Damals hatten Sie einen langen Schnurrbart.«

»Wer hat nebenan gewohnt, bevor Martin dort eingezogen ist?«

»Ein Ingenieur vom Straßenbauamt. Ich kann mich nicht mehr an seinen Namen erinnern, aber den könnte ich rauskriegen. Er lebte da mit seiner Frau und seiner Tochter, einer Taubstummen. Es war ziemlich traurig. Sie sind von Paris weg und aufs Land gezogen, ins Poitou, wenn ich mich nicht irre. Der alte Herr ist bestimmt schon gestorben, denn er war damals schon in Rente.«

»Ist in letzter Zeit ein aufdringlicher Versicherungsvertreter bei Ihnen gewesen?«

»In letzter Zeit nicht. Das letzte Mal, daß einer bei mir geklingelt hat, ist mindestens zwei Jahre her.«

»Sie mögen Madame Martin nicht, oder?«

»Wieso?«

»Ich frage Sie, ob Sie Madame Martin mögen oder nicht.«

»Na ja, wissen Sie, wenn ich einen Sohn hätte . . .«

»Weiter!«

»Wenn ich einen Sohn hätte, also, die hätte ich nicht gerne als Schwiegertochter. Vor allem, weil Monsieur Martin doch so sanft ist und so liebenswürdig.«

»Glauben Sie, daß er nicht glücklich ist mit ihr?«

»Das hab' ich nicht gesagt. Ich habe ihr eigentlich nichts vorzuwerfen. Sie hat halt so eine Art, nicht wahr, aber das ist ihr gutes Recht.«

»Was für eine Art?«

»Ich weiß nicht. Sie haben sie ja gesehen. Sie kennen sich da besser aus als ich. Irgendwie ist sie nicht ganz, wie eine Frau sein soll. Ich könnte zum Beispiel wetten, daß sie noch nie in ihrem Leben eine Träne vergossen hat. Sie erzieht die Kleine, wie es sich gehört, anständig und ordentlich, das stimmt. Aber sie würde ihr nie ein liebes Wort sagen. Und wenn ich versuche, Colette ein Märchen zu erzählen, dann spüre ich, daß sie das stört. Ich bin sicher, daß sie ihr gesagt hat, den Weihnachtsmann gibt es gar nicht. Zum Glück glaubt ihr Colette nicht.«

»Sie mag sie auch nicht?«

»Sie gehorcht ihr und gibt sich Mühe, ihr Freude zu machen. Ich glaube aber, daß sie genauso glücklich ist, wenn man sie alleine läßt.«

»Geht Madame Martin oft weg?«

»Nein, nicht oft. Da kann man ihr nichts vorwerfen. Ich weiß nicht, wie ich es sagen soll, sie führt eben ihr eigenes Leben, verstehen Sie? Um die anderen kümmert sie sich nicht. Sie spricht auch nie über sich selber. Sie verhält sich korrekt, immer korrekt, ja, zu korrekt. Sie hätte ihr Leben in einem

337

Büro verbringen sollen, mit Zahlen und Tabellen oder der Beaufsichtigung von Angestellten.«

»Ist das auch die Meinung der anderen Mieter?«

»Sie fühlt sich eigentlich nicht richtig zugehörig hier. Gerade, daß sie ›Guten Tag‹ sagt, wenn sie jemandem auf der Treppe begegnet. Insgesamt kann ich sagen, wenn wir überhaupt näheren Kontakt mit ihr haben, dann erst seit Colette da ist, weil man sich für ein Kind ja immer etwas mehr interessiert.«

»Sind Sie ihrem Schwager schon einmal begegnet?«

»Im Flur. Ich habe nie mit ihm gesprochen. Er geht mit gesenktem Kopf an einem vorbei, als schäme er sich, und obwohl er sich offensichtlich Mühe gibt, seine Kleider zu bürsten, bevor er vorbeikommt, hat man immer den Eindruck, daß er in ihnen geschlafen hat. Ich glaube nicht, daß er es gewesen ist, Monsieur Maigret. Der ist nicht der Typ dafür. Es sei denn, er ist völlig betrunken gewesen.«

Maigret ging noch kurz bei der Concierge vorbei, wo es dermaßen dunkel war, daß den ganzen Tag über das Licht brennen mußte. Es war schon fast zwölf Uhr, als er den Boulevard überquerte. In den Fenstern des Hauses, aus dem er kam, bewegten sich sämtliche Gardinen. Auch an seinem Fenster wurde der Vorhang leicht zur Seite geschoben. Es war Madame Maigret, die nach ihm Ausschau hielt, um zu wissen, ob sie das Hähnchen in den Backofen schieben konnte. Er winkte ihr von unten zu und hätte beinahe die Zunge herausgestreckt, um eine der winzigen Schneeflocken aufzufangen, die in der Luft wirbelten und an deren faden Geschmack er sich noch immer erinnern konnte.

3

»Ich frage mich, ob die Kleine da drüben glücklich ist«, seufzte Maigret, als sie vom Tisch aufstand, um den Kaffee aus der Küche zu holen.

Sie bemerkte wohl, daß er ihr gar nicht zuhörte. Er hatte seinen Stuhl zurückgeschoben und stopfte seine Pfeife, während er den leise brummenden Ofen und die kleinen, regelmäßigen Flammen, die am Sichtfenster emporzüngelten, betrachtete.

Zu ihrer eigenen Genugtuung fügte sie hinzu:

»Ich kann es mir nicht vorstellen, bei dieser Frau.«

Er warf ihr ein unbestimmtes Lächeln zu, wie immer, wenn er nicht wußte, was sie gesagt hatte, und vertiefte sich wieder in die Betrachtung des gußeisernen Ofens. Es gab mindestens zehn dieser Öfen im Haus, die genauso vor sich hin brummelten, zehn Eßzimmer mit dem gleichen sonntäglichen Duft, und zweifellos war es im Haus gegenüber genauso. In jedem bürgerlichen Heim ging das träge Leben im Verborgenen vonstatten, mit Wein und Kuchen auf dem Tisch, mit der kleinen Flasche Likör, die man aus der Anrichte holte, und durch alle Fenster drang das graue, harte Licht eines Tages ohne Sonne.

Vielleicht war es das, was ihn mehr oder weniger unbewußt seit dem Morgen irritierte. In neun von zehn Fällen führte ihn eine richtige, berufsmäßige Untersuchung von einer Stunde zur anderen in eine völlig neue Umgebung und brachte ihn mit Leuten zusammen, die er nicht oder kaum kannte, und er mußte sich erst mit allem vertraut machen, bis hin zu den kleinsten Angewohnheiten und Eigenheiten einer sozialen Schicht, die ihm fremd war.

In diesem Fall jedoch, der keiner war, da er offiziell keinerlei Auftrag hatte, war es vollkommen anders. Zum ersten Mal passierte irgend etwas in einer ihm wohlvertrauten Welt, in einem Haus, das auch seines hätte sein können.

Die Martins hätten genausogut auf seinem Stockwerk wohnen können, und es wäre sicher Madame Maigret gewesen, die auf Colette aufgepaßt hätte, solange ihre Tante abwesend gewesen wäre. Auf der Etage über ihm wohnte eine ältere Dame, beinahe Mademoiselle Doncœurs Spiegelbild, abgesehen davon, daß sie dicker und blasser war. Die gerahmten Fotos von Vater und Mutter Martin glichen exakt denen von Maigrets Eltern, und die Vergrößerungen waren wahrscheinlich von demselben Labor gemacht worden.

War es das, was ihn irritierte? Er hatte den Eindruck, ihm fehle der Abstand, er sehe die Menschen und die Dinge nicht kühl und distanziert genug.

Während des Essens — eines richtig guten Festessens, das ihn faul und träge gemacht hatte — hatte er seiner Frau erzählt, wie er am Morgen im einzelnen vorgegangen war, und sie hatte nicht aufgehört, dabei auf die Fenster gegenüber zu sehen, als sei ihr die Geschichte unangenehm.

»Ist die Concierge sicher, daß niemand von draußen hereinkommen konnte?«

»Jetzt nicht mehr so sehr. Sie hatte bis halb eins Besuch von Freunden, dann ist sie schlafen gegangen. Die ganze Nacht sind Leute aus und ein gegangen, wie immer an Weihnachten.«

»Glaubst du, daß noch etwas passieren wird?«

Dieser Gedanke ließ ihm keine Ruhe. Zunächst war da die Tatsache, daß Madame Martin nicht gleich zu ihm gekommen war, sondern erst auf das Drängen von Mademoiselle Doncœur hin.

Wenn sie früher aufgestanden wäre, wenn sie als erste die Puppe gefunden und die Geschichte von dem Weihnachtsmann gehört hätte, hätte sie dann nicht das Ganze für sich behalten und ihrer Tochter befohlen, niemandem davon zu erzählen?

Dann hatte sie die erste Gelegenheit beim Schopf ergriffen, um wegzugehen, obwohl sie genug Lebensmittel für den Tag im Hause hatte. Durcheinander, wie sie war, hatte sie sogar Butter gekauft, obwohl noch ein ganzes Pfund im Vorratsschrank war.

Er stand auf, setzte sich in seinen Sessel am Fenster und hob den Telefonhörer ab, um am Quai des Orfèvres anzurufen.

»Lucas?«

»Ich habe erledigt, was Sie verlangt haben, Chef. Ich habe die Liste von allen Gefangenen, die in den letzten vier Monaten entlassen worden sind. Es sind weniger, als man meinen könnte. Soweit ich sehe, ist keiner dabei, der früher mal am Boulevard Richard-Lenoir gewohnt hat.«

Das war jetzt nicht mehr von Bedeutung. Maigret hatte diese Hypothese fast schon wieder fallengelassen. Das war auch nur so eine Ahnung gewesen. Jemand, der in der Wohnung gegenüber gewohnt hatte, hätte dort die Beute aus einem Diebstahl oder einem anderen Verbrechen verstecken können, bevor er geschnappt worden war.

Wieder auf freien Fuß gesetzt, wäre es natürlich sein oberstes Ziel gewesen, die Beute wieder in seinen Besitz zu bringen. Jedoch war, weil Colette infolge ihres Unfalls im Bett bleiben mußte, das Zimmer zu keiner Tages- und Nachtzeit leer.

Den Weihnachtsmann zu spielen, um einigermaßen gefahrlos ins Zimmer zu gelangen, wäre gar keine so schlechte Idee gewesen.

Aber in dem Fall hätte Madame Martin nicht gezögert, ihn aufzusuchen. Auch wäre sie anschließend nicht unter einem schlechten Vorwand außer Haus gegangen. »Soll ich jeden einzeln durchgehen?«

»Nein. Hast du was Neues über Paul Martin?«

»Hat nicht lange gedauert. Er ist bei mindestens vier bis fünf Kommissariaten zwischen der Bastille, dem Rathaus und dem Boulevard Saint-Michel einschlägig bekannt.«

»Weißt du, was er letzte Nacht gemacht hat?«

»Zuerst ist er etwas essen gegangen, auf dem Schiff der Heilsarmee. Jede Woche geht er da hin, an einem bestimmten Tag wie alle Stammgäste, und an diesen Abenden ist er in der Regel nüchtern. Sie haben einen kleinen Festschmaus bekommen, mußten ziemlich lange Schlange stehen.«

»Und dann?«

»Gegen elf Uhr abends ist er ins Quartier Latin gegangen, hatte einen kleinen Job dort: den Leuten vor einem Nachtlokal die Wagentür öffnen. Er muß genug Geld für eine Sause verdient haben, denn um vier Uhr morgens hat man ihn stockbesoffen eingesammelt, etwa hundert Meter von der Place Maubert entfernt. Man hat ihn ins Revier mitgenommen. Heute morgen um elf war er immer noch dort. Als ich diese Auskunft bekam, war er gerade weggegangen. Die Kollegen haben versprochen, ihn mir herzubringen, sobald sie ihn wieder erwischt haben. Er hatte noch ein paar Francs in der Tasche.

»Was gibt's aus Bergerac?«

»Jean Martin nimmt den ersten Nachmittagszug. Der Anruf heute morgen hat ihn anscheinend ziemlich überrascht und beunruhigt.«

»Hat er nur einen bekommen?«

»Heute morgen, ja. Aber gestern abend ist er auch angerufen worden, als er gerade beim Abendessen mit den anderen Gästen saß.«

»Weißt du, wer ihn angerufen hat?«

»Die Kassiererin des Hotels, die das Gespräch angenommen hat, ist sich sicher, daß es eine Männerstimme war. Der Anrufer hat gefragt, ob Monsieur Martin da ist. Sie hat ihn von einer Bedienung rufen lassen, und als er an den Apparat gekommen war, war niemand mehr in der Leitung. Das hat ihm den Abend verdorben. Es war eine kleine Gruppe, alles Vertreter, sie wollten einen draufmachen, in irgendeinem Nachtlokal. Es hat geheißen, ein paar hübsche Mädchen hätten sie auch organisiert. Um mitzuspielen, hat Martin ein paar Gläser getrunken, hat aber anscheinend ständig von seiner Frau und von seiner Tochter geredet; er redet nämlich von dem Mädchen, als sei es seine Tochter. Trotzdem ist er mit seinen Kumpanen bis drei Uhr morgens unterwegs gewesen. Ist das alles, was Sie wissen wollten, Chef?«

Lucas konnte es sich nicht verkneifen, neugierig hinzuzusetzen:

»Hat's in Ihrem Viertel ein Verbrechen gegeben? Sind Sie noch zu Hause?«

»Bis jetzt ist's nur eine Geschichte vom Weihnachtsmann und einer Puppe.«

»Aha!«

»Einen Moment. Da ist noch etwas, *Zenith Uhren* in der Avenue de l'Opéra kennst du, ich brauche die Adresse des Direktors. So etwas muß auch an einem Feiertag rauszukriegen sein. Außerdem ist damit zu rechnen, daß der Mann zu Hause ist. Rufst du mich zurück?«

»Sobald ich die Adresse habe.«

Madame Maigret brachte ihm ein Glas Schlehenschnaps, er kam von ihrer Schwester aus dem Elsaß, die ihr ab und zu eine Flasche davon schickte. Er lächelte ihr zu und war für einen Moment versucht, nicht mehr an diese alberne Geschichte zu denken und vorzuschlagen, sich einen gemütlichen Nachmittag im Kino zu machen.

»Welche Farbe haben ihre Augen?«

Es dauerte eine Weile, bis er begriff, daß sie das kleine Mädchen meinte, das Madame Maigret als einziges an dem Fall interessant schien.

»Meine Güte, das kann ich dir wirklich nicht sagen. Braun sind sie jedenfalls nicht. Sie hat blondes Haar.«

»Folglich hat sie blaue Augen.«

»Vielleicht. Auf jeden Fall sehr helle. Und besonders ruhige.«

»Weil sie die Dinge nicht betrachtet wie ein Kind. Hat sie gelacht?«

»Sie hatte keine Gelegenheit dazu.«

»Ein richtiges Kind findet immer einen Grund zu lachen. Es braucht nur Zutrauen zu fassen und das Gefühl zu haben, daß es seinen Gedanken freien Lauf lassen kann. Ich mag diese Frau nicht!«

»Ist dir Mademoiselle Doncœur lieber?«

»Das ist zwar eine alte Jungfer, aber ich bin überzeugt, sie kann mit der Kleinen besser umgehen als diese Madame Martin. Ich bin ihr beim Einkaufen in einigen Läden begegnet. Sie ist von der Sorte, die beim Wiegen aufpaßt wie ein Luchs und die das Geld Münze für Münze aus dem Portemonnaie holt, mit einem mißtrauischen Blick, als ob die ganze Welt sie betrügen wolle.«

Sie wurde vom Klingeln des Telefons unterbrochen, fand aber noch die Zeit zu wiederholen:

»Ich mag diese Frau nicht.«

Es war Lucas, der die Adresse von Monsieur Arthur Godefroy, Generalvertreter für Zenith Uhren in Frankreich, durchgab. Er bewohnte eine große Villa in Saint-Cloud, und Lucas hatte sich vergewissert, daß er zu Hause war.

»Ich habe Paul Martin hier, Chef.«

»Hat man ihn dir gebracht?«

»Ja. Er fragt sich, wieso. Warten Sie, ich mache die Tür zu. Gut. Jetzt kann er nicht mehr mithören. Zuerst hat er geglaubt, seiner Tochter sei etwas passiert und hat angefangen zu weinen. Jetzt hat er sich beruhigt und hängt rum, mit einem fürchterlichen Kater. Was soll ich mit ihm machen? Ihn zu Ihnen schicken?«

»Hast du jemand, der ihn herbringen kann?«

»Torrence ist gerade reingekommen, der würde liebend gern ein wenig frische Luft schnappen. Ich glaube nämlich, der hat gestern auch ganz schön gefeiert. Brauchen Sie mich noch?«

»Ja. Setz dich mit dem Kommissariat am Palais-Royal in Verbindung. Vor zirka fünf Jahren ist ein gewisser Lorilleux spurlos verschwunden. Er hatte einen Laden, machte in Schmuck und alten Münzen. Ich hätte gerne alles gewußt, was in dieser Geschichte rauszukriegen ist.«

Er lächelte, als er bemerkte, daß seine Frau sich ihm gegenüber hingesetzt und zu stricken angefangen hatte. Diese Untersuchung verlief entschieden im Rahmen der Häuslichkeit, wirklich an Heim und Herd.

»Soll ich wieder anrufen?«

»Ja, ich habe vor, zu Hause zu bleiben.«

Fünf Minuten später hatte er Monsieur Godefroy an der Strippe, der mit einem deutlich ausgeprägten Schweizer Akzent sprach. Als von Jean Martin die Rede war, glaubte er zunächst, seinem Vertreter müsse etwas zugestoßen sein, da er sogar an einem Weihnachtstag gestört wurde, und ergoß sich in wärmsten Lobreden auf seinen vermeintlich verunglückten Mitarbeiter.

»Er ist ein so außerordentlich fähiger, ganz für die Firma lebender Mann, daß ich mich mit dem Gedanken trage, ihn im neuen Jahr, das heißt in zwei Wochen, an meine Seite nach Paris zu holen, als Stellvertretenden Direktor. Kennen Sie ihn? Gibt es einen wichtigen Grund, weshalb Sie mit ihm befaßt sind?«

Er befahl einigen Kindern im Hintergrund, still zu sein.

»Entschuldigen Sie bitte, die ganze Familie ist versammelt und . . .«

»Sagen Sie, Monsieur Godefroy, wissen Sie, ob sich in den letzten Tagen jemand an Ihr Büro gewendet hat, um sich zu erkundigen, wo sich Monsieur Martin derzeit aufhält?«

»Sicherlich.«

»Können Sie mir Genaueres sagen?«

»Gestern morgen hat jemand im Büro angerufen und mich

persönlich sprechen wollen. Ich war sehr beschäftigt, wegen der Feiertage. Es ist wohl ein Name gefallen, aber ich habe ihn vergessen. Der Anrufer wollte wissen, wo Jean Martin zu erreichen sei, es gehe um eine dringende Nachricht, und ich habe keinerlei Veranlassung gesehen, nicht mitzuteilen, daß er sich in Bergerac aufhält, wahrscheinlich im *Hôtel de Bordeaux*.«

»Sonst hat man Sie nichts gefragt?«

»Nein, es ist sofort aufgelegt worden.«

»Haben sie besten Dank.«

»Sind Sie sicher, daß nichts faul ist an dieser Geschichte?«

Die Kinder mußten wohl ungeduldig an ihm zerren, und Maigret nutzte die Gelegenheit, um sich schnell zu verabschieden.

»Hast du gehört?«

»Ich habe gehört, was du gesagt hast, sicher, aber nicht, was er geantwortet hat.«

»Gestern morgen hat ein Mann bei ihm im Büro angerufen, der wissen wollte, wo Jean Martin ist. Zweifellos war es der gleiche Mann, der abends in Bergerac angerufen hat, um sich zu vergewissern, daß er sich immer noch dort aufhielt, so daß er am Weihnachtsabend unmöglich am Boulevard Richard-Lenoir sein konnte.«

»Und das ist der Mann, der in das Haus eingedrungen ist.«

»Das ist mehr als wahrscheinlich. Was immerhin beweist, daß es sich nicht um Paul Martin handelt, der diese beiden Telefonate nicht nötig gehabt hätte. Er hätte sich bei seiner Schwägerin erkundigen können, ohne damit aufzufallen.«

»Langsam steigerst du dich in die Sache hinein. Gib zu, du bist mehr als zufrieden, daß diese Geschichte passiert ist.«

Und als er sich dafür entschuldigen wollte, fügte sie hinzu:

»Schon gut, ist doch ganz natürlich! Ich interessiere mich doch auch dafür. Wie lange, meinst du, muß die Kleine noch mit ihrem Bein in Gips liegen?«

»Das habe ich nicht gefragt.«

»Ich frage mich, welche Komplikationen es wohl gegeben haben mag.«

Ohne es zu wissen, hatte sie Maigret damit wieder auf eine neue Spur gebracht.

»Gar nicht so dumm, was du da sagst.«

»Was habe ich gesagt?«

»Na ja, weil sie nun schon zwei Monate im Bett liegt, hat sie gute Chancen, daß sie es bald hinter sich haben wird, falls nicht noch wirklich schwere Komplikationen auftreten.«

»Am Anfang wird sie wahrscheinlich auf Krücken gehen müssen.«

»Darum geht es nicht. In einigen Tagen oder spätestens in ein paar Wochen wird die Kleine also ihr Zimmer verlassen. Manchmal wird sie mit Madame Martin spazierengehen. Dann wird das Feld frei sein, und es ist für jedermann ein Leichtes, in die Wohnung einzudringen, ohne sich als Weihnachtsmann verkleiden zu müssen.« Die Lippen von Madame Maigret bewegten sich, weil sie ihre Maschen zählte, obwohl sie ganz Ohr war und ihren Mann ruhig ansah.

»In erster Linie war es die Anwesenheit Colettes in dem Zimmer, die den Mann dazu gezwungen hat, sich einen Plan auszudenken. Die Kleine liegt also seit zwei Monaten im Bett. Vielleicht wartet er schon fast zwei Monate auf eine Gelegenheit. Ohne die Komplikation, die den Heilungsprozeß verzögert hat, hätte er sich seit ungefähr drei Wochen holen können, was sich unter den Dielen befindet.«

»Worauf willst du hinaus?«

»Auf nichts. Das heißt, ich vermute, daß der Mann nicht mehr länger warten konnte, weil er wichtige Gründe hatte, die ihn zum sofortigen Handeln zwangen.«

»In ein paar Tagen kommt Martin von seiner Geschäftsreise zurück.«

»Genau.«

»Was mag er unter den Dielen wohl gefunden haben?«

»Hat er wirklich etwas gefunden? Wenn der Besucher nichts hat finden können, bleibt das Problem für ihn so dringlich wie zuvor. Er wird also noch mal in Aktion treten.«

»Und wie?«

»Keine Ahnung.«

»Sag mal, Maigret, hast du keine Angst um die Kleine? Glaubst du, sie ist in Sicherheit bei dieser Frau da?«

»Um die Frage zu beantworten, müßte ich wissen, wohin Madame Martin heute morgen unter dem Vorwand einzukaufen gegangen ist.«

Er hatte den Telefonhörer abgenommen, weil er noch einmal bei der Kripo anrufen wollte.

»Ich bin's noch mal, Lucas. Diesmal geht es um die Taxis. Ich möchte wissen, ob heute morgen zwischen neun und zehn Uhr ein Taxi am Boulevard Richard-Lenoir eine Frau aufgenommen hat und wohin sie gefahren werden wollte. Warte! Ja, ich denke daran. Sie ist blond, etwas über dreißig, eher schlank, aber kräftig. Sie trug ein graues Kostüm und einen kleinen beigen Hut. Sie hatte eine Einkaufstasche bei sich. Heute morgen dürften nicht allzu viele Autos unterwegs gewesen sein.«

»Ist Martin bei Ihnen?«

»Noch nicht.«

»Kommt bestimmt gleich. Was den andern betrifft, diesen Lorilleux, die Kollegen am Palais-Royal sind dabei, die Akten durchzustöbern. Es dauert nicht mehr lange, dann haben Sie die gewünschten Informationen.«

Zu der Stunde bestieg Jean Martin in Bergerac seinen Zug. Ob die kleine Colette wohl gerade ihren Mittagsschlaf hielt? Hinter den Vorhängen zeichnete sich die Gestalt von Mademoiselle Doncœur ab, wahrscheinlich fragte sie sich, womit Maigret gerade beschäftigt war.

Aus den Häusern kamen nach und nach Leute, vor allem Familien mit ihren Kindern, die ihre neuen Spielsachen über die Gehsteige schleiften. Vor den Kinos wurde sicher Schlange gestanden. Ein Taxi hielt. Dann waren Schritte auf dem Flur zu hören. Madame Maigret ging öffnen, bevor jemand Zeit hatte zu klingeln. Die laute Stimme von Torrence erscholl: »Sind Sie da, Chef?«

Er schob einen Mann unbestimmbaren Alters in die Wohnung, der sich mit gesenktem Blick ehrfürchtig an die Wand drückte.

Maigret ging zwei Gläser aus dem Schrank holen und füllte sie mit dem Schlehenschnaps.

»Zum Wohl«, sagte er.

Der Mann mit den zitternden Händen zögerte und sah erstaunt und besorgt zugleich auf.

»Auf Ihr Wohl auch, Monsieur Martin. Bitte entschuldigen Sie, daß ich Sie habe hierher kommen lassen, aber so sind Sie in der Nähe, wenn Sie Ihre Tochter besuchen möchten.«

»Ihr ist doch nichts passiert?«

»Aber nein. Ich habe sie heute morgen gesehen, sie hat ganz zufrieden mit ihrer neuen Puppe gespielt. Du kannst gehen, Torrence. Lucas hat vermutlich Arbeit für dich.«

Madame Maigret war mit ihrem Strickzeug davongehuscht, hatte sich im Schlafzimmer auf die Bettkante gesetzt und war immer noch dabei, ihre Maschen zu zählen.

»Nehmen Sie Platz, Monsieur Martin.« Der Mann hatte nur seine Lippen an das Glas gehalten und es dann abgestellt, von Zeit zu Zeit aber warf er einen ängstlichen Blick darauf.

»Bleiben Sie ganz ruhig und gehen Sie davon aus, daß ich ihre Geschichte kenne.«

»Ich wollte sie heute morgen besuchen«, seufzte der Mann. »Ich hatte mir geschworen, früh ins Bett zu gehen und früh aufzustehen, um ihr am Morgen frohe Weihnachten zu wünschen.«

»Das .veiß ich auch.«

»Es läuft immer gleich ab. Ich schwöre mir, daß ich nur ein Glas trinken werde, bloß um mich etwas aufzumöbeln . . .«

»Sie haben nur einen Bruder, Monsieur Martin?«

»Ja, Jean, er ist sechs Jahre jünger als ich. Er, meine Frau und meine Tochter, sie sind die einzigen, die ich geliebt habe auf der Welt.«

»Ihre Schwägerin mögen Sie nicht?«

Er zuckte zusammen, überrascht und verlegen.

»Ich kann nichts Schlechtes über Loraine sagen.«

»Sie haben ihr Ihr Kind anvertraut, nicht wahr?«

»Das heißt, als meine Frau gestorben ist und ich angefangen habe durchzudrehen . . .«

»Ich verstehe. Ist Ihre Tochter glücklich?«

»Ich glaube schon, ja. Sie beklagt sich nie.«

»Haben Sie nicht versucht, sich wieder hochzurappeln?«

»Jeden Abend schwöre ich, daß Schluß ist mit diesem Leben

und der Sauferei, und am nächsten Tag geht's wieder von vorne los. Ich bin sogar zu einem Arzt gegangen, der mich dann beraten hat.«

»Haben Sie seinen Rat befolgt?«

»Ein paar Tage lang. Als ich wieder zu ihm hin bin, war er sehr in Eile. Er hat mir gesagt, er hätte keine Zeit, sich um mich zu kümmern, ich solle lieber in eine Spezialklinik gehen ...«

Er streckte seine Hand nach dem Glas aus und zögerte. Zum Zeichen, daß er sich nicht länger zu quälen brauchte, nahm Maigret selbst einen kräftigen Schluck.

»Ist es nie vorgekommen, daß Sie bei Ihrer Schwägerin männlichen Besuch angetroffen haben?«

»Nein. Ich glaube nicht, daß man ihr in der Hinsicht etwas vorwerfen könnte.«

»Wissen Sie, wo Ihr Bruder sie kennengelernt hat?«

»In einem kleinen Restaurant in der Rue de Beaujolais, wo er essen ging, wenn er zwischen zwei Touren in Paris war. Es lag in der Nähe seines Büros und nicht weit von dem Geschäft, in dem Loraine gearbeitet hat.«

»Waren sie lange verlobt?«

»Ich weiß nicht genau. Jean war zwei Monate unterwegs, und als er zurückkam, hat er mir gesagt, daß er heiraten wird.«

»Waren Sie der Trauzeuge Ihres Bruders?«

»Ja. Loraine hatte die Wirtin des Hauses, in dem sie damals wohnte, als Trauzeugin. Sie hat keine Verwandten in Paris, sie war schon damals Waise. Ist irgendwas Schlimmes passiert?«

»Das weiß ich noch nicht. Heute nacht hat sich jemand, als Weihnachtsmann verkleidet, in das Zimmer Colettes geschlichen.«

»Er hat ihr doch nichts angetan?«

»Er hat ihr eine Puppe geschenkt. Als sie die Augen öffnete, war er gerade dabei, zwei Dielen vom Fußboden hochzuheben.«

»Meinen Sie, ich sehe anständig genug aus, um sie zu besuchen?«

»Warten Sie noch einen Moment. Wenn Sie möchten, können Sie sich hier rasieren und Ihr Haar in Ordnung bringen. Ist Ihr

Bruder der Typ, der etwas unter dem Fußboden verstecken würde?«

»Der? Nie im Leben.«

»Auch wenn er etwas vor seiner Frau zu verbergen hätte?«

»Er hat keine Geheimnisse vor ihr. Sie kennen ihn ja nicht. Wenn er nach Hause kommt, legt er ihr seine Abrechnung vor wie einem Chef, und sie weiß genau, wieviel Geld er in der Tasche hat.«

»Ist sie eifersüchtig?«

Der Mann gab keine Antwort.

»Sie sollten mir lieber sagen, was Sie denken. Schließlich geht es doch um Ihre Tochter.«

»Ich glaube nicht, daß Loraine besonders eifersüchtig ist, aber an ihren eigenen Vorteil denkt sie schon, hat jedenfalls meine Frau von ihr behauptet. Sie hat Loraine nicht gemocht.«

»Weshalb?«

»Sie hat gesagt, daß sie zu dünne Lippen hat, daß sie zu kalt sei, zu förmlich, und daß sie immer in der Defensive war. Ihrer Meinung nach hat sie sich Jean an den Hals geworfen, weil er einen guten Job hatte, eigene Möbel und gute Aufstiegschancen.«

»War sie arm?«

»Sie redet nie über ihre Familie. Trotzdem haben wir erfahren, daß ihr Vater gestorben ist, als sie noch sehr jung war und daß ihre Mutter Putzfrau gewesen ist.«

»In Paris?«

»Irgendwo im Quartier de la Glacière. Deshalb redet sie nie von dem Viertel. Wie meine Frau immer gesagt hat, das ist eine, die weiß, was sie will.«

»Was meinen Sie, war sie die Geliebte ihres früheren Chefs?«

Maigret schenkte ihm etwas Schnaps ein. Der Mann sah ihn dankbar an, zögerte jedoch, zweifellos wegen des bevorstehenden Besuchs bei seiner Tochter und der zu erwartenden Fahne.

»Ich werde Ihnen eine Tasse Kaffee kochen lassen. Ihre Frau hatte wohl auch darüber ihre Meinung, oder?«

»Woher wissen Sie das? Sie können mir glauben, sie hat nie schlecht über andere Leute geredet. Aber gegen Loraine hatte sie fast eine körperliche Abneigung. Wenn wir mit Loraine zusammenkommen mußten, habe ich meine Frau angefleht, sie solle sich ihr Mißtrauen oder ihre Antipathie bloß nicht anmerken lassen. Komisch, daß ich Ihnen das alles erzähle, wo es jetzt so weit gekommen ist. Vielleicht war es ein Fehler, Colette zu ihr zu geben. Manchmal mache ich mir deswegen Vorwürfe. Aber was hätte ich sonst tun sollen?«

»Sie haben meine Frage über Loraines Ex-Chef nicht beantwortet.«

»Ach so, ja. Meine Frau hat behauptet, daß die beiden ein Verhältnis hatten und daß es für Loraine praktisch war, einen Mann zu heiraten, der dauernd unterwegs war.«

»Wissen Sie, wo sie vor der Heirat gewohnt hat?«

»In einer Querstraße des Boulevard Sébastopol, die erste rechts, wenn man von der Rue de Rivoli in Richtung des Boulevards geht. Ich kann mich erinnern, weil wir sie am Tag der Hochzeit dort mit dem Auto abgeholt haben.«

»In der Rue Pernelle?«

»Ja, genau. Das vierte oder fünfte Haus links ist eine Pension, anscheinend ziemlich ruhig und ordentlich. Da wohnen vor allem Leute, die in dem Viertel arbeiten. Ich kann mich noch erinnern, daß da auch ein paar Schauspielerinnen vom Châtelet Theater gewohnt haben.«

»Wollen Sie sich rasieren, Monsieur Martin?«

»Ist mir ja peinlich, aber wo ich schon im Haus gegenüber meiner Tochter bin . . .«

»Folgen Sie mir.«

Er führte ihn durch die Küche, um das Schlafzimmer, in dem sich Madame Maigret aufhielt, zu umgehen, und gab ihm alles, was er brauchte, Kleiderbürste inbegriffen.

Als er ins Eßzimmer zurückkam, öffnete Madame Maigret die Tür und flüsterte: »Was macht er?«

»Rasiert sich.«

Ein weiteres Mal griff er zum Telefon. Der gute Lucas mußte wieder ran, für den es noch mehr Arbeit am Weihnachtstag gab.

»Bist du im Büro unabkömmlich?«

»Wenn Torrence hierbleibt, nicht. Ich habe die Informationen, die Sie wollten.«

»Gleich. Zuerst: Du machst dich sofort auf die Socken, in die Rue Pernelle, in eine kleine Pension dort. Die gibt's, glaube ich, immer noch, ich muß schon mal da gewesen sein. Ist eines der ersten Häuser Richtung Boulevard Sébastopol. Ich weiß nicht, ob die Besitzer die gleichen sind wie vor fünf Jahren. Vielleicht kannst du jemand auftreiben, der damals dort gearbeitet hat. Ich möchte sämtliche Informationen, die zu kriegen sind, über eine gewisse Loraine . . .«

»Loraine wie?«

»Sekunde. Daran habe ich nicht gedacht.«

Durch die Badezimmertür fragte er Martin nach dem Mädchennamen seiner Schwägerin. »Boitel!« rief dieser ihm zu.

»Lucas? Der volle Name ist Loraine Boitel. Die Pensionswirtin war Trauzeugin bei ihrer Hochzeit mit Martin. Loraine Boitel hat zu der Zeit für Lorilleux gearbeitet.«

»Der vom Palais-Royal?«

»Ja. Ich will wissen, ob die beiden ein Verhältnis miteinander hatten und ob er sie manchmal in der Pension besucht hat. Das wär's. Beeil dich. Es ist vielleicht dringender als wir glauben. Was wolltest du mir sagen?«

»In Sachen Lorilleux. War ein komischer Typ. Es hat eine Untersuchung gegeben, als er verschwunden ist. In der Rue Mazarine, wo er mit seiner Familie gewohnt hat, galt er als friedlicher kleiner Geschäftsmann und vorbildlicher Vater seiner drei Kinder. In seinem Laden am Palais-Royal sind merkwürdige Dinge vor sich gegangen. Er hat nicht bloß Souvenirs aus Paris und alte Münzen verkauft, sondern auch obszöne Bücher und Bilder.«

»Das tun viele Läden in der Gegend.«

»Ja. Wir wissen nicht sicher, ob da nicht noch andere Dinge gelaufen sind. Da soll es eine breite Couch mit rotem Rips im Büro hinten gegeben haben. Aus Mangel an Beweisen hat man die Sache fallen lassen, außerdem wollte man der Kundschaft nicht zu nahe treten, die überwiegend aus mehr oder weniger wichtigen Leuten bestand.«

»Und Loraine Boitel?«

»Von der ist in dem Bericht nicht die Rede. Die war schon verheiratet, als Lorilleux verschwunden ist. Sie hat den ganzen Morgen vor der Ladentür gewartet. Sieht nicht so aus, als hätte sie ihn am Abend davor nach Ladenschluß noch getroffen. Ich wollte deswegen gerade telefonieren, als Langlois von der Abteilung für Finanzdelikte in mein Büro kam. Beim Namen Lorilleux ist er hellhörig geworden und hat gemeint, daß ihm der Name was sagt. Er hat gleich in seinen Akten nachgesehen. Sind Sie noch dran? Es ist nichts Genaues, bloß die Tatsache, daß über Lorilleux eine Akte geführt wurde, weil er damals häufig die Grenze zur Schweiz überschritten hat. Das war aber in der Zeit, als der Handel mit Gold auf dem Höhepunkt war. Man behielt ihn im Auge, hat ihn zwei- oder dreimal an der Grenze gefilzt, aber nichts finden können.«

»Jetzt ab in die Rue Pernelle, Lucas, mein Alter. Ich bin mir immer sicherer, daß wir uns beeilen müssen.«

Paul Martin stand mit glattrasiertem Gesicht im Türrahmen.

»Ich bin ganz durcheinander und weiß nicht, wie ich Ihnen danken soll.«

»Sie gehen doch Ihre Tochter besuchen, oder? Ich weiß nicht, wie lange Sie gewöhnlich bei ihr bleiben und wie die Besuche verlaufen. Aber mir liegt daran, daß Sie bei ihr bleiben, bis ich Sie holen komme.«

»Aber über Nacht werde ich kaum bleiben können.«

»Doch, tun Sie das, wenn es sein muß. Lassen Sie sich irgendeinen Grund einfallen.«

»Besteht eine Gefahr?«

»Ich weiß es nicht, aber Ihr Platz ist in der Nähe Colettes.«

Der Mann trank gierig seinen schwarzen Kaffee aus und ging dann hinaus. Die Tür war schon wieder verschlossen, als Madame Maigret ins Eßzimmer zurückkam.

»Er kann doch seine Tochter nicht mit leeren Händen besuchen, an Weihnachten!«

»Aber . . .«

Ohne Zweifel wollte Maigret gerade sagen, daß es hier im Hause keine Puppe gab, als sie ihm einen kleinen, glänzenden

Gegenstand gab, einen goldenen Fingerhut, den sie seit Jahren in ihrem Nähkästchen hatte, aber nie benutzte.

»Gib ihm das. Kleine Mädchen haben immer Freude an so etwas. Beeil dich...«

Von oben rief er ins Treppenhaus hinunter:

»Monsieur Martin! ... Monsieur Martin!... Einen Moment, bitte!«

Dann drückte er ihm den Fingerhut in die Hand. »Aber sagen Sie ihr bloß nicht, woher Sie ihn haben.«

Auf der Schwelle zum Eßzimmer blieb Maigret stehen und brummelte:

»Und wie lange soll ich noch den Weihnachtsmann spielen?«

»Ich bin sicher, sie freut sich darüber genauso wie über die Puppe. Weil es nämlich etwas für Erwachsene ist, verstehst du?«

Man sah, wie Martin über den Boulevard ging, einen Moment vor dem Haus innehielt und sich zu den Fenstern von Maigrets Wohnung umdrehte, als brauchte er eine Aufmunterung.

»Glaubst du, daß er sich wieder fangen wird?«

»Da habe ich meine Zweifel.«

»Falls dieser Frau, Madame Martin, etwas zustößt...«

»Ja?«

»Nichts. Ich denke an die Kleine. Ich frage mich, was dann mit ihr werden wird.«

Gut zehn Minuten vergingen, Maigret hatte eine Zeitung aufgeschlagen. Seine Frau hatte sich wieder ihm gegenüber hingesetzt, strickte und zählte die Maschen. Da murmelte Maigret aus einer Rauchwolke heraus: »Dabei hast du die Kleine noch nie gesehen.«

4

Später fand Maigret in der Schublade, in die Madame Maigret immer sämtliche herumliegende Papiere stopfte, einen alten Briefumschlag, auf dessen Rückseite er sich routinegemäß die laufenden Ereignisse des Tages notiert hatte. Erst in dem Moment fiel ihm an dieser Untersuchung, die er beinahe von Anfang bis Ende von seiner Wohnung aus geführt hatte, etwas auf, das er später noch oft als Beispiel heranziehen sollte. Im Gegensatz zu dem gewöhnlichen Verlauf der Fälle hatte diesmal kein Zufall im eigentlichen Sinne mitgespielt, hatte es keine überraschende Wendung gegeben. Der Genosse Zufall kam diesmal nicht zu Hilfe, und doch hatte das Glück seine Hand im Spiel, und zwar mehrfach, weil jede Information stets zur rechten Zeit und auf dem einfachsten, natürlichen Weg eintraf.

Es kommt vor, daß Dutzende von Inspektoren Tag und Nacht arbeiten, um an eine im Grunde nebensächliche Information heranzukommen. So hätte zum Beispiel Monsieur Arthur Godefroy, der Generalvertreter der Zenith Uhren in Frankreich, die Weihnachtsfeiertage genausogut in seiner Geburtsstadt Zürich verbringen können. Oder er hätte ganz einfach nicht zu Hause sein können. Oder es hätte auch sehr gut sein können, daß er nichts davon gewußt hätte, daß am Vortag wegen Jean Martin in seinem Büro angerufen worden war.

Als Lucas kurz nach vier Uhr mit vor Kälte starrem Gesicht und roter Nase ankam, war ein ähnlicher Glücksfall auf seiner Seite gewesen.

Ein dichter, gelblicher Nebel hatte sich über Paris gelegt, was ziemlich selten vorkommt, und in allen Häusern hatte das Licht gebrannt. Die Fenster zu beiden Seiten des Boulevards sahen aus wie Schiffslaternen in der Ferne. Die Bestandteile der Realität schienen dermaßen im Dunst entrückt, daß man, wie die Bewohner der Küstenstädte, jeden Moment das Tuten des Nebelhorns erwartete.

Aus dem einen oder anderen Grund — wahrscheinlich wegen einer Kindheitserinnerung — hatte Maigret seinen Gefallen daran, so wie es ihm auch gefiel, daß Lucas bei ihm eintrat, seinen Mantel abnahm, sich setzte und seine eiskalten Hände über den Ofen hielt.

Lucas war fast eine Kopie von ihm, nur einen Kopf kleiner und mit halb so breiten Schultern und einem Gesicht, dem er nur mit Mühe einen strengen Ausdruck verleihen konnte. Die Ähnlichkeit ergab sich nicht aus Wichtigmacherei, sondern ganz unbewußt aus einem Nachahmungstrieb und aus Bewunderung. So war es gekommen, daß Lucas seinen Chef in den kleinsten Gesten, in der Haltung und in der Ausdrucksweise nachahmte, was hier in Maigrets Wohnung noch stärker auffiel als im Büro. Sogar den Duft des Schlehenschnapses zog er durch die Nase, bevor er die Lippen ans Glas setzte . . .

Die Wirtin der Pension in der Rue Pernelle war vor zwei Jahren bei einem Unfall in der Metro gestorben, was die Untersuchung hätte erschweren können. Das Personal in solchen Häusern wechselt häufig, und es bestand wenig Aussicht, in der Pension noch jemanden zu finden, der Loraine aus der Zeit vor fünf Jahren gekannt hatte.

Doch sie hatten erneut Glück. Lucas hatte herausgefunden, daß der Mann, der gegenwärtig die Pension führte, dort früher Nachtwächter gewesen war; und der Zufall wollte es, daß er seinerzeit Ärger mit der Polizei gehabt hatte, genauer gesagt mit der Sitte.

»War nicht schwer, ihn zum Reden zu bringen«, sagte Lucas, während er sich eine für ihn viel zu große Pfeife anzündete. »Ich war überrascht, daß er das Geld gehabt hatte, von einem Tag zum andern das Haus zu kaufen, aber er hat mir dann erklärt, daß er nur den Strohmann macht für eine hochgestellte Persönlichkeit, die ihr Geld in solche Geschäfte steckt, aber nicht selber in Erscheinung treten will.«

»Was ist das für ein Haus?«

»Macht einen ordentlichen Eindruck, äußerlich. Ziemlich sauber, ein Büro im Zwischenstock, die Zimmer pro Monat vermietet, manche pro Woche. Im ersten Stock gibt's Zimmer, die kann man stundenweise mieten.«

»Kann er sich an die junge Frau erinnern?«

»Sehr gut sogar, denn sie hat über drei Jahre in dem Haus gewohnt. Ich habe dann gemerkt, daß er sie nicht leiden konnte, weil sie furchtbar geizig war.«

»Erhielt sie Besuch von Lorilleux?«

»Bevor ich in die Rue Pernelle gegangen bin, war ich im Kommissariat des Palais-Royal, um ein Foto von ihm zu holen, das in seiner Akte war. Ich habe es dem Wirt gezeigt, er hat ihn sofort erkannt.«

»War Lorilleux oft bei ihr?«

»Im Schnitt zwei- oder dreimal im Monat, immer mit Gepäck. Er kam gegen halb zwei Uhr morgens, um sechs ging er wieder. Ich habe mich zuerst gefragt, was das bedeuten soll. Ich habe die Zugfahrpläne überprüft. Das Ganze hing mit seinen Reisen in die Schweiz zusammen. Für die Rückfahrt nahm er den Zug, der mitten in der Nacht ankommt, und ließ seine Frau in dem Glauben, daß er mit dem Zug um sechs Uhr morgens ankommt.«

»Und weiter?«

»Nichts, außer daß Loraine mit Trinkgeldern knauserte und daß sie abends in ihrem Zimmer mit einem Spirituskocher kochte, obwohl es verboten war.«

»Keine anderen Männer?«

»Nein. Außer Lorilleux keine Affären. Als sie geheiratet hat, wollte sie die Hauswirtin als Trauzeugin haben.«

Maigret hatte darauf bestanden, daß seine Frau im Schlafzimmer blieb. Sie verhielt sich dort völlig still, als wollte sie ihre Anwesenheit vergessen machen.

Torrence war draußen unterwegs, lief im Nebel von einem Taxistand zum anderen. Die beiden Männer warteten in aller Ruhe, jeder in seinen Sessel versunken, jeder in der gleichen Haltung, ein Schnapsglas in Reichweite. Maigret war fast am Eindösen.

Mit den Taxis war es wie mit allem anderen. Manchmal stößt man sofort auf das Taxi, das man sucht, manchmal hat man tagelang keinerlei Anhaltspunkt, besonders wenn es sich um ein Taxi handelt, das keiner der großen Firmen gehört. Manche Fahrer haben keine feste Arbeitszeit und fahren auf gut Glück herum, außerdem lesen sie nicht unbedingt die Suchmeldungen der Polizei, die in der Zeitung stehen.

Es war jedoch noch nicht fünf Uhr, als Torrence aus Saint-Ouen anrief.

»Ich habe eins der Taxis gefunden«, meldete er.

»Wieso *eins*? Geht's um mehrere?«

»Spricht alles dafür. Der Fahrer hat die junge Frau heute morgen an der Ecke Boulevard Richard-Lenoir und Boulevard Voltaire aufgenommen und sie in die Rue de Maubeuge gefahren, in der Nähe des Gare du Nord. Sie hat ihn nicht warten lassen.«

»Ist sie in den Bahnhof gegangen?«

»Nein, sie ist vor einem Geschäft für Reiseartikel stehengeblieben, das an Sonn- und Feiertagen geöffnet ist. Der Taxifahrer hat sich dann nicht mehr weiter um sie gekümmert.«

»Wo ist er jetzt?«

»Hier. Ist gerade zurückgekommen.«

»Kannst du ihn mir vorbeischicken? Er soll sein Taxi nehmen, von mir aus ein anderes, aber er soll so schnell wie möglich herkommen. Und du siehst zu, daß du den Fahrer findest, der sie zurückgebracht hat.«

»Kapiert, Chef, sofort. Ich trink bloß schnell einen Kaffee mit Schuß, ist nämlich saukalt.«

Maigret warf einen Blick auf die andere Seite der Straße und bemerkte einen Schatten am Fenster von Mademoiselle Doncœur. »Versuch mal, ob du im Telefonbuch ein Geschäft für Reiseartikel findest, gegenüber des Gare du Nord.«

Lucas brauchte dafür nicht lange, und Maigret rief dort an.

»Hallo, hier Kriminalpolizei. Heute morgen war eine Kundin bei Ihnen, kurz vor zehn, die bei Ihnen etwas gekauft haben muß, vermutlich einen Koffer; eine junge Frau, blond, graues Kostüm und eine Einkaufstasche in der Hand. Erinnern Sie sich an die Frau?«

Vielleicht lag es daran, daß Weihnachten war, daß alles wie am Schnürchen lief. Es waren nur wenig Leute unterwegs, fast alle Geschäfte hatten zu. Außerdem erinnern sich die Menschen normalerweise an Dinge genauer, die an einem besonderen Tag passieren und nicht an irgendeinem Werktag.

»Ich habe sie selber bedient. Sie hat mir erklärt, daß sie dringend nach Cambrai fahren muß, ihre kranke Schwester besuchen, und daß sie daher keine Zeit hat, vorher in ihre Wohnung zu gehen, um ihre eigenen Koffer zu holen. Sie verlangte nach einem preiswerten Koffer, aus Kunststoff, wie wir sie stapelweise links und rechts des Eingangs haben. Sie nahm die mittelgroße Ausführung, zahlte und ging in die Kneipe nebenan. Ich stand gerade an der Ladentür, als sie später mit dem Koffer Richtung Bahnhof ging.«

»Sind Sie allein in dem Geschäft?«

»Ich habe noch einen Lehrling hier.«

»Könnten Sie sich für eine halbe Stunde freimachen? Gut, springen Sie in ein Taxi und kommen Sie zu mir, Adresse folgt gleich . . .«

»Ich nehme an, daß Sie die Fahrt bezahlen? Soll ich die Taxe warten lassen?«

»Ja, tun Sie das.«

Nach den Notizen auf dem Briefumschlag war es fünf Uhr fünfzig, als der Fahrer des ersten Taxis eintraf. Er war etwas überrascht, in einer Privatwohnung empfangen zu werden, wo es sich doch um die Polizei handelte. Aber er erkannte Maigret und sah sich neugierig um, sichtlich interessiert, wie der berühmte Kommissar wohl privat lebte.

»Sie gehen jetzt in das Haus direkt gegenüber, dritter Stock. Falls die Concierge Sie aufhalten will, sagen Sie ihr, Sie wollen zu Madame Martin.«

»Zu Madame Martin, verstanden.«

»Sie klingeln an der Tür am Ende des Flurs. Wenn Ihnen eine blonde Frau öffnet, die Sie wiedererkennen, erfinden Sie irgendeine Ausrede. Sagen Sie ihr, Sie hätten sich im Stockwerk geirrt oder sonst irgendwas. Wenn jemand anderes öffnet, verlangen Sie Madame Martin persönlich.«

»Und dann?«

»Nichts weiter. Sie kommen hierher zurück und bestätigen mir, daß es die Person ist, die Sie heute morgen in die Rue de Maubeuge gefahren haben.«

»In Ordnung, Kommissar.«

Als die Tür geschlossen wurde, mußte Maigret lächeln, ohne es zu wollen.

»Beim ersten wird sie unruhig werden. Beim zweiten wird sie in Panik geraten, wenn alles gut läuft. Beim dritten, falls Torrence ihn ausfindig macht . . .«

Und wie gehabt, klappte alles weiter wie am Schnürchen. Torrence rief an: »Ich glaube, ich hab' ihn, Chef. Ich habe einen Fahrer gefunden, der am Gare du Nord eine junge Frau aufgenommen hat, die der Beschreibung entspricht, aber er hat sie nicht zum Boulevard Richard-Lenoir zurückgefahren. Sie hat sich an der Ecke Boulevard Beaumarchais/Rue du Chemin-Vert absetzen lassen.«

»Schick ihn schnell her.«

»Problem: Er hat ein paar Gläschen gekippt.«

»Spielt keine Rolle. Wo bist du jetzt?«

»Am Taxistand Barbés.«

»Dann ist's kein großer Umweg, wenn du am Gare du Nord nachsiehst. Geh zur Gepäckaufbewahrung. Leider wird nicht mehr derselbe Angestellte da sein wie heute morgen. Sieh nach, ob sich dort ein kleiner, neuer Koffer aus Kunststoff befindet. Er kann nicht schwer sein, und er muß zwischen halb zehn und zehn Uhr morgens aufgegeben worden sein. Schreib dir die Nummer auf. Ohne Ermächtigung wird man dir den Koffer nicht aushändigen. Aber frage nach Namen und Adresse des Angestellten, der heute morgen Dienst hatte.«

»Und was mach' ich dann?«

»Mich anrufen. Ich warte auf deinen zweiten Taxifahrer. Wenn er angesoffen ist, schreib ihm meine Adresse auf einen Zettel, damit er den Weg nicht verfehlt.«

Madame Maigret war in die Küche gegangen, wo sie gerade das Abendessen zubereitete. Sie hatte sich nicht getraut zu fragen, ob Lucas mit ihnen essen würde.

War Paul Martin immer noch drüben bei seiner Tochter? Hatte Madame Martin versucht, ihn loszuwerden?

Als es an der Tür klingelte, stand nicht *ein* Mann vor der Tür; es waren gleich zwei Männer, die sich nicht kannten und sich erstaunt ansahen.

Der erste Taxifahrer, der bereits von dem Haus gegenüber zurückkam, war im Treppenhaus auf den Besitzer des Koffergeschäftes gestoßen.

»Haben Sie sie wiedererkannt?«

»Nicht nur *ich* habe sie wiedererkannt, sondern sie mich

auch. Sie ist blaß geworden, hat schnell eine Tür zu einem anderen Zimmer zugemacht und mich dann gefragt, was ich von ihr wollte.«

»Was haben Sie geantwortet?«

»Daß ich mich im Stockwerk geirrt hätte. Mir war klar, daß sie überlegte, ob sie mich bestechen sollte. Es war mir aber lieber, es gar nicht so weit kommen zu lassen. Von unten habe ich gesehen, wie sie an ihrem Fenster stand. Wahrscheinlich weiß sie, daß ich hier reingegangen bin.«

Der Geschäftsmann in Sachen Reiseartikel verstand nur Bahnhof. Er war ein Mann mittleren Alters mit Vollglatze und von honigsüßer Freundlichkeit. Als der Taxifahrer gegangen war, erklärte ihm Maigret, was er zu tun hatte, woraufhin er sich zierte und mehrmals einwendete: »Das ist eine Kundin, verstehen Sie? Es ist eine heikle Sache, einer Kundin etwas anzuhängen.«

Schließlich erklärte er sich dazu bereit, aber aus Vorsicht schickte Maigret ihm Lucas hinterher, falls es sich der Herr unterwegs anders überlegen sollte.

Keine zehn Minuten später waren die beiden zurück. »Ich möchte betonen, daß ich nur auf Ihren Befehl hin und unter Zwang gehandelt habe.«

»Haben Sie sie wiedererkannt?«

»Werde ich unter Eid aussagen müssen?«

»Das ist mehr als wahrscheinlich.«

»Das wird meiner Branche schaden. Leute, die im letzten Moment Gepäckstücke kaufen, wollen manchmal nicht, daß man über ihre Reisepläne redet.«

»Vielleicht wird man sich in diesem Fall mit Ihrer Aussage vor dem Untersuchungsrichter zufriedengeben.«

»Ah! Ja, sie ist es. Hat nicht mehr dieselbe Kleidung an, aber ich habe sie wiedererkannt.«

»Und die Frau Sie auch?«

»Sie hat mich sofort gefragt, wer mich hergeschickt hat.«

»Was haben Sie ihr geantwortet?«

»Weiß ich nicht mehr. Es war mir sehr peinlich. Daß ich mich in der Tür geirrt hätte ...«

»Hat sie Ihnen nichts angeboten?«

»Was wollen Sie damit sagen? Sie hat mir nicht mal angeboten, Platz zu nehmen. Das wäre mir noch unangenehmer gewesen.«

Während der Taxifahrer nichts verlangt hatte, bestand dieser Geschäftsmann, dem es wahrscheinlich ziemlich gut ging, auf einer Ausfallentschädigung für die verlorene Zeit.

»Bleib hier, Lucas, mein Alter, jetzt warten wir noch in aller Ruhe auf den dritten.«

Madame Maigret dagegen begann langsam nervös zu werden. Von der Tür aus gab sie ihrem Mann möglichst unauffällige Zeichen, er solle ihr in die Küche folgen. Dort flüsterte sie ihm dann zu:

»Bist du sicher, daß der Vater immer noch drüben ist?«

»Wieso?«

»Ich weiß nicht. Ich begreife nicht ganz, was du im Schilde führst. Ich denke an die Kleine und habe ein bißchen Angst um . . .«

Seit geraumer Zeit war die Dunkelheit hereingebrochen. Die meisten Familien waren nach Hause zurückgekommen. Nur wenige Fenster im Haus gegenüber blieben dunkel, und Mademoiselle Doncœur stand immer noch wie ein Schatten hinter ihrem Fenster. Maigret, noch immer ohne Schlips und Kragen, zog sich vollends an und wartete auf den zweiten Taxifahrer. Er rief Lucas zu: »Bedien dich. Hast du keinen Hunger?«

»Ich bin vollgestopft mit Sandwichs, Chef. Ich habe nur einen Wunsch, wenn wir nach draußen gehen: ein kühles Bier vom Faß.«

Der zweite Taxifahrer traf um zwanzig nach sechs ein. Fünf nach halb sieben kam er mit lüsterner Miene im Gesicht vom Haus gegenüber zurück.

»Im Morgenmantel sieht sie noch besser aus als im Kostüm«, sagte er schleimig. »Sie hat mich gezwungen reinzukommen und gefragt, wer mich hergeschickt hat. Weil mir nichts einfiel, habe ich gesagt, der Direktor von den ›Folies Bergère‹ hat mich geschickt. Da ist sie stockwütend geworden, ist aber trotzdem 'ne Klassefrau. Haben Sie ihre Beine gesehen, Mann . . .«

Es war schwer, ihn wieder loszuwerden, und es gelang ihnen erst, nachdem sie ihm ein Glas von dem Schlehenschnaps angeboten hatten, den er mit gierigem Blick anschielte.

»Was werden Sie jetzt machen, Chef?«

Selten hatte Lucas erlebt, daß Maigret so vorsichtig war, daß er seinen entscheidenden Schlag so genau vorbereitete, als ob er es mit einem starken Gegner zu tun hätte. Dabei handelte es sich nur um eine Frau, um eine unscheinbare Spießbürgerin.

»Denken Sie, daß sie sich immer noch wehren wird?«

»Und wie! Mit aller Macht, eiskalt außerdem.«

»Auf was warten Sie?«

»Den Anruf von Torrence.«

Der Anruf kam wie erwartet. Das Ganze verlief wie eine streng heruntergespielte Partitur.

»Der Koffer ist hier. Muß fast leer sein. Wie Sie gesagt haben, ohne Vollmacht wollen sie ihn nicht rausrücken. Was den Angestellten betrifft, der heute morgen Dienst hatte: Er wohnt in einem Vorort, in der Nähe von La Varenne-Saint-Hilaire.«

Man hätte meinen können, daß an dieser Stelle Sand ins Getriebe kommen, zumindest daß es eine Verzögerung geben würde. Aber Torrence fuhr fort: »Ist aber gar nicht nötig, dorthin zu fahren. Nach Feierabend spielt der Mann nämlich Trompete in einem Tanzlokal in der Rue de Lappe.«

»Bring ihn her.«

»Zu Ihnen nach Hause?«

Vielleicht hatte Maigret jetzt auch Lust auf ein frischgezapftes Bier. »Nein, ins Haus gegenüber, dritter Stock, bei Madame Martin. Ich werde dort sein.«

Diesmal nahm er seinen dicken Mantel vom Haken, stopfte sich eine Pfeife und sagte zu Lucas: »Kommst du mit?«

Madame Maigret rannte ihm nach, um ihn zu fragen, wann er zum Abendessen zurückkäme. Er zögerte und lächelte dann: »Wie gewöhnlich«, sagte er, was keine beruhigende Auskunft darstellte.

»Paß gut auf die Kleine auf.«

5

Abends um zehn Uhr hatten sie noch immer kein greifbares Resultat. In dem Haus schlief bestimmt noch niemand, außer Colette, die schließlich eingenickt war, unter der Obhut ihres Vaters, der immer noch am Kopfende ihres Bettes in der Dunkelheit wachte.

Um halb acht war Torrence mit dem Mann von der Gepäckaufbewahrung eingetroffen, und der Freizeitmusiker hatte ähnlich wie die anderen ohne großes Zögern erklärt: »Das ist sie. Ich kann mich genau erinnern, wie sie ihren Beleg eingesteckt hat, nicht in ihre Handtasche, sondern in ihre Einkaufstasche aus grobem, braunem Leinen.«

Die Tasche wurde aus der Küche geholt.

»Ja, das ist sie. Jedenfalls ist's die gleiche Tasche und die gleiche Farbe.«

In der Wohnung war es sehr warm. Sie sprachen mit gedämpfter Stimme, als gebe es eine stille Übereinkunft wegen der Kleinen, die nebenan schlief. Niemand hatte gegessen oder überhaupt ans Abendessen gedacht. Bevor sie in die Wohnung hinaufgegangen waren, hatten Maigret und Lucas in einer kleinen Kneipe am Boulevard Voltaire jeder zwei Bier getrunken.

Nachdem der Musiker gegangen war, hatte Maigret Torrence in den Flur gezogen und ihm mit leiser Stimme seine Anweisungen gegeben.

Anscheinend gab es in der ganzen Wohnung keine Ecke und keinen Winkel mehr, der nicht durchsucht worden war. Sogar die Bilderrahmen von Martins Eltern waren abgehängt worden, um sicherzugehen, daß der Gepäckschein nicht unter die Pappe geschoben worden war. Das Geschirr war aus dem Schrank genommen worden und türmte sich auf dem Küchentisch. Sogar den Vorratsschrank hatte man ausgeräumt.

Madame Martin hatte noch immer den hellblauen Morgenmantel an, in dem die beiden Männer sie angetroffen hatten. Sie rauchte eine Zigarette nach der anderen. Zusammen mit dem Rauch aus den Pfeifen ergab dies eine dicke Wolke, die sich um die Lampenschirme legte.

»Sie haben das Recht, nichts zu sagen und keine Frage zu beantworten. Ihr Mann kommt um elf Uhr siebzehn an, vielleicht sind Sie in seiner Gesellschaft ja gesprächiger.«

»Der weiß auch nicht mehr als ich.«

»Weiß er überhaupt so viel wie Sie?«

»Da gibt es nichts zu wissen. Ich habe Ihnen alles gesagt.«

Dabei hatte sie sich damit begnügt, schlicht und einfach alles abzustreiten. Nur in einem einzigen Punkt hatte sie nachgegeben. Als von dem möblierten Zimmer in der Rue Pernelle die Rede gewesen war, hatte sie zugegeben, daß ihr früherer Chef sie zwei- oder dreimal besucht hatte, zufällig in der Nacht. Sie blieb aber dabei, daß es trotzdem nie intime Beziehungen zwischen ihnen gegeben habe.

»Mit anderen Worten, er kam geschäftlich zu Ihnen, um ein Uhr morgens?«

»Er kam immer gerade erst mit dem Zug an und trug große Summen bei sich. Ich habe Ihnen schon gesagt, daß er manchmal mit Gold handelte. Damit habe ich nichts zu tun. Sie können mich deswegen nicht belangen.«

»Hatte er eine große Summe bei sich, als er verschwunden ist?«

»Das weiß ich nicht. Er hat mich nicht immer in diese Art von Geschäften eingeweiht.«

»Trotzdem ist er nachts in Ihr Zimmer gekommen, um mit Ihnen darüber zu reden.«

Was ihr Kommen und Gehen am Vormittag betraf, so stritt sie immer noch alles ab, entgegen der handfesten Beweise, und behauptete steif und fest, sie habe die zu ihr geschickten Personen noch nie gesehen, nicht die zwei Taxifahrer, nicht den Kofferhändler und den Angestellten der Gepäckaufbewahrung auch nicht.

»Sollte ich tatsächlich am Gare du Nord ein Gepäckstück aufgegeben haben, dann hätten Sie doch den Aufbewahrungsbeleg finden müssen.«

Maigret war sich ziemlich sicher, daß man ihn nicht hier im Haus finden würde, auch nicht im Zimmer Colettes, das Maigret durchsucht hatte, bevor die Kleine eingeschlafen war. Er hatte sogar an das Gipsbein des Mädchens gedacht, jedoch war der Gips in letzter Zeit nicht erneuert worden.

»Morgen werde ich klagen«, sagte sie unfreundlich. »Das ist eine abgekartete Sache, die sich meine Nachbarin böswillig ausgedacht hat. Ich war zu Recht mißtrauisch heute morgen, als sie versucht hat, mich zu Ihnen zu schleppen.«

Die ganze Zeit über warf sie häufig einen Blick auf den Wecker, der auf dem Kaminsims stand, und dachte offensichtlich an die Rückkehr ihres Mannes, aber trotz ihrer nervösen Ungeduld gelang es nicht, sie mit irgendeiner Frage aus dem Konzept zu bringen.

»Geben Sie zu, daß der Mann, der letzte Nacht hier war, deshalb nichts unter dem Fußboden gefunden hat, weil Sie das Versteck gewechselt haben?«

»Ich weiß nicht einmal, ob überhaupt irgendwann etwas unter dem Fußboden war.«

»Als Sie erfahren haben, daß er gekommen war und unbedingt in seinen Besitz bringen wollte, was Sie versteckt haben, da ist Ihnen die Gepäckaufbewahrung eingefallen, wo Ihr Schatz in Sicherheit wäre.«

»Ich bin nicht am Gare du Nord gewesen, und in Paris gibt es Tausende von blonden Frauen, auf die meine Beschreibung paßt.«

»Was haben Sie mit dem Gepäckschein gemacht? Hier ist er nicht. Ich bin überzeugt, in der Wohnung ist er nicht versteckt, aber ich glaube, ich weiß, wo wir ihn finden werden.«

»Sehr schlau von Ihnen.«

»Setzen Sie sich an diesen Tisch.«

Er hielt ihr ein Blatt Papier und einen Füllfederhalter hin.

»Schreiben Sie!«

»Was soll ich denn schreiben?«

»Ihren Namen und Ihre Adresse.«

Zögernd tat sie es.

»Heute nacht noch werden alle Briefe kontrolliert, die in diesem Viertel in die Briefkästen geworfen worden sind, und ich bin überzeugt, daß darunter ein Brief mit Ihrer Handschrift sein wird. Wahrscheinlich haben Sie ihn an sich selber adressiert.«

Er beauftragte Lucas, einen Inspektor anzurufen, damit entsprechende Untersuchungen eingeleitet wurden. In Wirklichkeit glaubte er nicht, damit Erfolg zu haben, aber der Schlag zeigte Wirkung.

»Ein klassischer Trick, meine Liebe!«

Es war zum ersten Mal, daß er sie so nannte, wie er es auch am Quai des Orfèvres getan hätte, und sie warf ihm einen wutblitzenden Blick zu.

»Geben Sie zu, daß Sie mich verabscheuen!«

»Ich gebe zu, daß ich keine große Sympathie für Sie empfinde.«

Sie waren jetzt alleine im Eßzimmer. Maigret ging langsam hin und her, während sie am Tisch sitzenblieb.

»Und falls es Sie interessiert, was mich am meisten erschreckt, ist übrigens nicht, was Sie getan haben, sondern Ihre Kaltblütigkeit. Mir sind schon viele Leute über den Weg gelaufen, Männer wie Frauen. Jetzt stehen wir uns schon drei Stunden gegenüber, dabei ist seit heute morgen ausgemacht, daß Sie sich in einer Sackgasse befinden. Und doch streiten Sie alles ab. Bald wird Ihr Mann nach Hause kommen, und Sie werden versuchen, das Opfer zu spielen. Dabei wissen Sie ganz genau, daß wir früher oder später die Wahrheit herausbekommen werden.«

»Und was wird Ihnen die nützen? Ich habe nichts getan.«

»Wieso verheimlichen Sie dann etwas? Und lügen?«

Sie gab keine Antwort, dachte aber nach. Sie verlor nicht die Nerven, wie das bei den meisten der Fall gewesen wäre. Ihr Verstand versuchte fieberhaft, einen Ausweg zu finden, und wog das Für und Wider ab.

»Ich werde nichts sagen«, erklärte sie schließlich und setzte sich in einen Sessel, wobei sie den Morgenmantel über ihren entblößten Schenkel schlug.

»Wie Sie möchten.«

Er machte es sich in einem anderen Sessel ihr gegenüber bequem.

»Wie lange gedenken Sie noch bei mir zu bleiben?«

»Auf jeden Fall bis Ihr Mann zurück ist.«

»Werden Sie ihm von den Besuchen Monsieur Lorilleux' in der Pension erzählen?«

»Wenn es sein muß.«

»Sie sind ein Mistkerl! Jean weiß nichts, er hat mit der Sache nichts zu tun.«

»Nur leider ist er Ihr Mann.«

Als Lucas wieder heraufkam, fand er die beiden schweigend vor, einander gegenübersitzend und sich gegenseitig mit verstohlenen Blicken belauernd.

»Janvier kümmert sich um den Brief, Chef. Ich habe Torrence unten getroffen. Er hat gesagt, der Mann sei bei dem Weinhändler zwei Häuser weiter.«

Sie sprang hoch.

»Welcher Mann?«

Maigret antwortete, ohne sich von der Stelle zu rühren: »Der letzte Nacht hier gewesen ist. Ich vermute, Sie haben damit gerechnet, daß er zurückkommen würde, nachdem er nichts gefunden hat. Vielleicht wird er diesmal ganz anders zur Sache gehen?«

Entsetzt sah sie auf die Uhr. Nur noch zwanzig Minuten bis zur Ankunft des Zuges aus Bergerac. Wenn ihr Mann ein Taxi nahm, konnte sie allenfalls mit einer Frist von höchstens vierzig Minuten rechnen. Sie fragte: »Wissen Sie, wer es ist?«

»Ich kann mir's denken. Um sicher zu sein, bräuchte ich nur hinunterzugehen. Es ist natürlich Lorilleux, der ganz scharf darauf ist, sein Geld wiederzubekommen.«

»Es ist nicht sein Geld.«

»Sagen wir, er hält es für seins, ob zu Recht oder zu Unrecht. Der Mann muß blank sein. Er ist zweimal zu Ihnen gekommen, hat aber nicht gekriegt, was er haben wollte. Dann hat er es noch mal versucht, als Weihnachtsmann verkleidet, und er wird es weiter versuchen. Er wird ziemlich überrascht sein, Sie in unserer Gesellschaft vorzufinden, und ich bin sicher, er wird gesprächiger sein als Sie. Im Gegensatz zur allgemeinen Ansicht reden Männer viel eher als Frauen. Glauben Sie, daß er bewaffnet ist?«

»Ich weiß es nicht.«

»Meiner Meinung nach ist er es. Er hat genug von der Warterei. Ich weiß nicht, was Sie ihm erzählt haben, aber inzwischen hat er von Ihren Märchen genug. Hat übrigens ein mieses Gesicht, dieser Herr. Gibt nichts Brutaleres als diese Feiglinge, wenn sie wild werden.«

»Hören Sie auf!«

»Sollen wir uns zurückziehen, damit Sie ihn allein empfangen können?«

Auf Maigrets Notizen stand zu lesen: ›Zehn Uhr achtunddreißig: Jetzt redet sie.‹

Aber von ihrer ersten Aussage wurde kein Protokoll angefertigt. Es waren kurze, abgehackte Sätze, wütend hervorgestoßen, und oft beendete Maigret an ihrer Stelle auf gut Glück die Sätze mit Behauptungen, die sie nicht abstritt oder die sie manchmal nur präzisierte.

»Was wollen Sie wissen?«

»Ist Geld in dem Koffer in der Gepäckaufbewahrung?«

»Banknoten. Etwas weniger als eine Million.«

»Wem gehört das ganze Geld? Lorilleux?«

»Lorilleux genausowenig wie mir.«

»Einem seiner Kunden dann?«

»Einem gewissen Julien Boissy, der oft in das Geschäft gekommen ist.«

»Was ist aus ihm geworden?«

»Er ist tot.«

»Wie das?«

»Man hat ihn ermordet.«

»Wer?«

»Monsieur Lorilleux.«

»Warum?«

»Weil ich ihn in dem Glauben gelassen habe, daß ich mit ihm weggehen würde, wenn er eine Menge Geld hätte.«

»Waren Sie da schon verheiratet?«

»Ja.«

»Lieben Sie Ihren Mann nicht?«

»Ich hasse die Mittelmäßigkeit. Mein ganzes Leben bin ich arm gewesen. Mein ganzes Leben lang habe ich bloß gehört, daß kein Geld da ist, daß man verzichten können muß. Dauernd ist gerechnet worden, jeder einzelne Franc, das ganze Leben lang, und ich mußte auch immer rechnen.«

Sie machte Maigret Vorhaltungen, als ob er an ihrem Elend schuld gewesen wäre. »Wären Sie mit Lorilleux gegangen?«

»Ich weiß nicht. Vielleicht eine Zeitlang.«

»Gerade lange genug, um ihm sein Geld abzunehmen?«

»Ich hasse Sie!«

»Wie ist der Mord begangen worden?«

»Monsieur Boissy war Stammkunde in dem Geschäft.«

»Liebhaber von erotischer Literatur und schmutzigen kleinen Bildchen?«

»Er war ein Perverser, wie alle anderen, wie Monsieur Lorilleux und wie Sie wahrscheinlich auch. Er war verwitwet und lebte allein in einem Hotelzimmer, aber er war sehr reich, auch sehr geizig. Alle Reichen sind geizig.«

»Sie sind aber nicht reich.«

»Ich wäre reich geworden.«

»Wenn Lorilleux nicht wieder aufgetaucht wäre. Wie ist Boissy gestorben?«

»Er hatte Angst vor einer Inflation und wollte Gold, wie jeder damals. Monsieur Lorilleux handelte damit, fuhr regelmäßig in die Schweiz, um Gold zu kaufen. Er ließ sich im voraus bezahlen. An einem Nachmittag brachte Monsieur Boissy den großen Geldbetrag in das Geschäft. Ich war gerade nicht dort, machte Besorgungen.«

»Absichtlich?«

»Nein.«

»Hatten Sie keine Ahnung, was passieren würde?«

»Nein. Versuchen Sie nicht, mir das in den Mund zu legen. Sie verlieren Ihre Zeit damit. Bloß, als ich zurückkam, war Monsieur Lorilleux gerade dabei, die Leiche in einer großen Kiste zu verstauen, die er extra dafür gekauft hatte.«

»Haben Sie ihn erpreßt?«

»Nein.«

»Wie erklären Sie es sich dann, daß er verschwunden ist, nachdem er Ihnen das Geld gegeben hatte?«

»Weil ich ihm Angst gemacht habe.«

»Indem Sie ihm drohten, ihn zu verraten?«

»Nein. Ich habe ihm nur gesagt, daß die Nachbarn mich komisch angesehen hätten und daß es vielleicht klüger wäre, das Geld für eine Weile in Sicherheit zu bringen. Ich habe ihm von der Diele im Fußboden meiner Wohnung erzählt, die sich leicht hochheben und wieder festdrücken ließ. Er hat gedacht, es sei nur für ein paar Tage. Zwei Tage später hat er mir vorgeschlagen, mit ihm über die Grenze nach Belgien zu gehen.«

»Sie haben es abgelehnt?«

»Ich habe ihn in dem Glauben gelassen, ich wäre von einem Mann, den ich für einen Polizeiinspektor gehalten hatte, auf der Straße angehalten und ausgefragt worden. Da hat er Angst bekommen. Ich habe ihm einen kleinen Teil des Geldes gegeben und ihm versprochen, nach Brüssel nachzukommen, sobald keine Gefahr mehr bestünde.«

»Was hat er mit Boissys Leiche gemacht?«

»Er hat sie in ein kleines Landhaus am Ufer der Marne gebracht, das ihm gehörte. Ich vermute, er hat sie dort begraben oder in den Fluß geworfen. Er hat ein Taxi dorthin genommen. Später dann hat niemand mehr von Boissy geredet. Niemandem ist sein Verschwinden aufgefallen.«

»Und Sie haben es fertiggebracht, daß Lorilleux allein nach Belgien gefahren ist?«

»Das war nicht schwer.«

»Und Sie konnten fünf Jahre lang verhindern, daß er hierher zurückkam?«

»Ich habe ihm geschrieben, postlagernd, daß er gesucht werde und daß nur deshalb nichts davon in den Zeitungen stünde, weil man ihm eine Falle gestellt hätte. Außerdem habe ich ihm gesagt, daß ich die ganze Zeit von der Polizei verhört würde. Ich habe ihn sogar so weit gebracht, daß er nach Südamerika ging . . .«

»Vor zwei Monaten ist er zurückgekommen?«

»Ungefähr. Er war am Ende.«

»Haben Sie ihm kein Geld geschickt?«

»Nur sehr wenig.«

»Weshalb?«

Sie gab keine Antwort, sondern sah auf die Uhr.

»Werden Sie mich festnehmen? Was werfen Sie mir vor? Ich habe nichts getan. Ich habe Boissy nicht umgebracht. Ich war nicht dabei, als er getötet worden ist. Ich habe nicht geholfen, die Leiche zu verstecken.«

»Machen Sie sich über Ihr Schicksal keine Sorgen. Sie haben das meiste Geld behalten, weil Sie Ihr ganzes Leben lang nach Geld gegiert haben, aber nicht um es auszugeben. Sie wollten es nur besitzen, es horten, damit Sie sich reich fühlen konnten wie jemand, der ausgesorgt hat.«

»Das ist meine Sache.«

»Als Lorilleux gekommen ist und Sie um Hilfe gebeten hat oder darum, mit ihm wie versprochen zu flüchten, haben Sie Colettes Unfall als Vorwand benutzt, nicht an das Versteck heranzukommen. Stimmt das etwa nicht? Sie haben versucht, ihm einzureden, daß er wieder ins Ausland gehen müsse.«

»Er ist in Paris geblieben, hat sich hier versteckt.«

Ihre Lippen verzogen sich zu einem seltsamen, unfreiwilligen Lächeln, und sie murmelte unwillkürlich:

»Der Dummkopf! Er hätte jedem seinen Namen sagen können, es bestand überhaupt keine Gefahr!«

»Trotzdem hat er sich den Trick mit dem Weihnachtsmann ausgedacht.«

»Bloß war das Geld nicht mehr unter der Diele. Es war hier, vor seiner Nase, in meinem Nähkasten. Er hätte nur den Deckel hochzuheben brauchen.«

»In zehn bis fünfzehn Minuten wird Ihr Mann hier sein. Lorilleux hält sich unten auf und weiß wahrscheinlich Bescheid, weil er sich erkundigt hat. Er weiß, daß Martin in Bergerac gewesen ist, bestimmt hat er im Fahrplan nachgesehen. Jetzt ist er sicher dabei, sich Mut anzutrinken, und es würde mich sehr wundern, wenn er nicht bewaffnet wäre. Wollen Sie auf beide warten?«

»Nehmen Sie mich mit. Ich ziehe mir nur ein Kleid an . . .«

»Und der Schein von der Gepäckaufbewahrung?«

»Postlagernd am Boulevard Beaumarchais.«

Sie war ins Schlafzimmer gegangen und hatte die Tür offen gelassen. Ohne die geringste Scham zog sie ihren Morgenmantel aus, setzte sich auf die Bettkante, um die Strümpfe anzuziehen, und nahm dann ein Wollkleid aus dem Schrank.

Im letzten Augenblick griff sie nach einer Reisetasche und stopfte wahllos Toilettenartikel und Wäsche hinein.

»Gehen wir schnell.«

»Und Ihr Mann?«

»Ich sch . . .ß auf diesen Blödmann!«

»Und Colette?«

Sie gab keine Antwort, zuckte mit den Achseln. Die Tür von Mademoiselle Doncœur ging auf, als sie vorüberkamen. Unten, als sie auf den Bürgersteig hinaus wollten, bekam sie es mit der Angst, drückte sich zwischen die beiden Männer und sah forschend in den dichten Nebel.

»Fahr sie zum Quai des Orfèvres, Lucas. Ich bleibe hier.«

Es war kein Wagen zu sehen, und man merkte ihr an, daß ihr bange wurde bei dem Gedanken, nur von dem kleinen Lucas begleitet durch die Dunkelheit laufen zu müssen.

»Haben Sie keine Angst. Lorilleux ist nicht in der Nähe.«

»Sie haben gelogen!!! . . .«

Maigret ging ins Haus zurück.

Die Unterhaltung mit Jean Martin dauerte zwei lange Stunden. Die meiste Zeit war sein Bruder dabei.

Als Maigret gegen halb zwei das Gebäude verließ, blieben die beiden Männer in der Wohnung zurück. Sie hatten sich noch viel zu sagen. Unter der Tür von Mademoiselle Doncœur drang Licht in den Flur, aber sie wagte es nicht, zu öffnen, zweifellos aus Verlegenheit. Sie gab sich damit zufrieden, den Schritten des Kommissars zu lauschen.

Er überquerte den Boulevard und ging in seine Wohnung, wo er im Eßzimmer seine Frau in einem Sessel vor dem Tisch, auf dem noch immer sein Gedeck stand, schlafend vorfand. Sie schreckte hoch.

»Du bist allein?«

Und als er sie erstaunt und amüsiert ansah: »Hast du die Kleine nicht mitgebracht?«

»Nicht heute nacht. Sie schläft. Morgen früh kannst du sie holen gehen. Allerdings wirst du sehr nett zu Mademoiselle Doncœur sein müssen.«

»Ist das wahr?«

»Ich werde zwei Krankenschwestern mit einer Trage kommen lassen.«

»Aber das heißt ... Dann werden wir ...?«

»Psst! ... Nicht für immer, verstehst du? Kann sein, daß Jean Martin über die Sache hinwegkommt ... Kann auch sein, daß sich sein Bruder wieder fängt und vielleicht eines Tages wieder heiratet ...«

»Das heißt, daß sie nicht uns gehören wird?«

»Nein, nicht uns. Nur leihweise. Ich habe mir gedacht, das ist besser als gar nichts und daß du dich darüber freuen wirst.«

»Natürlich freue ich mich darüber ... Aber ... aber ...«

Sie fing an zu seufzen, suchte nach einem Taschentuch, fand aber keines und verbarg das Gesicht in ihrer Schürze.

Originaltitel: Un Noël de Maigret
Ins Deutsche übertragen von Rudolf Brenner

»Ihre ›Tomate Surprise‹, Sir.«

Charles Dickens

Der dreizehnte
Geschworene

Meinen Lebensunterhalt verdiene ich als Billiger Jakob, und
meines Vaters Name war Willum Marigold. Zu seinen Lebzeiten
haben viele vermutet, daß sein Name William lautete, aber
mein Vater sagte stets: Nein, es heißt Willum. Man hätte den
Streit mit einem Blick ins amtliche Geburtenregister beenden
können, aber was das betraf, so erblickte Willum Marigold das
Licht dieser Welt lange bevor man dazu überging, solche Regi-
ster zu führen — und er verließ sie auch vorher wieder. Ganz
abgesehen davon, hätte es sie damals schon gegeben, dann hätten sie, da bin ich mir sicher, sein Gefallen nicht gefunden.

Ich wurde auf dem Queen's Highway geboren. Damals allerdings war er noch nach dem König benannt. Mein Vater
brachte einen Doktor zu meiner Mutter, als mitten auf einem
Gemeindeplatz die Wehen bei ihr einsetzten, und da dieser
Mensch ein sehr freundlicher und entgegenkommender Gentleman war und sich mit einem Servierbrett als Bezahlung zufrieden gab, erhielt ich aus Dankbarkeit und ihm zu Ehren den Vornamen Doktor. Ja, jetzt wissen Sie also Bescheid. Das bin ich:
Doktor Marigold.

Da der Doktor sich mit einem Serviertablett als Bezahlung
zufrieden geben mußte, vermuten Sie jetzt sicher, daß vor mir
auch mein Vater schon nichts anderes als ein Billiger Jakob war.
Und Sie haben recht, er war es.

Mein Vater war zu seiner Zeit einer der Besten in seinem
Gewerbe . . . aber ich übertreffe ihn noch. Ich sage das nicht,
weil ich mich selbst loben will, sondern weil es allgemein von
allen behauptet wird, die Ahnung von der Sache haben und in
der Lage sind, Vergleiche zu ziehen.

Ein äußerst erfolgreicher Herbst lag hinter mir, und so kam es, daß ich mich am dreiundzwanzigsten Dezember des Jahres Achtzehnhundertvierundsechzig in Uxbridge, Middlesex, aufhielt und feststellen mußte, daß ich alle meine Waren verkauft hatte. Also trottete ich gemütlich mit meinem alten Klepper nach London zurück, um Heiligabend und Weihnachten alleine vor dem Kamin zu verbringen ... und mir danach wie gewöhnlich einen neuen Vorrat an Waren zuzulegen, um ihn für gutes Geld wieder zu verkaufen.

Ich darf in aller Bescheidenheit behaupten, daß ich ein ganz guter Koch bin, und ich werde Ihnen nicht verschweigen, welches Festtagsessen ich mir am Heiligabend zusammenstellte: Es gab ein köstliches Stew für eine Person, bestehend aus Beefsteak, verfeinert mit zwei Nierchen, einem Dutzend Austern und einer Handvoll Pilzen. Das ist in der Tat ein Festtagsessen, das einen Mann mit allem in der Welt seinen Frieden schließen läßt − außer mit den beiden Knöpfen seiner Weste. Nachdem ich dieses Stew genossen und das Geschirr abgewaschen hatte, drehte ich das Licht der Lampe herunter, setzte mich vor den Kamin und beobachtete das Spiel der Flammen, wie es sich in den Regalen auf den Buchrücken spiegelte, bevor ich einnickte.

Ich war wieder auf der Straße und auf den Feldern, an allen nur erdenklichen Plätzen, im Norden und Süden, im Osten und Westen, der Wind trieb mich hin, der Wind trieb mich her, über Berge und Täler zum tiefblauen Meer ... als ich plötzlich erschrocken aus meinem Schlummer hochfuhr.

Das Geräusch von Schritten, die die Treppe hochkamen, hatte mich geweckt. Es war ein leichter, eiliger Schritt, und ich erwartete, jeden Moment einen Geist zu sehen.

Jemand legte von außen die Hand auf die Türklinke, der Griff drehte sich, und die Tür öffnete sich einen Spalt.

Es war Pickleson, ein alter Bekannter, den ich auf meinen Wanderungen kennengelernt hatte. Er war ein immer sehr erschöpft aussehender junger Mann, was ich vor allem auf seine Größe zurückführte. Die Distanz zwischen seinen Fußsohlen und seinem Schopf war gewaltig. Er hatte einen kleinen Kopf, matte Augen und schwache Knie, und alles in allem konnte man ihn nicht ansehen, ohne das Gefühl zu haben, daß er einfach eine viel zu große Last für seine Gelenke darstellte.

Der Riese war sehr liebenswürdig ... allerdings wäre ich normalerweise nie auf den Gedanken verfallen, mich mit ihm zu unterhalten, hätte ich mich nicht so einsam gefühlt. Er war gekommen, um mir seine Geschichte zu erzählen, doch war er so erschöpft und müde ..., daß es, ich weiß schon gar nicht mehr wie lange dauerte, sie ihm zu entlocken. Am Ende gelang es seinem nur mangelhaft funktionierenden Kreislauf schließlich doch noch, genügend Blut in die weit entfernte Region seines obersten Körperteils zu befördern, so daß er mir von folgendem seltsamen Erlebnis berichten konnte:

Es ist mir schon immer aufgefallen, daß im allgemeinen eine Menge Mut erforderlich ist — selbst unter Leuten mit überdurchschnittlicher Intelligenz und Kultur, wenn es darum geht, eigene innere Erfahrungen mitzuteilen, die besonders ungewöhnlicher Natur sind. Fast jeder fürchtet sich davor, daß das, was er in einem solchen Falle erzählen könnte, keine Entsprechung, keinen Widerhall im Seelenleben des Zuhörers findet, und er irgendwie mißtrauisch angeschaut oder sogar ausgelacht wird. Wenn ein aufrechter und ehrenwerter Mensch auf einer seiner Reisen einem seltsamen Lebewesen in der Gestalt einer riesigen Schlange begegnen würde, dann hätte er keinerlei Bedenken, davon zu erzählen. Doch derselbe Reisende würde es sich zweimal überlegen, bevor er eingestehen würde, daß er eine gewisse Vorahnung gehabt hat, eine unerklärliche Anwandlung, einen wunderlichen Gedanken, eine (sogenannte) Vision, einen Traum oder irgendeine andere merkwürdige geistige Eingebung. Auf diese unerklärliche Verschwiegenheit führe ich die sonderbare Zwielichtigkeit zurück, mit der solche Eindrücke behaftet sind. Für gewöhnlich teilen wir einander derart subjektive Erfahrungen nicht mit, so wie wir es etwa mit Erfahrungen tun, die die objektive Welt betreffen. Die Folge davon ist, daß der diesbezügliche allgemeine Erfahrungsschatz außergewöhnlich unvollständig erscheint und es bedauerlicherweise auch tatsächlich ist.

Was ich nun berichten werde, soll keine neue Theorie aufstellen helfen, noch irgendeine alte unterstützen oder widerlegen. Ich kenne die Geschichte vom Buchhändler aus Berlin, ich habe den Fall der Ehefrau des verstorbenen Königlichen Astronoms studiert, wie er von Sir David Brewster aufgezeichnet wurde, und ich habe mit höchster Aufmerksamkeit einen weitaus spektakuläreren Fall von Geistererscheinung verfolgt, der sich in meinem privaten Freundeskreis zugetragen hat. Ich sollte vielleicht hinzufügen, daß die Dame, die in diesem Fall die Betroffene war, in keiner Weise mit mir verwandt ist, nicht einmal im entferntesten Grade. Eine falsche Vermutung in diese Richtung könnte für einen Aspekt meines Falles — aber auch nur für einen — eine Erklärung nahelegen, die durch nichts gerechtfertigt wäre. Mein Erlebnis kann weder auf eine sonderbar entwickelte Erbanlage in mir zurückgeführt werden, noch hatte ich jemals zuvor ein vergleichbares Erlebnis und habe auch später nie mehr etwas Ähnliches erlebt.

Es spielt keine Rolle vor wie vielen — oder wenigen — Jahren in England ein berüchtigter Mord begangen wurde, der große Aufmerksamkeit erregte. Wir hören viel zu viel von Mördern, wie sie einer nach dem anderen zu ihrem abscheulichen Ruhm aufsteigen, und wenn ich könnte, würde ich gerne die Erinnerung an jenen Unmenschen aus meinem Gedächtnis bannen, so wie man ihn selbst ins Newgate-Gefängnis verbannte. In voller Absicht also enthalte ich mich hier jeglichen Hinweises auf die Identität des Verbrechers.

Als der Mord entdeckt wurde, fiel zuerst kein Verdacht auf den Mann, der später vor Gericht gestellt wurde — das heißt, ich sollte wohl besser sagen, da ich, was Fakten betrifft, gar nicht präzise genug sein kann: Es wurde nirgendwo öffentlich bekanntgegeben, daß ein Verdacht auf ihn fiel. Da er zu dieser Zeit keinerlei Erwähnung in den Zeitungen fand, konnte ich dort unmöglich eine Beschreibung von ihm gelesen haben. Es ist von entscheidender Bedeutung, daß diese Tatsache nicht in Vergessenheit gerät.

Ich saß beim Frühstück, als ich die Zeitung aufschlug, die den ersten Bericht über das Auffinden der Leiche enthielt. Dieser Bericht erregte mein Interesse, und ich las ihn mit großer Aufmerksamkeit. Ich las ihn zweimal, wenn nicht sogar dreimal. Die Leiche war in einem Schlafzimmer aufgefunden worden, und als ich die Zeitung zur Seite legte, war mir, als sähe ich ein plötzliches Aufleuchten, ein Fließen, ein Wogen − ich weiß nicht, wie ich es beschreiben soll − kein Wort, das mir einfällt, ist treffend genug − in dem eben jenes Schlafgemach durch mein Zimmer zu huschen schien, wie ein Bild, das man auf wundersame Weise auf einen dahinströmenden Fluß gemalt hat. Obwohl es fast augenblicklich wieder verschwunden war, war es doch von vollkommener Klarheit und Deutlichkeit. So klar und deutlich war es, daß ich ganz genau − und mit einem Gefühl der Erleichterung − beobachten konnte, daß die Leiche nicht mehr auf dem Bett lag.

Es war, bei Gott, kein romantisch angehauchter Ort, an dem mich diese seltsame Erscheinung heimsuchte, sondern in meinen Räumen in der Picadilly, ganz nahe an der Ecke St.-James's-Street. Es war eine völlig neue Erfahrung für mich. Ich saß in jenem Augenblick in meinem Lehnstuhl, und die Erscheinung wurde von einem eigentümlichen Zittern begleitet, das den Stuhl aus seiner Position verrückte (ich muß jedoch anmerken, daß der Stuhl auf Möbelrollen stand und leicht zu bewegen war). Ich trat an eines der Fenster (es gibt zwei Stück davon in diesem Zimmer, und das Zimmer liegt im zweiten Stock), um meinen Augen etwas Erholung zu gönnen, indem ich nach unten auf das geschäftige Treiben in der Picadilly blickte. Es war ein strahlender Herbstmorgen, und die Straße bot ein schillerndes und heiteres Bild. Es blies ein kräftiger Wind. Während ich nach draußen blickte, wehte er ein paar Blätter vom Park herüber, die von einer Böe erfaßt, durcheinandergewirbelt und zu einer kleinen spiralförmigen Säule aufgetürmt wurden. Als die Säule wieder in sich zusammensank und die Blätter freigab, sah ich zwei Männer auf der gegenüberliegenden Straßenseite, die vom West End her kamen und in Richtung Osten gingen. Sie gingen einer hinter dem anderen. Der Vordere blickte oft über seine Schulter zurück. Der Zweite folgte in einem Abstand von etwa dreißig Schritten und mit einem drohend emporgereckten Arm. Zunächst fiel mir nur die Eigentümlichkeit dieser Drohgebärde auf einer so belebten Durchgangsstraße auf, sowie die Beharrlichkeit, mit der sie ausgeführt wurde; doch noch viel verwunderlicher war, daß niemand sie zu beachten schien. Die beiden Männer schlängelten sich durch die anderen Fußgänger hindurch, und das Geschick und die Geschmeidigkeit, die sie dabei an den Tag legten, waren erstaunlich, selbst für einen so einfachen Vorgang wie das Überqueren eines Gehsteiges; und soviel ich sehen konnte, machte ihnen kein einziger Passant Platz, keiner berührte sie aber auch oder sah ihnen nach. Als sie an meinem Fenster vorbeikamen, starrten sie beide zu mir herauf. Ich sah ihre Gesichter in aller Deutlichkeit, und ich wußte, daß ich sie jederzeit wiedererkennen würde. Es war nicht etwa so, daß ich etwas besonders Auffälliges in ihren Gesichtern bemerkt hätte, außer daß der Mann, der vorausging, einen ungewöhnlich niedergeschlagenen Eindruck machte, und daß das Gesicht des Mannes, der ihm folgte, die Farbe von schmutzigem Wachs hatte.

Ich bin Junggeselle, und mein ganzer Haushalt besteht nur aus meinem Diener und seiner Frau. Ich bin in der Nebenstelle einer großen Bank angestellt, und ich wünschte mir, daß meine Pflichten als Abteilungsleiter so einfach wären und so wenig Zeit in Anspruch nehmen würden, wie allgemeinhin angenommen wird. Diese Pflichten hielten mich in jenem Herbst in der Stadt fest, obwohl ich dringend Erholung gebraucht hätte. Ich war nicht krank, doch ging es mir auch nicht besonders gut. Sie können meinem erschöpften Zustand soviel Bedeutung beimessen, wie Sie es — in einem vernünftigen Rahmen natürlich — tun möchten. Ich fühlte mich wegen meines eintönigen Lebens etwas niedergeschlagen und litt unter ›leichten Verdauungsstörungen‹. Ich habe mir von einem namhaften Arzt, bei dem ich seit langem in Behandlung bin, versichern lassen, daß mein Gesundheitszustand zu jener Zeit nicht ernsthafter angegriffen war, und obiges Zitat stammt aus seinem Antwortschreiben auf meine Nachfrage.

Während die Tatumstände des Mordes, die nach und nach zutage traten, immer größeres Interesse in der Bevölkerung erregten, hielt ich mich bewußt von ihnen fern und wußte so wenig darüber, wie das in der allgemeinen Aufregung möglich war. Doch wußte ich, daß der mutmaßliche Täter des vorsätzlichen Mordes angeklagt und in Newgate eingeliefert worden war. Mir war auch bekannt, daß seine Verhandlung vor dem Central Criminal Court um eine Sitzungsperiode verschoben worden war, aufgrund der allgemeinen öffentlichen Erregung, und um der Verteidigung mehr Zeit zur Vorbereitung zu geben. Ich könnte auch gewußt haben — aber da bin ich mir nicht mehr ganz sicher — wann oder wann ungefähr die verschobene Verhandlung wieder aufgenommen werden sollte.

Mein Wohnzimmer, mein Schlafzimmer und mein Ankleidezimmer liegen alle im selben Stock. In letzteres gelangt man nur durch das Schlafzimmer. Es stimmt, es gibt eine Tür darin, die einmal auf das Treppenhaus geführt hat; aber man hatte — und das schon vor vielen Jahren — einen Teil meines Bades davor gebaut. Damals, als Teil des gleichen Umbaus, war die Tür zugenagelt worden und unter einer Tapete verschwunden.

Eines Tages war ich zu später Stunde noch in meinem Schlafzimmer damit beschäftigt, meinem Diener vor dem Zubettgehen ein paar Anweisungen zu geben. Ich stand mit dem Gesicht zur einzigen Tür des Raumes, die zum Ankleideraum führt, und die war geschlossen. Mein Diener hatte ihr den Rücken zugewandt. Noch während ich mit ihm sprach, sah ich, wie die Tür sich öffnete und ein Mann hereinblickte, der sich ernst und geheimnisvoll vor mir verbeugte. Es war jener Mann, der als zweiter über die Picadilly gegangen war — der mit dem Gesicht von der Farbe schmutzigen Wachses.

Nachdem die Gestalt sich verbeugt hatte, zog sie sich zurück und schloß die Tür hinter sich. Ich zögerte keine Sekunde, durchschritt das Schlafzimmer, öffnete die Tür zum Ankleideraum und sah hinein. In meiner Hand hielt ich eine brennende Kerze bereit. Tief in meinem Innern wußte ich allerdings, daß ich die Gestalt nicht mehr in meinem Ankleidezimmer vorfinden würde, und so war es denn auch.

Ich merkte, daß mein Diener wie erstarrt dastand, drehte mich zu ihm und sagte: »Derrick, würden Sie mir glauben, daß ich mir eben, und das bei vollem Bewußtsein, eingebildet habe, ich sähe . . .« In diesem Moment legte ich ihm meine Hand auf die Brust, worauf er heftig zusammenzuckte, sich schüttelte und sagte: »O Gott, ja, Sir! Einen toten Mann, der sich verbeugte!«

Nun kann ich mir beim besten Willen nicht vorstellen, daß dieser John Derrick, mein treuer und ergebener Diener seit mehr als zwanzig Jahren, auf irgendeine Weise etwas von dieser seltsamen Gestalt hatte sehen oder wissen können, bevor ich ihn berührte. Die Veränderung, die mit ihm vorgegangen war, als ich ihn dann schließlich berührte, war so verblüffend, daß ich mir sicher bin, daß er in eben jenem Augenblick seine Wahrnehmung auf eine völlig unerklärliche Weise von mir übermittelt bekam.

Ich bat John Derrick, etwas Brandy zu holen, schenkte ihm einen Schluck ein und war froh, selbst einen nehmen zu können. Ich erzählte ihm kein Wort von dem, was dieser nächtlichen Erscheinung vorausgegangen war. Je länger ich darüber nachdachte, um so sicherer war ich mir, daß ich diesen Mann niemals zuvor gesehen hatte, außer bei dieser einen Gelegenheit auf der Picadilly. Ich verglich seinen Gesichtsausdruck von vorhin mit dem, den er gehabt hatte, als er zu mir am Fenster heraufstarrte, und kam zu dem Schluß, daß er es beim erstenmal darauf angelegt hatte, sich meinem Gedächtnis einzuprägen, und sich bei seinem zweiten Auftauchen versichern wollte, daß ich ihn auch augenblicklich wiedererkannte.

Ich fand in dieser Nacht keine Ruhe, obwohl ich mir — schwer zu erklären warum — sicher war, daß der Mann nicht wieder auftauchen würde. Als der Tag heraufzog, verfiel ich endlich in einen unruhigen Schlaf, aus dem ich von John Derrick geweckt wurde, der mit einem Dokument in seiner Hand an mein Bett trat.

Dieses Dokument, so schien es, war Gegenstand einer Auseinandersetzung gewesen, die sich zwischen seinem Überbringer und meinem Diener an der Haustür zugetragen hatte. Es war eine an mich gerichtete Aufforderung, als Geschworener an der kommenden Sitzung des Central Criminal Court im Old

Bailey teilzunehmen. Ich war niemals zuvor in eine Jury berufen worden, wie John Derrick sehr wohl wußte. Er glaubte – und ich bin mir bis heute nicht sicher, ob zu Recht oder Unrecht –, daß in solchen Fällen normalerweise Männer auf der Geschworenenbank sitzen, die nicht ganz meinem Stande entsprechen, und er hatte sich zuerst geweigert, das Dokument entgegenzunehmen.

Der Mann, der es überbracht hatte, hatte sehr gelassen reagiert. Er hatte gesagt, daß es nicht seine Sache wäre, ob ich vor Gericht erscheinen würde oder nicht, hier wäre die Berufung, und ich sollte damit machen, was ich für richtig hielte, auf meine Verantwortung hin und nicht auf seine.

Ein, zwei Tage lang war ich unsicher, ob ich dieser Berufung Folge leisten oder sie ignorieren sollte. Ich war mir in dieser Zeit keinerlei wie auch immer gearteter rätselhafter Beeinflussung bewußt – weder in die eine noch in die andere Richtung. Das ist so sicher wie jede andere Behauptung, die ich hier aufstelle. Schließlich beschloß ich, hinzugehen. Ich sah es als eine Art Abwechslung in der Eintönigkeit meines Alltags.

Der Termin fiel auf einen naßkalten Morgen im November. Über der Picadilly lag ein dichter, brauner Nebel, der in der Nähe der Temple Bar eindeutig schwarz wurde und nicht gerade dazu beitrug, meine Stimmung zu heben. Als ich ankam, fand ich den Zugang und die Treppenstufen zum Gerichtshof hell mit Gaslampen erleuchtet. Auch das Gebäude selbst war ähnlich gut ausgeleuchtet. Ich *glaube*, daß ich bis zu dem Moment, in dem die Beamten mich in den alten Gerichtssaal geleiteten und ich die dort versammelte Menge erblickte, nicht wußte, daß an diesem Tage jener Mord verhandelt werden sollte. Ich *glaube*, daß ich bis zu jenem Moment, als man mir auf diese Weise und nur unter beträchtlichen Mühen half, den alten Gerichtssaal zu erreichen, nicht wußte, zu welcher der beiden Verhandlungen, die an diesem Tage stattfanden, mich meine Ladung führen würde. Doch sollte man dies nicht als feststehende Tatsache ansehen, da ich mir in beiden Punkten nicht mehr völlig sicher bin.

Ich nahm den Platz ein, der den wartenden Mitgliedern der

Jury vorbehalten war, und sah mich im Gerichtssaal so gut es ging um. Atemdunst und Rauch hingen schwer in der Luft. Ich sah den dunklen Nebel, der wie ein schmutziger Vorhang draußen vor den Fenstern hing, und ich hörte das gedämpfte Rascheln von Stroh, das man auf den Boden gestreut hatte, sowie das Gemurmel der Menschen, die sich dort versammelt hatten, ab und zu unterbrochen von einem schrillen Pfiff, einem lauten Geräusch oder einem Rufen. Wenig später traten die Richter, zwei an der Zahl, ein und nahmen auf ihren Sitzen Platz. Ehrfurchtsvolles Schweigen senkte sich über den Saal. Es wurde der Befehl gegeben, den Mörder auf die Anklagebank zu führen. Man brachte ihn schließlich herein. Und im selben Moment erkannte ich in ihm den vorderen der beiden Männer, die die Picadilly hinuntergegangen waren.

Ich bezweifele, daß ich, wenn ich in diesem Augenblick angesprochen worden wäre, eine verständliche Antwort hervorgebracht hätte. Doch wurde ich erst als sechster oder achter in der Reihe aufgerufen, und zu diesem Zeitpunkt war ich wieder in der Lage, ›Hier!‹ zu rufen. Und nun geben Sie acht! Als ich in die Geschworenenbank eintrat, begann der Gefangene, der sich aufmerksam umgesehen, bis dahin aber kein Zeichen der Anteilnahme von sich gegeben hatte, auf einmal äußerst unruhig zu werden und winkte seinen Anwalt zu sich. Die Ablehnung, die der Gefangene mir gegenüber verspürte, war so offenkundig, daß sie eine Unterbrechung des formellen Ablaufs hervorrief, während der Anwalt sich mit seinen Händen auf die Anklagebank stützte, mit seinem Klienten flüsterte und schließlich den Kopf schüttelte. Später verriet mir dieser Gentleman, daß die ersten, schreckerfüllten Worte, die der Gefangene an ihn gerichtet hatte, folgende waren: »*Um alles in der Welt, lehnen Sie diesen Mann da ab!*«

Doch da er keinerlei Gründe für eine solche Maßnahme angeben konnte und auch zugeben mußte, daß er noch nicht einmal meinen Namen gekannt hatte, bevor man mich aufgerufen hatte und ich vorgetreten war, kam man seinem Wunsch nicht nach.

Aus den beiden bereits erwähnten Gründen, daß ich es nämlich vermeiden möchte, hier die unangenehme Erinnerung an diesen Mörder wieder wachzurufen, und weil eine detaillierte Schilderung der langen Verhandlung für meine Erzählung nicht unbedingt nötig ist, werde ich mich streng auf solche Ereignisse während der zehn Tage und Nächte, in denen wir Geschworenen zusammen untergebracht waren, beschränken, die in direktem Zusammenhang mit meinem seltsamen Erlebnis stehen. Hierfür möchte ich Interesse wecken, nicht für den Mörder. Und hierfür bitte ich um Aufmerksamkeit, geht es mir doch nicht darum, einfach nur ein weiteres Blatt im Newgate-Kalender zu füllen.

Ich wurde zum Obmann der Jury gewählt. Am zweiten Morgen der Verhandlung, nach zwei langen Stunden der Beweisaufnahme (ich hörte die Kirchturmuhr schlagen), schweifte mein Blick zufällig über meine Mitgeschworenen, und plötzlich hatte ich seltsamerweise Schwierigkeiten, sie zu zählen. Ich zählte mehrere Male, doch die Schwierigkeit blieb bestehen. Um es kurz zu machen: Ich zählte immer einen zuviel.

Ich stieß den Mitgeschworenen an, der direkt neben mir saß, und flüsterte ihm zu: »Tun Sie mir einen Gefallen, und zählen Sie uns einmal durch.« Er sah erstaunt auf, als er diese Bitte hörte, doch drehte er sich um und leistete ihr Folge. »Nun«, sagte er schließlich, »wir sind drei . . .; doch nein, das ist nicht möglich. Nein. Wir sind zwölf.«

Alle zwölf Geschworenen waren da, aber so oft ich auch an diesem Tag zählte, ich kam immer auf dreizehn. Es gab keine Geistererscheinung — keine Gestalt —, welche die Erklärung dafür hätte sein können; doch ahnte ich zu diesem Zeitpunkt bereits, welches Phantom ganz sicher in Bälde auftauchen würde.

Die Geschworenen waren in der *London Tavern* untergebracht. Wir schliefen alle im selben Raum, jeder hatte sein eigenes Bett, und wir standen alle unter der ständigen Obhut und Kontrolle eines Beamten, dessen Auftrag es war, uns in sicherem Gewahrsam zu halten. Ich sehe keinen Grund, den Namen dieses Beamten zu verschweigen. Er war intelligent, äußerst höflich und zuvorkommend und (ich war froh, das zu hören) genoß in der ganzen Stadt einen ausgezeichneten Ruf. Er hatte ein angenehmes Äußeres, scharfe Augen, einen beneidenswerten Backenbart und eine überaus wohlklingende Stimme. Sein Name war Mister Harker. Wenn wir uns nachts in unsere zwölf Betten gelegt hatten, wurde Mister Harkers Bett vor die Tür geschoben. In der Nacht des zweiten Verhandlungstages konnte ich keine Ruhe finden, und da ich Mister Harker auf seinem Bett sitzen sah, ging ich zu ihm hin, setzte mich neben ihn und bot ihm eine Prise Schnupftabak an. Ich reichte ihm meine Büchse, er griff hinüber und berührte dabei meine Hand. Ein seltsamer Schauder befiel ihn, und er sagte: »Wer ist das?«

Ich folgte Mister Harkers Blick, sah hinüber zur anderen Seite des Raumes und entdeckte die Gestalt, die ich die ganze Zeit erwartet hatte: Es war der zweite der beiden Männer, die die Picadilly hinuntergegangen waren. Ich stand auf und ging ein paar Schritte auf ihn zu; dann blieb ich stehen und blickte über die Schulter zu Mister Harker zurück. Er machte einen recht unbekümmerten Eindruck, lachte und sagte auf seine liebenswürdige Art und Weise: »Für einen Moment dachte ich, wir hätten einen dreizehnten Geschworenen — ohne ein Bett. Aber jetzt sehe ich, daß es nur eine Täuschung des Mondlichts ist.«

Ich verriet Mister Harker nichts und lud ihn statt dessen ein, mit mir zum anderen Ende des Raumes zu gehen. Dabei beobachtete ich genau, was die Gestalt tat. Der Mann blieb am Kopfende des Bettes von jedem einzelnen meiner elf Mitgeschworenen stehen. Er ging immer auf die rechte Seite des Bettes und schritt dann um das Fußende herum zum nächsten. Der Bewegung seines Kopfes nach zu schließen, schien er nichts anderes zu tun, als auf jede der schlafenden Gestalten nachdenklich hinunterzustarren. Er schenkte meinem Bett, das dem von Mister Harker am nächsten stand, ebensowenig Beachtung wie mir selbst. Schließlich verließ er den Raum dort, wo das Mondlicht hereinschien: durch ein hohes Fenster, als benutze er eine unsichtbare, aus Luft erbaute Treppe.

Am nächsten Morgen stellte sich heraus, daß jeder der Anwesenden anscheinend von dem ermordeten Mann geträumt hatte, außer mir selbst und Mister Harker.

388

Ich war nun völlig davon überzeugt, daß der zweite Mann, der die Picadilly hinuntergegangen war, eben jener ermordete Mann war, so als hätte man mir einen unwiderlegbaren Beweis vorgelegt. Einen solchen Beweis bekam ich allerdings auch noch geliefert, und zwar in einer Art und Weise, auf die ich überhaupt nicht vorbereitet war.

Am fünften Tag der Verhandlung, als die Anklagevertretung ihre Beweisaufnahme fast abgeschlossen hatte, wurde dem Gericht ein kleines Bild des Ermordeten vorgelegt, das in seinem Schlafzimmer gefehlt hatte, als man die Tat entdeckte, und das später an einem verborgenen Platz gefunden worden war, an dem der Angeklagte sich laut Zeugenaussagen zu schaffen gemacht hatte.

Nachdem der Zeuge, der gerade angehört wurde, es identifiziert hatte, wurde es den Richtern vorgelegt und danach den Geschworenen zur Begutachtung übergeben. Während ein Gerichtsdiener in einer schwarzen Robe mit dem Bild zu mir herüberkam, löste sich plötzlich die Gestalt jenes zweiten Mannes von der Picadilly ungestüm aus der Menge. Er entriß die Miniatur den Händen des Gerichtsdieners und überreichte sie mir höchstpersönlich, wobei er gleichzeitig − und zwar noch bevor ich das Bild sehen konnte − folgende Worte in einer tiefen, hohlen Stimme sprach: »*Damals war ich jünger, und damals war mein Gesicht noch nicht mit Blut verschmiert.*« Der Geist trat auch zwischen mich und den Mitgeschworenen, dem eigentlich ich das Medaillon hätte übergeben sollen, dann zwischen ihn und seinen Nebenmann, und so reichte er das Bild einem nach dem anderen, bis alle es gesehen hatten und es wieder in meine Hände gelangte. Niemand von den anderen schien jedoch etwas von dem Phantom zu bemerken.

Natürlich hatten wir bei Tisch und für gewöhnlich auch dann, wenn man uns unter der Aufsicht von Mister Harker einschloß hatte, von Anfang an die Ereignisse des Tages noch einmal durchgesprochen. An diesem fünften Tag, an dem der Staatsanwalt die Beweisaufnahme abgeschlossen hatte und wir nun seine Sicht des Falles als Ganzes vor Augen hatten, war unsere Unterhaltung lebhafter und ernster als bisher. Unter uns

war ein Kirchenvorstandsmitglied — der einfältigste Dummkopf, den ich je in meinem Leben getroffen habe —, ein Mann,
der den eindeutigsten Beweisen die lächerlichsten Argumente
entgegenhielt, und der in zwei üblen Opportunisten Unterstützung fand, die scheinbar keine eigene Meinung hatten und wohl
zu allem ja und amen sagten, was die Kirche verlauten ließ.

Gerade als diese drei Dummköpfe am lautesten waren, was
gegen Mitternacht der Fall war, als einige von uns sich schon
bereit machten, zu Bett zu gehen, sah ich den Ermordeten wieder. Er stand mit grimmiger Miene hinter ihnen und winkte
mich herbei. Als ich mich zu ihnen gesellte und mich in die
Debatte einmischte, zog er sich augenblicklich zurück. Das war
erst der Anfang einer Reihe von Erscheinungen, die sich alle auf
den Raum beschränkten, auf den *wir* uns beschränken mußten.
Wann immer auch meine Mitgeschworenen ihre Köpfe zusam-
mensteckten, jedesmal sah ich den Ermordeten unter ihnen.
Wann immer sie beim Vergleichen ihrer Aufzeichnungen zu
einem Ergebnis kamen, mit dem er nicht zufrieden war, winkte
er mich unweigerlich und feierlich herbei.

Sie werden sich noch daran erinnern, daß ich das Phantom
bis zum fünften Tag des Verfahrens, als die Miniatur vorgelegt
wurde, niemals zuvor im Gerichtssaal erblickt hatte. Als die
Verteidigung jetzt ihre Beweise vorbrachte, kam es zu drei weiteren seltsamen Vorfällen, von denen ich die beiden ersten
zusammenfassen möchte. Die Gestalt war nun ständig im Saal
anwesend, doch wandte sie sich niemals direkt an mich, sondern immer an die Person, die gerade dabei war zu sprechen.
Es trug sich zum Beispiel folgendes zu: Dem Ermordeten war
die Kehle aufgeschlitzt worden. Im Eröffnungsplädoyer der
Verteidigung wurde angedeutet, daß das Opfer sich die tödliche
Verletzung selbst zugefügt haben könnte. Genau in diesem
Augenblick trat der Ermordete neben den Sprecher, die Kehle
im beschriebenen abscheulichen Zustand entblößt (bis dahin
hatte er sie stets verhüllt gehalten), und fuhr sich immer wieder
quer über die Luftröhre, einmal mit der rechten Hand, einmal
mit der linken, und demonstrierte dem Sprecher damit eindringlich, daß er sich eine solche Wunde unmöglich selbst

zugefügt haben konnte — mit keiner seiner beiden Hände. Und um noch ein Beispiel zu bringen: Eine Leumundszeugin wurde vorgeführt, die unter Eid bezeugen sollte, daß der Angeklagte ein äußerst liebenswerter Zeitgenosse sei. In diesem Moment stand der Ermordete vor ihr, starrte ihr direkt ins Gesicht und deutete mit erhobenem Arm und ausgestrecktem Finger auf das boshafte Antlitz des Gefangenen.

Der dritte Vorfall, den ich jetzt noch hinzufügen muß, hinterließ bei mir den größten und nachhaltigsten Eindruck; ich werde dieses Ereignis hier nur erwähnen und mich jeden Kommentars dazu enthalten. Obwohl der Ermordete von denen, an die er sich wandte, selbst nicht gesehen wurde, spürten diese Personen seine Annäherung doch deutlich und wurden augenblicklich unsicher und verwirrt. Es schien mir so, als gäbe es ein mir völlig unverständliches Gesetz, das dem Ermordeten verbot, sich anderen zu zeigen, ihm aber doch erlaubte, sich wie ein unsichtbarer, stummer und düsterer Schatten auf ihre Gemüter zu legen. Als der Verteidiger die Selbstmordtheorie aufstellte und die Geistergestalt neben dem guten Mann stand und auf erschreckende Weise ihre durchtrennte Kehle entblößte, da begann der Anwalt regelrecht zu stottern, verlor für ein paar Sekunden den Faden seines wohldurchdachten Plädoyers, wischte sich mit dem Taschentuch über die Stirn und wurde außergewöhnlich blaß. Und als der Ermordete der Leumundszeugin gegenübertrat, folgten ihre Augen eindeutig der Richtung, in die sein Finger wies, und verweilten zögernd und beunruhigt auf dem Gesicht des Angeklagten.

Zwei weitere Beispiele mögen genügen. Am achten Tage der Verhandlung, nach der Unterbrechung, die wie gewöhnlich am frühen Nachmittag stattgefunden hatte und in der wir uns ein paar Minuten erholen und etwas zu uns nehmen konnten, kam ich mit den anderen Geschworenen kurz vor der Rückkehr der Richter in den Saal zurück. Ich blieb in der Geschworenenbank stehen, sah mich um und glaubte schon, das Phantom sei nicht anwesend, da fiel mein Blick in die Galerie, und ich sah, wie es sich dort nach vorne reckte und sich dabei über eine respektierliche Dame beugte, so als wolle es sich vergewissern, ob die

Richter ihre Plätze wieder eingenommen hatten oder nicht. Unmittelbar darauf schrie die Frau auf, fiel in Ohnmacht und mußte aus dem Saal getragen werden.

Ähnlich erging es dem ehrenwerten, weisen und geduldigen Richter, der den Vorsitz über die Verhandlung führte. Als auch die Verteidigung ihre Beweisaufnahme abgeschlossen hatte und der Richter sich daran machte, seine Papiere zu ordnen, um den Fall zusammenzufassen, trat der Ermordete durch die Richtertür ein, ging zum Pult Seiner Ehren und sah ihm begierig über die Schulter und auf die Seiten mit seinen Notizen, die er gerade durchblätterte. Die Miene Seiner Ehren begann sich zu verändern; er ließ seine Notizen sinken; jener seltsame Schauder, den ich nur zu gut kannte, lief durch seinen Körper; er begann zu stottern: »Entschuldigen Sie mich bitte für einen Moment, meine Herren. Mir ist etwas schwindlig von der schlechten Luft hier drinnen«, und er erholte sich erst, als er ein ganzes Glas Wasser ausgetrunken hatte.

An sechs der zehn Tage herrschte Eintönigkeit. Während all dieser Eintönigkeit — dieselben Richter, dieselben Anwälte, dieselben Geschworenen auf den Bänken, derselbe Mörder auf der Anklagebank, dieselben Anwälte an ihren Tischen, derselbe Tonfall, in dem Fragen gestellt und Antworten gegeben wurden, dasselbe Kratzen desselben Stiftes des Richters, dieselben Gerichtsdiener, die ein und aus gingen, dieselben Lichter, die immer zur selben Zeit entzündet wurden, selbst wenn noch genügend Tageslicht vorhanden war, derselbe Dunstschleier draußen vor den großen Fenstern, wenn es neblig war, derselbe Regen, der herunterklatschte und auf das Pflaster tröpfelte, wenn es regnete, dieselben Fußabdrücke von Wachen und Gefangenen Tag für Tag im selben Sägemehl, dieselben Schlüssel, die dieselben schweren Türen aufsperrten — während all dieser ermüdenden Eintönigkeit, die mir das Gefühl gab, als wäre ich seit langer, langer Zeit Obmann der Jury und Picadilly mittlerweile so alt wie Babylon geworden, sah ich die Erscheinung stets deutlich vor meinen Augen, und sie war zu keinem Zeitpunkt weniger deutlich zu erkennen als irgendeine andere im Saal anwesende Person. Ich darf dabei allerdings nicht unerwähnt lassen, daß ich die Geistererscheinung, die ich hier als den Ermordeten bezeichnet habe, niemals einen Blick auf den Mörder werfen sah. Immer und immer wieder fragte ich mich: »Warum tut er das nicht?« Er tat es einfach niemals.

Auch mich hatte er nicht mehr angesehen, seit die Miniatur vorgelegt worden war – bis die letzten Minuten der Verhandlung kamen. Wir zogen uns um sieben Minuten vor zehn Uhr nachts zurück, um zu beraten. Der idiotische Kirchenvorstand und seine beiden Parasiten machten uns so viele Schwierigkeiten, daß wir zweimal in den Gerichtssaal zurückkehren und darum bitten mußten, daß uns gewisse Auszüge aus dem Gerichtsprotokoll noch einmal vorgelesen wurden. Neun von uns hatten nicht den geringsten Zweifel, was diese Passagen betraf, noch glaube ich, daß irgend jemand im Gerichtssaal sie hatte; das tumbe Triumvirat allerdings, das nichts anderes im Sinn hatte, als zu stören, stritt sich wohl gerade deshalb darüber. Doch schließlich gewannen wir die Oberhand; und die Jury kehrte um zehn nach zwölf in den Gerichtssaal zurück.

Der Ermordete stand in diesem Augenblick direkt gegenüber der Geschworenenbank, auf der anderen Seite des Gerichtssaals. Als ich meinen Platz einnahm, ruhten seine Augen mit großer Aufmerksamkeit auf mir; er schien zufrieden zu sein und verhüllte seinen Kopf und seinen Körper mit einem großen grauen Schleier, den ich zum ersten Mal an ihm entdeckte. Ich verkündete unseren Urteilsspruch: »Schuldig«; der Schleier sank in sich zusammen, löste sich auf, und die Stelle, an der er eben noch gestanden hatte, war leer.

Als der Mörder, wie es üblich war, vom Richter gefragt wurde, ob er noch etwas zu sagen hätte, bevor sein Todesurteil verkündet würde, murmelte er undeutlich etwas, was am folgenden Tag in den Zeitungen als ›ein paar unzusammenhängende, abschweifende und kaum verständliche Worte‹ bezeichnet wurde, die wohl besagen sollten, ›daß er sich beschwere, weil er keinen fairen Prozeß gehabt habe, da der Obmann der Jury voreingenommen gegen ihn gewesen wäre‹. Die bemerkenswerte Erklärung, die er aber tatsächlich abgab, war folgende: »*Euer Ehren, ich wußte, daß mein Schicksal besiegelt*

war, als der Obmann der Geschworenen in diese Bank trat.
Euer Ehren, ich wußte, daß er mich niemals würde davonkom-
men lassen, denn eines Nachts, noch bevor man mich festge-
nommen hatte, ist es ihm auf unerklärliche Weise gelungen, an
mein Lager zu treten. Und dann hat er mich aufgeweckt und mir
eine Schlinge um den Hals gelegt.«

Originaltitel: To Be Taken With A Grain Of Salt
Ins Deutsche übertragen von Stefan Bauer

»Ach ja, und streich die Idee, was das Anheuern von weiblichen Elfen betrifft.«

Ellery Queen

Ellery Queen und
die Puppe des Dauphin

Für Geschichtenerzähler gilt ein Gesetz — ursprünglich von
Herausgebern aufgrund der (wie sie behaupten) lautstarken
Forderungen ihrer Kunden erlassen —, demzufolge in Weihnachtsgeschichten immer Kinder vorkommen müssen. Die vor-
liegende Geschichte macht da keine Ausnahme; tatsächlich
werden Misopädisten sich sogar beschweren, wir hätten es
übertrieben. Und wir gestehen lieber gleich ein, daß es auch
eine Geschichte über Puppen ist, daß der Weihnachtsmann
darin vorkommt und sogar ein Dieb, obwohl über letzteren
gesagt werden muß, daß es sich gewiß nicht um Barabbas handelte, nicht einmal gleichnishaft. Immerhin war die Frage nach
seiner Identität eine Kernfrage der ganzen Geschichte.

Ein weiterer Paragraph im Weihnachtsgeschichtenstatut
besagt, daß derlei Erzählungen das Niedliche und das helle
Licht betonen sollten. Ersteres ergibt sich natürlich aus den
Waisenkindern und dem niemals schal werdenden Geschmack
des jährlich wiederkehrenden Wunders; was nun das erhellende
Licht anbetrifft, so wird das am Ende der Geschichte wie üblich
von jenem brillanten Naturwunder namens Ellery Queen geliefert. Ein Leser von eher düsterem Naturell wird aber auch reichlich Finsteres entdecken, und zwar in der Person und den Wer-
ken von jemandem, bei dem es sich zumindest in der Perspek-
tive des gequälten Inspektors Queen um den geflügelten Fürsten
jener höllischen Region handelte. Sein Name lautet, nebenbei
gesagt, nicht Satan, sondern Comus, was paradox genug ist, da
es sich ja bekanntermaßen beim ursprünglichen Comus um den
Gott der Festfreude und Heiterkeit handelte, von Gefühlen also,
die man im allgemeinen nicht mit der Unterwelt in Beziehung

bringt. Während Ellery sich darum bemühte, seinen Phantom-
gegner zu verstehen, rang er vergeblich um dieses *non sequitur*
— will heißen, so lange vergeblich, bis Nikki Porter, keineswegs
eine Verächterin des Offensichtlichen, vorschlug, er *könnte* ja
die Antwort dort suchen, wo es jeder Sterbliche sofort tun
würde. Und zu des großen Mannes Beschämung war sie dort
tatsächlich zu finden, genauer gesagt auf Seite 262b von
Band 6, *Coleb* bis *Damasci*, der 175. Jahresausgabe der *Encyclopaedia Britannica*. Ein französischer Zauberer jenes Namens
— Comus — ließ bei einer Vorstellung im Jahre 1789 in London
seine Frau von einem Tisch verschwinden —, das, wie es schien,
allererste Mal, daß dieses Kunststück, ob nun mit Frau oder
nicht, ohne die Zuhilfename von Spiegeln gelang. Die Spur des
nom de nuit seines finsteren Widersachers zur historischen
Quelle zurückverfolgt zu haben vermittelte Ellery das einzige
Gefühl der Zufriedenheit, bis jener gesegnete Augenblick eintrat, in dem es rings um ihn Licht und die Finsternis vertrieben
wurde, mit Fürst und allem.

Aber so erzählt, ist das das reinste Chaos.

Richtig beginnt die Geschichte nicht mit dem unsichtbaren
Charakter, sondern mit dem toten. Miss Ypson war nicht
immer tot gewesen; *au contraire*. Sie hatte achtundsiebzig Jahre
lang gelebt und die meiste Zeit davon schwer geatmet. Wie ihr
Vater zu sagen pflegte: »Sie war ein sehr aktives kleines Ver-
bum.« Miss Ypsons Vater war Professor für Griechisch an einer
kleinen Universität im mittleren Westen. Konjugiert hatte er
seine Tochter mit der ziemlich verwirrten Unterstützung einer
seiner kräftigeren Studentinnen, einer Geflügelfarmerbin aus
Iowa.

Professor Ypson war ein distinguierter Mann. Im Gegensatz
zu den meisten Griechisch-Professoren war er ein griechischer
Professor für Griechisch, geboren als Gerasymos Aghamos
Ypsilonomon in Polykhnitos auf der Insel Mytilini, »wo«, wie
er bei bestimmten Gelegenheiten gerne anmerkte, »die verzeh-
rende Sappho liebte und sang« — ein Zitat, das er bei seinen
nicht lehrplanmäßigen Aktivitäten immer wieder hilfreich
fand; und ungeachtet des hellenischen Ideals glaubte Professor

Ypson aus ganzem Herzen an Unmäßigkeit in allen Dingen. Diese kulturelle Herkunft erklärt sein Interesse daran, Vater zu werden – sehr zum Verdruß seiner Frau, denn Mrs. Ypsons erzeugerische Leistungen blieben auf den Geflügelhof beschränkt, aus dem ihr Einkommen resultierte; eine Tatsache, an die ihr Ehemann sie immer wieder mitfühlend erinnerte, wenn er ein weiteres ungeratenes Küken gezeugt hatte. Die gemeinsame Tochter hielt er für nichts Geringeres als ein biologisches Wunder.

Die Gedankengänge des Professors trugen ebenfalls zu Mrs. Ypsons Verwirrung bei. Niemals hörte sie auf, sich darüber zu wundern, warum ihr Mann nicht so verständig gewesen war, sich Jones zu nennen, anstatt seinen Namen zu Ypson abzukürzen. »Meine Liebe«, erwiderte der Professor einmal darauf, »du bist ein richtiger Iowa-Snob.«

»Aber niemand«, rief Mrs. Ypson, »kann unseren Namen buchstabieren oder aussprechen!«

»Das ist ein Kreuz«, murmelte Professor Ypson, »das wir mit Ypsilanti tragen müssen.«

»Oh«, sagte Mrs. Ypson.

Ihre Konversation gewann stets zwangsläufig sibyllinische Züge. Des Professors Lieblingsadjektiv für seine Frau lautete ›ypsiliform‹, was sich, wie er erläuterte, auf das Aufkeimen reifender Eier bezöge und demzufolge ausgesprochen passend wäre. Mrs. Ypson machte weiterhin ein verwirrtes Gesicht; sie starb jung.

Und der Professor brannte mit einem außerordentlich talentierten Varieté-Girl aus Kansas City durch und ließ sein getauftes Küken in der Obhut einer eiförmigen Verwandten ihrer Mutter zurück, einer Presbyterianerin namens Jukes.

Die einzige Gelegenheit, bei der Miss Ypson von ihrem Vater hörte – außer wenn er bezaubernde und gelehrte kleine Briefe schrieb, die, wie er es nannte, *lucrum* erforderten –, ergab sich während des vierten Jahrzehnts seiner Odyssee, als er ihr ein neues hübsches Stück für ihre Sammlung schickte, eine über dreitausend Jahre alte Terrakotta-Puppe griechischen Ursprungs. Unglücklicherweise fühlte sich Miss Ypson verpflichtet, die Puppe dem Brooklyn-Museum zurückzugeben, aus dem sie auf unerklärlichem Wege verschwunden war. Die Notiz, die ihr Vater dem Geschenk beigefügt hatte, war absonderlich: »*Timeo Danaos et dona ferentes.*«

Miss Ypsons Puppen hatten etwas Poetisches an sich. Aus Anlaß ihrer Geburt hatte der stets auf Harmonie besonnene Vater seine Begeisterung für Fruchtbarkeit dadurch unterstrichen, daß er sie Cytherea nannte. Dies bewies sich als Ironie wahrhaft olympischen Zuschnitts, denn es stellte sich heraus, daß ihres Vaters Zeugungskraft nicht auf sie übergegangen war; obwohl Miss Ypson nacheinander fünf Ehemänner begrub, die mit ausreichendem Eifer gesegnet gewesen waren, blieb sie bis zum Ende ihrer Tage unfruchtbar. Daher ist es ein Bild von klassischer Tragik, sie nach Verausgabung aller Leidenschaften als süße, kleine alte Dame wiederzufinden, die, wieder unter dem Namen ihres Vaters, in ihrer riesigen New Yorker Wohnung voller Chaos umhertrippelt und mit Puppen spielt, ein vages und trotzdem lebhaftes Lächeln auf den Lippen.

Anfangs handelte es sich um Puppen gewöhnlicher Art: eine Billiken, ein pausbäckiger Engel, eine Käthe Kruse, eine Patsy, eine Foxy Grandpa und so weiter. Als ihr Bedarf jedoch wuchs, machte sich Miss Ypson daran, die Vergangenheit auszuplündern.

Sie begab sich hinab ins Land des Pharao, um zwei Stücke zu erstehen, aus dünner, ausgedörrter Pappe, zurechtgeschnitten und bemalt und mit Haaren aus aufgereihten Perlen, dazu ohne Beine, damit sie nicht weglaufen konnten. Jeder Kenner wird Ihnen bestätigen, daß es ganz ausgezeichnet erhaltene Exemplare der altägyptischen Kinderpuppen sind, denen im *British Museum* weit überlegen, auch wenn bestimmte Kreise das bestreiten werden.

Miss Ypson entdeckte eine Vorfahrin von ›Letitia Penn‹, wobei letztere bis dahin als älteste Puppe Amerikas gegolten hatte. William Penn hatte sie 1699 als Geschenk für eine Spielgefährtin seiner kleinen Tochter von England mit nach Philadelphia gebracht. Bei Miss Ypsons Fund handelte es sich um eine kleine Dame mit hölzernem Kern, angetan mit Brokat und

Samt, und sie war von Sir Walter Raleigh an das erste in der Neuen Welt geborene englische Kind geschickt worden. Und da Virginia Dare 1587 auf die Welt gekommen war, wagten nicht einmal die Experten vom Smithsonian, Miss Ypsons Triumph anzufechten.

Auf den Regalen und in den Spiegelglaskästen der alten Dame konnte man den Reichtum von tausend Kindheiten bewundern, sowie ein paar Schätze erwachsener Kinder — da nun einmal die Entwicklungsrichtung von Puppen so verläuft. Man konnte hier ›Modepuppen‹ aus dem Frankreich des vierzehnten Jahrhunderts finden, heilige Puppen des Fingo-Stammes aus dem Oranje-Freistaat, Satsuma-Papierpuppen und höfische Puppen aus dem alten Japan, knopfäugige ›Kalifa‹-Puppen der Hopis, Mammutzahnpuppen der Eskimos, Federpuppen der Chippewa, Marionetten aus dem antiken China, koptische Knochenpuppen, der Diana geweihte römische Puppen, Zappelmänner, bei denen es sich um Straßenspielzeuge Pariser Stutzer gehandelt hatte, ehe Madame Guillotine die Boulevards leerfegte, frühe christliche Puppen in ihren Krippen, die die Heilige Familie darstellten — um nur eine Handvoll aus der vielhändigen Sammlung Miss Ypsons zu erwähnen. Sie besaß Puppen aus Pappe, aus Tierhäuten, Zwirnpuppen, Klauenpuppen, Eierschalenpuppen, Maishülsenpuppen, Stoffpuppen, Kiefernzapfenpuppen mit Mooshaar, Strumpfpuppen, Bisquepuppen, Palmblattpuppen, Pappmachépuppen, sogar welche aus Samenhülsen. Es gab vierzig Zoll große Puppen und solche, die in Miss Ypsons Fingerhut paßten.

Cytherea Ypsons Sammlung entstammte zahlreichen Jahrhunderten und war ein Spiegelbild der Geschichte. Nirgendwo fand man eine größere — nicht die sagenumwobenen Spielsachen Montezumas oder Victorias oder Eugene Fields, nicht Metropolitansammlung oder die in South Kensington oder im Königspalast des alten Bukarest oder irgendwo sonst außerhalb der verzauberten Träume kleiner Mädchen.

Die Sammlung war ein Produkt aus Iowa-Eiern und den attischen Gestaden, korngespeist und myrtenbekränzt, und sie führt uns schließlich zu Anwalt John Somerset Bondling und seinem Besuch bei den Queens am dreiundzwanzigsten Dezember vor gar nicht langer Zeit.

Der dreiundzwanzigste Dezember ist normalerweise kein guter Tag für einen Besuch bei den Queens. Inspektor Richard Queen mag es an Weihnachten gern altmodisch; seine Kunst des Truthahnstopfens erfordert zum Beispiel vierundzwanzig Stunden allgemeiner Vorbereitungen, und einige der Zutaten findet man nicht so leicht beim Kaufmann an der Ecke. Und Ellery ist ein verhinderter Geschenkeverpacker. Schon einen Monat vor Weihnachten verwendet er seinen meisterhaften Spürsinn darauf, ungewöhnliches Geschenkpapier, feine Bänder und kunstfertige Aufkleber ausfindig zu machen; und die letzten Tage widmet er der Kunst, Schönheit zu schaffen.

Als Anwalt John S. Bondling eintraf, befand sich Inspektor Queen daher in der Küche, angetan mit einer Barbecueschürze und bis zu den Ellbogen voller Truthahninnereien, während Ellery hinter der verschlossenen Tür seines Arbeitszimmers damit beschäftigt war, eine geheime Sinfonie aus glitzerndem Fuchsienpapier, waldgrünen moirierten Bändern und Kiefernzapfen zu schaffen.

»Ich fürchte, es hat gar keinen Zweck«, sagte Nikki mit einem Achselzucken, während sie Anwalt Bondlings Karte studierte, die nicht weniger grobkörnig wirkte als der Anwalt selbst. »Sie sagen, Sie wären mit dem Inspektor bekannt, Mr. Bondling?«

»Melden Sie ihm einfach Bondling, den Nachlaßanwalt«, sagte Bondling genervt. »Park Row. Er weiß schon.«

»Geben Sie nicht mir die Schuld, wenn Sie in seiner Füllung enden«, sagte Nikki. »Der Himmel weiß, daß er schon alles mögliche versucht hat.« Und sie machte sich auf, um Inspektor Queen Bescheid zu sagen.

Als sie fort war, ging die Tür zum Arbeitszimmer geräuschlos einen Zoll weit auf. Ein argewöhnisches Auge musterte durch den Spalt die Lage.

»Beunruhigen Sie sich nicht«, sagte der Eigentümer des Auges, glitt durch den Spalt und schloß die Tür hastig hinter sich. »Man kann ihnen nicht trauen, wissen Sie? Kinder, es sind einfach Kinder!«

»Kinder!« knurrte Anwalt Bondling. »Sie sind Ellery Queen, nicht wahr?«

»Ja, und?«

»Interessiert an Kindern, nicht wahr? Weihnachten? Waisenkinder, Puppen, derlei Dinge?« fuhr Mr. Bondling in bemerkenswert garstigem Ton fort.

»Ich schätze schon.«

»Um so schlimmer für Sie. Ah, da kommt Ihr Vater. Inspektor Queen!«

»Oh, dieser Bondling«, sagte der alte Gentleman geistesabwesend und schüttelte ihm die Hand. »Mein Büro hat angerufen und mir einen Besucher angekündigt. Hier, nehmen Sie mein Taschentuch — das ist ein Stück Truthahnleber. Kennen Sie bereits meinen Sohn? Seine Sekretärin, Miss Porter? Was beschäftigt Sie, Mr. Bondling?«

»Inspektor, ich bin für den Nachlaß von Cytherea Ypson zuständig und...«

»Schön, Sie kennenzulernen, Mr. Bondling«, sagte Ellery. »Nikki, die Tür ist abgeschlossen, also tun Sie nicht so, als hätten Sie vergessen, wo es zum Badezimmer geht.«

»Cytherea Ypson«, brummte der Inspektor stirnrunzelnd. »O ja! Sie ist erst kürzlich gestorben!«

»Und hat es mir überlassen«, sagte Mr. Bondling bitter, »über ihre Pollektion zu verfügen.«

»Ihre was?« fragte Ellery und hob den Blick vom Schlüssel.

»Puppenkollektion. Pollektion. Sie hat den Begriff geprägt.«

Ellery steckte den Schlüssel in die Tasche zurück und schlenderte zu seinem Lehnstuhl hinüber.

»Soll ich das aufschreiben?« fragte Nikki seufzend.

»Pollektion«, sagte Ellery.

»Sie hat dreißig Jahre darauf verwandt! Auf Puppen!«

»Ja, Nikki, schreiben Sie es auf.«

»Na ja, Mr. Bondling«, meldete sich Inspektor Queen. »Was für ein Problem haben Sie? Weihnachten ist nur einmal im Jahr, wissen Sie.«

»Das Testament schreibt vor«, krächzte der Anwalt, »daß die Pollektion versteigert und von dem Erlös ein Fond für Waisenkinder errichtet wird. Ich halte die öffentliche Versteigerung direkt nach Neujahr ab.«

»Puppen und Waisenkinder, wie?« sagte der Inspektor und dachte dabei an Schwarzen Javapfeffer und Country-Gentleman-Gewürzsalz.

»Das ist aber *nett*!« strahlte Nikki.

»O wirklich?« fragte Mr. Bondling leise. »Offensichtlich haben Sie, junge Frau, noch nie versucht, einen Nachlaßrichter zufriedenzustellen. Ich verwalte jetzt seit neun Jahren Nachlässe, ohne daß auch nur ein geflüstertes Wort gegen mich erhoben wurde. Geht es bei einem Nachlaß aber jemals um die Interessen auch nur eines Ba... – ich meine, vaterlosen Kindes, schon könnte man aus der Haltung des Nachlaßrichters den Schluß ziehen, ich wäre Bill Sykes persönlich.«

»Meine Füllung...« begann der Inspektor.

»Ich habe einen Katalog über die Puppen anfertigen lassen. Das Ergebnis ist erschreckend! Wußten Sie schon, daß es keine festen Marktpreise für die abscheulichen Dinger gibt? Und von wenigen persönlichen Habseligkeiten abgesehen, besteht der gesamte Nachlaß der alten Dame aus der Pollektion. Sie hat jeden ihrer roten Heller hineingesteckt!«

»Aber sie sollte ein Vermögen wert sein!« protestierte Ellery.

»Für wen, Mr. Queen? Museen wollen solche Sachen stets nur als Geschenk erhalten, möglichst ohne irgendwelche Ansprüche. Ich sage Ihnen, von einem einzigen Posten abgesehen, werden diese hypothetischen Waisenkinder nicht genug Gewinn aus der Versteigerung erzielen, um auch nur zwei Tage lang mit Kaugummi versorgt zu werden!«

»Welcher Posten wäre das, Mr. Bondling?«

»Nummer acht-vierundsiebzig!« schnauzte der Anwalt. »Dieser hier!«

»Nummer acht-vierundsiebzig«, las Inspektor Queen in einem dicken Katalog, den Bondling aus einer großen Tasche seines Überziehers gefischt hatte. »Die Puppe des Dauphin. Einzigartig. Acht Zoll große Elfenbeinfigur eines jungen Prinzen in höfischer Kleidung, echtes Hermelin, Brokat und Samt. Zeremonielles Schwert aus Gold an der Hüfte. Goldene Ringkrone mit einem einzelnen blauen Diamanten feinsten Wassers von annähernd 49 Karat . . .«

»Wieviel Karat?« rief Nikki.

»Mehr als der *Hope* und der *Star of South Africa*«, sagte Ellery mit einer gewissen Erregung.

». . . geschätzt«, fuhr sein Vater fort, »auf einhundertzehntausend Dollar.«

»Teures Püppchen.«

»Unanständig!« meinte Nikki. »Diese unanständige — ich meine, exquisite königliche Puppe«, las der Inspektor weiter, »war ein Geburtstagsgeschenk König Louis' XVI. von Frankreich an Louis Charles, seinen zweitältesten Sohn, der beim Tode seines älteren Bruders 1789 Dauphin wurde. Die Royalisten riefen den kleinen Dauphin während der französischen Revolution zu Louis XVII. aus, während er sich im Gewahrsam der Sansculotten befand. Sein Schicksal ist ungeklärt. Ein romantischer, historischer Gegenstand.«

»*Le prince perdu*, würde ich sagen«, murmelte Ellery. »Mr. Bondling, ist die Puppe echt?«

»Ich bin Anwalt, kein Antiquitätenhändler«, fauchte ihr Besucher. »Es sind Dokumente beigefügt, eines davon eine eigenhändig verfaßte, eidesstattliche Aussage von Lady Charlotte Atkyns, einer englischen Schauspielerin und Freundin der Familie Capet — sie hielt sich während der Revolution in Frankreich auf. Wenigstens wird behauptet, es handele sich um Lady Charlottes Handschrift. Es spielt keine Rolle, Mr. Queen. Selbst wenn die Sache historisch nicht zutrifft, der Diamant ist jedenfalls echt!«

»Wenn ich Sie richtig verstehe, dann ist dieses Hundertundzehntausend-Dollar-Püppchen der Haken bei der Geschichte?«

»Sie sagen es!« rief Mr. Bondling und ließ qualvoll die Fingergelenke knacken. »Die Puppe des Dauphin ist der einzig verwertbare Posten dieser Sammlung. Und was macht die alte Dame? Sie bestimmt testamentarisch, daß die Cytherea-Ypson-Pollektion am Tag vor Weihnachten öffentlich ausgestellt werden soll — und das in der Haupthalle von Nashs Warenhaus!

Am Tag vor Weihnachten, Gentlemen! Stellen Sie sich das einmal vor!«

»Aber warum?« erkundigte sich Nikki verwirrt.

»Warum? Wer weiß das schon? Zur Unterhaltung der Heerscharen kleiner Bettler in New York, denke ich! Haben Sie eine Vorstellung davon, wie viele Leute am Tag vor Weihnachten *Nash* besuchen? Meiner Köchin zufolge — sie ist eine sehr religiöse Frau — ist es das reinste Armageddon.«

»Am Tag vor Weihnachten«, überlegte Ellery. »Das ist morgen.«

»Es hört sich wirklich riskant an«, meinte Nikki besorgt, aber dann hellte sich ihre Miene wieder auf. »Oh, vielleicht sind die von *Nash* gar nicht damit einverstanden, Mr. Bondling.«

»Oh, sind sie es nicht?« schrie Mr. Bondling. »Dabei hat die alte Dame Ypson diese Nummer doch zusammen mit dieser Bande von Lieferanten des Pöbels vor Jahr und Tag ausgeheckt! Seit dem Tag ihrer Bestattung sind mir die Leute von *Nash* ständig auf den Fersen!«

»Das wird jeden Gauner in New York anlocken«, meinte der Inspektor, und sein Blick ruhte dabei auf der Küchentür. »Die Waisenkinder«, warf Nikki ein. »Die Interessen der Waisenkinder *müssen* geschützt werden.« Sie bedachte ihre Arbeitgeber mit einem anklagenden Blick.

»Besondere Maßnahmen, Dad«, sagte Ellery.

»Sicher, sicher«, antwortete der Inspektor und stand auf. »Machen Sie sich keine Sorge darum, Mr. Bondling. Wenn Sie jetzt so freundlich sein wollen, mich zu entschu...«

»Inspektor Queen«, zischte Mr. Bondling und beugte sich angespannt vor, »das war noch nicht alles.«

»Ah.« Ellery zündete sich schwungvoll eine Zigarette an. »In dem Stück spielt noch ein besonderer Schurke mit, und Sie wissen, wer das ist.«

»Das tue ich«, sagte der Anwalt dumpf. »Andererseits wiederum weiß ich es auch nicht. Was ich sagen will: Es ist Comus.«

»*Comus!*« schrie der Inspektor.

»Comus?« fragte Ellery bedächtig.

»Comus?« fragte Nikki. »Wer ist das denn?«

»Comus«, nickte Mr. Bondling. »Gleich heute früh. Kam direkt in mein Büro marschiert, frech wie Oskar − muß mir gefolgt sein; ich hatte noch nicht mal den Mantel ausgezogen, und meine Sekretärin war noch nicht da. Kam der Kerl herein- spaziert und warf mir seine Karte auf den Schreibtisch.«

Ellery nahm sie entgegen. »Das übliche, Dad.«

»Sein Markenzeichen«, knurrte der Inspektor, dessen Lippen arbeiteten.

»Aber auf der Karte steht nur ›Comus‹«, beschwerte sich Nikki. »Wer . . .«

»Fahren Sie fort, Mr. Bondling!« donnerte der Inspektor.

»Er verkündete mir in aller Ruhe«, erzählte Bondling und tupfte sich die Wangen mit einem vielbenutzten Taschentuch ab, »er hätte vor, morgen bei *Nash* die Puppe des Dauphin zu stehlen.«

»Oh, ein Verrückter«, meinte Nikki.

»Mr. Bondling«, fragte der alte Gentleman mit düsterer Stimme, »wie genau hat dieser Bursche ausgesehen?«

»Ausländer − schwarzer Bart − mit einem Akzent, den ich nicht genau einordnen konnte. Um Ihnen die Wahrheit zu sagen, ich war dermaßen vom Donner gerührt, daß mir keine Einzelheiten aufgefallen sind. Ich habe mich nicht mal an seine Verfolgung gemacht, bis es zu spät war.« Die Queens bedachten einander mit einem typisch gallischen Achselzucken.

»Die alte Geschichte«, meinte der Inspektor. Er war leicht grünlich um die Nase. »Ist einfach nicht dingfest zu machen, und wenn er sich dann mal blicken läßt, erinnert sich niemand an was anderes als an Bärte und ausländische Akzente. Nun, Mr. Bondling, mit Comus' Mitwirkung wird das Spiel ernst. Wo befindet sich die Sammlung gegenwärtig?«

»Im Tresor der *Life Bank & Trust*, Filiale an der dreiundvier- zigsten Straße.«

»Zu welchem Zeitpunkt sollen Sie sie zu Nash bringen?«

»Sie wollten sie unbedingt schon heute abend geliefert bekommen. Ich sagte, das wäre unmöglich. Ich habe beson- dere Vereinbarungen mit der Bank getroffen, und die Samm-

lung wird morgen früh um sieben Uhr dreißig hinüberge-
bracht.«

»Da bleibt nicht mehr viel Zeit, um sie aufzustellen, bis das
Warenhaus öffnet«, überlegte Ellery und warf seinem Vater
einen Blick zu.

»Überlassen Sie Operation Püppchen nur uns, Mr. Bondling«, erklärte der Inspektor grimmig. »Rufen Sie mich am
besten heute nachmittag mal an.«

»Ich kann Ihnen gar nicht sagen, Inspektor, wie erleichtert . . .«

»Sind Sie das?« entgegnete der alte Gentleman mürrisch.
»Worauf gründet sich Ihre Hoffnung, daß er sie nicht
bekommt?«

Nachdem Anwalt Bondling gegangen war, steckten die
Queens die Köpfe zusammen, wobei Ellery wie gewöhnlich am
meisten redete. Schließlich begab sich der Inspektor zu einem
ausgedehnten Telefonat mit dem Präsidium ins Schlafzimmer.

»Man könnte glatt denken«, meinte Nikki naserümpfend,
»Sie beide planten die Verteidigung der Bastille. Wer ist dieser
Comus überhaupt?«

»Das wissen wir nicht, Nikki«, meinte Ellery langsam.
»Könnte jeder sein. Begann seine kriminelle Laufbahn vor etwa
fünf Jahren und folgte dabei der großen Tradition Lupins — ein
unverschämter, hochintelligenter Schurke, der aus Diebstahl
eine Kunst gemacht hat. Besonderes Vergnügen bereitet es ihm
scheinbar, wertvolle Dinge unter buchstäblich unmöglichen
Umständen an sich zu bringen. Ein Meister der Verkleidung —
man hat ihn bereits in einem Dutzend verschiedener Rollen
gesehen. Er ist ein unheimlicher Schauspieler. Wurde niemals
erwischt oder photographiert, und auch seine Fingerabdrücke
wurden nie gefunden. Einfallsreich, wagemutig — ich würde
sagen, er ist der gefährlichste Dieb, der gegenwärtig in den Vereinigten Staaten tätig ist.«

»Wenn er noch nie erwischt wurde, woher wissen Sie dann,
daß er all die Verbrechen, die ihm zugeschrieben werden, tatsächlich begangen hat?« fragte Nikki skeptisch.

»Sie meinen, wieso es kein anderer gewesen sein kann?«

Ellery lächelte matt. »Die Vorgehensweise ist sein Markenzeichen. Und dann hinterläßt er noch – wie Arsène – an jedem Ort, an dem er tätig wird, seine Karte mit dem Namen ›Comus‹ darauf.«

»Ist es üblich, daß er im voraus verkündet, wann er die Kronjuwelen kassieren wird?«

»Nein.« Ellery schnitt ein finsteres Gesicht. »Soweit ich weiß, ist es das erste Mal. Und da er nie etwas grundlos unternimmt, muß sein heutiger Besuch in Bondlings Büro zu einem größeren Plan gehören. Ich frage mich . . .«

Das Telefon im Wohnzimmer klingelte laut und deutlich.

Nikki sah Ellery an. Ellery sah das Telefon an.

»Denken Sie vielleicht . . .?« fragte Nikki und antwortete sich dann selbst: »Oh, das wäre einfach zu absurd!«

»Wo Comus beteiligt ist«, versetzte Ellery heftig, »ist nichts zu absurd.« Und er stürzte zum Telefon. »Hallo?«

»Hier spricht ein alter Freund«, meldete sich eine tiefe, dumpfe Männerstimme. »Comus.«

»Na ja«, meinte Ellery. »Noch mal hallo.«

»Hat Mr. Bondling Sie überredet«, fragte die Stimme aufgeräumt, mich daran zu ›hindern‹, daß ich morgen die Puppe des Dauphin bei *Nash* stehle?«

»Sie wissen also, daß Bondling hier war.«

»Dabei ist nichts Wundersames im Spiel, Queen. Ich bin ihm gefolgt. Übernehmen Sie den Fall?«

»Schauen Sie, Comus«, sagte Ellery. »Unter normalen Umständen würde ich mich über die sportliche Herausforderung freuen, Sie dorthin zu bringen, wo Sie hingehören. Aber wir haben es nicht mit normalen Umständen zu tun. Diese Puppe repräsentiert den Hauptanteil an einem künftigen Fond für Waisenkinder, weshalb ich lieber nicht Fangen damit spielen möchte. Comus, was hielten Sie davon, diese Sache abzublasen?«

»Also dann«, sagte die Stimme liebenswürdig, »morgen früh in Nashs Warenhaus, ja?«

Und so finden wir am frühen Morgen des vierundzwanzigsten Dezember Messrs. Queen und Bondling sowie Nikkie Porter zusammengedrängt auf dem eisernen Bürgersteig der Dreiundvierzigsten Straße vor den mit Stechpalmen verzierten Fenstern der *Life Bank & Trust Company*, direkt neben einer Doppelreihe bewaffneter Schutzmänner. Die Schutzmänner bilden einen Gang zwischen dem Bankeingang und einem gepanzerten Lieferwagen, und durch diesen Gang bewegt sich mit hoher Geschwindigkeit die Cytherea-Ypson-Pollektion. Ringsherum steht gaffend New York und stampft mit gefühllosen Füßen auf das alte, gefrorene Antlitz der Straße, um sich im unbarmherzigen Weihnachtswind zu wärmen.

Es ist der Winter seiner Unzufriedenheit, und Mr. Queen flucht.

»Ich weiß gar nicht, worüber Sie meckern«, stöhnt Miss Porter. »Sie und Mr. Bondling sind eingewickelt wie Prospektoren am Yukon. »Sehen Sie mal *mich* an!«

»Dieser verräterische Werbeleiter von *Nash* ist für das hier verantwortlich«, stellt Mr. Queen in mörderischem Ton fest. »Dabei haben sie alle geschworen, die Sache geheimzuhalten, einschließlich dieses Verräters. Soviel zu Ehre! Und dem Geist des Weihnachtsfestes!«

»Alle Radiosender haben es gestern gemeldet«, wimmert Mr. Bondling. »Und die Morgenzeitungen heute!«

»Ich schneide diesem Schuft das Herz heraus. Hier! Velie, halten Sie die Leute fern!«

Und vom Eingang der Bank her läßt sich Sergeant Velie freundlich vernehmen: »Ihr Gesindel haltet gefälligst Abstand!« Noch ahnt er nicht, der Sergeant, was das Schicksal für ihn bereithält.

»Gepanzerte Lieferwagen«, sagt Miss Porter verächtlich. »Schrotflinten.«

»Nikki, Comus hielt es für nötig, uns vorab zu informieren, daß er die Puppe des Dauphin in Nashs Warenhaus zu stehlen plant. Es würde ihm ähnlich sehen, das nur zu verkünden, damit es ihm leichter fällt, die Puppe unterwegs an sich zu bringen.«

»Warum machen die nicht schneller?« fragt Mr. Bondling zitternd. »Ah!«

Inspektor Queen erscheint plötzlich in der Tür der Bank. Seine Hände umklammern einen Schatz.

»Oh!« ruft Nikki.

New York pfeift.

Es ist eine schiere Pracht, eine Beleidigung der Demokratie, aber wie Kinder sind die Leute von der Straße tief im Herzen royalistisch gesonnen.

New York pfeift, und Sergeant Thomas Velie baut sich in bedrohlicher Abwehrhaltung vor Inspektor Queen auf, den Schlagstock in der Hand. Inspektor Queen huscht zwischen den waffenstarrenden Reihen der Schutzmänner über den Bürgersteig hinweg, die Puppe des Dauphin in den Armen. Queen der Jüngere verschwindet, nur um einen Augenblick später an der Tür des Panzerwagens wieder zu materialisieren.

»Sie ist einfach unmoralisch und abscheulich schön, Mr. Bondling«, haucht Miss Porter mit funkelnden Augen.

Mr. Bondling macht den Hals lang.

AUFTRITT: *Der Weihnachtsmann mit Glocke.*

Weihnachtsmann: Hört, hört! Friede und gesegnete Weihnacht. Ist das das Püppchen, worüber sie sich im Radio das Maul zerrissen haben, Leute?

Mr. B.: Hauen Sie ab.

Miss P.: Aber warum denn, Mr. Bondling?

Mr. B.: Na ja, er hat hier nichts zu suchen. Los, zurück da, äh, Weihnachtsmann. Zurück!

Weihnachtsmann: Was frißt an Ihnen, mein magerer und zorniger Freund? Empfinden Sie kein Mitgefühl in dieser Jahreszeit?

Mr. B.: Oh . . . Hier! *(Klimper.)* Würden Sie jetzt *bitte* . . .?

Weihnachtsmann: Mächtig hübsches Püppchen. Wohin bringen Sie es, Kleine?

Miss P.: Rüber zu *Nash*, Weihnachtsmann.

Mr. B.: Sie haben es nicht anders gewollt! Officer!!!

Weihnachtsmann (in Eile): Kleines Geschenk für Sie, Mädchen. Beste Grüße vom Weihnachtsmann. Immer lustig, immer froh!

Miss P.: Für *mich?*

(ABGANG *Weihnachtsmann, in Eile und mit Glocke.*) Also wirklich, Mr. Bondling! War es denn nötig...?

Mr. B.: Opium für das Volk! Was hat dieser schwülstige Betrüger Ihnen da gegeben, Miss Porter? Was enthält dieser unsägliche Umschlag?

Miss P.: Das weiß ich nicht, aber ist es nicht eine höchst ergreifende Idee? Oh, er ist ja an *Ellery* adressiert! Elleryyy!

Mr. B.: (ABGANG *Aufgeregt.*) Wo steckt er? Sie da – Officer! Wohin ist dieser Kinderbetrüger verschwunden? Ein Weihnachtsmann!

Mr. Q.: (Erscheint im Laufschritt.) Ja? Nikki, was ist los? Was ist passiert?

Miss P.: Jemand, der als Weihnachtsmann verkleidet war, hat mir diesen Umschlag überreicht. Er ist an Sie adressiert.

Mr. Q.: Ein Brief? *(Er schnappt ihn sich und zieht ein schäbiges Stück Papier hervor, auf dem in mit Bleistift geschriebenen Druckbuchstaben eine Nachricht steht, die er sehr ausdrucksstark vorträgt.)* »Lieber Ellery, vertrauen Sie mir denn nicht? Ich sagte, ich würde den Dauphin in Nashs Laden stehlen, und genau dort werde ich es auch tun. Ihr...« Unterzeichnet...

Miss P.: (Reckt den Hals.) »Comus.« Dieser Weihnachtsmann?

Mr. Q.: (Preßt die mannhaften Lippen zusammen. Ein eiskalter Wind weht.)

Selbst der Meister mußte einräumen, daß ihre Abwehrmaßnahmen gegen Comus genial waren.

Von der Ausstellungsabteilung von *Nash* hatten sie sich vier gehrgefugte Ladentische von gleicher Länge besorgt und aneinander befestigt. Im Zentrum des so geschaffenen hohlen Quadrates hatten sie eine sechs Fuß hohe Plattform errichtet. Auf den Ladentischen lagen in langen Reihen Miss Ypsons Babies in gestuften Plastikständern. Auf dieser Plattform, die Szenerie völlig beherrschend, stand ein großer Stuhl aus handgeschnitzter Eiche, stibitzt aus der Sektion für schwedische Moderne der Qualitätsmöbelabteilung. Und auf diesem walhallahaften Thron hielt groß, rosig und rundlich Sergeant Thomas Velie vom Polizeipräsidium hof, verdrossen und doch dankbar für die Anonymität, die ihm der rote Anzug, die lustige Maske und der Bart der ihm zugewiesenen Rolle boten.

Und das war noch nicht alles. In sechs Fuß Abstand zu den Ladentischen schimmerte ringsherum ein Schutzwall aus Spiegelglas, dessen verschiedene Elemente aus der Ausstellung *Das Gläserne Heim der Zukunft* im fünften Stock geborgt waren und die man so zusammengefügt hatte, daß eine acht Fuß hohe, chrombekränzte Wand entstanden war, die glänzende Oberfläche ganz makellos, außer an den Stellen, wo eine dicke Glastür installiert war. Deren Kanten fügten sich jedoch perfekt ein, und obendrein hatte man sie mit einem formidablen Schloß gesichert, dessen Schlüssel tief in Mr. Queens rechter Hosentasche vergraben lag.

Es war acht Uhr vierundzwanzig morgens. Die Queens, Nikki Porter und Anwalt Bolding standen mit Angestellten des Warenhauses und einer Arme von Polizisten in Zivil in der Hauptverkaufshalle von *Nash* und begutachteten das Ergebnis ihrer Mühen.

»Ich denke, das wird wohl reichen«, brummte Inspektor Queen schließlich. »Männer! Auf eure Positionen rings um die gläserne Trennwand!«

Vierundzwanzig ausgesuchte Gendarmen in Zivil rempelten sich gegenseitig an, bezogen markierte Stellungen entlang der Trennwand und ihr gegenüber und grinsten zu Sergeant Velie hinauf. Sergeant Velie funkelte von seinem Thron zurück.

»Hagstrom und Piggott zur Tür.«

Zwei Detectives lösten sich von einer Reservegruppe. Während sie Richtung Glastür marschierten, zupfte Mr. Bondling den Inspektor am Ärmel des Überziehers. »Können wir all diesen Männern vertrauen, Inspektor Queen?« wisperte er. »Ich meine, dieser Comus . . .«

»Mr. Bondling«, erwiderte der alte Gentleman kalt, »tun Sie Ihren Job, und überlassen Sie mir meinen.«

»Aber . . .«

»Ausgesuchte Männer, Mr. Bondling! Ich habe sie selbst ausgewählt.«

»Ja, ja, Inspektor, ich dachte nur, ich . . .«

»Lieutenant Farber.«

Ein kleiner Mann mit wäßrigen Augen trat vor.

»Mr. Bondling, das ist Lieutenant Geronimo Farber, Schmuckexperte des Präsidiums. Ellery?«

Ellery zog die Puppe des Dauphin aus einer Tasche seines Paletot, sagte aber: »Wenn es dir nichts ausmacht, Dad, behalte ich sie lieber bei mir.«

Jemand sagte: »Wow!« Und es trat Stille ein.

»Lieutenant, diese Puppe in der Hand meines Sohnes ist die berühmte Puppe des Dauphin mit der Diamantenkrone, die . . .«

»Fassen Sie sie bitte nicht an, Lieutenant«, sagte Ellery. »Ich hielt es für das beste, wenn niemand sie anfaßt.«

»Die Puppe«, fuhr der Inspektor fort, »kommt gerade aus einem Banktresor, den sie niemals hätte verlassen sollen, und Mr. Bondling, der den Ypson-Nachlaß verwaltet, behauptet, daß wir es mit einem echten Stück zu tun haben. Lieutenant, begutachten Sie den Diamanten, und sagen Sie uns Ihre Meinung.«

Lieutenant Farber zauberte eine *loupe* hervor. Ellery hielt die Puppe fest umklammert, und Farber berührte sie nicht.

Schließlich räusperte sich der Experte: »Ich kann natürlich nichts zu der Puppe selbst sagen, wohl aber etwas über die Schönheit des Diamanten. Er ist bei den aktuellen Preisen leicht einhunderttausend Dollar wert — vielleicht sogar mehr. Sieht, nebenbei, nach einer sehr stabilen Fassung aus.«

»Danke, Lieutenant. Okay, mein Junge«, sagte der Inspektor. »Leg los.«

Die Puppe des Dauphin weiterhin fest im Griff haltend, schritt Ellery zu der Glaspforte und schloß sie auf.

»Dieser Farber«, flüsterte Bondling in das haarige Ohr des Inspektors. »Inspektor, sind Sie absolut sicher, daß er . . .«

»Ob er wirklich Lieutenant Farber ist?« Der Inspektor mühte sich um Selbstbeherrschung. »Mr. Bondling, ich kenne Gerry Farber seit achtzehn Jahren. Beruhigen Sie sich!«

Ellery absolvierte gerade eine riskante Krabbelpartie über den am nächsten stehenden Ladentisch hinweg. Dann eilte er, die Puppe hoch erhoben, durch den Zwischenraum zur Plattform.

»Maestro«, wimmerte Sergeant Velie, »wie zum Teufel soll ich es aushalten, hier den ganzen Tag lang zu sitzen, ohne mir die Hände zu waschen?«

Mr. Queen bückte sich jedoch nur und hob einen schweren kleinen Gegenstand vom Boden auf, eingefaßt mit schwarzem Samt und zusammengesetzt aus einem Sockel und einer Rückwand mit zweiarmiger Chromhalterung. Diesen Gegenstand plazierte er auf der Plattform direkt neben Sergeant Velies dicken Beinen.

Vorsichtig stellte er die Puppe des Dauphin in die samtene Nische. Dann kletterte er wieder über den Ladentisch, ging durch die Pforte, schloß sie ab und drehte sich um, um seine Arbeit zu begutachten.

Stolz stand das Spielzeug des Prinzen da, und das Juwel auf seiner kleinen goldenen Krone funkelte regelrecht unter dem konzentrierten Ansturm eines Dutzends der stärksten Scheinwerfer, die das Warenhaus aufzubieten hatte.

»Velie«, sagte Inspektor Queen, »fassen Sie diese Puppe nicht an! Berühren Sie sie nicht mal mit dem Finger!«

»Gaaa«, antwortete der Sergeant.

»An alle Diensthabenden. Machen Sie sich keine Sorge über den Besucherstrom. Ihr Job ist es, diese Puppe dort im Auge zu behalten. Wenden Sie den ganzen Tag lang nicht den Blick von ihr! Mr. Bondling, sind Sie zufrieden?« Mr. Bondling öffnete den Mund, als wolle er etwas sagen, nickte dann aber nur hastig. »Ellery?« Der große Mann lächelte. »Seine einzige Möglichkeit, an das Püppchen zu kommen«, meinte er, »wäre präzises Mörserfeuer oder Zauberei. Laßt die Zugbrücke herunter!«

Damit begann der endlose Tag, *dies irae*, der letzte verkaufsoffene Tag vor Weihnachten. Traditionellerweise ist es der Tag der Trägen, der Zaudernden, der Unentschlossenen und Vergeßlichen, die durch die unerbittliche Mühle der Zeit schließlich doch zwischen die Mühlsteine des Merkantilismus gezerrt werden. Wenn es Frieden auf Erden geben sollte, dann erst nach diesem Tag, und zu keinem Zeitpunkt gibt es im Kreise der in dieses Geschehen Verwickelten so etwas wie Nächstenliebe. Um es mit den Worten Miss Porters auszudrücken: Ein Katzenkampf in einem Vogelkäfig wäre christlicher.

Aber an diesem vierundzwanzigsten Dezember wurde das übliche Chaos bei *Nash* noch verstärkt durch die schrillen Schreie Tausender von Kindern. Vielleicht trifft zu, was der Psalmist behauptet, daß nur der sich glücklich schätzen kann, der einen Köcher voll von ihnen hat, aber keine Bogenschützen umringten Miss Ypsons Lieblinge an diesem Tag, nur Detectives mit Revolvern, und nicht wenige dieser Polizisten hielten sich nur durch heroische Selbstbeherrschung vor dem Einsatz ihrer Waffen zurück. In den dunklen Menschenmassen, die die Haupthalle überfluteten, huschten die Kleinen wie elektrisch geladene Elritzen hin und her, verfolgt von verzweifelten mütterlichen Schreien und den Verwünschungen derjenigen, deren Schienbeine und Allerwerteste und Zehen der Gnade heißblütiger glücklicher Kindergliedmaßen ausgeliefert waren; in der Tat, nichts war vor ihnen sicher, und man konnte Anwalt Bondling dabei bewundern, wie er zitternd den Paletot fest um sich zog, um sich vor der stürmischen Unschuld der Kinder zu schützen. Die Hüter des Gesetzes, denen man befohlen hatte, sich als Angestellte des Hauses auszugeben, besaßen keine solche Rüstungen, und manch einer verdiente sich am heutigen Tag eine Belobigung für außerordentlichen Einsatz. Sie standen inmitten der tosenden Fluten, die ringsherum Schaumkronen warfen und kreischten: »Puppen! *Puppen!*« Und schon dieses Wort verlor seine vertraute Bedeutung und wurde zum unbarmherzigen Schrei von Tausenden Loreleis, die starke Männer in den Untergang zu locken versuchten — gnadenlos und aus Kniehöhe.

Jedoch, diese Männer hielten stand.

Und Comus sah seine Absichten vereitelt. Oh, er probierte es! Um elf Uhr achtzehn versuchte ein zittriger alter Mann, der die Hand eines kleinen Jungen hielt, Detective Hagstrom dazu zu verleiten, daß er ihm die Glaspforte öffnete, »damit mein Enkel hier — er ist so schrecklich kurzsichtig — sich die hübschen Puppen besser anschauen kann«. Detective Hagstrom brüllte: »Tölpel!« Und der alte Gentleman ließ sofort die Hand des Jungen los und tauchte mit bemerkenswerter Gelenkigkeit in der Menge unter. Eine sofortige Untersuchung ergab, daß der alte Gentleman, als er den nach seiner Mutti weinenden Jungen gefunden hatte, ihm versprochen hatte, sie mit ihm zu suchen. Der kleine Junge, der seinen Namen mit Lance Morganstern angab, wurde in die Abteilung ›Verloren und Gefunden‹ verfrachtet, und alle waren's zufrieden, daß der berühmte Dieb schließlich doch seinen Angriff eingeleitet hatte. Alle, will heißen, von Ellery Queen einmal abgesehen. Er schien verwirrt. Als Nikki ihn nach dem Grund fragte, antwortete er nur: »Dummheit, Nikki, ist einfach nicht sein Stil.«

Um dreizehn Uhr sechsundvierzig gab Sergeant Velie ein Alarmsignal. Anscheinend mußte er sich die Hände waschen. Inspektor Queen signalisierte zurück: »Okay. Fünfzehn Minuten.« Sergeant Santa C. Velie verließ eilig seinen Hochsitz, krallte sich den Weg über einen Ladentisch und klopfte drängend an die Innenseite der Glaspforte. Ellery ließ ihn heraus und verschloß die Tür gleich wieder, während des Sergeanten rotgewandete Gestalt sich mit hoher Geschwindigkeit in Richtung des Herrenörtchens auf der Hauptetage entfernte und der Dauphin im alleinigen Besitz des Podestes zurückblieb.

In Abwesenheit des Sergeanten zog Inspektor Queen seine Kreise durch die Reihen seiner Männer und wiederholte den Tagesbefehl.

Velies Reaktion auf den Ruf der Natur führte zu einer vorübergehenden Krise, als der Sergeant weder am Ende der ihm zugeteilten fünfzehn Minuten noch gar nach einer halben Stunde wieder zurückkehrte. Ein zum Herrenörtchen entsandter Bote meldete zurück, daß er ihn dort nicht vorgefunden habe. Üble Machenschaften wurden auf der gleich an Ort und Stelle abgehaltenen Krisensitzung befürchtet und Gegenmaßnahmen geplant, selbst dann noch, als man um vierzehn Uhr fünfunddreißig wieder der vertrauten Weihnachtsmannverkleidung des stämmigen Sergeanten wieder ansichtig wurde, die sich ihren Weg durch die Massen freikämpfte und dabei ihre Maskierung zurechtrückte.

»Velie«, knurrte Inspektor Queen, »wo haben Sie gesteckt?«

»Beim Mittagessen«, grollte die Stimme des Sergeanten abwehrend. »Den ganzen verdammten Tag lang habe ich meine Strafe wie ein guter Soldat auf mich genommen, Inspektor, aber selbst im Dienst ist irgendwann für mich die Grenze erreicht, wenn es ans Verhungern geht.«

»Velie!« Dem Inspektor versagte die Stimme, aber dann winkte er matt ab und sagte nur: »Ellery, laß ihn wieder hinein.«

Und das war schon fast alles. Der einzige sonst noch erwähnenswerte Zwischenfall ergab sich um sechzehn Uhr zweiundzwanzig. Eine gut gepolsterte Frau mit rotem Gesicht schrie gellend: »Haltet den Dieb! Er hat mir die Handtasche gestohlen! Polizei!« Sie tat dies in etwa fünfzig Fuß Entfernung zur Ypson-Ausstellung. Ellery schrie sofort: »Das ist ein Trick! Männer, laßt ja diese Puppe nicht aus den Augen!«

»Es ist Comus, als Frau verkleidet!« rief Anwalt Bondling, während Inspektor Queen und Detective Hesse die weibliche Gestalt durch die Menge zerrten. Das Gesicht der Frau zeigte jetzt eine wundervolle tiefrote Tönung. »Was macht ihr eigentlich?« kreischte sie. »Verhaftet nicht mich, sondern den Halunken, der mir die Handtasche gestohlen hat!«

»Ist nicht drin, Comus«, antwortete der Inspektor. »Wischen Sie Ihr Make up weg.«

»McComus?« fragte die Frau mit lauter Stimme. »Ich heiße Rafferty, und alle Leuten haben es gesehen. Es war ein dicker Mann mit Schnurrbart.«

»Inspektor«, meldete sich Nikki, die heimlich ein wissenschaftliches Experiment durchgeführt hatte, »das ist eine Frau, glauben Sie mir.« Und wahrhaftig stellte sich heraus, daß sie

recht hatte. Alle stimmten darin überein, daß der beschnurr-
barte dicke Herr Comus gewesen sein mußte, der ein Ablen-
kungsmanöver hatte durchführen wollen, in der verzweifelten
Hoffnung, in dem entstehenden Durcheinander eine Gelegenheit zum Raub des kleinen Dauphin zu erhalten.

»Dumm, dumm«, brummte Ellery und kaute auf den Finger-
nägeln.

»Sicher«, grinste der Inspektor. »Wir haben ihm die Tour ver-
masselt, Ellery. Es war sein letzter, verzweifelter Versuch. Er ist
gescheitert!«

»Offen gesagt«, bemerkte Nikki naserümpfend, »bin ich
etwas enttäuscht.«

»Besorgt«, stellte Ellery fest, »würde auf mich schon eher
zutreffen.«

Inspektor Queen war ein zu erfahrener Gaunerschreck, um in
diesem kritischen Augenblick in seiner Aufmerksamkeit nach-
zulassen. Als um siebzehn Uhr dreißig die Gongs läuteten und
die Menschenmassen sich in Richtung der Ausgänge vorkämpf-
ten, bellte er: »Männer, haltet eure Stellung! Behaltet diese
Puppe im Auge!« Also blieb jedermann auf der Hut, obwohl
sich das Geschäft leerte. Die Reserveleute drängten die Kunden,
sich zu beeilen. Ellery, der auf einem Informationsschalter
stand, sah, daß es Engpässe gab, und wedelte mit den Armen.

Um siebzehn Uhr fünfzig gehörte die Hauptetage nicht mehr
zum eigentlichen Kriegsgebiet. Alle Nachzügler waren vertrieben. Nur Flüchtlinge waren noch zu sehen, die die Schluß-
glocke in den oberen Etagen erwischt hatte, und die jetzt aus
den Fahrstühlen strömten und von einer geschlossenen Front
aus Polizisten und ordentlichem Geschäftspersonal zu den
Türen geleitet wurden. Um achtzehn Uhr fünf war aus diesem
Strom ein Rinnsal geworden, das um achtzehn Uhr zehn
schließlich ganz versiegte. Selbst das Personal verlief sich jetzt
langsam.

»Halt, Leute!« rief Ellery mit scharfer Stimme von seinem
Beobachtungsposten herüber. »Bleibt, wo ihr seid, bis alle

Angestellten gegangen sind!« Die Schalterbediensteten waren schon lange verschwunden.

Von der anderen Seite der Glaspforte aus ertönte Sergeant Velies klagende Stimme: »Ich muß nach Hause und den Baum schmücken! Maestro, würden Sie sich bitte mit dem Schlüssel beeilen!«

Ellery sprang vom Schalter herunter und eilte herbei, um Velie hinauszulassen. Detective Piggott erkundigte sich höhnisch: »Haben Sie vor, morgen früh für Ihre Kinder den Weihnachtsmann zu spielen, Velie?« Woraufhin der Sergeant sogar durch seine Maske hindurch laut und deutlich ein unanständiges Wort hervorbrachte — ungeachtet der Anwesenheit Miss Porters — und in Richtung Herrentoilette davonstampfte.

»Wohin wollen Sie, Velie?« fragte der Inspektor lächelnd.

»Ich muß doch irgendwo aus diesen vermaledeiten Weihnachtsmannklamotten heraus, oder nicht?« tönte die Stimme des Sergeanten dumpf unter der Maske hervor, und Velie verschwand in einem Lachorkan seiner Kollegen.

»Immer noch besorgt, Mr. Queen?« gluckste der Inspektor.

»Ich verstehe das nicht.« Ellery schüttelte den Kopf. »Nun, Mr. Bondling, dort ist Ihr Dauphin, von Menschenhand unberührt.«

»Ja, ausgezeichnet!« Anwalt Bondling wischte sich glücklich die Stirn ab. »Ich muß einräumen, daß ich es ebenfalls nicht verstehe, Mr. Queen, es sei denn, Comus wäre ein weiterer Fall von jemandem mit einem ganz ungerechtfertigten Ruf...« Plötzlich packte er den Inspektor. »Diese Männer da«, flüsterte er. »Wer sind sie?«

»Entspannen Sie sich, Mr. Bondling«, sagte der Inspektor gutgelaunt. »Es sind nur die Leute, die die Puppen zurück zur Bank bringen. Warten Sie mal, Sie da drüben! Vielleicht wäre es besser, Mr. Bondling, wenn wir den Dauphin persönlich zurück in den Tresor brächten.«

»Halten Sie diese Burschen zurück«, wies Ellery die Männer des Präsidiums leise an und folgte dem Inspektor und Mr. Bondling in die Umschließung. Sie zogen zwei der Ladentische an einer Ecke auseinander und schlenderten zur Plattform hinüber. Der Dauphin blinzelte ihnen freundlich zu. Sie standen da und schauten ihn an.

»Niedlicher kleiner Teufel«, meinte der Inspektor.

»Es kommt einem jetzt richtig töricht vor«, strahlte Anwalt Bondling, »sich den ganzen Tag lang solche Sorgen gemacht zu haben.«

»Comus muß doch irgendeinen Plan gehabt haben«, murmelte Ellery.

»Sicher«, sagte der Inspektor. »Die Verkleidung als alter Mann. Und die Nummer mit der geklauten Handtasche.«

»Nein, nein, Dad! Etwas Cleveres. Er hat sich bislang immer ganz schlau angestellt.«

»Nun, da ist der Diamant«, bemerkte der Anwalt gelassen. »Also hat er es diesmal nicht.«

»Verkleidung...« brummte Ellery. »Es war bislang immer eine Verkleidung. Weihnachtsmannkostüm — hat er schon mal benutzt — heute morgen vor der Bank... Haben wir heute hier irgendwo einen Weihnachtsmann gesehen?«

»Nur Velie«, grinste der Inspektor. »Und ich glaube kaum...«

»Warten Sie mal«, sagte Anwalt Bondling mit ganz merkwürdiger Stimme. Er starrte die Puppe des Dauphin an.

»Worauf warten, Mr. Bondling?«

»Was ist los?« fragte Ellery, ebenfalls mit ganz merkwürdiger Stimme.

»Aber... unmöglich...« stammelte Bondling. Er riß die Puppe von ihrem schwarzen Samtständer. »*Nein!*« heulte er. »*Das ist nicht der Dauphin! Es ist eine Fälschung, eine Kopie!*«

Etwas machte in Mr. Queens Kopf leise *klick!*, als hätte sich ein Uhrzeiger weiterbewegt. Und es wurde Licht.

»Ein paar von euch Männern!« donnerte er. »*Los, hinter dem Weihnachtsmann her!*«

»Hinter wem, Mr. Queen?«

»Wovon redet er?«

»Hinter wem, Ellery?« keuchte Inspektor Queen.

»Was ist los?«

»Keine Ahnung!«

»Stehen Sie doch nicht so herum! *Schnappen Sie ihn!*« kreischte Ellery und hüpfte dabei auf und nieder. »Den Mann, den ich gerade hinausgelassen habe! Den Weihnachtsmann, der zu den Toiletten gegangen ist.«

Etliche Detectives rannten wie verrückt los.

»Aber Ellery«, ließ sich eine dünne Stimme vernehmen, und Nikki stellte fest, daß es ihre eigene war, »das war doch Sergeant Velie.«

»Es war *nicht* Velie! Als Velie kurz vor vierzehn Uhr verschwand, um sich zu erleichtern, *hat Comus ihm aufgelauert!* Es war Comus, der in Velies Weihnachtsmannausrüstung zurückkehrte, komplett mit Bart und Maske! *Comus hat den ganzen Nachmittag lang auf der Plattform gesessen!*« Er entriß Anwalt Bondling den Dauphin. »Eine Kopie! Irgendwie hat er es geschafft, er hat es tatsächlich geschafft.«

»Aber Mr. Queen«, flüsterte Anwalt Bondling, »seine Stimme! Er hat uns doch . . . mit Sergeant Velies Stimme angesprochen.«

»Ja, Ellery«, hörte Nikki sich selbst sagen.

»Ich sagte Ihnen bereits gestern, daß Comus ein phantastischer Schauspieler ist, Nikki. Lieutenant Farber! Ist Lieutenant Farber noch hier?« Der Schmuckexperte, der aus einiger Entfernung mit offenem Mund zugeschaut hatte, schüttelte den Kopf, als wollte er seine Gedanken klären, und kam in die Umschließung geschlurft.

»Lieutenant«, sagte Ellery mit erstickter Stimme. »Untersuchen Sie diesen Diamanten. Ich meine, ist es überhaupt ein Diamant?«

Inspektor Queen nahm die Hände vom Gesicht und fragte benommen: »Nun Gerry?«

Lieutenant Farber blickte mit zusammengekniffenen Augen durch seine *loupe*. »Verdammt! Es ist ein Straß . . .«

»Ein was?« erkundigte sich der Inspektor kläglich.

»Straß – Bleiglas – ein Similistein. Eine wundervolle Imitation, die schönste Arbeit, die ich je gesehen habe.«

»Bringt mich zu diesem Weihnachtsmann«, flüsterte Inspektor Queen.

Aber der Weihnachtsmann wurde schon zu ihnen gebracht. Im Griff von einem Dutzend Detectives, den roten Mantel heruntergerissen, die rote Hose um die Knöchel, die Bartmaske aber noch im Gesicht, wehrte sich ein großer, lauthals schimpfender Mann.

»Aber ich sag euch doch, ich bin Sergeant Velie!« tobte er. »Nehmt doch einfach die Maske herunter und seht selbst!«

»Das ist ein Vergnügen«, knurrte Detective Hagstrom, der dem Gefangenen gerade den Arm zu brechen versuchte, »das wir für den Inspektor reserviert haben.«

»Haltet ihn gut fest, Jungs«, flüsterte der Inspektor. Seine Hand zuckte wie eine Kobra vor und riß das Gesicht des Weihnachtsmanns an sich.

Und dahinter kam tatsächlich Sergeant Velie zum Vorschein.

»Wieso ist es denn Velie?« staunte der Inspektor.

»Ich habe es schon tausendmal erklärt«, sagte der Sergeant und verschränkte die Arme vor der breiten, behaarten Brust. »Wo ist jetzt dieser Typ, der mir den Arm brechen wollte?« Dann setzte er hinzu: »Meine Hose!« Und während sich Miss Porter feinfühlig abwandte, bückte sich Detective Hagstrom demütig und zog Sergeant Velie die Hose hoch.

»Lassen wir das«, sagte eine kalte Stimme wie von ferne.

Es war der Meister persönlich.

»Yeah?« fragte Sergeant Velie feindselig.

»Velie, wurden Sie nicht angegriffen, als Sie kurz vor vierzehn Uhr die Herrentoilette betraten?«

»Sehe ich aus, als könnte man mich so einfach angreifen?«

»Sie waren zu Mittag — persönlich?«

»Und es schmeckte absolut mies.«

»*Sie* haben den ganzen Nachmittag lang hier zwischen den Puppen gesessen?«

»Niemand sonst, Maestro. Jetzt, meine Freunde, möchte ich Action sehen und ein paar flotte Sprüche hören. Worum geht es hier eigentlich? Und möglichst«, ergänzte er leise, »bevor ich die Geduld verliere.«

Während verschiedene Redner aus dem Präsidium vor dem schweigenden Sergeant improvisierte Vorträge zum besten gaben, wandte sich Inspektor Richard Queen an seinen Sohn.

»Ellery, mein Junge. Wie in drei Teufels Namen hat er das nur geschafft?«

»Pa«, antwortete der Meister, »ich habe keine Ahnung!«

Man dekoriere sein Zimmer mit Stechpalmzweigen, aber nicht, wenn man Queen heißt und es ein ganz bestimmter vierundzwanzigster Dezember ist. Trägt man an diesem beklagenswerten Abend den Namen Queen, sitzt man vielmehr im Wohnzimmer einer New Yorker Wohnung und starrt betrübt in ein düsteres Kaminfeuer, statt Lieder anzustimmen. Und man hat Gesellschaft. Die Gästeliste ist kurz, aber erlesen. Sie enthält zwei Namen, eine Miss Porter und einen Sergeant Velie, und die haben auch keinen Trost zu bieten.

Nein, es wird kein altes Weihnachtslied geträllert; nur die Stille singt.

Klage in deiner Gruft, Cytherea Ypson, denn alles war umsonst; dein kleiner Dauphinschatz ruht nicht in der leeren Schatulle der Waisen, sondern im heißen Griff eines Menschen, der seine üble Inspiration von einem seit langem dahingeschiedenen Spezialisten im Verschwinden bezog.

Alles Reden hatte sich erledigt. Sollte ein kluger Mann eitles Wissen von sich geben und seinen Bauch mit heißer Luft füllen? Wer zuviel spricht, begeht eine Sünde, sagt der Talmud. Er vergeudet auch seinen Atem. Und die erwähnten Personen hatten den Punkt erreicht, wo sie damit haushalten mußten, denn ihr verfügbarer Vorrat war erschöpft.

Tatsache war: Lieutenant Geronimo Farber vom Polizeipräsidium hatte den Diamanten auf der Krone des echten Dauphin untersucht, und das nur wenige Sekunden bevor die Puppe an ihren gesicherten Platz in der Umschließung gebracht worden war. Lieutenant Farber hatte den Diamanten als Diamanten ausgewiesen und nicht nur als einen beliebigen Diamanten, sondern einen, der seiner Meinung nach über hunderttausend Dollar wert war.

Frage: Hatte Lieutenant Farber gelogen?

Antwort: Lieutenant Farber war (a) ein integrer Mann,

bewährt in tausend Prüfungen, und (b) unbestechlich. (a) und (b) hatte Inspektor Queen heftig bezeugt und dabei auf den Bart seines persönlichen Propheten geschworen.

Frage: Hatte sich Lieutenant Farber geirrt?

Antwort: Lieutenant Farber war ein landesweit berühmter Polizeiexperte auf dem Gebiet wertvoller Steine. Man mußte davon ausgehen, daß er einen echten Diamanten von einem zurechtgeschnittenen Stück Glas unterscheiden konnte.

Frage: War es denn der echte Lieutenant Farber gewesen?

Antwort: Beim Barte desselben Propheten, es war Lieutenant Farber und kein Faksimile gewesen.

Schlußfolgerung: Der Diamant, den Lieutenant Farber untersucht hatte, kurz bevor morgens die Tore von *Nash* geöffnet hatten, war der echte Diamant des Dauphin gewesen und die Puppe die echte Puppe des Dauphin; und dieses echte Stück hatte Ellery persönlich in die gläserne Festung gebracht und zwischen den echten Füßen des authentischen Sergeant Velie plaziert.

Tatsache war: Den ganzen Tag lang — insbesondere von dem Zeitpunkt, an dem der Dauphin in seiner Nische abgestellt worden war, bis zum Anblick seiner Entlarvung als Fälschung, das heißt, über den ganzen Zeitraum hinweg, in dem Diebstahl und Austausch zumindest theoretisch möglich gewesen waren, hatte keine Person, weder Mann noch Frau, weder Erwachsener noch Kind einen Fuß in die Umschließung gesetzt, ausgenommen Sergeant Thomas Velie alias der Weihnachtsmann.

Frage: Hatte Sergeant Velie bei einer der beiden Gelegenheiten, zu denen er die Umschließung verlassen hatte, den echten Dauphin, versteckt in seinem Aufzug als Weihnachtsmann, fortgebracht, um ihn später irgendwo abzuholen oder ihn an Comus oder einen seiner Spießgesellen zu übergeben?

Antwort (von Sergeant Velie):*

Bestätigung: Einige Dutzend Personen mit Polizeiausbildung und besonderen Instruktionen, ganz zu schweigen von den Queens selbst, von Nikki Porter und Anwalt Bondling, bezeug-

---

* Zensiert (Ellery Queen)

ten übereinstimmend, daß Sergeant Velie die Puppe den ganzen Tag lang nicht angefaßt hatte.

Schlußfolgerung: Sergeant Velie konnte die Puppe des Dauphin nicht gestohlen haben und hatte sie demzufolge auch nicht gestohlen.

Tatsache war: Alle mit der Bewachung der Puppe beauftragten Personen schworen, daß sie ihrer Aufgabe den ganzen lieben langen Tag über nachgekommen waren, ohne einmal zu schwanken oder behindert zu werden; und darüber hinaus, daß zu keinem Zeitpunkt irgend jemand oder irgend etwas die Puppe von innerhalb oder außerhalb der Umschließung aus berührt hatte.

Frage: War es nicht in Anbetracht der Fehlbarkeit des Menschen möglich, daß sich die Personen, die diesen Eid ablegten, im Irrtum befanden? Hatte ihre Aufmerksamkeit nicht vielleicht unter Müdigkeit, Langeweile usw. gelitten?

Antwort: Ja, das war möglich, aber nach allen Gesetzen der Wahrscheinlichkeit nicht bei allen gleichzeitig. Und während der beiden einzigen Ablenkungen im Verlauf des Risikozeitraumes hatte Ellery, wie er selbst bezeugte, den Dauphin im Auge behalten, und ihm zufolge hatte sich der Puppe nichts und niemand genähert.

Tatsache war: Trotz allem mußte letztlich festgestellt werden, daß der echte Dauphin verschwunden und durch eine wertlose Kopie ersetzt worden war.

»Es war einfach brillant und unvorstellbar clever«, meinte Ellery schließlich. »Eine meisterhafte Illusion. Es *war* natürlich eine Illusion...«

»Hexerei!« ächzte der Inspektor.

»Massenhypnose«, schlug Nikki Porter vor.

»Massenvogelmist«, knurrte der Sergeant.

Zwei Stunden später meldete sich Ellery wieder.

»Also hatte Comus eine wertlose Kopie des Dauphin schon vorbereitet, um den Austausch vorzunehmen«, brummte er. »Es ist ein weltberühmtes Püppchen, von dem es zahllose Illustrationen gibt, präzise Beschreibungen, Fotografien... Aber wie in aller Welt hat er es nur geschafft? Wie? Wie?«

»Das haben Sie«, stellte der Sergeant fest, »schon ein paar Dutzend Mal gefragt.«

»Die Glocken läuten«, seufzte Nikki, »aber für wen? Nicht für uns.« Und wahrhaftig, während sie dort zusammengesackt saßen, hatte die Zeit, von Seneca als Vater der Wahrheit bezeichnet, die Schwelle zum Weihnachtsfest überschritten. Und Nikki wirkte beunruhigt, denn als gerade jenes segensreiche alte Lied um Mitternacht ganz klar und deutlich vernehmbar erklang, strahlte ein helles Licht aus Ellerys Augen und zauberte ein seliges Lächeln auf sein bis dahin verzerrtes Gesicht. Frieden breitete sich darin aus, der Frieden, der aus dem Verstehen resultiert. Und Ellery warf das edle Haupt zurück und lachte mit der Heiterkeit eines unschuldigen Kindes.

»Hey!« sagte Sergeant Velie und starrte ihn an.

»Sohn«, hub Inspektor Queen an und traf Anstalten, sich aus dem Sessel zu erheben, als das Telefon läutete.

»Phantastisch!« schrie Ellery. »Oh, ausgezeichnet! Wie hat Comus den Austausch durchgeführt, wie? Nikki . . .«

»Von irgendwoher«, sagte Nikki und reichte ihm den Hörer, »ruft jemand an, und wenn Sie mich fragen, stellt er sich mit ›Comus‹ vor. Am besten fragen Sie ihn nach einer Antwort?«

»Comus«, flüsterte der Inspektor und sackte in sich zusammen.

»Comus«, echote der Sergeant verblüfft.

»Comus?« fragte Ellery herzlich. »Wie nett! Hallo da! Meinen Glückwunsch.«

»Nun, ich danke Ihnen«, sagte die schon bekannte tiefe, dumpfe Stimme. »Ich rufe an, um Ihnen für einen wundervollen Tag meine Anerkennung auszusprechen und Ihnen frohe Weihnachten zu wünschen.«

»Sie sehen selbst einem recht frohen Fest entgegen, wenn ich es richtig verstehe.«

»*Laeti triumphantes*«, sagte Comus jovial.

»Und die Waisenkinder?«

»Ihnen gelten meine besten Wünsche. Aber ich möchte Sie nicht lange aufhalten, Ellery. Wenn Sie einen Blick auf die Fußmatte vor Ihrer Wohnungstür werfen wollen, werden Sie dort — dem Geist der Jahreszeit gemäß — ein kleines Geschenk entdecken, mit den besten Grüßen von Comus. Wollen Sie bitte Inspektor Queen und Anwalt Bondling von mir grüßen?«

Ellery legte lächelnd auf.

Auf der Fußmatte entdeckte er die echte Puppe des Dauphin. Sie war intakt, von einem nebensächlichen Detail abgesehen. Der Edelstein auf der kleinen goldenen Krone fehlte.

»Es handelte sich«, sagte Ellery später, während er ein Rindfleischsandwich verspeiste, »um ein fundamental einfaches Problem. Das gilt für alle großen Illusionen. Ein wertvoller Gegenstand wird offen erkennbar in einer undurchdringlichen Umschließung plaziert und mit Adleraugen von ein paar Dutzend gründlich ausgesuchten und zuverlässigen, gut ausgebildeten Personen überwacht. Er ist zu keinem Zeitpunkt ihrem Blick entzogen, wird weder von Menschenhand noch sonst etwas berührt und ist doch am Schluß des fraglichen Zeitraums verschwunden — gegen eine wertlose Kopie ausgetauscht. Wunderbar. Erstaunlich. Es übersteigt die Vorstellungskraft. Und doch ist es — wie jeder magische Hokuspokus — sofort erklärbar, wenn man nur in der Lage ist — wie ich es leider nicht war —, das Wunder zu ignorieren und sich an die Tatsachen zu halten. Andererseits dient das Wunder jedoch genau diesem Zweck: den Blick auf die Tatsachen zu verstellen.

Welches sind nun die Tatsachen?« fuhr er fort und bediente sich mit einer in Dill eingelegten Gurke. »Tatsache ist, daß zwischen der Aufstellung der Puppe auf der Plattform und der Entdeckung des Diebstahls niemand und nichts sie berührt hat. Deshalb *kann der Dauphin in diesem Zeitraum nicht gestohlen worden sein!* Woraus wiederum schlicht und unvermeidlich folgt, daß er *außerhalb dieses Zeitraums* gestohlen worden sein muß.

Vorher? Nein. Ich habe den echten Dauphin mit eigener Hand innerhalb der Umschließung aufgestellt; bis zum Beginn des fraglichen Zeitraums hat keine Hand außer meiner die Puppe angefaßt — nicht einmal die von Lieutenant Farber, wie Sie sich erinnern werden.

Also muß der Dauphin nachher gestohlen worden sein.«

Ellery fuchtelte mit der halben Gurke herum. »Und wer«, verlangte er mit ernster Stimme zu wissen, »ist die einzige Person außer mir, die nach Ende des fraglichen Zeitraumes die Puppe in der Hand hatte, ehe Lieutenant Farber bekanntgab, der Diamant wäre nur ein Glasimitat? Die einzige?«

Der Inspektor und der Sergeant tauschten verwirrte Blicke aus, und auch Nikki schaute verständnislos drein.

»Nun, Mr. Bondling natürlich«, sagte sie, und der zählt nicht.«

»Er zählt sogar sehr, Nikki«, erwiderte Ellery und griff nach dem Senf, »denn die Tatsachen besagen, daß Bondling zum genannten Zeitpunkt den Dauphin gestohlen hat.«

»Bondling!« Der Inspektor wurde bleich.

»Ich verstehe das nicht«, beschwerte sich Sergeant Velie.

»Ellery, Sie müssen sich irren«, meinte Nikki. »Als Mr. Bondling die Puppe von der Plattform nahm, hatte der Diebstahl bereits stattgefunden. Was er aufhob, war bereits die wertlose Kopie.«

»Das«, sagte Ellery und streckte die Hand nach einem weiteren Sandwich aus, »bildete den Kern der Illusion. Woher aber wissen wir, daß das, was er zur Hand nahm, tatsächlich die wertlose Kopie war? Nun, weil er es behauptet hat. Einfach, nicht wahr? Er sagte es, und als die Trottel, die wir waren, akzeptierten wir seine unbewiesene Aussage wie das Evangelium.«

»Das stimmt!« brummte sein Vater. »Eine richtige Begutachtung der Puppe hat erst etliche Sekunden später stattgefunden.«

»Genau«, bestätigte Ellery mit vollem Mund. »Es kam für kurze Zeit zu einem herrlichen Durcheinander, wie es Bondling vorhergesehen hatte. Ich schrie die Jungs an, sie sollten dem Weihnachtsmann folgen und ihn festnehmen — ich meine, unseren Sergeanten hier. Die Detectives waren für einen Moment demoralisiert. Du, Dad, warst ganz benommen. Nikki zog ein Gesicht, als wäre das Dach eingestürzt. Ich gab eine aufgeregte Erklärung zum besten. Ein paar Detectives rannten los, andere liefen wild durcheinander. Und während all das geschah, während der wenigen Augenblicke, in denen niemand einen Blick für die echte Puppe in Bondlings Hand übrig hatte, weil alle sie für eine Fälschung hielten, steckte Bondling sie in aller Ruhe in eine Tasche seines Überziehers und zog die wertlose Kopie, die er schon den ganzen Tag lang mit sich herumgeschleppt hatte, aus einer anderen Tasche. Als ich mich ihm wieder zuwandte, war es die Fälschung, die ich ihm aus der Hand riß. Und seine Illusion war komplett.

Ich weiß«, ergänzte er trocken, »es ist eine ziemliche Enttäuschung. Deshalb hüten Illusionisten ihre Berufsgeheimnisse so eifersüchtig; Wissen bedeutet Entzauberung. Zweifellos wäre es dem ungläubigen Staunen des perückengekrönten Londoner Publikums von Comus, dem französischen Magier, nicht anders ergangen, hätte er die Falltür gezeigt, durch die seine Frau verschwand, als er sie von einem Tisch hexte. Ein guter Trick — wie eine gute Frau — kommt im Dunkeln am besten zur Geltung. Sergeant, nehmen sie sich doch noch ein Rindfleischsandwich.«

»Komisches Futter für den frühen Weihnachtsmorgen«, sagte der Sergeant und streckte die Hand aus. Dann hielt er inne. Dann sagte er: »Bondling«, und schüttelte den Kopf.

»Jetzt, wo wir wissen, daß es Bondling war«, sagte der Inspektor, der sich etwas erholt hatte, »ist es ein Klacks, den Diamanten zurückzuholen. Er hatte noch nicht genug Zeit, um ihn an den Mann zu bringen. Ich brauche nur in der City anzurufen . . .«

»Warte, Dad«, bat Ellery.

»Worauf?«

»Wem willst du die Hunde auf den Hals hetzen?«

»Was?«

»Du möchtest im Präsidium anrufen, einen Haftbefehl beantragen und so weiter. Aber wer ist dein Mann?«

Der Inspektor faßte sich an den Kopf. »Wieso . . . Sagtest du nicht Bondling?«

»Es wäre vielleicht klug«, meinte Ellery und suchte nachdenklich auf der Zunge nach einem Samenkörnchen, »seinen Decknamen anzugeben.«

»Seinen Decknamen?« fragte Nikki. »Hat er denn einen?«

»Welchen Decknamen, Junge?«

»Comus.«

»*Comus!*«

»*Comus?*«

»Comus.«

»Ach, kommen Sie«, sagte Nikki und goß sich elegant Kaffee ein, denn sie hatte für das Weihnachtsessen des Inspektors geübt. »Wie kann es sich bei Bondling um Comus handeln, wenn Bondling doch den ganzen Tag mit uns zusammen war? Comus ist mehrmals in Verkleidung aufgetreten ... Dieser Weihnachtsmann, der mir vor der Bank den Brief übergab; der alte Mann, der Lance Morganstern geknidnappt hatte; der Dieb mit dem Schnurrbart, der sich Mrs. Raffertys Handtasche schnappte.«

»Yeah«, warf der Sergeant ein, »wie sollte das gehen?«

»Diese Illusionen sind schwer zu durchschauen«, meinte Ellery. »War es nicht Comus, der vor wenigen Minuten angerufen hat, um mich mit dem Diebstahl aufzuziehen? War es nicht Comus, der mitteilte, er hätte den gestohlenen Dauphin — abzüglich des Diamanten — auf unsere Fußmatte gelegt? Eben aus diesem Grund sind Comus und Bondling identisch.

Ich erklärte bereits, daß Comus niemals etwas ohne guten Grund tut«, fuhr er fort. »Warum verkündete ›Comus‹ unserem Herrn ›Bondling‹, er *plante*, die Puppe des Dauphins zu stehlen? Bondling selbst teilte uns das mit — und legte damit den Finger auf sein *Alter ego* —, damit wir glaubten, daß es sich bei ihm und Comus um verschiedene Personen handelte. Er wollte, daß wir nach *Comus* Ausschau hielten und *Bondling* gar nicht erst verdächtigten. Und um seine Strategie taktisch in die Tat umzusetzen, lieferte er uns im Verlauf des Tages drei ›Comus‹-Auftritte — offensichtlich mit Hilfe von Spießgesellen.

Ja«, ergänzte er, »ich denke, Dad, wenn du die Sache zurückverfolgst, wirst du feststellen, daß der große Dieb, den du seit fünf Jahren zu fassen versuchst, die ganze Zeit über als angesehener Nachlaßanwalt an der Park Row ansässig war, der nachts seine Kniffe und Spitzfindigkeiten gegen weiche Schuhe und abgedunkelte Laternen vertauschte. Und jetzt wird er all das gegen eine Nummer und eine vergitterte Tür eintauschen müssen. Schön, schön, es hätte zu keiner passenderen Jahreszeit passieren können. Ein altes englisches Sprichwort besagt, daß sich der Teufel seine Weihnachtspastete aus Anwaltszungen macht. Nikki, würden Sie bitte die Sandwiches herumreichen?«

Originaltitel: The Adventure of the Dauphin's Doll
Ins Deutsche übertragen von Thomas Schichtel

Robert Louis Stevenson

Markheim

»Ja«, sagte der Händler, »wir kommen auf die verschiedensten Arten zu unerwarteten Gewinnen. Einige Kunden kennen sich nicht aus, und dann ziehe ich aus meinem überlegenen Wissen einen Vorteil. Andere sind unehrlich«, bei diesen Worten hob er die Kerze, so daß ihr Licht hell auf seinen Besucher fiel, »und in diesem Fall«, so fuhr er fort, »profitiere ich von meiner Redlichkeit.«

Markheim war gerade erst von der Straße und aus dem Tageslicht hereingekommen, und seine Augen hatten sich noch nicht auf das Wechselspiel von Helligkeit und Dunkelheit eingestellt, das in dem Geschäft herrschte. Bei diesen provozierenden Worten und in unmittelbarer Nähe der Kerzenflamme blinzelte er gequält und wandte den Blick ab.

Der Händler lachte verhalten. »Sie kommen am Weihnachtstag zu mir«, redete er weiter, »an dem ich, wie Sie wissen, allein zu Hause bin, den Laden geschlossen habe und Wert darauf lege, keine Geschäfte zu machen. Nun gut, Sie werden dafür bezahlen müssen, Sie werden dafür zahlen müssen, daß ich meine Zeit vergeude, während ich eigentlich über meinen Geschäftsbüchern sitzen sollte, und darüber hinaus werden Sie für ein bestimmtes Verhalten zahlen müssen, das mir an Ihnen heute besonders stark auffällt. Ich bin die Diskretion in Person und stelle keine unangenehmen Fragen, aber wenn mir ein Kunde nicht in die Augen sehen kann, muß er dafür bezahlen.«

Der Händler lachte erneut ganz leise und fuhr dann in seinem üblichen geschäftsmäßigen Tonfall, wenn auch immer noch mit einer Andeutung von Ironie, fort: »Sie haben wie gewöhnlich eine eindeutige Erklärung dafür, wie Sie in den Besitz des Gegenstandes gekommen sind? Immer noch aus dem Kabinett Ihres Onkels? Ein bemerkenswerter Sammler, Sir!«

Und der kleine, blasse Händler mit den runden Schultern stand beinahe auf den Zehenspitzen, lugte über den Rand seiner goldenen Brille und nickte mit unübersehbarer Skepsis. Markheim erwiderte seinen Blick mit einem Ausdruck unendlichen Bedauerns und einem Anflug von Entsetzen.

»Dieses Mal«, sagte er, »irren Sie sich. Ich bin nicht gekommen, um etwas zu verkaufen, sondern um zu kaufen. Ich habe keine Raritäten mehr, die ich loswerden könnte, das Kabinett meines Onkels ist bis auf die Wandvertäfelung leergeräumt. Doch selbst wenn die Sammlung noch vollständig wäre, würde ich ihr eher etwas hinzufügen, anstatt etwas fortzunehmen, denn ich habe an der Börse ein gutes Geschäft gemacht, und mein heutiges Kommen ist ganz leicht erklärt. Ich suche ein Weihnachtsgeschenk für eine Dame«, fuhr er fort, und die Worte kamen ihm immer flüssiger über die Lippen, als er seinen vorbereiteten Text wiedergab, »und natürlich muß ich mich in aller Form bei Ihnen dafür entschuldigen, Sie wegen einer derart unwichtigen Kleinigkeit zu belästigen. Aber ich habe diese Angelegenheit gestern schleifenlassen; ich muß meine kleine Aufmerksamkeit während des Diners überreichen, und, wie Sie sehr wohl wissen, ist die Heirat mit einer wohlhabenden Partie etwas, wobei man sich keine Nachlässigkeit erlauben darf.«

Es folgte ein Schweigen, während der Händler diese Behauptung ungläubig abzuwägen schien. Das Ticken der vielen Uhren unter dem Trödelkram des Ladens und die leisen Rollgeräusche der Droschken in der nahen Durchgangsstraße durchbrachen den Augenblick der Stille.

»Schön, Sir«, sagte der Händler, »wie Sie wollen. Schließlich sind Sie ein alter Kunde, und wenn sich Ihnen, wie Sie behaupten, die Gelegenheit bietet, gut einzuheiraten, dann liegt es mir fern, Ihnen dabei im Wege zu stehen. Also, hier ist etwas Hübsches für eine Dame, dieser Handspiegel — garantiert fünfzehntes Jahrhundert, stammt ebenfalls von einem erfolgreichen Sammler. Aber ich erwähne den Namen im Interesse des Kunden nicht, der, wie Sie selbst, werter Herr, der Neffe und einzige Erbe eines bemerkenswerten Sammlers war.«

Während er auf seine trockene und bissige Art weitergeredet

hatte, war der Händler stehengeblieben, um den Gegenstand von seinem Platz zu nehmen, und während er das tat, fuhr Markheim ein heftiger Schreck durch den Leib, der seine Hände und Füße zucken und einen plötzlichen Ansturm vielfältiger aufgewühlter Gefühlsregungen über sein Gesicht huschen ließ. Doch der Moment verging genauso schnell, wie er gekommen war und ließ nur ein leichtes Zittern der Hand zurück, die jetzt den Spiegel entgegennahm.

»Ein Spiegel«, sagte er mit rauher Stimme, verstummte dann und wiederholte deutlicher: »Ein Spiegel? Als Weihnachtsgeschenk? Ist das Ihr Ernst?«

»Und warum nicht?« rief der Händler. »Wieso denn nicht einen Spiegel?«

Markheim musterte ihn mit einem unlesbaren Gesichtsausdruck. »Wieso nicht, fragen Sie mich?« erkundigte er sich. »Also, sehen Sie her — schauen Sie hinein — betrachten Sie sich selbst! Gefällt Ihnen der Anblick? Nein! Das . . . das gefällt niemandem.«

Der kleine Mann war zurückgezuckt, als Markheim ihm so plötzlich den Spiegel entgegengestreckt hatte, doch nun, nachdem er erkannt hatte, daß ihm keine Gefahr drohte, lachte er glucksend. »Ihre zukünftige Gattin, Sir, ist anscheinend nicht gerade mit Schönheit gesegnet«, sagte er.

»Ich frage Sie nach einem Weihnachtsgeschenk«, sagte Markheim, »und Sie geben mir diese . . . diese verdammte Erinnerungsstütze an verflossene Jahre, Sünden und Torheiten, dieses tragbare, handliche Gewissen. Haben Sie das mit Absicht getan? Haben Sie sich dabei etwas gedacht? Antworten Sie mir. Es wäre besser für Sie. Kommen Sie, erzählen Sie mir von sich. Ich wage die Vermutung, daß Sie insgeheim ein sehr wohltätiger Mann sind.«

Der Händler betrachtete seinen Besucher genau. Es war sehr merkwürdig, Markheim schien nicht zu scherzen. In seinem Gesicht lag so etwas wie ein verzweifelter Hoffnungsfunke, aber kein Anzeichen von Heiterkeit.

»Worauf wollen Sie hinaus?« erkundigte sich der Händler.

»Nicht wohltätig?« fragte der andere entmutigt zurück.

435

»Nicht wohltätig, nicht fromm, kein Gewissen; ohne zu lieben und ungeliebt; eine Hand, um das Geld zu nehmen, einen Safe, um es aufzubewahren. Ist das alles? Lieber Gott, Mann, ist das wirklich alles?«

»Ich werde Ihnen sagen, was es ist«, begann der Händler mit einer gewissen Schärfe, brach dann aber wieder in ein verhaltenes Lachen aus. »Aber ich sehe, es handelt sich um eine Liebeshochzeit, und Sie haben auf die Gesundheit der Dame angestoßen.«

»Ah!« rief Markheim mit seltsam anmutender Neugier. »Ah, sind Sie jemals verliebt gewesen? Erzählen Sie mir davon.«

»Ich!« rief der Händler aus. »Ich und verliebt! Ich hatte früher nie die Zeit dazu, noch habe ich heute Zeit für diesen ganzen Unfug. Wollen Sie den Spiegel?«

»Warum so eilig?« gab Markheim zurück. »Es ist sehr angenehm, hier zu stehen und sich zu unterhalten, und das Leben ist so kurz und so unsicher, daß ich vor keinem Vergnügen davoneilen würde – nein, nicht einmal vor einem so harmlosen wie diesem. Wir sollten lieber festhalten – an dem Wenigen festhalten, das wir bekommen können, so wie sich ein Mann am Rande eines Abgrunds festklammert. Jede Sekunde ist eine Klippe, wenn man darüber nachdenkt – eine Klippe, die eine Meile hoch ist, so hoch, daß unsere Menschlichkeit bis zur Unkenntlichkeit zerschmettert wird, wenn wir stürzen. Deshalb ist es am besten, entspannt zu plaudern. Lassen Sie uns voneinander erzählen; warum sollten wir uns hinter diesen Masken verbergen? Lassen Sie uns Vertrauen fassen. Wer weiß, vielleicht könnten wir Freunde werden?«

»Ich habe Ihnen nur eins zu sagen«, erklärte der Händler. »Entweder Sie tätigen Ihren Kauf, oder Sie verlassen mein Geschäft!«

»Wie wahr, wie wahr«, gab Markheim zurück. »Genug der Scherze. Kommen wir zum Geschäft. Zeigen Sie mir etwas anderes.«

Der Händler beugte sich erneut vor, diesmal um den Spiegel wieder in das Regal zu legen, und dabei fiel ihm sein dünnes blondes Haar über die Augen. Markheim schob sich ein wenig näher, eine Hand in der Tasche seines Mantels verborgen. Er streckte sich, atmete tief ein, und im selben Moment zeichnete sich eine Vielzahl verschiedener Gefühlsregungen auf seinem Gesicht ab — Angst, Entsetzen, Entschlossenheit, Faszination und ein körperlicher Widerwille, und als er mit verzerrtem Gesicht die Oberlippe zurückzog, wurden seine Zähne sichtbar.

»Vielleicht würde das passen«, stellte der Händler fest, und als er sich wieder aufzurichten begann, stürzte sich Markheim von hinten auf sein Opfer. Der lange fleischspießartige Dolch blitzte auf und zuckte heran. Der Händler zappelte wie eine Henne, schlug mit der Schläfe gegen das Regal und sank dann zu einem reglosen Häuflein auf dem Boden zusammen.

Die Zeit war mit einer Menge kleiner Stimmen in dem Laden gegenwärtig, einige würdevoll und gemessen, wie es ihrem hohen Alter zustand, andere geschwätzig und eilig. Sie alle zählten die Sekunden in einem verworrenen tickenden Chor. Dann übertönten die hastigen, trommelnden Fußtritte eines Burschen auf dem Bürgersteig diese leiseren Stimmen und ließen Markheim schlagartig wieder seine Umgebung bewußt werden.

Er sah sich furchtsam um. Die Kerze stand auf dem Tresen, ihre Flamme tanzte behäbig im Luftzug, und durch diese schwache Bewegung war der ganze Raum von einem lautlosen Huschen erfüllt und wogte wie die See; die langen Schatten nickten, die großen Kleckse der Dunkelheit schwollen an und schrumpften wieder, als würden sie atmen, die Gesichter auf den Gemälden und die Porzellangottheiten veränderten sich und waberten wie Spiegelbilder auf einer bewegten Wasseroberfläche. Die Innentür stand halb offen und spähte mit einem langen Keil aus Tageslicht wie mit einem ausgestreckten Finger in dieses Schattenlager.

Nach dieser beängstigenden Wanderung kehrten Markheims Augen zum Körper seines Opfers zurück, das verkrümmt, doch auch mit ausgebreiteten Gliedmaßen dalag, unglaublich klein und auf merkwürdige Weise armseliger als zu Lebzeiten. In dieser ärmlichen, schäbigen Kleidung und der plumpen Haltung lag der Händler wie eine mit Sägespänen gefüllte Puppe da.

Markheim hatte sich vor dem Anblick gefürchtet, und siehe da, es war gar nichts. Aber trotzdem fand dieses Bündel aus alten Kleidungsstücken, in der Blutpfütze liegend, beredsame Stimmen, als er es betrachtete. Hier würde es liegenbleiben; niemand, der die kunstvollen Gelenke bewegte oder das Wunder der Fortbewegung vollbrachte – hier würde es liegenbleiben, bis es gefunden wurde. Gefunden! O weh, und dann? Dann würde dieses tote Fleisch einen Schrei ausstoßen, der durch ganz England hallte und die Welt mit seinem Echo erfüllte, das nach Sühne schrie. Ja, tot oder nicht, dies war noch immer der Feind.

»Die Zeit blieb stehen, als das Gehirn erlosch«, dachte er, und die ersten Worte fuhren wie ein Blitz durch seine Gedanken. Jetzt, da die Tat vollbracht war, drängte die Zeit – die für das Opfer abgelaufen war – den Mörder zur Eile.

Der Gedanke ging ihm noch immer durch den Kopf, als zuerst eine, dann eine weitere und schließlich sämtliche Uhren in allen Variationen von Geschwindigkeiten und Klängen – die eine tief wie die Glocke eines Kirchturms, eine andere, die im Dreiklangton das Preludium eines Walzers spielte – die dritte Stunde des Nachmittags zu schlagen begannen.

Der plötzliche Ausbruch so vieler Stimmen in der düsteren Kammer ließ ihn taumeln. Er erwachte aus seiner Starre, lief mit der Kerze hin und her, von den sich bewegenden Schatten belagert und von gelegentlichen Widerspiegelungen bis in die Tiefen seiner Seele hinein erschreckt. In vielen prachtvollen Spiegeln, einige im einheimischen Stil, andere aus Venedig oder Amsterdam, sah er sein Gesicht mannigfach vervielfältigt, als wäre es eine Armee von Spionen. Seine eigenen Augen begegneten sich und erspähten sich selbst, und der Klang seiner eigenen Schritte, wie leise er auch auftrat, zerriß die ihn umgebende Stille.

Und während er fortfuhr, sich die Taschen zu füllen, warf ihm sein Verstand mit quälenden Wiederholungen die tausend Verfehlungen seiner Vorgehensweise vor. Er hätte sich eine ruhigere Stunde aussuchen sollen; er hätte ein Alibi vorbereiten müssen; er hätte kein Messer verwenden sollen; er hätte vorsichtiger sein und den Händler nur fesseln und knebeln und nicht töten sollen; er hätte noch kühner vorgehen und auch das Dienstmädchen töten sollen; er hätte alles anders machen sollen – beißende Reue, ermüdende, unaufhörliche Plackerei seines Geistes, das zu ändern, was nicht mehr zu ändern war, Pläne zu schmieden, die jetzt sinnlos waren, der Gestalter einer unwiederbringlichen Vergangenheit zu sein.

Gleichzeitig und jenseits all dieser Hektik versetzten wilde und unvernünftige Schrecken wie umherhuschende Ratten auf einem verwaisten Dachboden die tieferen Regionen seines Geistes in Aufruhr; die Hand des Polizisten, die schwer auf seine Schulter fiel, und seine Nerven, die zuckten wie ein Fisch am Haken; oder es jagten in rascher Folge die Anklagebank, das Gefängnis, der Galgen und der schwarze Sarg vor seinem inneren Auge vorbei.

Die Furcht vor den Leuten auf der Straße ließ sich wie eine Armee von Belagerern vor den Pforten seines Geistes nieder. Es war unmöglich, dachte er, daß nicht irgendein Geräusch des Kampfes an ihre Ohren gedrungen war und ihre Neugier erregt hatte, und jetzt malte er sich aus, wie sie in allen umliegenden Häusern reglos mit gespitzten Ohren dasaßen – einsame Menschen, die dazu verdammt waren, das Weihnachtsfest allein mit den Gedanken an die Vergangenheit zu verbringen und die jetzt überraschend aus ihren Träumereien aufgeschreckt worden waren; fröhliche Familienfeiern, bei denen alle lautlos um den Tisch herum erstarrt waren, die Mutter noch immer mit erhobenem Finger; Menschen jedes Standes, Alters oder Temperaments, doch alle saßen sie an ihrem eigenen Herd, spähten und lauschten und flochten den Strick, an dem man ihn schließlich hängen würde.

Manchmal erschien es ihm, als könnte er sich nicht leise genug bewegen; das Klirren der hohen böhmischen Pokale klang so laut wie das Schlagen einer Glocke, und von der Lautstärke des Tickens verängstigt, war er versucht, die Uhren anzuhalten. Dann wiederum kehrten sich seine Ängste blitzschnell um, und ihm erschien die Stille im Geschäft selbst eine Quelle der Gefahr zu sein, die einem Passanten auffallen und ihn zum Stehenbleiben bewegen mußte, und dann trat er fester auf, hantierte laut mit den Gegenständen im Laden herum und imitierte mit übertriebenem Mut das Gebaren eines geschäftigen und unbekümmerten Mannes in seinem eigenen Haus.

Mittlerweile war er allerdings derart von verschiedenen Ängsten hin und her gerissen, daß ein Teil seines Verstandes immer noch wachsam und intakt war, während ein anderer bereits an der Schwelle des Wahnsinns zitterte. Besonders eine Halluzination hatte sich hartnäckig in ihm festgesetzt; der Nachbar, der mit bleichem Gesicht hinter seinem Fenster lauschte, der Passant, der durch einen furchtbaren Argwohn auf dem Bürgersteig festgehalten wurde – sie konnten bestenfalls Vermutungen anstellen, aber nichts wissen. Durch die Backsteinmauern und die geschlossenen Fenster konnten nur Geräusche dringen.

Aber hier im Haus, war er hier wirklich allein? Er wußte, daß er allein war; er hatte gesehen, wie das Dienstmädchen sich in ihren ärmlichen Festtagskleidern auf den Weg zu ihrem Liebsten gemacht hatte, und in jeder Rüsche ihres Kleides und in ihrem Lächeln hatte ›Ausgang‹ gestanden. Ja, er war allein, natürlich, und doch war er sich sicher, in den Tiefen des leeren Hauses über ihm behutsame Fußschritte zu hören, war sich auf unerklärliche Weise einer fremden Präsenz gewiß. O weh, sicher, seine Vorstellung folgte ihr in jeden Raum und jeden Winkel des Hauses. Jetzt war sie ein gesichtsloses Ding, das doch Augen zum Sehen hatte, dann wiederum ein Schatten seiner selbst, und danach nahm sie die Gestalt des toten Händlers an, der voller List und Haß wieder zum Leben erwacht war.

Gelegentlich schielte er mit großer Überwindung zur offenen Tür hinüber, die seinen Blick immer noch zurückzustoßen schien. Das Haus war hoch, das Oberlicht klein und schmutzig, und der Tag erstickte im Nebel. Das Licht, das bis zum Erdgeschoß herabsickerte, war äußerst schwach und fiel trüb auf die Türschwelle des Geschäfts. Und trotzdem: War da nicht ein zitternder Schatten in dem Streifen matter Helligkeit?

Plötzlich begann ein äußerst munterer Herr draußen auf der Straße mit einem Stock gegen die Tür des Geschäfts zu klopfen und begleitete die Schläge mit Rufen und lautstarken Spötteleien, wobei er den Händler ständig mit dessen Namen ansprach. Markheim, der zu Eis erstarrt war, sah schnell zu dem Toten hinüber. Aber nein, er lag noch immer reglos da; er war zu einem Ort geflüchtet, der weit außerhalb der Hörweite dieser Rufe und Klopfgeräusche lag, er war tief unter das Meer der Stille hinabgesunken, und sein Name, der sonst auch in einem Sturm seine Aufmerksamkeit erregt hätte, war zu einem bedeutungslosen Laut geworden. In diesem Augenblick hörte der muntere Herr auch mit seinem Klopfen auf und ging weiter.

Das war eine deutliche Warnung gewesen, sich mit dem zu beeilen, was noch getan werden mußte; endlich aus dieser Gegend mit ihrem stummen Vorwurf zu verschwinden, in dem Gewühl Londons unterzutauchen und sich am Ende des Tages in jenem kleinen Hafen der Sicherheit und scheinbaren Unschuld zu begeben — in sein Bett. Ein Besucher war schon erschienen, und jeden Augenblick mochte ein weiterer kommen, der vielleicht hartnäckiger war. Die Tat begangen zu haben und doch nicht den Nutzen daraus zu ziehen, wäre ein zu furchtbares Versagen gewesen. Das Geld, das mußte jetzt Markheims vornehmliche Sorge sein, und der Schlüssel, um an das Geld zu kommen.

Er warf einen flüchtigen Blick über seine Schulter zur offenen Tür, wo der Schatten immer noch zitternd verharrte, und näherte sich der Leiche seines Opfers ohne geistigen Abscheu, aber mit einem Beben in seinen Eingeweiden. Es war so gut wie nichts Menschliches mehr an ihr. Sie lag wie ein halb mit Sägemehl ausgestopfter Anzug auf dem Boden, die Gliedmaßen von sich gestreckt, der Leib verkrümmt, und doch stieß ihn das Ding ab. Wie schäbig und nichtssagend es sich dem Auge auch darbot, er fürchtete, daß sich das bei einer Berührung ändern konnte.

Er ergriff die Leiche an den Schultern und drehte sie auf den Rücken. Sie war seltsam leicht und biegsam, und die Gliedmaßen nahmen die merkwürdigste Haltung an, als seien sie gebrochen. Das Gesicht war jeglichen Ausdrucks beraubt, aber wachsbleich, und eine Schläfe war schrecklich blutverschmiert. Das war der einzige unangenehme Umstand für Markheim. Der

Anblick trug ihn augenblicklich zu einem ganz bestimmten Jahrmarktstag in einem Fischerdorf zurück: ein grauer Tag, ein pfeifender Wind, eine Menschenmenge auf den Straßen, das Plärren der Blechbläser, das Dröhnen der Trommeln, die näselnde Stimme eines Balladensängers und ein umherlaufender Junge, in der Menge eingekeilt und zerrissen zwischen Angst und Neugier, bis er auf dem Hauptplatz des Jahrmarkts herauskam und eine Bude mit einer riesigen Leinwand voller Bilder erblickte, in gräßlichen Farben abstoßend gezeichnet: Brownrigg mit ihrem Lehrling, die Mannings mit ihrem ermordeten Gast, Weare in Thurtells Todesgriff und noch eine Menge weiterer berühmter Verbrecher.

Die Szene war so deutlich wie eine Vision; er war wieder dieser kleine Junge und betrachtete noch einmal mit dem gleichen Gefühl körperlichen Unbehagens diese billigen Bilder, war immer noch vom Dröhnen der Trommeln wie betäubt. In seiner Erinnerung klangen einige Takte der Musik dieser Tage wieder auf, und da überkam ihm zum erstenmal eine Übelkeit, eine Anwandlung wie von Seekrankheit, eine plötzliche Schwäche in den Knien, die er augenblicklich bekämpfen und besiegen mußte.

Er kam zu dem Schluß, daß es klüger war, sich diesen Überlegungen zu stellen, als vor ihnen davonzulaufen; das tote Gesicht noch genauer zu betrachten und seinen Verstand zu zwingen, die Art und die Schwere seines Verbrechens zu begreifen. Es war erst eine sehr kurze Zeit her, da hatte dieses Gesicht jede Veränderung der Gemütslage widergespiegelt, dieser blasse Mund hatte gesprochen, dieser Körper hatte vor lenkbaren Energien geglüht, und jetzt war dieses Leben durch seine Tat zum Stillstand gekommen, so wie ein Uhrmacher das Ticken einer Uhr durch den Druck eines Fingers zum Stillstand bringt. Doch seine Gedanken führten in eine Sackgasse, er konnte keine weitere Reue empfinden. Dasselbe Herz, das vor den gemalten Bildern des Verbrechens erschaudert war, betrachtete die Realität ungerührt. Bestenfalls verspürte er einen Anflug von Bedauern angesichts eines Menschen, der alle Gaben mitbekommen hatte, die das Leben zu einem wunderbaren Garten

442

machen können, und der sie nicht genutzt hatte, ein Mensch, der nie gelebt hatte und jetzt tot war. Aber Reue, kein bißchen.

Nachdem er diese Überlegungen abgeschüttelt hatte, fand er die Schlüssel und näherte sich der offenen Tür des Ladens. Draußen hatte es heftig zu regnen begonnen, und das Geräusch der auf das Dach fallenden Tropfen vertrieb die Stille. Die Räume des Hauses wurden von nicht enden wollenden Echos heimgesucht − wie das stete Plätschern von Wasser in manchen Tropfsteinhöhlen − Geräusche, die sich mit dem Ticken der Uhren vermischten und ihm in den Ohren hallten. Und als Markheim die Tür fast erreicht hatte, schien er wie als Antwort auf seine vorsichtigen Schritte das Tappen anderer Füße zu hören, die sich die Treppe hinauf zurückzogen. Der Schatten zitterte noch immer undeutlich auf der Türschwelle. Entschlossen kämpfte er gegen die Zentnerlast an, die auf seinen Muskeln zu liegen schien, und zog die Tür auf.

Das trübe, neblige Tageslicht schimmerte schwach auf dem nackten Boden und der Treppe, auf der glänzenden Rüstung, die mit erhobener Hellebarde auf dem Treppenabsatz stand, und auf den dunklen Holzschnitzereien und gerahmten Gemälden, die an der gelben Holzvertäfelung hingen. So laut tönte das Trommeln des Regens durch das ganze Haus, daß es in Markheims Ohren zu einer Vielzahl verschiedener Geräusche wurde. Fußschritte und Seufzer, die festen Tritte von Regimentern, die in der Ferne marschierten, das Klirren von Münzen im Kontor und das Knarren von Türen, die verstohlen einen Spalt weit geöffnet wurden, das alles schien sich mit dem rhythmischen Klopfen der Regentropfen auf dem Kuppeldach und dem Gurgeln des Wassers in den Regenrinnen zu vermischen.

Das Gefühl, nicht allein zu sein, wuchs in ihm bis zur Besessenheit. Von allen Seiten verfolgten und belagerten ihn unsichtbare Gestalten. Er hörte, wie sie sich in den oberen Räumen bewegten; vom Laden her hörte er, wie sich der tote Mann erhob, und als Markheim mit großer Überwindung die Stufen hinaufzusteigen begann, zogen sich leise Fußschritte vor ihm zurück, und andere schlichen heimlich hinter ihm her. Wenn er nur taub wäre, überlegte er, welche Ruhe würde in seiner Seele herrschen! Doch als er dann wieder mit neu erwachter Aufmerksamkeit lauschte, pries er diesen niemals ruhenden Sinn, der als zuverlässiger Wächter seines Lebens treu auf seinem Posten stand. Sein Kopf drehte sich unablässig hin und her, seine Augen, die fast aus den Höhlen zu quellen schienen, spähten in alle Richtungen, und jedesmal vermeinte er, beinahe noch den Zipfel von irgend etwas Namenlosem am Rande seines Blickfeldes verschwinden zu sehen. Die vierundzwanzig Stufen zum ersten Stockwerk hinauf waren eine vierundzwanzigfache Tortur.

Drei Türen standen im ersten Stockwerk halb offen wie drei Hinterhalte und ließen seine Nerven wie beim Anblick von Kanonenmündungen beben. Er hatte das Gefühl, daß keine Mauern und keine Festung ihm in Zukunft ausreichenden Schutz vor den Augen eines Beobachters mehr bieten würden; er sehnte sich danach, zu Hause zu sein, von Wänden umgeben, unter Bettdecken begraben und unsichtbar für alle, außer für Gott. Bei diesem Gedanken staunte er ein wenig, als er sich an Geschichten über andere Mörder erinnerte, an die Furcht, die man ihnen vor den himmlischen Racheengeln nachsagte. So war es nicht, zumindest was ihn betraf. Er fürchtete sich vor den Naturgesetzen, davor, daß sie in ihrem erbarmungslosen und unabänderlichen Lauf einen verhängnisvollen Hinweis auf sein Verbrechen festhalten könnten. Zehnmal mehr fürchtete er mit sklavischem und abergläubischem Entsetzen einen Riß in der natürlichen Abfolge der Dinge, wie sie den Menschen bekannt war, eine absichtlich begangene Gesetzwidrigkeit der Natur. Er spielte ein Spiel, bei dem es auf Geschicklichkeit ankam und das von den Regeln und den berechenbaren Folgen der Ursachen abhing. Und was, wenn die Natur nun plötzlich ihren gleichförmigen Lauf umstieß, so wie der geschlagene Tyrann das Schachbrett?

Das gleiche war Napoleon widerfahren (so berichteten die Geschichtsschreiber), als der Winter unplanmäßig hereingebrochen war. Das gleiche konnte auch Markheim passieren; die festen Wände könnten durchsichtig werden und sein Treiben enthüllen wie das der Bienen in einem gläsernen Bienenstock;

die dicken Bohlen könnten unter seinen Füßen wie Treibsand nachgeben und ihn in ihrer Umklammerung festhalten; ja, und es gab weitaus natürlichere Vorfälle, die sein Schicksal besiegeln konnten. So könnte beispielsweise das Haus in sich zusammenstürzen und ihn neben der Leiche seines Opfers begraben, oder das Nachbarhaus könnte Feuer fangen und er von allen Seiten von Feuerwehrleuten eingeschlossen werden. Vor derartigen Dingen hatte er Angst, und in gewisser Weise könnte man diese Dinge als die Hände Gottes bezeichnen, die sich der Sünde entgegenreckten. Doch vor Gott selbst fürchtete er sich nicht. Seine Tat war ohne Zweifel außergewöhnlich, aber das galt auch für seine Gründe, und die kannte Gott. Dort würde ihm Gerechtigkeit widerfahren, dessen war er sich gewiß, nicht jedoch bei den Menschen.

Als er den Salon unbehelligt betreten und die Tür hinter sich geschlossen hatte, spürte er, wie seine Anspannung nachließ. Der Raum war ziemlich kahl, hatte außerdem keine Teppiche und war mit Packkisten und nicht zueinander passenden Möbeln vollgestellt. Es gab mehrere große Standspiegel, in denen er sich in verschiedenen Winkeln erblickte, wie ein Schauspieler auf der Bühne; viele Gemälde, mit und ohne Rahmen, die mit der Bildseite an der Wand lehnten, eine schöne Sheraton-Anrichte, eine Intarsienvitrine und ein großes altes Baldachinbett. Die Fenster reichten bis auf den Boden, doch zum Glück waren die unteren Teile der Läden geschlossen, so daß er vor den Blicken der Nachbarn verborgen war. Also zog sich Markheim eine Packkiste an die Vitrine heran und begann, die Schlüssel auszuprobieren.

Es war eine langwierige Prozedur, denn er mußte eine Menge Schlüssel probieren, und die Arbeit war eine Qual. Schließlich bestand durchaus die Möglichkeit, daß die Vitrine leer war, und die Zeit lief ihm davon. Aber die Konzentration auf die Aufgabe ernüchterte ihn. Aus den Augenwinkeln heraus sah er die Tür. Von Zeit zu Zeit warf er ihr sogar einen kurzen direkten Blick zu, wie ein belagerter Kommandant, der sich zu seiner Zufriedenheit von dem guten Zustand seiner Verteidigungsanlagen überzeugte. Doch eigentlich war er in friedlicher Stimmung. Der Regen, der auf die Straßen fiel, klang natürlich und angenehm. Bald darauf stimmte ein Klavier auf der anderen Straßenseite eine Hymne an, und die Stimmen vieler Kinder nahmen die Melodie und den Text auf. Wie feierlich und tröstlich die Melodie doch klang! Wie frisch die jugendlichen Stimmen!

Markheim hörte lächelnd zu, während er die Schlüssel aussortierte, und in seinem Geist erschienen die dazu passenden Vorstellungen und Bilder: Kinder auf dem Kirchgang und laute Orgelmusik, Kinder auf der Wiese, Badende am Bachufer, Spaziergänger in den Brombeerhainen, Drachen, die in den windigen, wolkengepeitschten Himmel stiegen; und dann, nach einer weiteren Kadenz der Hymne, kehrte er in Gedanken in die Kirche zurück, in die schläfrige Atmosphäre sommerlicher Sonntage, hörte die hohe, vornehme Stimme des Geistlichen (die ihm in seiner Erinnerung ein leises Lächeln entlockte) und sah die in matter Schrift gehaltenen Zehn Gebote auf dem Altarraum.

Und während er so dasaß, beschäftigt und abwesend zugleich, fuhr ihm der Schreck bis in die Zehenspitzen. Ein eisiger und ein feuriger Schauder, ein Schwall heißen Blutes, und er stand erstarrt und angespannt da. Langsame und gleichmäßige Schritte kamen die Treppe empor; kurz darauf legte sich eine Hand auf den Türknauf, es klickte im Schloß, und die Tür wurde geöffnet.

Die Furcht ließ Markheim wie in einem Schraubstock umklammert. Er wußte nicht, was er zu erwarten hatte, den wiederauferstandenen Toten, die Gesandten der menschlichen Gerichtsbarkeit oder irgendeinen zufälligen Zeugen, der aller Gefahren ungeachtet hereingestolpert kam, um ihn dem Galgen auszuliefern. Doch als ein Gesicht in der Türöffnung auftauchte, sich kurz im Raum umsah, ihn anblickte, nickte und lächelte, wie in freundlichem Wiedererkennen, als es sich dann wieder zurückzog und die Tür sich hinter ihm schloß, da verlor Markheim die Beherrschung, und seine Angst brach in einem heiseren Schrei aus ihm hervor. Als er diesen Laut hörte, kehrte der Besucher zurück.

»Sie haben mich gerufen?« fragte er freundlich, betrat den Raum und schloß die Tür hinter sich.

Markheim stand nur da und starrte ihn mit weit aufgerissenen Augen an. Vielleicht hatte sich sein Blick verschleiert, aber die Umrisse des Neuankömmlings schienen sich zu verändern und zu wabern, ganz wie die der Götzenbilder im flackernden Kerzenschein des Ladens. Und manchmal glaubte er, ihn zu kennen, dann wiederum glaubte er, der andere sähe ihm ähnlich, und die ganze Zeit über verspürte er tief in seinem Inneren, als wäre das Entsetzen zu einem schweren Klumpen geronnen, die Überzeugung, daß dieses Ding weder irdischen noch göttlichen Ursprungs war.

Und doch wirkte das Geschöpf auf seltsame Weise gewöhnlich, als es so vor Markheim stand und ihn anlächelte, und als es hinzufügte: »Ich nehme an, Sie suchen das Geld«, geschah das in einem Tonfall alltäglicher Höflichkeit.

Markheim antwortete nicht.

»Ich sollte Sie warnen«, fuhr der andere fort, »daß das Dienstmädchen ihren Liebsten früher als gewöhnlich verlassen hat und bald zurück sein wird. Ich brauche Mr. Markheim wohl nicht die Konsequenzen für den Fall zu erklären, daß er in diesem Haus entdeckt werden sollte.«

»Sie kennen mich?« rief der Mörder.

Der Besucher lächelte. »Ich habe schon seit langem eine besondere Vorliebe für Sie«, erklärte er, »und ich habe Sie seit geraumer Zeit beobachtet und oft nach Wegen gesucht, Ihnen zu helfen.«

»Wer sind Sie?« rief Markheim. »Der Teufel?«

»Wer ich sein könnte«, entgegnete der andere, »hat mit dem Dienst, den zu leisten ich Ihnen vorschlagen möchte, nichts zu tun.«

»Das hat es!« rief Markheim aus, »das tut es! Mir von Ihnen helfen lassen? Nein, niemals, nicht von Ihnen. Sie kennen mich noch nicht, Gott sei Dank, Sie kennen mich nicht!«

»Ich kenne Sie«, erwiderte der Besucher in einer Art sanfter Strenge oder vielleicht eher Bestimmtheit. »Ich kenne Sie vom Grund Ihrer Seele auf.«

»Mich kennen!« rief Markheim. »Wer könnte das? Mein Leben ist nichts weiter als ein Zerrbild, eine Verleumdung meiner selbst. Mein Leben lang habe ich mein wahres Wesen verleumdet. Alle Menschen tun das; jeder ist besser als die Maske, die ihm anwächst und ihn erstickt. Ein jeder wird vom Leben mitgerissen, wie ein Mensch, der von Räubern gepackt und in einen Umhang geschlungen wird. Hätten Sie die Kontrolle über ihr eigenes Leben — könnten Sie ihre Gesichter sehen, alle wären sie ganz anders, sie würden als Helden und Heilige erstrahlen! Ich bin schlimmer als die meisten; mein Ich wird noch stärker überlagert; Gott und die Menschheit kennen meine Entschuldigung. Aber hätte ich die Zeit, könnte ich mich offenbaren.«

»Mir gegenüber?« erkundigte sich der Besucher.

»Ganz besonders Ihnen gegenüber«, erwiderte der Mörder. »Ich hatte angenommen, Sie wären intelligenter. Ich dachte — da es Sie tatsächlich gibt —, Sie könnten in den Herzen der Menschen lesen. Und doch glauben Sie, mich nach meinen Taten beurteilen zu können! Ich bin in eine Welt von Riesen hineingeboren worden und habe dort gelebt. Riesen haben mich an den Armen davongeschleppt, seit meine Mutter mir das Leben geschenkt hat — die Riesen der äußeren Umstände. Und Sie wollen mich nach meinen Taten beurteilen! Können Sie denn nicht in das Innere der Menschen sehen? Können Sie nicht tief in mir die klare Handschrift des Gewissens sehen, die niemals durch irgendwelche vorsätzlichen Spitzfindigkeiten verzerrt worden ist, wenn sie auch allzu oft unbeachtet blieb? Können Sie nicht in mir das erkennen, was doch bestimmt so gewöhnlich und verbreitet wie die Menschlichkeit sein muß — den Sünder wider Willen?«

»Das alles haben sie äußerst gefühlvoll formuliert«, lautete die Antwort, »aber es berührt mich nicht. Diese folgerichtigen Argumente sind jenseits meines Zuständigkeitsbereichs, und es interessiert mich nicht im geringsten, durch welche Zwänge Sie fortgerissen worden sind, solange Sie nur die richtige Richtung eingeschlagen haben. Aber die Zeit läuft davon; das Dienstmädchen trödelt, es sieht sich die Menschenmenge und die Bilder an den Bretterwänden an, aber es kommt trotzdem näher, und vergessen Sie nicht, es ist so, als käme der Galgen selbst durch die weihnachtlichen Straßen auf Sie zugeschritten! Soll ich Ihnen helfen, ich, der ich alles weiß? Soll ich Ihnen sagen, wo Sie das Geld finden?«

»Um welchen Preis?« wollte Markheim wissen.

»Ich biete Ihnen diesen Dienst als Weihnachtsgeschenk an«, entgegnete der andere.

Markheim konnte eine Art bitteres, triumphierendes Lächeln nicht unterdrücken. »Nein«, sagte er, »aus Ihren Händen will ich nichts annehmen. Würde ich verdursten, und es wäre Ihre Hand, die mir den Wasserkrug an die Lippen hielte, so würde ich den Mut finden, ihn zurückzuweisen. Es mag blauäugig klingen, aber ich werde nichts tun, um mich dem Bösen zu ergeben.«

»Ich habe keine Einwände gegen Reue auf dem Totenbett«, bemerkte der Besucher.

»Weil Sie nicht glauben, daß sie dann noch etwas bewirkt!« rief Markheim.

»Das würde ich nicht sagen«, gab der andere zurück, »aber ich betrachte diese Dinge von einer anderen Warte aus, und mein Interesse an einem Menschen erlischt zusammen mit seinem Leben. Der Mensch hat mir sein Leben lang gedient, um unter dem Mantel der Religion Unheil zu stiften oder Unkraut im Weizenfeld zu säen, so wie Sie es tun, wenn Sie Ihrer Schwäche nachgeben, um Ihre Gelüste zu befriedigen. Und wenn er so dicht vor seiner Erlösung steht, bleibt ihm nur noch ein weiterer Dienst, den er mir leisten kann — bereuen und lächelnd sterben und damit unter ängstlicheren meiner Gefolgsleute Zuversicht und Hoffnung schaffen. Ich bin gar kein so harter Herr. Versuchen Sie es mit mir. Nehmen Sie meine Hilfe an. Genießen Sie Ihr Leben weiter, wie Sie es bisher getan haben, genießen Sie es noch ausgiebiger, gebrauchen Sie Ihre Ellbogen an der Tafel, und wenn sich die Nacht herabzusenken beginnt und die Vorhänge zugezogen werden, kann ich Ihnen zu Ihrem Trost versichern, daß es Ihnen sogar leichtfallen wird, den Hader mit Ihrem Gewissen beizulegen und demütig Ihren Frieden mit Gott zu machen. Ich komme gerade erst von einem solchen Totenbett. Das Zimmer war voller aufrichtig trauernder Menschen, die den letzten Worten des Sterbenden lauschten, und als ich in dieses Gesicht blickte, das zu Lebzeiten mitleidslos und hart wie Stein gewesen war, sah ich es voller Hoffnung lächeln.«

»Sie halten mich also für ein solches Geschöpf?« fragte Markheim. »Glauben Sie, ich hätte keine ehrbareren Absichten, als zu sündigen, immer wieder zu sündigen, und mich zum Schluß heimlich in den Himmel zu schleichen? Mein Herz wehrt sich gegen diese Vorstellung. Ist das denn die Erfahrung, die Sie mit der Menschheit gemacht haben? Oder setzen Sie eine derartige Niederträchtigkeit bei mir voraus, weil Sie mich mit blutbesudelten Händen ertappt haben? Und ist dieses Verbrechen des Mordes denn wirklich so ruchlos, daß es selbst die zarten Keime des Guten verdorren läßt?«

»Mord nimmt für mich keine Sonderstellung ein«, erwiderte der andere. »Alle Sünden sind Morde, so wie das ganze Leben ein Krieg ist. Ich betrachte Leute Ihrer Art wie verhungernde Matrosen auf einem Rettungsfloß, die den Händen der Dahinsiechenden die letzten Brotkrumen entreißen und sich von dem Leben des jeweils anderen ernähren. Ich verfolge die Sünden über den Augenblick hinaus, in dem sie begangen werden, und in allem sehe ich als letzte Konsequenz den Tod. In meinen Augen trieft ein hübsches Mädchen, das wegen eines Tanzabends seine Mutter mit vorgetäuschter Artigkeit betrügt, nicht weniger deutlich von Menschenblut, als es ein Mörder wie Sie tut. Habe ich gesagt, ich würde Sünden beobachten? Ich beobachte ebenfalls die Tugenden; sie unterscheiden sich nicht einmal um Haaresbreite voneinander; beide sind die Sensen, die in den Händen des Todesengels reiche Beute bringen. Das Böse, um dessen willen ich lebe, wurzelt nicht in den Tagen, sondern im Charakter der Menschen. Es ist der böse Mensch, an dem mir liegt, nicht die böse Tat, deren Früchte, könnten wir sie nur weit genug durch die wirbelnden Wasserfälle der Zeitalter verfolgen, sich vielleicht als sehr viel segensreicher als die der seltensten Tugenden erweisen können. Und ich biete Ihnen nicht etwa an, Ihnen bei Ihrer Flucht behilflich zu sein, weil Sie einen Händler ermordet haben, sondern weil Sie Markheim sind.«

»Ich möchte mein Herz vor Ihnen offenlegen«, antwortete Markheim. »Dieses Verbrechen, bei dem Sie mich ertappt haben, ist mein letztes. Auf meinem Weg dorthin habe ich eine Menge Lektionen gelernt, und dieses Verbrechen selbst ist eine Lektion, eine bedeutende Lektion. Bisher bin ich gegen meinen Willen zu Dingen getrieben worden, die mich abstießen, durch Armut wie ein Sklave vorangepeitscht und getrieben. Es gibt unerschütterliche Charakterstärken, die solchen Versuchungen widerstehen können, meine gehören nicht dazu; mich dürstet nach Vergnügen. Aber heute ziehe ich aus dieser Tat sowohl eine Warnung als auch Gewinn — die Kraft und den neuen Vorsatz, ich selbst zu sein. Ich werde in jeder Beziehung Herr meines freien Willens in dieser Welt sein; ich sehe vor mir, wie ich mich völlig verändere, wie diese Hände Gutes tun, wie dieses Herz zum Frieden kommt. Aus der Vergangenheit kommt etwas über mich, etwas, von dem ich an Sonntagabenden beim Klang der Kirchenorgel geträumt habe, Dinge, die ich geahnt habe, als ich über großartigen Büchern Tränen vergoß oder als unschuldiges Kind mit meiner Mutter sprach. Dort liegt mein Leben; ein paar Jahre lang bin ich auf meiner Wanderschaft vom Weg abgekommen, doch jetzt kann ich wieder das Ziel meiner Reise vor mir sehen.«

»Ich nehme an, Sie wollten dieses Geld an der Börse investieren, oder?« erkundigte sich der Besucher. »Und dort, wenn ich mich nicht täusche, haben Sie bereits einige Tausender verloren?«

»Ah«, sagte Markheim, »aber dieses Mal habe ich eine sichere Sache in Aussicht.«

»Sie werden auch dieses Mal wieder verlieren«, erwiderte der Besucher ruhig.«

»Ah, aber ich werde die Hälfte des Geldes zurückbehalten!« rief Markheim.

»Die werden Sie ebenfalls verlieren«, sagte der andere.

Auf Markheims Stirn brach der Schweiß aus. »Na gut, was soll's?« rief er aus. »Nehmen wir an, ich verliere es, nehmen wir an, ich stürze in die Armut zurück. Soll ein Teil von mir, und zwar der schlechteste, bis zum Ende weiterhin den besseren überlagern? Gut und Böse sind stark in mir und zerren mich in verschiedene Richtungen. Meine Liebe gilt nicht nur einer Sache, sie gilt allen. Ich kann mir große Taten vorstellen, Entsagungen, Märtyrertum, und auch wenn ich bis zu einem solchen Verbrechen wie Mord herabgesunken bin, ist mir Mitleid nicht fremd. Ich habe Mitleid mit den Armen; wer kennt ihr hartes Los besser als ich? Ich bemitleide sie und helfe ihnen. Ich verehre die Liebe, ich mag ein ehrliches Lachen; es gibt nichts Gutes und Wahres auf der Erde, das ich nicht von ganzem Herzen liebe. Und soll mein Leben nur von meinen Lastern beherrscht werden, sollen meine Tugenden wirkungslos bleiben, wie ein träger Klumpen des Geistes? Das darf nicht geschehen; auch das Gute ist eine Quelle, aus der Taten entspringen können.«

Doch der Besucher hob mahnend den Finger. »Während der sechsunddreißig Jahre, die Sie auf dieser Welt sind«, sagte er, »habe ich beobachtet, wie Ihr Weg im Laufe Ihres wechselnden Geschicks und der verschiedensten Gemütslagen ständig steil bergab ging. Vor fünfzehn Jahren wären Sie bei dem Gedanken an einen Diebstahl zusammengezuckt. Vor drei Jahren hätte die bloße Erwähnung eines Mordes Sie erbleichen lassen. Gibt es irgendein Verbrechen, gibt es irgendeine Grausamkeit oder Gemeinheit, vor der Sie noch zurückschrecken? In fünf Jahren werde ich Sie auch dabei erwischen! Abwärts, abwärts führt Sie Ihr Weg, und nur der Tod kann Sie noch aufhalten.«

»Es ist wahr«, sagte Markheim mit rauher Stimme, »bis zu einem gewissen Grad habe ich dem Bösen nachgegeben. Aber so geht es allen; die Bewältigung des Lebens allein führt dazu, daß selbst die Heiligen ihre Makellosigkeit verlieren und sich ihrer Umgebung anpassen.«

»Ich werde Ihnen eine einfache Frage vorlegen«, sagte der andere, »und anhand Ihrer Antwort werde ich Ihnen Ihr moralisches Horoskop erstellen. Sie sind in vielerlei Hinsicht nachlässiger geworden. Vielleicht haben Sie sich damit richtig verhalten, jedenfalls trifft das auf alle Menschen zu. Aber unabhängig davon, haben Sie in irgendeiner Hinsicht, wie unbedeutend sie auch sein mag, höhere Ansprüche an Ihren Lebenswandel gestellt, oder lassen Sie die Zügel in jeder Beziehung locker schleifen?«

»In irgendeiner Hinsicht?« wiederholte Markheim die Frage, während er sich vergeblich das Hirn zermarterte. »Nein«, antwortete er verzweifelt, »in keinem Fall! Es ist in jeder Beziehung mit mir bergab gegangen.«

»Dann«, sagte der Besucher, »sollten Sie sich mit dem begnügen, was Sie sind, denn Sie werden sich niemals ändern, und die Worte Ihrer Rolle auf dieser Bühne sind unabänderlich niedergeschrieben.«

Markheim stand eine lange Zeit schweigend da, und es war der Besucher, der schließlich die Stille brach. »Da dem nun einmal so ist«, sagte er, »soll ich Ihnen vielleicht jetzt das Geld zeigen?«

»Und Gnade?« rief Markheim.

»Haben Sie das nicht auch schon versucht?« fragte der andere zurück. »Habe ich Sie nicht vor zwei oder drei Jahren bei Erweckungsversammlungen auf der Bühne gesehen, und war Ihre Stimme nicht die lauteste im Chor?«

»Es ist wahr«, sagte Markheim, »und ich sehe deutlich, was mir jetzt noch zu tun bleibt. Ich danke Ihnen für diese Lektionen über meine Seele. Mir sind die Augen geöffnet, und endlich erkenne ich mich als das, was ich bin.«

In diesem Augenblick tönte das schrille Klingeln der Türglocke durch das Haus, und als wäre dies ein verabredetes Signal gewesen, auf das der Besucher gewartet hatte, änderte er plötzlich sein Benehmen. »Das Dienstmädchen!« rief er. »Es ist zurückgekehrt, wie ich es Ihnen vorausgesagt habe, und jetzt liegt nur noch eine schwierige Aufgabe vor Ihnen. Sie müssen ihr sagen, ihr Herr sei krank. Sie müssen sie mit einem beruhigenden, aber eher ernsten Gesichtsausdruck hereinlassen — kein Lächeln, keine Übertreibungen, und ich garantiere Ihnen den Erfolg! Sobald das Mädchen einmal im Haus und die Tür geschlossen ist, wird Ihnen die gleiche Geschicklichkeit, mit der Sie sich bereits des Händlers entledigt haben, auch diese letzte

Gefahr aus dem Weg räumen. Danach haben Sie den ganzen Abend Zeit — und wenn es sein muß, die ganze Nacht —, um die Schätze des Hauses zu durchstöbern und sich in Sicherheit zu bringen. Das ist Hilfe, die sich Ihnen in der Maske der Gefahr nähert. Auf!« rief er. »Auf, mein Freund, Ihr Leben hängt zitternd in der Waagschale. Auf, schreiten Sie zur Tat!«

Markheim musterte seinen Ratgeber unverwandt. »Wenn ich schon dazu verflucht bin, nur noch Böses zu tun«, sagte er, »steht mir doch immer noch eine Tür der Freiheit offen — ich kann in meinen Taten einhalten. Wenn mein Leben denn eine Krankheit ist, kann ich es ablegen. Auch wenn ich, wie Sie zu Recht sagen, jeder kleinen Versuchung erliege, kann ich mich doch durch einen entschlossenen Schritt ihrem Griff entziehen. Meine Liebe für das Gute ist zur Unfruchtbarkeit verdammt; nun gut, so sei es! Aber ich habe noch immer meinen Haß auf das Böse, und zu Ihrer bitteren Enttäuschung werden Sie feststellen, daß ich daraus sowohl Kraft als auch Mut ziehen kann.«

Da vollzog sich eine wunderbare und herrliche Veränderung in den Zügen des Besuchers: sie erstrahlten und wurden in zärtlichem Triumph ganz sanft; und während sie noch strahlten, verschwammen sie und lösten sich auf. Aber Markheim verharrte nicht, um diese Verwandlung zu beobachten oder gar zu begreifen. Er öffnete die Tür und schritt ganz langsam und in Gedanken versunken die Treppe hinab. Seine Vergangenheit zog ohne jegliche Verklärung vor seinem inneren Augen vorbei, und er erkannte sie als das, was sie war, so häßlich und rastlos wie ein böser Traum, so ungeplant und ziellos wie eine Straßenschlägerei — eine einzige Niederlage. Das Leben, das er so Revue passieren ließ, lockte ihn nicht mehr, aber auf der anderen Seite des Lebensflusses entdeckte er einen Hafen der Ruhe für seinen Nachen.

Er blieb im Flur stehen und blickte in den Laden, wo die Kerze immer noch neben dem Toten brannte. Es war seltsam still. Während er so vor sich hin starrte, gingen ihm Gedanken über den Händler durch den Kopf. Und dann klingelte die Glocke erneut lärmend und ungeduldig auf.

Markheim trat dem Dienstmädchen auf der Türschwelle mit der Andeutung eines Lächelns entgegen.

»Sie sollten besser die Polizei holen«, sagte er. »Ich habe Ihren Herrn ermordet.«

Originaltitel: Markheim
Ins Deutsche übertragen von Winfried Czech

»Oh, schau mal, Papa – das erste Rotkehlchen!«

Dorothy L. Sayers

Die Perlenkette

Sir Septimus Shale pflegte seine Autorität einmal — und nur einmal — im Jahr durchzusetzen. Er erlaubte seiner jungen, modebewußten Frau, sein Haus mit modernem Inventar aus Stahl zu füllen, das nur noch schemenhaft an Möbel erinnerte, er erlaubte ihr, avantgardistische Künstler und antigrammatikalische Dichter zu sammeln, an Cocktails und Relativität zu glauben und sich so extravagant zu kleiden, wie es ihr beliebte. Aber er bestand nachdrücklich auf einem altmodischen Weihnachtsfest. Er war ein argloser Mann, der Plumpudding und Knallbonbon-Sinnsprüche wirklich gern hatte, und er konnte sich beim besten Willen nicht vorstellen, daß andere Leute diese Dinge ›im Grunde ihres Herzens‹ nicht ebenfalls liebten. Daher zog er sich zu Weihnachten unbeirrbar auf seinen Landsitz in Essex zurück, forderte die Dienstboten auf, Stechpalmen- und Mistelzweige um die kubistischen Elektroarmaturen zu drapieren, belud die stählerne Anrichte mit Köstlichkeiten von *Fortnum & Mason*, hängte Strümpfe an die Bettgestelle aus poliertem Nußholz und ließ sogar ausschließlich für diese Gelegenheit die elektrischen Heizkörper aus den modernistischen Kaminen entfernen und statt dessen Holzfeuer und einen Weihnachtsscheit entfachen. Dann sammelte er Familienmitglieder und Freunde um sich, füllte sie mit so viel Dickensscher Festtagskost, wie er sie zu verzehren überreden konnte, und versammelte sie dann nach dem Weihnachtsschmaus im Wohnzimmer, um ›Scharaden‹ und ›Blinde Kuh‹ und ›Tier, Pflanze, Mineral‹ zu spielen und diese Vergnügungen schließlich mit ›Versteckenspielen‹ überall im dunklen Haus zu beschließen. Da Sir Septimus ein sehr reicher Mann war, ließen sich seine Gäste dieses unveränderliche Programm gefallen, und falls sie sich dabei langweilten, so sagten sie es ihm jedenfalls nicht.

Eine weitere bezaubernde, althergebrachte Gewohnheit, die er pflegte, bestand darin, seiner Tochter Margharita zu jedem Geburtstag — der mit dem Heiligen Abend zusammenfiel — eine Perle zu schenken. Es waren inzwischen ihrer zwanzig, und die Sammlung begann, sich einer gewissen Berühmtheit zu erfreuen und war sogar schon in den Gesellschaftsspalten der Zeitungen abgebildet worden. Die Perlen hatten zwar keine aufsehenerregende Größe — sie entsprachen ungefähr der Größe einer reifen Erbse — aber sie besaßen ganz erheblichen Wert: Von erlesener Farbe und perfekter Form paßten sie haargenau zusammen. An diesem Weihnachtsabend hatte das Überreichen der einundzwanzigsten Perle die Gelegenheit zu einer ganz besonderen Zeremonie geboten. Es gab einen Ball, und es wurden Reden gehalten. In der folgenden Weihnachtsnacht fand die Feier im engsten Familienkreis statt, mit dem Putenbraten und den viktorianischen Gesellschaftsspielen. Elf Gäste waren außer Sir Septimus und Lady Shale und ihrer Tochter zugegen, und alle waren in irgendeiner Weise mit ihnen verwandt oder verbunden: John Shale, ein Bruder, mit seiner Frau und ihren Kindern Henry und Betty; Bettys Verlobter Oswald Truegood, ein junger Mann mit parlamentarischem Ehrgeiz; George Comphrey, ein Cousin von Lady Shale, um die Dreißig und als Lebemann bekannt; Lavinia Prescott, George zuliebe eingeladen; Joyce Trivett, Henry Shale zuliebe eingeladen; Richard und Beryl Dennison, entfernte Verwandte von Lady Shale, die ein fröhliches, teures Leben in der Stadt führten und von denen niemand so recht wußte, mit welchen Mitteln sie dies eigentlich finanzierten; Lord Peter Wimsey, eingeladen aufgrund einer rührenden, unbegründeten Hoffnung Margharita betreffend. Natürlich waren auch William Norgate, Sir Septimus' Sekretär, und Miss Tomkins, Lady Shales Sekretärin, anwesend, die dabei sein mußte, weil ohne deren ruhige Effizienz die weihnachtlichen Festlichkeiten nicht hätten durchgeführt werden können.

Das Abendessen war vorüber — eine endlos scheinende Folge

von Suppe, Fisch, Puter, Roastbeef, Plumpudding, Mince-Pie, kandierten Früchten, Nüssen und fünf verschiedenen Weinen, das Ganze unter dem Vorsitz des strahlend lächelnden Sir Septimus, der spöttisch distanzierten Lady Shale und von Margharita, hübsch und gelangweilt, um deren schlanken Hals die Kette aus einundzwanzig Perlen im sanften Licht schimmerte. Die Gäste waren mehr als satt, kämpften mit Verdauungsproblemen und hatte nur eine Sehnsucht: die Horizontale. Unnachgiebig wurde sie jedoch in das Gesellschaftszimmer gesteuert und zur ›Reise nach Jerusalem‹ (Miss Tomkins am Klavier), ›Blinde Kuh‹ und ›Scharaden‹ (Kostüme von Miss Tomkins und Mr. William Norgate) gefordert. Das Herrenzimmer (denn Sir Septimus bestand auf dieser altmodischen Bezeichnung) bildete einen idealen Umkleideraum, da er durch Falttüren von dem großen Gesellschaftszimmer abgeschirmt wurde, in dem das Publikum unter prunkvoller Elektrobeleuchtung, die sich in der Messingdecke reflektierte, auf Aluminiumstühlen saß und mit unruhigen Zehenspitzen auf dem gläsernen, schwarzen Fußboden herumscharrte.

William Norgate war es, der, nachdem er die Stimmung der Gesellschaft gemessen hatte, Lady Shale den Vorschlag unterbreitete, etwas weniger Athletisches zu spielen. Lady Shale stimmte zu und schlug wie gewöhnlich ›Bridge‹ vor. Sir Septimus verwarf wie immer den Vorschlag.

»Bridge? Unsinn! Unsinn! Bridge könnt ihr jeden Tag eures Lebens spielen. Heute ist Weihnachten. Irgend etwas, das wir alle zusammen spielen können. Wie wäre es mit ›Tier, Pflanze, Mineral‹?«

Dieser intellektuelle Zeitvertreib war ein Favorit von Sir Septimus; er konnte recht geistreiche Fragen stellen. Nach einer kurzen Diskussion wurde offenbar, daß dieses Spiel einen unvermeidlichen Teil des Programms darstellte. Die Gesellschaft machte es sich deshalb bequem, und Sir Septimus übernahm es, als erster ›hinauszugehen‹, um die Sache in Gang zu bringen.

Inzwischen hatten sie unter anderem das Foto von Miss Tomkins' Mutter geraten, eine Grammophonplatte von ›I want to be happy‹ (mit umfangreicher wissenschaftlicher Nachforschung über die genaue Zusammensetzung von Schallplatten, von William Norgate aus der *Encyclopaedia Britannica* geliefert), den kleinsten Stichling im Fluß am Ende des Gartens, den neuen Planeten Pluto, sowie den Schal von Mrs. Dennison (sehr verwirrend, denn er war nicht aus Seide, was ›Tier‹ gewesen wäre, noch aus Kunstseide, was ›Pflanze‹ gewesen wäre, sondern aus gesponnenem Glas, also ›Mineral‹ — ein höchst clever gewählter Gegenstand). Nicht herausgefunden hatten sie die Radio-Ansprache des Premierministers — was als nicht fair betrachtet wurde, da niemand entscheiden konnte, ob sie als ›Tier‹ oder als eine Art von Gas zu betrachten sei. Es wurde beschlossen, noch ein letztes Wort zu raten und dann zum ›Versteckspielen‹ überzugehen. Oswald Truegood hatte sich ins Herrenzimmer begeben und die Tür hinter sich geschlossen, während die Gesellschaft das Rätselthema diskutierte, als Sir Septimus unvermittelt die Argumente unterbrach, indem er ausrief:

»Sag mal, Margy! Was hast du denn mit deiner Perlenkette gemacht?«

»Ich habe sie abgelegt, weil ich Angst hatte, sie könnte kaputtgehen, als wir ›Blinde Kuh‹ gespielt haben. Sie liegt hier auf dem Tisch — nein, da ist sie nicht. Hast du sie genommen, Mutter?«

»Nein, aber wenn ich sie gesehen hätte, hätte ich sie natürlich an mich genommen. Du bist sehr nachlässig, mein Kind.«

»Ich glaube, du hast sie genommen, Vater. Du willst mich auf den Arm nehmen.«

Sir Septimus stritt den Vorwurf energisch ab. Alle standen auf und fingen an zu suchen. In dem kahlen, polierten Zimmer gab es nicht viele Stellen, wo eine Halskette versteckt sein konnte. Nach zehn Minuten der fruchtlosen Suche begann Richard Dennison, der neben dem Tisch gesessen hatte, reichlich unbehaglich auszusehen.

»Unangenehm, nicht wahr?« bemerkte er zu Wimsey.

In diesem Moment steckte Oswald Truegood den Kopf durch

die Falttür und fragte, ob sie sich inzwischen auf etwas geeinigt hätten, weil er langsam zappelig würde.

Dies lenkte die Aufmerksamkeit der Sucher auf das Hinterzimmer. Margharita mußte sich vertan haben. Sie hatte die Kette dort drüben gelassen, und sie war irgendwie zwischen die Kostüme geraten. Das Zimmer wurde auf den Kopf gestellt. Alles wurde hochgehoben und ausgeschüttelt. Die Sache wurde langsam ernst. Nach einer halben Stunde verzweifelter Suche wurde klar, daß die Perlen unauffindbar blieben.

»Sie müssen irgendwo in diesen beiden Räumen sein«, sagte Wimsey. »Das Herrenzimmer hat keine Tür, und niemand kann durch das Gesellschaftszimmer hinausgegangen sein, ohne gesehen zu werden. Es sei denn, die Fenster . . .«

Nein. Die Fenster waren alle von außen durch schwere Fensterläden geschützt, die nur von zwei starken Männern heruntergenommen werden konnten. Die Perlen waren nicht auf diesem Weg nach draußen gelangt. In der Tat war der bloße Hinweis, sie hätten möglicherweise das Gesellschaftszimmer verlassen, höchst unangenehm. Weil . . . weil . . . Es war William Norgate, effizient wie immer, der nüchtern und mutig das Thema anschnitt.

»Ich glaube, Sir Septimus, es wäre für das Gewissen aller Anwesenden eine Erleichterung, wenn jedermann durchsucht würde.«

Sir Septimus war entsetzt, doch die Gäste, die in Norgate einen Wortführer gefunden hatten, unterstützten ihn.

Die Tür wurde verschlossen, und die Durchsuchung begann – die Damen im Hinterzimmer, die Herren im Salon.

Sie ergab nichts weiter als ein paar höchst interessante Informationen über die Habseligkeiten, die durchschnittliche Männer und Frauen gewöhnlich bei sich hatten. Es war nur natürlich, daß Lord Peter Wimsey eine Pinzette, eine Taschenlupe und ein kleines, zusammenklappbares Metermaß besaß – war er nicht ein vornehmer Sherlock Holmes? Doch daß Oswald Truegood zwei in Papier gewickelte Leberpillen und Henry Shale eine Taschenausgabe der Oden von Horaz bei sich hatten, war unerwartet. Warum leierte John Shale seine Taschen mit einem Stummel roten Siegellacks, einem häßlichen kleinen Talismann und einer Fünf-Shilling-Münze aus? George Comphrey hatte eine Klappschere und drei eingewickelte Zuckerstückchen in der Tasche, wie man sie in Restaurants und Speisewagen bekommt — Anzeichen einer weit verbreiteten Form von Kleptomanie. Doch daß sich der ordentliche und pingelige Norgate mit einer Rolle weißen Baumwollgarns, drei Bindfadenenden und zwölf Sicherheitsnadeln auf einem Karton belastete, erschien wirklich bemerkenswert, bis sich jemand daran erinnerte, daß er ja die gesamte Weihnachtsdekoration überwacht hatte. Bei Richard Dennison fand man unter Gelächter und mit einiger Verwirrung ein Damenstrumpfband, eine Kompaktpuderdose und eine halbe Kartoffel; letztere, so erklärte er, sein Prophylaktikum gegen Rheumatismus (worunter er litt), während die anderen Gegenstände seiner Frau gehörten. Auf Seiten der Damen bestanden die auffallendsten Ausstellungsstücke aus einem Büchlein über die Handlesekunst, drei unsichtbaren Haarnadeln und einem Babyfoto (Miss Tomkins); einer chinesischen Zigarettenschachtel mit Geheimfach (Beryl Dennison); einem *sehr* privaten Brief und den Gerätschaften, um Laufmaschen zu reparieren (Lavinia Prescott); sowie einem Augenbrauenzupfer und einem kleinen Päckchen weißen Pulvers, das gegen Kopfschmerzen sei (Betty Shale). Es gab einen Augenblick der Aufregung, als aus Joyce Trivetts Handtasche eine kleine Perlenschnur zum Vorschein kam — doch man erinnerte sich sofort wieder daran, daß sie aus einem der Knallbonbons beim Abendessen stammte und tatsächlich künstlich war. Kurzum, die Suche brachte nichts weiter als die allgemeine Beschämung und das Unbehagen, das entsteht, wenn man sich zur falschen Tageszeit hastig aus-und wieder ankleidet.

In jenem Moment geschah es, daß jemand widerwillig und zögernd das gräßliche Wort ›Polizei‹ erwähnte. Sir Septimus war über diese Idee natürlich entsetzt. Sie war ekelhaft. Das ließe er nicht zu. Ob nicht Lord Peter Wimsey dank seiner Erfahrung mit — hm — mysteriösen Vorkommnissen irgend etwas tun könne, um ihnen zu helfen? »Ähm?«, sagte seine Lordschaft. »Oh, bei Gott, ja — selbstverständlich, gewiß. Das heißt, vorausgesetzt, daß niemand annimmt — ähm, nicht wahr? Will sagen, Sie wissen ja nicht, ob ich nicht eine verdächtige Person bin, nicht wahr, oder?«

Lady Shale widersprach mit Autorität.

»Wir halten *niemanden* für verdächtig«, sagte sie. »Doch wenn wir es täten, wüßten wir, daß Sie es nicht sein könnten. Sie wissen *bei weitem* zu viel über Verbrechen, um selber eines begehen zu wollen.«

»Na gut«, sagte er. »Aber nachdem alles schon so gründlich durchsucht worden ist . . .« Er zuckte mit den Achseln.

»Ja, ich fürchte, wir werden keine Fußabdrücke finden«, sagte Margharita. »Aber vielleicht haben wir etwas übersehen.«

Wimsey nickte.

»Ich werd's versuchen. Wären Sie so nett, sich alle auf Ihre Stühle im Vorderzimmer zu setzen und dort zu bleiben. Mit Ausnahme von einem von Ihnen — ich sollte einen Zeugen für das, was ich tue oder finde, haben. Sir Septimus — Sie sind, glaube ich, am besten geeignet.«

Er trieb sie zu ihren Plätzen und begann einen langsamen Rundgang durch die beiden Zimmer, untersuchte jede Fläche, schaute zu der metallenen Decke hinauf und kroch in bewährter Weise auf allen vieren über den schwarzglänzenden Fußboden. Sir Septimus folgte ihm, starrte, wenn Wimsey starrte, bückte sich, die Hände auf die Knie gestützt, wenn Wimsey auf allen vieren kroch, und schnaufte zwischendurch vor Verwunderung und vor Kummer. Das Vorgehen der beiden ähnelte ganz dem eines Mannes, der einen äußerst neugierigen Welpen zu einem besonders gemächlichen Verdauungsspaziergang ausführt. Glücklicherweise erleichterte Lady Shales Möbelgeschmack die Nachforschungen; es gab kaum Nischen und Ecken, wo etwas verborgen sein konnte.

Sie gelangten in das Herrenzimmer, wo die Kostüme noch einmal sorgfältig, doch ohne Erfolg, untersucht wurden. Schließlich legte sich Wimsey flach auf den Boden, um unter einen stählernen Schrank, einen der wenigen Einrichtungsgegenstände mit kurzen Beinen, zu lugen. Irgend etwas schien seine Aufmerksamkeit zu erregen. Er rollte sich den Ärmel hoch und schob den Arm unter das Möbel, strampelte krampfhaft, um tiefer zu gelangen, als menschenmöglich ist, und holte dann sein zusammenklappbares Metermaß aus der Tasche, klappte es auseinander, stocherte damit unter dem Schrank herum und schaffte es schließlich, das hervorzuholen, was er gesucht hatte.

Es war ein winziger Gegenstand — eine Stecknadel. Nicht eine gewöhnliche Stecknadel, sondern eine, wie sie von Entomologen benutzt wird, um besonders kleine Insekten aufzuspießen. Sie war etwa zwei Zentimeter lang und so dünn wie eine ganz feine Nähnadel, sehr spitz und mit einem besonders kleinen Kopf.

»Du lieber Gott!« sagte Sir Septimus. »Was ist denn das?«

»Sammelt hier jemand zufällig Schmetterlinge oder Käfer oder so was?« fragte Wimsey, der auf dem Boden saß und die Nadel untersuchte.

»Ich bin ziemlich sicher, nein«, erwiderte Sir Septimus. »Ich werde sie fragen.«

»Tun Sie das nicht.« Wimsey beugte den Kopf und starrte auf den Fußboden, aus dem ihn sein eigenes Gesicht nachdenklich anschaute.

»Natürlich«, sagte Wimsey dann. »So wurde es gemacht. Also, Sir Septimus, ich weiß, wo die Perlen sind, aber ich weiß nicht, wer sie genommen hat. Vielleicht wäre es gut — und zu jedermanns Befriedigung —, es herauszufinden. In der Zwischenzeit sind sie ganz und gar in Sicherheit. Sagen Sie niemandem, daß wir diese Stecknadel gefunden oder ob wir sonst etwas entdeckt haben. Schicken Sie sie allesamt ins Bett. Schließen Sie die Tür zu den Gesellschaftszimmern ab, und behalten Sie den Schlüssel bei sich. Beim Frühstück werden wir wissen, wer unser Mann — oder unsere Frau — ist.«

»Gott sei mir gnädig«, seufzte Sir Septimus äußerst verwirrt.

Lord Peter Wimsey überwachte in jener Nacht sorgfältig die Wohnzimmertür. Niemand kam ihr jedoch nahe. Entweder vermutete der Dieb eine Falle, oder er war zuversichtlich, daß er die Perlen zu irgendeinem Zeitpunkt holen kommen könnte. Wimsey hatte dennoch nicht das Gefühl, seine Zeit zu verschwenden. Er machte eine Liste der Personen, die während des Spiels ›Tier, Pflanze, Mineral‹ im hinteren Zimmer alleingelassen worden waren. Die Liste lautete folgendermaßen:

Sir Septimus Shale
Lavinia Prescott
William Norgate
Joyce Trivett und Henry Shale
(zusammen, da sie behaupteten, ohne Hilfe unfähig zu sein,
etwas zu erraten)
Mrs. Dennison
Betty Shale
George Comphrey
Richard Dennison
Miss Tomkins
Oswald Truegood

Er machte eine weitere Liste der Personen, für die die Perlen nutzbringend oder erstrebenswert sein könnten. Unglücklicherweise stimmte diese Liste in fast allen Einzelheiten (Sir Septimus natürlich ausgeschlossen) mit der ersten überein und half ihm somit keinen Schritt weiter. Die beiden Sekretäre hatten sich mit besten Empfehlungen präsentiert, doch das war genau das, was sie getan hätten, wären sie mit vorgefaßten dunklen Plänen gekommen; die Dennisons waren berühmt dafür, von der Hand in den Mund zu leben, Betty Shale trug ein geheimnisvolles Pulver in ihrer Handtasche, und man wußte, daß sie zu einem ziemlich schnellebigen Kreis in London gehörte; Henry war ein harmloser Dilettant, doch Joyce Trivett konnte ihn sich um den kleinen Finger wickeln und war das, was Jane Austen gern als ›teuer und zügellos‹ beschrieb; Comphrey spekulierte; Oswald Truegood war ziemlich häufig bei *Epsom & Newmarket* zu sehen — die Suche nach Motiven war in vertrackter Weise viel zu leicht.

Als das Dienstmädchen und der zweite Hausdiener mit Reinemachgeräten im Korridor erschienen, gab Wimsey seine Nachtwache auf, doch er erschien früh zum Frühstück. Sir Septimus und seine Frau und seine Tochter waren schon vor ihm unten, und eine gewisse Spannung lag in der Luft. Wimsey stand beim Herd am Feuer und machte Konversation über Wetter und Politik.

Die Gesellschaft fand sich langsam ein, doch als wäre es eine stille Übereinkunft gewesen, wurden die Perlen während der Dauer des Frühstücks mit keinem Wort erwähnt, bis dann Oswald Truegood schließlich den Stier bei den Hörnern packte.

»Nun«, sagte er, »wie kommt unser Detektiv denn voran? Haben sie Ihren Mann gefunden, Wimsey?«

»Noch nicht«, sagte Wimsey leichthin.

Sir Septimus schaute Wimsey an, als warte er auf sein Stichwort, dann räusperte er sich und legte los.

»Das ist alles sehr ermüdend«, erklärte er, »höchst unerfreulich. Hm, hm. Bleibt nur die Polizei, fürchte ich. Und ausgerechnet zu Weihnachten. Hm, hm. Verdirbt das ganze Fest. Ich will dieses Zeug nicht mehr sehen.« Mit einer weitschweifenden Geste wies er auf die Dekorationen aus Immergrün und Buntpapier, die die Wände schmückten. »Holt das alles runter, ja? Das Herz ist nicht mehr dabei. Hm, hm. Verbrennt den Kram.«

»Wie schade. Wo wir uns so viel Mühe gegeben haben«, meinte Joyce.

»Ach, laß es doch, Onkel«, sagte Henry Shale. »Du machst dir zu viele Gedanken wegen der Perlen. Ich bin sicher, die tauchen wieder auf.«

»Soll ich nach James klingeln?« schlug William Norgate vor.

»Nein«, unterbrach Comphrey, »wir sollten das selber machen. Es gibt uns etwas zu tun und lenkt uns von den Problemen ab.«

»Das stimmt«, sagte Sir Septimus. »Wir fangen gleich an. Ich kann den Anblick nicht mehr ertragen.«

Er riß in wilder Wut einen großen Stechpalmzweig vom Kaminsims und schleuderte ihn ins knisternde Feuer. »So ist's recht«, sagte Richard Dennison. »Gibt ein anständiges Feuerchen!« Er sprang vom Tisch auf und schnappte den Mistelzweig von der Lampe. »So! Noch ein Küßchen für jemanden, ehe es zu spät ist?«

»Bringt es nicht Unglück, wenn man es vor Neujahr herunterholt?« gab Miss Tomkins zu bedenken.

»Unsinn. Wir nehmen alles runter. Auch im Treppenhaus und im Gesellschaftszimmer. Wer übernimmt's?«

»Ist das Gesellschaftszimmer nicht verschlossen?« fragte Oswald.

»Nein. Lord Peter sagt, die Perlen seien nicht dort, wo immer sonst sie auch sein mögen. Darum sind die Türen nicht mehr abgeschlossen. Stimmt doch, Wimsey, oder?«

»Genau. Die Perlen sind aus jenen Räumen entfernt worden. Ich kann zwar noch nicht sagen, wo sie jetzt sind, aber ich bin absolut sicher. In der Tat, ich verwette meinen Ruf darauf, daß sie irgendwo anders sind als dort oben.«

»Na gut«, sagte Comphrey. »Wenn's so ist, dann mal los! Komm, Lavinia – du und Dennison, ihr übernehmt das Gesellschaftszimmer. Ich kümmere mich um das Herrenzimmer. Arbeitsteilung.«

»Aber wenn die Polizei herkommt«, zögerte Dennison, »sollten wir da nicht lieber alles so belassen, wie es ist?«

»Zum Teufel mit der Polizei!« donnerte Sir Septimus. »Die will kein Immergrün!«

Oswald und Margharita waren schon dabei, im Treppenhaus unter schallendem Gelächter Stechpalmen und Efeu herunterzureißen. Die Gesellschaft verteilte sich über das Haus. Wimsey ging leise nach oben ins Gesellschaftszimmer, wo die Zerstörungsarbeiten in vollem Gange waren. George hatte zwei Shilling gegen einen Sixpence gewettet, daß sie ihren Teil der Arbeit nicht vor ihm zu Ende bringen würden.

»Sie dürfen ihm nicht helfen«, sagte Lavinia lachend zu Wimsey, »das wäre nicht fair.«

Wimsey sagte nichts, doch er wartete, bis das Zimmer geräumt war. Dann folgte er ihnen wieder nach unten, wobei er leise vor sich hin redete. Er flüsterte Sir Septimus etwas zu, der seinerseits zu George Comphrey trat und ihm auf die Schulter tippte.

»Lord Peter möchte Ihnen etwas sagen, mein Junge«, ließ er ihn wissen.

Comphrey schrak zusammen und ging ein wenig widerwillig, wie es schien, mit ihm mit. Es sah nicht aus, als würde er sich besonders wohl fühlen.

»Mr. Comphrey«, sagte Wimsey. »Ich glaube, dies gehört Ihnen.« Er hielt ihm die Handfläche hin, auf der einundzwanzig dünne Stecknadeln mit besonders kleinen Köpfen lagen.

»Genial«, sagte Wimsey, »doch etwas weniger Geniales hätte seinen Absichten besser gedient. Er hatte großes Pech, Sir Septimus, daß Sie die Perlen zu jenem Zeitpunkt erwähnten. Er hatte natürlich gehofft, daß der Verlust erst bemerkt würde, wenn wir mit der Raterei fertig wären und angefangen hätten, Verstecken zu spielen. Dann hätten die Perlen überall im Haus sein können, wir hätten die Salontür nicht abgeschlossen, und er hätte sie problemlos und bequem einsammeln können. Er hatte diesen Gedanken offensichtlich schon, als er ankam, darum brachte er die Stecknadeln mit, und als Miss Shale die Kette ablegte, um ›Blindekuh‹ zu spielen, bot sich ihm die Gelegenheit.

Er war früher schon zu Weihnachten hiergewesen und wußte, daß ›Tier, Pflanze, Mineral‹ unweigerlich Teil der Unterhaltung sein würde. Er brauchte nur die Kette vom Tisch zu nehmen, als er an die Reihe kam hinauszugehen, und er wußte, daß er mindestens fünf Minuten allein sein würde, während wir miteinander argumentierten, um uns auf ein Wort zu einigen. Er brauchte die Perlen nur mit seiner Taschenschere von der Schnur zu fädeln, die Schnur im Kamin zu verbrennen und die Perlen mit den dünnen Nadeln an den Mistelzweig zu stecken. Der Mistelzweig hing am Kandelaber, ziemlich hoch − es ist ein luftiger Raum − aber er konnte ihn leicht erreichen, indem er sich auf den Glastisch stellte, auf dem keine Fußabdrücke zu sehen wären, und es war fast sicher, daß niemand auf die Idee kommen würde, den Mistelzweig nach zusätzlichen Beeren zu untersuchen. Ich wäre selbst nicht auf die Idee gekommen, wenn ich die Stecknadel nicht gefunden hätte, die er hatte fallen lassen. Das brachte mich auf die Idee, daß die Perlenkette zertrennt worden war, und der Rest war einfach. Ich nahm die Perlen in der vergangenen Nacht vom Mistelzweig – der Verschluß war ebenfalls da, zwischen Stechpalmblätter gesteckt. Hier sind sie. Comphrey muß heute früh einen gewaltigen Schrecken bekommen haben. Ich wußte, daß er unser Mann war, als er vorschlug, die Gäste sollten selber den Schmuck herunterhalten, und daß er das Herrenzimmer übernehmen würde – aber ich hätte schrecklich gerne sein Gesicht gesehen, als er zu dem Mistelzweig kam und feststellen mußte, daß die Perlen nicht mehr daran steckten.«

»Und das haben Sie alles gefolgert, als Sie die Stecknadel gefunden haben?« fragte Sir Septimus.

»Ja, in dem Moment wußte ich, wo die Perlen hingekommen waren.«

»Aber Sie haben nicht ein einziges Mal zu dem Mistelzweig hinaufgeschaut.«

»Ich sah ihn sich in dem schwarzen Glasboden spiegeln, und im gleichen Moment war ich verblüfft, wie sehr Mistelbeeren und Perlen sich doch ähneln.«

Originaltitel: The Necklace of Pearls
Ins Deutsche übertragen von Angelika Weidmann

»Geradeaus, Bernie, immer geradeaus!«

Carter Dickson

Blindekuh

Im Licht der Scheinwerfer hatten sie bereits eine Schneeflocke vorbeirieseln sehen, dennoch standen die großen Türen des Hauses offen. Es war wohl auch mehr ein Schatten als eine Schneeflocke, denn ein scharfer Wind kam hinterher, die Tür-flügel knarrten. Innen konnten Rodney und Muriel Hunter eine schäbige, enge Diele erkennen, mit stumpfen roten Fliesen und einer jakobinischen Treppe am Ende. (Zu diesem Zeitpunkt lag natürlich keine tote Frau dort.)

Ein solches Haus im einsamsten Teil der Hügellandschaft Kents zu entdecken — ein Landhaus aus dem siebzehnten Jahr-hundert, dessen Fußboden mit den Jahren uneben geworden war und dessen Balken abgerieben wirkten — das hatten sie schon erwartet. Auch, daß es mit Elektrizität versehen war, wunderte sie nicht. Aber Rodney Hunter hatte selten zuvor so viele Lichter in einem Haus gesehen, eine Sache, die Muriel bereits aufgefallen war, als sie mit dem Wagen um die Biegung in der Zufahrt gekommen waren. ›Clearlawns‹ wurde seinem Namen gerecht. Es stand in der Mitte eines sanften Abhanges mit flachem Gras, das jetzt weiß von Frost war; kein Strauch oder Baum im Umkreis von zwanzig Metern. Die vielen Lichter kontrastierten mit einem gewissen ungastlichen, feuchten Ein-druck, den das Haus machte, als sähen sich die Bewohner gezwungen, sie brennen zu lassen.

»Aber warum steht die Vordertür offen?« fragte Muriel mit Nachdruck.

Noch auf der Einfahrt hustete der Motor ihres Wagens und starb ab. Das Haus war jetzt in eine geheimnisvolle Finsternis voller Giebel getaucht, bei denen Licht aus jeder Spalte drang und die Glyzinien beleuchtete, die daran hochwuchsen. Rechts und links neben der Vordertür gab es Fenster mit kleinen Scheiben, deren Gardinen nicht zugezogen waren. Zu ihrer Linken konnten sie in einen niedrigen Speisesaal sehen, in dem Tisch und Anrichte für ein kaltes Abendessen vorbereitet waren; rechts lag eine etwas düstere Bibliothek, in der sich die Schatten eines hellen Feuers bewegten.

Der Anblick des Feuers erwärmte Rodney Hunter, verursachte ihm jedoch auch ein Schuldgefühl. Sie waren sehr spät dran. Um fünf Uhr, ganz bestimmt, hatte er Jack Bannister versprochen, würden sie in ›Clearlawns‹ sein, um die Weihnachtsparty zu eröffnen.

Der Maschinenschaden kurz hinter London war eine Sache; eine andere war das Herumtrödeln in einem Landgasthaus, wo sie unterwegs heißes Ale getrunken hatten und so lange im Radio den Weihnachtsliedern lauschten, bis sie eine Art Dickensscher Heiterkeit verspürten. Aber er und Muriel waren jung; sie liebten sich und alles, was schön war, und hatten sich eine Weihnachtsstimmung zugelegt, die jetzt, da sie vor den knarrenden Türen von ›Clearlawns‹ standen, merkwürdig abkühlte. Es gibt wirklich keinen Grund, dachte Rodney, sich unbehaglich zu fühlen. Er holte ihr Gepäck aus dem Wagen, einschließlich eines großen Kartons mit Geschenken für Jacks und Mollys Kinder. Daß seine Schritte auf dem Kies so laut klangen, war eigentlich ganz natürlich. Er schob den Kopf durch die Tür und pfiff. Dann betätigte er den Türklopfer. Das Geräusch schien in jeden Winkel des Hauses zu dringen und dann wie ein neugieriger Hund zurückzukommen; doch niemand rührte sich.

»Ich will dir mal was sagen«, meinte er. »Hier ist niemand zu Hause.«

Muriel kam die Stufen herauf und stellte sich neben ihn. Sie hatte ihren Pelzmantel eng um sich gezogen, ihr Gesicht glühte vor Kälte.

»Aber das ist unmöglich!« sagte sie. »Ich meine, selbst wenn sie außer Haus sind, die Dienerschaft . . .! Molly sagte, sie habe eine Köchin und zwei Dienstmädchen. Bist du sicher, daß wir an der richtigen Stelle sind?«

»Ja. Der Name steht am Tor, und innerhalb einer Meile gibt es kein anderes Haus.«

Gleichzeitig verdrehten sie den Hals, um durch die Fenster des Speisezimmers links von ihnen zu schauen. Kaltes Geflügel auf der Anrichte, eine große Schüssel mit Kastanien und, wie sie jetzt erkennen konnten, ein noch gutgeschürtes, flackerndes Feuer, davor ein Sessel mit einer beiseite gelegten Strickarbeit auf dem Sitz. Rodney betätigte erneut den Türklopfer, diesmal sehr energisch, doch das Geräusch klang irgendwie falsch. Es war, als seien sie inmitten dieser Oase aus Licht noch einsamer, während der Ostwind über die Hügel strich und die Haustür in ihren Angeln ächzte.

»Ich denke, wir sollten lieber reingehen«, sagte Rodney. Den Geist der Weihnacht vergessend, fügte er hinzu: »Das ist vielleicht ein teuflischer Trick! Was denkst du, könnte hier passiert sein? Ich könnte schwören, das Feuer da ist erst in der letzten Viertelstunde entfacht worden.«

Er trat in die Diele und stellte das Gepäck ab. Als er sich umdrehte, um die Tür zu schließen, legte ihm Muriel die Hand auf den Arm.

»Moment, Rod. Willst du sie wirklich zumachen?«

»Warum nicht?«

»Ich . . . ich weiß nicht.«

»In diesem Haus friert man so schon genug«, sagte er, aber er mußte zugeben, daß die gleichen Bedenken auch ihm durch den Kopf gegangen waren. Er schloß beide Türflügel und schob den Riegel vor; im gleichen Moment kam ein Mädchen durch die Tür der Bibliothek zu ihrer Rechten.

Sie war ein so nett aussehendes Mädchen, daß sie beide ein Gefühl der Erleichterung verspürten. Warum sie nicht auf das Klopfen geantwortet hatte, war jetzt auf einmal nicht mehr wichtig; sie füllte die Leere aus. Sie war hübsch, nicht älter als ein- oder zweiundzwanzig Jahre und von einer Förmlichkeit, die Rodney Hunter unwillkürlich an eine Gouvernante oder Sekretärin denken ließ, obwohl Jack Bannister niemals eine solche erwähnt hatte. Sie war mollig, hatte aber eine merkwürdig schmale Taille. Braun schien ihre Farbe zu sein. Sie trug braune

Kleider, ihr braunes Haar war ordentlich gescheitelt, und ihre braunen Augen — große Augen, die vielleicht ein wenig nach Verschwiegenheit und vorwitzigem Lächeln ausgesehen hätten, wenn sie nicht so sanft gewesen wären — wirkten besorgt. In der Hand trug sie etwas, was wie ein kleiner, weißer Beutel aus Leinen oder Baumwolle aussah. Und sie sprach mit einer Erhabenheit, die nicht zu ihrem Alter paßte.

»Es tut mir furchtbar leid«, sagte sie. »Ich *dachte*, ich hätte jemanden gehört, aber ich war so beschäftigt, daß ich nicht sicher sein konnte. Würden Sie mir verzeihen?«

Sie lächelte. Hunters Ansicht nach hätte sein Klopfen Tote aufwecken können; er murmelte indes ein paar unverbindliche, nichtssagende Worte. Als ob ihr der weiße Beutel in der Hand plötzlich irgendwie fehl am Platze vorkommen würde, hob sie ihn hoch.

»Fürs Blindekuh-Spiel«, erklärte sie. »Sie schwindeln immer so, fürchte ich, und nicht etwa nur die Kinder. Wenn man ihnen nur ein ganz normales Taschentuch vor die Augen bindet, kriegen sie immer eine Ecke davon los. Aber wenn Sie das hier nehmen, es einem Menschen ganz über den Kopf ziehen und dann hinten am Nacken zubinden« — Rodney Hunter sah plötzlich ein ganz grauenhaftes Bild vor sich — »dann funktioniert es viel besser, meinen Sie nicht auch?« Ihre Augen schienen nach innen zu blicken, sie wirkte wie abwesend. »Aber ich darf Sie hier nicht mit meinem Gerede festhalten. Sie sind . . .«

»Mein Name ist Hunter. Dies ist meine Frau. Ich fürchte, wir sind ziemlich spät eingetroffen, aber soviel ich weiß, hat Mr. Bannister uns erwartet . . .«

»Hat er Ihnen nichts gesagt?« fragte das Mädchen in Braun. »Was gesagt?«

»Jeder hier, auch die Dienerschaft, ist an diesem besonderen Tag und zu dieser Stunde nicht im Haus. Das ist hier so Brauch; ich glaube, seit mehr als sechzig Jahren. Es gibt eine Art besonderen Gottesdienst.«

Rodney Hunters Phantasie hatte sich bereits jede Menge merkwürdiger Erklärungen ausgedacht: Eine davon war, daß diese spröde junge Dame sämtliche Bewohner des Hauses umgebracht hatte und gerade mit dem Wegschaffen der Leichen beschäftigt war. Wieso ihm diese unsinnige Idee in den Kopf kam, konnte er nicht sagen; vielleicht lag es daran, daß er selbst Kriminalgeschichten verfaßte. Aber er war erleichtert, daß es eine ganz einfache Erklärung gab. Dann sprach die Dame weiter. »Das ist natürlich nur ein Vorwand. Der Pfarrer, der gute Mann, hat ihn vor Jahren erfunden, um allen die Peinlichkeit zu ersparen. Was hier geschah, hatte nichts mit dem Mord zu tun; das wäre schon rein zeitlich nicht möglich gewesen; und ich denke, die meisten Leute haben inzwischen sowieso vergessen, warum die Bewohner am Weihnachtsabend zwischen sieben und acht Uhr tatsächlich lieber *nicht* im Haus sind. Ich glaube nicht, daß Mrs. Bannister den wahren Grund dafür überhaupt kennt, könnte mir aber vorstellen, daß Mr. Bannister Bescheid weiß. Aber was hier vor sich geht, kann einfach nicht besonders angenehm sein, und es wäre sicher nicht richtig, wenn die Kinder es sähen, nicht wahr?«

Muriel sprach mit einer solchen Direktheit, daß ihr Mann spüren konnte, daß sie Angst hatte. »Wer sind Sie?« fragte Muriel. »Und wovon um alles in der Welt reden Sie eigentlich?«

»Ich bin durchaus bei klarem Verstand, wirklich«, versicherte ihre Gastgeberin mit einem Lächeln, das halb fröhlich, halb scheu war. »Ich kann mir denken, daß das alles sehr verwirrend sein muß für Sie, meine Liebe. Aber ich vernachlässige meine Pflichten. Bitte kommen Sie und nehmen Sie vor dem Feuer Platz; lassen Sie mich Ihnen etwas zu trinken anbieten.«

Sie führte sie in die Bibliothek, wobei sie ihnen mit einem schwungvollen Schritt voranging und mit ihren großen Augen über die Schulter zurückblickte. Die Bibliothek war ein langer, niedriger Raum mit Deckenbalken. Die Fenster zur Straße hin hatten keinen Vorhang, doch die in der seitlichen Wand, in die auch ein Kamin aus blaßroten Ziegeln gebaut war, waren Erkerfenster, deren Vorhänge zugezogen waren. Als ihre Gastgeberin sie vor das Feuer führte, hätte Hunter schwören können, daß sich einer der Vorhänge bewegte.

»Darüber brauchen Sie sich keine Gedanken zu machen«, sagte das Mädchen, die seinem Blick gefolgt war. »Selbst wenn

Sie da reinschauen, würden Sie jetzt nichts erkennen können. Ich glaube, ein Gentleman hat es einmal versucht, vor langer Zeit. Er war wegen einer Wette im Haus geblieben. Aber als er den Vorhang zurückzog, konnte er in dem Erker nichts sehen — zumindestens nichts Richtiges. Er spürte Haare und etwas, das sich bewegte. Deshalb haben sie heutzutage so viele Lichter brennen.«

Muriel hatte sich auf ein Sofa gesetzt und eine Zigarette angezündet, zum ziemlich affektiert wirkenden Mißfallen der Gastgeberin, wie Hunter bemerkte.

»Könnten wir etwas Heißes zum Trinken bekommen?« fragte Muriel spröde. »Und dann, falls es Ihnen nichts ausmacht, möchten wir rübergehen und die Bannisters begrüßen, wenn sie aus der Kirche kommen.«

»Oh, bitte tun Sie das nicht!« rief die andere aus. Sie hatte die ganze Zeit in der Nähe des Feuers gestanden mit gefalteten Händen, deren Innenflächen nach außen gekehrt waren. Jetzt durchquerte sie rasch das Zimmer und setzte sich neben Muriel; die Schnelligkeit ihrer Bewegungen und, noch mehr als das, ihre Hand auf Muriels Arm ließ diese zurückschrecken.

Hunter war jetzt felsenfest davon überzeugt, daß ihre Gastgeberin nicht ganz richtig im Kopf war. Warum sie ihn trotzdem so faszinierte, vermochte er nicht zu sagen. In ihrem Bemühen, sie an Ort und Stelle zu behalten, war das Mädchen auf eine neue Idee gekommen. Auf einem Tisch hinter dem Sofa stand eine Reihe von Büchern zwischen zwei Bücherstützen. Zwei von Rodney Hunters Kriminalromanen waren — wahrscheinlich von der taktvollen Molly Bannister — auffällig zur Schau gestellt. Das Mädchen berührte sie mit dem Finger.

»Darf ich fragen, ob Sie die geschrieben haben?«

Er gab es zu.

»Dann«, sagte sie mit plötzlicher Gelassenheit, »wird es Sie sicher interessieren, etwas über den Mord zu hören. Das war eine sehr verwirrende Angelegenheit, wissen Sie; die Polizei wurde damit nicht fertig, niemand hat den Fall jemals gelöst.« Ihre Augen hielten seinen Blick fest. »Es ist da draußen in der Diele passiert. Eine Frau wurde ermordet, obwohl niemand da war, der die Tat hätte begehen können. Sie war nämlich allein. Dennoch ist sie ermordet worden, die Arme.«

Hunter hatte sich schon halb aus seinem Stuhl erhoben, überlegte es sich jedoch anders und setzte sich wieder. »Fahren Sie fort«, sagte er.

»Sie müssen entschuldigen, wenn ich mit den Daten ein wenig unsicher bin«, sagte sie. »Ich glaube, es war zu Beginn der siebziger Jahre des vorigen Jahrhunderts: aber ich bin mir sicher, daß es in den ersten Februarwochen war − wegen des Schnees. Das war damals ein schlimmer Winter, den Bauern starb das ganze Vieh weg. Meine Familie lebt schon seit Generationen in dieser Gegend, ich weiß also Bescheid. Das Haus sah damals schon so aus, wie es heute aussieht, außer, daß es damals nicht so viel Licht gab (nur Paraffin-Lampen, das arme Mädchen!), wenn man Wasser haben wollte, mußte man zur Pumpe gehen; und damals lasen die Leute die Zeitung noch von vorn bis hinten und diskutierten tagelang darüber.

Die Leute sahen auch ein wenig anders aus, damals. Ich verstehe überhaupt nicht, warum wir heutzutage meinen, Bärte wären etwas Merkwürdiges; die Leute scheinen zu glauben, die Männer, die damals Bärte trugen, hätten keinerlei Gefühle gehabt. Aber damals trugen sogar junge Männer Bärte und sahen hübsch damit aus. In diesem Haus hier lebte damals ein jung verheiratetes Paar; sie waren erst im Sommer des vorangegangenen Jahres getraut worden. Das waren Edward und Jane Waycross, und alle dachten, daß sie gut zusammenpaßten.

Edward Waycross trug keinen Bart, dafür aber buschige Koteletten mit kleinen Löckchen. Er war kein schöner Mann, irgendwie wirkte er trocken und nüchtern, doch er war ein religiöser Mann, ein guter Mann; und ein exzellenter Geschäftsmann, wie es hieß; Fabrikant landwirtschaftlicher Geräte in Hawkhurst. Er hatte beschlossen, daß Jane Anders (so hieß sie damals) eine gute Frau für ihn sein würde, und wahrhaftig, das war sie. Das Mädchen hatte mehrere Verehrer. Obwohl Mr. Waycross die beste Partie für sie war, waren die Leute doch etwas überrascht, als sie ihn nahm, denn es hatte immer geheißen, sie habe eigentlich an einem anderen Gefallen gefunden — einem hübscheren Mann, für den sich auch einige der anderen jungen Mädchen interessierten. Das war Jeremy Wilkes, der zwar aus einer sehr guten Familie stammte, aber im Rufe stand, ein verlottertes Leben zu führen. Er war nicht jünger als Mr. Waycross, hatte aber einen großen, schwarzen Bart und trug weiße Westen mit Goldkettchen, und er fuhr einen Einspänner. Selbstverständlich hatte es Klatsch und Tratsch gegeben, aber nur, weil Jane Anders so hübsch war.«

Ihre Gastgeberin hatte sich auf dem Sofa zurückgelehnt. Mit einer Hand faltete sie den kleinen weißen Beutel; sie sprach mit spröder Stimme. Dann tat sie etwas, was ihren Zuhörern einen kalten Schauer über den Rücken jagte.

Sie haben so etwas vermutlich schon öfters gesehen. Sie hatte die Finger ihrer anderen Hand ganz leicht an ihre Wange gelegt. Dabei berührte sie auch die Haut in dem Winkel unter dem unteren Augenlid und zog es etwas nach unten — und das hätte eigentlich den roten Teil innen an ihrem Lid enthüllen müssen. Aber der war nicht rot. Er hatte eine krankhafte, bleiche Farbe.

»Wegen seiner Geschäfte«, fuhr sie fort, »mußte Mr. Waycross häufig nach London reisen, normalerweise blieb er über Nacht. Aber Jane Waycross hatte keine Angst, allein im Haus zu bleiben. Sie hatte eine treue Bedienstete, nämlich ihre zuverlässige Wirtschafterin, und einen braven Hund. Dennoch lobte Mr. Waycross sie wegen ihres Mutes.«

Das Mädchen lächelte. »In der Nacht, von der ich Ihnen erzählen will, damals im Februar, war Mr. Waycross außer Haus. Unglücklicherweise war auch die alte Wirtschafterin abwesend; sie war als Geburtshelferin zu ihrer Kusine gerufen worden, und Jane Waycross hatte ihr erlaubt zu gehen. Im Dorf wußte man davon, weil solche Dinge sich schnell herumsprachen, und einige machten sich Sorgen — das Haus liegt ja etwas einsam, wie Sie wissen. Aber sie, sie hatte keine Angst.

Es war eine sehr kalte Nacht mit starkem Schneefall, der gegen neun Uhr abends aufgehört hatte. Sie müssen wissen, daß die arme Jane Waycross zweifellos noch lebte, als das

Schneien aufgehört hatte. Es muß gegen halb zehn gewesen sein, als ein gewisser Mr. Moody, ein sehr zuverlässiger und nüchterner Mann, der in Hawkhurst wohnte, auf der Straße an diesem Haus vorbeifuhr. Wie Sie wissen, steht es mitten auf einer großen, freien Rasenfläche; von der Straße aus kann man das Haus klar und deutlich sehen. Mr. Moody sah die arme Jane am Fenster eines der oberen Schlafzimmer, mit einer Kerze in der Hand, wie sie die Rolläden schloß. Er war aber nicht der letzte Zeuge, der sie noch lebend sah.

Am gleichen Abend hielt sich Mr. Wilkes (der hübsche Gentleman, von dem ich Ihnen gerade erzählt habe) in einem Gasthaus im Dorf Five Ashes auf, zusammen mit Dr. Sutton, dem ortsansässigen Arzt, und einem rennsportbegeisterten Herrn namens Pawley. Gegen halb zwölf machten sie sich in Mr. Wilkes Einspänner auf den Weg nach Cross-in-Hand, wo dieser junge Gentleman wohnte. Ich fürchte, sie hatten alle etwas getrunken, waren aber noch relativ nüchtern. Der Gastwirt erinnerte sich an die Uhrzeit, weil er in der Toreinfahrt gestanden und der Kutsche nachgesehen hatte, wie sie mit ihren hübschen gelben Rädern durch den Schnee fuhr, als gäbe es ihn überhaupt nicht. Mr. Wilkes trug einen dieser neuen Hüte mit gewelltem Rand.

Ein heller Mond war zu sehen, und ›kein Anzeichen von Gefahr‹, wie Dr. Sutton später immer wieder versicherte. ›Die Schatten von Bäumen und Zäunen so klar, als wären sie von einem Silhouettenschneider für ein paar Cent ausgeschnitten worden.‹ Als sie aber an diesem Haus vorbeikamen, zog Mr. Wilkes scharf die Zügel an. Man sah ein helles Licht in einem der unteren Räume — tatsächlich war es dieses Zimmer hier. Sie saßen da auf ihrer Kutsche und fragten sich, was das zu bedeuten hatte.

Mr. Wilkes ergriff das Wort: ›Das gefällt mir nicht‹, sagte er. ›Sie wissen, meine Herren, Waycross ist noch in London, und die Dame des Hauses hat die Angewohnheit, sich früh zurückzuziehen. Ich geh' hin und seh' nach, ob alles in Ordnung ist.‹

Mit diesen Worten sprang er von der Kutsche, den Bart vorgereckt, den Atem wie eine Rauchfahne vor sich her tragend.

Er sagte: ›Und wenn's ein Einbrecher ist, dann beim Soundso, Gentlemen‹ — Ich werde das Wort, das er benutzte, nicht wiederholen — ›beim Soundso, Gentlemen, dem werd' ich's zeigen.‹ Er ging durch das Tor zum Haus, sie konnten jeden seiner Schritte sehen, und dann spähte er durch das Fenster dieses Zimmers hier. Schließlich kehrte er — offensichtlich erleichtert — zurück (sie konnten sein Gesicht im Schein der Kutschenlampe erkennen). Aber dennoch wischte er sich Schweiß von seiner Stirn.

›Alles in Ordnung‹, sagte er zu ihnen ›Waycross war zu Hause. Aber, beim Soundso, Gentlemen, er wird dieser Tage immer dünner, oder es waren die Schatten.‹

Dann erzählte er ihnen, was er gesehen hatte. Wenn Sie durch die Vorderfenster schauen — die da — dann können Sie seitwärts durch die Tür in den Eingangsflur schauen. Er sagte, er habe Mrs. Waycross in der Diele stehen sehen, mit dem Rücken zur Treppe, sie habe einen blauen Hausmantel über ihrem Nachthemd angehabt, und das Haar sei ihr bis auf die Schultern gefallen. Vor ihr, mit dem Rücken zu Mr. Wilkes, stand ein ziemlich großer, dünner Mann, der wie Mr. Waycross aussah, mit einem langen Übermantel und einem hohen Hut, wie Mr. Waycross sie trug. Sie hielt entweder eine Kerze oder eine Lampe in ihrer Hand; und er erinnerte sich, daß der hohe Hut sich hin und her zu bewegen schien, so als ob der Mann zu ihr sprechen oder die Hände nach ihr ausstrecken würde. Das Gesicht der Frau hätte er nicht sehen können, behauptete er.

Natürlich war das nicht Mr. Waycross, aber wie hätten sie das wissen können?

Gegen sieben Uhr am nächsten Morgen kam Mrs. Randall, die alte Bedienstete zurück. (Ihre Kusine hatte in der Nacht einen prächtigen Jungen zur Welt gebracht.) Mrs. Randall kämpfte sich durch die dunstkalte Dämmerung und den weißen Schnee nach Hause und stellte fest, daß das ganze Haus verschlossen war. Auf ihr Klopfen hin bekam sie keine Antwort, doch da sie eine Frau von großer Entschlußkraft war, brach sie schließlich ein Fenster auf und gelangte so ins Haus. Als sie

aber sah, was in der vorderen Diele passiert war, verließ sie es
so schnell sie konnte und schrie um Hilfe.

Die arme Jane brauchte allerdings keine Hilfe mehr. Ich weiß,
ich sollte eigentlich nicht über diese Dinge sprechen, aber ich
muß es einfach. Sie lag in der Diele, mit dem Gesicht auf dem
Boden. Ihr Körper war von der Hüfte abwärts ziemlich ver-
kohlt — und unbekleidet, verstehen Sie, denn der größte Teil
ihres Nachthemdes und des Hausmantels war in den Flammen
verbrannt. Die Fliesen der Diele waren voller Blut und Paraffinöl; das Öl stammte aus einer zerbrochenen Lampe mit einem
dicken, blauen Schirm aus Seide, die ein Stück entfernt am
Boden lag, direkt neben einem Kerzenhalter aus Porzellan und
einer Kerze. Das Feuer hatte ferner einen Teil der Wandvertäfelung und ein Stück der Treppe verbrannt. Zum Glück besteht
der Fußboden aus Bodenfliesen, und es war auch nicht mehr
viel Paraffin in der Lampe, sonst wäre das ganze Haus in Flammen aufgegangen. Aber sie war nicht nur an den Verbrennungen gestorben. Ihr Hals war mit einem gewaltigen Hieb eines
sehr scharfen Messers aufgeschlitzt worden. Sie war lange
genug am Leben geblieben, um beides spüren zu können, denn
sie war, während sie bereits in Flammen stand, auf Händen und
Knien nach vorne gekrochen. Ein schrecklicher Tod, grauen-
voll, für eine so zarte Person wie sie.«

Sie machte eine Pause. Der Gesichtsausdruck der Erzählerin,
des molligen Mädchens im braunen Kleid, veränderte sich
geringfügig. Auch der Ausdruck ihrer Augen wurde anders. Sie
saß direkt neben Muriel und rückte noch ein Stück näher an sie
heran.

»Natürlich kam die Polizei. Ich verstehe nichts von solchen
Sachen, fürchte ich, aber sie fanden heraus, daß nichts gestohlen worden war. Auch sie bemerkten die merkwürdige Sache,
die ich schon erwähnt habe, daß nämlich eine Lampe *und* eine
Kerze in einem Kerzenhalter dicht neben ihr lagen. Die Lampe
stammte aus dem Schlafzimmer von Mr. und Mrs. Waycross im
ersten Stock, das gleiche galt für die Kerze in dem Porzellan-
leuchter. Im Erdgeschoß befanden sich keine anderen Lampen
oder Kerzen, außer den Lampen, die am nächsten Morgen als

erstes in der Küche neu mit Öl aufgefüllt werden sollten. Die Polizei meinte, sie sei wohl kaum mit Lampe und Kerzenhalter gleichzeitig nach unten gekommen.

Sie muß mit der Lampe heruntergekommen sein, denn die war zerbrochen. Als der Mörder sie packte, so dachten alle, hat sie wohl die Lampe fallen gelassen, die daraufhin sofort ausging; das Paraffin spritzte heraus, fing aber kein Feuer. Der Mann mit dem hohen Hut, der ganze Arbeit leisten wollte, nachdem er ihr die Kehle durchgeschnitten hatte, ging nach oben, holte eine Kerze und steckte das verschüttete Öl in Brand. Ich bin zu dumm für diese Dinge, aber selbst mir ist klar, daß dies nur bedeuten kann, daß der Mörder sich im Haus auskannte. Und als sie von oben herunterkam, tat sie das wohl, um jemanden durch die Haustür ins Haus zu lassen, und das hätte kein Einbrecher sein können.

Sie können sich vorstellen, daß von der ersten Minute an Gerüchte umgingen, auch wenn die Polizei versuchte, sie zu unterdrücken. Die Leute wußten, daß Mrs. Waycross einem Mann die Tür geöffnet haben mußte, der nicht ihr Ehemann war. Und sofort fanden sie auch einen Beweis dafür: In dem ganzen Schmutz, den das Feuer und all das viele Blut hinterlassen hatten, entdeckte man nur ein paar Schritte von Janes Leiche entfernt ein Medizin-Fläschchen, wie Apotheker sie benutzen. Ich glaube, es war in zwei Stücke zerbrochen, und in dem größeren davon fanden sie die Reste eines Briefes, die noch nicht ganz verbrannt waren. Die Handschrift war die eines Mannes, aber nicht die ihres Ehemannes, und man konnte genug entziffern, um zu wissen, um was es ging. Der Brief war voller – nun Liebesgeflüster, verstehen Sie, und sprach von einer Verabredung in ihrem Haus in dieser Nacht.«

Als das Mädchen eine Pause machte, nutzte Rodney Hunter die Gelegenheit, um eine Frage zu stellen, die ihm auf der Zunge lag.

»Fanden Sie heraus, wessen Handschrift es war?«

»Es war Jeremy Wilkes' Handschrift«, sagte die andere ruhig. »Obwohl sie das nie richtig beweisen konnten, es nur vermutet haben; Wilkes konnte es nicht gewesen sein. Alles sprach dagegen. Zwar fand man in Mr. Wilkes Besitz ein blutbeflecktes Messer. Doch die Polizei, die armen Seelen, konnten ihm daraus keinen Strick drehen. Denn, sehen Sie, weder Mr. Wilkes — noch sonst irgend jemand auf der ganzen Welt — hätte diesen Mord begehen können.«

»Ich verstehe das nicht«, sagte Hunter in ziemlich scharfem Ton.

»Verzeihen Sie mir, wenn ich etwas ungeschickt im Erzählen solcher Sachen bin«, entschuldigte sich die Gastgeberin. Sie schien dem Knistern des Kaminfeuers zu lauschen, das gegen die Kälte einer sternenklaren Nacht ankämpfte. Ihre Augen blickten hart, und dennoch strahlte sie Ruhe aus. »Selbst die Gerüchte im Dorf kamen an dieser Tatsache nicht vorbei. Als Mrs. Randall an dem betreffenden Morgen hier zum Haus kam, waren Vorder- und Hintertür fest verschlossen, und zwar von innen. Sämtliche Fenster waren ebenfalls von innen verschlossen. Wenn Sie sich die Schlösser hier einmal ansehen, wissen Sie sofort, was das bedeutet.

Aber, bei Gott, das war noch längst nicht alles! Ich habe Ihnen doch von dem Schnee erzählt. Es hatte um neun Uhr an diesem Abend aufgehört zu schneien. Stunden bevor Mrs. Waycross ermordet wurde. Als die Polizei eintraf, gab es auf der ganzen schneebedeckten Fläche ums Haus nur zwei verschiedene Fußabdrücke. Die einen gehörten zu Mr. Wilkes, der am Abend zuvor gekommen war und durch das Fenster geschaut hatte. Die anderen Spuren gehörten zu Mrs. Randall. Die Polizei konnte beide Spuren verfolgen und erklären; es gab keine sonstigen Abdrücke, und in den Büschen hatte sich auch niemand versteckt.

Natürlich war es absurd, Mr. Wilkes zu verdächtigen. Er hatte nicht nur eine vollkommen glaubwürdige Geschichte über den Mann in dem hohen Hut erzählt; er hatte auch Dr. Sutton und Mr. Pawley als Zeugen, die mit ihm von Five Ashes hergekommen waren, und die schworen, er habe die Tat überhaupt nicht begehen können. Verstehen Sie, er kam nur bis an die Fenster dieses Zimmers hier. Sie konnten jeden Schritt, den er machte, im Mondlicht beobachten, und das taten sie auch. Anschließend fuhr er mit Dr. Sutton nach Hause und übernachtete dort; vielmehr, sollte ich wohl sagen, tranken sie weiter, bis der Morgen graute. Es stimmt, daß man ein blutiges Messer in seinem Besitz gefunden hat, aber er erklärte, er habe das Messer zum Ausweiden eines Hasen benützt.

Ähnliches gilt auch für die arme Mrs. Randall, die die ganze Nacht als Hebamme auf den Beinen gewesen war, obwohl es natürlich noch viel absurder war, ausgerechnet sie zu verdächtigen. Aber es gab einfach keine anderen Fußspuren, weder solche, die zum Haus hinführten, noch solche, die vom Haus wegführten. Und sämtliche Ein- oder Ausgänge waren von innen verschlossen.«

Es war Muriel, die jetzt sprach. Sie bemühte sich, ihre Stimme fest klingen zu lassen, aber trotzdem zitterte sie. »Wollen Sie behaupten, daß das alles wahr ist?« fragte sie.

»Ich spanne Sie ein wenig auf die Folter, meine Liebe«, sagte die andere. »Aber wirklich und wahrhaftig, es hat sich alles so zugetragen. Vielleicht erkläre ich es Ihnen gleich.«

»Vermutlich war es in Wirklichkeit der Ehemann, der die Tat begangen hat?« fragte Muriel mit gelangweilter Stimme.

»Der arme Mr. Waycross!« sagte ihre Gastgeberin zärtlich. »Der verbrachte die Nacht in einem alkoholfreien Hotel in der Nähe der Charing Cross Station, wie er es immer tat, und er verließ das Hotel natürlich nicht. Als er von dem Betrug seiner Frau hörte« – wieder vermeinte Hunter zu sehen, wie sie die Ecke ihres Lides herunterzog – »da verlor er fast den Verstand, der arme Kerl. Ich glaube, er gab seinen Betrieb für Landwirtschaftsgeräte auf und wurde Prediger, aber ich bin mir nicht ganz sicher. Ich weiß jedoch, daß er die Gegend hier kurz darauf verlassen hat – nicht ohne vorher die Matratze ihres gemeinsamen Ehebettes zu verbrennen. Es war ein fürchterlicher Skandal.«

»Aber wenn das alles tatsächlich so war«, hakte Hunter nach, »wer hat sie denn nun umgebracht? Und, wenn es keine Fußspuren gab und wenn sämtliche Türen abgeschlossen waren, wie konnte der Mörder denn rein und wieder raus kommen? Und schließlich, wenn das alles im Februar passierte, was hat es dann mit Leuten zu tun, die am Weihnachtsabend nicht zu Hause sind?«

»Ah, das ist die eigentliche Geschichte, die ich Ihnen erzählen wollte.«

Sie wurde plötzlich sehr leise.

»Es muß sehr interessant gewesen sein, zu beobachten, wie die Leute sich in all den Jahren danach veränderten, älter und merkwürdiger wurden. Natürlich war der Mord nicht aufgeklärt worden. Irgendwann gab die Polizei die ganze Sache auf, ließ alles anstandshalber ruhen. Auf dem Marktplatz wurde eine neue Pumpe gebaut, und dann gab es viel Gesprächsstoff, als der Prince of Wales '75 nach Indien ging, und irgendwann zog eine neue Familie in ›Clearlawns‹ ein und zog ihre Kinder groß. Wissen Sie, die Räume und der Sommerregen waren immer noch die gleichen. Sieben oder acht Jahre gingen wohl ins Land, bevor etwas passierte, denn Jane Waycross konnte sich ja nicht mehr beschweren.

Einige der Leute waren inzwischen gestorben. Mrs. Randall zum Beispiel an Halsentzündung und auch Dr. Sutton, aber das war in Wirklichkeit ein Glücksfall, denn er starb, als er vollkommen betrunken unterwegs zu einer Amputation war. Mr. Pawley war allerdings ein erfolgreicher Mann geworden, wenn auch nicht ganz so erfolgreich wie Mr. Wilkes. Ich habe mir sagen lassen, daß er mit dem Alter noch stattlicher wurde. Als er heiratete, gab er all seine schlechten Angewohnheiten auf. Jawohl, er heiratete, und zwar Miss Linshaw, die Tinsley-Erbin, der er schon zum Zeitpunkt des Mordes den Hof machte; und ich habe gehört, daß die arme Jane Waycross, selbst nachdem sie schon mit Mr. Waycross verheiratet war, nachts in ihr Kopfkissen gebissen haben soll, weil sie so fürchterlich eifersüchtig auf Miss Linshaw war.

Mr. Wilkes war immer schon ein hochgewachsener Mann gewesen, jetzt war er leicht beleibt. Er trug stets einen Gehrock. Obwohl er sein Haar fast völlig verloren hatte, war sein Bart voll und lockig; er hatte blitzende schwarze Augen, frische rote

Backen und eine polternde Stimme. Er war ein Liebling der Kinder, und man sagte ihm nach, er würde immer noch so viele Frauenherzen brechen wie früher. Bei gesellschaftlichen Anlässen war er immer der erste, der den Tanz anführte oder den Musikanten applaudierte, und ich weiß nicht, was die Gastgeberinnen ohne ihn gemacht hätten.

Am Weihnachtsabend, damals — vergessen Sie bitte nicht, ich bin mir des Datums nicht sicher —, gaben die Fentons eine Weihnachtsparty. Die Fentons waren die nette Familie, die nach dem Mord in dieses Haus gezogen waren, wissen Sie. Es sollte keinen Tanz geben, sondern nur die alten Spiele. Natürlich war Mr. Wilkes der erste, der eingeladen wurde und auch der erste, der zusagte; denn die Zeit hatte die Wogen geglättet wie die Falten der Steppdecke vom letzten Jahr, und was vorbei ist, ist nun einmal wirklich vorbei, wie man so sagt. Sie dekorierten das Haus mit Stechpalmenzweigen und Misteln. Die ersten Gäste kamen schon gegen zwei Uhr am Nachmittag.

Ich hörte das alles von Mrs. Fentons Tante (eine von den Abbotts aus Warwickshire), die damals hier wohnte. Trotz der an Feiern reichen Jahreszeit waren die Vorbereitungen an diesem Tag nicht besonders gut verlaufen. Sonst hatte es niemals Schwierigkeiten gegeben. Miss Abbot beklagte sich darüber, daß das Haus ganz unangenehm nach Erde roch. Es war ein dunkler, grauer Tag, die Kamine schienen nicht so gut zu ziehen wie sonst. Hinzu kam noch, daß Mrs. Fenton sich in den Finger schnitt, als sie das kalte Geflügel anrichtete; sie sagte, eines der Kinder hätte sich hinter den Fenstervorhängen in diesem Raum hier versteckt und sie beobachtet; sie war ziemlich ärgerlich. Aber Mr. Fenton, der in seinen Hausschuhen im Haus herumging, bevor die Gäste kamen, meinte nur, es sei ja schließlich Weihnachten.

Natürlich vergaßen sie den ganzen Ärger, sobald der Spaß mit den Spielen anfing. So ein Jauchzen hatte man vorher noch nie gehört! Jedenfalls behauptet man das. Natürlich war Mr. Wilkes beim Apfelhüpfen und bei ›Nüsse im Mai‹ wieder einmal der Erste. Er stand, ernsthaft und väterlich wirkend, mitten im Getümmel, und strich seinen Bart, neben ihm seine häßliche

Frau. Jede Dame bekam unter dem Mistelzweig einen Kuß von ihm auf die Wange; dabei gab es allerdings einiges Gedränge, und obwohl er mit der jüngeren Miss Twigelow länger hinter den Fenstervorhängen blieb, als nötig war, lächelte seine Frau nur. Es gab nur einen einzigen unangenehmen Zwischenfall, der aber schon bald wieder vergessen war. Gegen Abend kam ein starker, böiger Wind auf, und die Kamine qualmten schlimmer als sonst. Da es schon fast dunkel war, sagte Mr. Fenton, es sei Zeit, die Schale fürs Rosinenfischen hereinzuholen und zuzuschauen, wie sie brenne. Kennen Sie das Spiel? Man hat eine große Schüssel mit brennendem Alkohol, und dann müssen Sie die Hand hineinstecken und eine Rosine vom Boden der Schüssel fischen, ohne sich die Hand zu verbrennen. Mr. Fenton brachte die Schüssel im Halbdunkel auf einem Tablett herein; der Alkohol brannte mit den bläulichen Flammen, die Sie von den Weihnachtspuddings her kennen. Miss Abbot behauptete, während er die Schale trug, sei er plötzlich zusammengezuckt und habe sich umgedreht. Sie sagte, eine Sekunde lang habe sie geglaubt, ein Gesicht schaue ihm über die Schulter, und es sei kein freundliches Gesicht gewesen.

Spät abends, als die Kinder müde waren und Luftschlangen im ganzen Haus verstreut waren, spielten die Erwachsenen eifrig weiter. Jemand schlug Blindekuh vor. Meistens benutzten sie dafür die Diele und dieses Zimmer hier, weil sie dann mehr Platz hatten als im Speisesaal. Einigen der Erwachsenen wurden mit den Taschentüchern der Männer die Augen verbunden, aber es wurde furchtbar viel geschummelt. Mr. Fenton ärgerte sich sehr darüber, denn die Damen fingen fast immer Mr. Wilkes. Der lachte laut und schwitzte heftig, und seine große Krawatte mit der Silbernadel hatte sich schon fast gelöst.

Um sicherzustellen, daß niemand mehr schummeln konnte, holte Mr. Fenton einen kleinen weißen Leinenbeutel — wie diesen hier. In Wirklichkeit war es der Kopfkissenbezug aus dem Kinderbettchen; er sagte, da könne niemand mehr durchlinsen, wenn man es über den Kopf stülpen und zubinden würde.

Ich muß erklären, daß sie mit der Lampe hier in diesem Zimmer ein paar Probleme hatten. Mr. Fenton sagte: ›Verdammt,

Mutter, was ist mit dieser Lampe los? Dreh den Docht höher, bitte.‹ Es war eine sehr gute Lampe von Spence & Minsteads und hätte nicht so schlecht brennen dürfen, wie sie es tat. In dem Durcheinander, in dem Mrs. Fenton versuchte, die Lampe zum besseren Leuchten zu bringen und er ihr über die Schulter zusah, hatte Mr. Fenton ziemlich geistesabwesend den Beutel über den Kopf der letzten Person, die gefangen worden war, gestülpt und festgebunden. Er hat immer behauptet, er habe nicht gewußt, wer die Person war. Auch von den anderen hat niemand etwas bemerkt, weil das Licht so schwach war und sich so viele Menschen im Zimmer aufhielten. Es schien ein Mädchen in einem blauen Kleid zu sein, das in der Nähe der Tür stand.

Vielleicht wissen Sie, wie Leute reagieren, denen in diesem Spiel gerade erst die Augen verbunden worden sind. Zuerst stehen sie im allgemeinen sehr still da, als ob sie riechen oder fühlen wollten, in welche Richtung sie gehen sollen. Manchmal machen sie plötzlich einen Satz nach vorne, manchmal schlurfen sie vorsichtig los. Jedem der Anwesenden fiel auf, daß die Person, deren Kopf gerade verhüllt worden war, sich mit ungewöhnlicher Zielstrebigkeit bewegte; sie bewegte sich langsam vorwärts und schien sich dabei ein wenig zu ducken.

Mit sehr kleinen, aber schnellen Schritten fing sie an, auf Mr. Wilkes zuzugehen, die weiße Kapuze bewegte sich vor ihrem Gesicht auf und ab. Zu diesem Zeitpunkt saß Mr. Wilkes am Tischende, laut lachend, mit einem über dem Bart geröteten Gesicht, und hielt ein Glas Apfelwein in der Hand. Ich bitte Sie, sich diesen Raum vorzustellen: sehr düster, viel voller als jetzt, mit viel mehr Verzierungen an den Möbeln; und dann die hochgesteckten Frisuren der Damen. Die verhüllte Gestalt kam zum Ende des Tisches. Sie bewegte sich auf Mr. Wilkes Stuhl zu, und dann sprang sie.

Mr. Wilkes stand auf und hüpfte (ja, hüpfte) ihr aus dem Weg. Dabei lachte er. Sie wartete einen Moment, dann bewegte sie sich wieder auf die gleiche langsame Art auf ihn zu. Bei den Topfpflanzen hätte sie ihn fast erwischt. Während der ganzen Zeit sagte sie kein Wort, verstehen Sie, obwohl alle applaudierten und anfeuernde Ratschläge erteilten. Sie hielt den Kopf gesenkt. Miss Abbott sagte, sie habe in diesem Moment einen schwachen, unangenehmen Geruch nach verbranntem Stoff oder Schlimmerem bemerkt, woraufhin ihr fast schlecht geworden sei. Die verhüllte Person schritt so zielbewußt durch den Raum, als könne sie Mr. Wilkes deutlich sehen, und diesem war das Lachen inzwischen vergangen.

In der Ecke bei dem Bücherregal sagte er laut: ›Ich hab' keine Lust mehr zu diesem blöden, verdammten Spiel; verschwinden Sie, hören Sie mich?‹ Niemand hatte ihn jemals so reden hören, auf so laute, unbeherrschte Weise, aber alle lachten nur und dachten, es läge am Apfelwein. ›Verschwinde!‹ rief Mr. Wilkes wieder und schlug mit der Faust nach ihr. Während der ganzen Zeit, sagt Miss Abbott, habe sie beobachtet, wie sich sein Gesichtsausdruck langsam veränderte. Wieder wich er aus, sehr gewandt und geschickt für einen so großen Mann. Der Schweiß strömte ihm übers Gesicht. Er lief durch das Zimmer, sie folgte ihm, und dann schrie er etwas, was sie alle verständlicherweise aufs äußerste entsetzte.

Er schrie: ›Um Himmels willen, Fenton, schaffen Sie sie mir vom Hals!‹

Und das Ding sprang zum letzten Mal.

Sie befanden sich in diesem Moment in der Nähe der Vorhänge zu diesem Erkerfenster, die so wie jetzt zugezogen waren. Miss Twigelow, die ihnen am nächsten stand, sagt, Mr. Wilkes hätte unmöglich etwas erkennen können, da der weiße Beutel immer noch den Kopf der Frau verhüllte. Das einzige, was sie selbst bemerkt habe, sei eine seltsame Verfärbung am unteren Rand des Beutels gewesen, eine Art Fleck, der vorher nicht da gewesen sei; so, als ob eine Flüssigkeit durchsickern würde. Mr. Wilkes fiel rückwärts zwischen die Vorhänge, die maskierte Gestalt sprang hinterher, Mr. Wilkes schrie wieder auf. Man hörte ein Krachen, dann hingen die Vorhänge wieder bewegungslos herab, und es wurde absolut still.

Na ja, unser Apfelwein hier in Kent ist ziemlich stark, und einen Moment lang wußte Mr. Fenton nicht, was er von der ganzen Sache halten sollte. Er versuchte, darüber zu lachen, aber sein Lachen klang nicht sehr überzeugend. Dann trat er vor die Vorhänge und rief grollend, sie sollten da rauskommen und sich nicht zum Narren machen. Aber nachdem er hinter den Vorhang geschaut hatte, fuhr er blitzschnell herum und befahl dem Pfarrer, die Damen aus dem Zimmer zu schaffen. So geschah es auch, aber Miss Abbot behauptete immer, sie habe noch einen schnellen Blick hinter die Vorhänge werfen können. Obwohl die Erkerfenster von innen verschlossen waren, befand sich Mr. Wilkes als einziger auf dem Fenstersitz. Sie sah seinen nach oben gereckten Bart und das Blut. Er war natürlich tot. Aber da er Jane Waycross ermordet hatte, bin ich fest davon überzeugt, daß er den Tod verdient hatte.«

Mehrere Sekunden rührten sich die beiden Zuhörer nicht. Zu eindringlich hatte die Erzählerin die späten Siebziger heraufbeschworen. Es war, als hinge die gleiche stickige Luft noch immer in diesem Raum.

»Aber schauen Sie doch!«, protestierte Hunter, nachdem es ihm gelungen war, seinem Drang, den Raum sofort zu verlassen, zu widerstehen. »Jetzt behaupten Sie, er habe sie doch umgebracht? Vorhin haben Sie uns gesagt, er habe ein absolut sicheres Alibi. Sie erzählten, er sei nicht weiter als bis zu den Fenstern an das Haus herangekommen . . .«

»Das tat er auch nicht, mein Lieber.«

»Er warb damals schon um die Hand der Linshaw-Erbin«, fuhr sie fort, »und Miss Linshaw war eine sehr anständige junge Dame, die entsetzt gewesen wäre, wenn sie etwas über ihn und Jane Waycross erfahren hätte. Sie hätte ihre Beziehung zu ihm selbstverständlich auf der Stelle abgebrochen. Und die arme Jane Waycross wollte, daß sie es erfuhr. Sie liebte Mr. Wilkes sehr und hatte die Absicht, die Affäre in der ganzen Öffentlichkeit bekannt zu machen. Mr. Wilkes hatte versucht, ihr das auszureden.«

»Aber . . .«

»Aber verstehen Sie denn nicht, was passiert ist?« fragte die andere gereizt. »Dabei ist es so wahnsinnig simpel. Ich bin nicht gerade gut in solchen Sachen, aber ich an Ihrer Stelle hätte es sofort gemerkt, selbst wenn ich es nicht bereits gewußt hätte. Ich habe Ihnen alles gesagt, also sollten Sie eigentlich in der Lage sein, es herauszufinden.

Als Mr. Wilkes, Dr. Sutton und Mr. Pawley mit dem Einspänner nachts hier vorbeifuhren, sahen sie hinter den Fenstern dieses Zimmers ein helles Licht. Das habe ich Ihnen erzählt. Aber die Polizei hat sich nie gefragt, wie es jeder vernünftige Mensch hätte tun müssen, woher dieses Licht eigentlich kam. Jane Waycross hat dieses Zimmer hier nicht betreten, wie Sie wissen. Sie kam nur bis in die Diele und hatte entweder eine Lampe oder eine Kerze in der Hand. Aber die Lampe mit dem dicken, blauseidenen Schirm, die jemand draußen in der Diele in der Hand hielt, hätte kein helles Licht in diesen Raum werfen und ihn erleuchten können. Auch keine Kerze, das wäre einfach absurd. Und ich habe Ihnen gesagt, daß es keine weiteren Lampen im Haus gab, außer denen, die in der Küche aufgefüllt werden sollten. Es gibt also nur eine einzige Erklärung für das, was sie gesehen hatten: Sie sahen die hellen Paraffin-Flammen, die rings um Jane Waycross' Körper loderten.

Habe ich Ihnen nicht gesagt, daß es wahnsinnig simpel ist? Die arme Jane war oben und wartete auf ihren Liebhaber. Aus dem oberen Fenster sah sie Mr. Wilkes Wagen im Mondlicht die Straße entlangkommen, sie konnte nicht wissen, daß noch andere Männer dabei waren; sie glaubte, er sei allein. Sie ging nach unten . . .

Es ist wirklich bedauerlich, daß die Polizei nicht mehr über die zerbrochene Medizinflasche, die in der Diele lag, nachgedacht hat, die große Flasche, die genau in zwei Teile zerbrochen war. Sie muß etwas damit vorgehabt haben; und natürlich hatte sie das auch. Wie Sie ja wissen, war das Öl in der Lampe fast völlig verbraucht, obwohl die Leiche in einem starken Feuer verbrannte. Als die arme Jane die Treppe hinunterkam, hatte sie die unangezündete Lampe in der einen Hand, in der anderen trug sie die brennende Kerze und die Medizinflasche, die das Paraffinöl enthielt. Unten wollte sie die Lampe aus der Medizinflasche auffüllen und mit der Kerze anzünden.

Aber ich fürchte, sie war in zu großer Eile. Als sie den unteren Teil der Treppe erreicht hatte, blieb sie mit dem Fuß in ihrem langen Nachthemd hängen. Sie fiel nach vorne die Treppe hinunter. Die Medizinflasche zerbrach unter ihr auf den Fliesen, und ein See aus Paraffinöl entstand zu ihren Füßen. Selbstverständlich brachte die heruntergefallene Kerze das Öl zum Brennen, aber das war noch nicht alles. Ein Teil der zerbrochenen Flasche, lang und scharf und schlimmer als jedes Messer, schnitt in ihren Hals, als sie hinfiel. Der Fall hatte sie nicht betäubt. Als sie sah, daß sie in Flammen stand und spürte, daß sie blutete, versuchte sie, sich zu retten; sie versuchte, auf Händen und Knien vorwärts zu kriechen, nach vorne in die Diele, weg von dem Blut und dem Öl und dem Feuer.

Das war es, was Mr. Wilkes in Wirklichkeit gesehen hatte, als er durchs Fenster schaute.

Sie müssen wissen, daß es ihm nicht gelungen war, seine beiden angetrunkenen Freunde loszuwerden, die hartnäckig an ihm klebten und mit ihm zechten. Er sah sich gezwungen, sie nach Hause zu bringen. Da es ihm so nicht möglich war, in ›Clearlawns‹ vorbeizuschauen, mußte er überlegen, wie er wenigstens eine Nachricht hinterlassen konnte; das Licht im Fenster war ihm eine willkommene Entschuldigung.

Er sah die hübsche Jane auf den Knien in der Diele, wie sie ihn hilfesuchend anstarrte, während die blauen Flammen auf sie zuliefen und langsam gelb wurden. Eigentlich hätte es nahegelegen, daß er ihr zur Hilfe eilte, denn sie liebte ihn wirklich sehr. Ihre Wunde war nicht allzu tief. Wenn er sich in diesem Moment gewaltsam Einlaß ins Haus verschafft hätte, wäre es ihm vielleicht gelungen, sie zu retten. Doch er zog es vor, sie sterben zu lassen, denn dann konnte sie keinen öffentlichen Skandal mehr hervorrufen und seine Chancen bei der reichen Miss Linshaw zunichte machen. Deshalb ging er zu seinen Freunden zurück und erzählte ihnen ein Märchen über einen Mörder mit einem hohen Hut. Und, der Himmel ist mein Zeuge, auf diese Weise ist er an ihr zum Mörder geworden. Und als er zu seinen Freunden zurückkam, da wundert es mich nicht, daß sie sahen, wie er sich den Schweiß von der Stirn wischte. Jetzt wissen Sie auch, warum Jane Waycross wegen ihm zurückkam.«

Wieder war es bedrückend still. Das Mädchen stand auf eine eigentümlich hüpfende Art und Weise auf, die fremd und doch irgendwie vertraut wirkte. Es sah aus, als wolle sie losrennen. Sie stand da, ein wenig gebeugt, in ihrem strengen, braunen Kleid, das nach seltsam altmodischem Schnitt eng an der Taille auflag, und während das Licht Schatten auf ihr Gesicht warf, kam es Rodney Hunter so vor, als sei ihre Schönheit nur eine Schale.

»Das gleiche passierte später, an mehreren Weihnachtsabenden«, erklärte sie. »Sie spielten wieder einmal Blindekuh. Das ist der Grund, warum die Leute, die hier wohnen, heutzutage lieber kein Risiko eingehen. Es passiert immer um Viertel nach sieben . . .«

Hunter starrte die Vorhänge an. »Aber es war Viertel nach sieben, als wir hier ankamen!« sagte er. »Jetzt muß es . . .«

»Oh, ja«, sagte das Mädchen, und ihre Augen wurden groß. »Sehen Sie, ich habe Ihnen ja gesagt, daß Sie nichts zu fürchten hätten; es war ja schon alles vorbei. Aber das ist nicht der Grund, warum ich Ihnen danken muß. Ich hatte Sie gebeten, hier zu bleiben, und das taten Sie auch. Sie haben mir zugehört, was sonst niemand tut. Und jetzt habe ich endlich alles erzählt. Jetzt glaube ich, können wir beide in Frieden ruhen.«

Keine Falte bewegte oder veränderte sich in den dunklen Vorhängen, die den Erker verdeckten; und doch, als wäre eine Linse scharf eingestellt worden, die vorher nur ein undeutliches Bild gezeigt hatte, wirkten sie jetzt harmlos und unschuldig. Man hätte dort gut einen Weihnachtsbaum aufstellen können. Rodney Hunter ging unter den aufmerksamen Blicken von Muriel auf die Vorhänge zu und warf sie zurück. Dahinter verbarg sich ein gemütlicher, mit Chintz bezogener Fenstersitz. Das fahle Licht des zunehmenden Mondes spiegelte sich in den Scheiben. Als er sich wieder umdrehte, war das Mädchen in dem altmodischen Kleid verschwunden. Aber die Haustür stand wieder offen, denn er spürte einen kalten Luftzug durch das Haus wehen.

Er legte Muriel, deren Gesicht ganz weiß war, den Arm um die Schulter und ging mit ihr in die Diele. Sie blickten nur kurz auf die verkohlten, glänzenden Flecken am Fuß der Täfelung, denn selbst die Wunden des Feuers sahen jetzt harmlos aus. Statt dessen standen sie an der Haustür und schauten hinaus, während das Haus sein helles Licht auf das frostige Land hinauswarf. Es war ein Licht, das Willkommen bot. Schwarze Punkte, die sich über die Linie eines Hügels bewegten, zeigten, daß Jack Bannisters Gruppe sich durch die Kälte zurückkämpfte; sie konnten die Stimmen schon von weitem hören. Sie hörten, wie jemand aus der Gruppe frohgelaunt ein Weihnachtslied anstimmte, und sie hörten das Lachen von Kindern, die auf dem Weg nach Hause waren.

Originaltitel: Blind Man's Hood
Ins Deutsche übertragen von Benno F. Schnitzler

Edward D. Hoch

Weihnachten für Cops

»Gehen Sie zur Weihnachtsfeier, Captain?« fragte Fletcher von der Tür her. Captain Leopold schaute von seinem stets unaufgeräumten Schreibtisch auf. Fletcher war jetzt Lieutenant in der kürzlich reorganisierten Abteilung für Schwerverbrechen, und die beiden arbeiteten nicht mehr so eng wie früher zusammen.

»Ich werde dort sein«, sagte Leopold. »Tja, und man hat mich eingeladen, eine Rede zu halten.«

Diese Neuigkeit ließ Fletcher grinsen. »Kein Mensch spricht auf der Weihnachtsfeier, Captain. Es wird nur getrunken.«

»Nun, dieses Jahr werdet ihr eine Rede hören, und ich werde sie halten.«

»Viel Glück.«

»Hilft Ihre Frau dieses Jahr wieder bei der Dekoration?«

»Ich denke, daß sie da ist«, kicherte Fletcher. »Sie traut mir bei keiner Weihnachtsfeier, bei der sie nicht dabei ist.«

Traditionell war die jährliche Feier der Detectives ein Herrenabend. Aber in den vergangenen Jahren waren Carol Fletcher und einige der anderen Ehefrauen nachmittags in die Eagles Hall gekommen, um den Baum zu schmücken und die Palmenzweige aufzuhängen. Gewöhnlich schafften es diese Mitglieder des inoffiziellen Dekorations-Komitees immer irgendwie, bis zu den Festlichkeiten am Abend zu bleiben.

Die Feier war am folgenden Abend, und Kapitän Leopold freute sich darauf. Aber zuerst mußte er eine unangenehme Aufgabe erfüllen. Er spürte, daß er es nicht mehr länger aufschieben konnte, rief Sergeant Tommy Gibson in sein Büro und schloß die Tür.

Gibson war ein zäher Cop der alten Schule, ein rauher und stämmiger Mann, der sich aktiv um die Lieutenant-Stelle beworben hatte, die schließlich an Fletcher vergeben worden war. Leopold hatte Gibson niemals gemocht, aber bisher hatte er die kleinen Korruptheiten geflissentlich übersehen, mit denen Gibsons Name gelegentlich in Verbindung gebracht wurde.

»Gibt es Ärger, Captain?« fragte Gibson, während er sich setzte. »Sie sehen unglücklich aus.«

»Ich bin unglücklich. Verdammt unglücklich. Als Sie für Überfälle und Raub zuständig waren, hatte ich keine direkte Einflußnahme auf Ihre Tätigkeiten. Aber jetzt, da ich für eine kombinierte Abteilung für Schwerverbrechen verantwortlich bin, denke ich, daß ich ein größeres Interesse für Sie zeigen sollte.« Er langte über den Schreibtisch und nahm einen Ordner. »Ich habe hier einen Bericht vom Büro des Bezirksanwalts. Der Bericht erwähnt Sie, Gibson, und erhebt schwere Vorwürfe gegen Sie.«

»Was für Vorwürfe?« Der Sergeant fuhr sich mit der Zunge über die trockenen Lippen.

»Daß Sie regelmäßig Zahlungen von einem Mann namens Freese angenommen haben.«

Gibson wurde bleich. »Ich weiß nicht, wovon Sie reden.«

»Carl Freese, der Mann, der das Glücksspiel in sämtlichen Fabriken dieser Stadt unter sich hat. Sie wissen, wer das ist, und was er getan hat. Leute, die sich ihm widersetzt haben oder seine Machenschaften bei der Polizei berichten wollten, sind zusammengeschlagen und fast getötet worden. Ich habe hier einen Bericht über einen Vorarbeiter bei *Lecko Industries*. Als einige seiner Männer anfingen, ganze Wochenlöhne im Glücksspiel oder ähnlichen Spielen zu verlieren, die von Freese kontrolliert werden, ist er zu seinem Vorgesetzten gegangen und hat die Sache angezeigt. In derselben Nacht wurde sein Auto auf dem Nachhauseweg von der Straße gedrängt, und er wurde schlimm zusammengeschlagen, so schlimm, daß er drei Wochen im Krankenhaus bleiben mußte. Sie sollten mit dem Fall vertraut sein, Gibson, weil Sie ihn gerade erst letzten Sommer untersucht haben.«

»Ich glaube, ich erinnere mich daran.«

»Erinnern Sie sich auch an Ihren Bericht? Sie haben ihn ganz routinemäßig abgefaßt, als hätte es sich um einen versuchten Raub gehandelt, obwohl dem Opfer kein Geld abgenommen wurde. Das Opfer hat es beim Bezirksanwaltsbüro angezeigt, und die haben die ganze Glücksspielangelegenheit in Industriebetrieben untersucht. Ich habe den Bericht hier.«

»Ich untersuche eine Menge Fälle, Captain. Ich versuche, meinen Job so gut wie möglich zu machen.«

»Unsinn!« Leopold sprang auf. Er war jetzt wütend. Nichts ärgerte ihn mehr als ein korrupter Polizist. »Schauen Sie, Gibson, das Bezirksanwaltsbüro hat alle Unterlagen über Freese. Sie belegen wöchentliche Zahlungen über hundert Dollar an Sie. Was um Himmels willen haben Sie für hundert Dollar pro Woche getan, wenn Sie sie nicht gedeckt haben, als sie einen armen Kerl besinnungslos geschlagen haben?«

»Diese Berichte sind falsch«, sagte Gibson. »Ich habe keine hundert pro Woche bekommen.«

»Und wieviel haben Sie bekommen?«

Leopold beugte sich über ihn, und Gibsons robuster Körper schien zu schrumpfen. »Ich glaube, ich will einen Anwalt«, murmelte er.

»Sie sind ab sofort vom Dienst suspendiert, ohne Bezüge. Gott sei Dank haben Sie weder Frau noch Kinder, die all das mitmachen müssen.«

Tommy Gibson saß einen Moment ruhig da und starrte auf den Fußboden. Dann schaute er auf und suchte Leopolds Augen. »Geben Sie mir eine Chance, Captain. Ich steche da nicht alleine drin.«

»Was soll das heißen?«

»Ich habe nicht die ganzen hundert für mich bekommen. Ich mußte sie mit einem der anderen Männer teilen — und er ist derjenige, der mich am Anfang Freese vorgestellt hat.«

»Da steckt noch jemand mit drin? Einer der Detectives?«

»Ja.«

»Seinen Namen.«

»Jetzt noch nicht.« Gibson zögerte. »Sie würden mir nicht glauben. Lassen Sie es mich beweisen.«

»Und wie?«

»Er und Freese sind in mein Apartment gekommen und haben mir erklärt, wie ich sie decken soll. In dieser Nacht haben wir uns über die Geldsumme geeinigt, die jede Woche zu zahlen war. Ich wollte nichts riskieren, Captain, deshalb habe ich einen alten Recorder mitgenommen, den ich mir nach dem Krieg gekauft hatte, und ein verstecktes Mikrophon hinter dem Sofa angebracht. Ich habe jedes Wort, das sie gesagt haben.«

»Wann war das?« fragte Leopold.

»Vor über einem Jahr, und seitdem habe ich die Aufnahme aufbewahrt. Was bringt es mir, wenn ich sie Ihnen aushändige?«

»Ich bin nicht in der Position, Geschäfte zu machen, Gibson.«

»Würde der Bezirksstaatsanwalt eins machen?«

»Ich könnte mit ihm reden«, antwortete Leopold vorsichtig. »Lassen Sie uns zuerst hören, was Sie haben.«

Gibson nickte. Ich werde das Band aus der Maschine nehmen und es Ihnen morgen bringen.«

»Wenn Sie mich verkohlen, Gibson, oder Ausflüchte . . .«

»Nein, Captain. Ich schwör's. Ich will nur den ganzen Kram selbst holen.«

»Ich gebe Ihnen vierundzwanzig Stunden. Dann wird die Suspendierung vollzogen — ohne Rücksicht.«

»Danke, Captain.«

»Verschwinden Sie jetzt von hier.«

»Danke, Captain«, sagte er noch einmal. »Und frohe Weihnachten.«

Am Tag der Weihnachtsfeier nahmen die Aktivitäten in den Büros kaum ab. Es war fast genauso viel zu tun wie üblich, bis gegen vier Uhr. Dann zogen die ersten Männer los, freundlich ein paar weihnachtliche Grüße verteilend. Die Feier ging normalerweise erst um fünf Uhr richtig los, wenn die Männer der Tagschicht in Eagles Hall eintrafen, und sie dauerte gewöhnlich bis nach Mitternacht, so daß die Abendschicht sich nach ihrem Dienst auch noch dazugesellen konnte.

Es gab immer ein Buffet, viel Bier und sogar Gruppen, die um den Weihnachtsbaum standen und sangen. Da Leopold im Gegensatz zu Fletcher und den anderen Männern keine Familie hatte, freute er sich immer auf die Feier. Seit vielen Jahren war es das Hauptereignis in seiner ansonsten einsamen Urlaubszeit.

Bis vier Uhr hatte er noch nichts von Sergeant Tommy Gibson gehört. Seine Verärgerung wurde immer größer, und er rief Fletcher in sein Büro. »Gibson ist doch jetzt Ihrem Befehl unterstellt, nicht wahr, Fletcher?«

»Das ist richtig, Captain.«

»Woran arbeitet er denn heute?«

Fletcher errötete überraschenderweise. »Nun Captain, es scheint . . .«

»Wo ist er?«

»Es war nicht so viel los wie sonst, und ich sagte ihm, er könne zu Eagles Hall gehen und beim Aufstellen des Weihnachtsbaumes helfen.«

»Was?«

Fletcher scharrte unruhig mit den Füßen. »Ich weiß, Captain. Normalerweise helfe ich Carol und den anderen Frauen, den Baum aufzustellen. Aber da ich jetzt Lieutenant bin, habe ich nicht geglaubt, die Zeit dazu zu haben, und so habe ich Gibson an meiner Stelle geschickt.«

Leopold seufzte und stand auf. »Na gut, Fletcher. Lassen Sie uns sofort rübergehen.«

»Warum. Was ist denn los?«

»Ich erzähle es Ihnen unterwegs.«

Eagles Hall war ein großes, relativ modernes Gebäude, das von einer örtlichen Bruderschaftsgruppe für Hochzeitsempfänge und private Parties vermietet wurde. Das Detective Bureau hatte dort über seine ›Gemeinnützige Vereinigung‹ die letzten fünf Jahre die Weihnachtsfeier durchgeführt. Die zentrale Lage hatte mitgeholfen, es zum beliebten Treffpunkt zu machen. Es lag nahe genug, um sowohl einige der Uniformierten als auch die Detectives anzulocken. Alle waren eingeladen, und die meisten kamen auch irgendwann während des langen Abends.

Jetzt, kurz vor fünf Uhr, waren schon eine Handvoll Under Cover Agenten aus verschiedenen Divisionen eingetroffen. Leopold winkte Sergeant Riker vom Vice zu, der gerade Carol Fletcher behilflich war, ihre Zigarette mit einem Riesenfeuerzeug anzuzünden. Dann hielt er inne, um einige Worte mit Lieutenant Wiliams auszutauschen, einem knochigen jungen Mann, der die Drogenfahndung leitete. Wiliams hatte sein Ansehen innerhalb eines Jahres bei der Polizei erworben. Er hatte sich als Hippie-Musiker verkleidet, um sich in eine Gruppe einzuschleichen, die Drogen an High-School-Studenten verkaufte. Leopold mochte ihn, er schätzte seine Aufrichtigkeit und Freundlichkeit.

»Ich habe gehört, Sie halten heute abend eine kleine Rede«, sagte Wiliams und schenkte ihm ein Glas Bier ein.

»Herb Clarke hat mich dazu verdonnert«, antwortete Leopold mit einem Kichern. »Ich sollte sie wohl besser früh halten, bevor ihr Jungs zu besoffen seid, um zuzuhören.« Er schaute sich in der großen Halle um, sein Blick fiel auf den zwanzig Fuß hohen Weihnachtsbaum mit den Kerzen und dem Lametta. Drei Haltedrähte hielten ihn sicher neben einem alten Klavier aufrecht. »Haben Sie Tommy Gibson hier irgendwo gesehen?«

Wiliams stellte sich auf die Zehenspitzen, um über die Köpfe einiger neu angekommenen Streifenpolizisten hinwegsehen zu können. »Ich glaube, er hilft Carol, die Dekorationen fertig zu machen.«

»Danke.« Leopold nahm sein Bier und ging zum anderen Ende des Raums. Carol hatte ihre Zigarette abgelegt, um an einem der Drähte zu ziehen, die den Baum festhielten. Leopold half ihr, ihn stramm zu ziehen, und trat dann zurück. Sie war eine charmante, intelligente Frau, und er beneidete Fletcher nicht zum erstenmal. Als Ehefrau und Mutter hatte sie ihm das Leben zu Hause sehr angenehm gemacht.

»Ich bin überrascht, Sie hier so früh zu sehen, Captain.«

Er half ihr, einen weiteren Draht zu befestigen und sagte: »Ich bin immer rechtzeitig da, um charmanten Damen mit dem Weihnachtsbaum zu helfen.«

»Und vielen Dank auch für Sergeant Gibson! Er war eine große Hilfe.«

»Da würde ich drauf wetten. Wo ist er denn jetzt?«

»Er hat den Hammer und die anderen Sachen in die Küche gebracht. Ich denke, daß er jetzt ein Bier trinkt.« Sie nahm eine weitere Zigarette und kramte in ihrer Handtasche. Schließlich fragte sie: »Haben Sie Feuer?«

Er zündete sie ihr an. »Sie rauchen zu viel.«

»Nervosität. Mögen Sie unseren Baum?«

»Schön. Wie an Weihnachten.«

»Wissen Sie, Chesterton war es, glaube ich, der einen Baum beschrieben hat, der Vögel verschlingt, die in seinen Ästen nisten, und im Frühling bekommt er Federn statt Blätter!«

»Sie lesen zu viel, Carol.«

Sie lächelte ihn an. »Als Frau eines Detectives sind die Nächte einsam.« Das Lächeln war ein bißchen zu gezwungen. Sie war nicht immer mit der Arbeit ihres Mannes einverstanden.

Er ließ sie stehen und ging auf die Suche nach Gibson. Der stämmige Sergeant war in der Küche und füllte Bierkrüge. Er schaute überrascht auf, als Leopold eintrat. »Hallo, Captain.«

»Ich dachte, wir hätten heute eine Verabredung.«

»Ich habe sie nicht vergessen. Fletcher wollte mich hier haben.«

»Wo ist das Beweisstück, das Sie erwähnten?«

»Was?«

Leopold wurde langsam ungeduldig. »Komm schon, verflucht!«

Tommy Gibson schaute zu der wachsenden Menge hinaus. »Ich habe es, mußte es aber verstecken. Er ist hier.«

»Wer? Der Mann, der in der Sache mit drinsteckt?«

»Ja. Ich befürchte, daß Freese ihm einen Tip wegen der Untersuchung des Bezirksstaatsanwalts gegeben hat.«

Leopold hatte diese Seite von Gibson noch nie gesehen — ein einsamer Mann in der Falle, der tatsächlich Angst hatte. Oder er war ein furchtbar guter Schauspieler. »Ich habe Ihnen vierundzwanzig Stunden gegeben, Gibson. Entweder rücken Sie diese Aufnahme heraus oder . . .«

»Captain!« unterbrach eine Stimme. »Wir warten auf Ihre Rede.«

Leopold drehte sich um und sah Sergeant Turner von der Vermißten-Abteilung im Türrahmen stehen. »Ich bin gleich da, Jim.« Turner schien etwas zu lange zu zögern, bevor er sich umdrehte und wegging. Leopold schaute Gibson wieder an. »Ist er das?«

»Ich kann jetzt nicht reden, Captain.«

»Wo haben Sie es versteckt?«

»Drüben beim Baum. Es ist sicher.«

»Bleiben Sie hier bis nach meiner Rede. Dann werden wir der Sache auf den Grund gehen.«

Leopold verließ ihn und stürzte sich draußen in die Menge, während sich Gibson noch einen Krug Bier einschenkte. Mit dem Ende der Nachmittagsschicht hatte sich die Halle schnell gefüllt. Ungefähr sechzig Beamte waren schon anwesend. Etwa die Hälfte davon waren Detectives, die andere Hälfte Uniformierte. Einige gaben ihm die Hand oder schlugen ihm auf den Rücken, als er zum Rednerpult neben dem Baum ging.

Herb Clarke, der Präsident der Gemeinnützigen Vereinigung der Detectives, stand schon auf der Plattform und hob seine Hände, um um Ruhe zu bitten. Er schüttelte Leopolds Hand und wandte sich dann dem Publikum zu. »Männer, kommt jetzt zusammen. Das Bier wird auch noch in fünf Minuten da sein. Ihr alle wißt, daß wir für Reden an Weihnachtsfeiern nicht viel übrig haben, aber ich hielt es für gut, dieses Jahr ein paar Worte von einem Mann zu hören, den wir alle kennen und bewundern. Leopold ist schon so lange bei den Detectives, wie die meisten von uns denken können . . .« Das Gelächter ließ ihn schnell hinzufügen, »obwohl er sicherlich noch ein junger Mann ist. Aber dieses Jahr hat er zusätzlich zu seinen Pflichten als Captain des Morddezernats noch weitere Aufgaben übernommen. Er führt nun das gesamte Dezernat für Schwerverbrechen, eine Position, die ihm direkteren Kontakt zu uns allen verschafft. Ich werde ihn nun bitten, einige wenige Worte zu sagen, und dann werden wir ein paar Weihnachtslieder am Klavier singen.«

Leopold ging zum Mikrofon und justierte es etwas höher. Dann schaute er auf das Meer bekannter Gesichter. Carol Fletcher und die anderen Frauen hielten sich im Hintergrund auf, während sich ihre Ehemänner und die anderen um ihn herum versammelten. Fletcher selbst stand bei Sergeant Riker, einem alten Freund, und Leopold bemerkte, daß Lieutenant Wiliams näher zu Tommy Gibson gerückt war. Jim Turner konnte er zu diesem Zeitpunkt nicht sehen.

»Männer, ich werde das Ganze kurz und schmerzlos machen. Um diese Jahreszeit hört ihr viel von Weihnachten als die Zeit für Kinder, aber da will ich etwas hinzufügen. Weihnachten ist für Kinder, sicher — aber Weihnachten ist auch für Cops. Wißt ihr, was ich damit meine? Ich werde es euch sagen. Weihnachten ist vielleicht die einzige Zeit im Jahr, wo der Cop auf Streife oder der Detective auf Bereitschaft eine Chance hat, seinen Frust loszuwerden, der sich über die letzten elf Monate aufgestaut hat. Es war ein schlimmes Jahr für Cops in diesem Land — scheinbar sind die meisten Jahre schlimm. Wir sind verdammt viel beschimpft worden, einige haben es verdient, aber die meisten nicht. Und das ist jetzt die Jahreszeit, um vielleicht einiges wieder geradezurücken. Scheut euch nicht, an einer Ecke zusammen mit der Heilsarmee ein paar Glocken zu läuten oder einer Dame über eine Schlammpfütze zu helfen. Und vor allem, habt keine Angst, zu lächeln und zu jungen Leuten zu reden.«

Er hielt inne und schaute herunter zu Tommy Gibson. »Es gab schon immer schlechte Cops, und vermutlich wird es sie immer geben. Aber das bedeutet nur, daß der Rest von uns viel härter arbeiten muß. Und vielleicht könnten wir einfach so tun, als wäre das ganze Jahr Weihnachten, und die Dinge geraderücken. Nun gut, jetzt habe ich schon so lange geredet, daß ich ein bißchen durstig geworden bin. Kommen wir wieder zurück zum Bier und zum Singen, und laßt es uns gut und vor allem laut machen!«

Leopold sprang von der Plattform herunter und schüttelte noch mehr Hände. Eigentlich hatte er länger reden wollen, um ihnen noch mehr zum Knabbern zu geben, aber ganz hinten am Ende der Menge waren einige der jüngeren Cops schon unruhig geworden. Und schließlich waren sie hierher gekommen, um Spaß zu haben und nicht, um sich eine Predigt anzuhören. Er konnte sie wirklich nicht beschimpfen.

Herb Clarke ließ jeden zum Singen zum Klavier kommen, aber Leopold bemerkte, daß Gibson plötzlich verschwunden war. Der Captain bahnte sich einen Weg durch die Menge und suchte unter den bekannten Gesichtern den Mann, den er wollte. »Gute Rede, Captain«, sagte Fletcher, der an seine Seite trat. »Hat er Ihnen mehr erzählt?«

»Nun, daß er das Band beim Weihnachtsbaum verstecken mußte. Er sagte, daß der andere Typ hier war.«

»Was denken Sie, Captain?«

Leopold biß auf seine Unterlippe. »Ich denke, daß Tommy Gibson ein cleveres Bürschchen ist. Ich glaube, daß er auf Zeit spielt und vielleicht darauf wartet, daß ihn Freese da irgendwie herausholt.«

»Glauben Sie nicht, daß da noch ein anderer korrupter Cop unter den Detectives ist?«

»Ich weiß nicht, Fletcher. Ich vermute, ich will einfach nicht daran glauben.«

Die Tür zur Herrentoilette sprang so plötzlich auf, daß sie beide erschrocken zusammenfuhren. Sergeant Riker stand gestikulierend vor ihnen. Sein normalerweise sanftes Gesicht war völlig aufgelöst. Leopold war im Nu bei ihm.

»Was ist los, Riker?«

»Da drin! Mein Gott, Captain — da drin! Es ist Gibson!«

»Was?«

»Tommy Gibson. Er ist erstochen worden. Ich glaube, er ist tot.«

Leopold zwängte sich an ihm vorbei und eilte in die gekachelte Herrentoilette. Sie sah frisch geschrubbt aus, und der Geruch nach Desinfektionsmitteln hing in der Luft. Tommy Gibson lag wirklich da, zusammengesunken zwischen zwei Waschbecken, seine Augen waren gläsern und offen. Eine lange Schere ragte aus seiner Brust heraus.

»Schließen Sie alle Außentüren, Fletcher«, bellte Leopold. »Lassen Sie niemanden raus.«

»Ist er tot, Captain?«

»So tot, wie er nie mehr sein wird. So ein Mist!«

»Glauben Sie, daß es einer unserer Männer war?«

»Wer sonst? Rufen Sie an, melden Sie den Mord, und lassen Sie die Bereitschaft hier antreten. Jeder ist verdächtig.« Er erhob sich von der Untersuchung der Leiche und wandte sich an Riker. »Jetzt erzählen Sie mir alles, was Sie wissen, Sergeant.«

Detective Riker gehörte zum Vice, ein Mann in mittleren Jahren mit einer ruhigen Ausstrahlung und freundlichen Art. Es gab Leute, die von ihm sagten, er könne sogar eine Nutte freundlich stimmen, während er sie verhaftete. Aber jetzt sah er krank und bleich aus. »Ich bin hineingegangen, und da lag er, Captain. Mein Gott! Zuerst wollte ich meinen Augen nicht trauen. Ich habe gedacht, daß er Show macht, daß er einen Witz macht.«

»Haben Sie irgend jemanden bemerkt, der herausgekommen ist, bevor Sie hineingegangen sind?«

»Nein, niemanden.«

»Aber er ist erst seit ein paar Minuten tot. Das macht Sie verdächtig, Sergeant.«

Rikers Blässe schien bei Leopolds Worten in Grün überzugehen. »Sie können doch nicht glauben, daß ich ihn getötet habe! Er war mein Freund! Warum zum Teufel sollte ich Tommy Gibson töten?«

»Wir werden es sehen«, sagte Leopold und schob ihn aus der Herrentoilette. Die anderen Detectives und Officers drängten sich zusammen, um etwas sehen zu können. Ein dumpfes Murmeln war zu hören. »Okay, Leute«, befahl der Captain. »Zurück ans andere Ende des Saales, bleibt weg vom Baum! Gut so, rückt zur Seite.«

»Captain!« Es war der kleine Herb Clarke, der sich zu ihm durchzwängte. »Captain, was ist geschehen?«

»Jemand hat Tommy Gibson getötet.«

»Tommy!«

»Einer von uns. Deshalb kommt hier auch keiner raus.«

»Das kann nicht Ihr Ernst sein, Captain. Mord bei der Weihnachtsfeier der Polizei — die Zeitungen werden uns steinigen.«

»Wahrscheinlich.« Leopold drängte an ihm vorbei. »Niemand betritt die Herrentoilette« bellte er. »Fletcher, Wiliams — kommt mit.« Sie waren die einzigen Lieutenants, die da waren, und er mußte ihnen vertrauen. Für Fletcher würde er die Hand ins Feuer legen. Er hoffte nur, daß er sich auch auf Wiliams verlassen konnte.

»Ich kann es einfach nicht glauben«, sagte der knochige junge Lieutenant von der Drogenfahndung. »Warum sollte irgend jemand Tommy ermorden?«

Leopold räusperte sich. »Ich werde es euch sagen, obwohl ihr es wahrscheinlich gar nicht glauben wollt. Gibson war in die Untersuchung des Bezirksanwalts über Freeses Spielimperium verwickelt. Er hatte ein Band mit einem Gespräch zwischen ihm, Freese und einem weiteren Detective, bei dem es offensichtlich um Bestechung ging. Der andere Detective hatte ein erstklassiges Motiv für den Mord.«

»Sagte er, wer es war?« fragte Wiliams.

»Nein. Nur, daß es jemand ist, der heute ziemlich früh hier war. Wer war hier, bevor Fletcher und ich hier angekommen sind?«

Wiliams zog nachdenklich seine Augenbrauen hoch. »Riker war da und Jim Turner. Und ein paar Streifenbeamte.«

»Nein, nur Detectives.«

»Nun, ich vermute, Riker und Turner waren die einzigen. Und natürlich Herb Clarke. Er war mit den ganzen Damen hier, um das Essen und das Bier vorzubereiten.«

»Diese drei«, grübelte Leopold. »Und Sie selbstverständlich.« Lieutenant Wiliams grinste. »Ja, und ich.«

Leopold wandte sich dem großen Weihnachtsbaum zu. »Gibson hat mir erzählt, er hätte das Band hier in der Nähe des Baums versteckt. Fangt an zu suchen, und vergeßt nichts. Es könnte sogar in den Zweigen sein.«

Die Untersuchungsbeamten kamen jetzt an, und Leopold wandte ihnen seine Aufmerksamkeit zu. Da war etwas entschieden Bizarres an der ganzen Situation, ein Umstand, der noch verstärkt wurde, als der Leichenbeschauer, seine Assistenten und die Polizeifotografen stumme Grüße mit den herumstehenden Gästen der Feier austauschten. Einer der jungen Untersuchungsbeamten, der Tommy Gibson gekannt hatte, wurde beim Anblick der Leiche bleich und mußte nach draußen gehen.

Als die Fotografen fertig waren, begann eine der Leichenträger, den Körper hochzuheben. Er hielt inne und rief Leopold zu: »Captain, hier ist etwas. Ein Feuerzeug auf dem Boden unter ihm.«

Leopold beugte sich hinunter, um es zu untersuchen. Er achtete sorgfältig darauf, eventuelle Spuren nicht zu verwischen. »Initialen. C. F.«

Lieutenant Wiliams war hinter ihn getreten und stand jetzt in der Türöffnung zur Herrentoilette. »Carl Freese?« schlug er vor.

Leopold benutzte ein Taschentuch, um das Feuerzeug vorsichtig an den Ecken anzufassen. »Sollen wir wirklich glauben, daß Freese hier inmitten von sechzig Cops Gibson einfach tötete, ohne daß ihn irgend jemand gesehen hat?«

»Drüben in der Wand ist ein Fenster.«

Leopold ging zur zugefrorenen Scheibe und untersuchte sie. »Ist von innen geschlossen. Gibson hätte von draußen erstochen werden können, aber er hätte nicht das Fenster schließen und quer durch den Raum gehen können, ohne eine Blutspur zu hinterlassen.«

Fletcher war hereingekommen, während sie redeten. »Darauf können Sie wetten, Captain. Meine Frau hat gerade die Schere erkannt. Sie hat sie vorher beim Dekorieren benutzt. Das Ganze ist hier drin passiert.«

Leopold zeigte ihm das Feuerzeug. »C. F. könnte Carl Freese sein.«

Fletcher runzelte die Stirn und leckte sich über die Lippen. »Ja.« Er drehte sich um.

»Nichts«, berichtete Wiliams.

»Nichts *im* Baum? Es könnte eine sehr kleine Spule sein.«

»Nichts.« Leopold seufzte und zog Fletcher und Wiliams zur

Seite. Er wollte, daß die anderen nichts hörten. »Schaut, kann sein, daß Gibson gelogen hat. Aber jetzt ist er tot, und das deutet darauf hin, daß er auch die Wahrheit gesagt haben könnte. Ich muß alle Möglichkeiten bedenken. Jetzt, da ihr beide den Baum durchsucht habt, möchte ich, daß ihr in die Küche geht, die Tür zumacht und euch gegenseitig durchsucht. Sorgfältig.«

»Aber . . .« begann Wiliams. »Okay, Captain.«

»Dann laßt ihr alle antreten und durchsucht jeden. Ihr wißt, wonach ihr suchen müßt — eine Aufnahmespule.«

»Was ist mit den Frauen, Captain?«

»Laßt eine Beamtin hierherkommen. Es tut mir leid, daß wir es tun müssen, aber wenn das Band hier ist, müssen wir es finden.«

Er ging in die Mitte des Saales und betrachtete den Baum. Kerzen und Lametta, Girlanden und Mistelzweige. Der ganze Schmuck. Er versuchte sich vorzustellen, wie Tommy Gibson beim Dekorieren des Saales und des Baums half. Wo würde er das Band versteckt haben?

Herb Clarke kam zu ihm und sagte: »Sie durchsuchen jeden.«

»Ja. Es tut mir leid, daß ich die Feier verderbe, aber ich vermute, daß sie schon wegen Gibson verdorben war.«

»Captain, müssen Sie unbedingt damit weitermachen? Ist nicht ein unehrlicher Mann bei den Detectives genug?«

»Schon einer ist zu viel, Herb. Aber der Mann, nach dem wir suchen, ist weit mehr als ein unredlicher Mann. Er ist ein Mörder.«

Fletcher kam zu ihnen. »Wir haben alle Detectives durchsucht, Captain. Sie sind sauber. Wir machen jetzt mit den Streifenbeamten weiter.«

Leopold grunzte mürrisch. Er war sicher, daß sie nichts finden würden. »Vermutlich«, sagte er langsam, »vermutlich hat Gibson das Band abgespult. Vielleicht hat er es wie Lametta in den Baum gehängt.«

»Sehen Sie hier irgendwo braunes Lametta, Captain? Irgendein Lametta in irgendeiner Farbe, das lang genug wäre, um eine Bandaufnahme zu sein?«

»Nein, seh' ich nicht«, sagte Leopold.

510

Zwei der Sergeants, Riker und Turner, kamen herüber und stellten sich zu ihnen. »Könnte Gibson es auch selbst getan haben?« fragte Turner. »Man hört, daß Sie ihn mit der Freese-Untersuchung in Verbindung bringen wollten.«

»Sich selbst mit einer Schere in die Brust zu stechen ist nicht gerade eine weitverbreitete Selbstmordmethode«, warf Leopold ein. »Darüber hinaus würde es nicht zu Gibsons Art passen.«

Einer der Untersuchungsbeamten kam mit dem Feuerzeug zu ihnen. »Nur Schmutzflecke drauf, Captain. Nichts, was wir identifizieren könnten.«

»Danke.« Leopold nahm es und drehte es zwischen den Fingern.

C. F. Carl Freese.

Er versuchte ein paarmal es anzuknipsen, aber es zündete nicht. Schließlich, beim vierten Mal, kam die Flamme. »Okay«, sagte er ruhig. Jetzt hatte er's.

»Captain . . .« begann Fletcher.

»Verflucht, Fletcher. Das ist das Feuerzeug Ihrer Frau, und Sie wissen es. C. F. Nicht Carl Freese, sondern Carol Fletcher!«

»Captain, ich . . .« Fletcher verstummte.

Leopold fühlte sich plötzlich sehr müde. Die bunten Weihnachtskerzen schienen zu verschwimmen, und er wünschte sich weit weg, in ein fernes Land, wo alle Cops ehrlich sind und jeder an hohem Alter stirbt.

Sergeant Riker mischte sich ein. »Captain, wollen Sie damit sagen, daß Fletchers *Frau* Tommy Gibson erstochen hat?«

»Natürlich nicht, Riker. Das müßte schon mit dem Teufel zugegangen sein, wenn sie ihm unbemerkt in die Herrentoilette gefolgt wäre. Außerdem mußte ich ihr heute abend einmal ein Streichholz geben, weil sie dieses Feuerzeug nicht hatte.«

»Wer denn?«

»Als ich hier ankam, gaben Sie gerade Carol Fletcher Feuer. Ja Sie, Riker! Sie ließen es in Gedanken in Ihrer Tasche verschwinden, und deshalb fehlte es ihr später. Es ist herausgefallen, als Sie mit Gibson kämpften. Als Sie ihn ermordeten, Riker.«

Riker stieß ein Schimpfwort aus, und seine Hand langte nach

dem Revolver am Gürtel. Leopold hatte das erwartet. Er schnellte nach vorne und schlug zweimal schnell zu, einmal in den Magen und einmal aufs Kinn. Riker ging zu Boden, und es war vorbei.

Carol Fletcher hörte, was passiert war, und kam zu Leopold. »Danke, daß Sie mein Feuerzeug wiedergefunden haben. Hoffentlich haben Sie nicht mich verdächtigt.«

Er schüttelte den Kopf und schielte zu Fletcher. »Natürlich nicht. Aber zum Teufel, ich wäre froh gewesen, wenn mir Ihr Mann gesagt hätte, daß es Ihres ist.«

»Ich wollte herausfinden, was es hier zu suchen hat«, murmelte Fletcher. »Mein Gott, es passiert auch nicht jeden Tag, daß das Feuerzeug Ihrer Frau, das Sie ihr vor zwei Jahren zu Weihnachten geschenkt haben, zu einem Beweisstück bei einem Mord wird.«

Leopold gab es ihr zurück. »Vielleicht lehrt Sie das, das Rauchen aufzugeben.«

»Sie wußten ohnehin, daß es Riker war.«

»Ich war ziemlich sicher. Mit sechzig Mann hier drin, alle beim Bier, hätte kein Mörder eine Chance gehabt, sich ungesehen aus der Herrentoilette zu schleichen. Das beste, was er machen konnte, war so zu tun, als ob er die Leiche gefunden hätte. Was er auch gemacht hat. Außerdem, von den vier Detectives, die schon früh hier waren, war Riker als Beamter vom Vice nahezu prädestiniert dafür, von Freese bestochen zu werden.«

»Gab es überhaupt ein Band?« fragte Fletcher. Leopold starrte auf den Weihnachtsbaum. »Ich glaube, da hat Gibson die Wahrheit gesagt. Außer, daß *er* niemals Band dazu gesagt hat. Ich war das. Ich habe das einfach so interpretiert. Er hat mir nur erzählt, daß es ein alter Apparat sei, den er nach dem Krieg gekauft hat. Damals gab es nicht nur Bandaufnahmegeräte. Eine Zeitlang waren Drahtaufnahmegeräte genauso verbreitet.

»Draht!«

Leopold nickte und blickte zum Weihnachtsbaum. »Wir wissen, daß Gibson Ihnen beim Aufstellen des Baumes geholfen hat, Carol. Ich wette, daß einer der Drähte, die ihn festhalten, nichts anderes ist als die Aufnahme der Unterredung zwischen Carl Freese, Tommy Gibson und Sergeant Riker.«

Originaltitel: Christmas is for Cops
Ins Deutsche übertragen von Reto Recktenwald

Thomas Hardy

Ein verräterisches Niesen

Vor vielen Jahren, als Eichen, die jetzt über ihre besten Jahre hinaus sind, gerade mal so groß wie die Spazierstöcke älterer Gentlemen waren, lebte in Wessex der Sohn eines Freibauern. Sein Name war Hubert. Er war vierzehn und zeichnete sich durch Ehrlichkeit und eine gewisse Unbeschwertheit ebenso aus wie durch Mut, auf den er sich sogar ein bißchen etwas einbildete.

An einem kalten Weihnachtsabend schickte ihn sein Vater, der niemanden sonst zur Hand hatte, mit einem wichtigen Auftrag in eine kleine Stadt, die mehrere Meilen von zu Hause entfernt lag. Hubert nahm ein Pferd und wurde bis spät in den Abend von seinen Geschäften in Anspruch genommen. Endlich war er fertig damit. Er kehrte zum Gasthof zurück, wo das Pferd gesattelt bereitstand, und machte sich auf den Heimweg. Letzterer führte ihn durch das Tal von Blackmore, eine zwar fruchtbare, aber auch etwas einsame Gegend mit Lehmstraßen und verschlungenen Pfaden.

Es mußte etwa um neun Uhr gewesen sein. Hubert ritt gerade zwischen überhängenden Bäumen auf seinem kräftigen kleinen Pferd Jerry dahin und sang, passend zur Jahreszeit, ein Weihnachtslied, als er glaubte, zwischen den Ästen ein Geräusch zu hören. Das rief ihm die Tatsache ins Bewußtsein zurück, daß diese Stelle einen schlechten Ruf genoß. Man hatte hier schon Leuten aufgelauert. Er betrachtete Jerry und wünschte sich, das fromme Tier wäre von einer anderen Färbung als hellgrau gewesen, denn so zeichneten sich seine Umrisse sogar hier, im dichten Schatten, deutlich ab. »Warum sollte ich mir Sorgen machen?« fragte er laut, nachdem er ein paar Minuten lang überlegt hatte. »Jerry ist einfach zu flink, als daß irgendein Straßenräuber an mich herankommen könnte.

»Ha, ha! Wahrhaftig!« war eine tiefe Stimme zu vernehmen, und im nächsten Augenblick sprang aus dem Dickicht rechts von Hubert ein Mann hervor, ein weiterer aus dem Dickicht zu Huberts Linker, während ein dritter hinter einem Baumstamm ein paar Meter weiter zum Vorschein kam. Sie entrissen Hubert den Zügel und zerrten ihn aus dem Sattel. Obwohl er mit aller Kraft um sich schlug, wie es von einem tapferen Jungen nicht anders zu erwarten war, überwältigten ihn die Angreifer. Sie fesselten ihm die Hände auf den Rücken, banden seine Beine zusammen und warfen ihn in den Straßengraben. Daraufhin verschwanden die Räuber, deren Gesichter geschwärzt waren, wie er jetzt erkennen konnte, und nahmen das Pferd mit.

Sobald Hubert sich ein wenig erholt hatte, stellte er fest, daß er mit einiger Anstrengung die Beine von den Fesseln befreien konnte; trotz all seiner Mühen blieben jedoch die Arme so fest gebunden wir zuvor. Aus diesem Grund blieb ihm nichts anderes übrig, als sich aufzurappeln und seinen Weg fortzusetzen, die Arme auf dem Rücken, und es dabei dem Zufall zu überlassen, wie er sie wieder freibekommen konnte. Er wußte, daß er in seinem Zustand und zu Fuß unmöglich noch in dieser Nacht wieder nach Hause kommen konnte, ging aber trotzdem weiter. Aufgrund der Verwirrung, in die der Überfall ihn gestürzt hatte, verirrte er sich jedoch und hätte sich am liebsten auf das herabgefallene Laub bis zum Morgen schlafen gelegt, wenn ihm nicht klar gewesen wäre, wie gefährlich das bei dieser Kälte war. Also wanderte er weiter, die Arme schon ganz taub durch das Seil, und der Verlust des armen Jerry, der niemals getreten oder gebissen oder sonst eine üble Gewohnheit entwickelt hatte, tat ihm im Herzen weh. Als Hubert zwischen den Bäumen ein fernes Licht erblickte, war er überaus froh. Er lenkte seine Schritte in diese Richtung und fand sich wenig später vor einem großen Landhaus mit Seitenflügeln, Giebeln und Türmen wieder, dessen Zinnen und Schornsteine sich vor dem Sternenhimmel abzeichneten.

Alles war ruhig; die Tür stand offen, und aus ihr fiel das Licht, das ihn hergelockt hatte. Er trat ein und fand sich in einem riesigen Raum wieder, der als Speisesaal eingerichtet und hell erleuchtet war. Die Wände waren zum großen Teil mit dunklen Holztafeln verkleidet und mit Schnitzereien verziert. Es gab viele Wandschränke und die übliche Ausstattung eines Hauses dieser Art. Was jedoch vor allem Huberts Aufmerksamkeit erweckte, war ein großer Tisch in der Mitte des Saales, auf dem ein üppiges, bislang unberührtes Abendessen angerichtet war. Stühle standen ringsherum, und es hatte den Anschein, als wäre das Mahl durch einen Vorfall unterbrochen worden, als es gerade hatte beginnen sollen.

Selbst wenn Hubert danach gewesen wäre, hätte er in seinem hilflosen Zustand nicht essen können, außer durch Eintauchen des Mundes in die Schüsseln, wie ein Schwein oder eine Kuh. Gerade wollte er sich Hilfe suchen und zu diesem Zweck tiefer ins Haus vordringen, da vernahm er eilige Schritte im Vorbau, und eine tiefe Stimme sprach die Worte: »Macht schnell!« Es war dieselbe Stimme, die sich gemeldet hatte, kurz bevor er vom Pferd gezogen worden war. Er fand gerade noch Zeit, sich unter der Tafel zu verstecken, ehe drei Männer den Speisesaal betraten. Unter dem Tischtuch hervorspähend, gewahrte Hubert, daß ihre Gesichter noch angeschwärzt waren, was sofort jeden Zweifel zerstreute: Es handelte sich bei ihnen tatsächlich um dieselben Diebe.

»Nun denn«, sprach der erste von ihnen – der Mann mit der tiefen Stimme –, »verstecken wir uns lieber. Sie werden in einer Minute zurück sein. Das war ein guter Trick, sie aus dem Haus zu bekommen, nicht?«

»Ja, du hast die Rufe eines Menschen in Not gut imitiert«, meinte der zweite.

»Ganz ausgezeichnet«, bestätigte der dritte.

»Sie werden jedoch bald herausfinden, daß es falscher Alarm war. Wo sollen wir uns verstecken? Es muß ein Winkel sein, in dem wir für zwei oder drei Stunden bleiben können, bis alle im Bett liegen und schlafen. Ah! Ich habe es! Kommt hier entlang. Ich habe erfahren, daß der hinterste Wandschrank nicht ein einziges Mal in zwölf Monaten geöffnet wird. Er wird wunderbar unserem Zweck dienen.« Der Sprecher betrat einen Korridor, der aus dem Saal führte. Hubert kroch ein Stück weiter nach vorne und stellte fest, daß der Wandschrank am anderen Ende des Korridors lag, dem Speisesaal gegenüber. Die Diebe gingen hinein und schlossen die Tür hinter sich. Hubert, der kaum zu atmen wagte, schlich ihnen nach, um – falls möglich – mehr von ihren Absichten zu erfahren. Als er näher kam, hörte er die Räuber von den verschiedenen Zimmern flüstern, wo Edelsteine, Tafelsilber und andere Wertgegenstände des Hauses aufbewahrt wurden, die sie eindeutig zu stehlen planten.

Sie waren noch nicht lange in ihrem Versteck, als das muntere Geplapper von Damen und Herren auf der Terrasse draußen erklang. Hubert fand, daß es nicht gut wäre, beim Herumschleichen im Hause ertappt zu werden, sofern er nicht selbst für einen Räuber gehalten werden wollte; er schlich leise in den Saal zurück und zur Tür hinaus und stellte sich in eine dunkle Ecke des Vorbaus, von wo aus er alles überblicken konnte, ohne selbst gesehen zu werden. Nur einen oder zwei Augenblicke später schwebte die ganze Versammlung an ihm vorbei ins Haus hinein. Es handelte sich um einen ältlichen Gentleman und eine ebensolche Lady, um acht oder neun jüngere Damen und ebenso viele junge Männer, nebst einem halben Dutzend Dienern und Dienstmädchen. Das Landhaus war offenkundig gänzlich seiner Bewohner entleert gewesen.

»Nun, ihr Kinder und jungen Leute, setzen wir unsere Mahlzeit fort«, sagte der alte Gentleman. »Was für ein Geräusch das gewesen sein könnte, entzieht sich mir vollkommen. Noch nie in meinem Leben war ich mir so sicher, daß vor meiner Tür ein Mensch ermordet würde.«

Die Damen erklärten nun, wie erschreckt sie gewesen waren, wie sehr sie mit einem Abenteuer gerechnet hatten und wie letztlich doch gar nichts geschehen war.

»Wartet nur eine Weile«, sagte sich Hubert. »Ihr werdet bald genügend Abenteuer erleben, meine Damen.«

Es schien, daß es sich bei den jungen Männern und Frauen um verheiratete Söhne und Töchter des alten Paares handelte, die über Weihnachten zu Besuch bei ihren Eltern waren.

Die Tür wurde geschlossen, und Hubert blieb allein im Vorbau zurück. Er hielt dies für den geeigneten Augenblick, um die

Hilfe dieser Menschen zu ersuchen, und da er nicht mit der Hand anklopfen konnte, trat er kühn gegen die Tür.

»Hallo! Was machst du hier für einen Lärm?« fragte der Lakai, der öffnete. Er packte Hubert an der Schulter und schleppte ihn in den Speisesaal. »Hier ist ein fremder Junge, der im Vorbau Lärm geschlagen hat, Sir Simon.«

Alle drehten sich zu ihnen um.

»Bring ihn her«, sagte Sir Simon, der zuvor erwähnte alte Gentleman. »Was treibst du hier, mein Junge?«

»Aber seine Arme sind ja gebunden!« stellte eine der Damen fest.

»Armer Bursche!« meinte eine andere.

Hubert erklärte unverzüglich, daß man ihm auf dem Heimweg aufgelauert, ihm das Pferd gestohlen und ihn unbarmherzig in dieser Verfassung zurückgelassen hatte.

»Wenn man sich das vorstellt!« rief Sir Simon aus.

»Das soll einer glauben!« meinte einer der Herren zweifelnd.

»Du glaubst nicht daran, wie?« fragte Sir Simon.

»Vielleicht ist er selbst ein Räuber«, gab eine Dame zu bedenken.

»Er hat etwas seltsam Wildes und Böses an sich, wenn ich ihn mir genauer anschaue«, sagte die alte Mutter.

Hubert errötete vor Scham, und statt mit seiner Geschichte fortzufahren und von den Räubern zu erzählen, die sich im Haus versteckten, schwieg er hartnäckig und war schon fast entschlossen, es den Herrschaften selbst zu überlassen, die Gefahr zu entdecken, in der sie schwebten.

»Nun, löst ihm die Fesseln«, sagte Sir Simon. »Da es Heiligabend ist, werden wir ihn gut behandeln. Hier, mein Junge setz dich auf diesen leeren Platz am unteren Ende des Tisches und bediene dich, so gut du kannst. Wenn du dich sattgegessen hast, werden wir uns mehr von den Einzelheiten deiner Geschichte anhören.«

Das Festmahl nahm seinen Fortgang, und Hubert, der seine Freiheit zurückgewonnen hatte, gesellte sich nur zu gerne hinzu. Je mehr gegessen und getrunken wurde, desto lustiger wurde die Gesellschaft. Der Wein floß in Strömen, die Scheite flackerten munter im Kamin, und die Damen lachten über die Geschichten der Herren − kurz, es ging so geräuschvoll und so fröhlich zu, wie eine Weihnachtsgesellschaft in den damaligen Zeiten nur sein konnte.

Trotz seiner durch die Zweifel an seiner Glaubwürdigkeit verletzten Gefühle wurde es Hubert doch ganz warm − sowohl im Herzen wie im ganzen Leib − von der guten Laune, der Umgebung und der Ausgelassenheit der Menschen um ihn herum. Schließlich lachte er so herzlich über die Geschichten und schlagfertigen Antworten wie der alte Baronet Sir Simon selbst. Als das Mahl fast beendet war, wandte sich einer der Söhne, der etwas zuviel Wein getrunken hatte, nach Art der Männer jenes Jahrhunderts an Hubert: »Nun, mein Junge, wie geht es dir? Möchtest du eine Prise Schnupftabak?« Er hielt ihm eine jener Schnupftabakdosen hin, die damals bei jung und alt im ganzen Land in Mode kamen.

»Danke«, sagte Hubert und nahm eine Prise.

»Erzähle den Damen doch einmal, wer du bist und was du so tust«, fuhr der junge Mann fort und gab Hubert einen Klaps auf die Schulter.

»Gewiß doch«, sagte unser Held, richtete sich auf und hielt es für das beste, die Sache kühn anzugehen. »Ich bin ein reisender Magier!«

»Wahrhaftig!«

»Was werden wir wohl als nächstes hören?«

»Kannst du vielleicht Geister aus der Unterwelt heraufbeschwören, junger Magier?«

»Ich kann Unwetter in einem Schrank heraufbeschwören«, antwortete Hubert.

»Ha, ha!« gab der alte Baronet von sich und rieb sich vergnügt die Hände. »Das müssen wir uns ansehen. Mädchen, geht nicht fort, denn hier wird gleich etwas geboten!«

»Doch nichts Gefährliches, hoffe ich?« fragte die alte Dame.

Hubert erhob sich. »Reicht mir bitte Eure Schnupftabakdose«, wandte er sich an den jungen Mann, der seinen Spaß mit ihm hatte treiben wollen. »Und jetzt«, fuhr er fort, »folgt mir bitte, ohne das leiseste Geräusch zu machen. Wenn jemand von Euch ein Wort spricht, wird der Zauber dadurch gebrochen.«

Sie versprachen, sich daran zu halten. Er trat auf den Korridor hinaus, zog die Schuhe aus und schlich auf Zehenspitzen zur Tür des Wandschranks. Mit ein wenig Abstand folgten die schweigenden Gäste. Hubert stellte einen Stuhl vor die Tür und konnte, indem er sich daraufstellte, die Oberkante der Tür erreichen. Dort verteilte er dann, weiterhin völlig geräuschlos, den Schnupftabak aus der Dose und blies ihn anschließend mit ein paar kurzen Atemstößen durch die Ritze ins Innere. Mit erhobenem Finger bedeutete er der Versammlung hinter ihm, weiterhin still zu bleiben.

»Himmel, was war das denn?« fragte die alte Dame, nachdem ein oder zwei Minuten verstrichen waren.

Ein unterdrücktes Niesen war im Schrank ertönt.

Hubert hob erneut den Finger.

»Wie eigenartig«, flüsterte Sir Simon. »Das ist ja höchst interessant.«

Hubert nutzte die Gunst des Augenblicks, um den Türriegel sanft zuzuschieben. »Mehr Schnupftabak«, sagte er leise.

»Mehr Schnupftabak«, sagte Sir Simon. Zwei oder drei der Herren rückten mit ihren Dosen heraus, deren Inhalt dann durch die Türritze geblasen wurde. Wieder ertönte ein Niesen, nicht mehr so gut unterdrückt wie das erste, gefolgt von einem weiteren, das sich so anhörte, als wäre es unter keinerlei Umständen mehr zu unterdrücken gewesen. Schließlich ertönte ein wahrer Sturm von Niesern. »Wirklich ganz ausgezeichnet für jemanden, der noch so jung ist!« meinte Sir Simon. »Ich bin sehr interessiert an diesem Trick, die Stimme zu projizieren — ich glaube, man bezeichnet es als Bauchreden.«

»Mehr Schnupftabak«, forderte Hubert.

»Mehr Schnupftabak«, ordnete Sir Simon an, und sein Diener brachte eine große Dose vom aromatischsten Scotch herbei.

Hubert streute ihn erneut in die oberste Ritze der Schranktür und blies ihn ins Innere, ganz wie zuvor. Diese Prozedur wiederholte er, bis die ganze Dose leer war. Der Niessturm entwickelte sich zu einem wahrhaft bemerkenswerten Phänomen, denn es kam zu gar keinen Unterbrechungen mehr. Es klang, als prallten Wind, Regen und Meer in einem Orkan aufeinander.

»Ich glaube, daß Menschen darin sitzen und es sich überhaupt nicht um einen Trick handelt!« rief Sir Simon, dem allmählich die Wahrheit aufging.

»Das ist richtig«, sagte Hubert. »Sie sind gekommen, um das Haus auszurauben, und es handelt sich um dieselben Personen, die mir das Pferd gestohlen haben.«

Das Niesen wurde zu einem krampfhaften Stöhnen. Einer der Diebe, der Huberts Stimme hörte, rief: »Oh, Gnade, Gnade! Laßt uns hier heraus!«

»Wo ist mein Pferd?« fragte Hubert.

»In der Senke hinter Shorts Galgen an einen Baum gebunden.«

»Gnade! Gnade! Laßt uns hinaus, oder wir ersticken!«

Sämtlichen Weihnachtsgästen wurde jetzt bewußt, daß es kein Spaß mehr war, sondern eine ernste Angelegenheit. Man beschaffte sich Pistolen und Knüppel; man rief alle männlichen Diener herbei und hieß sie vor dem Wandschrank Aufstellung beziehen. Auf ein Signal hin zog Hubert den Riegel zurück und nahm eine Abwehrstellung ein. Die drei Räuber dachten jedoch nicht im Traum an einen Angriff, sondern hockten nach Luft schnappend in einer Ecke. Sie leisteten keinen Widerstand, wurden erst an die Wand gedrängt und dann bis zum Morgen in ein Seitengebäude gesperrt.

Hubert erzählte der Gesellschaft nun den Rest seiner Geschichte und empfing ausdrücklichen Dank für seine Hilfe. Sir Simon drängte ihn, doch im besten Schlafzimmer des Hauses zu nächtigen, das schon von Königin Elizabeth und König Karl bei ihren Besuchen in diesem Teil des Landes benutzt worden war. Hubert lehnte jedoch ab, denn er war begierig, sein Pferd Jerry wiederzufinden und festzustellen, ob der Räuber die Wahrheit gesagt hatte.

Mehrere Gäste geleiteten ihn zu der Stelle hinter dem Galgen, wo Jerry nach Aussage der Diebe versteckt war. Und wahrhaftig, als sie die Kuppe erreichten und an der anderen Seite hinabschauten, erblickten sie das Pferd unversehrt und ganz unbekümmert. Bei Huberts Anblick wieherte es freudig, und nichts konnte Huberts Glück übertreffen. Er stieg auf, wünschte seinen Freunden eine gute Nacht und ritt im leichten Galopp in die von ihnen gewiesene Richtung. Um vier Uhr in der Frühe traf er wohlbehalten wieder zu Hause ein.

Originaltitel: The Thieves Who Couldn't Help Sneezing
Ins Deutsche übertragen von Thomas Schichtel

Margery Allingham

Der verwechselte Koffer

Mr. Albert Campion saß in einem Raucherabteil der ersten Klasse und dachte gerade trübselig darüber nach, daß eine Atmosphäre geradezu lächerlich wirkender Schicklichkeit selbst Weihnachten zu einer stinklangweiligen Angelegenheit machen kann, als ein neuer Schweinslederkoffer von distinguiertem Design gegen seine Knie stieß. Im gleichen Augenblick schlug eine Golftasche vor das Schienbein des schüchternen jungen Mannes gegenüber, ein Stapel verschiedener Zeitschriften ergoß sich über das hübsche Mädchen in der Ecke, und ein eisiger Windzug fegte durch das Abteil. Dann gab es das vertraute Rattern und Rucken, das anzeigt, daß der Zug endlich losfährt, das Schimpfen eines zurückweichenden Trägers, und Lance Feering erschien vor ihm, als sei er mit einer Rakete hereingeschossen worden.

»Geschafft«, sagte der Neuankömmling wie jemand, der mit Selbstverständlichkeit erwartet, daß man ihm gratuliert, doch als der Zug heftig ruckte, taumelte er auf dem Absatz rückwärts und sackte zwischen die jungen Leute auf den gegenüberliegenden Sitz.

»Mein Lieber, das haben wir allerdings gemerkt«, murmelte Campion und lächelte das Mädchen entschuldigend an, das gerade dabei war, sich unter dem Schwall von Druckerzeugnissen hervorzugraben. Es war seine entwaffnende ›mein-armer-Freund-ist-nicht-ganz-gesund‹-Variante eines Lächelns, die er im stillen für unfehlbar hielt, die ihn jedoch bei dieser Gelegenheit im Stich ließ.

Das Mädchen, Anfang Zwanzig, war hübsch und schlank und musterte ihn mit ernstem Interesse und − wie Lance Feering es uneleganterweise später ausdrückte − mit Augen wie abgelutschte Kognakbohnen. Sie stapelte die Zeitschriften zu einem ordentlichen Bündel und legte sie auf den gegenüberliegenden Sitz, um sich dann wieder ihrem eigenen Buch zuzuwenden. Sogar Mr. Feering, der sich in einer seiner überschwenglicheren Launen befand, wurde sich dieses frostigen Protests bewußt. Er begann, um Verzeihung zu bitten.

Campion kannte Feering seit seiner Studentenzeit, lange bevor er zu einem der berühmtesten Bühnenbildner Europas wurde, und war an ihn gewöhnt, doch jetzt war selbst er beeindruckt. Lances Entschuldigungen waren locker und gleichzeitig unterwürfig. Er nahm seine Tasche und verstaute sie auf einem freien Platz in der Ablage über dem Kopf des schüchternen jungen Mannes, schob seine Golfgerätschaften unter den Sitz und errötete doch tatsächlich, als er seine Zeitschriften verlangte, und schaute das Mädchen mit geradezu rührender Demut an. Sie blickte kurz auf, während er seine Worte an sie richtete, nickte kühl und mit gerade so viel Höflichkeit, daß es nicht taktlos war, und blätterte dann eine Seite in ihrem Buch um.

Campion amüsierte sich insgeheim. Lance genoß den Ruf, wenn er in bester Form war, unwiderstehlich zu sein. Sein dunkles Gesicht mit der langen, traurigen Nase und den hellen Augen war unschön genug, um interessant zu sein, und die schnellen Gesten seiner kurzfingrigen Malerhände verliehen seinen Reden etwas Pittoreskes. Seine einzigartige Erfolglosigkeit in dieser Situation erstaunte ihn sichtlich, und als er sich in seiner Ecke niedergelassen hatte, beäugte er die junge Frau mit verhohlenem Mißtrauen.

Campion stimmte sich wieder auf die zwei Stunden steifen Schweigens ein, die die Etikette Reisenden der Ersten Klasse abverlangt, die, selbst wenn sie mit größter Wahrscheinlichkeit in wenigen Stunden aufgefordert werden würden, einen schottischen Reel miteinander zu tanzen, wenn nicht gar das Badezimmer miteinander zu teilen, einander noch nicht vorgestellt worden waren.

Es gab keinerlei Anhaltspunkte dafür, ob der schüchterne junge Mann und das Mädchen mit den Kognakbohnen-Augen einander kannten und ob sie ebenfalls auf dem Weg nach

Underhill waren, dem Landsitz von Sir Philip Cookham in Norfolk. Campion war geneigt, die bevorstehenden Festlichkeiten mit einem gewissen Maß kummervoller Neugier auf sich zukommen zu lassen. Cookham selbst war natürlich ein großartiger alter Knabe, ›Eines der wertvollsten Stücke im Kabinett‹, wie mal jemand von ihm gesagt hatte, doch Florence war ein ganz anderer Fall. Seit ihrer Geburt dem Reichtum und dem Adel ausgesetzt, war sie beidem gegenüber abgestumpft und bezog ihr Vergnügen aus Berühmtheiten, was nach Campions Erfahrung eine gefährliche Neigung darstellte. Sie war eine Art entfernte Tante von ihm.

Er schaute wieder zu den jungen Leuten hinüber, ertappte den Jungen dabei, wie er sich unbeobachtet fühlte und war augenblicklich interessiert.

Die Illustrierte war dem jungen Mann aus der Hand geglitten, und er sah aus dem Fenster, die Mundwinkel nach unten verzogen, und eine schmale Furche stand zwischen seinen buschigen Augenbrauen. Es war kein unattraktives Gesicht, zu jung für ausgeprägte Charakterzüge, doch im alltäglichen Sinne hübsch und recht offen. In diesem Augenblick zeigte es jedoch einen vielsagenden Ausdruck. In der Verzerrung des Mundes lag Verwegenheit und in den Augen Trotz, während die Hand, die auf der inneren Lehne ruhte, zur Faust geballt war.

Campion war neugierig. Junge Leute sind gewöhnlich zu Weihnachten nicht in einer solchen Auf-dem-Weg-zum-Zahnarzt-Stimmung unterwegs. Das Mädchen schaute von ihrem Buch auf.

»Wie weit ist es vom Bahnhof bis nach Underhill?« wollte sie wissen.

»Fünf Meilen. Wir werden abgeholt.« Der schüchterne junge Mann wandte sich ihr so selbstverständlich und mit so offensichtlicher Zuneigung zu, daß jede romantische Theorie, die Campion aufgestellt haben mochte, augenblicklich zunichte gemacht wurde. Die Schwierigkeiten des Jungen hatten eindeutig nichts mit Liebe zu tun. Lance hob den Kopf mit strahlendem Interesse an der ungefragt erhaltenen Information, und jetzt spielte ein spöttischer Zug um seine Lippen. Campion seufzte um seinetwillen. Für einen Mann, der sich mit der Hingabe eines Seehunds im Wasser ständig ver- und wieder entliebte, war Lance Feering ein unverbesserlicher Optimist. Schon betrachtete er das Mädchen mit jener scheuen Verzweiflung, die schon so vielen Damen zu rührend erschienen war, um sie längere Zeit über sich ergehen zu lassen. Campion wusch seine Hände in Unschuld, was ihn betraf, und schaute gerade rechtzeitig weg, um einen Fremden wahrzunehmen, der sie vom Gang aus musterte. Es war ein dunkles, arrogantes, junges Gesicht, das er sofort erkannte, und gleichzeitig empfand er eine Welle tiefen Mitgefühls für den alten Cookham. Florence, schloß er, hatte es wieder einmal getan.

Der junge Victor Preen, Sohn des alten Preen von der *Preen Aero Company*, war gewiß berühmt, um nicht zu sagen berüchtigt. Er hatte in seinem kurzen Leben mit seinen sensationellen Flügen viel Aufmerksamkeit erregt, doch noch weit mehr mit seinen weit weniger rühmlichen Abenteuern; und wenn sich zornige alte Gentlemen in den Armsesseln exklusiver Clubs über die Schurkenhaftigkeit der jüngeren Generation ereiferten, dann war es häufig Victor Preen, den sie dabei im Sinn hatten.

Er stand nun ein wenig links neben dem Abteilfenster, müßig an die Wand gelehnt, mit hochgerecktem Kinn und halbgeschlossenen Lidern. Auf den ersten Blick schien er sich für die Insassen des Abteils nicht zu interessieren, doch als der schüchterne junge Mann aufschaute, sah Campion zufällig den flüchtigen Blick des Wiedererkennens und von noch etwas anderem, das sie zwischen sich austauschten. Im nächsten Augenblick schlenderte der Mann auf dem Gang mit zur Schau gestellter Lässigkeit davon und ließ den anderen, in dessen Augen noch immer der gleiche trotzige Ausdruck zu sehen war, vor sich hinstarrend zurück.

Der Zwischenfall ereignete sich so schnell, daß es unmöglich war, die genaue Natur jenes zweiten Blicks zu deuten, doch Campion war jemand, der sich Sachen einbildete. Als sie daher den Bahnhof von Minstree erreichten, war er erstaunt zu hören, wie Boule, Florences Privatsekretär, die beiden einander vorstellte, und zu bemerken, daß sie sich wie Fremde begegneten.

Es regnete in Strömen, als sie den Bahnhof verließen, und Boule, der wie alle Sekretäre von Florence unter einer fortgeschrittenen Nervenzerrüttung zu leiden schien, verstaute sie allesamt in zwei großen Daimlern, einem kleineren Auto und einem Jagdkombi. Campion schaute mit einigem Kummer auf Florences Weihnachtsmeute. Sie hatte sich wieder einmal selbst übertroffen. Außer Lance war da mindestens ein weiteres halbes Dutzend Berühmtheiten: ein Gespann politischer Glanzlichter, eine zornig dreinblickende Schriftstellerin, Nadja vom Ballett, ein verschreckter Konteradmiral und Victor Preen, sowie zwölf oder dreizehn unbekannte Gesichter, die aussahen, als könnten sie zu Kunst, Geld oder auch einfach nur zur Verwandtschaft gehören.

Campion wurde von Lance getrennt, und er schaute sich hastig nach ihm um, bis er ihn schließlich in einem der Wagen entdeckte, mit der Schriftstellerin auf der einen, dem Mädchen mit den Kognakbohnenaugen auf der anderen Seite und Victor Preen als Viertem in dem ungleichen Kleeblatt.

Da Campion ein bescheidener Mann war, wurde er zusammen mit Boule selbst, dem schüchternen jungen Mann und dem gesamten Gepäck in den Jagdkombi gesteckt. Boule stellte sie einander vor, ließ sich auf einen Sitz fallen und wischte sich den Schweiß mit solcher Erleichterung von der Stirn, daß es ein wenig zu offensichtlich war, um noch taktvoll zu sein.

Campion, der erfahren hatte, daß der schüchterne, junge Mann Peter Groome hieß, stellte ihm, während sie Schulter an Schulter auf dem Rücksitz des Wagens durchgeschüttelt wurden, vorsichtig ein paar Fragen über seine Herkunft. Er nickte.

»Ja, es ist die gleiche Familie«, sagte er. »Cookhams Schwester war mit einem Bruder meines Vaters verheiratet. Ich bin also irgendein Verwandter, denke ich.«

Der Gedanke schien ihn nicht sonderlich zu begeistern, und wieder wurde Campions Neugier angestachelt. Der junge Mr. Groome war eindeutig nicht in allerbester Stimmung.

Normalerweise hätte Campion sich die Angelegenheit aus dem Sinn geschlagen, doch irgend etwas an dem Jüngling zog ihn an, etwas Undefinierbares und Verzweifeltes, und außerdem war da dieser seltsame Blickwechsel im Zug gewesen, den er zufällig gesehen hatte.

Sie plauderten während der ganzen unbequemen Fahrt über dies und jenes. Campion erfuhr, daß der junge Groome in seines Vaters Anwaltskanzlei arbeitete, mit dem Mädchen mit den Kognakbohnenaugen, einer Miss Patricia Bullard aus einer alten Familie aus dem Norden, verlobt war, und daß er Weihnachten für Zeitverschwendung hielt.

»Ich hasse das«, erklärte er mit so unvermittelter leidenschaftlicher Inbrunst, daß sogar sein wohlwollender Inquisitor zusammenschrak. »Dieses ganze Liebe-deinen-Nächsten-Getue ist verlogen und ekelhaft. So etwas wie Nächstenliebe gibt es nicht. Die Welt ist schlecht.«

Er errötete, als er zu Ende gesprochen hatte, und wandte sich ab.

»Tut mir leid«, murmelte er, »aber dieser ganze falsche Dickens-Humbug bringt mich zur Weißglut.«

Campion machte keinen direkten Kommentar. Statt dessen fragte er mit leutseliger Inkonsequenz: »War das der junge Victor Preen, den ich in dem anderen Wagen gesehen habe?«

Peter Groome drehte den Kopf und schaute ihn mit dem standhaften Blick des gewollt Unwissenden an.

»Ich glaube, ich bin jemandem dieses Namens vorgestellt worden«, sagte er vorsichtig. »Ein kleiner Mann mit angehender Glatze, nicht wahr?«

»Nein, das ist Sir George.« Der Sekretär beugte sich über das Gepäck, um die Information zu geben. »Preen ist der große junge Mann, recht gutaussehend, mit dem dichten Kraushaar. Er ist *der* Preen, wissen Sie.« Er seufzte. »Er wirkt reichlich jung für einen Millionär, nicht wahr?«

»Ja, es ist unverschämt«, sagte Mr. Peter Groome scharf und wandte sich wieder seiner hoffnungslosen Betrachtung der Landschaft zu.

Underhill war zu ihrem Empfang *en fête*. Sobald Campion die Vorbereitungen gesehen hatte, wuchs seine Sympathie für den jungen Mr. Groome, denn auf ein neidisches Auge mochte Lady Florences Prunk ebenso deprimierend wirken wie Preens Bankkonto. Florence war ganz und gar ›Dickens-gerecht‹ geworden, wie sie selbst mit schriller Stimme verkündete, während sie sich bei Campion unterhakte, mit der freien Hand den Konteradmiral festklammerte und Lance mit einem strahlenden Vogelauge im Bann hielt.

Das große Haus aus der Zeit Jakobs des Ersten war mit Stechpalmen dekoriert. In der Eingangshalle stand ein über fünf Meter hoher Baum. In den Kaminen loderten Weihnachtsscheite auf eisernen Böcken, und die Atmosphäre war schon mit jenem seltsamen Weihnachtsaroma geschwängert, das zum Teil aus Zigarrenrauch, zum Teil aus Bratengeruch besteht.

Sir Philip Cookham empfing seine Gäste mit rührender Verwirrtheit. Hin und wieder erhellten sich seine Züge zu einem Lächeln ehrlicher Willkommensfreude, wenn er ein bekanntes Gesicht sah. Er war ein distinguiert aussehender alter Herr mit edlem Kopf und mit Augen, die angesichts der Probleme seines Landes ständig besorgt dreinblickten.

»Mein lieber Junge, glücklich, Sie zu sehen. Glücklich«, sagte er, als er Campions Hand schüttelte. »Ich fürchte, man hat Sie drüben im Nebenhaus einquartiert. Hat Florence es Ihnen gesagt? Sie meinte, es mache Ihnen nichts aus, aber ich habe darauf bestanden, daß Feering und der junge Peter ebenfalls dort untergebracht werden.« Er seufzte und winkte die eiligen Versicherungen des Besuchers ab. »Ich weiß nicht, warum das ›gute Mädchen‹ erst dann das Gefühl hat, es sei eine richtige Party, wenn das Haus so überfüllt ist, daß unsere besten Freunde im Nebenhaus schlafen müssen«, sagte er traurig.

»Das ›gute Mädchen‹ sah nicht älter als fünfundfünfzig von ihren sechzig Jahren aus und hing gerade in diesem Moment am Arm der Schriftstellerin, und die beiden Frauen stießen miteinander freudlose Papageienschreie aus. Cookham lächelte.

»Sie ist glücklich, wissen Sie«, sagte er nachsichtig. »Sie genießt solche Sachen. Unglücklicherweise habe ich über dieses Wochenende eine gewisse Menge dringender Arbeit zu erledigen, aber, Campion, wir werden während der Feiertage irgendwann Gelegenheit zu einem kleinen Plausch finden. Ich möchte hören, was es bei Ihnen Neues gibt. Sie haben Glück. Sie können Ihre Abenteuer erzählen.«

Der hagere Mann verzog das Gesicht. »Wieder einmal lauter geheime Sitzungen, Sir?« fragte er.

Der Kabinettsminister warf die Hände mit einer kleinen, komischen, aber ausdrucksvollen Geste in die Höhe, ehe er sich umdrehte, um den nächsten Gast zu begrüßen.

Während Campion sich in seinem gemütlichen Zimmer in dem kleinen georgianischen Nebenhaus am anderen Ende des Parks zum Essen ankleidete, gratulierte er sich insgeheim zu seinem Quartier. Underhill selbst war ein bißchen zu sehr ein historisches Monument, um wirklich komfortabel zu sein.

Er war bei der Krawatte angekommen, als Lance auftauchte. Er wirkte in der Tat höchst elegant und äußerst zufrieden mit sich selbst. Campion diagnostizierte die Symptome sofort und blieb provozierend desinteressiert.

Lance setzte sich vor das offene Feuer und streckte seine schlanken Beine aus.

»Es ist ja nun nicht so, als wäre ich ein gutaussehendes Ekel, nicht wahr«, bemerkte er einladend, als ihm das Schweigen nicht mehr behagte. »Wirklich, Campion, wenn ich mich selber anschaue, dann kann ich es einfach nicht begreifen. Hab' ich denn überhaupt mit dem Mädchen gesprochen?«

»Ich weiß es nicht«, sagte Campion. »Hast du?«

»Nein.« Lance bestritt es voller Leidenschaft. »Nicht ein Wort. Dieses Weib mit dem harten Gesicht und den tintenfleckigen Fingern und dem Walroßschnurrbart hat mir auf der Fahrt im Auto ihr ganzes Leben erzählt. Dieses süße, kleine Püppchen mit den Augen war nichts als ein warmes Bündel an meiner Seite. Ich schwör' es dir. Und trotzdem — nun, es ist ungeheuerlich, nicht wahr?«

Campion drehte sich nicht um. Er konnte den Künstler sehr gut im Spiegel sehen. Lance hielt einen Zettel in der Hand und betrachtete ihn mit jener Mischung vorgetäuschten Amüsements und heimlicher Freude, die für sein ewig jugendliches Gemüt so typisch war.

»Ungeheuerlich«, wiederholte er, während er einen Blick auf den Rücken von Campion warf, der einfach nicht reagieren wollte. »Sie hatte nette Augen. Wie abgelutschte Kognakbohnen.«

»Genau«, stimmte der hagere Mann vor der Frisierkommode ihm zu. »Ich dachte allerdings, sie sei sehr von ihrem Verlobten eingenommen, dem jungen Master Groome«, fügte er taktlos hinzu.

»Nun, das habe ich bemerkt, mußt du wissen«, gab Lance zu und vergaß dabei seine Desinteressebekundungen. »Im Zug hat sie meine Anwesenheit so gut wie gar nicht wahrgenommen. Aber trotzdem, bei Frauen kann man das nie sagen. Ich habe sie mein Leben lang studiert und doch nie verstanden. Ich meine, nimm dir diesen Fall als Beispiel. Dieses Kind ignorierte mich, wich mir aus und schaute durch mich hindurch. Und dennoch, schau dir das an. Ich fand es eben in meinem Zimmer, als ich hinaufging, um mich umzuziehen.«

Campion nahm den Zettel mit einer gewissen Abscheu in die Hand. Schöne Frauen, so schien es, neigten unweigerlich zu Torheiten, doch selbst wenn dem so war, konnte er sich daran nicht gewöhnen. Die Notiz war ganz kurz. Er überflog sie mit einem Blick, und zum ersten Mal an diesem Tag spürte er dieses altvertraute Rieseln den Rücken hinunter, als seine erfahrene Nase Ärger witterte. Er las die Zeilen noch einmal.

Gleich neben der Zufahrt gibt es eine Sonnenuhr an einer Steinmauer. Wir sahen sie vom Auto aus. Ich werde dort zehn Minuten auf Sie warten, eine halbe Stunde, nachdem die Party heute abend zu Ende ist.

Auf dem Zettel waren weder eine Unterschrift noch irgendwelche Initialen, und die Aufforderung endete ebenso abrupt, wie sie begann.

»Erstaunlich, nicht wahr?« Lance besaß den Anstand, beschämt dreinzuschauen.

»Verblüffend.« Campion klang ausdruckslos. »Beunruhigend, alter Knabe. Ähm − übelriechend.«

»Übelriechend?«

»Ja, meinst du nicht?« Campion drehte den Zettel nachdenklich um, und in den blassen Augen hinter seiner Hornbrille lag keinerlei Amüsement. »Wie ist er angekommen?«

»In einem unbeschrifteten Umschlag. Ich glaube nicht, daß sie meinen Namen verstanden hat. Schließlich muß es noch immer ein paar Leute geben, die ihn noch nicht kennen.« Lance grinste schamlos. »Sie hat natürlich 'ne Meise. Nicht alle Tassen im Schrank und so. Aber ich mochte ihre Augen, und sie ist noch sehr jung.«

Campion hockte sich auf die Tischkante. Er war noch immer sehr ernst.

»Es ist verwirrend, nicht wahr?« sagte er. »Gar nicht schön. Besorgniserregend.«

»Ach, ich weiß nicht.« Lance nahm sein Eigentum wieder an sich und steckte es in die Tasche. »Sie ist jung und töricht, und es ist Weihnachten.«

Campion schien ihn nicht gehört zu haben. »Ich frage mich...«, sagte er. »Ich sollte zu der Verabredung gehen, glaube ich. Es mag unklug sein, mich einzumischen, aber ich glaube, ja, ich glaube, ich sollte es tun.«

»Was du nicht sagst.« Lance lachte. »Ich kann mich natürlich irren«, verteidigte er sich, »aber ich glaube, es ist ein Hilfeschrei. Das arme Kind hat offensichtlich erkannt, daß ich wie ein zuverlässiger Kerl aussehe, und − ähm − da sie aus irgendeinem Grund mit dem Rücken an der Wand steht, wendet sie sich instinktiv an den Fremden mit dem netten Gesicht. Siehst du das nicht auch so?«

»Wenn du es genau wissen willst: Nein. Nicht wirklich«, sagte Campion, und als sie zusammen zum Haus hinübergingen, blieb er nachdenklich und irritierend wortkarg.

Florence Cookham übertraf sich an diesem Abend selbst. Ihre Gäste wurden ermuntert, ›wieder jung zu sein‹, mit dem unvermeidlichen Ergebnis, daß Underhill lange vor Mitternacht eine Gesellschaft ärgerlicher, erschöpfter Menschen beherbergte.

Eine der irrtümlicheren Überzeugungen ihrer Ladyschaft bestand darin, daß sie sich für eine geborene Organisatorin hielt, und daß das wahre Geheimnis bei der Unterhaltung von Menschen darin bestünde, jedermann etwas zu tun zu geben. So fanden sich Lance und der Konteradmiral — der jetzt noch erschreckter dreinschaute als zuvor — dabei wieder, das Schmücken des großen Baums zu überwachen, während das Mädchen mit den Kognakbohnenaugen einen informellen Tanz im Wohnzimmer leitete, die Schriftstellerin sich mürrisch über den Bridgetisch lehnte und der Ballettstar sich glattweg weigerte, eine Amateurtheater-Aufführung zu inszenieren.

Nur zwei Menschen wurden von dieser Tyrannei verschont. Der eine war Sir Philip selbst, der hin und wieder hereinschaute, bereit, sich auf seine dringende Arbeit in seinem Arbeitszimmer zu berufen, sobald seine Frau über ihn herfiel, und der andere war Mr. Campion, der seinerseits ebenfalls Arbeit zu erledigen hatte und schon seit langer Zeit die schwierige Kunst beherrschte, sich unauffällig im Hintergrund zu halten. Erfahrungen hatten ihn gelehrt, daß das halbe Geheimnis dieses Manövers darin bestand, diskret in Bewegung zu bleiben, und er schlenderte von einer Gruppe zur anderen, ständig bereit, den Eindruck zu erwecken, er gehöre zu irgendeiner von ihnen, sollte das Auge seiner Gastgeberin je forschend auf ihn fallen.

Ausnahmsweise war seine Aufgabe diesmal vergleichsweise einfach. Florence war ganz in ihrem Element, während sie von atemlosen Assistenten umgeben umhereilte, und irgendwann schien die Luft in ihrer Umgebung geschwängert von buntem Einwickelpapier, Metern von roten Bändern und einem farbigen Schneesturm kleiner Namensschilder, als sie das Verpacken der Geschenke für den Dienstbotenbaum dirigierte, ein zweites Monster, das in der dekorativen Scheune hinter den Küchen stand.

Campion überließ Lance seinem Schicksal, das bei bescheidener Schätzung sechs bis sieben Stunden harter Arbeit in Anspruch zu nehmen versprach, und setzte sein planmäßiges Umherstreifen fort. Seine schlanke Gestalt wanderte mit scheinbarer Ziellosigkeit zwischen den Gästen umher, was eine Täuschung war. In seinen trägen Bewegungen lag eine versteckte Dringlichkeit, und seine blassen Augen hinter den Brillengläsern schauten forschend und unglücklich drein.

Er fand Patricia Bullard und Preen beim Tanzen, und er blieb stehen, um ihnen zuzusehen, als sie graziös an ihm vorbeischwenkten. Der Mann war in strahlender Laune, warf sein Lächeln und seine geräuschvollen Witzeleien nach der Art von seinesgleichen um sich, doch das Mädchen war nicht so glücklich. Als Campion ihr bleiches Gesicht über der schlanken Schulter ihres Partners sah, zog er die Augenbrauen in die Höhe. Einen Augenblick lang glaubte er beinahe an Lances unwahrscheinliche Vermutung. Das Mädchen sah wirklich so aus, als stünde sie mit dem Rücken an der Wand. Sie beobachtete nervös die Tür, und ihre glänzenden Augen waren voller Angst.

Campion sah sich nach dem anderen jungen Mann um, der eigentlich hätte anwesend sein müssen, doch Peter Groome war nicht im Ballsaal, auch nicht in der großen Halle, noch bei den Bridgetischen im Salon, und eine halbe Stunde später war er noch immer nicht wieder aufgetaucht.

Campion befand sich in der Halle, als er Patricia in das Vorzimmer schlüpfen sah, das zu Sir Philips privatem Arbeitszimmer führte, das heiligste vom Heiligen, das selbst Florence nur mit größter Ehrfurcht betrat. Campion hatte eine kleine Pause eingelegt, um sich an dem Anblick von Lance zu erfreuen, der mit wilden Augen und verkniffenem Mund mit den letzten blauen Glaskugeln und Lamettastreifen am Gästeweihnachtsbaum kämpfte, als er das Glitzern ihres Silberrocks durch eine vertraute Tür unter der einen Hälfte der großen Doppeltreppe verschwinden sah.

Die war genau das, worauf er gewartet hatte, doch als es geschah, war seine Enttäuschung unerwartet groß, denn auch er hatte ihr Lächeln und ihre Kognakbohnenaugen gemocht. Die Tür war nur angelehnt, als er hinkam, und er schob sie ein kleines Stück weiter auf, um auf der Schwelle stehen zu bleiben und die Szene im Inneren zu betrachten. Patricia kniete vor der Tür zu dem dahinterliegenden Zimmer und versuchte ziemlich erfolglos, durch das Schlüsselloch zu schauen.

Campion betrachtete sie kummervoll, und als sie sich aufrichtete und innehielt, um zu lauschen, jede Faser ihres jungen Körpers angespannt vor Konzentration, rührte er sich nicht.

Sir Philips Stimme inmitten des geräuschvollen Geschnatters hinter ihm ließ ihn jedoch aufschrecken, und er schnellte herum und sah den alten Herrn mit einer Gruppe am anderen Ende des Raums sprechen. Kurz darauf huschte das Mädchen an ihm vorbei und eilte davon.

Campion trat leise in das Vorzimmer. Die Arbeitszimmertür war noch immer geschlossen, und er ging hinüber zu dem riesigen historischen Kamin, der sich daneben befand. Dieser Kamin war mit seiner geschnitzten, bemalten Vorderfront, seinen schmiedeeisernen Feuerböcken und der tief eingelassenen Herdecke eines der Paradestücke von Underhill.

Das Feuer war niedergebrannt, und die Nische daneben war dunkel und einladend warm. Campion trat hinein und setzte sich auf die Eichenbank, wo die Schatten ihn verschlangen. Er hatte nicht die Absicht, in unangemessener Weise aufdringlich zu sein, doch seine scharfen Ohren hatten ein leises Geräusch aus dem inneren Zimmer gehört, und Sir Philips privates Heiligtum war kein Ort für heimliche Besuche, wenn sein Herr sich nicht dort befand. Campion brauchte nicht lange zu warten.

Wenige Augenblicke später ging die Tür ganz leise auf, und jemand kam heraus. Der Neuankömmling durchquerte mit nervösen, unsicheren Schritten das Zimmer und blieb plötzlich mit dem Rücken zu der stillen Gestalt in der Kaminecke stehen.

Campion erkannte Peter Groome und kniff die Lippen zusammen. Er hatte den Jungen gern gehabt.

Der junge Mann stand unentschlossen da. Er hatte die Hände auf dem Rücken; in der einen hielt er eines der in leuchtend buntes Papier gewickelten Pakete mit rotem Band, wie sie im ganzen Haus verstreut zu finden waren. Ein Geräusch aus der Halle schien ihn zu beunruhigen, denn er schnellte herum, steckte das Paket in die Kaminöffnung, das erstbeste Versteck, das sich ihm bot, und wandte sich dann dem Neuankömmling zu. Es war wieder das Mädchen. Es durchquerte langsam mit ausgestreckten Armen das Zimmer und hob Peter ihr Gesicht entgegen.

Campion, der alles sehen konnte, hielt es für das Beste, dort zu bleiben, wo er war, und es blieb ihm ohnehin keine Zeit, etwas anderes zu tun. Sie sprach drängend und mit leidenschaftlicher Ernsthaftigkeit in der leisen Stimme.

»Peter, ich habe dich gesucht. Liebling, ich muß dir etwas sagen, und wenn ich einen idiotischen Fehler mache, dann mußt du mir das verzeihen. Sag mir, du würdest doch nichts Dummes tun, nicht wahr? Würdest du das, Peter? Schau mich an.«

»Mein liebes Mädchen.« Er lachte unsicher und nicht allzu überzeugend. Er hatte die Arme um sie gelegt. »Was in aller Welt meinst du denn?«

Sie wich ein Stück von ihm zurück und schaute ihm ernst ins Gesicht.

»Das würdest du nicht, nicht wahr? Nicht einmal, wenn es fürchterlich viel bedeuten würde. Nicht einmal, wenn du aus irgendeinem Grund das Gefühl hättest, du müßtest es tun, nicht wahr?«

Er wandte sich hilflos von ihr ab, den stämmigen Rücken kummervoll gekrümmt, doch sie zerrte ihn herum und zwang ihn, sie anzuschauen.

»Was denn tun, meine Liebe?«

Florences schelmische Frage von der Tür her ließ die beiden so hastig auseinanderfahren, daß sie entzückt lachte und mit leicht zerzausten grauen Locken und wehenden Gewändern lebhaft ins Zimmer stürmte.

»So göttlich jung! Wie hinreißend!« sagte sie entwaffnend. »Ich muß euch beide küssen. Weihnachten ist die Zeit für die Liebe und die Jugend und all die anderen, bezaubernden Dinge, nicht wahr? Darum liebe ich es so. Aber, meine Lieben, nicht hier. Nicht in diesem albernen, engen, kleinen Zimmer. Kommt mit und helft mir, alle beide, und danach könnt ihr euch verkrümeln und miteinander tanzen. Aber kommt nicht hier in dieses Zimmer. Dies ist Sir Philips langweiliger Teil des Hauses. Kommt mit. Habt ihr meinen kostbaren Baum schon bewundert? So unglaublich erlesen, mit zwei Künstlern, die daran arbeiten. Ihr müßt jeder eine Kerze anbringen. Kommt mit!«

Sie fegte sie wie eine Lawine mit sich fort. Protest war unmöglich. Peter warf einen einzigen, entsetzten Blick zum Kamin, doch Florence hatte ihn am Arm gepackt. Er wurde mit Bestimmtheit in die Halle befördert, und die Tür schloß sich fest hinter ihm.

Campion blieb in seiner Ecke zurück, und das Paket lag nur knapp zwei Meter von ihm entfernt auf der gegenüberliegenden Bank. Er ging hinüber und hob es auf. Es war ein langes, flaches, in Weihnachtspapier gewickeltes Paket. Außerdem war es unerwartet schwer, und die Schmalseiten waren offen.

Er drehte es ein oder zweimal um, während er mit der starken Abneigung, sich einzumischen, kämpfte. Doch die lebhafte Erinnerung an das Mädchen mit den Kognakbohnenaugen in ihrem Silberkleid und mit ihrem angstbleichen Gesicht entschied für ihn, und seufzend löste er das Band.

Der maschinenbeschriftete Ordner, der auf seine Knie fiel, überraschte ihn zunächst, denn es war ganz und gar nicht, was er erwartet hatte, noch war der Titel: ›Bericht über die Herren Anderson und Coleridge, die Herren Daunders, Duval und Berry, sowie die Herren Birmingham und Rose‹ sofort einleuchtend, als er den Ordner zufällig irgendwo aufschlug, fand er eine Kolumne unverständlicher Zahlen. Es war eine in präziser Schrift hingekritzelte Bleistiftnotiz am Fuß einer Seite, die ihm den ersten Hinweis lieferte.

Die Zahlen bieten unserer Schätzung nach eine zuverlässige Voraussage über die volle Arbeitskapazität dieser Firma.

Zwei Stunden später war es bitterkalt im Garten, und dünner weißer Nebel hing über dem dunklen Gesträuch, das die Auffahrt einfaßte, als Mr. Campion leise und vorsichtig auf dem gestutzten Rasenstreifen zum Sonnenuhrpfad ging. Hinter ihm hoben sich Underhills Giebeldächer gegen den frostigen Himmel ab. In den oberen Fenstern waren noch ein paar Lichter an, doch am unteren Ende der Treppen lag das ganze Gebäude im Dunkeln.

Campion zurrte seinen Überzieher enger um sich und trottete weiter. Ungewöhnlicher Ernst lag in den Zügen seines schmalen Gesichts.

Schließlich erreichte er den Sonnenuhrpfad, blieb stehen und strengte die Augen an, um durch den Nebel hindurch etwas zu sehen. Er konnte die Gestalt wahrnehmen, die bei der Steinsäule stand, und stieß einen Seufzer der Erleichterung aus, als er die eleganten Schultern des Weihnachtsbaumdekorateurs erkannte. Lances unheilbar romantische Ader würde endlich einmal nützlich sein, dachte er mit Galgenhumor.

Er gesellte sich nicht zu seinem Freund, sondern zog sich in den Schatten eines großen Rhododendrongebüsches zurück und machte sich bereit zu warten. Die Situation, in der er sich befand, war ihm höchst zuwider. Außer der damit verbundenen extremen körperlichen Unbequemlichkeit, hatte er eine natürliche Abneigung gegen das laufende Vorhaben, doch junge, blonde Mädchen mit glänzenden Augen können sehr anziehend sein.

Es war eine eisige Wache. Er konnte hören, wie Lance im Nebel auf und abstapfte und leise vor sich hinfluchte, doch selbst dieses äußerst komische Geschehen hatte einen unbefriedigenden Aspekt.

Sie schlotterten beide, und die feuchten Finger des Nebels schienen sie bis auf die Knochen zu streicheln, als Campion plötzlich erstarrte. Er hörte ein Rascheln hinter sich, und dann gab es eine Bewegung in den nassen Blättern, gefolgt von dem harten Klang von Schritten auf Steinen. Lance schnellte sofort herum, um im gleichen Augenblick vor Staunen zurückzuweichen, als die große Gestalt herankam.

»Wo ist es?«

Weder die Worte noch die Stimme waren für Campion eine

große Überraschung, doch der unglückliche Lance war vollständig überrumpelt.

»Na so was! Hallo Preen«, grüßte er automatisch. »Was zum Teufel machen Sie denn hier?«

Der Neuankömmling hielt abrupt inne, sein Gesicht war ein weißer Schimmer in dem diffusen Licht. Einen Moment blieb er völlig reglos stehen, dann machte er auf dem Absatz kehrt und ging wortlos davon.

»Ah, ich fürchte, so einfach ist das nicht, mein Lieber.«

Campion trat aus dem hilfreichen Schatten hervor, als der junge Mann an ihm vorbeikam, schob einen Arm unter seinen und riß ihn herum, daß er dem verblüfften Lance gegenüberstand, der sich den beiden genähert hatte.

»Sie können nicht einfach wieder verschwinden«, fuhr er in dem gleichen leutseligen Tonfall fort. »Sie haben etwas für Peter Groome, nicht wahr? Etwas, das er gerne hätte?«

»Wer zum Teufel sind Sie?« Preen schnellte beim Sprechen seinen Arm in die Höhe und hätte sich dabei losgerissen, wäre Lance nicht dagewesen, der Campions Stimme erkannt hatte, und, obwohl es stockfinster war, schnell genug reagierte, um das Wesentliche zu erfassen.

»Stimmt, Preen«, sagte er und packte ungestüm den anderen Arm des Mannes. »Geben Sie es her. Machen Sie keinen Quatsch, geben Sie's her.«

Diese Angriffstaktik schien ein guter Einfall zu sein, denn sie fühlten, wie der kräftige junge Mann zwischen ihnen erstarrte.

»Sagen Sie, wie viele Leute wissen davon?«

»Die ganze Welt . . .« setzte Lance fröhlich an, als ihm Campion zuvorkam.

»Wir drei und Peter Groome«, sagte er ruhig. »Im Augenblick hat Sir Philip noch nicht die geringste Ahnung, daß die Neugier der Herren Preen in bezug auf die Verteilung des Regierungsauftrags für Flugzeugteile die Grenzen des Normalen überschritten hat. Sie handeln allein, nehme ich an, oder?«

»Oh, Gott, ja natürlich.« Preens Stimme zitterte gefährlich. »Wenn mein alter Herr davon erfährt, dann — ja dann kann ich auch gleich abstürzen.«

»Das dachte ich mir.« Campion klang befriedigt. »Ihr Vater hat einen Ruf zu wahren. Und desgleichen Ihr Freund Groome. Geben Sie es lieber her.«

»Was meinen Sie denn?«

»Wenn Sie mich unbedingt zwingen wollen, vulgär zu sein: Was immer Sie zur Erpressung benutzen wollten, mein lieber junger Freund« sagte er. »Was immer es auch sein mag, was Sie gegen den jungen Groome in der Hand haben, und womit Sie versucht haben, ihn zu zwingen, daß er Sie einen Blick werfen läßt auf den vertraulichen Regierungsreport betreffs der Bestellungen, die gewisse Flugzeughersteller im Laufe der kommenden sechs Monate erhalten werden. In Ihrer Position hätten Sie das gut brauchen können, nicht wahr? Offengestanden habe ich nicht die geringste Vorstellung davon, was dieses belastende Dokument sein kann. Als ich jung war, nahmen unanständig reiche junge Leute Schuldscheine von ihren ärmeren Kameraden an, aber das ist wohl aus der Mode geraten. Was ist das moderne Äquivalent? Ein ungedeckter Scheck, ja?«

Preen sagte nichts. Er schob seine Hand in die Innentasche seines Mantels und zog einen Umschlag hervor, den er schweigend Campion reichte. Der prüfte den rosa Zettel, der darin steckte, im Licht einer kleinen Taschenlampe.

»Sie haben ihn eine Weile aufbewahrt, ehe Sie versucht haben, zu kassieren, nicht wahr?« meinte er. »Mein Gott, das ist ein uralter Trick, und der ist noch nie besonders bewundert worden. Junge Männer, die nachlässig mit ihren Konten umgehen, sind auch früher schon ertappt worden. Es hätte in den Augen von Groomes rechtsbewußtem alten Herren einfach nicht gut ausgesehen, nehme ich an. Sie scheinen alle beide von der Integrität ihrer jeweiligen Papas behindert zu werden. Ja, nun, Sie können jetzt gehen.«

Preen zögerte, machte den Mund auf, um zu protestieren, doch dann besann er sich eines besseren. Lance sah seiner davoneilenden Gestalt eine Weile nach, ehe er sich seinem Freund zuwandte.

»Wer hat denn nun diese nette Botschaft geschrieben?« fragte Lance.

»Er natürlich«, antwortete Campion grob. »Er wollte den Report sehen und ganz sicher gehen, daß der junge Groome allein das Risiko auf sich nahm, damit erwischt zu werden.«

»Preen hat den Zettel geschrieben«, wiederholte Lance bestürzt.

»Ja natürlich«, meinte Campion abwesend. »Das war klar, sobald die Sache mit dem Report auftauchte. Er war der einzige hier, der gut genug informiert ist, um etwas damit anfangen zu können.«

Lance machte keinerlei Kommentar. Er zog den Mantelkragen enger um den Hals und stopfte die Hände in die Taschen.

Trotz allem war der Künstler nicht ganz zufrieden, denn später, als Campion im Morgenrock an einem der kleinen Schreibtische, die Florence so fürsorglich ihren Gästen in den Zimmern zur Verfügung stellte, eine Nachricht schrieb, kam er wieder hereingetappt und wärmte sich am Feuer.

»Warum?« fragte er unvermittelt. »Warum habe *ich* die Einladung bekommen?«

»Oh, das war eine Frage des Gepäcks.« Campion sprach über seine Schulter hinweg. »Zuerst hat es auch mich verwirrt, doch sobald wir wußten, daß nur Preen dahinterstecken konnte, wurde auch dieses kleine Mysterium aufgehellt. Erinnerst du dich, wie du heute nachmittag ins Abteil gestolpert bist? Wo hast du dein überaus elegantes Gepäckstück verstaut? Über dem Kopf des jungen Groome. Preen sah es vom Gang aus und nahm an, der Bursche säße *unter seiner eigenen* Reisetasche! Er schickte einen der Diener mit der Botschaft her, beauftragte ihn jedoch nicht, nach Peter Groome zu fragen, sondern den hübschen, neuen Schweinslederkoffern nach oben zu folgen.«

Lance nickte bekümmert. »Sehr einleuchtend«, meinte er traurig. »Seltsam. Ich war sicher, es sei das Mädchen gewesen.«

Nach einer Weile kam er zum Schreibtisch herüber. Campion legte seinen Federhalter nieder und zeigte auf das beschriebene Blatt.

Lieber Groome, ich lege eine kleine Sache bei, die ich schleunigst verbrennen würde. Das Paket, das Sie in der Feuerstelle

zurückgelassen haben, befindet sich noch immer dort, gleich
rechter Hand, sorgfältig hinter einem Holzstapel verborgen.
Niemand, der es verstehen könnte, hat es gesehen. Wenn Sie
heute ganz früh am Morgen hinschleichen, dann können Sie
es mühelos an seinen angestammten Platz zurücklegen. Und
wenn Sie mir noch erlauben, Ihnen einen guten Rat zu geben
— es lohnt sich nie.

Der Verfasser der Zeilen schnitt eine Grimasse. »Es klingt ein
wenig onkelhaft«, gab er verlegen zu, »aber was kann ich sonst
tun? Er hat noch immer das Licht brennen, der arme Kerl. Ich
dachte, ich könnte es ihm unter der Tür durchschieben.«

Lance grinste schelmisch.

»Das ist fein«, murmelte er. »Der alte Mann tut etwas für die
unbeschwerte Jugend. Jetzt fehlt nur noch die Unterschrift, und
die sollte so eindeutig sein, wie es die ganze Geschichte für dich
war. Ich werde sie für dich schreiben. ›Fröhliche Weihnachten.
Mit lieben Grüßen vom Weihnachtsmann‹.«

»Du hast gewonnen«, sagte Mr. Campion.

Originaltitel: The Case is Altered
Ins Deutsche übertragen von Angelika Weidmann

Rex Stout

Die Weihnachtsfeier

1

»Es tut mir leid, Sir«, sagte ich. Ich versuchte, bedauernd zu klingen. »Aber ich habe Ihnen vor zwei Tagen, am Montag, gesagt, daß ich am Freitagnachmittag eine Verabredung habe, und Sie haben Ihr Okay dazu gegeben. Also werde ich Sie am Samstag oder Sonntag nach Long Island fahren.«

Nero Wolfe schüttelte den Kopf. »Das reicht nicht aus. Mr. Thompsons Schiff dockt am Freitagmorgen an, und er wird nur bis Samstagmittag bei Mr. Hewitt sein, um dann nach New Orleans zu fahren. Wie Sie wissen, ist er der beste Hybridzüchter Englands, und ich bin Mr. Hewitt dankbar, daß er mich eingeladen hat, ein paar Stunden mit ihm zu verbringen. Wenn ich mich recht erinnere, braucht man für die Fahrt eineinhalb Stunden, also sollten wir um zwölf Uhr dreißig losfahren.«

Ich entschloß mich, bis zehn zu zählen, und drehte meinen Stuhl so, daß ich auf meinen Schreibtisch blickte, damit er es nicht mitbekam. Wie gewöhnlich, wenn wir keinen wichtigen Fall bearbeiten, waren wir einander eine Woche lang auf die Nerven gegangen, und ich gebe zu, daß ich etwas empfindlich bin, aber daß er die Sache als so selbstverständlich betrachtete, war ein bißchen zuviel. Als ich mit Zählen fertig war, drehte ich meinen Kopf in die Richtung, in der er auf seinem Thron hinter seinem Schreibtisch saß, und verdammte ihn dafür, daß er sich wieder seinem Buch zugewandt hatte und damit klar zu verstehen gab, daß er das Thema als erledigt betrachtete. Das war viel zuviel. Ich drehte meinen Stuhl herum, um die Konfrontation mit ihm zu suchen.

»Es tut mir wirklich leid«, sagte ich und versuchte, nicht

bedauernd zu klingen, »aber ich muß diese Verabredung Freitagnachmittag einhalten. Es handelt sich um eine Weihnachtsfeier im Büro von Kurt Bottweill – Sie erinnern sich an ihn, wir haben vor ein paar Monaten einen Job für ihn erledigt, die gestohlenen Gobelins. Sie mögen sich vielleicht nicht an ein Mitglied seines Teams namens Margot Dickey erinnern, aber ich. Ich habe mich ein paarmal mit ihr getroffen, und ich habe ihr versprochen, daß ich auf die Feier kommen werde. Wir veranstalten nie eine Weihnachtsfeier hier im Büro. Was die Fahrt nach Long Island angeht, ist Ihr Argument, daß ein Auto eine Todesfalle ist, wenn ich nicht fahre, nicht stichhaltig. Sie können ein Taxi nehmen oder jemanden von Baxter engagieren oder Saul Panzer herbeirufen, der Sie fahren wird.«

Wolfe hatte das Buch heruntergenommen. »Ich hoffe von Mr. Thompson einige nützliche Informationen zu bekommen, und Sie werden Notizen machen.«

»Nicht, wenn ich nicht dort bin. Hewitts Sekretärin kennt die Orchideenfachausdrücke ebensogut wie ich. Oder wie Sie selbst.«

Ich gebe zu, daß dieser letzte Satz ein wenig hart war, aber er hätte sich nicht wieder seinem Buch zuwenden sollen. Er preßte die Lippen zusammen. »Archie. Wie oft habe ich Sie im vergangenen Jahr darum gebeten, mich zu fahren?«

»Wenn Sie mich so fragen, vielleicht achtzehn- oder zwanzigmal.«

»Sicherlich nicht übermäßig oft. Wenn es sich bei meinem Gefühl, daß man nur Ihnen am Steuer eines Autos vertrauen kann, um einen Irrtum handelt, so unterliege ich diesem eben. Wir werden am Freitag um zwölf Uhr dreißig zu Mr. Hewitt fahren.«

So sah das also aus. Ich atmete tief ein, aber ich mußte nicht wieder bis zehn zählen. Wenn er eine Lektion erteilt bekommen sollte – und er brauchte bestimmt eine – so hatte ich glücklicherweise ein Dokument in meinem Besitz, das diese Aufgabe gut erfüllen würde. Aus meiner innenliegenden Brusttasche holte ich ein gefaltetes Blatt Papier hervor.

»Ich hatte nicht vor«, erzählte ich ihm, »Ihnen dies hier vor morgen oder vielleicht sogar erst später zu zeigen, aber ich schätze, es muß jetzt sein. Vielleicht ist es so besser.«

Ich verließ meinen Stuhl, entfaltete das Papier und gab es ihm. Er legte sein Buch weg, um es anzunehmen, warf einen Blick darauf, sah mich kurz an, schaute wieder auf das Papier und ließ es auf seinen Schreibtisch fallen.

Er schnaubte. »Pfui. Was für ein Geschwätz ist das?«

»Kein Geschwätz. Wie Sie sehen, ist es eine Heiratslizenz für Archie Goodwin und Margot Dickey. Sie hat mich zwei Dollar gekostet. Ich könnte sentimental werden, aber das werde ich nicht. Ich will nur bemerken, daß es in der Tat einen Experten gebraucht hat, wenn ich mich schließlich doch noch einfangen lasse. Sie besteht darauf, die Neuigkeit auf der Büroweihnachtsfeier bekanntzugeben, und natürlich muß ich anwesend sein. Wenn man ankündigt, daß man einen Fisch gefangen hat, hilft es, den Fisch persönlich dort zu haben. Ehrlich gesagt würde ich es vorziehen, Sie nach Long Island zu fahren, aber es geht nicht.«

Er reagierte wie erwartet. Er starrte mich durch zusammengekniffene Augen an, lang genug, um bis elf zu zählen, dann nahm er das Dokument auf und starrte es an. Er schob es von sich weg zur Schreibtischecke, als wäre es von Bazillen verseucht, und konzentrierte sich wieder auf mich.

»Sie sind geistesgestört«, sagte er gelassen und entschieden. »Setzen Sie sich.«

Ich nickte. »Ich nehme an«, stimmte ich ihm zu, stehenbleibend, »daß es eine Form von Wahnsinn ist, aber was soll es, wenn ich sie eben habe? Es ist so wie das, was mir Margot einmal nachts vorgelesen hat — irgendein Poet, ich glaube, es war ein Grieche: ›Oh, Liebe, unwiderstehlich in deiner Macht, du triumphierst selbst . . .‹«

»Halten Sie den Mund und setzen Sie sich!«

»Ja, Sir.« Ich rührte mich nicht. »Aber wir überstürzen nichts. Wir haben keinen Termin festgesetzt, und es wird genügend Zeit verbleiben, um sich über die genauen Konditionen einig zu werden. Sie mögen mich dann vielleicht nicht mehr hier haben wollen, aber das ist Ihre Entscheidung. Soweit es

mich angeht, würde ich gerne bleiben. Meine lange Zusammen-
arbeit mit Ihnen hatte ihre Mängel, aber ich würde sie nur
ungern beenden. Die Bezahlung ist in Ordnung, besonders
wenn ich am Ersten des neuen Jahres, welcher am übernächsten
Montag ist, eine Gehaltserhöhung bekomme. Ich habe mich
daran gewöhnt, dieses alte Backsteinhaus als mein Heim zu
betrachten, obwohl es Ihnen gehört und obwohl im Boden meines Zimmers zwei knarrende Bretter sind. Ich weiß es zu schätzen, für den größten Privatdetektiv der freien Welt zu arbeiten,
egal wie exzentrisch er ist. Ich weiß es zu schätzen, in der Lage
zu sein, zu den Pflanzenzimmern hochzugehen, wann immer
ich mich danach fühle, und zehntausend Orchideen anzusehen,
besonders die Odontoglossume. Ich weiß . . .«

»Setzen Sie sich!«

»Ich bin zu aufgeregt zum Sitzen. Ich weiß Fritz' Kochkünste
sehr zu schätzen. Ich mag den Billiardtisch im Kellergeschoß.
Ich mag die Westliche 35. Straße. Ich mag das von einer Seite
durchsichtige Glas in der Haustür. Ich mag diesen Läufer, auf
dem ich stehe. Ich mag Ihre Lieblingsfarbe, Gelb. Ich habe Margot von all dem und noch mehr erzählt, einschließlich der Tatsache, daß Sie gegen Frauen allergisch sind. Wir haben darüber
diskutiert, und wir denken, daß es einen Versuch wert sein
könnte, sagen wir für einen Monat, wenn wir von unseren Flit-
terwochen zurückkommen. Mein Zimmer könnte unser Schlafzimmer sein, und der andere Raum auf der Etage könnte unser
Wohnzimmer werden. Dort stehen jede Menge Wandschränke.
Wir könnten mit Ihnen essen, so wie ich es mit Ihnen getan
habe, oder wir könnten dort oben essen, wenn Sie das vorziehen. Wenn der Versuch klappt, würden wir uns um neue Möbel
oder um neue Tapeten kümmern. Sie wird ihren Job bei Kurt
Bottweill behalten, so daß sie während des Tages nicht hier
wäre, und da sie Innenausstatterin ist, würden wir ihre Sachen
im Großhandel bekommen. Natürlich ist das nur ein Vorschlag
von uns, um Ihnen Ihre Überlegung leichter zu machen. Es ist
Ihr Haus.«

Ich nahm meine Heiratslizenz an mich, faltete sie und steckte
sie in meine Tasche zurück.

Seine Augen waren zusammengekniffen geblieben und seine Lippen aufeinandergepreßt. »Ich glaube es nicht«, knurrte er. »Was ist mit Miss Rowan?«

»Wir werden Miss Rowan da nicht mit hineinziehen«, sagte ich steif.

»Was ist mit den Tausenden anderen, mit denen Sie herumschäkern?«

»Keine Tausende. Nicht einmal eintausend. Ich muß nachschlagen, was ›schäkern‹ bedeutet. Sie werden Ihren Teil schon bekommen, wie Margot ihren bekommen hat. Wie Sie erkennen, bin ich nur bis zu einem Punkt geistesgestört. Mir ist bewußt . . .«

»Setzen Sie sich.«

»Nein, Sir. Ich weiß, daß das diskutiert werden muß, aber im Augenblick sind Sie aufgewühlt, und es wäre besser, einen Tag oder zwei oder vielleicht mehr zu warten. Bis Samstag könnte der Gedanke an eine Frau im Haus Sie noch ärger zum Kochen gebracht haben, als es jetzt der Fall ist, oder es könnte sich zu einem Köcheln abgekühlt haben. Beim ersteren wäre keine Diskussion notwendig. Beim letzteren könnten Sie entscheiden, ob es einen Versuch wert ist. Ich hoffe, daß das der Fall ist.«

Ich drehte mich um und ging hinaus.

In der Diele zögerte ich. Ich hätte zu meinem Zimmer hochgehen und von dort telefonieren können, aber in seinem derzeitigen Zustand war es durchaus möglich, daß er von seinem Schreibtisch mithören würde, und der Anruf, den ich erledigen wollte, war persönlich. Also nahm ich meinen Hut und Mantel vom Garderobenständer, ließ mich selbst hinaus, stieg die Treppenstufen vor dem Haus hinunter, spazierte zum Drugstore an der 9. Avenue, fand die Telefonzelle frei und wählte eine Nummer. Innerhalb kurzer Zeit erklang eine melodische Stimme — mehr ein Zwitschern als eine Stimme — in meinem Ohr.

»Kurt Bottweills Atelier, guten Morgen.«

»Hier ist Archie Goodwin, Cherry. Kann ich mit Margot sprechen?«

»Warum nicht, natürlich. Einen Augenblick.«

Es war ein recht langer Augenblick. Dann eine andere Stimme. »Archie, mein Schatz!«

»Ja, meine Liebe. Ich habe sie.«

»Ich wußte, daß du es schaffen würdest!«

»Sicher, ich kann alles. Und nicht nur das! Du hast von bis zu zweihundert Dollar gesprochen, und ich dachte, daß ich mich von mindestens zwanzig trennen müßte, aber es hat nur fünf gebraucht. Und die gehen auf meine Rechnung, weil ich bereits meinen Spaß gehabt habe, der das Geld und mehr wert war. Ich werde dir davon erzählen, wenn ich dich treffe. Soll ich sie mit einem Boten schicken?«

»Nein, ich glaube nicht — ich komme besser vorbei und hole sie mir. Wo bist du?«

»In einer Telefonzelle. Ich gehe im Augenblick besser nicht so bald ins Büro zurück, weil Mr. Wolfe allein sein will, um zu kochen, wie wäre es also mit der Tulip Bar am Churchill in zwanzig Minuten? Ich habe Lust, dir einen Drink zu spendieren.«

»Ich habe Lust, *dir* einen Drink zu spendieren!«

Das sollte sie auch, weil ich ihr ja eine Heiratslizenz spendierte.

2

Als ich mich um drei Uhr am Freitagnachmittag aus dem Taxi auf den Bordstein vor dem vierstöckigen Gebäude in der östlichen 60. herauswand, schneite es. Wenn es so weiterging, könnte New York eine weiße Weihnacht erleben.

Während der zwei Tage, die vergangen waren, seitdem ich meinen Spaß für mein für die Heiratslizenz ausgegebenes Geld gehabt hatte, war die Atmosphäre in Wolfes Haus nicht besonders der Jahreszeit entsprechend gewesen. Wenn wir einen Fall gehabt hätten, wäre eine häufige und ausdauernde Kommunikation unvermeidbar gewesen, aber ohne einen Fall gab es nichts, was unbedingt gesagt werden mußte, also sprachen wir nicht miteinander. Unsere Handhabung dieser aufreibenden

Zeit offenbarte unsere wahren Wesensarten. Bei Tisch, zum Beispiel, war ich höflich und reserviert und sprach, wenn das Sprechen notwendig zu sein schien, in gedämpftem und kultiviertem Tonfall. Wenn Wolfe redete, schnappte er entweder, oder er bellte. Niemand von uns erwähnte den Zustand der Glückseligkeit, auf den ich zusteuerte, oder die genauen Konditionen, die es auszuarbeiten galt, oder meine Freitagsverabredung mit meiner Verlobten oder seinen Ausflug nach Long Island. Aber er arrangierte es irgendwie, daß am Freitag um exakt zwölf Uhr dreißig eine schwarze Limousine vor dem Haus anhielt, und Wolfe, der die Krempe seines alten schwarzen Hutes heruntergebogen und den Kragen seines neuen grauen Übermantels als Schutz vor dem Schnee hochgestellt hatte, stieg die Treppe hinunter, stand wuchtig, der Berg, der er war, auf der untersten Stufe, bis der uniformierte Chauffeur die Tür geöffnet hatte, überquerte den Bürgersteig und kletterte hinein. Ich beobachtete die Szene von oben, durch ein Fenster meines Zimmers.

Ich gebe zu, daß ich erleichtert war und mich besser fühlte. Er hatte ohne Frage eine Lektion gebraucht, und ich bereute es nicht, ihm eine erteilt zu haben, aber wenn er die Gelegenheit zu einer Orchideenbesprechung mit dem besten Hybridzüchter Englands verpaßt hätte, hätte ich davon nicht zum letzten Mal gehört. Ich ging zur Küche hinunter und aß mit Fritz zu Mittag, der von der giftigen Atmosphäre so mitgenommen war, daß er vergaß, den Zitronensaft in das Soufflé zu geben. Ich wollte ihn trösten, indem ich ihm erzählte, daß zu Weihnachten, in nur drei Tagen, alles rosig aussehen würde, aber das hätte natürlich nichts genutzt.

Ich hatte Lust, eine Münze zu werfen, um zu entscheiden, ob ich einen Blick auf die neue Dinosaurier-Ausstellung im Naturgeschichtsmuseum werfen oder zur Bottweill-Party gehen sollte, aber ich war neugierig zu erfahren, wie Margot mit der Lizenz zurechtkam, und auch wie das andere Personal von Bottweill miteinander auskam. Cherry Quons Position war offensichtlich unbedeutend, weil sie in erster Linie als Empfangsdame und Anrufbeantworter fungierte, aber ich hatte gesehen, wie ihre schwarzen Augen Dolche auf Margot Dickey abschossen, die mit Cherrys Aufgabenbereich ganz klar nichts zu tun hatte. Ich hatte mitbekommen, daß man sich hauptsächlich auf Margot verließ, daß sie interessierte Kunden wie Rinder in den Korral trieb, daß Bottweill selbst sie in seinen Bann zog, und daß es Alfred Kiernans Rolle war, sicherzustellen, daß ein Auftrag auf der gepunkteten Linie unterzeichnet wurde, bevor der Bann in seiner Wirkung nachließ.

Natürlich war das nicht alles. Der Auftrag mußte erfüllt werden, und das wurde, unter Bottweills Beaufsichtigung, von Emil Hatch in der Werkstatt erledigt. Außerdem waren Gelder erforderlich, um die nötigen Bestandteile zu kaufen, und die wurden von einem Prachtexemplar namens Mrs. Perry Porter Jerome geliefert. Margot hatte mir erzählt, daß Mrs. Jerome auf der Party sein und ihren Sohn Leo mitbringen würde, den ich nie getroffen hatte. Laut Margot hatte Leo, der in keiner Beziehung zu dem Bottweill-Geschäft oder irgendeinem anderen Geschäft stand, seine Zeit zwei wichtigen Aktivitäten gewidmet: genug Bargeld von seiner Mutter zu bekommen, um weiterhin den jugendlichen Playboy zu spielen, und den Geldfluß an Bottweill zu stoppen oder ihn zumindest zu drosseln.

Es war ein ziemliches Durcheinander, eine interessante Ausstellung springlebendiger Zweibeiner, und davon überzeugt, daß diese mehr Unterhaltung versprach als die toten Dinosaurier, nahm ich ein Taxi zur East Sixties.

Das Erdgeschoß des vierstöckigen Gebäudes, früher eine besonders breite De-Luxe-Residenz, war jetzt ein Schönheitssalon. Im ersten Stock war ein Immobilienbüro. In der zweiten Etage war Kurt Bottweills Werkstatt angesiedelt, und darüber lag sein Studio. Vom Vestibül aus nahm ich den Do-it-yourself-Fahrstuhl nach ganz oben, öffnete die Tür und trat in die glänzende Blattgoldeleganz hinein, die ich vor einigen Monaten zum ersten Mal gesehen hatte, als Bottweill Wolfe angeheuert hatte, um herauszufinden, wer einige Gobelins geklaut hatte. Bei diesem ersten Besuch hatte ich für mich entschieden, daß der einzige große Unterschied zwischen der Chrom-Moderne und Bottweills Blattgold-Moderne die Farbe war, und ich dachte noch immer so. Nicht einmal porentief; nur ein

Hunderttausendstel eines Zentimeters tief. Aber auf den Holz-platten und Garderobenständern und Möbelgerippen gab es dem großen, durch ein Oberlicht erleuchteten Atelier einen ziemlich eigentümlichen Farbton, und die Läufer und Vorhänge und Bilder, alle modern, fügten sich passend ein. Es wäre eine prächtige Bude für einen blinden Millionär gewesen.

»Archie!« rief eine Stimme. »Komm und hilf uns beim Pro-bieren!«

Es war Margot Dickey. In einer entfernten Ecke stand eine Blattgoldbar, ungefähr zweieinhalb Meter lang, und sie saß auf einem Blattgoldhocker davor. Cherry Quon und Alfred Kier-nan waren bei ihr, ebenfalls auf Hockern, und hinter der Bar stand Santa Claus, der aus einer Champagnerflasche ein-schenkte. Es war sicherlich modern, Santa Claus als Barkeeper zu haben, aber es war nichts Modernes an seinem Kostüm. Er war strikt traditionell, Schnitt, Farbe, Größe, Maske und alles, bis auf die Tatsache, daß die Hand, die die Champagnerflasche festhielt, einen weißen Handschuh trug. Ich nahm an, während ich über den dicken Läufer zu ihnen hinüberging, daß das ein Hauch Bottweill-Eleganz war, und erfuhr erst später, wie falsch ich lag.

Sie wünschten mir frohe Weihnachten, und Santa Claus schenkte mir ein Glas Perlen ein. Kein Blattgold am Glas. Ich war froh, daß ich gekommen war. Mit einer Blonden an einem Ellbo-gen und einer Brünetten am anderen zusammen Champagner zu trinken, gibt einem Mann ein Gefühl von Behaglichkeit, und diese beiden waren Prachtexemplare − die großgewachsene, schlanke Margot entspannt, nur Kurven, auf dem Hocker, und die kleine Cherry Quon mit ihren schräggestellten, schwarzen Augen, die mir nur bis zum Kragen reichte, wenn wir standen, dasitzend, ihr Rückgrat gerade wie eine senkrechte Linie, und doch nicht steif. Ich empfand Cherry nicht nur als Statuette eines Blickes würdig, obwohl sie hochgradig dekorativ war, sondern auch als Quelle, die menschliche Beziehungen möglicherweise unter einem neuen Licht erscheinen lassen konnte. Margot hatte mir erzählt, daß ihr Vater zu einer Hälfte Chinese und zur ande-ren Hälfte Inder und ihre Mutter Holländerin war.

Ich sagte, daß ich offensichtlich zu früh gekommen war, aber Alfred Kiernan verneinte das, die anderen wären in der Nähe und würden in Kürze da sein. Er fügte hinzu, daß es eine angenehme Überraschung sei, mich zu sehen, weil es nur ein kleines Familientreffen war und er nicht gewußt habe, daß andere eingeladen worden seien. Kiernan, dessen Titel Verwaltungsdirektor war, hatte nicht einen Schritt gemocht, den ich gemacht hatte, als ich den Gobelins nachjagte, und das tat er noch immer nicht, aber ein Ire auf einer Weihnachtsfeier mag einfach jeden. Mein Eindruck war, daß er wirklich erfreut war, also war ich das auch. Margot sagte, daß sie mich eingeladen hätte, und Kiernan tätschelte ihren Arm und meinte, daß, hätte sie es nicht, er es ganz sicher getan hätte. Ungefähr in meinem Alter und genauso gutaussehend, war er der Typ, der den Arm einer Königin oder einer Präsidentenfrau tätscheln kann, ohne daß überall die Augenbrauen hochgezogen werden.

Er war der Meinung, daß wir eine weitere Probe bräuchten, und wandte sich an den Barkeeper. »Mr. Claus, wir werden den Veuve Clicquot versuchen.« Zu uns: »Typisch Kurt, für verschiedene Marken zu sorgen. Keine Monotonie für Kurt.« Zum Barkeeper: »Darf ich Sie bei Ihrem Vornamen anreden, Santy?«

»Natürlich, Sir«, antwortete Santa Claus ihm durch die Maske in einem dünnen Falsett, das nicht zu seiner Größe paßte. Als er sich bückte und mit einer Flasche wieder hochkam, ging eine Tür zur Linken auf, und zwei Männer traten ein. Einen von ihnen, Emil Hatch, hatte ich bereits getroffen. Als er Wolfe wegen der Gobelins beauftragte und uns von seinem Personal erzählte, hatte Bottweill Margot Dickey seine Kontaktfrau genannt, Cherry Quon sein Mädchen für alles und Emil Hatch seinen kleinen Zauberer, und als ich Hatch getroffen hatte, fand ich heraus, daß er nicht nur genau dieser Rolle entsprechend aussah, sondern sie auch tatsächlich spielte. Er war nicht viel größer als Cherry Quon und hager, und irgend etwas hatte entweder seine linke Schulter herunter- oder seine rechte Schulter heraufgedrückt, was ihn windschief aussehen ließ, und er hatte ein mürrisches Gesicht, eine mürrische Stimme und einen mürrischen Geschmack.

Als mir der Fremde als Leo Jerome vorgestellt wurde, paßte das zu ihm. Ich hatte seine Mutter kennengelernt, Mrs. Perry Porter Jerome. Sie war eine Witwe und ein Engel – das heißt, Kurt Bottweills Engel. Während der Untersuchung hatte sie geredet, als wenn die Gobelins ihr gehörten, aber das können nur ihre Umgangsformen gewesen sein, von denen sie jede Menge hat. Ich hätte etwas über ihre persönliche Beziehung zu Bottweil vermuten können, aber das hatte mich nicht interessiert. Ich hatte genug damit zu tun gehabt, meine eigenen persönlichen Beziehungen in den Griff zu bekommen, ohne meine Gedanken auf die anderer Leute verschwenden zu müssen. Was ihren Sohn Leo anging, mußte er seine Statur von seinem Vater geerbt haben – groß, knochig, mit großen Ohren und langen Armen. Er ging wahrscheinlich auf die dreißig zu, jünger als Kiernan, aber älter als Margot und Cherry.

Als er sich zwischen Cherry und mich schob, mir seinen Rücken zuwandte, und Emil Hatch Kiernan irgend etwas zu erzählen hatte, ohne Zweifel etwas Mürrisches, berührte ich Margots Ellbogen, und sie glitt vom Hocker und ließ sich zu einem Diwan herübersteuern, der mit Entwürfen von Euklid in sechs oder sieben Farben bedeckt war. Wir standen da, den Blick darauf gerichtet.

»Mächtig schön«, sagte ich, »aber bei weitem nicht so schön wie du. Wenn nur diese Lizenz echt wäre! Ich kann für zwei Dollar eine richtige besorgen. Was meinst du dazu?«

»*Du!*« sagte sie spöttisch. »Du würdest Miss Universum nicht heiraten, wenn sie mit einer Milliarde Dollar auf ihren Knien angerutscht kommen würde.«

»Ich würde es ihr nicht raten, es zu versuchen. Hat es geklappt?«

»Perfekt. Einfach perfekt.«

»Dann servierst du mich ab?«

»Ja, Archieliebling. Aber ich werde dir wie eine Schwester sein.«

»Ich habe eine Schwester. Ich will die Lizenz als Souvenir zurück, und außerdem will ich nicht, daß sie herumfliegt. Man könnte mich wegen Urkundenfälschung drankriegen. Du kannst sie mir schicken, meine Ehemalige.«

»Nein, das kann ich nicht. Er hat sie zerrissen.«

»Den Teufel hat er getan. Wo sind die Einzelteile?«

»Weg. Er hat sie in seinen Papierkorb geworfen. Wirst du zur Hochzeit kommen?«

»Welcher Papierkorb, wo?«

»Der goldene neben seinem Schreibtisch in seinem Büro. Gestern abend nach dem Dinner. Wirst du zur Hochzeit kommen?«

»Das werde ich nicht. Mir blutet das Herz. Ebenso wie das von Mr. Wolfe bluten wird — und nebenbei gesagt, sehe ich besser zu, daß ich hier rauskomme. Ich werde nicht herumstehen und schmollen.«

»Das wirst du nicht müssen. Er wird nicht wissen, daß ich es dir gesagt habe, und außerdem hat man nicht mit dir gerechnet — da kommt er!«

Sie schoß zur Bar, und ich ging auch in die Richtung. Durch die Tür zur Linken erschienen Mrs. Perry Porter Jerome, ganz sie selbst, mollig und elegant, mit einem Nerzmantel, dessen Falten versuchten, an ihrem Platz zu bleiben, wenn sie einatmete. Als sie näherkam, standen die Sitzenden von ihren Hockern auf, aber diese Höflichkeit konnte ebenso ihrem Begleiter wie ihr gelten. Sie war der Engel, aber Kurt Bottweill war der Boß. Er blieb fünf Schritte vor der Bar stehen, breitete seine Arme so weit aus, wie es ging, und sang: »Frohe Weihnachten, all mein Segen! Viel Glück, Glück, Glück!«

Ich hatte ihn noch immer nicht abgestempelt. Mein erster Eindruck, vor ein paar Monaten, war gewesen, daß er einer von *jenen* Männern war, aber ich hatte unrecht gehabt. Er war ein Mann, in Ordnung, aber die Frage war: was für ein Typ. Ungefähr mittelgroß, rund, aber nicht schwammig, vielleicht zwei-oder dreiundvierzig, sein dünnes, schwarzes Haar zurückgeschniegelt, so daß er kahler aussah, als er war; er war kein großartiger Anblick, aber er hatte das gewisse Etwas, nicht nur für Frauen, sondern auch für Männer. Wolfe hatte ihn einmal eingeladen, zum Dinner zu bleiben, und sie hatten sich über die

Schriftrollen des Toten Meeres unterhalten. Ich hatte ihn zweimal bei Baseballspielen getroffen. Seine Abstempelung würde wohl noch warten müssen.

Als ich mich zu ihnen an die Bar gesellte, wo Santa Claus *Mumms Cordon Rouge* einschenkte, schielte mich Bottweill einen Augenblick lang an und grinste dann. »Goodwin! Sie hier? Gut! Edith, dein Lieblingsspürhund!«

Mrs. Perry Porter Jerome hielt mitten in der Bewegung, mit der sie nach einem Glas griff, inne, um mich anzusehen. »Wer hat Sie eingeladen?« wollte sie wissen, sprach dann weiter, ohne Zeit für eine Antwort zu lassen, »Cherry, nehme ich an. Cherry *ist* ein Segen. Leo, hör auf an mir herumzuzerren. Nun gut, nimm ihn. Es ist warm hier drin.« Sie ließ ihren Sohn ihr den Mantel abnehmen, dann griff sie nach dem Glas. In der Zeit, in der Leo den Nerz auf dem Diwan ablegte und zurückkam, hatten wir alle Gläser, und als er seins hatte, hoben wir sie, und unsere Augen richteten sich auf Bottweill.

Seine Augen blitzten umher. »Es gibt Zeiten«, sagte er, »in denen die Liebe das Steuer übernimmt. Es gibt Zeiten . . .«

»Warten Sie eine Minute«, unterbrach ihn Alfred Kiernan. »Sie sollen es auch genießen. Sie mögen dieses Zeug nicht.«

»Einen Schluck kann ich verkraften, Al.«

»Aber Sie werden es nicht genießen. Warten Sie.« Kiernan stellte sein Glas auf der Bar ab und marschierte zu der Tür auf der linken Seite und hindurch. Nach fünf Sekunden war er zurück, mit einer Flasche in der Hand, und als er wieder zu uns stieß und Santa Claus nach einem Glas fragte, sah ich das Pernod-Etikett. Er zog den Korken heraus, der schon vorher einmal herausgezogen worden war, füllte das Glas zur Hälfte und hielt es Bottweill entgegen. »Da«, sagte. »Das wird es angenehmer machen.«

»Danke, Al.« Bottweill nahm es ihm ab. »Mein heimliches Laster, das eher ein offenes Geheimnis ist.« Er hob das Glas. »Ich wiederhole, es gibt Zeiten, in denen die Liebe das Steuer übernimmt. (Santa Claus, wo ist Ihr Drink? Aber ich nehme an, Sie können durch diese Maske nicht trinken.) Es gibt Zeiten, in denen all die kleinen Dämonen unten in ihren Rattenlöchern verschwinden und die Häßlichkeit selbst sich in Schönheit verwandelt; wenn die dunkelste Ecke vom Licht berührt wird, wenn das kälteste Herz das Glühen der Wärme fühlt; wenn der Trompetenstoß des Wohlwollens und der guten Wünsche das gesamte Babel der gemeinen kleinen Geräusche vertreibt. Dies ist solch eine Zeit. Frohe Weihnachten! Viel Glück, Glück, Glück!«

Ich war bereit, mein Glas mit den anderen anzustoßen, aber sowohl die Geldgeberin als auch der Boß steuerten ihre auf ihre Lippen zu, also folgten ich und die anderen diesem Beispiel. Ich war der Meinung, daß Bottweills Wortgewandtheit mehr als ein Nippen verdiente, also nahm ich einen gesunden Schluck, und aus den Augenwinkeln sah ich, daß er das gleiche mit dem Pernod tat. Als ich mein Glas absetzte, wanderten meine Augen zu Mrs. Jerome, die zu reden begann.

»Das war wunderschön«, tat sie kund. »Einfach wunderschön. Ich muß es aufschreiben und drucken lassen. Dieser Teil über den Trompetenstoß — *Kurt!* Was ist los? *Kurt!*«

Er hatte das Glas fallengelassen und umschloß seine Kehle mit beiden Händen. Als ich mich bewegte, ließ er seine Kehle los, streckte seine Arme aus und stieß einen Schrei aus. Ich glaube, er schrie ›*Glück!*‹, aber ich hörte nicht genau hin. Die anderen gingen ebenfalls auf ihn zu, aber meine Reflexe waren besser auf Notfälle eingestellt als die der anderen, so war ich zuerst bei ihm. Als ich meine Arme um ihn gelegt hatte, fing er an zu husten und zu glucksen, und ein spastisches Zucken durchlief seinen Körper, das fast meinen Griff löste. Die anderen stießen Geräusche, aber keine Schreie aus, und irgend jemand krallte sich in meinem Arm fest. Als ich ihnen sagte, daß sie zurücktreten und mir Platz lassen sollten, wog er plötzlich unheimlich schwer, und ich ging fast mit ihm zu Boden und wäre es auch, wenn Kiernan nicht seinen Arm ergriffen hätte.

Ich rief: »Holt einen Doktor!« und Cherry rannte zu einem Tisch, auf dem ein Blattgold-Telefon stand. Kiernan und ich ließen Bottweill auf den Läufer sinken. Er war bewußtlos, atmete schnell und schwer, aber als ich seinen Kopf gerade hinlegte, beruhigte sich sein Atem, und Schaum zeigte sich auf seinen

Lippen. Mrs. Jerome kommandierte uns herum: »Tut etwas, tut etwas!«

Da war nichts, was man tun konnte, und ich wußte das. Als ich ihn festgehalten hatte, hatte ich einen Hauch seines Atems mitbekommen, und jetzt, wo ich kniete, beugte ich mich über ihn, damit meine Nase etwas mehr davon erhaschte, und ich kannte diesen Geruch, und es erfordert eine große Dosis, wenn sie so schnell und hart wirkt. Kiernan löste Bottweills Krawatte und Kragen. Cherry Quon rief uns zu, daß sie versucht habe, einen Doktor zu erreichen und ihn nicht erwischen konnte und es mit einem anderen versuchen würde. Margot kauerte an Bottweills Füßen, zog ihm seine Schuhe aus, und ich hätte ihr sagen können, daß sie ihn genausogut in seinen Schuhen sterben lassen könne, aber das tat ich nicht. Ich hatte zwei Finger auf sein Handgelenk gelegt und meine andere Hand unter sein Hemd gesteckt und konnte fühlen, wie er uns entglitt.

Als ich nichts mehr fühlen konnte, ließ ich von der Brust und dem Handgelenk ab, nahm seine Hand, die zur Faust geballt war, bog den Mittelfinger gerade und preßte meine Daumenspitze auf den Fingernagel, bis er weiß war. Als ich meinen Daumen wegnahm, blieb der Nagel weiß. Die Hand fallenlassend, riß ich ein kleines Büschel Fasern aus dem Läufer, wies Kiernan an, sich nicht zu bewegen, hielt die Fasern gegen Bottweills Nasenlöcher, konzentrierte meine Augen darauf und hielt meinen Atem für dreißig Sekunden an. Die Fasern bewegten sich nicht.

Ich stand auf und sprach: »Sein Herz ist stehengeblieben, und er atmet nicht. Wenn innerhalb von drei Minuten ein Doktor kommen und seinen Magen mit Chemikalien, die er nicht dabeihaben wird, ausspülen würde, ständen die Chancen eins zu tausend. So wie es aussieht . . .«

»Können Sie nicht irgend etwas *tun*?« kreischte Mrs. Jerome.

»Nicht für ihn, nein. Ich bin kein Polizeibeamter, aber ich bin ein Detektiv mit Lizenz, und von mir wird erwartet, daß ich weiß, wie man unter solchen Umständen reagiert, und ich werde Ärger bekommen, wenn ich die Regeln nicht befolge. »Natürlich . . .«

»*Tun Sie irgend etwas!*« kreischte Mrs. Jerome.

Kiernans Stimme kam aus meinem Rücken. »Er ist tot.«

Ich drehte mich nicht um, um zu fragen, welchen Test er benutzt hatte. »Natürlich«, erzählte ich ihnen, »sein Drink war vergiftet. Bis die Polizei kommt, wird niemand etwas anfassen, vor allen Dingen nicht die Flasche Pernod, und niemand wird den Raum verlassen. Sie werden . . .«

Ich hielt inne. Dann fragte ich: »Wo ist Santa Claus?«

Ihre Köpfe drehten sich herum, um zur Bar zu sehen. Kein Barkeeper. Für den Fall, daß das Drama zuviel für ihn gewesen war, drückte ich mich zwischen Leo Jerome und Emil Hatch durch, um das Ende der Bar zu betreten, aber er lag auch nicht auf dem Boden.

Ich wirbelte herum. »Hat ihn jemand weggehen sehen?«

Sie hatten nicht. Hatch sagte: »Er hat nicht den Aufzug genommen. Ich bin sicher, daß er das nicht hat. Er muß . . .« Er ging los.

Ich versperrte ihm den Weg. »Sie bleiben hier. Ich werde nachsehen. Kiernan, rufen Sie die Polizei an. Spring, sieben-drei-einhundert.«

Ich ging zur Tür auf der linken Seite und durchquerte sie, zog sie dabei hinter mir zu und war in Bottweills Büro, das ich schon früher gesehen hatte. Es hatte ein Viertel der Fläche des Ateliers und war wesentlich unauffälliger, aber es war auf keinen Fall zu klein. Ich durchquerte es, sah durch die Glasscheibe, daß Bottweills privater Aufzug nicht da war, und drückte den Knopf. Ein Klopfen und ein Sirren kam aus dem Schacht, und der Lift fuhr hoch. Als er oben war und zu einem Halt geruckt war, öffnete ich die Tür, und dort auf dem Boden war Santa Claus, aber nur das Äußere von ihm. Er war dahingeschmolzen. Jacke, Stiefel, Maske, Perücke . . . Ich überprüfte nicht, ob alles da war, weil ich eine andere dringende Angelegenheit zu erledigen und nicht viel Zeit dafür hatte.

Ich klemmte einen Stuhl zwischen die Fahrstuhltür, ging los und umrundete Bottweills großen Blattgold-Schreibtisch zu seinem Blattgold-Papierkorb. Er war zu einem Drittel voll. Ich beugte mich hinunter und fing an zu wühlen, entschied, daß das unrationell war, nahm den Korb hoch, drehte ihn um und fing an, die Sachen eine nach der anderen wieder hineinzuwerfen. Ein paar der Teile waren zerrissene Papierstücke, aber keins von ihnen kam von einer Heiratslizenz. Als ich fertig war, blieb ich einen Moment unten, kauernd, überlegend, ob ich mich zu sehr beeilt und sie vielleicht übersehen hatte, und ich wäre ihn wohl noch einmal durchgegangen, wenn ich nicht ein mattes Geräusch aus dem Studio vernommen hätte, das sich anhörte, als würde sich die Aufzugtür öffnen. Ich ging zur Tür, die zum Studio führte, und öffnete sie, und als ich die Türschwelle überquerte, überlegten sich zwei Polizisten gerade, ob sie ihren ersten Blick eher auf den Toten oder auf die Lebenden werfen sollten.

3

Drei Stunden später saßen wir mehr oder weniger in einer Gruppe zusammen, und mein alter Freund und Feind, Sergeant Purley Stebbins von der Mordkommission, stand da und musterte uns. Er streckte uns einen kantigen Kiefer entgegen und hielt seine große, kräftige Gestalt aufrecht.

Er redete. »Mr. Kiernan und Mr. Hatch werden zur weiteren Befragung zum Büro des Bezirksstaatsanwaltes mitgenommen. Der Rest von Ihnen kann für den Augenblick gehen, aber Sie werden sich an den Adressen, die Sie angegeben haben, bereithalten müssen. Bevor Sie gehen, möchte ich Sie hier gemeinsam ein weiteres Mal nach dem Mann fragen, der als Santa Claus hier war. Sie alle haben behauptet, daß Sie nichts über ihn wissen. Behaupten Sie das nach wie vor?«

Es war zwanzig Minuten vor sieben. Ungefähr zwei Dutzend Polizeibeamte — Mediziner, Fotografen, Spurensicherer, Fleischkorbträger, der ganze Haufen — hatten die Routinearbeiten am Tatort beendet, inklusive der Einzelbefragungen der Augenzeugen. Ich hatte die größte Punktzahl erreicht, hatte Sitzungen mit Stebbins, einem Polizisten aus dem Revier, und mit Inspektor Cramer abgehalten, der gegen fünf Uhr gegangen war, um die Jagd nach Santa Claus zu organisieren.

»Ich habe nichts dagegen einzuwenden«, sagte Kiernan Stebbins, »zum Büro des Bezirksstaatsanwaltes zu gehen. Ich habe gegen nichts etwas einzuwenden. Aber wir haben Ihnen alles erzählt, was wir können; ich weiß, daß wir das gemacht haben. Er scheint mir, als wäre es Ihr Job, ihn zu finden.«

»Wollen Sie damit ausdrücken«, fragte Mrs. Jerome, »daß niemand auch nur irgend etwas über ihn weiß?«

»Das behaupten sie alle«, antwortete ihr Purley. »Es wußte sogar niemand, daß es einen Santa Claus geben würde, sagen sie zumindest. Er wurde von Bottweill aus seinem Büro in diesen Raum gebracht, ungefähr Viertel vor drei. Der springende Punkt ist, daß Bottweill selbst sich um seine Anstellung gekümmert hat, und er kam im privaten Fahrstuhl herauf und zog das Kostüm in Bottweills Büro an. Sie können durchaus erfahren, daß dieser Punkt eine Bestätigung erhalten hat. Wir haben herausgefunden, von wo das Kostüm kam — Burleson's in der Sechsundvierzigsten Straße. Bottweill hatte sie gestern nachmittag angerufen und damit beauftragt, es ihm hierhin und persönlich zu liefern. Miss Quon gibt zu, daß sie das Paket erhalten und es Bottweill in sein Büro gebracht hat.«

In den Augen eines Polizisten stellt man nie eine Tatsache nur fest oder berichtet oder erklärt oder erzählt davon. Man gibt sie zu.

»Außerdem«, gab Purley zu, »fragen wir bei den Agenturen nach, die Männer, die Santa Claus spielen, hätten vermitteln können, aber das sind eine ganze Menge. Wenn Bottweill einen Mann durch eine Agentur bekommen hat, kann man nicht sagen, wen er bekommen hat. Wenn es ein Mann mit einer kriminellen Vorgeschichte war, ist er abgehauen, als er Ärger kommen sah. Während jeder sich auf Bottweill konzentrierte, schlich er hinaus, nahm seine Sachen, was immer er abgelegt hat, und fuhr im Aufzug, mit dem er hochgekommen war, hinunter. Er zog das Kostüm auf dem Weg nach unten aus und ließ es, als er unten angekommen war, im Aufzug zurück. Wenn es sich so abgespielt hat, wenn es nur ein Mann gewesen ist, den Bottweill angeheuert hatte, hätte er keinen Grund gehabt, ihn umzubringen — und außerdem hätte er nicht gewußt, daß

Bottweills einziger Drink Pernod war, und er hätte nicht gewußt, wo das Gift stand.«

»Außerdem«, sagte Emil Hatch, mürrischer denn je, »wenn er nur für den Job angeheuert war, war er ein verdammter Idiot, hinauszuschleichen. Er hätte gewußt, daß er gefunden werden würde. Also war er nicht einfach gemietet. Er war jemand, der Bottweill kannte, und er wußte von dem Pernod und dem Gift und hatte irgendeinen guten Grund, aus dem er ihn töten wollte. Sie verschwenden Ihre Zeit mit den Agenturen.«

Stebbins hob seine schweren, breiten Schultern und ließ sie wieder fallen. »Wir verschwenden den größten Teil unserer Zeit, Mr. Hatch. Vielleicht hatte er zuviel Angst, um nachzudenken. Ich verlange nur von Ihnen, daß Sie verstehen, daß es uns schwerfallen wird zu glauben, daß er Gift in diese Flasche getan hat — falls wir ihn finden — aber irgend jemand hat das getan. Ich will, daß Sie das verstehen, damit Sie verstehen, warum Sie alle an den Adressen, die Sie angegeben haben, zur Verfügung stehen müssen. Leisten Sie sich keinen Fehler in der Beziehung.«

»Wollen Sie damit ausdrücken«, wollte Mrs. Jerome wissen, »daß wir unter Verdacht stehen? Daß *ich* und *mein Sohn* unter Verdacht stehen?«

Purley öffnete seinen Mund und schloß ihn wieder. Bei solchen Typen hatte er immer Probleme mit seinen spontanen Reaktionen. Er wollte sagen: »Sie haben verdammt recht, allerdings.« Er sagte: »Ich meine, daß wir diesen Santa Claus finden werden, und wenn wir das getan haben, werden wir weitersehen. Wenn wir ihn nicht dafür verantwortlich machen können, werden wir uns weiter umsehen müssen, und wir werden von Ihnen allen erwarten, daß Sie uns helfen. Ich sehe es als selbstverständlich an, daß Sie alle uns helfen wollen. Wollen Sie das nicht, Mrs. Jerome?«

»Ich würde helfen, wenn ich könnte, aber ich weiß nichts darüber. Ich weiß nur, daß mein sehr lieber Freund tot ist, und ich habe nicht vor, mich beleidigen oder bedrohen zu lassen. Was ist mit dem Gift?«

»Sie wissen davon. Sie sind danach gefragt worden.«

»Ich weiß, daß ich das bin, aber was ist damit?«

»Das hätte durch die Fragen offensichtlich sein müssen. Der Mediziner glaubt, daß es Zyanid war, und er erwartet, daß die Autopsie das beweist. Emil Hatch benutzt Natriumzyanid für seine Arbeit mit Metallen und zur Vergoldung, und ein großes Glas davon steht auf einem Regal in der Werkstatt eine Etage tiefer, und von Bottweills Büro führt eine Treppe zur Werkstatt. Jeder, der davon wußte, und der auch wußte, daß Bottweill eine Kiste Pernod in einem Schränkchen in seinem Büro aufbewahrte und eine offene Flasche davon in einer Schublade in seinem Schreibtisch, hätte sich kein besseres Arrangement wünschen können. Vier von Ihnen haben zugegeben, daß sie von beiden Sachen wußten. Drei von Ihnen – Mrs. Jerome, Leo Jerome und Archie Goodwin – geben zu, daß sie von dem Pernod wußten, aber bestreiten, daß sie von dem Natriumzyanid wußten. Das wird...«

»Das stimmt nicht! Sie wußte davon!«

Mrs. Perry Porter Jeromes Hand schoß über die Knie ihres Sohnes hinweg und klatschte gegen Cherry Quons Wange oder Mund oder beides. Ihr Sohn packte ihren Arm. Alfred Kiernan sprang auf seine Füße, und eine Sekunde lang dachte ich, daß er Mrs. Jerome schlagen würde, und er ging auch los und hätte es vielleicht getan, wenn Margot Dickey nicht an seinem Mantelsaum gezogen hätte. Cherry legte ihre Hand auf ihr Gesicht, bewegte sich ansonsten aber nicht.

»Setzen Sie sich«, sagte Stebbins an Kiernan gerichtet. »Immer mit der Ruhe. Miss Quon, sie behaupten, daß Mrs. Jerome von dem Natriumzyanid wußte?«

»Natürlich tat sie das.« Cherrys Zwitschern war tiefer als normal, aber es war noch immer ein Zwitschern. »Eines Tages habe ich gehört, wie Mr. Hatch ihr in der Werkstatt erzählte, wofür er es brauchte und wie vorsichtig er sein mußte.«

»Mr. Hatch? Bestätigen Sie...«

»Unsinn«, schnappte Mrs. Jerome. »Was, wenn er es getan hat? Vielleicht hat er es getan. Ich hatte es völlig vergessen. Ich habe Ihnen gesagt, daß ich diese Beleidigungen nicht dulden werde!«

Purley blickte sie scharf an. »Hören Sie mal zu, Mrs. Jerome. Wenn wir diesen Santa Claus finden, wenn es jemand war, der Bottweill kannte und ein Motiv hatte, könnte das alles erledigen. Wenn nicht, wird es niemandem helfen, von Beleidigung zu sprechen, und das schließt Sie ein. So viel ich bis jetzt weiß, hat mir nur einer von Ihnen eine Lüge erzählt. Sie. Das ist vermerkt. Ich sage Ihnen und Ihnen allen, daß Lügen es nur schwerer für Sie machen, aber manchmal machen sie es einfacher für uns. Ich werde das für den Augenblick so stehen lassen. Mr. Kiernan und Mr. Hatch, diese Männer« — er zeigte mit dem Daumen über seine Schulter auf zwei Schnüffler, die hinter ihm standen — »werden Sie in die Innenstadt bringen. Der Rest von Ihnen kann gehen, aber denken Sie daran, was ich Ihnen gesagt habe. Goodwin, ich will Sie sehen.«

Er hatte mich bereits gesehen, aber ich würde das nicht besonders betonen. Kiernan hatte allerdings einen Punkt extra zu betonen und sprach ihn auch aus: Er mußte als Letzter gehen, damit er abschließen konnte. Es wurde so arrangiert. Die drei Frauen, Leo Jerome und Stebbins und ich nahmen den Aufzug hinunter, ließen die beiden Schnüffler mit Kiernan und Hatch zurück. Unten auf dem Bürgersteig, als sie in verschiedene Richtungen gingen, konnte ich kein Anzeichen von Schatten sehen, der ihnen folgte. Es schneite noch immer, schöne Aussichten in bezug auf Weihnachten und für die Straßenfeger. Es standen zwei Polizeiwagen am Bordstein, und Purley ging auf einen zu, öffnete die Tür und bedeutete mir einzusteigen.

Ich protestierte. »Wenn ich auch in die Innenstadt eingeladen werde, bin ich bereit, Ihnen den Gefallen zu tun, aber ich werde zunächst etwas essen. Ich bin verdammt noch mal dort einmal fast verhungert.«

»Sie sind in der Innenstadt nicht erwünscht, nicht jetzt. Kommen Sie aus dem Schnee heraus.«

Das tat ich und rutschte unter dem Steuer hindurch, um ihm Platz zu machen. Er brauchte Platz. Er gesellte sich zu mir und zog die Tür zu.

»Wenn wir schon hier sitzen werden«, schlug ich vor, »könnten wir ebensogut fahren. Machen Sie sich keine Umstände, die

Stadt zu durchqueren, werfen Sie mich nur in der Fünfunddreißigsten heraus.«

Er protestierte. »Ich mag es nicht zu fahren und zu reden. Oder zuzuhören. Was hatten Sie heute dort zu suchen?«

»Das habe ich Ihnen erzählt. Spaß gehabt. Drei Sorten Champagner. Miss Dickey hat mich eingeladen.«

»Ich gebe Ihnen eine weitere Chance. Sie waren der einzige Außenstehende da. Warum? Sie sind für Miss Dickey niemand Besonderes. Sie wollte Bottweill heiraten. Warum?«

»Fragen Sie sie.«

»Wir haben sie gefragt. Sie sagt, daß es keinen besonderen Grund dafür gab; sie wußte, daß Bottweill Sie mochte und daß die Leute dort Sie als einen von ihnen betrachten, seit Sie einige Gobelins für sie wiedergefunden haben. Sie stotterte herum. Nun, was ich sagen will, ist, daß ich jedesmal, wenn ich Sie irgendwo in der Nähe eines Mordes vorfinde, das genaue Warum wissen will. Ich gebe Ihnen eine weitere Chance.«

Also hatte sie die Heiratslizenz nicht erwähnt. Gut für sie. Ich hätte lieber den gesamten Schnee gegessen, der seit Mittag gefallen war, als Sergeant Stebbins oder Inspektor Cramer diese verdammte Lizenz zu erklären. Das war der Grund gewesen, weshalb ich den Papierkorb durchsucht hatte. »Danke für die Chance«, antwortete ich ihm, »aber ich kann sie nicht nutzen. Ich habe Ihnen alles gesagt, was ich dort heute gesehen und gehört habe.«

Das brachte mich in eine Kategorie mit Mrs. Jerome, weil ich mein kleines Gespräch mit Margot ausgelassen hatte. »Ich habe Ihnen alles gesagt, was ich über diese Leute weiß. Lassen Sie mich in Ruhe und gehen Sie Ihren Mörder finden.«

»Ich kenne Sie, Goodwin.«

»Yeah, Sie haben mich sogar einmal Archie genannt. Ich hüte die Erinnerung wie ein Schatz.«

»Ich kenne Sie.« Sein Kopf hatte sich auf seinem Stiernacken gedreht, und unsere Augen begegneten sich. »Erwarten Sie von mir, daß ich glaube, daß dieser Kerl aus diesem Raum herausgegangen und verschwunden ist, ohne daß Sie es bemerkt haben?«

»Quatsch. Ich kniete auf dem Boden, sah einen Mann sterben, und die anderen standen um uns herum. Außerdem reden Sie nur, um sich selbst zu hören. Sie glauben doch gar nicht, daß ich ein Helfershelfer des Mörders bin oder die Flucht des Mörders begünstigt habe.«

»Ich habe nicht gesagt, daß ich das tue. Selbst wenn er Handschuhe getragen hat — wozu, wenn nicht, um keine Fingerabdrücke zu hinterlassen? — behaupte ich nicht, daß er der Mörder war. Aber wenn Sie wüßten, wer er war, und nicht wollten, daß er mit hineingezogen wird, und ihn entkommen lassen würden, und wenn wir uns deswegen auf der Suche nach ihm Löcher in die Schuhsohlen laufen würden, wie sieht es damit aus?«

»Das wäre gemein. Wenn ich mich nach meinem Rat gefragt hätte, wäre ich dagegen.«

»Verdammt noch mal«, bellte er, »wissen Sie, wer er ist?«

»Nein.«

»Haben Sie oder Wolfe irgend etwas damit zu tun, daß er dort angestellt wurde?«

»Nein.«

»In Ordnung, scheren Sie sich raus. Sie werden Sie in der Innenstadt haben wollen.«

»Ich hoffe nicht heute nacht. Ich bin müde.« Ich öffnete die Tür. »Sie haben meine Adresse.« Ich schritt in den Schnee hinaus, und er startete den Motor und fuhr fort.

Es hätte für gewöhnlich eine gute Stunde gedauert, um ein leeres Taxi zu finden, aber bei einem Schneesturm zur Weihnachtszeit brauchte ich nur zehn Minuten, um eins zu erwischen. Als es vor dem alten Backsteinhaus in der Westlichen 35. Straße anhielt, war es acht Minuten vor acht.

Wie immer, wenn ich abwesend war, lag die Türkette vor, und ich mußte nach Fritz klingeln, damit er mich hereinließ. Ich fragte ihn, ob Wolfe zurück war, und er bejahte, er säße beim Abendessen. Während ich meinen Hut auf die Garderobe legte und meinen Mantel auf einen Kleiderbügel hängte, fragte ich, ob etwas für mich übrig geblieben wäre, und er antwortete »reichlich« und trat zur Seite, damit ich ihm den Flur hinunter zur Tür des Eßzimmers vorausgehen konnte. Fritz verfügt über hervorragende Umgangsformen.

Wolfe, in seinem übergroßen Stuhl am Tischende, wünschte mir einen guten Abend, weder schnappend noch bellend. Ich erwiderte den Gruß, setzte mich an meinen Platz, nahm meine Serviette auf und entschuldigte mich dafür, daß ich zu spät dran war. Fritz kam aus der Küche mit einem vorgewärmten Teller, einem Teller geschmorter, knochenloser Entenküken und einer Schüssel Kartoffeln, die mit Champignons und Käse überbacken waren. Ich nahm reichlich. Wolfe fragte, ob es noch immer schneite, und ich sagte ja. Nachdem ich einen guten Mundvoll vom Essen beseitigt hatte, sprach ich.

»Wie Sie wissen, billige ich Ihre Regel, Geschäfte nicht während einer Mahlzeit zu diskutieren, aber ich habe etwas auf dem Herzen, und es handelt sich nicht um ein Geschäft. Es ist persönlich.«

Er knurrte. »Der Tod von Mr. Bottweill wurde um sieben Uhr im Radio durchgegeben. Sie waren dort.«

»Ja. Ich war dort. Ich kniete neben ihm, als er starb.« Ich füllte meinen Mund wieder auf. Verdammtes Radio. Ich hatte nicht vorgehabt, den Mord zu erwähnen, bevor ich mich nicht mit der meiner Ansicht nach wichtigsten Frage beschäftigt hatte. Als meine Zunge wieder genug Platz hatte, um die Arbeit aufzunehmen, fuhr ich fort. »Ich werde davon in vollem Umfang berichten, wenn Sie es wünschen, aber ich bezweifle, daß die Angelegenheit einen Job bringt. Mrs. Perry Porter Jerome ist die einzige Verdächtige, die genug Kies hat, um Ihr Honorar zu bezahlen, und sie hat bereits Purley Stebbins mitgeteilt, daß sie sich nicht beleidigen lassen wird. Außerdem wird sich vielleicht alles von selbst erledigen, wenn sie Santa Claus finden. Wovon ich berichten will, ist etwas, was passiert ist, bevor Bottweill starb. Diese Heiratslizenz, die ich Ihnen gezeigt habe, können Sie vergessen. Miss Dickey hat die Sache abgeblasen. Ich bin um zwei Dollar ärmer. Sie hat mir erzählt, daß sie sich entschieden hat, Bottweill zu heiraten.«

Er durchnäßte eine Kruste in der Soße auf seinem Teller. »Tatsächlich«, sagte er.

»Ja, Sir. Es war ein herber Schlag, aber ich hätte mich mit der Zeit davon erholt. Zehn Minuten später war Bottweill tot. Woran bin ich jetzt? Als ich während der Routinearbeit dort herumsaß, habe ich darüber nachgedacht. Vielleicht könnte ich sie jetzt zurückerobern, aber nein danke. Die Lizenz ist zerstört worden. Ich hole mir eine neue, weitere zwei Dollar, und dann erzählt sie mir, daß sie sich entschieden hat, Joe Doakes zu heiraten. Ich werde sie vergessen. Ich werde sie aus meiner Erinnerung streichen.«

Ich widmete mich wieder dem Entenküken. Wolfe war mit Kauen beschäftigt. Als er dazu in der Lage war, sagte er: »Für mich ist das natürlich eine Genugtuung.«

»Ich weiß, daß es das ist. Soll ich Ihnen von Bottweil erzählen?«

»Nach dem Essen.«

»Okay. Wie sind Sie mit Thompson klargekommen?«

Aber auch das sagte ihm als Dinnerthema nicht zu. Tatsächlich war das kein Thema. Gewöhnlicherweise mag er Unterhaltungen bei Tisch, über alles: von Kühlschränken bis zu den Republikanern, aber der Trip nach Long Island und zurück, mit all seinen Gefahren hatte ihn offensichtlich ermüdet. Es paßte mir ganz gut, da auch ich einen lärmenden Nachmittag gehabt hatte und ein wenig Ruhe vertragen konnte. Nachdem wir uns beide gut mit den Entenküken und den Kartoffeln und dem Salat und den Backpflaumen und dem Käse und dem Kaffee herumgeschlagen hatten, schob er seinen Stuhl zurück.

»Da ist ein Buch«, sagte er, »das ich mir ansehen möchte. Es ist oben in Ihrem Zimmer – *Hier und Jetzt* von Herbert Block. Würden Sie es mir bitte herunterholen?«

Obwohl das bedeutete, zwei Treppen mit vollem Bauch hochzuklettern, war es mir ein Vergnügen, ihm gefällig zu sein, aus Dank dafür, daß er meine Bekanntgabe meiner zerschlagenen Hoffnungen so ruhig hingenommen hatte. Er hätte sehr lautstark sein können. Also erklomm ich vergnügt die Treppen, ging in mein Zimmer und durchquerte den Raum zu den Regalen, in denen ich ein paar Bücher aufbewahrte. Dort standen nur ein paar Dutzend, und ich wußte, wo jedes einzelne sich befand, aber *Hier und Jetzt* war nicht da. Dort, wo es hätte sein sollen, klaffte eine Lücke. Ich sah mich um, sah ein Buch auf der Kommode und schritt darauf zu. Es war *Hier und Jetzt*, und darauf lag ein Paar weißer Baumwollhandschuhe.

Ich glotzte sie an.

4

Ich würde gerne behaupten, daß ich sofort begriff, in der Sekunde, in der ich sie entdeckte, aber das tat ich nicht. Ich hatte sie aufgehoben und genau angesehen und einen von ihnen angezogen und wieder abgenommen, bevor ich mir vollends bewußt wurde, daß es dafür nur eine mögliche Erklärung gab. Als ich mir dessen klar war, bildete sich in meinem Kopf sofort ein Verkehrsstau mit lärmenden Hupen, quietschenden Bremsen und Auffahrunfällen. Um damit fertig zu werden, ging ich zu einem Stuhl und setzte mich. Ich brauchte vielleicht eine Minute, um zu meiner ersten klaren Schlußfolgerung zu kommen.

Er hatte diese Methode gewählt, mir beizubringen, daß er Santa Claus war, anstatt es mir einfach so zu sagen, weil er wollte, daß ich es mir allein durch den Kopf gehen ließ, bevor wir es zusammen durchsprachen.

Warum wollte er von mir, daß ich es mir allein durch den Kopf gehen ließ? Dafür brauchte ich ein wenig länger, aber als ich den Verkehr unter Kontrolle hatte, fand ich meinen Weg hindurch zur einzigen akzeptablen Antwort. Er hatte sich dazu entschlossen, seine Fahrt zu Thompson aufzugeben und statt dessen mit Bottweill vereinbart, daß er als Santa Claus verkleidet die Weihnachtsfeier besuchte, weil der Gedanke an eine Frau, die in seinem Haus wohnte — oder an die einzige Alternative, mein Fortgehen — ihn absolut zur Verzweiflung gebracht hatte und er es mit eigenen Augen sehen mußte. Er mußte Margot und mich zusammensehen und mit ihr reden, wenn sich die Möglichkeit ergab. Wenn er herausgefunden hätte, daß die Heiratslizenz eine Fälschung war, hätte er mich am Haken gehabt;

er hätte mir sagen können, daß er erfreut sein würde, meine Braut willkommen zu heißen, und mich beobachten können, wie ich mich da wieder herauswand. Wenn er herausgefunden hätte, daß ich es ehrlich meinte, hätte er gewußt, was auf ihn zukam und von da aus weiter planen können. Der springende Punkt war, daß er gezeigt hatte, wie er wirklich über mich dachte. Er hatte gezeigt, daß er lieber alles mögliche tun würde, was er für kein Honorar der Welt getan hätte, egal, wer es ihm geboten hätte, als mich zu verlieren. Er würde eher eine Woche lang auf Bier verzichten als das zuzugeben, aber jetzt war er auf der Flucht vor der Justiz in einem Mordfall und brauchte mich. Also hatte er es mich wissen lassen, aber er wollte, daß ich verstand, daß dieser Aspekt der Angelegenheit nicht erwähnt werden dürfte. Die logische Schlußfolgerung wäre gewesen, daß er lieber zu Bottweills anstatt nach Long Island gegangen wäre, weil er es liebte, sich als Santa Claus zu verkleiden und Getränke auszuschenken.

Angesichts dieser Entwicklung versuchte eine meiner Gehirnzellen das Recht zu bekommen, die Frage danach zu stellen, wie groß die Gehaltserhöhung sein dürfte, die ich nach Neujahr bekommen sollte, aber ich ging nicht auf sie ein.

Ich überdachte andere Gesichtspunkte. Er hatte die Handschuhe getragen, damit ich seine Hände nicht wiedererkannte. Woher hatte er sie bekommen? Um wieviel Uhr war er bei Bottweills angekommen, und wer hatte ihn gesehen? Hatte Fritz gewußt, wohin er ging? Wie war er zurück nach Hause gekommen? Aber nach einer Weile solcher Fragen wurde mir klar, daß er mich nicht in mein Zimmer hochgeschickt hatte, damit ich mir Fragen stellte, die er beantworten konnte, also überlegte ich wieder, ob es noch etwas anderes gab, von dem er wollte, daß ich alleine darüber nachdachte. Nachdem ich es gründlich durchgekaut hatte, entschied ich, daß es das nicht gab, nahm *Hier und Jetzt* und die Handschuhe von der Kommode, ging die Treppe hinunter und betrat das Büro.

Er saß hinter seinem Schreibtisch und starrte mich von dort aus an, während ich den Raum durchquerte.

»Hier ist es«, sagte ich und gab ihm das Buch. »Und vielen

Dank für die Handschuhe.« Ich hielt sie hoch, einen in jeder Hand, ließ sie zwischen Daumen und Fingerspitze herunterbaumeln.

»Das ist kein Anlaß zum Herumalbern«, knurrte er.

»Das ist es sicherlich nicht.« Ich ließ die Handschuhe auf meinen Schreibtisch fallen, wirbelte meinen Stuhl herum und setzte mich. »Wo fangen wir an? Wollen Sie wissen, was passiert ist, nachdem Sie gegangen sind?«

»Die Einzelheiten können warten. Zunächst, wie sich unsere Lage darstellt. War Mr. Cramer da?«

»Ja. Natürlich.«

»Hat er irgend etwas herausbekommen?«

»Nein. Das wird er wahrscheinlich nicht, bis er Santa Claus findet. Bis sie Santa Claus finden, werden sie die anderen nicht zu hart angehen. Je länger es dauert, ihn zu finden, um so sicherer werden sie sein, daß er der Täter ist. Drei Dinge über ihn: Niemand weiß, wer er war, er ist abgehauen, und er hat Handschuhe getragen. Tausend Männer suchen nach ihm. Sie hatten recht damit, die Handschuhe zu tragen. Ich hätte Ihre Hände wiedererkannt, aber woher haben Sie sie?«

»Aus einem Laden in der 9. Avenue. Verflixt noch mal, ich wußte nicht, daß ein Mann ermordet werden würde!«

»Ich weiß, daß Sie das nicht wußten. Darf ich ein paar Fragen stellen?«

Er blickte mich finster an. Ich interpretierte das als ein Ja.

»Wann haben Sie mit Bottweill telefoniert, um das Arrangement zu treffen?«

»Gestern nachmittag um zwei Uhr dreißig. Sie waren zur Bank gegangen.«

»Haben Sie einen Grund zu glauben, daß er irgend jemandem davon erzählt hat?«

»Nein. Er sagte, das würde er nicht.«

»Ich weiß, daß er das Kostüm geholt hat, das geht also in Ordnung. Als Sie heute um zwölf Uhr dreißig hier wegfuhren, sind Sie da direkt zu Bottweill gefahren?«

»Nein. Ich bin zu der Zeit weggefahren, weil Sie und Fritz das von mir erwartet haben. Ich hielt an, um die Handschuhe zu kaufen und traf Bottweill bei Rusterman's, und wir aßen zu Mittag. Von da aus nahmen wir ein Taxi zu ihm, kamen kurz nach zwei Uhr an und fuhren mit seinem privaten Aufzug zu seinem Büro hoch. Direkt nachdem wir sein Büro betreten hatten, nahm er eine Flasche Pernod aus einer Schublade seines Schreibtisches, sagte, daß er immer einen kleinen Schluck nach dem Mittagessen trinken würde, und lud mich ein, mitzutrinken. Ich lehnte ab. Er schenkte sich eine großzügige Portion in ein Glas ein, ungefähr zwei Fingerbreit, trank sie in zwei Schlucken und stellte die Flasche zurück in die Schublade.«

»Mein Gott.« Ich pfiff. »Die Polizisten würden *das* gerne erfahren.«

»Ohne Zweifel. Das Kostüm war in einer Schachtel. Im hinteren Teil seines Büros gibt es einen Umkleideraum mit einem Badezimmer.«

»Ich weiß. Ich habe es benutzt.«

»Ich habe das Kostüm an mich genommen und dort angezogen. Er hatte die größte Größe bestellt, aber es war ziemlich eng, und es dauerte eine Weile. Ich war eine halbe Stunde oder länger da drin. Als ich das Büro wieder betrat, war es leer, aber bald darauf kam Bottweill die Treppe von der Werkstatt hoch und half mir mit der Maske und der Perücke. Sie waren kaum zurechtgerückt, als Emil Hatch und Mrs. Jerome und ihr Sohn ebenfalls die Stufen von der Werkstatt heraufkamen. Ich verschwand, ging ins Atelier und fand Miss Quon und Miss Dickey und Mr. Kiernan dort vor.«

»Und kurze Zeit später war ich da. Dann hat Sie keiner ohne Maske gesehen. Wann haben Sie die Handschuhe angezogen?«

»Als letztes. Kurz bevor ich das Atelier betrat.«

»Dann könnten Sie Fingerabdrücke hinterlassen haben. Ich weiß, Sie haben nicht gewußt, daß es einen Mord geben würde. Sie hatten Ihre Kleider im Umkleideraum gelassen? Sind Sie sicher, daß Sie alles mitgenommen haben, als Sie gingen?«

»Ja. Ich bin kein vollkommener Idiot.«

Ich ließ das unkommentiert. »Warum haben Sie die Handschuhe nicht beim Kostüm im Fahrstuhl zurückgelassen?«

»Weil sie nicht dazu gehörten, und ich dachte, daß es besser wäre, sie mitzunehmen.«

»Dieser private Aufzug hält unten im hinteren Teil des Korridors. Hat Sie irgend jemand den Lift verlassen oder den Korridor durchqueren sehen?«

»Nein. Der Korridor war leer.«

»Wie sind Sie nach Hause gekommen? Taxi?«

»Nein. Fritz hat mich nicht vor sechs oder später wiedererwartet. Ich spazierte zur Bibliothek, verbrachte ungefähr zwei Stunden dort und nahm dann ein Taxi.«

Ich machte einen Schmollmund und schüttelte meinen Kopf, um Sympathie auszudrücken. Das war sein längster und schwerster Marsch seit Montenegro. Über eine Meile. Sich seinen Weg durch den Blizzard kämpfend, in panischer Angst vor dem Gesetz, das ihm im Nacken saß. Aber alles, was ich für meinen Blick voller Sympathie erntete, war ein böses Gesicht, also legte ich los. Ich lachte. Ich warf meinen Kopf zurück und ließ es heraus. Ich hatte es schon die ganze Zeit gewollt, seit ich erfahren hatte, daß er Santa Claus war, war aber zu beschäftigt mit Nachdenken gewesen. Es hatte sich in mir aufgestaut, und ich ließ es heraus, und das gründlich. Ich war im Begriff, es in einem Gackern ausklingen zu lassen, als er explodierte.

»Verflixt noch mal«, brüllte er, »heiraten Sie und seien Sie verflucht.«

Das war gefährlich. Dieser Aspekt konnte uns leicht in die Zwickmühle bringen, die zu überdenken er mich nach oben in mein Zimmer geschickt hatte, und wenn wir da erst hineingeraten waren, konnte alles passieren. Das verlangte Taktgefühl.

»Entschuldigen Sie bitte«, sagte ich. »Ich hatte einen Frosch im Hals. Möchten Sie die Situation beschreiben, oder wollen Sie, das ich das tue?«

»Ich würde gerne Ihren Versuch hören«, antwortete er grimmig.

»Ja, Sir. Ich vermute, daß es nur eins gibt, was Sie tun können, und zwar Inspektor Cramer auf der Stelle anrufen und ihn einladen, hierherzukommen und einen Schwatz abzuhalten, und wenn er kommt, die Katze aus dem Sack lassen. Das wird . . .«

»Nein. Das werde ich nicht tun.«

»Dann das zweitbeste: Ich gehe zu ihm und plaudere es dort aus. Natürlich...«

»Nein.« Er meinte es so, wie er es sagte.

»Okay, ich werde die Lage beschreiben. Die Bullen werden sich nicht mit den anderen beschäftigen, bevor sie Santa Claus gefunden haben. Sie müssen ihn finden. Wenn er irgendwelche Fingerabdrücke hinterlassen hat, werden sie sie mit jeder Akte vergleichen, die sie haben, und früher oder später werden sie zu Ihrer kommen. Sie werden alle Geschäfte überprüfen, die weiße Baumwollhandschuhe an Männer verkaufen. Sie werden Bottweills Tagesablauf rekonstruieren und erfahren, daß er mit Ihnen bei Rusterman's zu Mittag gegessen hat und sie zusammen weggegangen sind, und sie werden Ihre Spur bis zu Bottweill verfolgen. Natürlich wird das nicht beweisen, daß Sie Santa Claus waren, Sie könnten sich da herausreden, und es wird auf Ihre Fingerabdrücke ankommen, wenn sie welche finden, aber was ist mit den Handschuhen? Sie werden jenes Geschäft aufspüren, wenn Sie ihnen die Zeit dazu geben, und mit einer Beschreibung des Käufers werden sie Santa Claus finden. Sie sind geliefert.«

Ich hatte sein Gesicht nie düsterer gesehen.

»Wenn Sie ruhig abwarten, bis sie ihn gefunden haben«, behauptete ich, »wird es einen ziemlichen Aufruhr geben. Cramer juckt es seit Jahren in den Fingern, Sie einzusperren, und jeder Richter würde verurteilen, daß Sie als wichtiger Zeuge einfach fortgelaufen sind. Aber wenn Sie Cramer jetzt anrufen, und ich meine jetzt, und ihn einladen vorbeizukommen und ein paar Bier zu trinken, wird es zwar immer noch einen Aufruhr geben, aber er wird erträglich sein. Natürlich wird er wissen wollen, warum Sie dorthin gegangen sind und den Santa Claus gespielt haben, aber Sie können ihm erzählen, was Sie wollen. Erzählen Sie ihm, daß Sie mit mir um hundert Dollar, oder zum Teufel, machen Sie einen Riesen daraus, gewettet haben, daß Sie mit mir zehn Minuten lang in einem Zimmer sein könnten und ich Sie nicht erkennen würde. Ich würde mit Freuden mit Ihnen kooperieren.«

Ich beugte mich vor. »Ein weiterer Aspekt. Wenn Sie warten,

bis sie Sie gefunden haben, könnten Sie es nicht wagen, ihnen zu erzählen, daß Bottweill kurz nach zwei Uhr einen Drink aus jener Flasche genommen und es ihm nicht geschadet hat. Wenn Sie ihnen das erzählen würden, nachdem sie Sie aufgespürt haben, könnten sie Sie wegen Vorenthaltens von Beweisen anklagen, und das würden sie wahrscheinlich tun – und auch damit durchkommen. Wenn Sie Cramer jetzt hierher holen und es ihm erzählen, wird er es zu schätzen wissen, obwohl er das natürlich nicht zugeben wird. Er ist wahrscheinlich in seinem Büro. Soll ich ihn anrufen?«

»Nein. Ich werde Mr. Cramer diese Vorführung nicht beichten. Ich werde nicht die Morgenzeitung aufschlagen, um von der Enthüllung dieser absonderlichen Maskerade zu lesen.«

»Dann werden Sie herumsitzen und *Hier und Jetzt* lesen, bis sie mit einem Haftbefehl kommen?«

»Nein. Das wäre albern.« Er atmete durch seinen Mund ein, so tief, wie es nur ging, und ließ die Luft durch die Nase heraus. »Ich werde den Mörder finden und ihn Mr. Cramer präsentieren. Es gibt keine andere Möglichkeit.«

»Oh! Das werden Sie?«

»Ja.«

»Das hätten Sie mir vorher sagen und mir den Atem sparen können, anstatt mich herumpalavern zu lassen.«

»Ich wollte wissen, ob Ihre Beurteilung der Situation mit meiner übereinstimmt. Das tut sie.«

»Das ist schön. Dann wissen Sie auch, daß wir zwei Wochen oder auch nur zwei Minuten haben könnten. In dieser Sekunde könnte irgendein Experte die Mordkommission anrufen, um zu sagen, daß er Fingerabdrücke gefunden hat, die mit denen in der Akte von Wolfe, Nero übereinstimmen . . .«

Das Telefon klingelte, und ich fuhr herum, als hätte mich jemand mit der Nadel gestochen. Vielleicht würden wir noch nicht einmal zwei Minuten haben. Meine Hand zitterte nicht, als ich den Hörer aufhob, hoffe ich zumindest. Wolfe nimmt seinen Hörer nur selten ab, bevor ich herausgefunden habe, wer dran ist, aber diesmal tat er es.

»Nero Wolfes Büro, Archie Goodwin am Apparat.«

»Hier ist das Büro des Bezirksstaatsanwalts, Mr. Goodwin. In bezug auf den Mord an Kurt Bottweill. Wir möchten Sie darum bitten, morgen früh um zehn Uhr hier zu sein.«

»In Ordnung. Sicher.«

»Um exakt zehn Uhr, bitte.«

»Ich werde dort sein.«

Wir hängten auf. Wolfe seufzte. Ich seufzte.

»Nun«, sagte ich, »ich habe ihnen bereits sechsmal erzählt, daß ich überhaupt nichts über Santa Claus weiß, also werden sie mich vielleicht nicht noch einmal fragen. Wenn Sie es tun, wird es interessant sein, meine Stimme, wenn ich lüge, mit der zu vergleichen, wenn ich die Wahrheit sage.«

Er knurrte. »Nun. Ich will einen kompletten Bericht von dem, was dort geschehen ist, nachdem ich gegangen bin, aber zunächst will ich etwas Hintergrundwissen. Während Ihrer vertrauten Verbindung mit Miss Dickey müssen Sie etwas über diese Leute erfahren haben. Was?«

»Nicht viel.« Ich räusperte mich. »Ich schätze, daß ich etwas erklären muß. Meine Verbindung zu Miss Dickey war nicht vertraut.« Ich sprach nicht weiter. Es war nicht einfach.

»Wählen Sie Ihre eigenen Adjektive. Ich wollte keine versteckten Andeutungen machen.«

»Es ist keine Frage von Adjektiven. Miss Dickey ist eine gute Tänzerin, außergewöhnlich gut, und ich habe sie in den letzten paar Monaten hierhin und dorthin ausgeführt, insgesamt sechs- oder achtmal oder so. Montag abend im Flamingo Club hat sie mich um einen Gefallen gebeten. Sie sagte, daß Bottweill sie an der Nase herumführen würde, daß er sie seit einem Jahr hatte heiraten wollen, aber es weiterhin hinauszögerte, und sie wollte etwas unternehmen. Sie sagte, daß Cherry Quon es auf ihn abgesehen habe, und sie nicht vorhabe, Cherry auf den fahrenden Zug aufspringen zu lassen. Sie fragte mich, ob ich eine Blanko-Heiratslizenz bekommen und sie für sie und mich ausfüllen und sie ihr geben könnte. Sie würde sie Bottweill zeigen und ihm ›jetzt oder nie‹ sagen. Es sah mir nach einer guten Tat aus, die kein Risiko war, und, wie ich bereits erwähnt habe, sie ist eine gute Tänzerin. Dienstag nachmittag bekam ich das

Blankopapier, es spielte keine Rolle wie, und an jenem Abend habe ich sie oben in meinem Zimmer ausgefüllt, inklusive einer gefälschten Unterschrift.«

Wolfe gab ein Geräusch von sich.

»Das ist alles«, sagte ich, »außer daß ich klarmachen will, daß ich nicht vorhatte, sie Ihnen zu zeigen. Ich tat das ganz spontan, als Sie Ihr Buch aufnahmen. Sie erinnern sich sicherlich so gut wie ich daran. Also, um es abzuschließen, Sie haben ohne Zweifel bemerkt, daß Margot und ich heute, kurz bevor Bottweill und Mrs. Jerome zur Party stießen, zu einem kleinen Schwätzchen zur Seite getreten sind. Sie erzählte mir, daß die Täuschung mit der Lizenz funktioniert habe. Ihre Worte waren: ›Perfekt, einfach perfekt.‹ Sie sagte, daß er am gestrigen Abend in seinem Büro die Lizenz zerrissen und die Einzelteile in seinen Papierkorb getan habe. Das geht in Ordnung, die Polizisten haben sie nicht gefunden. Ich habe nachgeschaut, bevor sie kamen, und die Teile waren nicht dort.«

Sein Mund arbeitete, aber er öffnete ihn nicht. Er wagte es nicht. Er hätte mich gerne in der Luft zerrissen, mir erzählt, daß mein unerträgliches Geschwätz ihn in eine gräßliche Situation hineingerissen hätte, aber wenn er das tat, würde er den Aspekt mit einbringen, von dem er nicht wollte, daß er erwähnt wurde. Er erkannte das rechtzeitig, und er erkannte auch, daß ich das erkannte. Sein Mund arbeitete, aber das war alles. Schließlich sprach er.

»Dann haben Sie keine vertraute Beziehung zu Miss Dickey.«

»Nein, Sir.«

»Trotzdem muß sie von diesem Unternehmen und diesen Leuten gesprochen haben.«

»Ein wenig, ja.«

»Und einer von ihnen hat Bottweill ermordet. Das Gift wurde zwischen zwei Uhr zehn, als ich ihn einen Drink nehmen sah, und drei Uhr dreißig, als Kiernan losging und die Flasche holte, in die Flasche geschüttet. Niemand kam während der halben Stunde, die ich im Umkleideraum verbrachte, mit dem privaten Aufzug hoch. Ich stieg in das Kostüm und achtete nicht auf Schritte oder andere Geräusche im Büro, aber der Aufzugschacht grenzt an den Umkleideraum, und ich hätte ihn gehört. Es ist sehr wahrscheinlich, daß die Zeitspanne sich sogar noch wesentlich verkleinern läßt und daß das Gift in die Flasche gegeben wurde, während ich im Umkleideraum war, weil drei von den Verdächtigen mit Bottweill im Büro waren, als ich hinausging. Es muß angenommen werden, daß einer von diesen dreien oder einer von den dreien im Atelier eine frühere Gelegenheit beim Schopf gepackt hat. Was wissen Sie über sie?«

»Nicht viel. Das meiste vom Montag abend, als Margot über Bottweill redete. Also handelt es sich nur um Gerüchte, die sie gehört hat. Mrs. Jerome hat eine halbe Million in Bottweills Geschäft gesteckt − wahrscheinlich sollten Sie das mindestens durch zwei teilen − und glaubt, daß er ihr Privateigentum ist. Oder glaubte. Sie war auf Margot und Cherry eifersüchtig. Was Leo angeht, der könnte natürlich in Versuchung geführt worden sein, wenn seine Mutter den Zaster, den er zu erben erwartete, an einen Kerl austeilte, der versuchte, den Weltvorrat an Blattgold zu erschöpfen, und den sie vielleicht auch heiraten würde. Vielleicht wußte er sogar von dem Glas mit dem Gift in der Werkstatt. Kiernan, ich weiß nicht, aber aus einer Bemerkung, die Margot gemacht hat, und aus der Art und Weise, wie er Cherry heute nachmittag angesehen hat, vermute ich, daß er gerne etwas Irisches mit ihrem Chinesischen und Indischen und Holländischen mixen würde, und wenn er glaubte, daß Bottweill dabei war, ihn matt zu setzen, dann wäre auch er vielleicht in Versuchung geführt worden. Soviel zu den Gerüchten.«

»Mr. Hatch?«

»Nichts über ihn von Margot, aber vom Umgang mit ihm während des Gobelin-Jobs hätte es mich nicht überrascht, wenn er die ganze Meute aus Prinzip ausgerottet hätte. Sein Herz pumpt Säure statt Blut durch seine Adern. Er ist ein kreativer Künstler, so hat er mir erzählt. Er hat praktisch durchscheinen lassen, daß er für den Erfolg des Unternehmens verantwortlich sei, aber keine Anerkennung dafür erhalten würde. Er hat mir nicht wörtlich gesagt, daß er Bottweill für einen Schwindler und Falschspieler hält, aber in gewisser Weise hat er es doch getan. Sie erinnern sich vielleicht daran, daß ich Ihnen erzählt habe, daß er unter Verfolgungswahn leiden würde, und Sie haben nur gemeint, ich soll aufhören, den Jargon anderer Leute zu gebrauchen.«

»Das macht vier. Miss Dickey?«

Ich hob meine Augenbrauen. »Ich habe ihr eine Lizenz zum Heiraten besorgt, nicht zum Töten. Wenn sie gelogen hat, als sie sagte, daß es funktioniert habe, ist sie eine fast so gute Lügnerin wie Tänzerin. Vielleicht ist sie das. Wenn es nicht geklappt hat, könnte auch sie in Versuchung geführt worden sein.«

»Und Miss Quon?«

»Sie ist zur Hälfte Orientalin. Bei Orientalen kenne ich mich nicht aus, aber ich denke, daß sie ihre Augen schrägstellen, damit man weiter über sie nachrätselt. Das ist es, was sie so unergründlich macht. Wenn ich schon von einem von diesem Haufen vergiftet werden sollte, würde ich wollen, daß sie es täte. Abgesehen von dem, was Margot mir erzählt hat . . .«

Die Türglocke klingelte. Das war schlimmer als das Telefon. Wenn sie Santa Claus auf die Spur gekommen waren und diese zu Nero Wolfe führte, würde Cramer wesentlich eher dazu neigen, persönlich vorbeizukommen, anstatt anzurufen. Wolfe und ich tauschten Blicke aus. Ich sah auf meine Armbanduhr, registrierte, daß es 10 Uhr 08 war, erhob mich, ging in den Korridor, schnippte den Schalter für das Licht über der Treppe draußen an und riskierte einen Blick durch das von einer Seite durchsichtige Glas der Haustür. Ich habe gute Augen, aber die Gestalt war in einen schweren Mantel mit einer Kapuze eingemummt, also ging ich den halben Weg zur Tür hin, um sicherzugehen. Dann kehrte ich ins Büro zurück und sagte zu Wolfe: »Cherry Quon. Allein.«

Er runzelte die Stirn. »Ich wollte . . .« Er brach den Satz ab. »Nun gut. Bringen Sie sie herein.«

5

Wie ich bereits erwähnt habe, ist Cherry sehr dekorativ, und sie harmonierte gut mit dem roten Ledersessel neben Wolfes Schreibtisch. Es hätten drei von ihrer Sorte hineingepaßt. Sie hatte mich ihr den Mantel im Flur abnehmen lassen und hatte noch immer das hübsche kleine wollene Teil an, das sie auf der Party getragen hatte. Es war nicht wirklich gelb, aber es war Gelb darin enthalten. Ich hätte es als blaßgold bezeichnet, und zusammen mit dem roten Sessel und der Teetönung ihres glatten, kleinen, scharfgeschnittenen Gesichts hätte es ein sehr hübsches Fotomotiv hergegeben.

Sie saß auf der Ecke, ihr Rückgrat aufrecht und ihre Hände in ihrem Schoß zusammengelegt. »Ich hatte Angst, Sie anzurufen«, sagte sie, »weil Sie es mir hätten verbieten können, herzukommen. Also bin ich einfach vorbeigekommen. Werden Sie mir verzeihen?«

Wolfe brummte. Kein Zugeständnis. Sie lächelte ihn an, ein freundliches Lächeln, oder so dachte ich zumindest. Immerhin war sie zur Hälfte Orientalin.

»Ich muß mich zusammennehmen«, zwitscherte sie. »Ich bin nervös, weil es so aufregend ist, hier zu sein.« Sie drehte ihren Kopf. »Dort sind der Handschuh und die Bücherregale und der Safe und die Couch und natürlich Archie Goodwin. Und Sie, Sie, hinter Ihrem Schreibtisch in Ihrem enormen Sessel! Oh, ich kenne diesen Ort! Ich habe so viel über Sie gelesen — alles, was es über Sie gibt, glaube ich. Es ist aufregend, hier zu sein, wirklich hier, in diesem Sessel, und Sie zu sehen. Natürlich habe ich Sie diesen Nachmittag gesehen, aber das war etwas anderes. Sie hätten jeder sein können in diesem albernen Santa-Claus-Kostüm. Ich wollte Ihnen am Bart ziehen.«

Sie lachte, ein freundliches kleines Bimmeln wie von einer Glocke.

Ich glaube, ich sah recht perplex drein. Das war mein Eindruck, nachdem die Worte durch meine Ohren zu meinem Schaltpult drinnen durchgedrungen und herumgewirbelt worden waren. Ich war zu beschäftigt damit, mein Gesicht in den

Griff zu bekommen, um Wolfe anzusehen, aber er war wahrscheinlich noch beschäftigter, weil sie ihn direkt ansah. Ich richtete meine Augen auf ihn, als er sprach.

»Ich bin leider ratlos, Miss Quon, sollte ich sie recht verstanden haben. Wenn Sie glauben, daß Sie mich diesen Nachmittag in einem Santa-Claus-Kostüm gesehen haben, irren Sie sich.«

»Oh, es tut mir leid!« rief sie aus. »Dann haben Sie es ihnen nicht erzählt?«

»Meine werte Dame.« Seine Stimme wurde schärfer. »Wenn Sie in Rätseln sprechen müssen, sprechen Sie mit Mr. Goodwin. Er mag so etwas.«

»Aber es tut mir wirklich leid, Mr. Wolfe. Ich hätte Ihnen erst erklären sollen, woher ich es weiß. Heute morgen hat mir Kurt beim Frühstück erzählt, daß Sie ihn angerufen und mit ihm vereinbart hätten, auf der Party als Santa Claus zu erscheinen, und heute nachmittag habe ich ihn gefragt, ob Sie gekommen sind, und er sagte, daß Sie da wären und Sie das Kostüm anziehen würden. Daher weiß ich davon. Aber Sie haben es nicht der Polizei erzählt? Dann ist es ja gut, daß ich es ihnen auch nicht erzählt habe, nicht wahr?«

»Das ist interessant«, sagte Wolfe kalt. »Was erwarten Sie durch diese Phantasterei zu erreichen?«

Sie schüttelte ihren hübschen kleinen Kopf. »Sie, mit Ihrer Menge Verstand. Sie müssen erkennen, daß es keinen Zweck hat. Wenn ich es der Polizei erzähle, werden sie, selbst wenn sie mir nicht glauben wollen, Ermittlungen anstellen. Ich weiß, daß sie nicht so gut ermitteln können wie Sie, aber sie werden sicher etwas finden.«

Er schloß seine Augen, preßte seine Lippen zusammen und lehnte sich in seinem Sessel zurück. Ich blieb wachsam, konzentrierte mich auf sie. Sie mochte ungefähr einhundertundzwei Pfund wiegen. Ich hätte sie unter einem Arm tragen und die andere Hand auf ihren Mund pressen können. Es würde allerdings nichts nutzen, sie nach oben ins Gästezimmer zu bringen, denn sie hätte ein Fenster öffnen und schreien können, aber es gab da einen kleinen Raum im Keller, neben Fritz' Zimmer, mit einer alten Couch drin. Oder, als Alternative, hätte ich eine

Pistole aus meiner Schreibtischschublade holen und sie erschießen können. Wahrscheinlich wußte niemand, daß sie hierher gekommen war.

Wolfe öffnete seine Augen und richtete sich auf. »Nun gut. Es ist nach wie vor phantastisch, aber ich gebe zu, daß Sie eine unangenehme Situation fabrizieren könnten, indem Sie diese zusammengesponnene Geschichte zur Polizei bringen. Ich kann mir nicht vorstellen, daß Sie hierher gekommen sind, nur um mir zu erzählen, daß Sie das vorhaben. Was haben Sie vor?«

»Ich denke, daß wir einander verstehen«, zwitscherte sie.

»Ich verstehe nur, das Sie etwas wollen. Was?«

»Sie sind so direkt«, beklagte sie sich. »So dermaßen abrupt, daß ich etwas Falsches gesagt haben muß. Aber ich will wirklich etwas. Sehen Sie, da die Polizei denkt, daß der Mann der Täter war, der Santa Claus gespielt hat und weggerannt ist, können sie nicht auf die richtige Spur kommen, bevor es zu spät ist. Das würden Sie doch nicht wollen, oder?«

Keine Antwort.

»Ich würde es nicht wollen«, sagte sie, und ihre Hände in ihrem Schoß ballten sich zu kleinen Fäusten. »Ich würde nicht wollen, daß derjenige, der Kurt ermordet hat, entkommen würde, egal, wer es war. Aber sehen Sie, ich weiß, wer ihn ermordet hat. Ich habe es der Polizei erzählt, aber sie werden mir nicht zuhören, bis sie Santa Claus gefunden haben, oder wenn sie mir zuhören, werden sie denken, daß ich nur eine eifersüchtige Katze bin, und außerdem bin ich eine Orientalin, und ihre Vorstellungen von Orientalen sind sehr primitiv. Ich wollte sie dazu zwingen, mir zuzuhören, indem ich ihnen erzählen wollte, wer Santa Claus war, aber ich weiß durch das, was ich gelesen habe, wie sie über Sie denken, und ich hatte Angst, daß sie versuchen würden zu beweisen, daß Sie es waren, der Kurt ermordet hat, und natürlich könnten Sie es tatsächlich gewesen sein, denn Sie sind weggerannt, und dann würden sie mir immer noch nicht zuhören, wenn ich ihnen erzähle, wer ihn wirklich umgebracht hat.«

Sie unterbrach sich, um Luft zu holen. Wolfe warf schnell ein: »Wer hat es getan?«

Sie nickte. »Ich werde es Ihnen erzählen. Margot Dickey und Kurt hatten eine Affäre. Vor ein paar Monaten machte Kurt sich an mich heran, und es war hart für mich, weil ich — ich —«, sie runzelte die Stirn, suchte nach einem Wort und fand es. »Ich hegte Gefühle für ihn. Ich hegte starke Gefühle. Aber sehen Sie, ich bin Jungfrau, und ich wollte ihm nicht nachgeben. Ich weiß nicht, was ich getan hätte, wenn ich nicht gewußt hätte, daß er eine Affäre mit Margot hatte, aber ich wußte davon, und ich erzählte ihm, daß der erste Mann, mit dem ich schlafen würde, mein Ehemann sein würde. Er sagte, daß er bereit wäre, Margot aufzugeben, aber selbst wenn er das täte, könnte er mich wegen Mrs. Jerome nicht heiraten, weil sie dann aufhören würde, ihm mit ihrem Geld den Rücken zu stärken. Ich weiß nicht, was ich Mrs. Jerome bedeutete, aber ich weiß, was sie ihm bedeutete.«

Ihre Hände öffneten und schlossen sich erneut zu Fäusten. »Das ging eine Zeitlang so weiter, aber Kurt hegte auch für mich Gefühle. Spät in der letzten Nacht, es war nach Mitternacht, rief er mich an, und erklärte, daß er mit Margot ein für allemal Schluß gemacht hatte und er mich heiraten wolle. Er wollte vorbeikommen und mich sehen, aber ich antwortete ihm, daß ich im Bett liegen würde, und wir einander am Morgen sowieso sehen würden. Er sagte, das wäre im Atelier, wo auch andere Leute anwesend sein würden, also versprach ich ihm schließlich, daß ich zum Frühstück in sein Appartement kommen würde, und das hielt ich ein, heute morgen. Aber ich bin noch immer Jungfrau, Mr. Wolfe.«

Er hatte sie mit halbgeschlossenen Augen fixiert. »Das ist Ihr Privileg, Madam.«

»Oh!« meinte sie. »Ist es ein Privileg? Es war dort, beim Frühstück, wo er mir von Ihnen erzählte, von Ihrem Arrangement, Santa Claus zu spielen. Als ich ins Studio kam, war ich überrascht, Margot dort zu sehen, und wie freundlich sie war. Das war Teil ihres Plans, jedem gegenüber freundlich und vergnügt zu sein. Sie hat der Polizei erzählt, daß Kurt sie heiraten wollte, daß sie sich letzte Nacht entschlossen hatten, nächste Woche zu heiraten. In der Weihnachtswoche. Ich bin Christin.«

Wolfe regte sich in seinem Sessel. »Sind wir am springenden Punkt angelangt? Hat Miss Dickey Mr. Bottweill umgebracht?«

»Ja. Natürlich hat sie das.«

»Haben Sie das der Polizei erzählt?«

»Ja. Ich habe ihnen nicht alles erzählt, was ich Ihnen erzählt habe, aber genug.«

»Mit Beweisen?«

»Nein. Ich habe keine Beweise.«

»Dann sind Sie gegenüber einer Verleumdungsklage verwundbar.«

Sie öffnete ihre Fäuste und drehte ihre Handflächen nach oben. »Macht das etwas? Wenn ich weiß, daß ich recht habe? Wenn ich es *weiß*? Aber sie war so clever, sie hat es so angestellt, daß es keine Beweise geben kann. Jeder, der heute dort war, wußte von dem Gift, und sie alle hatten die Gelegenheit, es in die Flasche zu schütten. Sie können niemals beweisen, daß sie es getan hat. Sie können nicht einmal beweisen, daß sie lügt, wenn sie sagt, daß Kurt sie heiraten wollte, denn er ist tot. Sie hat sich heute so benommen, wie sie sich benommen hätte, wenn ihre Geschichte wahr gewesen wäre. Aber es muß irgendwie bewiesen werden. Es muß einfach Beweise geben, um es zu belegen!«

»Und Sie wollen von mir, daß ich diese Beweise finde?«

Sie ließ das unkommentiert. »Was ich gedacht habe, Mr. Wolfe, ist, daß sie ebenfalls verwundbar sind. Es wird jederzeit die Gefahr bestehen, daß die Polizei herausfindet, wer Santa Claus war, und wenn sie herausfinden, daß Sie es waren und Sie es ihnen nicht gesagt haben...«

»Das habe ich nicht zugegeben«, schnappte Wolfe.

»Dann wollen wir doch einfach feststellen, daß jederzeit die Gefahr bestehen wird, daß ich ihnen erzähle, was mir Kurt erzählt hat, und Sie haben zugegeben, daß das unangenehm sein würde. Also wäre es besser, wenn Beweise belegen würden, wer einerseits Kurt umgebracht hat und andererseits wer Santa Claus war. Wäre dem nicht so?«

»Fahren Sie fort.«

»Also dachte ich mir, wie einfach es für Sie sein würde, die

Beweise zu bekommen. Sie haben Männer, die Aufträge für Sie erledigen, die alles für Sie tun würden, und einer von ihnen könnte sagen, daß Sie ihn darum gebeten haben, dorthin zu gehen und Santa Claus zu spielen, und daß er das getan habe. Natürlich könnte es nicht Mr. Goodwin sein, weil er auf der Party war, und es müßte ein Mann sein, dem sie nicht beweisen könnten, daß er woanders war. Er könnte sagen, daß er, während er im Umkleideraum war, um das Kostüm anzuziehen, jemanden im Büro gehört und hinausgespäht habe, um zu sehen, wer es war, und er sah, wie Margot Dickey die Flasche aus der Schreibtischschublade nahm und etwas hineintat und die Flasche wieder zurück in die Schublade stellte und hinausging. Das muß nämlich der Zeitpunkt gewesen sein, in dem sie es getan hat, weil Kurt immer einen Pernod trank, wenn er vom Mittagessen zurückkam.«

Wolfe rieb sich seine Lippe mit einer Fingerspitze. »Ich verstehe«, murmelte er.

Sie war noch nicht fertig. »Er könnte sagen«, fuhr sie fort, »daß er wegrannte, weil er Angst hatte und zuerst Ihnen davon erzählen wollte. Ich glaube nicht, daß sie ihm etwas antun würden, wenn er morgen früh zu ihnen gehen und ihnen alles erzählen würde, oder? Ebensowenig wie mir. Ich glaube nicht, daß sie mir etwas antun würden, wenn ich morgen früh zu ihnen gehen und ihnen erzählen würde, daß ich mich daran erinnert habe, daß mir Kurt erzählt hat, daß Sie Santa Claus sein würden und daß er mir heute nachmittag gesagt hat, daß Sie im Umkleideraum das Kostüm anlegen würden. Das wäre die gleiche Geschichte, oder nicht?«

Ihr kleiner geschwungener Mund verengte und weitete sich zu einem Lächeln. »Das ist es, was ich will«, zwitscherte sie. »Habe ich es so erzählt, daß Sie es verstehen?«

»Das haben Sie tatsächlich«, versicherte Wolfe ihr. »Sie haben es vortrefflich dargestellt.«

»Wäre es günstiger für Sie, Inspektor Cramer hierher kommen zu lassen, damit Sie es ihm selbst sagen, anstatt Ihren Mann hingehen zu lassen, damit er es ihm erzählt? Sie könnten Ihren Mann hierher bestellen. Sie sehen, ich weiß durch all die

Dinge, die ich gelesen habe, wie Sie solche Angelegenheiten regeln.«

»Das könnte günstiger sein«, gab er zu. Sein Tonfall war trocken, aber nicht feindselig. Ich bemerkte, wie ein Muskel nahe seinem rechten Ohr zuckte, aber sie konnte das nicht sehen. »Ich nehme an, Miss Quon, daß es vergeblich ist, die Möglichkeit zu erwähnen, daß einer von den anderen ihn ermordet hat, und daß es in dem Fall bedauerlich wäre . . .«

»Verzeihen Sie mir, daß ich Sie unterbreche.« Das Zwitschern war noch immer ein Zwitschern, aber harter Stahl schwang darin mit. »Ich weiß, daß sie ihn getötet hat.«

»Das tue ich nicht. Und selbst wenn ich mich Ihrer Überzeugung beuge, müßte ich, bevor ich auf die List eingehe, die Sie vorschlagen, sichergehen, daß es keine Tatsachen gibt, die diese List zunichte machen könnten. Dafür werde ich nicht lange brauchen. Sie werden morgen von mir hören. Ich werde . . .«

Sie unterbrach ihn schon wieder. »Ich kann nicht länger als bis morgen früh damit warten, der Polizei zu erzählen, was mir Kurt gesagt hat.«

»Pfui. Sie können und werden. Im Augenblick, in dem Sie das enthüllen, haben Sie keine Peitsche mehr, mit der Sie mich zappeln lassen können. Sie werden morgen von mir hören. Nun will ich nachdenken. Archie?«

Ich verließ meinen Stuhl. Sie sah zu mir auf und dann wieder zu Wolfe hinüber. Für einige Sekunden saß sie dort, dachte nach, natürlich unergründlich, dann stand sie auf. »Es war sehr aufregend, hier zu sein«, sagte sie, der Stahl war verschwunden, »Sie hier zu sehen! Sie müssen mir verzeihen, daß ich nicht angerufen habe. Ich hoffe, daß es früh am morgigen Tag sein wird.« Sie drehte sich um und ging auf die Tür zu, und ich folgte ihr.

Nachdem ich ihr mit ihrem Kapuzenmantel geholfen und sie herausgelassen und beobachtet hatte, wie sie ihren Weg die sieben Stufen hinunter fand, schloß ich die Tür, legte die Türkette vor, kehrte ins Büro zurück und sagte Wolfe: »Es hat aufgehört zu schneien. Was glauben Sie, wer sich dafür am besten eignen wird, Saul oder Fred oder Orrie oder Bill?«

»Setzen Sie sich«, grollte er. »Sie durchschauen die Frauen. Nun?«

»Nicht diese. Ich passe. Ich würde weder auf die eine noch auf die andere Weise einen Pfennig auf sie verwetten. Würden Sie?«

»Nein. Sie ist wahrscheinlich eine Lügnerin und vielleicht sogar seine Mörderin. Ich muß alles wissen, was dort heute passiert ist, nachdem ich gegangen bin. Jedes Wort und jede Geste.«

Ich setzte mich und erzählte es ihm. Die Frageperiode eingeschlossen, dauerte es eine Stunde und fünfunddreißig Minuten. Es war nach ein Uhr, als er seinen Stuhl zurückschob, seine massige Gestalt hochstemmte, mir eine gute Nacht wünschte und ins Bett ging.

6

Um halb drei am folgenden Samstag nachmittag saß ich in einem Raum in einem Gebäude in der Leonard Street, dem Raum, in dem ich einmal dem stellvertretenden Bezirksstaatsanwalt das Mittagessen gemopst hatte. Es würde für mich keinen Grund geben, die Vorstellung zu wiederholen, weil ich gerade aus Ost's Restaurant wiedergekommen war, wo ich einen Teller Eisbein und Sauerkraut verspeist hatte.

Soweit ich wußte, waren nicht nur keine Schritte unternommen worden, Margot den Mord anzuhängen, es waren überhaupt noch keine Schritte unternommen worden. Da Wolfe jeden Morgen von neun bis elf oben in den Pflanzenzimmern ist, und da er von einem Tablett oben in seinem Raum frühstückt, und da ich um zehn Uhr in der Stadt erwartet wurde, hatte ich ihn kurz vor neun auf dem Haustelefon angeklingelt, um nach Instruktionen zu fragen, und mir war gesagt worden, daß er keine hatte. Downtown Assistant DA Farrell hatte, nachdem er mich eine Stunde lang im Vorzimmer hatte warten lassen, zwei Stunden mit mir verbracht, zusammen mit einem Stenographen und einem Schnüffler, der Freitag nachmittag am Tatort gewesen war. Farrell huschte hin und her, durchkreuzte den ganzen Raum, nicht nur aufgrund dessen, was ich bereits berichtet hatte, sondern auch aufgrund meiner vorhergehenden Beziehung zum Personal von Bottweill. Er fragte mich nur einmal, ob ich irgend etwas über Santa Claus wüßte, also mußte ich nur einmal lügen, wenn man nicht mitzählt, daß ich wieder unterließ, meine Heiratslizenz zu erwähnen. Als er eine Pause vorschlug und mich anwies, um zwei Uhr dreißig zurückzukommen, rief ich Wolfe auf meinem Weg zum Eisbein von Ost's an, um ihm zu erzählen, daß ich nicht wüßte, wann ich zu Hause sein würde, und wieder hatte er keine Instruktionen. Ich sagte, daß ich bezweifelte, daß Cherry Quon bis nach Neujahr damit warten würde, die Geschichte auszuplaudern, und er antwortete, daß er das auch täte, und hängte auf.

Als ich um zwei Uhr dreißig wieder in Farrells Büro geführt wurde, war er alleine – kein Stenograph und kein Schnüffler. Er fragte mich, ob ich ein gutes Mittagessen gehabt habe und wartete sogar meine Antwort ab, händigte mir irgendwelche maschinengeschriebenen Blätter aus und lehnte sich in seinem Stuhl zurück.

»Lesen Sie es sich durch«, sagte er, »und schauen Sie, ob Sie es unterschreiben wollen.«

Sein Tonfall schien anzudeuten, daß ich das vielleicht nicht wollen würde, also ging ich es vorsichtig durch, ganze fünf Seiten. Ich fand keinerlei redaktionelle Überarbeitungen, gegen die etwas einzuwenden war, zog meinen Stuhl auf eine Ecke seines Schreibtisches zu, legte die Aussage auf die Tischfläche und holte meinen Schreiber aus meiner Tasche.

»Einen Augenblick«, sagte Farrell. »Sie sind kein schlechter Kerl, obwohl Sie sich überheblich geben, also warum sollte ich Ihnen nicht einen Tip geben? Das da sagt ausdrücklich, daß Sie alles berichtet haben, was Sie gestern nachmittag dort getan haben.«

»Yeah, ich habe es gelesen. Also?«

»Also wer hat Ihre Fingerabdrücke auf einige der Papierfetzen in Bottweills Papierkorb getan?«

»Ich soll verflucht sein«, sagte ich. »Ich habe vergessen, Handschuhe anzuziehen.«

»In Ordnung, Sie sind überheblich. Das weiß ich bereits.« Seine Augen nagelten mich fest. »Sie müssen diesen Papierkorb durchsucht haben, jedes Teil, als Sie in Bottweills Büro gegangen waren, um angeblich Santa Claus zu suchen, und Sie haben es nicht einfach vergessen. Sie vergessen keine Sachen. Also haben Sie es absichtlich ausgelassen. Ich will wissen warum, und ich will wissen, was Sie aus jenem Abfallkorb genommen haben und was Sie damit gemacht haben.«

Ich grinste ihn an. »Ich soll außerdem verflucht sein, weil ich gedacht habe, daß ich wüßte, wie gründlich sie sind, und offensichtlich wußte ich das nicht. Ich hätte nicht gedacht, daß sie so weit gehen würden, den Inhalt eines Papierkorbes abzustauben, wenn es nichts gab, um ihn mit dem Fall in Zusammenhang zu bringen, aber ich sehe ein, daß ich unrecht hatte, und ich hasse es, unrecht zu haben.« Ich zuckte mit den Schultern. »Nun, man lernt jeden Tag etwas Neues.« Ich drehte die Aussage in die richtige Position, unterschrieb sie unten auf der letzten Seite, schob sie ihm hinüber, faltete die Karbondurchschrift und steckte sie in meine Tasche.

»Ich schreibe es dazu, wenn Sie darauf bestehen«, sagte ich ihm, »aber ich bezweifle, ob es den Ärger wert ist. Santa Claus war weggerannt, Kiernan rief die Polizei an, und ich schätze, daß ich etwas durcheinander war. Ich muß mich nach etwas umgesehen haben, was mir einen Hinweis auf Santa Claus hätte geben können, und mein Blick fiel auf den Papierkorb, und ich durchsuchte ihn. Ich habe es nicht erwähnt, weil es nicht sehr intelligent war, und ich mag es, wenn Menschen, vor allen Dingen Polizisten, denken, daß ich intelligent bin. Das ist Ihr ›Warum‹. Was die Frage angeht, was ich herausgenommen habe, so lautet die Antwort: nichts. Ich habe den Papierkorb ausgekippt, alles wieder hineingetan und nichts weggenommen. Wollen Sie von mir, daß ich das hineinschreibe?«

»Nein. Ich will es mit Ihnen diskutieren. Ich weiß, daß Sie intelligent *sind*. Und Sie waren nicht durcheinander. Sie sind nie durcheinander. Ich will den wirklichen Grund wissen, warum Sie den Papierkorb durchsucht haben, wonach Sie gesucht haben, ob Sie es gefunden haben, und was Sie damit gemacht haben.«

Es kostete mich mehr als eine Stunde, wovon ich zwanzig Minuten im Büro des Bezirksstaatsanwaltes selbst verbrachte, zusammen mit Farrell und einem weiteren Assistenten. An einem Punkt sah es aus, als würden sie mich als wichtigen Zeugen festhalten, aber dazu braucht es einen Haftbefehl, das Weihnachtswochenende hatte begonnen, und es gab keinen Beweis dafür, daß ich ihnen irgendeinen Beweis vorenthalten hatte, also scheuchten sie mich schließlich hinaus, nachdem ich eine Einfügung per Hand in meine Aussage geschrieben hatte. Es war unanständig, solche wichtigen Leute des öffentlichen Dienstes dort sitzen zu lassen, während ich die Einfügung auf meine Durchschrift übertrug, aber ich liebe es, Dinge vollständig zu erledigen.

Als ich nach Hause kam, war es zehn Minuten nach vier, und natürlich war Wolfe nicht im Büro, weil seine Nachmittagssitzung oben in den Pflanzenzimmern von vier bis sechs andauerte. Es lag keine Notiz von ihm auf meinem Schreibtisch, also gab es augenscheinlich noch immer keine Instruktionen, aber es war eine Information darauf zu finden. Bei meinem Schreibtischaschenbecher, der hauptsächlich zur Dekoration da ist, da ich selten rauche – ein Geschenk von einem früheren Klienten, nicht für Wolfe, sondern für mich –, handelt es sich um eine Jadeschüssel von fünfzehn Zentimetern Durchmesser. Er stand dort an seinem Platz, und in ihm lagen Stummel von Pharaoh-Zigaretten.

Saul Panzer raucht Pharaohs, ägyptische Zigaretten. Ich nehme an, daß das auch ein paar andere Leute tun, aber die Wahrscheinlichkeit, daß einer davon an meinem Schreibtisch gesessen hatte, während ich weg war, war zu gering, um sich darüber Gedanken zu machen. Und nicht nur, daß Saul hier gewesen war. Wolfe wollte zudem, daß ich das wußte, weil eins der acht Millionen Dinge, die er in seinem Büro nicht toleriert, Aschenbecher mit Überresten sind. Er würde sogar persönlich direkt ins Badezimmer gehen, um den Aschenbecher zu leeren.

Also wurden schließlich doch noch Schritte unternommen. Was für Schritte? Saul, ein freier Mitarbeiter und der beste Detektiv weit und breit, verlangt und bekommt sechzig Dollar pro Tag und ist zweimal soviel wert. Wolfe hatte ihn nicht wegen eines Routinebotengangs zu sich gerufen, und natürlich kam mir nicht einen Moment lang die Idee, daß er darauf eingegangen war, ihn als Santa-Claus-Double zu verdingen. Jemandem einen Mord anzuhängen, selbst einer Frau, die schuldig sein könnte, war kein Bestandteil seines Trickrepertoires. Ich ging zum Haustelefon und rief in den Pflanzenzimmern an, und nach einer Weile erklang Wolfes Stimme in meinem Ohr.

»Ja, Fritz?«

»Nicht Fritz. Ich. Ich bin zurück. Nichts Dringliches zu berichten. Sie haben meine Fingerabdrücke auf Teilen im Papierkorb gefunden, aber ich bin ihnen entkommen, ohne Blut lassen zu müssen. Geht es in Ordnung, wenn ich meinen Aschenbecher leere?«

»Ja. Bitte tun Sie das.«

»Was ist also zu erledigen?«

»Ich werde Ihnen das um sechs Uhr erzählen. Vielleicht früher.«

Er hängte auf. Ich ging zum Safe und sah in das Geldfach, um zu sehen, ob Saul mit großzügigen Geldern versorgt worden war, aber das Geld lag so da, wie ich es beim letzten Mal gesehen hatte, und es war keine Eintragung im Buch. Ich leerte den Aschenbecher. Dann ging ich in die Küche, wo ich Fritz vorfand, der eine Mixtur in eine Schüssel mit Schweinelenden goß, und meinte zu ihm, daß ich hoffte, daß Saul sein Mittagessen genossen habe, und Fritz sagte, daß er nicht zum Mittagessen geblieben sei. Also mußten direkt nachdem ich am Morgen weggegangen war, Schritte in die Wege geleitet worden sein. Ich ging ins Büro zurück, las die Karbondurchschrift meiner Aussage durch, bevor ich sie abheftete, und verbrachte die Zeit damit, mir acht verschiedene Möglichkeiten auszudenken, mit denen Saul hätte beauftragt werden können, aber keine von ihnen sah mir vielversprechend aus. Kurz nach fünf klingelte das Telefon, und ich ging ran. Es war Saul. Er sagte, daß er froh darüber sei, daß ich heil wieder nach Hause gekommen wäre, und ich antwortete, daß ich das auch wäre.

»Nur eine Nachricht für Mr. Wolfe«, meinte er. »Sag ihm, daß alles vorbereitet ist, ohne Schwierigkeiten.«

»Ist das alles?«

»Richtig. Man sieht sich.«

Ich legte den Hörer auf, saß einen Augenblick da, um zu überlegen, ob ich zu den Pflanzenzimmern hochgehen oder das Haustelefon benutzen sollte, entschied, daß das letztere genügen würde, zog den Apparat an mich heran und drückte den Knopf. Als Wolfes Stimme erklang, war sie gereizt; er haßt es, dort oben gestört zu werden.

»Ja?«

»Saul hat angerufen und mir aufgetragen, Ihnen zu sagen, daß alles vorbereitet ist, ohne Schwierigkeiten. Gratulation. Bin ich im Weg?«

»Seltsamerweise nicht. Stellen Sie Stühle für Besucher bereit, zehn sollten genügen. Vier oder fünf werden kurz nach sechs Uhr kommen; ich hoffe, nicht mehr. Weitere werden später kommen.«

»Erfrischungen?«

»Getränke, natürlich. Nichts sonst.«

»Sonst noch etwas für mich?«

»Nein.«

Er war weg. Bevor ich wegen der Stühle ins Vorzimmer und wegen des Proviants in die Küche ging, nahm ich mir die Zeit, mich selbst zu fragen, ob ich die geringste Ahnung hatte, welche Art Scharade er sich dieses Mal hatte einfallen lassen. Ich hatte keinen blassen Schimmer.

7

Es waren vier. Sie kamen alle zwischen sechs Uhr fünfzehn und sechs Uhr zwanzig — zuerst Mrs. Perry Porter Jerome und ihr Sohn Leo, dann Cherry Quon und schließlich Emil Hatch. Mrs.

Jerome schnappte sich den roten Ledersessel, aber ich setzte sie, mitsamt ihrem Pelz und allem anderen, auf einen der gelben um, als Cherry kam. Ich war bereit zuzugeben, daß auch Cherry zu einem ganz anderen Stuhl hätte geführt werden können, einem an dem Stromanschlüsse angebracht waren, aber ich dachte auch, daß sie diesen Hintergrund verdiente und nicht Mrs. Jerome. Um sechs Uhr dreißig, als ich sie verließ, um den Korridor zum Eßzimmer zu durchqueren, hatten sie nicht ein Wort miteinander gewechselt.

Wolfe hatte im Eßzimmer gerade eine Flasche Bier ausgetrunken. »Okay«, sagte ich ihm, »es ist sechs Uhr einunddreißig. Nur vier. Kiernan und Margot Dickey haben sich nicht blicken lassen.«

»Zufriedenstellend.« Er stand auf. »Haben sie Informationen verlangt?«

»Zwei von ihnen haben das, Hatch und Mrs. Jerome. Ich habe ihnen erzählt, daß diese von Ihnen kommen werden, wie befohlen. Das war einfach, da ich keine habe.«

Er ging in Richtung Büro, und ich folgte ihm. Obwohl sie, außer Cherry, nicht wußten, daß er ihnen am Tag zuvor Champagner eingeschenkt hatte, war eine Vorstellung nicht notwendig, da sie ihn alle während der Gobelinjagd getroffen hatten. Nachdem er die im roten Ledersessel sitzende Cherry umrundet hatte, stellte er sich hinter seinen Schreibtisch und fragte sie, wie es ihnen ginge, dann setzte er sich.

»Ich danke Ihnen nicht für Ihr Kommen«, sagte er, »weil Sie in Ihrem eigenen Interesse gekommen sind, nicht in meinem. Ich habe . . .«

»Ich bin gekommen«, warf Hatch ein, mürrischer denn je, »um herauszufinden, was Sie vorhaben.«

»Das werden Sie«, versicherte Wolfe ihm. »Ich habe jedem von Ihnen eine inhaltlich identische Nachricht gesandt, die besagt, daß Mr. Goodwin gewisse Informationen hat, von denen er meint, daß er sie spätestens heute abend der Polizei übergeben muß, aber ich habe ihn davon überzeugt, mich die Sache erst mit Ihnen diskutieren zu lassen. Bevor ich . . .«

»Ich habe nicht gewußt, daß noch andere hier sein würden«, platzte Mrs. Jerome heraus und starrte Cherry zornig an.

»Ebensowenig wie ich«, sagte Hatch und starrte Mrs. Jerome zornig an.

Wolfe ignorierte das. »Die Nachricht, die ich Miss Quon geschickt habe, unterscheidet sich etwas von den anderen, aber das braucht Sie nicht zu kümmern. Bevor ich Ihnen erzähle, wie Mr. Goodwins Information aussieht, brauche ich ein paar Fakten von Ihnen. Zum Beispiel weiß ich, daß jeder von Ihnen − Miss Dickey und Mr. Kiernan eingeschlossen, die wahrscheinlich später zu uns stoßen werden −, daß jeder von ihnen eine Gelegenheit hätte finden können, das Gift in die Flasche zu schütten. Streitet das irgend jemand von Ihnen ab?«

Cherry, Mrs. Jerome und Leo redeten alle auf einmal. Hatch sah bloß mürrisch drein.

Wolfe hob die Hand, um sie zu beschwichtigen. »Wenn ich bitten darf. Ich zeige nicht mit einem Finger der Anklage auf einen von Ihnen. Ich drücke lediglich aus, daß niemand von Ihnen, Miss Dickey und Mr. Kiernan eingeschlossen, beweisen kann, daß er keine Gelegenheit dazu hatte. Können Sie das?«

»Quatsch.« Leo Jerome war empört. »Es war dieser Kerl, der den Santa Claus gespielt hat. Natürlich war er es. Ich war die gesamte Zeit mit Bottweill und meiner Mutter zusammen, zunächst in der Werkstatt und dann in seinem Büro. Ich kann *das* beweisen.«

»Aber Bottweill ist tot«, erinnerte Wolfe ihn, »und Ihre Mutter ist Ihre Mutter. Sind Sie kurz vor ihnen ins Büro hinaufgegangen, oder ist Ihre Mutter kurz vor Ihnen und Bottweil hinaufgegangen? Gibt es einen akzeptablen Beweis, daß Sie das nicht getan haben? Die anderen haben das gleiche Problem. Miss Quon?«

Es bestand keine Gefahr, daß Cherry das Spiel verdarb. Wolfe hatte mir erzählt, was er ihr am Telefon erzählt hatte: daß er einen Plan erstellt hatte, von dem er dachte, daß sie dabei ihre Genugtuung bekommen würde, und wenn sie um Viertel nach sechs käme, würde sie beobachten können, wie sein Plan aufging. Sie hatte, seit er hereingekommen war, ihre

Augen nur auf ihn gerichtet. Nun zwitscherte sie: »Wenn Sie meinen, daß ich nicht beweisen kann, daß ich gestern nicht allein im Büro war, nein, das kann ich nicht.«

»Mr. Hatch?«

»Ich bin nicht hierher gekommen, um etwas zu beweisen. Ich habe Ihnen erzählt, weshalb ich gekommen bin. Welche Informationen hat Goodwin?«

»Wir werden schon noch darauf kommen. Zuerst ein paar weitere Fakten. Mrs. Jerome, wann haben Sie davon erfahren, daß Bottweill sich dazu entschlossen hatte, Miss Quon zu heiraten?«

Leo schrie: »Nein!«, aber seine Mutter war zu sehr damit beschäftigt, Wolfe anzustarren, um ihn zu hören. »Was?« krächzte sie. Dann fand sie ihre Stimme wieder. »Kurt *sie* heiraten? Diese kleine Dirne?«

Cherry rührte nicht einen Muskel, ihre Augen waren noch immer auf Wolfe gerichtet.

»Das ist wunderbar!« sagte Leo. »Das ist phantastisch!«

»Nicht so verdammt wunderbar«, meldete sich Emil Hatch. »Ich verstehe, Wolfe. Goodwin hat keine Informationen und ebensowenig haben Sie welche. Weshalb Sie wollten, daß wir zusammenkommen und beginnen, aufeinander loszugehen, verstehe ich nicht. Ich weiß nicht, warum Sie daran interessiert sind, aber vielleicht werde ich es herausfinden, wenn ich Ihnen zur Hand gehe. Dieser Haufen da hat die feinste Kollektion an Bosheiten hervorgebracht, die man finden kann. Vielleicht haben wir alle Gift in die Flasche gegeben, und das ist der Grund dafür, warum es eine solch große Dosis war. Wenn es wahr ist, daß Kurt sich entschlossen hatte, Cherry zu heiraten, und Al Kiernan davon wußte, wäre das der Auslöser gewesen. Al hätte hundert Kurts umgebracht, wenn es ihm Cherry eingebracht hätte. Wenn Mrs. Jerome davon wußte, denke ich, daß sie sich für Cherry und nicht für Kurt entschieden hätte, aber vielleicht hat sie auch begriffen, daß es bald eine andere geben würde und sie das Problem genausogut ein für allemal beseitigen könnte. Was Leo angeht, denke ich, daß er Kurt ziemlich gut leiden konnte, aber wem kann man schon glauben? Kurt melkte das Vermögen seiner Mama, von dem Leo hoffte, daß er es eines Tages erben würde, und ich schätze, daß das Vermögen nicht ganz das verspricht, was man von ihm annimmt. Tatsächlich . . .«

Er brach den Satz ab, und ich stand von meinem Stuhl auf. Leo wollte sich erheben, offensichtlich mit der Absicht, dem kreativen Künstler einen Schlag zu verpassen. Ich ging auf ihn zu, um ihn abzufangen, und im selben Augenblick, in dem ich ihm einen Schubs gab, riß seine Mutter ihn an seinem Mantelsaum zurück. Das hielt ihn nicht nur auf, sondern brachte ihn fast aus dem Gleichgewicht, und ich steuerte ihn mit meiner anderen Hand zurück auf seinen Stuhl und stellte mich dann neben ihn.

Hatch fragte: »Soll ich fortfahren?«

»Auf jeden Fall«, sagte Wolfe.

»Tatsächlich erscheint es trotzdem am wahrscheinlichsten, daß Cherry die Mörderin ist. Sie ist die Klügste der Bande und hat mit Abstand den stärksten Willen. Aber ich verstehe, daß Margot für sich beansprucht, daß er sie heiraten wollte, während Cherry sagt, daß Kurt *sie* heiraten wollte. Natürlich kompliziert das die Angelegenheit, und Margot wäre sowieso meine zweite Wahl. Margot hat mehr als genug von der Art Stolz, der nur hauchdünn ist und deshalb keinem Kratzer standhalten kann. Wenn Kurt sich entschlossen hatte, Cherry zu heiraten und das Margot erzählt hat, war er sogar ein noch größerer Idiot, als ich sowieso schon dachte. Was uns auf mich bringt. Ich bin ein Fall für sich. Ich verachte sie alle. Wenn ich mich entschlossen hätte, zum Gift zu greifen, hätte ich es sowohl in den Champagner als auch in den Pernod getan, und ich hätte Wodka getrunken, den ich vorziehe − und apropos, auf dem Tisch steht eine Flasche mit einem Korbeloff Wodka-Etikett. Ich habe seit fünfzehn Jahren keinen Korbeloff mehr getrunken. Ist sie echt?«

»Sie ist. Archie?«

Einer Gruppe geladener Gäste Getränke zu servieren, kann eine angenehme Pflicht sein, aber das war es diesmal nicht. Als ich Mrs. Jerome nach ihrem Wunsch fragte, sah sie mich nur zornig an, aber nachdem ich Cherrys Wunsch nach Scotch mit Soda erfüllt und Hatch mit einer großzügigen Dosis Korbeloff − unverdünnt − versorgt hatte, und Leo mir gesagt hatte, daß er gerne Bourbon mit Wasser hätte, murmelte seine Mutter, daß sie das auch nehmen würde. Während ich den Bourbon einschenkte, überlegte ich, wie es jetzt weitergehen würde. Es sah so aus, als wäre es für Wolfe an der Zeit, die Informationen weiterzugeben, von denen ich meinte, daß ich sie ohne Verzögerung der Polizei geben müsse, was schwierig war, da ich ja gar keine hatte. Das war ein guter Köder gewesen, um sie hierher zu locken, aber was jetzt? Ich nehme an, daß es Wolfe gelungen wäre, sie irgendwie hinzuhalten, aber das brauchte er nicht. Er hatte nach Bier geklingelt, und Fritz brachte es und stellte das Tablett auf Wolfes Schreibtisch, als die Türglocke ging. Ich gab Leo seinen Bourbon mit Wasser und ging auf den Korridor. Draußen auf der Treppe stand Inspektor Cramer von der Mordkommission, sein großes rundes Gesicht berührte fast die Glasscheibe.

Wolfe hatte mir genug erzählt, bevor die Gesellschaft kam, um mir den allgemeinen Ablauf des Programms nahezubringen, und somit war der Anblick von Cramer, nur Cramer, eine Enttäuschung. Aber als ich den Korridor hinunterging, erschienen weitere Umrisse, niemand von ihnen ein Unbekannter, und das sah schon besser aus. Tatsächlich sah es hervorragend aus. Ich schwang die Tür weit auf, und sie kamen herein − Cramer, dann Saul Panzer, danach Margot Dickey, Alfred Kiernan und, die Nachhut bildend, Sergeant Purley Stebbins. Bis ich die Tür geschlossen und verriegelt hatte, hatten sie ihre Mäntel ausgezogen, einschließlich Cramer, und das war ebenso hervorragend, bedeutete es doch, daß er erwartete, eine Weile zu bleiben. Normalerweise marschierte er, einmal drin, ohne große Förmlichkeiten den Korridor hinunter und ins Büro, aber diesmal winkte er die anderen vor, mich eingeschlossen, und er und Stebbins traten als letzte ins Zimmer, trieben uns sozusagen hinein. Ich überschritt die Türschwelle und trat zur Seite, um das Vergnügen zu haben, sein Gesicht zu sehen, wenn seine Augen die Leute, die bereits da waren, und die wartenden leeren

Stühle erblickten. Ohne Zweifel hatte er erwartet, Wolfe alleine vorzufinden, ein Buch lesend. Er kam zwei Schritte herein, starrte zornig umher, wandte dann sein zorniges Starren Wolfe zu und bellte: »Was hat das alles zu bedeuten?«

»Ich habe Sie erwartet«, sagte Wolfe höflich. »Miss Quon, wenn es Ihnen nichts ausmacht, den Platz zu wechseln, Mr. Cramer mag diesen Sessel. Guten Abend, Miss Dickey. Mr. Kiernan, Mr. Stebbins. Wenn Sie sich alle setzen würden . . .«

»Panzer!« bellte Cramer. Saul, der sich auf einen Stuhl im hinteren Teil des Raumes zubewegt hatte, blieb stehen und drehte sich um.

»Ich leite das hier«, gab Cramer bekannt. »Panzer, Sie stehen unter Arrest, und Sie werden bei Stebbins bleiben und Ihren Mund halten. Ich will nichts . . .«

»Nein«, unterbrach Wolfe ihn scharf. »Wenn er unter Arrest steht, bringen Sie ihn hier heraus. Sie leiten das hier nicht, nicht in meinem Haus. Wenn Sie für einige der Anwesenden einen Haftbefehl haben oder sie mit rechtmäßiger Polizeigewalt festgenommen haben, nehmen Sie sie mit und verlassen Sie diese Räumlichkeiten. Wollen Sie mich unter Druck setzen, Mr. Cramer? Sie sollten mich besser kennen.«

Das war der springende Punkt: Cramer kannte ihn. Da war die Bühne, und alles war vorbereitet. Da waren Mrs. Jerome und Leo und Cherry und Emit Hatch und die leeren Stühle, und vor allem war da das Faktum, daß er erwartet worden war. Er hätte das Wolfe nicht abgenommen; er hätte Wolfe in keiner Beziehung etwas abgenommen; aber jedesmal, wenn er *un*erwartet auf unserer Treppe erschien, ließ ich die Türkette vor, bis er sein Anliegen dargelegt und ich es Wolfe weiterberichtet hatte. Und jedesmal wenn er *erwartet* worden war, war nie klar gewesen, womit Wolfe ihn konfrontieren wollte. Also verzichtete Cramer auf sein Bellen und knurrte lediglich: »Ich wollte mit Ihnen reden.«

»Natürlich.« Wolfe deutete auf den roten Ledersessel, den Cherry geräumt hatte. »Setzen Sie sich.«

»Nicht hier. Allein.«

Wolfe schüttelte seinen Kopf. »Das wäre Zeitverschwendung.

Auf diese Art geht es besser und schneller. Sie wissen ziemlich gut, Sir, daß es ein Fehler war, hier hineinzuplatzen und mich anzubrüllen, daß Sie in meinem Haus die Leitung übernehmen würden. Entweder gehen Sie mit denjenigen, die Sie rechtmäßig mitnehmen dürfen, oder Sie setzen sich, während ich Ihnen erzähle, wer Kurt Bottweill ermordet hat.« Wolfe wackelte mit einem Finger. »Ihr Sessel.«

Cramers rundes, rotes Gesicht war durch die Kälte draußen noch röter gewesen als normal, und jetzt wurde es noch röter. Er blickte sich um, preßte seine Lippen zusammen, bis sie nicht mehr zu sehen waren — und ging zum roten Ledersessel und setzte sich.

8

Wolfe ließ seine Augen umherwandern, während ich mich zu meinem Schreibtisch durchkämpfte. Saul war schließlich bei einem Stuhl im hinteren Teil des Raumes angelangt, aber Stebbins ebenfalls. Der Polizist stand jetzt direkt neben ihm. Margot war an den Jeromes und Emil Hatch vorbeigegangen, um zum Stuhl in meiner Nähe am einen Ende der Stuhlreihe zu gelangen, und Cherry und Al Kiernan saßen am anderen Ende, ein kleines Stück hinter den anderen versetzt. Hatch hatte seinen Korbeloff ausgetrunken und stellte das Glas auf den Boden, aber Cherry und die Jeromes hielten sich noch an ihren Longdrinks fest.

Wolfes Augen blieben an Cramer hängen, während er sprach. »Ich muß zugeben, daß ich ein wenig übertrieben habe. Ich kann Ihnen im Augenblick nicht sagen, wer Bottweill ermordet hat — ich habe nur eine Mutmaßung — aber bald kann ich es tun, und ich werde es tun. Zunächst ein paar Fakten für Sie. Ich nehme an, daß Sie wissen, daß Mr. Goodwin sich in den letzten zwei Monaten einige Male mit Miss Dickey getroffen hat. Er sagt, daß sie gut tanzt.«

»Yeah.« Cramers Stimme klang wie Schmirgelpapier der grobkörnigsten Sorte. »Sie können sich das für später aufheben. Ich will wissen, ob Sie Panzer losgeschickt haben, um sich . . .«

Wolfe schnitt ihm das Wort ab. »Das werden Sie erfahren. Ich komme schon darauf. Aber Sie werden es wohl lieber aus erster Hand hören. Archie, wenn es Ihnen nichts ausmacht: Berichten Sie, worum Miss Dickey Sie letzten Montag abend gebeten hat, und was geschehen ist.«

Ich räusperte mich. »Wir tanzten im Flamingo Club. Sie sagte, daß Bottweill ihr seit einem Jahr erzählt hätte, daß er sie nächste Woche heiraten würde, aber die nächste Woche kam nie, und sie wollte ihn zu einem Showdown zwingen. Sie fragte mich, ob ich eine Blanko-Heiratslizenz bekommen und für sie und mich ausfüllen und ihr geben könnte, und sie würde sie Bottweill zeigen und ihm ›jetzt oder nie‹ sagen. Ich bekam das Blankopapier am Dienstag und füllte es aus, und am Mittwoch gab ich es ihr.«

Ich unterbrach meinen Bericht. Wolfe drängte mich. »Und gestern nachmittag?«

»Sie erzählte mir, daß der Lizenztrick perfekt funktioniert habe. Das war ungefähr eine Minute bevor Bottweill das Atelier betrat. Ich habe in meiner Aussage gegenüber dem Bezirksstaatsanwalt bestätigt, daß sie mir erzählt habe, daß Bottweill sie heiraten würde, aber ich habe die Lizenz nicht erwähnt. Es war nebensächlich.«

»Hat sie Ihnen erzählt, was mit der Lizenz passiert ist?«

Also legten wir tatsächlich alle Karten auf den Tisch. Ich nickte. »Sie sagte, daß Bottweill sie zerrissen und die Fetzen in den Papierkorb neben seinem Schreibtisch in seinem Büro geworfen hätte. In der Nacht zuvor. Donnerstag abend.«

»Und was haben Sie getan, als Sie ins Büro gingen, nachdem Bottweill gestorben war?«

»Ich kippte den Papierkorb um und legte das Zeug wieder hinein, Stück für Stück. Es war kein Teil der Lizenz zu finden.«

»Haben Sie sich dessen versichert?«

»Ja.« Wolfe ließ mich in Ruhe und fragte Cramer: »Irgendwelche Fragen?«

»Nein. Er hat in seiner Aussage gelogen. Ich werde mich später darum kümmern. Was ich will —«

Margot Dickey platzte plötzlich heraus: »Dann hat Cherry sie genommen!« Sie verrenkte sich den Hals, um über die anderen hinwegsehen zu können. »Du hast sie genommen, du Schlampe!«

»Das habe ich nicht.« Der Stahl war wieder in Cherrys Zwitschern aufgetaucht. Ihre Augen blieben auf Wolfe gerichtet, und sie sagte zu ihm: »Ich werde nicht länger warten . . .«

»Miss Quon!« schnappte er. »Ich erledige das.« Er kehrte zu Cramer zurück. »Eine weitere Tatsache. Gestern hatte ich eine Verabredung mit Mr. Bottweill zum Mittagessen in Rusterman's Restaurant. Er hatte einmal an meinem Tisch mit mir diniert und wollte sich revanchieren. Kurz bevor ich ging, um die Verabredung einzuhalten, rief er mich an, um mich um einen Gefallen zu bitten. Er sagte, daß er sehr beschäftigt sei und vielleicht ein paar Minuten zu spät kommen würde, und daß er ein Paar weißer Baumwollhandschuhe, mittlere Größe, für einen Mann brauchte, und ob ich an irgendeinem Laden auf dem Weg anhalten und sie ihm besorgen könnte. Es hörte sich in meinen Ohren nach einer eigenartigen Frage an, aber er war ein eigenartiger Mann. Da Mr. Goodwin Pflichten nachzugehen hatte und ich nicht mit Taxen fahre, wenn es eine Alternative dazu gibt, hatte ich bei Baxter's einen Wagen bestellt, und der Chauffeur empfahl mir einen Laden in der 8. Avenue zwischen der 35. und 40. Straße. Wir hielten dort an, und ich kaufte die Handschuhe.«

Cramers Augen waren dermaßen enge Schlitze, daß nichts von ihrem Blaugrau zu sehen war. Er kaufte Wolfe nicht ein einziges Wort ab, was ungerecht war, weil einiges davon der Wahrheit entsprach.

Wolfe fuhr fort. »Am Mittagstisch gab ich Mr. Bottweil die Handschuhe, und er erklärte, etwas vage, wofür er sie benutzen wollte. Ich verstand so viel, daß er Mitleid mit irgendeinem Landstreicher gehabt hatte, den er auf einer Parkbank gesehen hatte, und ihn engagiert hatte, auf seiner Büroparty Getränke auszuschenken, als Santa Claus kostümiert, und daß es nur einen einzigen Weg gab, die Hände des Landstreichers salonfähig zu machen, und der war, ihn Handschuhe tragen zu lassen. Sie schütteln Ihren Kopf, Mr. Cramer?«

»Sie haben verdammt recht, daß ich das tue. Sie hätten das gemeldet. Es gibt keinen Grund auf Erden, das nicht zu tun. Fahren Sie fort und kommen Sie zum Ende.«

»Ich werde erst das hier beenden. Ich habe das nicht gemeldet, weil ich dachte, daß Sie den Mörder ohnehin finden würden. Es war praktisch sicher, daß der Landstreicher nur aus Angst Reißaus genommen hatte, da er unmöglich von dem Giftglas in der Werkstatt wissen konnte, ganz zu schweigen von anderen Dingen. Und wie Sie wissen, besitze ich eine starke Aversion, was Einmischungen in Angelegenheiten angeht, die mich nicht betreffen oder interessieren. Sie können das natürlich überprüfen – beim Personal von Rusterman's, meine Anwesenheit dort mit Mr. Bottweill, und beim Chauffeur, mein Konferieren mit ihm über die Handschuhe und unser Anhalten an dem Laden, um sie zu kaufen.«

»Sie melden es jetzt.«

»Das tue ich tatsächlich.« Wolfe blieb gelassen. »Weil ich von Mr. Goodwin erfahren habe, daß Sie Ihre Suche nach dem Mann, der als Santa Claus dort war, ausgedehnt und intensiviert haben, und mit Ihrer Armee und Ihren Quellen hätten Sie wahrscheinlich nur so lange gebraucht, bis die Ferien zu Ende gewesen wären, um zu erfahren, wo die Handschuhe gekauft worden sind, und Sie hätten eine Beschreibung von dem Mann erhalten, der sie gekauft hat. Meine Statur ist nicht einzigartig, aber sie ist – ungewöhnlich, und die einzige Frage war, wie lange Sie gebraucht hätten, um auf mich zu kommen, und dann hätte ich mich einer Inquisition stellen müssen. Offensichtlich mußte ich Ihnen diese Begebenheit melden und Ihren Tadel ertragen, es nicht früher gemeldet zu haben, aber ich wollte es so erträglich wie möglich halten. Ich hatte einen großen Vorteil: Ich wußte, daß der Mann, der als Santa Claus aufgetreten ist, mit ziemlicher Sicherheit nicht der Mörder war, und ich entschloß mich, den Vorteil zu nutzen. Ich mußte zunächst ein Gespräch mit einem dieser Leute führen, und das tat ich, mit Miss Quon, die gestern abend hierher gekommen ist.«

»Warum Miss Quon?«

Wolfe drehte eine Hand um. »Wenn ich geendet habe, können Sie entscheiden, ob solche Details wichtig sind. Mit ihr habe ich über ihre Kollegen an jenem Ort und deren Beziehungen zueinander diskutiert, und ich kam zu der Überzeugung, daß Bottweill sich tatsächlich entschlossen hatte, sie zu heiraten. Das war alles. Sie können ebenso später entscheiden, ob es die Mühe wert ist, sie nach einer Bestätigung zu fragen, und ich hege keinerlei Zweifel, daß sie Ihnen diese geben wird.«

Er sah Cherry an, natürlich nach einem Zeichen der Gefahr suchend. Sie hatte einmal angefangen, mit ihrer Geschichte herauszuplatzen und könnte es wieder versuchen. Aber sie begegnete seinem Blick und rührte keinen Muskel.

Wolfe wandte sich wieder Cramer zu. »Heut morgen habe ich gehandelt. Mr. Goodwin war abwesend, im Büro des Bezirksstaatsanwalts, also rief ich Mr. Panzer her. Nachdem er eine Stunde mit mir hier verbracht hatte, ging er los, um einige Aufträge zu erledigen. Der erste war, herauszufinden, ob Bottweills Papierkorb seit seiner Unterhaltung mit Miss Dickey in seinem Büro am Donnerstagabend geleert worden war. Wie Sie wissen, ist Mr. Panzer äußerst kompetent. Über Miss Quon bekam er den Namen und die Adresse der Putzfrau, fand sie und sprach mit ihr und erfuhr, daß der Papierkorb gegen sechs Uhr am Dienstagnachmittag geleert worden war und seitdem nicht mehr. Währenddessen rief ich —«

»Cherry nahm sie — die Teile«, sagte Margot.

Wolfe ignorierte sie. »Währenddessen rief ich jeden Beteiligten an — Mrs. Jerome und ihren Sohn, Miss Dickey, Miss Quon, Mr. Hatch und Mr. Kiernan — und lud sie ein, um sechs Uhr fünfzehn zu einer Unterredung hierher zu kommen. Ich habe ihnen erzählt, daß Mr. Goodwin Informationen habe, die er der Polizei zu geben vorhabe — was nicht der Wahrheit entsprach — und daß ich dachte, daß es das Beste wäre, es erst mit ihnen durchzusprechen.«

»Ich habe es gewußt«, murmelte Hatch.

Wolfe ignorierte auch ihn. »Mr. Panzers zweiter Auftrag, oder ganze Reihe von Aufträgen, war die Auslieferung einiger Botschaften. Er hatte sie in Blockschrift, nach meinem Diktat hier am heutigen Morgen, auf schlichte Papierblätter geschrieben und sie in schlichte Umschläge gesteckt und mit Adresse versehen. Sie waren identisch und lauteten wie folgt:

Als ich mein Kostüm gestern dort anzog, sah ich Sie durch den Türspalt, und ich sah, was Sie taten. Wollen Sie, daß ich es der Polizei erzähle? Seien Sie heute um 6 Uhr 30 am Grand Central Informationsstand auf der oberen Ebene. Ich werde auf Sie zukommen und ›Saint Nick‹ sagen.

»Bei Gott«, sagte Cramer, »Sie geben es zu.«
Wolfe nickte. »Ich erkläre es Ihnen. Die Botschaften waren mit ›Santa Claus‹ unterschrieben. Mr. Panzer begleitete den Boten, der sie zu den Personen brachte, die ich ihm genannt hatte, und er versicherte sich, daß sie ausgeliefert wurden. Sie waren keine willkürlichen Schüsse ins Blaue, wie es vielleicht auf den ersten Blick erscheinen mag. Wenn einer von diesen Menschen Bottweill ermordet hatte, war es wahrscheinlich, daß das Gift in die Flasche gekippt wurde, als der Landstreicher sich das Santa-Claus-Kostüm anzog; Miss Quon hat mir erzählt − wie sie auch Ihnen zweifellos erzählt hat − daß Bottweill stets einen Pernod trank, wenn er vom Mittagessen zurückkam; und da das Erscheinen von Santa Claus auf der Party für alle eine Überraschung gewesen war und keiner von ihnen wußte, wer er war, war es sehr wahrscheinlich, daß der Mörder glauben würde, daß er beobachtet worden war, und daß er tatsächlich dazu gezwungen war, sich mit dem Schreiber der Botschaft zu treffen. Somit war es eine logische Vermutung, daß einer der Schüsse sein Ziel erreichen würde. Die Frage war, welcher?«
Wolfe hielt inne, um sich Bier einzuschenken. Er schenkte es ein, aber ich nahm an, daß der Grund, warum er sich wirklich unterbrochen hatte, der war, eine Lücke für einen Kommentar oder Protest anzubieten. Niemand äußerte einen, nicht einmal

Cramer. Sie alle saßen nur da und starrten ihn an. Ich dachte daran, daß er ein Detail hübsch ausgelassen hatte: daß die Botschaft von Santa Claus nicht an Cherry Quon gegangen war. Sie wußte zuviel über ihn.

Wolfe stellte die Flasche ab und drehte sich um, um sich wieder Cramer zuzuwenden. »Es existierte natürlich die Möglichkeit, daß mehr als einer von ihnen mit der Botschaft zur Polizei gehen würde, aber selbst wenn Sie entschieden hätten, daß es ein Trick war, weil die Botschaft an mehr als eine Person geschickt worden war, würden Sie wissen wollen, wer hinter der Sache steht, und Sie hätten einen von ihnen unter Observierung zu dem Rendezvous geschickt. Einer oder mehrere — außer dem Mörder — hätten zu Ihnen kommen können, Inspektor Cramer, oder niemand. Und sicherlich würde nur der Mörder zu dem Rendezvous gehen, ohne Sie erst zu Rate zu ziehen. Also, wenn einer von diesen sechs Menschen schuldig war, und wenn für Santa Claus die Möglichkeit bestanden hatte, ihn zu beobachten, schien seine Enthüllung ziemlich sicher. Saul, Sie können jetzt berichten. Was ist passiert? Sie waren kurz vor sechs Uhr dreißig in der Nähe des Informationsstandes?«

Nacken wurden gedreht, um Saul Panzer sehen zu können. Er nickte. »Ja, Sir. Um sechs Uhr zwanzig. Innerhalb von drei Minuten hatte ich drei Männer der Mordkommission erkannt, die sich auf verschiedene Flecken verteilt hatten. Ich weiß nicht, ob sie mich erkannten oder nicht. Um sechs Uhr achtundzwanzig sah ich Alfred Kiernan in die Nähe des Standes gehen und dort stehenbleiben, ungefähr drei Meter davon entfernt. Ich war drauf und dran, auf ihn zuzugehen und mit ihm zu sprechen, als ich Margot Dickey von der 42. Straße hochkommen sah. Sie näherte sich dem Stand bis auf neun Meter und sah sich dort um. Ihren Instruktionen folgend für den Fall, daß mehr als eine von ihnen erschien — und Margot Dickey war eine von ihnen — ging ich zu ihr und sagte: ›Saint Nick.‹ Sie fragte: ›Wer sind Sie, und was wollen Sie?‹ Ich sagte: ›Entschuldigen Sie mich, ich bin gleich wieder da‹ und ging zu Alfred Kiernan herüber und sagte: ›Saint Nick.‹ Direkt nachdem ich das gesagt hatte, hob er eine Hand zu seinem Ohr, und dann kamen sie, die drei, die ich erkannt hatte, und noch zwei, und dann Inspektor Cramer und Sergeant Stebbins. Ich hatte Angst, daß Miss Dickey wegrennen würde und sie startete auch los, aber sie hatten mich mit ihr reden gesehen, und zwei von ihnen hielten sie fest.«

Saul hielt wegen einer Unterbrechung inne. Purley Stebbins, der neben ihm saß, stand auf und ging zu Margot Dickey hinüber und stellte sich dort hinter ihren Stuhl. Es schien mir unnötig, da ich nicht mehr als eine Armlänge von ihr entfernt saß und man mir durchaus zutrauen konnte, daß ich sie festgehalten hätte, wenn sie irgend etwas versucht hätte, aber Purley ist nie sehr rücksichtsvoll gegenüber anderer Leute Gefühle, besonders gegenüber meinen nicht.

Saul fuhr fort: »Natürlich war es Miss Dickey, der mein Interesse galt, weil die Männer auf ein Signal von Kiernan angerückt waren. Aber sie hatten sie, also ging das in Ordnung. Sie brachten uns in einen Raum hinter der Gepäckannahme und fielen über mich her, und ich folgte ihren Instruktionen. Ich erzählte ihnen, daß ich keine Frage beantworten würde, und überhaupt nichts sagen würde, außer in der Anwesenheit von Nero Wolfe, weil ich unter Ihren Befehlen handeln würde. Als sie erkannten, daß ich das ernst meinte, brachten sie uns zu zwei Polizeiwagen und fuhren uns hierhin. Sonst noch etwas?«

»Nein«, antwortete Wolfe ihm. »Zufriedenstellend.« Er wandte sich an Cramer. »Ich nehme an, daß Mr. Panzer mit der Schlußfolgerung recht hat, daß Mr. Kiernan Ihren Männern ein Zeichen gegeben hat. Also war Mr. Kiernan mit der Botschaft zu Ihnen gekommen?«

»Ja.« Cramer hatte aus seiner Tasche eine Zigarre hervorgeholt und drückte sie in seiner Hand zusammen. Er tut das manchmal, wenn er statt dessen lieber Wolfes Kehle zusammendrücken würde. »Ebenso taten das drei der anderen — Mr. Jerome, ihr Sohn und Hatch.«

»Aber Miss Dickey nicht?«

»Nein. Ebensowenig Miss Quon.«

»Miss Quon widerstrebte es wahrscheinlich, verständlicherweise. Sie hat mir gestern abend erzählt, daß die Meinung der

Polizei von Orientalen sehr primitiv ist. Was Miss Dickey angeht, darf ich bemerken, daß ich nicht überrascht bin. Aus einem Grund, der Sie nichts angeht, bin ich sogar ein wenig erfreut darüber. Ich habe Ihnen erzählt, daß sie Mr. Goodwin erzählt hat, daß Bottweill die Heiratslizenz zerrissen und die Fetzen in seinen Papierkorb geworfen hätte, und sie waren nicht darin, als Mr. Goodwin sie gesucht hat, und der Papierkorb war seit dem frühen Donnerstag abend nicht mehr geleert worden. Es ist schwierig, einen Grund dafür zu finden, warum irgend jemand in dem Papierkorb herumfischen sollte, um besagte Fetzen zu beseitigen, also hat Miss Dickey vermutlich gelogen; und wenn sie bezüglich der Lizenz gelogen hat, steht der Rest von dem, was sie Mr. Goodwin erzählt hat, ebenso unter Zweifel.«

Wolfe drehte einen Handteller nach oben. »Warum sollte sie ihm erzählen, daß Bottweill sie heiraten würde, wenn es nicht der Wahrheit entsprach? Sicherlich eine Dummheit, da er die Wahrheit zwangsläufig erfahren würde. Aber es war nicht so dumm, wenn sie wußte, daß Bottweill bald sterben würde; tatsächlich war sie weit davon entfernt, dumm zu sein, wenn sie das Gift bereits in die Flasche gegeben hatte; es würde sie von einem Motiv befreien oder ihr zumindest in der Sache helfen. Es ist eine berechtigte Annahme, daß Bottweill ihr bei ihrem Treffen in seinem Büro am Donnerstag abend nicht gesagt hat, daß er sie heiraten würde, sondern daß er sich entschlossen hat, Miss Quon zu heiraten, und sie entschloß sich, ihn umzubringen und setzte ihren Plan auch in die Tat um. Und es muß zugegeben werden, daß sie wahrscheinlich nie entlarvt worden wäre, hätte es nicht die durch Santa Claus hervorgerufenen Komplikationen und meine daraus resultierende Einmischung gegeben. Haben Sie irgendeinen Kommentar abzugeben, Miss Dickey?«

Cramer verließ seinen Stuhl, befahl ihr: »Antworten Sie nicht. Ich übernehme die Sache jetzt«, aber sie sprach trotzdem.

»Cherry hat diese Teile aus dem Papierkorb genommen! Sie hat es getan! Sie hat ihn umgebracht!« Sie wollte aufstehen, doch Purley hatte sie am Arm gepackt, und Cramer sagte ihr, während er auf sie zuging: »Miss Quon ist nicht dorthin gegangen, um einen Erpresser zu treffen, aber Sie haben das getan. Sehen Sie in ihre Tasche, Purley. Ich werde Sie im Auge behalten.«

9

Cherry Quon saß erneut in ihrem roten Kostüm in dem roten Ledersessel. Die anderen waren gegangen, und sie und Wolfe und ich waren allein. Sie hatten Margot Dickey keine Handschellen angelegt, aber Purley hatte ihren Arm festgehalten, während sie über die Türschwelle traten, Cramer direkt hinter ihnen. Saul Panzer, nicht mehr länger in polizeilichem Gewahrsam, war auf ihren Wunsch hin mitgegangen. Mrs. Jerome und Leo waren als erste gegangen. Kiernan hatte Cherry gefragt, ob er sie nach Hause bringen könne, aber Wolfe hatte nein gesagt, er wollte mit ihr unter vier Augen reden, und Kiernan und Hatch waren zusammen weggegangen, was einen guten weihnachtlichen Geist bewies, weil Hatch keine Ausnahmen gemacht hatte, als er gesagt hatte, daß er sie alle verachtete.

Cherry saß auf der Ecke des Stuhls, die Wirbelsäule aufrecht, die Hände in ihrem Schoß zusammengelegt. »Sie haben es nicht auf die Weise erledigt, die ich vorgeschlagen habe«, zwitscherte sie, ohne Stahl.

»Nein«, stimmte Wolfe ihr zu, »aber ich habe es erledigt.« Er war kurz angebunden. »Sie hatten eine kleine Sache ignoriert, die Möglichkeit nämlich, daß Sie selbst Bottweill ermordet haben könnten. Das habe *ich* nicht, das versichere ich Ihnen. Ich konnte Ihnen unter den Gegebenheiten schlecht eine der Botschaften von Santa Claus schicken; aber wenn diese Botschaften keine Beute an die Oberfläche geschwemmt hätten, wenn keiner von ihnen zu dem Rendezvous gegangen wäre, ohne zuerst die Polizei zu benachrichtigen, hätte ich angenommen, daß Sie schuldig wären und wäre weiter vorgegangen, um Sie zu entlarven. Wie, das weiß ich nicht — ich warte mit solchen Überlegungen, bis es soweit ist —, und jetzt, da Miss

Dickey den Köder angenommen und sich selbst betrogen hat, spielt es sowieso keine Rolle mehr.«

Ihre Augen waren größer geworden. »Sie haben wirklich gedacht, daß ich Kurt getötet haben könnte?«

»Natürlich. Eine Frau, die in der Lage ist, einen Versuch zu unternehmen, mich dazu zu erpressen, Beweise für einen Mord zu erfinden, wäre zu allem in der Lage. Und, wo wir von Beweisen reden, während es keine Gewißheit für die Entscheidung einer Jury geben kann, wenn eine junge Frau von angenehmem Äußerem des Mordes angeklagt wird, so können Sie doch sicher sein, daß Mr. Cramer alles ausgraben wird, was er finden kann, jetzt, da eindeutig feststeht, daß Miss Dickey schuldig ist. Und ich bin mir sicher, daß er genügend finden wird. Das bringt mich zu dem Punkt, über den ich reden wollte. Auf der Suche nach Beweisen werden Sie alle befragt werden, ausgiebig und wiederholt. Es wird . . .«

»Das würden wir nicht«, warf Cherry ein, »wenn Sie es auf die Weise erledigt hätten, die ich vorgeschlagen habe. Das wäre Beweis genug gewesen.«

»Ich habe meine Weise vorgezogen.« Wolfe, der ein ganz bestimmtes Ziel vor Augen hatte, riß sich zusammen. »Es wird für Sie eine Tortur sein. Sie werden Sie ausführlich über Ihr Gespräch mit Bottweill gestern morgen beim Frühstück befragen, alles wissen wollen, was er über dieses Treffen mit Miss Dickey in seinem Büro am Donnerstag abend gesagt hat, und unter dem Druck der Inquisition könnte Ihnen versehentlich etwas über das herausrutschen, was er Ihnen über Santa Claus erzählt hat. Wenn Sie das tun, werden sie der Sache sicherlich nachgehen. Ich rate Ihnen dringend, so einen Ausrutscher zu vermeiden. Selbst wenn sie Ihnen glauben, ist die Identität von Santa Claus nicht mehr wichtig, da sie den Mörder haben, und wenn sie mit einer solchen Geschichte zu mir kommen, werde ich keine großen Schwierigkeiten haben, damit fertig zu werden.«

Er drehte eine Handfläche nach oben. »Und am Ende werden sie Ihnen wahrscheinlich nicht glauben. Sie werden denken, daß Sie es aus irgendeinem verschlagenen und obskuren Grund erfunden haben — wie Sie selbst sagen — Sie sind eine Orientalin — und alles, was Sie ernten würden, wären mehr Fragen. Sie könnten Sie sogar verdächtigen, daß Sie irgendwie in den Mord verwickelt waren. Die Polizei ist ziemlich kompetent, was unlogische Verdächtigungen betrifft. Also schlage ich diese Überlegungen ebenso in Ihrem Interesse wie auch in meinem vor. Ich denke, daß Sie klug genug sein werden, Santa Claus zu vergessen.«

Sie sah ihn an, direkt und ohne mit einer Wimper zu zucken. »Ich bin gerne klug«, sagte sie.

»Ich bin sicher, daß Sie das sind, Miss Quon.«

»Ich glaube immer noch, daß Sie es auf meine Weise hätten erledigen sollen, aber das Thema ist jetzt erledigt. Ist das alles?«

Er nickte. »Das ist alles.«

Sie sah mich an, und ich brauchte eine Sekunde, um mir bewußt zu werden, daß sie mich anlächelte. Ich dachte, daß es mir nicht schaden würde, zurückzulächeln, und tat es. Sie stand vom Sessel auf und kam auf mich zu, eine Hand ausstreckend, und ich stand auf und ergriff sie. Sie sah zu mir auf.

»Ich würde gerne Mr. Wolfe die Hand schütteln, aber ich weiß, daß er Händeschütteln nicht mag. Wissen Sie, Mr. Goodwin, es muß ein sehr großes Vergnügen sein, für einen so cleveren Mann wie Mr. Wolfe zu arbeiten. So extrem clever. Es war sehr aufregend für mich, hier zu sein. Nun muß ich auf Wiedersehen sagen.«

Sie drehte sich um und ging.

Originaltitel: Christmas Party
Ins Deutsche übertragen von Ingo Dierkschnieder

G. K. Chesterton

Die Fliegenden Sterne

»Das schönste Verbrechen, das ich je begangen habe«, pflegte Flambeau zu sagen, als er alt und sehr moralisch geworden war, »war rein zufällig auch mein letztes. Es wurde an einem Weihnachtstage begangen. Als Künstler habe ich mich immer darum bemüht, Verbrechen zu begehen, die der jeweiligen Jahreszeit oder Landschaft, in der ich mich befand, entsprachen. Habe diese oder jene Gartenanlage oder Terrasse als Schauplatz der Tat ausgewählt, als ginge es darum, den Standort für eine Statue zu bestimmen. So sollten beispielsweise Gutsbesitzer in weitläufigen, eichengetäfelten Räumen übervorteilt werden, während Kaufleute sich eher zwischen den Wandschirmen und Lichtern des *Café Riche* um ihre Barschaft erleichtert sehen sollten. Es schien mir angemessen, wenn ich in England einen Dekan um sein Erspartes bringen wollte (was nicht so einfach ist, wie Sie vielleicht vermuten), diesen Vorgang zwischen den grünen Wiesen und grauen Türmen einer Kathedralenstadt zu inszenieren — ich hoffe, Sie verstehen mich. Als ich andererseits in Frankreich einen reichen und boshaften Bauern um sein Geld brachte (was nahezu eine Unmöglichkeit ist), war ich dankbar für den Umstand, daß ich diesen widerwilligen Sturkopf vor der Kulisse einer grauen Reihe gestutzter Pappeln prellen konnte, inmitten der ruhigen Landschaft Galliens, über der der Geist Millets schwebt.

Nun, mein letztes Verbrechen war ein Weihnachtsverbrechen, ein fröhliches, gemütliches englisches Mittelklasseverbrechen; sozusagen ein Charles-Dickens-Verbrechen. Ich beging es in einem der guten alten Mittelklassehäuser in der Nähe von Putney, einem dieser Häuser mit einer bogenförmigen Auffahrt, einem Stallgebäude, dem Namen des Eigentümers an den beiden Außentoren und mit Affenbrotbäumen im Garten. Doch genug davon, Sie kennen diese Sorte von Häusern. Ich bin wirklich der Ansicht, daß meine Imitation von Dickens' Stil geschickt und geradezu literarisch war. Es ist fast zu bedauern, daß ich an dem gleichen Abend zum reuigen Sünder wurde.«

Flambeau pflegte dann die Geschichte aus der Sicht des Eingeweihten zu schildern, und selbst dann war sie seltsam. Von außen betrachtet war die Geschichte absolut unverständlich, aber gerade von außen muß ein Fremder sie studieren. Von diesem Blickwinkel aus kann man mit Fug und Recht behaupten, daß das Drama damit begann, daß die Vordertür des Hauses mit dem Stallanbau sich zu dem Garten mit dem Affenbrotbaum hin öffnete und ein junges Mädchen mit Brot heraustrat, um am Nachmittag des zweiten Weihnachtstages die Vögel zu füttern. Sie hatte ein hübsches Gesicht mit treuherzigen Augen. Über ihre Figur ließen sich allerdings nur Vermutungen anstellen, da sie so tief in einen braunen Pelzmantel gehüllt war, daß man kaum zu sagen vermochte, wo das Fell endete und ihr Haar begann. Wenn man einmal von ihrem anziehenden Gesicht absah, hätte man sie für einen kleinen, tapsigen Bären halten können.

Der rötliche Himmel dieses Winternachmittags kündigte schon den Abend an. Rubinrotes Licht fiel auf die blumenlosen Beete und schien sie mit den Geistern der längst verblühten Rosen zu füllen. Auf der einen Seite des Hauses stand der Stall, auf der anderen führte ein Laubengang aus Lorbeer zu dem großen Garten hinter dem Haus. Nachdem die junge Dame Brot für die Vögel ausgestreut hatte (zum vierten oder fünften Mal an diesem Tag, da der Hund es immer wieder fraß), schlenderte sie durch den Lorbeertunnel und betrat die dahinterliegende Plantage aus schimmerndem Immergrün. Plötzlich stieß sie einen Ausruf des Erstaunens aus, ob echt oder gekünstelt sei dahingestellt, und schaute empor zum Rand der mächtigen Gartenmauer. Ihr Blick fixierte eine merkwürdige Gestalt, die rittlings hoch über ihr auf der Mauer saß.

»Oh, Mr. Crook, bitte springen Sie nicht.« Ihre Stimme verriet eine gewisse Besorgnis. »Es ist viel zu hoch.«

Bei der Person, die auf der Mauer saß, als lenkte sie ein Pferd durch die Lüfte, handelte es sich um einen stattlichen jungen Mann mit bürstenförmig geschnittenen dunklen Haaren. Sein intelligentes, feingeschnittenes Gesicht war von gelblicher Farbe und wirkte leicht fremdartig. Betont wurde dieser Eindruck noch durch seine leuchtend rote Krawatte, dem einzigen Kleidungsstück, um das er sich zu kümmern schien. Vielleicht war sie ein Symbol. Er ignorierte die Beschwörungen des besorgten Mädchens und sprang wie ein Grashüpfer auf den Boden neben ihr, ein Unterfangen, bei dem er sich leicht die Beine hätte brechen können.

»Ich glaube, ich hätte ein Einbrecher werden sollen«, stellte er ruhig fest. »Und ich bin sicher, ich wäre einer geworden, wenn ich nicht zufälligerweise in dem netten Haus nebenan zur Welt gekommen wäre. Ich kann jedenfalls nichts Schlimmes daran finden.«

»Wie können Sie so etwas sagen?« protestierte sie.

»Nun«, erwiderte der junge Mann, »wenn man auf der falschen Seite der Mauer geboren wurde, was kann falsch daran sein, sie zu übersteigen?«

»Ich weiß nie, was Sie als nächstes sagen oder tun werden.«

»Das weiß ich oft selbst nicht«, entgegnete Mr. Crook, »aber auf jeden Fall bin ich jetzt auf der richtigen Seite der Mauer.«

»Aber welche Seite der Mauer ist denn die richtige?« fragte die junge Dame lächelnd.

»Immer diejenige, auf der Sie sich gerade befinden«, sagte der junge Mann namens Crook.

Als sie zusammen durch die Lorbeerbüsche in den vorderen Teil des Gartens gingen, ertönte mehrfaches Hupen. Es wurde immer lauter, und dann glitt ein elegantes, schnelles, blaßgrünes Auto über die Einfahrt und hielt mit leise pochendem Motor vor dem Vordereingang. »Hallo!« sagte der junge Mann mit der roten Krawatte. »Hier haben wir nun wirklich jemanden, der auf der richtigen Seite geboren wurde. Ich wußte gar nicht, Miss Adams, daß Ihr Weihnachtsmann sich so modern vorwärtsbewegt.«

»Oh, das ist mein Patenonkel, Sir Leopold Fischer. Er besucht uns immer am zweiten Weihnachtstag.«

Dann, nach einer unschuldigen Pause, die ungewollt ein geringes Maß an Begeisterung offenbarte, fügte Ruby Adams hinzu: »Er ist sehr nett.«

John Crook, Journalist, hatte von diesem bedeutenden Großbankier schon gehört, und es war nicht seine Schuld, wenn dieser noch nicht von ihm gehört hatte. In gewissen Artikeln in *The Clarion* oder *The New Age* war streng mit Sir Leopold ins Gericht gegangen worden. Doch er sagte nichts und beobachtete grimmig das Entladen des Automobils, ein Vorgang, der einige Zeit in Anspruch nahm. Ein großer, adretter Chauffeur in grüner Uniform stieg vorne aus, ein kleiner, adretter Butler in grauer Uniform stieg hinten aus, und gemeinsam begannen sie an der Türschwelle, Sir Leopold mit der Sorgfalt, die man einem liebevoll eingepackten Geschenk angedeihen läßt, aus seinen Hüllen zu schälen. Decken in rauhen Mengen, Felle von allen Tieren des Waldes und Schals in sämtlichen Farben des Regenbogens wurden Schicht um Schicht entfernt, bis menschliche Umrisse sichtbar wurden; zum Vorschein kam ein freundlich, doch fremdartig wirkender alter Gentleman mit einem Ziegenbärtchen. Er lächelte strahlend und rieb seine großen Fellhandschuhe aneinander.

Lange bevor diese Enthüllung ihren Abschluß gefunden hatte, öffneten sich die mächtigen Flügel der Haustür, und Colonel Adams (der Vater der pelzigen jungen Dame) persönlich trat heraus, um den bedeutenden Gast hereinzubitten. Er war ein großer, sonnengebräunter und sehr schweigsamer Mann. Die rote Smoking-Mütze, die er wie einen Fez trug, gab ihm das Aussehen eines englischen Sirdars oder Paschas in Ägypten. In seiner Gesellschaft befand sich sein kürzlich erst aus Kanada angereister Schwager, James Blount, ein großer und ungestümer Landbesitzer mit einem hellblonden Bart. Ebenfalls herausgetreten war der nicht so eindrucksvolle Priester der nahegelegenen romanischen Kirche; die verstorbene Frau des Colonels war Katholikin gewesen, und nach altem Brauch waren die Kinder in ihrem Glauben erzogen worden.

Alles an dem Priester wirkte unscheinbar, selbst sein Name: Brown. Dennoch hatte der Colonel seine Gesellschaft immer geschätzt und ihn schon mehrfach zu derartigen Familienzusammenkünften gebeten.

In der weiten Eingangshalle des Hauses war selbst für Sir Leopold und seine zahlreichen Hüllen ausreichend Platz. Die Vorhalle und der Empfangsraum waren sogar für dieses Haus unverhältnismäßig groß. Sie bildeten gleichsam einen weitläufigen Raum mit der Eingangstür am einen Ende und dem Treppenaufgang am anderen. Vor dem großen Kamin in der Halle, über dem der Säbel des Colonels hing, wurden die Anwesenden, einschließlich des melancholischen Crook, Sir Leopold vorgestellt. Der ehrwürdige Finanzier schien jedoch noch immer mit Bestandteilen seiner elegant geschnittenen Kleidung im Kampf zu liegen und brachte schließlich aus einer tief verborgen liegenden Tasche seines Fracks ein schwarzes ovales Etui zum Vorschein. Strahlend verkündete er, daß es sich um das Weihnachtsgeschenk für sein Patenkind handele. Mit unverhohlener Großspurigkeit, die fast schon entwaffnend war, präsentierte er das Etui den Anwesenden. Auf einen leichten Fingerdruck hin sprang es auf, und sein Inhalt ließ sie fast erblinden. Es war, als wäre eine Kristallfontäne in ihre Augen geschossen. Wie Eier in einem Vogelnest lagen drei weißleuchtende Diamanten auf einem Kissen aus orangefarbenem Samt. Sie schienen die Luft ringsum mit Feuer zu erfüllen. Fischer strahlte wohlwollend und genoß das Erstaunen und Entzücken des Mädchens, die brummige Bewunderung und den barschen Dank des Colonels und die Verwunderung der ganzen Gruppe.

»Ich stecke sie besser wieder weg, mein Liebling«, sagte Fischer und ließ das Etui unter den Schößen seines Fracks verschwinden. »Es war leichtsinnig genug, sie überhaupt hierher zu bringen. Es handelt sich um die drei afrikanischen Diamanten, die man die ›Fliegenden Sterne‹ nennt, weil sie schon so oft gestohlen worden sind. Alle großen Verbrecher und Hoteldiebe würden sie nur zu gerne an sich bringen. Ich hätte sie unterwegs verlieren können. Das wäre sehr gut möglich gewesen.«

»Verständlich, würde ich sagen«, knurrte der Mann mit der

roten Krawatte. »Ich hätte es keinem verübelt, wenn er sie gestohlen hätte. Wenn sie nach Brot fragen und noch nicht einmal einen Stein bekommen, dann ist es nur recht und billig, wenn sie sich den Stein selbst nehmen.«

»Sie sollen nicht solche Sachen sagen«, rief das Mädchen, das vor Aufregung glühte. »Sie reden erst so, seit Sie so ein schrecklicher ... wie heißt das verflixte Wort noch mal? Sie wissen, was ich meine. Wie nennt man jemanden, der den Schornsteinfeger umarmen möchte?«

»Einen Heiligen«, sagte Pater Brown.

»Ich glaube«, bemerkte Sir Leopold mit einem hochmütigen Lächeln, »Ruby meint einen Sozialisten.«

»Ein Radikaler ist nicht jemand, der von Radieschen lebt«, bemerkte Crook ungehalten. »Und ein Konservativer ist nicht jemand, der ein Konservatorium besucht. Ich versichere Ihnen, daß ein Sozialist nicht unbedingt darauf erpicht ist, seine Freizeit mit Schornsteinfegern zu verbringen. Ein Sozialist will, daß alle Schornsteine gefegt werden und daß alle Schornsteinfeger dafür anständig bezahlt werden.«

»Aber muß das heißen, daß niemand mehr eigenen Ruß besitzen darf?« fragte der Pater mit ruhiger Stimme.

Crook warf ihm einen interessierten, ja respektvollen Blick zu. »Wer will schon eigenen Ruß haben?« fragte er.

»Da könnte es durchaus jemanden geben«, erwiderte der Pater grüblerisch. »Ich habe gehört, daß Gärtner ihn verwenden. Und ich selbst habe einmal an einem Weihnachtstag allein mit Ruß sechs Kinder glücklich gemacht, als der Zauberer nicht kam – durch äußere Anwendung.«

»Oh, großartig«, jubelte Ruby, »ich wünschte, das würden Sie auch in dieser Runde hier tun.«

Der ungestüme Kanadier, Mr. Blount, stimmte ihr lautstark zu, während der erstaunte Finanzier ebenso lautstark seinem nicht unbeträchtlichen Mißfallen Ausdruck gab. Plötzlich klopfte es an der zweiflügeligen Haustür. Der Geistliche öffnete, und sie sahen hinaus auf den vorderen Garten mit dem Immergrün, den Affenbrotbäumen und all den anderen Pflanzen, über den sich langsam vor dem Hintergrund eines großartigen, tiefroten Sonnenuntergangs die Dunkelheit legte. Es bot sich ein so farbenprächtiges und malerisches Bild, fast wie eine Bühnendekoration, daß sie für einen Augenblick die unscheinbare Gestalt vor der Tür vergaßen. Sie war staubbedeckt und trug einen abgenutzten Mantel, offensichtlich ein gewöhnlicher Bote.

»Ist einer der Gentlemen Mr. Blount?« fragte der Mann, und hielt ihnen zögernd einen Brief entgegen. Mr. Blount öffnete den Mund, um die Frage zu bejahen, und schloß ihn dann wieder. Er nahm den Umschlag, riß ihn auf und las den Brief mit sichtlichem Erstaunen. Sein Blick verdüsterte sich ein wenig, aber nur für einen Moment, dann wendete er sich an seinen Schwager und Gastgeber.

»Ich bedaure diese Ungelegenheit zutiefst, Colonel«, sagte er in heiterer Wahrung der kolonialen Konventionen, »aber wäre es möglich, daß ein alter Bekannter mir in einer geschäftlichen Angelegenheit heute abend hier einen kurzen Besuch abstattet? Es handelt sich um Florian, den berühmten Akrobaten und Komödiendarsteller. Ich habe ihn vor vielen Jahren drüben im Westen kennengelernt (er war geborener Frankokanadier), und es sieht so aus, als habe er etwas Geschäftliches mit mir zu besprechen, obwohl ich mir wirklich nicht vorstellen kann, um was es sich handeln könnte.«

»Aber natürlich, natürlich«, antwortete der Colonel leichthin. »Ein Freund von dir jederzeit, alter Junge. Er wird zweifellos eine Bereicherung sein.«

»Er würde sich das Gesicht schwarz färben, wenn du das meinst«, rief Blount lachend. »Wahrscheinlich würde er allen das Gesicht schwarz färben. Mir wär's egal, ich bin kein Bildungsfanatiker. Ich liebe die guten alten Märchenspiele und Komödien, bei denen sich jemand auf seinen Zylinder setzt.«

»Nicht auf meinen, bitte«, bemerkte Sir Leopold Fischer würdevoll.

»Aber, aber«, sagte Crook, »lassen Sie uns nicht darüber streiten. Es gibt billigere Scherze als den Mann, der sich auf den Zylinder setzt.«

Seine Abneigung gegen den rotbeschlipsten jungen Mann,

die gleichermaßen auf dessen räuberischen Ansichten wie auf seiner offensichtlichen Vertrautheit mit dem schönen Patenkind beruhte, verleitete Fischer dazu, in seinem sarkastischsten, belehrendsten Tonfall zu sagen: »Zweifellos haben Sie etwas gefunden, das noch viel billiger ist als ein Mann, der auf einem Zylinder sitzt. Hätten Sie die Güte, uns zu verraten, worum es sich handelt?«

»Zum Beispiel um einen Zylinder, der auf einem Mann sitzt«, sagte der Sozialist.

»Na, na, na«, rief der kanadische Farmer mit dem typischen Wohlwollen eines Barbaren. »Lassen Sie uns nicht den schönen Abend verderben. Ich schlage vor, wir führen zusammen etwas auf. Wir müssen uns ja nicht die Gesichter färben oder auf Hüten sitzen, wenn Ihnen das nicht gefällt, aber etwas in dieser Richtung könnte es ruhig sein. Wie wär's mit einer guten alten englischen Pantomime, mit Clown, Columbine und so weiter. Ich habe eine gesehen, als ich England vor zwölf Jahren verließ, und sie steht mir noch vor Augen wie damals. Als ich im letzten Jahr wieder ins Land kam, gab es solche Sachen nicht mehr. Nur noch jämmerliche Märchenspiele. Ich erwartete eine heiße Pokerpartie und Polizisten, die sich in Würstchen verwandeln, aber statt dessen gab es Prinzessinnen, die im Mondschein moralisieren. Das Stück hieß ›Der blaue Vogel‹ oder so ähnlich. ›Blaubart‹ wäre mir lieber, und der gefiel mir am besten, als er sich in den Hanswurst verwandelte.«

»Ich bin immer dafür, Polizisten zu Würsten zu machen«, sagte John Crook. »Das ist eine bessere Definition von Sozialismus als einige andere, die kürzlich vorgeschlagen wurden. Aber der organisatorische Aufwand wäre wohl zu groß.«

»Aber nicht doch«, rief Blount enthusiastisch. »Eine Harlekinade lebt doch von der Improvisation. Und alle Dinge, die wir brauchen, finden sich im Haushalt — Tische, Wäschekörbe, ein Spaten als Steckenpferd und so fort.«

»Das ist wohl wahr«, gab Crook zu. Er nickte ernst und schritt in der Halle auf und ab. »Aber ich fürchte, ich werde auf die Polizeiuniform verzichten müssen. Habe in letzter Zeit keinen Polizisten umgebracht.«

Blount runzelte für einen Moment die Stirn und schlug sich dann auf die Schenkel. »Ich habe Florians Adresse hier, und er kennt jeden Kostümverleih in London. Ich werde ihn anrufen und bitten, eine Uniform mitzubringen, wenn er kommt.«

»Oh, das ist großartig, lieber Patenonkel«, rief Ruby. Sie tanzte fast vor Aufregung. »Ich werde Columbine sein, und du machst den Hanswurst.«

Der Millionär stand stocksteif und antwortete mit feierlichem Ernst. »Ich glaube, mein liebes Kind, du mußt jemand anderen für die Rolle des Hanswurst aussuchen.«

»Ich werde der Hanswurst sein, wenn du möchtest«, sagte Colonel Adams. Er hatte die Zigarre aus dem Mund genommen und zum ersten und zum letzten Mal gesprochen.

»Das ehrt dich sehr, lieber Schwager«, rief der Kanadier, der strahlend vom Telefon zurückkam. »Dann ist jetzt alles geregelt. Mr. Crook wird der Clown sein. Er ist Journalist und kennt all die alten Witze. Ich kann den Harlekin machen, dazu braucht man nur lange Beine und ein wenig herumzuspringen. Mein Freund Florian hat versprochen, die Polizeiuniform mitzubringen. Auf dem Weg hierher wird er sich umziehen. Wir können hier in dieser Halle spielen, das Publikum findet Platz auf den breiten Treppenstufen dort hinten. Die Haustür ist Teil der Kulisse, entweder geschlossen oder geöffnet. Geschlossen sieht man einen englischen Wohnraum, geöffnet einen Garten im Mondlicht. Wie durch Zauberei geht das.« Er fischte ein Stück Billardkreide aus seiner Tasche und zog eine lange Linie quer über den Boden der Halle, um die Abgrenzungen der Bühne festzulegen.

Obwohl es sich nur um eine alberne Improvisation handelte, bleibt es doch ein ungelöstes Rätsel, wie alles so schnell bewerkstelligt wurde. Aber sie machten sich mit energischer Unbekümmertheit an die Sache, die immer dann aufkommt, wenn Jugend im Haus ist. Und Jugend war an diesem Abend im Haus, auch wenn möglicherweise nicht jedermann bewußt wurde, aus welchen Augen und Herzen sie strahlte. Wie stets bei solchen Anlässen, wurden die Einfälle wilder und wilder, nachdem die ursprüngliche Zahmheit der bürgerlichen Konventionen einmal überwunden war. Die Columbine sah bezaubernd aus in einem atemberaubenden Kleid, das dem großen Lampenschirm im Salon erstaunlich ähnlich sah. Der Clown und der Hanswurst hatten sich mit Mehl aus den Beständen des Kochs weiß gepudert und das Rouge eines anderen Bediensteten aufgelegt, der (wie alle wahren christlichen Wohltäter) lieber anonym blieb. Der Harlekin, der schon in Silberpapier aus Zigarrenkisten gehüllt war, konnte nur mit Mühe davon abgehalten werden, den alten viktorianischen Kristallkronleuchter zu zerschmettern, um seine Dekoration mit den glänzenden Kristallen zu ergänzen. Er hätte es zweifellos getan, wenn nicht Ruby von irgendwoher unechte Theaterjuwelen hervorgezaubert hätte, die sie einmal auf einem Maskenball als Prinzessin getragen hatte. Ihr Onkel, James Blount, geriet völlig aus dem Häuschen; er begeisterte sich wie ein Schuljunge. Er stülpte Pater Brown unerwartet einen Eselskopf aus Papier über, den dieser geduldig aufbehielt. Der Geistliche fand sogar einen Weg, mit den langen Ohren zu wackeln. Blount versuchte dann, den Schwanz des Esels an den Frackschößen von Sir Leopold Fischer zu befestigen, ein Vorhaben, das von dem stirnrunzelnden Finanzier allerdings schon im Ansatz unterbunden wurde.

»So habe ich den Onkel noch nie erlebt«, rief Ruby Crook zu, dem sie eine Kette Würstchen um die Schultern gelegt hatte. »Warum ist er so überdreht?«

»Sie sind die Columbine, und er ist Ihr Harlekin«, sagte Crook. »Ich bin nur der Clown, der die alten Witze macht.«

»Ich wünschte, Sie wären mein Harlekin«, sagte sie und versetzte der Wurstkette einen Stoß, so daß sie pendelte.

Obwohl Pater Brown genau über die Vorbereitung der Aufführung und die Einzelheiten der Ausstattung informiert war, ja sogar selbst Applaus für die Umwandlung eines Kissens in ein Theaterbaby bekommen hatte, setzte er sich mit der feierlichen Erwartung eines Kindes, das zum ersten Male einem solchen Ereignis beiwohnen darf, ins Publikum. Es waren nicht viele Zuschauer: Verwandte, ein paar Nachbarn und die Dienerschaft. Sir Leopold saß in der ersten Reihe. Seine breiten, immer noch von einem Pelzkragen umhüllten Schultern engten das Blickfeld des kleinen Geistlichen nicht unbeträchtlich ein. Es ist allerdings nie von berufener Stelle festgehalten worden, ob der Pater unter künstlerischen Gesichtspunkten viel verpaßte. Die Aufführung war völlig chaotisch, aber dennoch nicht zu verachten. Eine Reihe kühner Improvisationen bestimmte den Fortgang des Geschehens. Sie gingen hauptsächlich von Crook, dem Clown aus. Er war ohnehin ein kluger Mann, aber an diesem Abend beflügelte ihn zusätzlich eine wilde Allwissenheit. Er war ein Narr, weiser als die Welt, eben ein junger Mann, der für einen Augenblick einen bestimmten Ausdruck in einem bestimmten Gesicht gesehen hat. Er sollte der Clown sein, aber in Wirklichkeit übernahm er eine Vielzahl von Rollen. Er war Autor (wenn es denn einen Autor gab), der Souffleur, der Bühnenmaler, der Kulissenschieber und vor allem das Orchester. Er unterbrach seine mitreißenden Darbietungen immer wieder, um ans Klavier zu eilen und populäre Musikstücke, die ebenso albern wie passend waren, herunterzuhämmern.

Der Höhepunkt kam schließlich, als die Flügel der großen Haustür im Hintergrund der Bühne aufflogen und den Blick auf den herrlich im Mondlicht liegenden Garten, vor allem aber auf den berühmten professionellen Gast freigaben: den großen Florian, verkleidet als Polizist. Der Clown am Klavier spielte den Polizistenchor aus ›Die Piraten von Penzance‹, aber das Stück ging in ohrenbetäubendem Applaus unter, weil der große Komödiendarsteller mit jeder Geste eine perfekte Version von Auftreten und Benehmen der Polizei darbot. Der Harlekin sprang auf ihn zu und schlug ihn auf den Helm. In bewundernswert simuliertem Erstaunen musterte Florian den Pianisten, der jetzt ›Wo hast du diesen Hut her?‹ spielte. Dann schlug der herumspringende Harlekin noch ein weiteres Mal zu, und der Pianist spielte ein paar Takte von ›Dann bekamen wir noch einen‹. Schließlich stürzte sich der Harlekin in die Arme des Polizisten und fiel mit ihm zu Boden. Dröhnender Applaus ertönte. Das war der Moment, in dem der fremde Schauspieler die gefeierte Imitation eines Toten zum Besten gab, von der man sich noch heute in der Gegend von Putney erzählt. Es war fast unmöglich, sich vorzustellen, daß eine lebendige Person so schlaff wirken konnte.

Der athletische Harlekin zog ihn herum wie einen Sack, schwang und schüttelte ihn wie eine Indianerkeule. All dies geschah zu der Begleitung der lächerlichsten Melodien auf dem Klavier. Während der Harlekin den komischen Polizisten aufhob, spielte der Clown ›Ich erwache aus Träumen von dir‹, als er ihn über die Schulter warf, erklang ›Hab mein Bündel geschultert‹. Als schließlich der Harlekin den Polizisten mit einem absolut überzeugend wirkenden Aufprall fallen ließ, klimperte der Verrückte am Klavier ein paar Takte zu einem Text, von dem man immer noch annimmt, daß er ›Ich schickte meinem Liebling einen Brief und verlor ihn unterwegs‹ lautete.

In diesem Augenblick, als die Grenze zur mentalen Anarchie erreicht war, wurde das Blickfeld des Paters endgültig verstellt, da der Finanzmagnat sich erhoben hatte und hektisch sämtliche Taschen durchwühlte. Dann setzte er sich nervös wieder hin, immer noch suchend, und erhob sich erneut. Für einen Moment sah es so aus, als würde er auf die Bühne stürmen, dann warf er einen Blick auf den Clown am Klavier und stürzte schweigend aus dem Raum.

Der Pater beobachtete noch für einige Minuten den absurden, aber nicht uneleganten Tanz, den der Amateurharlekin über seinem so herrlich bewußtlosen Widersacher aufführte. Kunstvoll aber nicht gekünstelt tanzte der Harlekin langsam rückwärts durch die Tür hinaus in den still im Mondschein liegenden Garten. Das improvisierte Gewand aus Silberpapier und Theaterschmuck, das auf der Bühne allzu hell reflektiert hatte, schwebte jetzt zauberhaft silbrig im Mondlicht glänzend durch den Garten. Das Publikum folgte ihm unter nicht enden wollendem Beifall, als plötzlich jemand den Pater am Ärmel zog und ihn flüsternd bat, in das Arbeitszimmer des Colonels zu kommen.

Er folgte dem Boten mit einem unguten Gefühl, das sich noch verstärkte, als er der Szene im Arbeitszimmer ansichtig wurde, über der eine Atmosphäre, gemischt aus Ernst und Komik lag.

Dort saß Colonel Adams, immer noch ungerührt als Hanswurst verkleidet, einen zerbeulten Hut schief auf dem Kopf, aber einen so traurigen Blick in den Augen, daß er selbst die Teilnehmer einer Orgie schlagartig ernüchtert hätte. Sir Leopold Fischer lehnte schweratmend am Kaminsims und war allem Anschein nach am Rande einer Panik.

»Dies ist eine sehr schmerzliche Angelegenheit, Pater Brown«, sagte Adams. »Die Diamanten, die wir alle heute nachmittag bewundert haben, sind aus der Fracktasche meines Freundes verschwunden. Und da Sie . . .«

»Und da ich . . .« ergänzte Pater Brown mit einem breiten Grinsen, ». . . genau hinter ihm gesessen haben . . .«

»Nichts Derartiges wird hier angedeutet«, sagte Colonel Adams mit einem entschlossenen Blick zu Fischer, einem Blick, der eher darauf schließen ließ, daß etwas Derartiges tatsächlich angedeutet worden war. »Ich bitte Sie nur um die Unterstützung, die man von jedem Gentleman erwarten kann.«

»Und die nur darin bestehen kann, die Taschen auszuleeren«, sagte Pater Brown und begann, genau dies zu tun. Zum Vorschein kamen etwas Geld, ein Fahrschein, ein kleines silbernes Kruzifix, ein schmales Gebetbuch und ein Schokoladenriegel.

Der Colonel blickte ihn lange an und sagte dann: »Wissen Sie, ich bin eigentlich mehr an dem Inhalt Ihres Kopfes als am Inhalt Ihrer Taschen interessiert. Meine Tochter gehört zu Ihrer Gemeinde, wie ich weiß. Sie hat nun kürzlich . . .« Er brach ab.

»Sie hat kürzlich«, rief der alte Fischer, »das Haus ihres Vaters einem halsabschneiderischen Sozialisten geöffnet, der öffentlich bekennt, daß er einem reicheren Mann alles stehlen würde. Soweit sind wir jetzt. Hier ist der reichere Mann — ja der reichste Mann.«

»Wenn Sie am Inhalt meines Kopfes interessiert sind, bitte«, sagte Brown mit einem müden Unterton. »Was er wert ist, können Sie später entscheiden. Aber als erstes finde ich in dieser selten in Anspruch genommenen Tasche folgendes: Männer, die Diamanten stehlen wollen, predigen nicht Sozialismus. Es ist viel wahrscheinlicher, daß sie ihn kritisieren«, fügte er ernst hinzu.

Die beiden anderen hörten gespannt zu, und der Pater fuhr fort. »Wissen Sie, wir kennen diese Leute mehr oder weniger. Dieser Sozialist würde ebensowenig einen Diamanten wie eine Pyramide stehlen. Wir sollten unsere Aufmerksamkeit sofort demjenigen zuwenden, den wir nicht kennen. Dieser Schauspieler, der den Polizisten dargestellt hat: Florian. Ich frage mich, wo er sich in diesem Augenblick aufhält.«

Der Hanswurst sprang auf und verließ mit eiligen Schritten den Raum. Es war für einen Moment still. Der Millionär starrte den Pater an, der Pater starrte auf sein Gebetbuch. Dann kehrte der Hanswurst zurück und sagte abgehackt und mit ernster Miene: »Der Polizist liegt noch immer auf der Bühne. Der Vorhang ist schon sechsmal rauf und runter gegangen, und er liegt noch immer dort.«

Pater Brown ließ sein Büchlein fallen und stand mit einem völlig verständnislosen Blick da. Dann begannen seine grauen Augen langsam verstehend zu leuchten, und er stellte eine Frage, die wohl keiner der Anwesenden hätte voraussagen können.

»Ich bitte um Verzeihung, Colonel, aber wann ist Ihre Gattin gestorben?«

»Meine Frau!« erwiderte der finster blickende Soldat. »Sie ist vor zwei Monaten gestorben. Ihr Bruder James kam genau eine Woche zu spät, um sie noch einmal zu sehen.«

Der kleine Priester zuckte zusammen wie ein angeschossenes Kaninchen. »Kommen Sie mit!« rief er mit einer gänzlich untypischen Aufgeregtheit. »Kommen Sie schnell, wir müssen einen Blick auf den Polizisten werfen!« Sie begaben sich eilends auf die jetzt hinter dem Vorhang liegende Bühne, stürmten an der Columbine und dem Clown vorbei (die zufrieden miteinander tuschelten), und der Pater beugte sich über den hingestreckt liegenden Polizisten.

»Chloroform«, sagte er, als er sich wieder erhob. »Ich bin jetzt erst darauf gekommen.«

Die Anwesenden schwiegen verwirrt, bis der Colonel sagte: »Bitte erklären Sie uns, was das alles zu bedeuten hat.«

Pater Brown schüttelte sich plötzlich vor Lachen, hörte dann auf und mußte während des Restes seiner Rede noch gelegentlich dagegen ankämpfen. »Gentlemen«, japste er. »Wir haben nicht viel Zeit für Erklärungen. Ich muß einem Verbrecher nachsetzen. Aber dieser große französische Schauspieler, der den Polizisten gespielt hat — diese so faszinierend gespielte Leiche, mit der der Harlekin seinen Schabernack getrieben hat — er war . . .« Wieder konnte er vor Lachen nicht weitersprechen. Er drehte sich um und lief los.

»Was war er?« rief Fischer.

»Ein echter Polizist«, sagte Pater Brown und verschwand in der Dunkelheit.

Im hinteren Teil des Gartens gab es bewachsene Hügel und Lauben. Die Lorbeerbüsche und andere immergrüne Pflanzen zeichneten sich gegen den saphirfarbenen Himmel ab, und das silberne Mondlicht tauchte sie selbst in dieser Winternacht in die warmen Farben des Südens. Die grüne Fröhlichkeit der sanft rauschenden Lorbeerzweige, das violette Purpurlicht der Nacht und der riesige kristallklare Mond erzeugen eine geradezu unverantwortlich romantische Atmosphäre. Und zwischen den obersten Ästen einer der Bäume klettert eine seltsame Gestalt, die nicht mehr nur romantisch, sondern nachgerade unwirklich wirkt. Sie funkelt von Kopf bis Fuß, als wäre sie mit zehn Millionen kleinen Monden übersät. Das Licht des echten Mondes erfaßt bei jeder Bewegung neue Flächen ihrer Kleidung und läßt sie aufblitzen. Sie schwingt sich mit einem kühnen Satz von dem kleineren Baum hinüber auf den großen Baum, dessen Äste aus dem benachbarten Garten herüberwachsen, und verharrt dort nur, weil ein Schatten unter dem kleinen Baum auftaucht und sie unmißverständlich anruft.

»Nun, Flambeau«, sagt die Stimme. »Du siehst wirklich wie ein Fliegender Stern aus, aber das bedeutet auch, daß du zu guter Letzt abstürzen wirst.«

Die silbrigfunkelnde Gestalt zwischen den Blättern scheint sich vorzubeugen und — in der Gewißheit, an der Flucht nicht mehr gehindert werden zu können — dem kleinen Mann zuzuhören.

»Du warst nie so gut wie heute, Flambeau. Es war sehr

geschickt, aus Kanada zu kommen – mit einem Ticket aus Paris, nehme ich an – als Mrs. Adams erst seit einer Woche tot war, und niemand in der Stimmung war, lange Fragen zu stellen. Noch geschickter war es, herauszubekommen, wo die Fliegenden Sterne sich befinden und wann Fischer zu Besuch kommen würde. Aber nichts war geschickter, ja genialer, als das, was dann folgte. Der eigentliche Diebstahl war kein Problem für dich, nehme ich an. Du hättest ihn mit einer kleinen Handbewegung auf hundert andere Arten ausführen können, als ausgerechnet während des Versuchs, Sir Leopold den Schwanz des Papieresels an den Frack zu hängen. Aber was das andere angeht, hast du dich selbst übertroffen.«

Die silbrige Gestalt oben im Laub scheint zu zögern. Obwohl der Fluchtweg vor ihr liegt, lauscht sie dem Mann unter ihr wie hypnotisiert.

»Oh, ja«, sagt der Mann. »Ich weiß alles über dich. Ich weiß, daß du nicht nur die Aufführung angeregt, sondern sie auch gleich in zweifacher Weise für deine Zwecke gebraucht hast. Du wolltest die Steine in aller Ruhe an dich bringen, aber ein Komplize hatte dir zugetragen, daß man dir bereits auf die Spur gekommen war und ein fähiger Polizist auf dem Weg war, dich dingfest zu machen. Ein gewöhnlicher Dieb wäre dankbar für die Warnung gewesen und hätte sein Heil in der Flucht gesucht. Aber du bist ein Poet. Du hattest schon die Idee gehabt, die Juwelen zwischen all dem Theaterschmuck zu verbergen. Jetzt ging dir auf, daß da, wo ein Harlekin spielt, das Erscheinen eines Polizisten gut ins Bild paßt. Der ehrenwerte Polizist kam von der Polizeistation in Putney und geriet in die originellste Falle, die jemals jemandem gestellt wurde. Als er die Haustür öffnete, stand er unversehens auf der Bühne einer Weihnachtspantomime, wo er unter dem tosenden Beifall der angesehensten Bürger von Putney von dem herumtanzenden Harlekin ungestraft geschlagen, getreten und betäubt werden konnte. O ja, du wirst niemals besser sein als heute abend. Übrigens könntest du mir jetzt diese Diamanten zurückgeben.«

Auf dem grünen Ast, auf dem die glitzernde Gestalt schaukelte, raschelte es kurz.

»Ich möchte, daß du sie zurückgibst, Flambeau. Und ich möchte, daß du dieses Leben aufgibst, Flambeau. Noch bist du jung, besitzt Ehre und Humor, aber glaube nicht, daß das in diesem Geschäft so bleiben wird. Ein Mann kann gleichbleibend gut sein, aber es ist noch nie jemandem gelungen, gleichbleibend schlecht zu sein. Der Weg führt immer weiter nach unten. Ein freundlicher Mann beginnt zu trinken und wird grausam; ein offener und ehrlicher Mann tötet und lügt. Ich habe viele Männer gekannt, die genau wie du als ehrliche Gesetzlose begonnen haben, als fröhliche Räuber der Reichen, und sie alle haben in der Gosse geendet. Maurice Blum begann als überzeugter Anarchist, der Vater der Armen. Am Ende war er ein schmieriger Doppelagent und Zuträger, den beide Seiten benutzten und verachteten. Harry Burke startete seine ›Freies-Geld-für-Alle-Bewegung‹ mit den besten Absichten; heute saugt er sich bei seiner halbverhungerten Schwester endlos mit Brandy und Soda voll. Lord Amber schloß sich der Unterwelt in einer Art Ritterlichkeit an; mittlerweile zahlt er den übelsten Geiern von London Erpressungsgelder. Captain Barillon war vor deiner Zeit ein großer Gentleman-Gauner. Er starb schließlich im Irrenhaus, schreiend in seiner Angst vor den Spitzeln und Hehlern, die ihn betrogen und gejagt hatten. Ich weiß, daß die Wälder hinter dir die große Freiheit zu verheißen scheinen, Flambeau. Ich weiß, daß du in wenigen Augenblicken darin verschwunden sein könntest wie ein Affe im Dschungel. Aber eines Tages wirst du ein alter grauer Affe sein, Flambeau. Du wirst mit kaltem Herzen in deinem freien Wald sitzen, dem Tode nahe, und die Baumwipfel werden sehr kahl sein.«

Alles blieb still, es war, als hielte der kleine Mann unten im Garten den anderen oben im Baum an einer unsichtbaren Leine.

Er fuhr fort: »Dein Abstieg hat schon begonnen. Du hast immer damit geprahlt, keine Niederträchtigkeiten zu begehen. Aber heute abend begehst du eine große Niederträchtigkeit. Du läßt zu, daß ein ehrlicher Junge in Verdacht gerät, gegen den schon einiges zu sprechen scheint. Du trennst ihn von der Frau, die er liebt und die ihn liebt. Aber du wirst noch niederträchtigere Dinge tun, bevor du stirbst.«

Drei blitzende Diamanten fielen aus dem Baum auf den Rasen. Der kleine Mann beugte sich nieder, um sie aufzuheben, und als er sich wieder aufrichtete und hochblickte, war der silberne Vogel aus seinem grünen Baumkäfig verschwunden.

Das Wiederauftauchen der Edelsteine (und ausgerechnet Pater Brown hatte sie zufällig irgendwo aufgelesen!) ließ den Abend in einem tobenden Triumph ausklingen. Und Sir Leopold, auf dem Höhepunkt seiner guten Laune, ließ den Pater sogar wissen, daß er, Sir Leopold — obwohl sein eigener Horizont weiter gefaßt sei —, auch solche Leute respektiere, deren Glauben sie zwangsläufig in Abgeschlossenheit und Unkenntnis von den Realitäten dieser Welt ließe.

Originaltitel: The Flying Stars
Ins Deutsche übertragen von Michael Ritz

Bonus zum 2. Weihnachtstag

D. B. Wyndham Lewis

Süßer die Glocken
nie klingen

Nichts, wirklich gar nichts konnte festlicher sein als das Frühstückszimmer in Merryweather Hall um die Mittagszeit an diesem neunundzwanzigsten Dezember. Im Kamin trotzte ein großes knisterndes Feuer der Kälte, die der Regen mit sich brachte, der draußen die hohen französischen Fenster peitschte. Die getäfelten Wände waren mit Stechpalmen- und Mistelzweigen und lustigen Papierfähnchen in allen Farben geschmückt. Die lange Anrichte bot sowohl gekochte Eier wie auch Rühreier, in Kombination mit Schinken, Speck und Würstchen; Kedgeree, gehackte Nierchen, Rippchen, gegrillte Heringe, Seezunge und Schellfisch, kalten Truthahn, kalte Gans, kaltes Hühnchen, kalte Wildpastete, kalten Schinken, kaltes Rindfleisch, Sülze, eingelegte Garnelen, einen riesigen Stilton, Früchte jeder Sorte, Brötchen, Toast, Tee und Kaffee, alles auf silbernen Rechauds köchelnd oder appetitlich auf großen, reich verzierten Serviertellern arrangiert. Mr. Banks, der Butler, der mit bösem Blick über dem Ganzen brütete, sah auf, als ein ziemlich junger, heftig zitternder Gast mit langgezogenem und fahlem Gesicht den Raum betrat.

»Frühstück, Sir?« fragte Banks und rieb sich die Hände.

Der Gast, ein gewisser Mr. Reginald Parable, nickte und hielt seine Hand auf. Banks schüttete zwei Tabletten aus einer schmalen Flasche hinein.

»Sie sind alle in der Bibliothek«, sagte Banks, während er ein Glas bis zur Hälfte mit Wasser füllte. »Gott, wie sie alle aussehen — nun«, fügte Banks kichernd hinzu, »es ist aber auch zu dumm.«

Mr. Parable beendete sein ganzes Frühstück mit einem einzigen Schluck und machte sich auf den Weg in die Bibliothek. In jedem Sessel und auf jedem Sofa, dicht aneinandergedrängt, die Augen geschlossen, die Gesichter vom Elend gezeichnet, jeder mit einem Papierhütchen vom Tischfeuerwerk auf dem Kopf, lagen die Gäste von Squire Merryweather. Der Squire glaubte noch an ein richtig altmodisches Weihnachtsfest, und schon seit fünf Tagen torkelten seine Gäste, vollgestopft mit Essen, zwischen Tisch und Sesseln hin und her, nur um alle zehn Minuten von einem gutgelaunten Squire mit festlichem Trallala wieder aufgeschreckt zu werden.

Das Land lag unter Wasser; und da niemand, weder am Tage noch in der Nacht, das Haus verlassen konnte, konnte Squire Merryweather sich jede Menge lustiger, altmodischer Spielchen für seine dem Fieberwahn nahen Gäste ausdenken. Und er tat es mit Genuß.

Während Mr. Parable zur einzigen unbesetzten Ecke auf einem der Sofas wankte, verkündete ein entfernt donnerndes Kichern, daß der Squire wohl wieder einmal in seinen Geheimbeständen an Büchern über Lustbarkeiten fündig geworden war. Und noch bevor Mr. Parable in seiner Ecke einen plötzlichen Anfall von Epilepsie vortäuschen konnte, stürmte Squire Merryweather laut polternd herein.

»Morgen«, grüßte ihn eine schwache Stimme, die von Lord Lymph.

»Weck mir all diese Leute auf«, sagte der Squire.

Als alle wach waren, sagte der Squire: »Colonel Rollick hat fünf Töchter: Gertrude, Mabel, Pamela, Edith und Hilda. Mabel ist halb so alt wie Gertrude und Edith es waren, als Hilda und Mabel zweimal, beziehungsweise anderthalb mal so alt waren wie Pamela es am 8. Mai 1940 sein wird. Kleinen Moment — ja, das ist richtig, 8. Mai. Jedesmal, wenn der Colonel für einen Tag mit seinen fünf Töchtern in die Stadt fährt, kostet ihn das drei Pfund achtzig Pence und einen halben Penny für die Bahn, Rückfahrt mit inbegriffen. Eines Tages sagt Colonel Rollick an Weihnachten zu seinen Gästen: ›Laßt uns Rechtecke spielen.‹ ›Ich weiß nicht, wie man das spielt‹, antwortete die alte Mrs. Cheeryton, die zufällig anwesend war. ›Nun‹, sagte der Colonel, ›das geht so: Wir laden die Ague-Browns ein, mitzumachen, und dann bilden wir vier Einheiten, das Quadrat über der Hypotenuse, das gleich der Summe der Quadrate über ...«

Genau in diesem Augenblick hob sich eine reizende, müde Blondine mit tiefer Stimme, Mrs. Wallaby-Threep, gerade weit genug aus ihren Kissen, um einen Revolver mit perlenbesetztem Griff aus ihrer Korsage zu ziehen und zweimal auf den Squire abzufeuern, wobei sie ihn jedesmal verfehlte.

»Häh? Hat jemand was gesagt?« fragte der Squire plötzlich, ohne dabei von seinem ›Dein Fröhliches Weihnachts-Rätsel-Buch‹ aufzublicken.

»Tiny Tim«, entgegnete Mrs. Wallaby-Threep und schoß noch einmal. Diesmal jedoch — verfehlte sie wie zuvor.

»Möglicherweise haben Sie den Abzug zu fest gedrückt«, murmelte der Pfarrer mit einem tadelnden Lächeln. Schließlich war er Schutzpatron der Lebenden und fühlte eine gewisse Verantwortung auf sich lasten.

»Ich krieg' ihn noch«, sagte Mrs. Wallaby-Threep.

»Scharade!« brüllte Squire Merryweather plötzlich und wedelte mit einem Stechpalmenzweig in der Luft.

»Schon wieder?« meinte eine mürrische Stimme mit typisch Alt-Etoner Akzent. Es war die von Mr. Egbert Frankleigh, dem berühmten Schriftsteller, der lieber noch ein paar Geschichten erzählt hätte. Seit Heiligabend hatte es fünf Sitzungen gegeben, zu denen jeder Gast eine Geschichte beigesteuert hatte: entweder eine romantische, eine abenteuerliche, eine geheimnisvolle oder einfach eine stinklangweilige. Nach jeder Geschichte hatte der Squire begeistert applaudiert und nach Würzbier, süßem Weizenbrei, alten Englischen Tänzen und fröhlichen Spielchen verlangt — selbst nach zwei sehr seltsamen Geschichten über Zwangsneurosen, die von Mr. Ebbing und Mr. Crafter erzählt worden waren, zwei schwermütigen jungen Männern aus Oxford, die beide Haschisch mit Avocados einnahmen, schwarze Wildlederschuhe trugen und dem Mithra-Kult huldigten.

»Scharade!« röhrte Squire Merryweather, klemmte sich sein Buch unter den Arm und rieb sich unter brüllendem Gelächter die Hände. »Hurrrrraaa! Auf, auf, alle zusammen! Mitmachen, Jungs und Mädchen! Das wird lustig! Zwei von euch, schnell!«

Ein ersticktes Schnarchen von der armen, alten Lady Emily Wainscott, die schon ziemlich am Ende war (sie starb eine Woche später, zum größten Bedauern aller), war die einzige Antwort. Vierzehn matte, glanzlose, blaugeränderte Augenpaare starrten ihn in verstörtem Schweigen an.

»Äh? Was?« fragte der Squire mehr verwirrt als verärgert.

»Sie sagten *Scharade*, Sir?« fragte Mr. Ebbing. »Es ist uns ein Vergnügen, daran teilzunehmen!«

Strahlend vor Glück legte der Squire einen Arm um jeden der beiden Männer und zog sie tänzelnd aus dem Raum.

»Ohne mich«, sagte Mrs. Wallaby-Threep, kuschelte sich in ein Kissen und schloß ihre Augen. Die anderen zögerten nicht lange und folgten ihrem Beispiel. Sehr bald schon waren alle eingeschlafen, und rasselndes Schnarchen und Gegrunze füllte die Bibliothek von Merryweather Hall.

Strahlendes, sonniges Tageslicht begrüßte die Gäste des Squire, als sie nach einem fast vierundzwanzigstündigen tiefen und erholsamen Schlaf von dem Dröhnen eines Gongs geweckt wurden, den der Zweite Lakai des Hauses schlug. Der sardonische Butler stand vor ihnen. Er schien wütend und richtete seine Worte an Lord Lymph.

»Ich habe soeben die Leiche des Squire in einem Schrankkoffer gefunden, Mylord.«

»In einem *Koffer*?«

»Oh, das ist schon in Ordnung«, sagte Lady Ura Treate und gähnte. »Das ist ein alter, dummer Streich, den sie da unten in Oxford spielen. Leiche im Koffer. All die Neurotiker tun es. Wo sind sie denn eigentlich, die beiden süßen Jungs, Banks?«

»Sie haben sich aus dem Staub gemacht, Mylady.«

»Nun, das ist schon in Ordnung, Banks«, meinte Freddie

Slouche. »Leiche im Koffer. Mord im einsamen Landhaus. Ganz normal.«

Noch während er sprach, strömten die Gäste bereits fröhlich plaudernd aus der Bibliothek, um ihre Sachen packen zu lassen und nach ihren Wagen zu sehen. Nur wenige Augenblicke später waren Banks und Mr. Parable alleine im Zimmer. Banks schien etwas betrübt. »Das ist ja alles gut und schön, Mr. Neunmalklug, aber wer ist mal wieder der Dumme, wenn die Bullen eintreffen? Wer wird wie gewöhnlich verdächtigt werden? Der, der immer verdächtigt wird. Der Butler! Ich!«

»Berufsrisiko, schätze ich«, sagte Mr. Parable höflich.

»Wäre es, wenn ich nicht so gewitzt wäre«, meinte Banks.

Mr. Parable nickte und eilte hinaus, während die Diener damit begannen, den Landsitz zu plündern.

Originaltitel: Ring Out, Wild Bells
Ins Deutsche übertragen von Stefan Bauer

Band 13 500

Greenberg/Gorman (Hg.)

Neue Krimi-Katzen

Deutsche Erstveröffentlichung

Neunzehn nagelneue Geschichten um perfide Feliden, kratzbürstige Katzen und kriminelle Kater.

Wer neun Leben hat, kann sich manch kriminellen Leichtsinn leisten; auf samtenen Pfoten spürt es sich jedem Geheimnis besser nach, und wenn man nachts genauso grau ist wie alle seine Artgenossen, erleichtert das ungemein die Anonymität, die für jede verbrecherische Aktivität so wünschenswert ist. Es war also höchste Zeit, daß die Katze den Krimi eroberte, damit der nicht auf den Hund kam.
Für ein paar Dollar auf die Kralle verrät eine Katze so manches, denn auch die letzte Warnung der Mafia bereitet ihr keinen Katzenjammer: Welche abgebrühte Straßenkatze fürchtet schon einen toten Fisch im Briefkasten oder einen verstummten Singvogel im Maul?

Sie erhalten diesen Band im Buchhandel, bei Ihrem Zeitschriftenhändler sowie im Bahnhofsbuchhandel.

Band 13 499
Campbell Armstrong

Mazurka
Deutsche
Erstveröffentlichung

Frank Pagan, Scotland Yards unbequemster Ermittler, in ungewohnter Rolle: Er muß den Bodyguard für den russischen Politiker Romanenko spielen, der in Edinburgh Zwischenstation macht. Pagan kann seine Mission nicht erfüllen. Hilflos muß er mitansehen, wie Romanenko vor seinen Augen erschossen wird. Es ist die Tat eines Wahnsinnigen, der sein furchtbares Geheimnis mit in den Tod nimmt.
Ein Estland preisendes Gedicht, das Romanenko bei sich trug, bringt Pagan bald auf eine heiße Spur: Der Anschlag hängt mit den Aufständen in den baltischen Ländern zusammen. Aber Scotland Yard pfeift seinen Heißsporn zurück, und als Frank Pagan, unterstützt von einer jungen Estin, seine Recherchen weitertreibt, weht ihm aus Ost und West ein eisiger Wind entgegen.

**Sie erhalten diesen Band
im Buchhandel, bei Ihrem
Zeitschriftenhändler sowie
im Bahnhofsbuchhandel.**

Der wahre Kriminalfall

TRUE CRIME

Kai Meyer

Volkspolizei bittet um Mithilfe

Seit dem 15. Januar 1981, gegen 13.30 Uhr wird der siebenjährige Lars Bense aus Halle-Neustadt vermißt. Das Kind wurde letztmalig zur angegebenen Zeit vor der HO-G „Treff" gesehen. Der Vermißte i...

in Halle-Neustadt...

Der Kreuzwort-rätsel-Mörder

Der ehrliche Bericht über einen Mord in Halle

BASTEI LÜBBE

Band 13 502
Kai Meyer
Der Kreuzwort-rätsel-Mörder
Originalausgabe

Am 15. Januar 1981 geschieht in Halle ein Verbrechen, das die ganze DDR in Aufregung versetzt. Aus einem Jugendtreff verschwindet ein kleiner Junge. Trotz einer großangelegten Suche entdeckt die Polizei nicht die kleinste Spur. Bis zwei Wochen später an einem Bahndamm ein Koffer gefunden wird. Darin liegt die Leiche des Jungen – und als einziger Anhaltspunkt ein ausgefülltes Kreuzworträtsel. Mit diesem Beweismittel macht sich die Polizei an die Arbeit und durchkämmt in einer einzigartigen Aktion die ganze Stadt.

Noch heute erregt die Tat des Kreuzworträtsel-Mörders ganz Halle. KAI MEYER, der als Journalist beim *Mitteldeutschen Express* arbeitet, zeichnet diesen Fall akribisch nach. Sein Buch ist die Chronik einer aufregenden Suche und das einfühlsame Porträt eines ungewöhnlichen Mörders.

BASTEI LÜBBE

Sie erhalten diesen Band im Buchhandel, bei Ihrem Zeitschriftenhändler sowie im Bahnhofsbuchhandel.